TEUFLISCHE RIVALEN

Die liga der schurken - 4

LAUREN SMITH

Übersetzt von
CORINNA VEXBORG

ISBN: 978-1-956227-52-9 (E-Book-Ausgabe)

ISBN: 978-1-956227-75-8 (Druckausgabe)

KAPITEL 1

Ligaregel 8

Da die Unabhängigkeit eines Mannes untrennbar mit seinem Reichtum verbunden ist, ist es wichtig, dass sich keine Frau dabei einmischen darf, egal wie fein ihre Augen auch sein mögen.

Auszug aus der *Quizzing Glass Gazette*, 29. Mai 1821, der Kolumne der Lady Society:

Lady Society fordert Lord Lennox heraus. Sie kann nicht anders, als zu glauben, dass er Angst vor einer bestimmten Dame hat, die mit ihm in direkter Konkurrenz steht.

Kommen Sie schon, Lord Lennox, was ist der Grund für diese Angst und Beklommenheit, dass Sie sich nicht mit ihr in der Öffentlichkeit sehen lassen wollen? Bei Lady Jacinthas Ball haben Sie den Schwanz eingezogen und sind geflohen, als die listige Lady auf die Tanzfläche trat.

Sie können sich nicht ewig hinter Ihrer Schiffsflotte verstecken, noch können Sie Ihre Freunde um Unterstützung bitten. Die Liga der Schurken erliegt schnell dem Charme des Eros und nimmt sich Ehefrauen. Vielleicht wissen sie etwas, von dem Sie lieber nichts wissen wollen? Für einen Mann mit solchem Intellekt und Scharfsinn können Sie sich das doch sicherlich nicht leisten.

Ich fordere Sie auf, mein kühler und gestandener Baron, eine Nacht mit der Dame zu verbringen und sich von Ihrer besten Seite zu zeigen. Hochzeitsglocken, wage ich zu sagen, werden kurz danach läuten.

»ICH SOLL WAS GENAU FÜR SIE TUN, MYLORD?«

Ashton Lennox starrte den grauhaarigen Bankier an, der ihm in den Büros von Drummond's Bank gegenübersaß. Er wusste, was er von dem anderen Mann verlangte, war gewagt – und möglicherweise illegal. Nichtsdestotrotz waren Vergeltungsmaßnahmen gegen bestimmte Akteure in seinem Geschäftsbereich erforderlich. Das bedeutete nicht, dass seine Forderungen einen Banker mit gesundem Menschenverstand nicht erschrecken würden.

»Es ist so einfach, wie ich sagte, Mr. Reed. Ich möchte, dass Sie Lady Melbourne den Goldkredit verweigern, wenn sie auf der Suche nach einem Kredit zu Ihnen kommt.« Während er sprach, ließ er seine Worte mit dieser kalten, sanften Stimme herauskommen, die keine Widerworte duldete, und zum Schluss strich er sich mit den Fingerspitzen die Hose glatt. Im Alter von dreiunddreißig hatte Ashton gelernt, wie man mit kühlem Blick und herrischem Ton Männer dazu bringt, seinen Wünschen nachzukommen. Diejenigen, die ihn betrogen oder es wagten, sich gegen seinen Willen zu stellen, erlitten oft einen Rückschlag in ihrer finanziellen Lage.

»Aber, Mylord«, sagte Mr. Reed, mit Augen groß wie Teetassen, »... Sie war hier immer eine geschätzte Kundin.«

»Ich habe keinen Zweifel daran, aber Sie und ich haben ein Verständnis, nicht wahr?« Trotz seines Tonfalls war es keine Frage. Ashton begegnete Reeds jetzt erschrockenem Blick. »Wie Sie sich erinnern werden, war ich es, der Sie letztes Jahr bei der Auswahl der Konsolen unterstützt hat, in die Sie investieren sollten. Sie konnten mit den erzielten Gewinnen ein Landhaus in Sussex kaufen, nicht wahr? Ich könnte mir vorstellen, Sie möchten meinen Rat in zukünftigen Angelegenheiten behalten.«

Die Kehle des alten Bankiers arbeitete, und er brachte ein zittriges Nicken zustande.

»Ich bin natürlich dankbar, aber in Bezug auf die betreffende Dame, sie ist ...« Er rang nach Worten.

»Problematisch?«, schlug Ashton vor, und weil seine kühle Beherrschung immer dann ins Wanken geriet, wenn er an *sie* dachte, kam das Wort als ein Knurren über seine Lippen.

Lady Rosalind Melbourne war mehr als nur lästig. Als Eigentümerin von Melbourne, Shelly and Company hatte sie die letzten Monate damit verbracht, Angebote für Reedereien zu stehlen und andere Unternehmen zu kaufen, indem sie seine Angebote unterlief.

Die Frau war eine Bedrohung. Er hatte alles getan, was ein vernünftiger Mann tun konnte, indem er ihr angeboten hatte, ihre Aktien aufzukaufen, und versuchte, seinen eigenen Geschäften nachzugehen, aber sie hatte alle seine Bemühungen untergraben – oder besser gesagt, jede *legale* Anstrengung. Wäre sie ein Mann gewesen, hätte er ihre Taktik bewundert, wie sie ihn überholte, ihn auf Schritt und Tritt ausmanövrierte.

Aber sie war kein Mann, sie war eine Frau – eine berauschende, schöne, *wütende* Bedrohung in Gestalt einer Frau, mit einem feurigen schottischen Temperament, das ihn aus seiner eigenen Kontrolle drängte.

Die Situation war nicht akzeptabel. Kontrolle war seine wichtigste Waffe und seine erste Verteidigungslinie. Wo andere Männer ihren Körper an Leidenschaften, ihren Verstand an Obsessionen und ihr Herz an die Liebe verloren, behielt er immer die Kontrolle über sich.

Außer, wenn es um Rosalind ging. Wäre sie keine Frau gewesen, hätte er sie schon vor langer Zeit herausgefordert und ihre Differenzen im Morgengrauen auf einem Feld beigelegt. Es dauerte einen Moment, bis er sich wieder auf die Sache zu konzentrieren schaffte.

»Sind wir uns einig, Mr. Reed? Sie werden tun, um was ich Sie gebeten habe?«

Ashton erhob sich von seinem Stuhl und überragte den Bankier.

Der ältere Mann schluckte schwer und nickte. »Das werden wir, Lord Lennox. Lady Melbourne wird feststellen, dass ihre Kreditanfragen abgelehnt werden, bis Sie mich anweisen, etwas anderes zu tun.«

Ashton neigte zustimmend den Kopf und verließ Reeds Büro. Er straffte seine Krawatte und holte seinen Hut aus dem Regal in der Ecke vor dem Büro. Als er am Haupteingang von Drummond's angekommen war, rief er eine Mietkutsche zu sich.

»Wohin, Mylord?«, fragte der Fahrer.

»Berkleys Club.« Ashton kletterte in die Kutsche und lehnte sich seufzend zurück.

»Sehr gut, Mylord.«

Nach diesem Morgen war ein Nachmittag bei Berkley genau das Richtige. Es machte ihm keinen Spaß, so drastische Maßnahmen zu ergreifen, aber hier stand mehr auf dem Spiel als Berufsstolz. Lady Melbournes Gesellschaften wurden von dem einzigen Mann in England benutzt, der

Ashton so sehr beunruhigte, dass er nachts den Schlaf verlor.

Sir Hugo Waverly war bei Besuchen mit den Kapitänen von Lady Melbournes Schiffen gesehen worden, und seine Leute, oder Männer, von denen Ashton vermutete, dass sie für Waverly arbeiteten, standen immer häufiger auf ihren Passagierlisten. Er vermutete, dass Waverly irgendwie Rosalinds Firmen benutzte. Es war unklar, was Waverly vorhatte, aber Ashton glaubte, dass es nicht gut war.

Es war ein geheimer Krieg im Gange, aber man kämpfte nicht mit Gewehren oder Schwertern, sondern mit Augen und Worten, und nicht auf offener Ebene, sondern im Schatten. Hugo hatte diesen Krieg vor einiger Zeit erklärt, und Ashton hatte sich auf seine eigene stumme Art zu verteidigen gewusst. Es lag im besten Interesse der Liga, die Situation unter Kontrolle zu bringen, was im Moment bedeutete, die Kontrolle über Lady Melbournes Unternehmen zu übernehmen, damit er ihre Geschäftsaktivitäten analysieren und sehen konnte, wie Waverly mit ihnen in Verbindung stehen könnte.

Ashton hatte heute Morgen fünf Banken in der Stadt besucht und sich bei allen versichern lassen, dass Lady Melbourne keinen Kredit bekommen würde. Auf diese Weise, wenn seine Freunde ihre Geldbriefe bei den Banken einlösten, hatte sie nicht die Mittel, das Geld in Gold auszahlen zu lassen.

Es würde sie zermalmen. Zumindest vorläufig. Die Frau würde nicht lange am Boden liegen. Ashton war nicht dumm genug, zu glauben, dass er sie ruinieren könnte. Aber ein vorübergehender Schlag gegen ihr Einkommen und ihre Selbstversorgung würde ausreichen, um sie zur Ruhe zu bringen.

Lady Melbourne zurück auf Linie gebracht. In der Tat ein köstlicher Gedanke. *Ich werde dich besitzen, Rosalind.*

Unfähig, den Gedanken aufzuhalten, dachte er an die Nacht zurück, als er sie allein in einer Nische eines Theaters erwischt hatte. Die Absicht war gewesen, mit ihr zu sprechen, sie davon zu überzeugen, seine Gesellschaften in Ruhe zu lassen, aber dann hatte er sie berührt, und dieser Plan war in tausend Einzelteile zersprungen und hatte sich zu etwas viel Ursprünglicherem wieder zusammengesetzt.

Er hatte versucht, die Reaktion ihres Körpers auf seinen gegen sie zu verwenden, indem er sie an den Rand der Leidenschaft brachte, nur um sie als Tadel für ihre unorthodoxen Geschäftstaktiken ohne Erleichterung leiden zu lassen. Es war ein törichter Moment gewesen, doch er hatte nichts dagegen tun können.

Es hatte auch nicht funktioniert.

Stattdessen hatte sie den Spieß umgedreht, und er hatte sich unter den Berührungen ihrer Hände aufgelöst. Die Erinnerung daran, wie sie einen zierlichen weißen Handschuh zu seinen Füßen fallen ließ, wie es sich für eine Herausforderung für ein Duell gehörte, machte ihn noch immer hart. Ein mit verführerischen Mitteln ausgefochtenes Duell der Cleverness ... So spielte er seine Spiele einfach gern. Und jetzt hatte er eine Frau kennengelernt, die genauso bösartig spielte wie er.

Züge und Gegenzüge, wie bei einem Schachspiel. Widerwillige Bewunderung für sie war nicht zu leugnen, aber er war entschlossen, sie nicht gewinnen zu lassen.

Vor dem eleganten Stadthaus, in dem seit mehr als fünfzig Jahren Berkley's Club zu Hause war, hielt die Kutsche ratternd an. Berkley's war nicht der einzige Gentlemen's Club, zu dem Ashton eingeladen worden war, doch es war der einzige, dessen Einladung er angenommen hatte. Es hatte ihn gereizt, denn hier bot sich die Chance, den geschäftlichen Diskussionen, politischen Themen und anderen Dingen zu entkommen, für die die meisten Clubs berühmt waren. Berkley's war ausschließlich ein Club für

Männer, die dem Wirbel des Lebens in London entfliehen wollten.

Der Club war auch der einzige Ort, an dem er und seine engsten Freunde – die Liga der Schurken, wie die Zeitungen sie genannt hatten – sich bequem niederlassen konnten, weit weg von den Skandal-Zeitungen und dem Klatsch dieser verdammten Lady Society. Ihre Artikel in der *Quizzing Glass Gazette* schienen entschlossen, ihre Geheimnisse zum Vergnügen der Londoner Elite zu lüften. Sie war es gewesen, die ihren Spitznamen in den letzten Jahren so berühmt gemacht hatte.

Ashton würde bereitwillig zugeben, dass der Titel der Liga durchaus eine treffende Beschreibung der ursprünglichen fünf Mitglieder gewesen war: Godric, Lucien, Cedric, Charles und ihn selbst. Mit dem kürzlich dazugestoßenen jüngeren Bruder von Godric, Jonathan, waren sie jetzt sechs.

Im Laufe der Jahre waren einige ihrer Aktivitäten rücksichtslos, gefühllos und sogar gefährlich gewesen. Aber die Dinge änderten sich. Die dunklen Erinnerungen der Vergangenheit wurden von neuen, besseren begraben. Zumindest in gewisser Weise. Sie wurden sesshaft – etwas, das Ashton nie für möglich gehalten hatte.

Alles hatte damit begonnen, dass Godric eine junge Frau aus Rache entführt hatte, nur um sich in sie zu verlieben. Jetzt fielen sie alle wie elfenbeinfarbene Dominosteine einer nach der anderen zu den Füßen von Frauen, ohne die sie nicht leben konnten. Lucien, einer der skandalöseren Schurken, hatte sich in Cedrics Schwester Horatia verliebt. Und erst letzten Monat hatte Cedric alle überrascht, indem er Anne Chessley, der Erbin, einen Antrag gemacht hatte.

Ashton hatte mit einiger Besorgnis erkannt, dass die Liga nun zu gleichen Teilen aus freien Männern und den in der Ehe gefesselten Männern bestand. Ihre Clubdiskussionen am Nachmittag hatten sich von Themen über Verführungen und

Eroberungen zu den bevorstehenden Geburten von Babys geändert.

Wenn wir nicht aufpassen, wird die Liga von einer Macht, mit der man rechnen muss, zum Gespött gemacht. Die Kraft, die wir gesammelt haben, könnte vergeudet werden, und unsere Feinde werden sich zusammenschließen und erneut versuchen, uns zu vernichten.

Der Gedanke ließ sein Blut in seinen Adern gefrieren. Das letzte Jahr war damit verbracht worden, dem einen oder anderen tödlichen Ereignis auszuweichen. Je mehr sich die Liga durch Frauen und Kinder spalten ließ, desto leichter würde es Waverly fallen, den Menschen zu schaden, die die Liga am meisten liebte.

Es war nicht so, dass er seinen Freunden nichts Gutes wünschte. Sie waren glücklich, verliebt in ihre Frauen. Aber die Macht, für die sie alle hart gearbeitet hatten, seit sie die Universität verlassen hatten, konnte bröckeln. Neue Riesen würden aus dem Staub ihres Falls entstehen, aber auch neue Feinde. Ashton konnte sich nicht ausruhen, bis er sicher war, dass sie alle in Sicherheit waren.

Bis dahin schlief er mit einem Auge offen, und diese Pflicht belastete ihn von Tag zu Tag mehr. Als ältestes Mitglied fühlte er sich verpflichtet, der Beschützer der Liga zu sein.

Die Mietkutsche hielt am Eingang des Clubs. »Bekley's Club«, verkündete der Fahrer.

»Danke.« Ashton stieg aus dem Wagen und bezahlte den Fahrer, bevor er die Stufen hinaufging. Ein junger Bursche, fein gekleidet in einer Berkley-Uniform, öffnete ihm die Tür. Ashton reichte dem Jungen Mantel und Hut.

»Suchen Sie nach jemand Bestimmtem, Mylord?«

Ashton zupfte an seiner Weste. »Essex, Rochester oder Sheridan.« Er wartete, um zu sehen, ob einer der Titel bei dem Jungen etwas auslöste.

Das Gesicht des Lakaien erhellte sich zu einem fast ehrfürchtigen Ausdruck. »Natürlich. Sie trinken etwas im Bombay Room. Kennen Sie den Weg, Mylord?«

»Ja, danke.« Er wanderte durch den Club, vorbei an Tischen und Stühlen, an und auf denen Männer saßen, die tranken, redeten und sich in aller Stille von den Anforderungen der Gesellschaft erholten. Das Feuer in den diversen Kaminen machte die Sessel noch einladender, und der Geruch von Essen und Brandy drang in seine Nase. Berkley's war wie ein zweites Zuhause.

Der Bombay Room war im indischen Stil eingerichtet und befand sich in einer oberen Etage. Die Tür war bereits angelehnt, und der Klang vertrauter Stimmen erfüllte ihn mit Wärme. Er ließ nur bei wenigen Dingen zu, dass sie für ihn von Bedeutung waren, aber die Liga war, abgesehen von seiner Familie, das Wichtigste in seinem Leben.

Das erste, was Ashton hörte, als er die Tür aufstieß, war Cedric Sheridans Glucksen.

»Ash wird wütend sein. Lady Society fordert ihn heraus.« Der Viscount lehnte sich in seinem Stuhl zurück, hielt eine Kopie des *Quizzing Glass* in der Hand und grinste.

»Schon wieder?«, fragten die anderen.

»Es ist gut, dass derjenige, der diese Kolumne schreibt, anonym bleibt. Ash würde sie zerstören.«

»Nichts stört Ash. Er ist viel zu klar im Kopf.« Godric St. Laurent, der Herzog von Essex, griff nach der Zeitung und überflog sie. »Warte, bis Emily das liest. Sie ist überzeugt, dass Ash und Lady Melbourne sich in einem angemessenen Rahmen treffen müssen, in dem sie gezwungen sind, höflich zu sein.«

Lucien Russell, der Marquess of Rochester, stand am Fenster und drehte sich bei Godrics Worten um. »Das ist alles, worüber Horatia im letzten Monat gesprochen hat. Sie sagte, Anne habe sie heute Nachmittag zum Tee mit Lady Melbourne eingeladen.«

Ashton stand in der Tür und hörte zu, wie die drei verheirateten Mitglieder der Liga mit unbeschwerter Belustigung über ihre Frauen sprachen. Er brach in Gelächter aus und erschreckte seine Freunde, die sich seiner Anwesenheit nicht bewusst waren. »Großer Gott, ihr erlaubt, dass eure Frauen sich zum Tee treffen?«

Lucien antwortete als erster. »Du weißt doch, wie mühsam es ist, sie aufzuhalten. Wenn ich je nein sagte, würde Horatia mir ein besticktes Kissen an den Kopf werfen. Gefolgt von einer Vase.«

»Ich fürchte, sie sind genauso eng miteinander verbunden wie wir«, sagte Godric. »Sie haben sich selbst sogar diesen verdammten Namen gegeben. Die Gesellschaft der ...« Er verstummte, weil er es offensichtlich vergessen hatte.

Lucien bewegte seine Hände in der Luft, als würde er den Namen an die Wand malen. *Die Gesellschaft rebellischer Damen.«*

»Genau.« Cedric kicherte und legte seine Füße in den feinen Reitstiefeln auf den nächsten Tisch. »Solange Audrey nicht unter ihnen ist, können sie nicht zu viel Ärger bekommen.«

Ashton war sich nicht ganz sicher, ob er das genauso sehen sollte. Audrey Sheridan war Cedrics jüngste Schwester, und obwohl sie Ärger genug hatte, wusste Ashton, dass die anderen Damen fast ebenso talentiert darin waren, Unfug zu treiben.

»Ash, schau mal.« Godric reichte ihm die *Gazette*, als Ashton neben ihm auf einem Stuhl Platz nahm.

Er warf einen Blick auf den Artikel, über den sie bei seiner Ankunft diskutiert hatten. Sein Temperament flammte bald auf.

»Verstecke mich hinter meiner Schiffsflotte, ja?« Das Knur-

ren, das ihm entkam, war völlig unerwartet. Um Fassung ringend, schloss Ashton die Augen und zählte auf Latein bis zehn, wie er es sein ganzes Leben lang getan hatte, wenn er sein Temperament unter Kontrolle bringen musste. Als er die Augen wieder öffnete, lächelte er. Es spielte keine Rolle. Sein Plan war in Gang gesetzt, und bald würde Rosalind erledigt sein.

»Nun, sie hat Recht mit euch drei.« Er überprüfte den Artikel noch einmal, um die genauen Worte zu rezitieren. *»Dem Reiz des Eros erliegen und Ehefrauen nehmen.«*

Godric riss Ashton die Zeitung aus den Händen. »Ich wünschte, ich wüsste, wer dieses Gelaber geschrieben hat. Wahrscheinlich eine alte Fledermaus in der Upper Wimpole Street, die keinen richtigen Weg in den *Ton* findet und ihre Rache dafür ausübt, nicht zur Elite zu gehören.« Sein leicht sarkastischer Ton deutete auf seine Abneigung gegen seine eigene Klasse hin.

Lucien schwenkte sein Brandyglas und verließ seinen Platz am Fenster, um einen leeren Stuhl neben Cedric einzunehmen. Er schien eine Idee zu haben.

»Warum setzen wir nicht unsere geliebten Frauen darauf an? Es würde sie sicherlich beschäftigen und zur Abwechslung aus unseren Angelegenheiten heraushalten, wenn sie ein Rätsel zu lösen hätten.«

Cedric lachte. »Ich wage zu behaupten, dass sie vielleicht sogar erfahren würden, wer sie ist, aber Emily, Anne oder Horatia würden auf keinen Fall eine der ihren verraten. Und so sehr wir uns auch bemühen, aus unseren Angelegenheiten werden sie sich nie heraushalten lassen.«

Ashton nickte zustimmend. Aber das Problem, das ihm schwer am Herzen lag, war die Gefahr, die ein Teil der Vergangenheit der Liga für die Frauen in ihrem Leben darstellte.

Als ob er Ashtons Besorgnis selbst ähnlich empfand,

verschränkte Godric die Arme mit einem grimmigen Ausdruck in seinen grünen Augen. »Das erinnert mich daran, wo stehen wir in der Waverly-Angelegenheit?«

Ashton wurde von Anspannung gepackt, jeder Muskel verkrampfte. Waverly löste immer dunkle Erinnerungen und alte Ängste in ihm aus, zusammen mit einer Welle von Schuldgefühlen.

Es gab eine Zeit, da war Hugo nur ein lästiger privilegierter Trottel gewesen, den sie in Cambridge kennengelernt hatten. Als dann aufgrund einer alten Familienrache Waverly versucht hatte, ihren Freund Charles zu töten, war in jener Nacht stattdessen ein anderer Schüler gestorben. Einer, der schuldlos gewesen war und nur versucht hatte, Frieden zu stiften. Es war ein Moment gewesen, der ihr ganzes Leben verändert hatte.

Ashtons Handflächen zuckten, als könnte er fühlen, wie das Blut dieses unschuldigen Mannes immer noch seine Hände bedeckte.

»Er wurde an den Docks gesehen, in denen meine Flotte liegt, aber ich kann derzeit nicht feststellen, was er vorhat. Ich schlage vor, dass wir uns alle gegenseitig im Auge behalten, bis Waverlys nächster Plan sich offenbart.«

Godric versuchte, einen finsteren Blick zurückzuhalten, scheiterte aber. Geduld war nie eine seiner Tugenden gewesen, wenn er das Gefühl hatte, man könne etwas unternehmen.

Ashton griff in seine Weste und zog eine kleine Taschenuhr an einer schmalen Silberkette heraus. Es war eine Stunde her, seit er der letzten Bank seine Anweisungen bezüglich Rosalinds Kredit gegeben hatte. In weniger als einer halben Stunde würden die Männer, mit denen er sich getroffen hatte, Mitteilungen an Rosalinds Bank schicken, um ihre Geldscheine in Gold einzulösen. Der kleine schottische

Wildfang würde dafür bezahlen, ihn letzten Monat im Theater in Verlegenheit gebracht zu haben.

Wenn ich nur ihr Gesicht sehen könnte, sobald sie merkt, dass sie ruiniert ist.

Natürlich war er nicht so grausam, sie ins Schuldnergefängnis zu schicken. Die Frau würde ihr Vermögen rechtzeitig zurückbekommen, nachdem er herausfand, was Hugo mit ihren Geschäften zu schaffen hatte, und nachdem sie erfahren hatte, dass mit ihm nicht zu spaßen war. Lady Melbourne hatte eine solche Lektion verdient, indem sie ihn herausgefordert hatte.

»Großer Gott, Ash grinst. Das ist nie ein gutes Zeichen«, murmelte Lucien.

Ashton brach aus den fast fröhlichen Gedanken aus, die er gehabt hatte.

»Ash.« Godrics Ton war warnend. »Möchtest du uns mitteilen, was in deinem Kopf vorgeht?«

Cedric, Lucien und Godric beugten sich alle vor, als hätten sie Angst, trotz der Privatsphäre des Bombay Room des Clubs belauscht zu werden. Die Standuhr in der Ecke schlug die Stunde, aber sie lenkte die Aufmerksamkeit seiner Freunde nicht ab.

Ashton steckte seine Uhr wieder in seine Manteltasche und begegnete ihren Blicken.

»Vor gut einer Stunde habe ich einen Plan in Gang gesetzt, der Lady Melbourne finanziell ruinieren wird. Es wird mir ermöglichen, ihre Aktivitäten aufzuhalten und Waverly damit zu schaden.«

»Sie ist mit ihm im Bunde?«, fragte Cedric.

»Alles, was ich mit Sicherheit weiß, ist, dass er ihre Schiffe für seine eigenen Zwecke benutzt, und ich möchte ihn aufhalten. Er arbeitet mit ihr in mehreren Unternehmen zusammen, und ich möchte Zugang zu ihren Büchern sowie zu den Versandlisten erhalten. Aber die einzige Möglichkeit, ihre

Unternehmen zu überprüfen, besteht darin, selbst einen Anspruch auf sie zu erheben. Deshalb habe ich die meisten ihrer Schulden aufgekauft – nicht dass sie viele hatte. Ich werde sie bis auf den Namen besitzen.«

Ein leises Pfeifen kam über Cedrics Lippen. »Ash, unsere Frauen haben sie heute Nachmittag zum Tee eingeladen.«

Zum ersten Mal seit langer Zeit war Ashton fröhlich. »Wenn ich nur da wäre, um ihr Gesicht zu sehen, wenn sie die Wahrheit erfährt.« Ihre schönen grauen Augen vor Schock weit aufgerissen zu sehen, zu erleben, wie ihre Lippen sich öffneten, wenn sie überrascht einatmete ... Es wäre fast so schön, wie sie in seinem Bett zu haben. Aber da er ihren Körper nicht haben konnte - man schlief ja nicht mit seinen Feinden - musste das genügen.

Einige Augenblicke später brachen seine Freunde endlich das Schweigen.

»Es liegt nicht an dem Vorfall im Theater, oder?«, erkundigte sich Lucien. »Du willst dich rächen, weil sie in dieser Nische die Oberhand gewonnen hat?« Cedric kicherte, und Godric fluchte leise. Es war nicht die Antwort, die Ashton erwartet hatte. In der Vergangenheit wäre das für die Liga normal gewesen. Sie hätten ihm zu einem solchen Sieg gratuliert.

»Was?«, fragte Ash hitzig, als die anderen schwiegen.

Godric fuhr sich mit der Hand durch sein dunkles Haar. »Was ist, wenn Lady Melbourne das zu persönlich nimmt und ihre wilden Brüder aus Schottland holt? Ich habe immer noch Albträume über das letzte Mal, als ich mich mit ihnen beschäftigt habe. Einer von ihnen hat einen verdammten Stuhl auf meinem Rücken zerbrochen. Ich musste den Schaden an der Taverne bezahlen, in der wir gekämpft haben.«

»Drei wilde Schotten machen mir keine Angst.« Ashton hatte noch nie einen Boxkampf verloren, und er hatte auch noch nie eine Kneipenschlägerei verloren. Während Charles der wahre Faustkämpfer der Gruppe war, waren Ashtons Fähigkeiten mit seinen vergleichbar, obwohl er nur kämpfte, wenn es nötig wurde.

»Nein, *einer* sollte dir Angst machen«, grummelte Godric. »Drei sollten dich zu Tode erschrecken.«

»Macht sich eigentlich außer mir sonst niemand Sorgen, dass unsere Frauen gerade das Opfer von Ashs Intrigen unterhalten?«, fragte Cedric. »Wenn sie herausfinden, dass wir davon wussten, verbringe ich wahrscheinlich den nächsten Monat damit, in meinem Arbeitszimmer zu schlafen, anstatt mit meiner Frau im Bett zu liegen.«

Das zustimmende Gemurmel von Godric und Lucien ließ Ashton sie finster anblicken.

»Ich fange an zu glauben, dass Charles Recht hatte. Ihr werdet alle weich.«

Charles hatte einmal gesagt, Liebe und Ehe würden die Liga zerreißen und ihre Stärke zerstören. In jenem Moment war Ashton nicht geneigt gewesen, ihm zu glauben, aber in letzter Zeit ...

Bei einem Klopfen an der Tür wandten sie sich alle zum Eingang des Bombay Room. Ein junger Bursche öffnete die Tür, die Augen weit aufgerissen und die Hände zitterten ein wenig unter dem Gewicht des Briefes, den er trug. Ihr Ruf erweckte zumindest immer noch Ehrfurcht.

»Entschuldigen Sie das Eindringen, Mylords. Ich habe einen dringenden Brief für Lord Lennox.« Der Blick des Jungen huschte zwischen ihnen hin und her. Er spürte, dass er etwas unterbrochen hatte, und spürte zweifellos die unsichtbare Spannung im Raum.

Ashton winkte dem Jungen zu. »Bringe es her.«

Der Junge warf das Papier praktisch nach Ashton und floh.

»Wenigstens hat noch jemand genug gesunden Menschenverstand, sich vor uns zu fürchten«, kicherte Godric.

Das dünne Papier enthielt eine kurze Nachricht von seiner jüngsten Schwester Joanna.

ASHTON.

Du musst sofort nach Hause kommen. Unsere beiden Pachtfarmen haben letzte Nacht Feuer gefangen und sind komplett zerstört. Zum Glück wurde niemand verletzt. Die Familien sind sicher, aber ohne Obdach. Bitte komm nach Hause. Die Bauernhäuser müssen sofort wieder aufgebaut werden.

Deine

Joanna

ASHTON FALTETE DEN BRIEF RUHIG ZUSAMMEN UND STECKTE ihn in die Innentasche seines Mantels.

»Schlechte Nachrichten?«, fragte Lucien.

»Es ist von meiner Schwester. Sie sagt, die Häuser von zwei meiner Pächter sind abgebrannt. Ich muss sofort nach Hause.« Er erhob sich von seinem Stuhl.

»Was ist mit Lady Melbourne?«, fragte Cedric.

»Was soll mit ihr sein?«

Cedric zog eine Braue hoch. »Du hast sie für den finanziellen Ruin vorbereitet, und jetzt verlässt du London?«

Ein langsames Lächeln breitete sich auf seinem Gesicht aus. »Wenn sie beschließt, dss sie zu meinen Füßen kriechen möchte, dann könnt ihr sie gerne auf mein Anwesen schicken. Ich werde ihre Entschuldigungen dort gerne entgegennehmen.«

Er zog seinen Mantel über und verließ den Bombay Room, während seine Freunde zurückblieben.

Wenn es doch nur dazu kommen würde – Lady Melbourne

auf den Knien, ihn um Verzeihung bittend, ihre grauen Augen funkelten von schönen Tränen und ihr langes dunkles Haar war griechisch nach hinten gekämmt. Diese langen Locken, die ihren Nacken streicheln ...

Ja, Ashton hatte sich die Szene in der letzten Woche zu oft vorgestellt. Wie er Lady Melbourne sagen würde, dass sie, wenn sie ihn wirklich besänftigen wollte, sich ein paar kreative Wege einfallen lassen sollte, um es hinter verschlossenen Türen wieder gut zu machen. Nicht, dass er ihr im Bett trauen konnte, und er würde sicherlich nie eine Frau dazu zwingen, sich zu ihm zu legen, aber solche Fantasien waren es wert, in seinem Kopf erforscht zu werden.

Ashton verließ Berkley's und rief eine Mietkutsche zu sich. Er würde seinen Kammerdiener anweisen, nur leichtes Gepäck zusammenzustellen, damit sie sein Anwesen schnell erreichen konnten. Joannas Notiz war beunruhigend. Obwohl Brände durchaus oft vorkamen, war die Tatsache, dass seine beiden Mieter meilenweit voneinander entfernt waren, beunruhigend.

Ich glaube nicht an solche Zufälle.

Wieder stellte er sich ein Schachbrett vor. Ein Spiel wurde gespielt, Liga gegen Waverly, und die Uhr tickte mit jedem Zug und Gegenzug.

KAPITEL 2

*H*ände gleiten über ihre äußeren Schenkel, heben ihr Gewand hoch, warme Atemzüge sanft an ihrer Wange, strahlend blaue Augen voller böser Begierden, und hellblondes Haar fällt ...

»Lady Melbourne?«

Rosalind Melbourne kam zu sich selbst zurück. Sie saß in einem gemütlichen Sessel in einer sonnigen Stube mit blauen Wänden. Drei weibliche Augenpaare waren auf sie gerichtet, alle ein wenig besorgt. Noch vor einem Moment hatte sie ihren Hostessen zugehört, die über die neuesten Skandale und politischen Intrigen sprachen, doch dann hatte sich das Gespräch auf Ehen und die Männer in ihrem Leben konzentriert. Es war nur natürlich, dass ihre Gedanken zu Ashton wanderten, als seine Freunde erwähnt wurden. Und das hatte zu Erinnerungen an das letzte Mal geführt, als sie ihn gesehen hatte ... in der Oper ... als sie beide die Selbstbeherrschung verloren hatten.

Ich hätte diesem Mann niemals erlauben dürfen, mich zu küssen, noch hätte ich ihn berühren sollen. Das war ein Fehler.

Sie griff nach der Tasse Tee, die ihr auf dem Tisch am nächsten stand. »Es tut mir leid. Ich habe geträumt.«

»Ist schon in Ordnung«, sagte Lady Sheridan und lächelte wieder. »Wir freuen uns sehr, dass Sie einen Moment Zeit hatten, uns zu treffen.«

Rosalind lächelte sie an. Anne war eine der wenigen Frauen des *Ton*, mit denen sie auskommen konnte. Die meisten der dummen Närrinnen mochten sie auch nicht besonders. Als schottische Dame, die mit drei wilden Brüdern, Gott schütze sie alle drei, in einem verfallenen Schloss aufgewachsen war, hatte sie keine Chance gehabt, sich jemals in die normale Londoner Gesellschaft einzufügen, selbst als sie Lord Melbourne geheiratet hatte, Gott sei seiner Seele gnädig. Der Mann war in den Sechzigern gewesen, als er um ihre Hand gebeten hatte.

Dieser Tag war nie weit weg aus ihren Gedanken. Immer, wenn ihre Brüder nicht in der Nähe waren, hatte sie die Aufmerksamkeit ihres Vaters auf sich gezogen, und er hatte seine Wut an ihr ausgelassen. In jener letzten Nacht war sie von Castle Kincade weggelaufen, fast blind vor Schmerzen. Sie war fast zwei Meilen barfuß zum nächsten Dorf gegangen. Die Schläge ihres Vaters verbrannten ihr Gesicht und ihren Rücken.

Sie war im Dorf in eine Taverne gestolpert und war Lord Melbourne in den Schoß gefallen, als sie über ein loses Dielenbrett gestolpert war. Er hatte einen Blick in ihr Gesicht geworfen und mit finsterem Blick gesagt: »Niemand sollte eine Dame so behandeln.«

Er hatte darauf bestanden, ihr in der Taverne ein Abendessen zu kaufen. Nachdem er dafür gesorgt hatte, dass sie warm und satt war und neue Stiefel trug, die er einem Schankmädchen abgekauft hatte, hatte er sie direkt zu einem Schmied gebracht und sie in dieser Nacht geheiratet.

Armer Henry. So ein süßer Mann.

Nach ihrer Heirat mit Henry war sie in ihr neues Zuhause in London gezogen, und er war nur ein Jahr später im Schlaf gestorben. Sie hatte damit rechnen müssen, aber jetzt war sie die Herrin ihres eigenen Schicksals. Der liebe Mann hatte sie in Geschäftsstrategien und im Bankwesen unterrichtet. Sie hatte schon immer ein natürliches Talent dafür gehabt, aber er hatte ihr geholfen, ein Vertrauen und Wissen zu fördern, das sie stark machte, sodass sie nach seinem Tod in der Lage war, auf sich allein gestellt zu überleben. Seine Gesellschaften waren zu ihrem Imperium geworden und würden ihres bleiben, wenn sie nicht wieder heiratete. Nach englischem Recht würde es dann auf ihren neuen Ehemann übergehen, und sie würde selbst Eigentum werden.

Mein Leben würde nie wieder meins sein.

Sie hatte nicht die Absicht, das zuzulassen. Eine mächtige Witwe zu sein, das war dem Leben einer verheirateten Sklavin vorzuziehen.

»Lady Melbourne, ich habe gehört, dass Sie mehrere Reedereien haben?«, fragte die Herzogin von Essex, bevor sie an ihrem Tee nippte.

Die Herzogin, die darauf bestanden hatte, Emily genannt zu werden, war ein hübsches Geschöpf mit violetten Augen, kastanienbraunem Haar und einem Lächeln voller Schalk und List.

»Ja, das ist richtig«, antwortete Rosalind. »Ich habe das Unternehmen meines verstorbenen Mannes übernommen und habe es durch den Kauf anderer Reedereien, die auf den Markt kamen, ausgebaut. Der Seehandel kann ein riskantes Unterfangen sein, aber er hat sich bisher als fruchtbar erwiesen.« Sie lächelte ein wenig, glücklich, über das Geschäftliche zu sprechen. Es war eine ihrer Lebensfreuden, das Streben nach Unternehmen, die Akquisitionen, die Schifffahrt. Die mentalen Herausforderungen, die Unternehmen zu führen, die ihr Vermögen bildeten, hatten sich immer sehr gelohnt.

Die anderen beiden Damen, Anne, Viscountess Sheridan, und Lady Rochester, die darauf bestand, Horatia genannt zu werden, tauschten einen Blick aus. Rosalind war nicht dumm. Die drei Frauen taten dies von dem Moment an, als sie zum Tee in Sheridan House angekommen war. Sie vermutete, dass sie sie aus irgendeinem Grund in die Curzon Street eingeladen hatten, und sie wünschte, sie würden einfach damit herausrücken und sie fragen, was immer sie interessierte.

»Machen Sie auch irgendwelche Geschäfte mit Lord Lennox?«, fragte Horatia. Ihre Wangen waren rot geworden, was die Richtung verriet, von der Rosalind befürchtete, dass das Gespräch dorthin geleitet werden sollte. Angesichts der engen Freundschaften ihrer Ehemänner mit Lennox hatte sie dies erwartet.

Rosalind seufzte. »Lord Lennox ...« Der höllische Baron hatte die unheimliche Gabe, ständig in ihrem Leben aufzutauchen. Er war es, an den sie vor wenigen Augenblicken gedacht hatte. Der Mann, der sie in einer Theaternische rücksichtslos geküsst hatte. Er war darauf aus gewesen, sie für ihre Einmischung in seine Geschäfte zu bestrafen, aber diese Züchtigung hatte sich in einen Versuch der Leidenschaft verwandelt, zweifellos in der Absicht, sie dazu zu bringen, sich fortan ständig nach ihm zu sehnen.

Sie musste hart kämpfen, um das kleine Lächeln bei dieser besonderen Erinnerung zu unterdrücken. Sie hatte seinen Trick durchschaut und ihn gegen ihn gerichtet, und er war ihr gegenüber wehrlos gewesen. Sie erinnerte sich daran, wie sie ihren Handschuh vor seine Füße fallen ließ, eine Herausforderung zum Abschied, bevor sie ihn verlassen hatte, damit er sich selbst um das Problem mit seiner befleckten Hose kümmern konnte.

Lennox würde zweifellos etwas planen, um sich zu rächen; sein Ego würde es nicht anders zulassen. Aber diese Damen waren mit Freunden von ihm verheiratet, also musste sie vorsichtig antworten.

»Nun, unsere Geschäftsinteressen, obwohl wir sie teilen, neigen dazu, uns in direkte Konkurrenz zu stellen.« Sie zögerte, mehr zu sagen. Es war möglich, dass alles, was sie diesen drei Frauen erzählte, durch ihre Ehemänner auch den Weg zu ihm fand. Das Geheimnis ihres Erfolgs lag in der subtilen Balance, Informationen von anderen zu erhalten und sie von indiskreten Ohren fernzuhalten.

Mehr als einmal war sie auf die verlassenen Liebhaberinnen gestoßen, die Ashton hinterlassen hatte – Witwen, Töchter oder unglückliche Ehefrauen von denen, mit denen er in Konkurrenz stand. Sie hatten ihn im Laufe eines Abends, oft im Bett, mit Informationen versorgt, und er hatte sie zu seinem Vorteil genutzt.

Aber er hatte auch eine ganze Reihe von Frauen hinterlassen, die bereit waren, über *ihn* und seine Taktiken zu sprechen. Rosalind hatte diese Informationen zu ihrem eigenen Vorteil genutzt und war in der Lage gewesen, seine Bewegungen und Strategien zu verfolgen, sogar seine Geschäftsziele vorherzusehen und ihn mehr als einmal zu überlisten.

Emily stieß Horatias Ellbogen an. Horatia meldete sich zu Wort.

»Ich bin sicher, Sie müssen denken, wir seien Spione im Namen unserer Ehemänner, aber ich versichere Ihnen, dass dies nicht der Fall ist.« Horatia stellte ihre Teetasse ab. »Der Grund, warum wir fragen, ist, Sie zu schützen, wenn wir können.«

»Mich schützen?« Rosalind stellte ihre eigene Tasse ab, ein Aufflackern von Unbehagen durchfuhr sie wie ein erschrockenes Kaninchen im Unterholz. »Aber wovor denn?«

Emily räusperte sich. »Was wir sagen wollen ist, dass wir Lord Lennox kennen. Wir wissen, wozu er fähig ist, wenn er in Stimmung ist. Wir alle bewundern Ihren Mut und Ihre

Fähigkeit, sich unter den Männern durchzusetzen. Und wir wollen nicht, dass Ashton, das heißt Lord Lennox, Sie verärgert, nur weil ihm jemand in die Suppe gespuckt hat. Ich vergöttere den Mann, aber wie alle anderen von ihnen kann er in seinen geschäftlichen Angelegenheiten hart werden, wo sein Stolz schmerzt. Wir möchten Sie nur beschützen, Lady Melbourne. Wir Damen müssen zusammenhalten.«

»Nun ...« Was sollte sie dazu sagen? Rosalind zupfte an ihrem rosafarbenen Tageskleid und wandte den Blick ab, da sie sich ein wenig unbehaglich fühlte.

»Können Sie wissen, ob Ihre Finanzen geschützt sind?«, fragte Anne leise. »Cedric, das heißt, mein Mann, sagte einmal, Ashton kann jeden Mann herausfordern, indem er seinen Bankfähigkeiten, wie etwa seiner Kreditwürdigkeit und seinen Schulden, einen Schlag versetzt.«

Rosalind spürte, wie ihr der Magen heruntersackte. Diese Damen meinten es ernst mit Lennox. Und sie hatte den Stolz des Mannes ganz sicher gereizt. Sie hatte ihm im letzten Monat drei Firmen vor der Nase weggekauft und alte Handelspartner von ihm umworben. Aber so etwas Drastisches würde er sicher nicht tun. Aber sie hatte Kreditlinien aufgenommen, um die letzten paar Firmen zu kaufen, und ihrer eigenen Bank würde das Gold ausgehen, wenn ihre Noten in diesem Moment fällig wurden.

»Aber er würde sicher nicht ...« Sie ging die Zahlen und Szenarien in ihrem Kopf durch. Sie konnte es sehen. Eine Schwachstelle. Was wäre, wenn ...?

Plötzlich war der Raum zu heiß, zu geschlossen. Sie brauchte Luft.

»Schnell, Anne, mach ein Fenster auf!«, keuchte Horatia.

Rosalind stürzte von ihrem Platz und folgte Anne, die ein Fenster zum Garten öffnete. Sie lehnte sich gegen das Fensterbrett und grub ihre Hände in das Holz, während sie die frische Frühlingsluft einatmete.

»Ja, so ist es gut«, beruhigte Anne. »Atmen Sie tief durch, und alles wird gut.«

Rosalind wünschte, es wäre so einfach. Aber wenn Lennox diesen Plan in die Tat umsetzte, hätte sie kaum eine Chance, ihn aufzuhalten, es sei denn, sie könnte sich an die Banken wenden und um mehr Kredit zur Deckung der Goldauszahlungen bitten. Aber das würde ihr Schuldenproblem nicht lösen, wenn er die Schulden kaufte. Sie würde ihm dann noch alles schulden.

»Was können wir tun, um zu helfen?«, fragte Horatia.

Rosalind brauchte einige lange Momente, um sich zu sammeln. Ihr Korsett war zu eng, und Schwindel überkam sie.

»Ich fürchte, ich muss gehen ...« Wenn sie es schaffte, schneller als er zu sein, würde sie vielleicht überleben.

»Natürlich«, antwortete Emily. »Möchten Sie, dass jemand von uns Sie begleitet?«

»Nein!« Rosalind keuchte auf, fasste sich aber wieder. »Ich meine, nein danke, Euer Gnaden. Ich fürchte, es wäre nicht gut, wenn Sie mit mir in eine Bank gehen würden. Sie benehmen sich dort schon schlecht genug, wenn ich hineingehe – ich möchte nicht sehen, wie sie auf eine Herzogin reagieren.«

Emily grinste, und ihre violetten Augen funkelten. »Unsinn. Ich habe keine Bedenken gegen Skandale. Sie vergessen, mit wem ich verheiratet bin. Skandal ist für mich nichts Neues.«

Rosalind dachte über ihre Optionen nach. Sie nahm Hilfe nicht so gerne an, aber etwas an Emily war beruhigend. Weder sie noch Horatia oder Anne schienen die Art von Frauen zu sein, die sich von Männern kontrollieren ließen, nicht einmal ihren Ehemännern.

»Nun, wenn es Ihnen nichts ausmacht.« Schließlich seufzte sie und rieb sich die Schläfen.

»Keineswegs.« Emily teilte mit Anne und Horatia einen

weiteren dieser geheimnisvollen Blicke.

»Darf ich fragen, warum helfen Sie mir, Euer Gnaden?« Rosalind schloss das Fenster zum Garten und konzentrierte sich auf die drei Frauen. »Ich kann nicht anders, als zu bemerken, dass Sie sich ständig ansehen.«

Horatia errötete. »Wir alle mussten in der Vergangenheit mit Männern zurechtkommen, wenn sie Ärger gemacht haben. Wir möchten Ihnen helfen, und wir wissen, dass Ashton Ihrem Unternehmen großen Schaden zufügen kann.«

»Ich lasse meine Kutsche kommen.« Emily erhob sich von ihrem Stuhl und zog an einer dünnen Schnur an der Tür.

EINE HALBE STUNDE SPÄTER HIELT DIE KUTSCHE MIT DEM Wappen der Familie von Essex rasselnd vor Drummond's Bank. Es war die Bank, bei der Rosalind den Großteil ihrer Kreditlinien hielt.

Rosalind und Emily stiegen aus der Kutsche und gingen zur Bank, ignorierten die Blicke der Männer und Frauen auf der Straße. Es hatte Rosalind erstaunt, auf der Fahrt zu erfahren, dass Emily selbst eine erfahrene Geschäftsfrau war. Sie hatte die Konten ihres Onkels verwaltet und dann die ihres Mannes übernommen, nachdem sie geheiratet hatte. Im Laufe des Gesprächs hatte Emily ihr eine fantastische Geschichte über Entführung, Intrigen und schließlich Liebe erzählt, die zu ihrer Heirat mit dem Herzog von Essex geführt hatte. Die Zeitungen hatten sicherlich keine *dieser* Einzelheiten genannt.

Als sie die Tür zur Bank erreichten, zog Rosalind sie kurz am Arm zurück. »Sind Sie sich ganz sicher, dass Sie mit mir da hineingehen wollen? Es wird Gerede geben – mehr als nur Gerede – wenn Sie das tun.«

Mit einem Lachen antwortete Emily: »Es ist schon lange

her, dass ich als skandalös angesehen wurde, also ist es Zeit, wieder in den Klatsch einzutauchen, denke ich.«

Wenn Rosalinds Nerven nicht so gereizt gewesen wären, hätte sie mit ihr gelacht.

Das Innere der Bank war voll von Geschäftsleuten und Adeligen, die redeten, Papiere durchsahen und Geschäfte abschlossen. Eine kollektive Stille erfüllte den Raum, als sie und die Herzogin eintraten. Frauen sollten ein solches Reich nicht betreten, ohne dass ein Gentleman sie begleitete. Es war etwas, an das sie sich gewöhnt hatte, die bedrückenden Blicke von Männern, die sie einschüchtern wollten, damit sie ging. Aber sie gab dem nie nach. Es gab nichts, was einer von ihnen ihr antun konnte. Nachdem sie den größten Teil ihres Lebens in den Händen eines gewalttätigen Vaters verbracht hatte, hatte sie es satt, sich von Männern diktieren zu lassen.

»Ist das immer so?« Emily beugte sich vor, um zu flüstern. »Die Art, wie sie Sie anstarren?«

Rosalind antwortete mit einem schwachen Nicken.

Plötzlich trat ein großer, dunkelhaariger Mann mit honigbraunen Augen aus der Menge und näherte sich ihnen. Rosalind erkannte den Herrn. Sie hatte halb befürchtet, dass Emilys Ehemann oder einer der anderen sogenannten Schurken hier sein würden, um sie abzufangen, aber dieser Mann gehörte nicht zu ihnen, obwohl er ein Bekannter von ihnen war.

»Ihre Gnaden.« Sein Lächeln zerstreute einen Teil der Anspannung um sie herum. Es gab immer noch ein paar Murren, aber die Mehrheit der Männer kehrte zu ihren vorherigen Gesprächen zurück.

»Lord Pembroke! Wie schön, Sie zu sehen«, begrüßte Emily den Mann und wandte sich an Rosalind. »Lord Pembroke, das ist Lady Melbourne.«

Pembroke beugte sich über ihre Hand und presste seine Lippen auf ihre Fingerknöchel. »Ist mir ein Vergnügen. Was führt die Damen zu Drummond's?« Pembrokes Augen huschten um sie herum, aber er schien nicht ganz überrascht zu sein, dass sie sich in solch einer Bastion männlicher Aktivität befanden.

»Wir lösen ein Problem«, sagte Emily. »Rosalind, wen müssen wir sprechen?«

»Mr. Reed.«

»Nun denn.« Pembroke bot Emily einen Arm an, und sie nahm ihn und zwinkerte Rosalind zu, während er sie zu Mr. Reeds Büro geleitete.

Der Bankier saß an seinem Schreibtisch und brütete über mehreren Briefen. Er sah auf und erstarrte, als er Rosalind, Emily und den Earl of Pembroke in seiner Tür sah.

»Lady Melbourne?« Ihr Name entging dem Bankier stotternd.

»Mr. Reed.« Sie nahm vor ihm Platz und musterte den älteren Mann eingehend. Seine Haut hatte eine weiße Blässe angenommen, und er begann, alle möglichen Papiere und Gegenstände auf seinem Tisch herumzuschieben. Dies verhieß nichts Gutes.

»Was darf ich für Sie tun?«, Mr. Reed, während er einen Finger unter sein Halstuch gleiten ließ und daran zog.

»Ich wollte sehen, wie ich meine Kreditlinie verlängern kann.«

»Ihr Kredit...« Mr. Reed schluckte und lächelte ein wenig, aber der Ausdruck war gezwungen.

»Ja, ich habe mehrere Kreditbriefe im Umlauf und befürchte, dass sie eingelöst werden könnten.« Sie zögerte, als Mr. Reeds Blick weghuschte und dann wieder zurückkehrte.

»Lady Melbourne, es tut mir leid, Ihnen dies sagen zu müssen, aber ich kann keine weiteren Kreditlinien gewähren.«

In Rosalinds Bauch bildeten sich Knoten. Sie beugte sich in ihrem Sitz vor. »Warum nicht? Brauchen Sie mehr Sicherheiten?«

Mr. Reed schüttelte den Kopf. »Ich kann Ihren Kredit unter keinen Umständen verlängern.«

»Woran liegt das?«, verlangte Lord Pembroke zu wissen.

Rosalind sah, dass er bei ihr und Emily geblieben war. Er runzelte jetzt die Stirn, als er sich gegen den Türrahmen von Mr. Reeds Büro lehnte.

»Nun, es gehört zur Bankpolitik, Entscheidungen zu treffen, die unsere Stabilität schützen und ...«

»Mr. Reed«, unterbrach Emily sanft, obwohl Rosalind ein hartes Glitzern in den Augen der jungen Frau wahrnahm. »Ihre Tochter feiert doch dieses Jahr ihr Debüt, nicht wahr?«

»Nun, ja. Amelia. Meine Jüngste.« Mr. Reed seufzte und senkte den Kopf ein paar Zentimeter.

»Sie ist ein reizendes Mädchen, ich erinnere mich«, fuhr Emily fort. »Und sie könnte eine gute Verbindung finden, wenn sie Hilfe hätte, sagen wir, wenn eine *Herzogin* sie sponsert?«

Rosalind blinzelte. Bot sich Emily tatsächlich der Tochter des Bankiers als Sponsorin an?

Mr. Reeds Gesicht hellte sich auf. »Das wäre wundervoll.«

Emily hob eine behandschuhte Hand. »Es wäre mir eine Ehre, sie zu sponsern, aber ich fürchte, ich könnte es einfach nicht tun, wenn ich Ihnen nicht vertraue, Mr. Reed, in *allen* Dingen.«

Der Bankier starrte Emily lange an. »Sie würdest Amelia helfen, einen guten Mann zu finden, mit, sagen wir, zehntausend Pfund pro Jahr?«

Emilys Lächeln wurde breiter. »Ich habe schon einige geeignete Kandidaten im Kopf.«

Als Mr. Reed das nächste Mal sprach, war seine Stimme leise, und er beugte sich vor. »Sie dürfen ihm nicht sagen, dass ich sein Vertrauen missbraucht habe.«

»Das werden wir nicht. Nun, *wer* hat von Ihnen verlangt,

dass Sie keine Kreditverlängerungen zulassen sollen? Ich nehme an, das hat jemand bestellt, richtig?«

»Lord Lennox.«

Es war der Name, den Rosalind zu hören gefürchtet hatte. Als sie hörte, wie sich ihre Sorgen bestätigten, überkam sie Panik. Also begann Lennox tatsächlich mit seinem Spiel, nachdem er einen Monat gewartet hatte, sodass sie sich nach jener Nacht im Theater in Sicherheit hatte wiegen können.

»Ich danke Ihnen, Mr. Reed.« Emily warf Rosalind einen Blick zu.

Pembroke sah entsetzt aus. »Moment mal. Lennox versucht, Sie daran zu hindern, Kredite aufzunehmen? Aus welchem Grund? Ich kenne ihn. Er ist ein skrupelloser Geschäftsmann, aber nicht für Damen.«

Mit einem freudlosen Lachen ballte Rosalind die Hände in ihren Röcken. »Ich scheine die Ausnahme zu sein.« *Wie viel Glück habe ich?* Ihre innere Stimme war ein bisschen unhöflich, aber wer konnte es ihr verdenken? Lennox hatte sie mit dem Rücken an eine Wand gestellt, und sie ging nicht gut damit um.

»Lady Melbourne, mir wurde *abgeraten*, Ihnen Einzelheiten zu nennen. Allerdings«, sagte Reed und warf Emily einen erneuten Blick zu. »Mir wurde mitgeteilt, dass er auch die Schulden, die Sie haben, gekauft hat und heute Nachmittag Mahnzahlungen über Bevollmächtigte senden wird.«

Rosalind sank in ihren Sitz. Das war viel schlimmer als die Goldforderungen, die sie erwartet hatte, aber es war auch so clever. Eine persönliche Note, um sie genau wissen zu lassen, wer sie besiegt hatte.

»Oh, dieser pompöse, verdammte Bastard!« Der Fluch kam nicht von Rosalind, sondern von Emily. »Na warte, wenn ich ihn in die Finger bekomme. Er soll der Gentleman der Liga sein. Ooh.« Emilys Hände waren zu Fäusten geballt, und Wut funkelte in ihren Augen.

Pembroke knurrte und sah die beiden Damen an. »Das ist in der Tat eine sehr böswillige Sache. Wenn Sie erlauben, werde ich dafür sagen, dass ihm bis zum Abend die Hälfte des *Ton* nur noch die kalte Schulter zeigt, und er wird aus seinem Club geworfen.«

»Danke, James, aber das wird nicht nötig sein. Ich habe einen besseren Plan, um mit unserem sich schlecht benehmenden Freund umzugehen.«

Rosalind legte der Herzogin die Hand auf den Arm. »Bitte, Emily, Sie brauchen sich nicht einzumischen ...«

»Unsinn. Das ist *genau das,* was ich tun muss. Aber zuerst müssen wir Sie nach Hause bringen, Rosalind.«

»Aber ich muss das mit den Kreditbriefen erledigen ...«

Emily strich ihre Röcke glatt. »Darum werde ich mich kümmern. Sie müssen nur Ashton erledigen.«

»Wie in aller Welt schlagen Sie vor, dass ich das tue?« Sie hatte natürlich ihre eigenen Ideen. Strangulation stand ganz oben auf ihrer Liste. Aber sie war auch neugierig, was Emily sagen würde.

»Sie beide sind Rivalen, richtig?«, fragte Emily.

»Ja.« Und Gott helfe ihr, wenn sie außer im Geschäftlichen auch noch anderswo Rivalen waren.

»Und wie würden Sie mit einem Geschäftsrivalen umgehen?«

Endlich hatte Rosalind Lust zu lächeln. »Indem ich seine Schwäche finde. Ihn von innen zerbrechen.«

»Und kennen Sie eine Schwäche, die Sie ausnutzen könnten?«

Ihre Gedanken wanderten zurück zum Theater. Eine hitzige Begegnung in dieser Nische, und er hatte die Selbstbeherrschung verloren, aber sie hatte ihre behalten. Sie hatte gewonnen.

Und ich kann wieder gewinnen.

Emily klatschte beim Anblick von Rosalinds listigem

Lächeln in die Hände. »Sehen Sie, nun bringen wir Sie auf die Spur. Ich bin sicher, Sie können das zu Ihrem Vorteil nutzen. Jetzt werde ich Sie nach Hause bringen, damit Sie sich in etwas verwandeln können, das besser zur Verführung geeignet ist.«

Der Bankier stotterte geschockt, und Pembroke überdeckte ein Lachen mit einem höflichen Husten. »Erlauben Sie mir, Sie Damen zu Ihrer Kutsche zu begleiten.« Pembroke nickte Reed zum Abschied zu.

»Danke, Lord Pembroke«, sagte Rosalind, aber ihre Gedanken schwankten noch immer.

Verführung? Sie hatte nicht unbedingt an einen solchen Plan gedacht, aber es war logisch. Wenn es ihr das zurückgeben konnte, was ihr gehörte, ihr Leben, ihre Unabhängigkeit, dann würde sie ihn wie eine Geige spielen, wenn es sein musste. Aber sie war bisher nur mit einem Mann zusammen gewesen, ihrem verstorbenen Ehemann. Im Bett war er süß und sanft gewesen, aber seine Berührung hatte nie *gebrannt* wie die von Ashton, noch hatte sich ihr ganzer Körper angefühlt, als wäre er am Rande von etwas Dunklem und Wildem, als sie sich geküsst hatten.

Aber sie verabscheute Lennox. Er wusste genau, wie er sie anfassen musste, um ihre ungezügelte Wut zu erregen. Wie sollte sich eine Frau im Bett amüsieren, wenn sie den Mann mit seinem eigenen Bettlaken erwürgen wollte? War er überhaupt *in der Lage,* sich verführen zu lassen? Sie bezweifelte, dass er jemals die Freiheit hatte, sich einer Verführung hinzugeben, aber was konnte sie sonst noch versuchen?

Als sie sich endlich von Emily und Lord Pembroke trennte, war sie völlig aufgeregt. Nein, das war nicht annähernd ein passendes Wort, aber die anderen Begriffe, die ihr in den Sinn kamen, waren höchst undamenhaft.

Als sie die Haustür ihres Stadthauses erreichte, war ihr Butler da und hielt ängstlich einen Brief hin.

»Was ist, Pevensly?« Sie nahm den Brief aus seinen zitternden Händen.

»Ein Mann im Dienst von Lord Lennox hat dies überbracht. Er sagte mir, dass Sie es sofort lesen müssen und dass er innerhalb einer Stunde zurück sein würde, um zu sehen, dass die Anweisungen des Briefes befolgt werden.«

Beklommen zog Rosalind ihre Handschuhe aus und brach das Siegel des Briefes, als sie den Flur betrat. Pevensly schloss die Tür hinter ihr.

Der Brief war elegant geschrieben, und doch, als sie zu lesen begann, fühlte er sich mit jedem Federstrich spöttischer an.

MEINE HOCHVEREHRTESTE LADY MELBOURNE,

Wie Sie inzwischen sicher wissen, hat Drummond's Bank sowie jede andere Bank in Ihrer unmittelbaren Reisedistanz die strikte Anweisung erhalten, Ihnen keinen zusätzlichen Kredit zu gewähren oder zu gewähren. Alle Ihre Kreditbriefe werden von meinen Stellvertretern eingelöst, sobald ich davon erfahre, dass Sie versuchen, sie zurückzukaufen.

Außerdem habe ich alle Ihre Schulden aufgekauft. In diesem Moment verschaffen sich meine Wirtschaftsprüfer und Anwälte in ihren Büros in London und Brighton einen vollständigen Überblick über Ihre Angelegenheiten. Ihr ganzes Schicksal liegt in meinen Händen. Das Haus, in dem Sie gerade stehen? Meins. Die Kleider, die Sie tragen? Auch meine. Sie gehören mir, Lady Melbourne, alles außer Ihrem Namen.

Was dies zu bedeuten hat? Ich werfe Sie auf die Straße. Ihre Diener mögen im Hause bleiben, und ich werde für ihre Weiterbeschäftigung sorgen, aber Sie, meine oh so kluge Rivalin, müssen woanders Heim und Herd suchen, bis ich mich entscheide, was ich mit Ihnen machen werde.

Sie gehören mir.

KAPITEL 3

KAPITEL DREI

Sie gehören mir.

Die Worte von Ashtons Brief verwischten vor ihren Augen, während Rosalind Mühe hatte zu atmen. Nein, das konnte er ihr nicht antun. Der Schock lähmte sie, ihre Muskeln verkrampften sich schmerzhaft.

Die Vergangenheit stürzte aus den Tiefen, wo sie sie begraben hatte, über ihr zusammen und ersäufte sie mit ihrem eisigen Wasser, und sie fühlte sich unfähig, die Erinnerungen aufzuhalten, die sie umhüllten.

Die kalten Burggänge, der Wind pfeift durch die verblichenen, zerfetzten Wandteppiche. Der dröhnende Schrei eines wütenden Vaters.

»Du glaubst, du kannst mir sagen, was ich zu tun habe? Du kleines Elend! Du gehörst mir, und du bist nicht mal die Luft in deinen Lungen wert!«

Ein Becher mit Honigwein explodiert an der Wand neben der Tür, hinter der sich Rosalind, gerade mal sechzehn, verbirgt. Die schmerzliche Trauer über den kürzlichen Tod ihrer Mutter hängt wie eine unsichtbare Wolke in den Fluren. Es hat ihren Vater in den Wahnsinn getrieben.

»Rosalind«, sagt eine tiefe Stimme im hinteren Flur. Rosalind zuckt zusammen, aber ihr älterer Bruder Brock hält sie fest. »Lass Vater in Ruhe – er hat getrunken.«

Die Tür kracht auf, als ihr Vater, Lord Kincade, sich auf Rosalind stürzt.

Er schwingt eine geballte Faust nach ihr, aber Brock schlägt die Hand weg.

»Ah ja? Glaubst du, du bist ein Mann, der es mit mir aufnehmen kann? Kein Sohn von mir würde es wagen!« Er bewegt sich schnell, zu schnell. Der Schlag wirft Brock zu Boden. Auch Rosalind wird getroffen, dreht sich einmal um die eigene Achse, als sie von der Wand abprallt und neben Brock fällt.

»Scheiße, ihr beide! Die Kleider auf eurem Rücken seid ihr nicht wert! Ich sollte euch beide wegen der Nutzlosigkeit verkaufen, die ihr für mich seid.« Ihr Vater knurrt wie ein Wildschwein und stolziert den Flur entlang, lässt sie allein.

Tränen treten aus ihren Augen, als sie nach ihrem schmerzenden Kiefer greift. Es fühlt sich an, als sei etwas gebrochen. Sie weiß, dass es nicht so ist, aber es tut höllisch weh.

Eine Hand legt sich auf ihre Schulter, und sie zuckt zusammen. »Das bin nur ich«, sagt Brock schroff, aber sein Ton ist sanft. Es ist nicht angebracht für ein junges Mädchen zu weinen, aber sie kann nicht aufhören. Jeden Tag in Angst vor ihrem Vater zu leben, kratzt an ihrer Seele.

»Ich kann das nicht mehr«, flüstert sie. »Er wird mich töten.«

Ihr älterer Bruder ist ihrem Vater immer noch nicht gewachsen, aber sie weiß, dass er weiterhin Schläge für sie einstecken wird. Alle ihre Brüder würden es tun.

»Rosalind, wovon redest du?« Brock umfasst ihr Kinn, aber sie wimmert, als der Schmerz aufflammt, und zieht sich zurück.

»Ich bleibe nicht. Ich muss aus diesem Haus raus. Seit Mutters Tod ist dies nicht mehr mein Zuhause.«

Ihr Bruder wischt ihr die Tränen von den Wangen, und seine grauen Augen, die ihren so ähnlich sind, sind silbern wie ein abnehmender Mond über dem Moor.

»Rosalind, das ist dein Zuhause. Es wird immer dein Zuhause sein. Und wir werden dich beschützen.«

Rosalind glaubt ihm, aber sie ist nicht naiv. Als genaues Ebenbild ihrer Mutter kann sie nicht hier bleiben und weiterhin den Zorn ihres Vaters riskieren. Sie würde eines Tages gehen müssen. Aber sie würde einen Ausweg brauchen, einen Platz zum Landen.

Wenn es nur einen Mann gäbe, der sie von ganzem Herzen heiraten möchte, könnte sie vielleicht entkommen. Aber wer würde die gebrochene Tochter des grausamen Lord Kincade haben wollen?

Die Vergangenheit verblasste und hinterließ einen bitteren Geschmack auf ihren Lippen und winzige Dornen in ihrem Herzen.

Dieses Zuhause hier hatte sie für sich selbst erschaffen, ihr verstorbener Mann hatte es ihr überlassen, das Haus zu führen. Es war ihre Welt, und dieser verdammte Idiot Lennox dachte, er hätte das Recht, ihr alles wegzunehmen? Sie von hier zu vertreiben?

Sie starrte auf die Notiz und stellte fest, dass sie sie noch nicht zu Ende gelesen hatte.

ICH BIN KEIN GRAUSAMER MANN. WENN SIE DIE SITUATION besprechen möchten, dürfen Sie mich gern auf meinem Anwesen besuchen. Allerdings dürfen Sie nicht Ihre eigene Kutsche nehmen, denn auch die fällt jetzt unter meine Kontrolle. Ich bin sicher, wenn Sie zu mir kommen, können wir eine Vereinbarung treffen, die uns beiden entgegen kommt.

Lennox

• • •

»Eine *Vereinbarung*, von der wir beide profitieren würden?«, murmelte sie. Wut und Panik durchfluteten sie und duellierten sich um die Vorherrschaft. Dieser verdammte Engländer. Sie wollte ihn erwürgen, aber die Wahrheit war, dass sie in einer üblen Lage steckte. Er hatte die volle Kontrolle über sie und spielte mit ihr wie eine Katze mit einer Maus. Etwas musste getan werden. Vielleicht war Emilys Vorschlag, den Mann zu verführen, tatsächlich eine gute Idee. Rosalind spürte hier eine Chance. Wenn Lennox sie begehrte und glaubte, sie habe sich beruhigt, würde sie beweisen, wer die Kontrolle hatte, wenn sie *ihn* unter ihr Kommando brachte.

Aber sie würde in ihrer eigenen Kutsche reisen, und Lennox sollte verdammt sein!

Ich muss mich ihm stellen. Vielleicht war der Rat der Herzogin zur Verführung doch gar nicht so unvernünftig.

»Was ist los, Eure Ladyschaft?«, fragte Pevensly. Seine dunklen Brauen zogen sich besorgt zusammen.

Rosalind starrte stirnrunzelnd auf die Adresse auf dem Pergament und reichte es ihm.

»Sie dürfen es lesen, aber bitte informieren Sie nicht den Rest des Personals – ich möchte nicht, dass sie sich Sorgen machen. Würden Sie bitte meinen Wagen in einer Stunde herumfahren lassen? Ich werde das klären. Seien Sie versichert, dass ich wiederkommen werde. Bitte lassen Sie nicht zu, dass die Bediensteten sich zuviele Sorgen machen.« Sie ließ Pevensly im Flur stehen, und der Butler starrte hinter ihr her, als sie die Treppe hinaufeilte und nach ihrer Zofe rief.

»Ja, Eure Ladyschaft?« Eine Frau, nicht viel älter als sie, erschien durch eine offene Tür am oberen Ende der Treppe.

»Packen Sie sofort meinen Koffer. Die besten Kleider, die Sie finden können. Machen Sie sich keine Mühe mit irgendwelchen Hüten. Ich werde keinen Platz für die Schachteln haben.«

Claire traf sie, als sie zu ihrem Zimmer gingen. »Geht es um den Mann, der vorhin vorbeigekommen ist? Pevensly war fast außer sich, als der Mann ging. Er war der Meinung, dass Sie nicht glücklich sein würden, wenn Sie heute Morgen von Ihren Besorgungen zurückkommen.«

Es hatte keinen Sinn, die Wahrheit vor ihr zu verbergen. Den Beobachtungen der Frau entging nichts; deshalb war sie ein ausgezeichnetes Dienstmädchen.

»Lord Lennox hat gerade versucht, mir durch meine Schulden das Leben abzukaufen. Er hat mir praktisch befohlen, dieses Haus zu verlassen.«

Claire hob eine Hand an die Lippen, aber ebenso schnell ballte sich diese Hand zu einer Faust. »Das werden Sie doch sicher nicht so stehen lassen.«

»Nein, das werde ich nicht. Ich habe vor, sofort zu seinem Anwesen zu reisen, um diesen Fehler zu beheben.«

Claire nickte. »Ah. Dann begleite ich Sie natürlich.«

»Nein, das wird nicht ...«

»Doch, das wird es«, beharrte Claire. »Sie sind eine *Dame*. Sie müssen ein Dienstmädchen haben, das Sie begleitet, und keines der anderen Mädchen kennt Sie so gut wie ich. Ich werde in Panikzeiten nicht den Kopf verlieren.«

So viel stimmte. Claire war eine Henne, die über den Haushalt wachte, aber die Frau besaß auch ein eisernes Rückgrat.

»Also gut, Sie kommen mit mir, aber nur Sie. Aber seien Sie gewarnt, die Mittel, die ich verwenden möchte, um mein Leben wiederzuerlangen, werden am besten geheim gehalten.« Sie vertraute ihrem Personal, aber Geheimnisse waren immer einfacher zu hüten, wenn sie nicht an zu viele Ohren gelangten. »Danke, Claire. Packen Sie so viel ein, wie Sie können. Wir werden in einer Stunde abreisen.«

Sie ließ ihre Zofe packen, während sie in ihr Arbeitszimmer ging, um ein paar hastige Briefe zu schreiben. Sie hatte eine Reihe von Geschäftspartnern, die sofort über die Situation informiert werden mussten. Rosalind konnte nur beten, dass sie angesichts der schlimmen Situation vergeben würden. Sie wusste, dass Sir Hugo Waverly sehr verständnisvoll sein würde. Er war sich mehr als jeder andere ihrer Geschichte in Bezug auf Lennox bewusst. Tatsächlich hatte er viele Ideen gefördert, die dazu geführt hatten, dass sie in Bieterschlachten und Firmenkäufen über Lennox triumphierte.

Sie sortierte die Briefe auf ihrem Schreibtisch und hielt inne, als sie ein handtellergroßes Päckchen fand, das an sie adressiert war. Die Tinte auf der Absenderadresse war vom Regenwasser verschwommen, aber es schien aus Schottland zu stammen. Ihr Herz begann zu klopfen, als sie die Schnur löste und das Paket öffnete.

Ein in ein Taschentuch gewickelter Gegenstand fiel ihr in die Hände. Sie wickelte es auch und betrachtete das Objekt.

Es war eine Taschenuhr. Als sie ihre Aufmerksamkeit dem Taschentuch zuwandte, bemerkte sie einen nur allzu vertrauten Buchstaben K, der in die Ecke gestickt war. Kincade. Ihr Vater trug diese Taschentücher immer bei sich. Bei dem Gedanken wuchs ihr ein Kloß im Hals. Hatte er endlich herausgefunden, wo sie war? Hatte er es die ganze Zeit gewusst? Würde er sie holen und verlangen, dass sie mit ihm nach Schottland zurückkehrte?

Sie blinzelte die Tränen zurück, als sie das Tuch weiter entfaltete und ein einzelnes Blatt Pergament darin versteckt fand. Ein Brief. Sie las die Zeilen mit zitternden Händen.

ROSALIND,

Bewahre dies sicher auf, halte es immer bei dir. Bring es mit nach Schottland. Ich habe deinen Brüdern ein Geheimnis anvertraut, das

selbst sie nicht verstehen. Du hast vielleicht noch die Chance, die Übel,
die ich in meinem Leben geschaffen habe, ungeschehen zu machen.
  Montgomery

DIE TASCHENUHR WAR EIN SCHWERES GOLDSTÜCK OHNE
bemerkenswerte Gravuren. Sie öffnete es und fand unter dem
Deckel ein einfaches Zifferblatt, das kaputt zu sein schien.
Was für ein Spiel spielte ihr Vater? Was auch immer es war,
sie hatte keine Lust, mitzumachen. Sie faltete die Uhr im
Taschentuch zusammen und legte sie neben dem Brief in das
Päckchen. Es war jetzt keine Zeit, sich darum zu kümmern.

Hastig beendete sie die Briefe an ihre Geschäftspartner,
und mit einem letzten neugierigen Blick auf das Paket verließ
sie ihr Arbeitszimmer. Sie fand Claire damit beschäftigt, in
ihren Gemächern zu packen.

»Würden Sie dafür sorgen, dass der Briefstapel in meinem
Arbeitszimmer auch gepackt ist? Ich muss sie lesen und bei
Bedarf antworten, solange wir auf Lord Lennox' Anwesen
sind.«

»Ich werde mich sofort darum kümmern.« Claire ließ sie
allein, und Rosalind setzte sich auf ihr Bett, ihre Gedanken
rasten immer noch, während sie entschied, was sie wegen
Lennox tun sollte. Um ihren Vater und seine rätselhafte Gabe
würde sie sich später Sorgen machen müssen.

JONATHAN ST. LAURENT STAND AM EINGANG EINES
eleganten Stadthauses in der Half Moon Street. Die Schlüssel
zur Tür fühlten sich schwer in seiner Handfläche an, und sein
Herz schlug schnell. Die Residenz hatte einst einem Baron,
Lord Chessley, gehört, der Anfang April verstorben war. Seine

Tochter Anne hatte drei Wochen später Jonathans Freund Cedric geheiratet.

»Verdammt sei der Skandal«, wie Cedric gesagt hatte. Da Cedric und Anne nun beide in seinem Londoner Stadthaus in der Curzon Street wohnten, hatten sie keine Verwendung für ein zweites Haus und hatten beschlossen, es zu verkaufen.

Jetzt gehörte ihm Chessley House. Er hatte sich mit dem Butler und der Haushälterin getroffen, und es schien, dass das gesamte Personal außer Annes Zofe zugestimmt hatte, bei ihm zu bleiben. Dennoch fühlte er sich seltsam aus dem Gleichgewicht gebracht bei dem Gedanken, von nun an einen eigenen Haushalt zu führen.

Er hatte sein ganzes Leben als Diener des Herzogs von Essex verbracht, nur um schließlich herauszufinden, dass Godric sein Halbbruder war. Nachdem die frühere Herzogin gestorben war, hatte Godrics Vater heimlich die Zofe seiner Frau geheiratet, und Jonathan war das Ergebnis dieser Verbindung. Der heimliche, aber legitime Sohn eines Herzogs.

Nach dieser Offenbarung war sein Leben auf den Kopf gestellt worden. Er wurde in Godrics Welt gestoßen und galt sogar als einer der Männer in der Liga der Schurken. Aber jetzt dachte er darüber nach, zu heiraten und sich niederzulassen.

Er schnaubte. Vielleicht nicht so wirklich niederlassen. Die Frau, an der er interessiert war, war überhaupt nicht zahm, und sie würde sich wahrscheinlich nie niederlassen. Aber er hatte ihr zumindest ein Zuhause bieten wollen, wenn er einen Antrag machte.

»Sir.« Der Butler kam aus dem Dienstbotenzimmer. »Ich wusste nicht, dass Sie heute kommen würden. Bitte kommen Sie herein. Ich nehme Ihren Hut.«

»Danke.« Jonathan reichte dem Mann seinen Hut. Es war immer noch seltsam, ein Gentleman zu sein. Er war die letzten zehn Jahre als Lakai, Gärtner und Kammerdiener tätig gewesen, und es war schwierig, alte Gewohnheiten hinter sich zu lassen, zum Beispiel den eigenen Hut abzugeben oder einen anderen die Tür hinter ihm schließen zu lassen.

»Wie geht es dem Haus? Haben Sie und der Rest des Personals alles, was Sie brauchen?«, fragte Jonathan.

»Uns geht es ganz gut, Sir. Sie haben diese Nachricht vor einer Stunde erhalten. Ich wollte den Brief gerade in das Stadthaus von Lord Essex liefern lassen.«

Ein versiegelter Brief wurde übergeben, und Jonathan entfaltete ihn. Eine ihm bekannte Hand hatte ein paar Zeilen gekritzelt.

Jon

Triff mich heute Nachmittag um zwei am Fives Court. Ich würde gerne ein paar Nasen im Ring bluten lassen. Sollte Spaß machen.
Charles

Jonathan schnaubte. Charles. Der Earl of Lonsdale hatte immer etwas vor. Jonathan war nicht überrascht. Er war am Rande der Welt der Liga aufgewachsen und war sich der Possen bewusst, in die sie sich einließen. Jetzt war er einer von ihnen.

Er grinste. *Damit ruft dann wohl die Pflicht nach mir.* Es wäre nicht schwer, sich Charles anzuschließen, um ihm beim Boxen zuzusehen.

»Brauchen Sie etwas von mir, Sir?«, fragte der Butler.

»Äh ... nein, ich gehe noch einmal aus. Ich bin mir nicht sicher, ob ich zum Abendessen zurückkomme, also sagen Sie der Köchin, dass Sie sich keine Mühe mit irgendwelchen Vorbereitungen machen soll. Aufschnitt und ein bisschen Wein reichen aus, wenn ich zurückkomme.«

»Sehr gut, Sir.«

Jonathan warf einen Blick auf die Uhr am Fuß der Treppe. Halb zwei. Er musste sofort gehen. Er wedelte seinen Hut weg, als der Butler ihn hinhielt.

»Der ist dort nicht nötig, wo ich hingehe.« Er drehte sich auf dem Absatz um und ging nach draußen, erleichtert zu sehen, dass die Mietkutsche noch nicht weggefahren war.

»Sind Sie noch verfügbar?«, fragte er den Fahrer.

»Das bin ich.« Der Kutscher zog die Zügel an, und die schwarze Stute stampfte und kaute gereizt auf ihrem Gebiss herum.

Jonathan kletterte neben dem Fahrer in die Kabine, und das Fahrzeug schaukelte gefährlich.

»Wohin?«

»Fives Court in der St. Martins Lane in Leister Fields. Sie wissen, wo das ist?«

Der Fahrer grinste ihn an und klatschte mit den Zügeln an die Flanken seiner Stute. »Ja, das tu ich.«

Kaum hatte Jonathan es sich bequem gemacht, machte die Kutsche einen Satz.

Als sie den Fives Court erreichten, war vor dem alten Backsteingebäude, in dem die Boxveranstaltungen stattfanden, der Lärm einer wilden Menschenmenge zu hören. Fast tausend Mann konnten sich in das Gebäude drängen und den quadratischen Sparringsring umzingeln.

Jonathan sprang aus der Kutsche und bezahlte den Fahrer, bevor er sich zu Fives Court umdrehte.

»Drei Schilling!«, rief ein Junge am Eingang. »Nur drei Schilling, um die Pets of Fancy im Ring kämpfen zu sehen!«

Pets of Fancy. Jonathan kicherte. Charles war niemandes Kuscheltier und hasste wahrscheinlich den Spitznamen für die Faustkämpfer, die dort kämpften.

Der kleine Junge streckte ihm eine schmuddelige Hand entgegen, als Jonathan näher kam.

»Hier.« Er warf dem Jungen seine drei Schilling zu.

»Vielen Dank, Sir. Der Kampf hat gerade erst begonnen.«

»Oh? Wer ist jetzt im Ring?«

»Irgendein blonder Kerl. Lonsdale, glaube ich, und ein anderer Mann, den ich nicht kenne. Wenn du mich fragst, ist er ein bisschen hausgemacht.« Der freche Bursche grinste.

»Lonsdale kämpft gegen jemanden mit wenig Training?« Das war unerwartet. Fives Court Matches sollten zwischen Männern stattfinden, die von Gentleman Jackson, Londons bestem Boxer, trainiert und genehmigt wurden.

»Er ist ein ziemlicher Müllersbursche, aber Jackson hat ihn zugelassen, aber er betrügt, wenn du mich fragst«, flüsterte der Junge verschwörerisch.

»Nun, das sollte sich in der Tat als interessant erweisen.« Jonathan schlüpfte durch die Tür und sah sich im Inneren des hohen Gebäudes um. Dutzende von Männern in seiner Nähe brüllten wild, während zwei Männer auf einer erhöhten Plattform einander umkreisten, die behandschuhten Fäuste erhoben.

Charles stand mit nacktem Oberkörper einem Mann von gleicher Größe gegenüber. Charles war durchtrainiert, stark und muskulös, aber sein Gegner war eine riesige Bestie, ein richtiger Schläger. Am Kinn des anderen Mannes war ziemlich viel Blut, und Charles tanzte leicht auf seinen Füßen und grinste wie der Teufel selbst. Das war zumindest für den anderen kein gutes Zeichen.

»Schlag ihm den Schädel weg!«, kreischte eine hohe Stimme vor ihm. Die Stimme übertönte bei Weitem die dunkleren Rufe der anderen Anwesenden. Jonathan begann, sich durch die Menge zu schlängeln, und bahnte sich seinen Weg zur Bühne. Am Rand des Rings winkten zwei Burschen und feuerten Charles an.

»Zieht seinen Korken, Mylord!«, brüllte der zweite Junge gerade, als Jonathan die beiden erreichte.

Das Profil des ersten jungen Mannes erkannte er sofort.

Tom Linley, Charles' Diener und Mädchen für alles, obwohl kaum alt genug, um als Mann bezeichnet zu werden. Jonathan hatte immer das Gefühl, dass etwas an ihm nicht stimmte. Er konnte nicht genau sagen, was es war. Der Junge war ... gerissen oder vielleicht einfach nur verschwiegen.

Geheimnisse. Das Aufblitzen von Angst und Trotz, das er in der Vergangenheit in den Augen des Jungen gesehen hatte, war eine Warnung gewesen, die Jonathan nicht ignorieren konnte. Mit Linley war etwas los, das Jonathan verwirrte. Aber seine Loyalität gegenüber seinem Herrn zeigte sich jetzt ebenso in seinem stolzen Gesichtsausdruck und bei all seinem Kreischen und Brüllen.

»Gib es ihm, Charles!« Die Stimme des zweiten Jungen war ... höher. Zu hoch. Jonathan beugte sich vor, um um Linleys Gesicht herum etwas zu sehen, und sein Herz hämmerte gegen seine Rippen. Dieser dunkelhaarige Junge war überhaupt kein Junge. Die Reithose, die er trug, schmiegte sich eng an sein ... nein ... *ihr* volles, weibliches Gesäß.

»Audrey?«

Der dunkelhaarige Junge erstarrte und drehte sich langsam um.

Es war Audrey. Audrey Sheridan, Cedrics kleine Schwester und ein berüchtigter Wildfang. Sie war auch die Frau, die er umwerben wollte. Es war sicherlich nicht möglich, diese wilde Kreatur zu zähmen.

Seine mögliche zukünftige Frau trug Hosen, stand in einer Menge von Männern, die nach Alkohol rochen und sich einen Boxkampf im Fives Court ansahen.

Audreys Mund öffnete sich, als sie ihre Lippen befeuchtete. Hastig langte sie nach oben, um ihr Kostüm zu überprüfen und ein paar vereinzelte Strähnen ihres Haares wieder unter ihre Mütze zu stecken.

»*Audrey*«, knurrte er und ging zu ihr hinüber. Linley bemerkte ihn schließlich.

»Hallo Mr. St. Laurent. Sind Sie hier, um den Kampf zu sehen?«

Jonathan warf Linley kaum einen Blick zu. »Audrey, was zum Teufel machst du hier?« Seine Finger legten sich um ihren Oberarm.

Audrey kämpfte in seinem Griff. »Lass mich sofort los.«

»Nicht, bis du mir sagst, was du hier tust!«

Sie kniff die Augen zusammen. »Ich übe Verkleidungen.« Ihre kleinen rosafarbenen, nur allzu küssbaren Lippen bildeten einen zarten Schmollmund.

»Verkleidungen?« Hatte sie kein Gefühl für die Gefahr, in der sie sich befand? Wenn einer der Männer um sie herum erkannte, dass sie eine Frau war, könnte sie verletzt werden, sie könnte ... Er schauderte und schüttelte den Kopf. Nein. Das würde nicht passieren, weil er sie sofort von diesem Ort wegbringen würde.

»Wenn du mich nicht sofort loslässt ...«

»Was genau wirst du dann tun?«, forderte er sie heraus. »Ich habe schon fast Lust, deinen kleinen Hintern so rot zu machen, dass du dich die nächste Woche nicht hinsetzen kannst!« Sein drohender Tonfall zog mehr als einen Blick von den Männern um ihn herum auf sich.

Audreys warme braune Augen füllten sich mit Flammen ihres Temperaments.

»Jeder starrt mich an. Du solltest mich besser loslassen.«

»Sie hat Recht, Mr. St. Laurent«, flüsterte Linley und beugte sich vor.

Jonathan hasste es, zuzugeben, dass sie Recht hatten. Mehrere Männer verloren das Interesse an Charles und dem anderen Mann im Ring. Stattdessen hatten sie sich umgedreht, um ihn und Audrey zu beobachten.

»Höllenfeuer und Verdammnis!«, fluchte er und ließ ihren Arm los.

Mit einem viel zu zierlichen Schnaufen zupfte Audrey an ihrer kleinen blauen Weste und vergewisserte sich, dass die Mütze auf ihrem Kopf immer noch etwas verbarg, das, wie er wusste, seidenes dunkelbraunes Haar war. Er war süchtig nach dem Geschmack ihrer Haut und dem süßen Duft des Geißblatts geworden, der an ihren Locken haftete. Von dem Moment an, als er sie kennengelernt hatte, hatte Audrey ihn gefesselt.

Seufzend zwang er seine Aufmerksamkeit wieder auf Charles. In der kurzen Zeit, in der er durch Audreys List abgelenkt worden war, schien Charles gelitten zu haben. Eines seiner Augen war dunkelrot, und von einer aufgeplatzten Lippe rann Blut an seinem Kinn herunter.

»Was ist los mit Charles?«, fragte Jonathan Linley.

Der Junge zuckte mit den Schultern, aber seine blauen Augen waren zusammengekniffen, als er sich auf die beiden Männer im Ring konzentrierte.

»Mein Herr kämpft fair, aber der andere will ihn betrügen.«

»Betrügen?« Jonathan hatte nicht viel Erfahrung mit Boxen.

»Das kann man auch beim Boxen«, erklärte Linley.

»Armer Charles«, murmelte Audrey. Die anfängliche Aufregung in ihren Augen vom ersten Teil des Kampfes war verflogen. Der größere Boxer schwang eine behandschuhte Faust, und Charles duckte sich, aber er keuchte heftig. Das konnte nicht so weitergehen. Charles durfte kein Match verlieren, nicht, solange Jonathan etwas Unterstützung leisten konnte.

Jonathan legte seine Handflächen auf den Rand der Bühne. »Mach ihn fertig, Charles!«

Charles' Blick schweifte über die Menge, als er von seinem

Gegner wegtanzte. Als er Jonathan erblickte, fing er wieder an zu grinsen. »Ich habe mich schon gefragt, wann du auftauchen würdest!«

Jonathan kicherte fast. *Also los.*

Charles wich zurück, dann vorwärts, dann zur Seite, und seine Schläge kamen schnell und hart. Der andere Boxer hatte die plötzliche Gegenwehr nicht kommen sehen. Charles zeigte sich endlich zum Vorteil. Die Menge jubelte, und die Männer riefen einander Wetten mit sich schnell ändernden Gewinnchancen zu.

Ein meisterhafter Aufwärtshaken überraschte Charles' Gegner, der zurückstolperte und wie ein Stein zu Boden ging. Sein Körper schlug mit einem lauten Platschen auf den Bodendielen auf, und jeder Mann, der auf den Kerl gesetzt hatte, zuckte zusammen. Charles jubelte triumphierend auf, zog seine Handschuhe aus und warf sie einem Mann direkt am Rand des Rings zu. Dann schlüpfte er unter den Seilen durch und sprang von der Bühne herunter.

»Jon«, grüßte Charles, und seine grauen Augen funkelten vor Freude. »Ich habe nur ein bisschen Zeit verschwendet, bis du aufgetaucht bist.« Er griff nach einem Tuch, das ihm ein vorbeigehender Mann hinhielt, und wischte sich Schweiß und Blut aus dem Gesicht.

Audrey strahlte ihn an und kam näher. »Gut gemacht, Charles.«

Jonathan verfolgte die Bewegung, ein seltsames Kribbeln unter seiner Haut. Er mochte es nicht, wie Charles mit nacktem Oberkörper dastand und sich überhaupt nicht bewusst war, dass er diese Brust vor einer jungfräulichen Frau zur Schau stellte, die kaum ihre Debütsaison hinter sich hatte.

»Und? Was denkst du, mein Junge?«, fragte Charles Linley.

Der Junge presste nachdenklich die Lippen zusammen, bevor er antwortete.

»Sie haben eine Gelegenheit verpasst, ihm die Augen auszustechen, als er Sie in die Seile gedrängt hatte.«

Charles brach in Gelächter aus. »So funktioniert Faustkampf nicht, Junge. Dies ist kein Straßenkampf, sondern von zwei Männern mit Ehre.«

»Hmpf«, grunzte Linley in deutlichem Widerspruch. »Wenn er nicht fair gekämpft hat, warum sollten Sie es dann tun?«

Aber Charles konzentrierte sich wieder auf Jonathan. »Schön, dass du meine Nachricht bekommen hast. Wir müssen reden.«

Jonathan warf Audrey einen Blick zu und nickte grimmig. »Das tun wir.« Er hatte vor, Charles noch ein blaues Auge zu verpassen, wenn der keinen guten Grund nennen konnte, Audrey zu einem solchen Match zu bringen.

»Meinst du nicht, wir sollten die Dame nach Hause schicken?« Er wies mit dem Kopf zu Audrey.

Ihre Augen verengten sich wieder, und sie verschränkte die Arme. »Oh nein. Ich bleibe hier.«

»Nein, ganz sicher nicht.« Jonathan musterte Audrey vorwurfsvoll und sah dann zu Charles. »Vielleicht sollten wir uns später treffen?«

»Ich habe heute Nachmittag einen Brief bekommen, dass Ashton auf seinem Anwesen Hilfe braucht. Wir sollten uns heute Abend dort treffen«, schlug Charles vor.

»Sehr gut, wir sehen uns heute Abend.« Er wandte sich an Audrey. »Jetzt kommst du mit mir. Ich werde dich direkt nach Hause begleiten, und du solltest besser hoffen, dass dein Bruder nicht da ist, damit ich ihm nicht erklären muss, wo du warst.« Er packte wieder ihren Arm.

»Charles! Du kannst nicht zulassen, dass er mich hier rauszerrt«, protestierte Audrey.

Jonathan teilte einen intensiven Blick mit Charles, der lächelte. »Nun, du erinnerst dich an meinen Rat.«

»Ja, das tu ich.«

»Rat? Was für ein Rat?«, schnappte Audrey.

»Dass ich dich hier raustrage und dir meine Hand auf den Hintern lege, wenn du noch ein Wort des Protests erhebst.«

Audrey biss sich auf die Lippe und zog an ihrem Arm, aber Jonathan blieb hartnäckig. Sie würde nicht hier bleiben, wo es gefährlich war. Ohne sie ein weiteres Wort sprechen zu lassen, hob er sie hoch und warf sie über seine Schulter. Er ignorierte das Hämmern ihrer Fäuste gegen seinen Rücken und trug sie aus Fives Court. Sie kreischte wie eine kleine Höllenkatze, spuckte und krallte und zog alle möglichen schlechten Aufmerksamkeiten auf die beiden.

»Das zahle ich dir heim!«, schwor sie.

»Ich bin sicher, du wirst es versuchen, Liebling.« Er schlug ihr in spielerischer Bestrafung auf den Hintern, als er zu einer wartenden Kutsche ging.

»Curzon Street, bitte«, sagte Jonathan dem Fahrer, öffnete die Wagentür und warf Audrey hinein. Es würde eine lange Fahrt werden, und er würde seine Leistengegend vor ihren kleinen Stiefeln schützen müssen.

KAPITEL 4

Asche wurde wie Schnee vom Wind über die Felder geweht. Der Anblick war geradezu unheimlich, mitten an einem sonnigen englischen Nachmittag. Die Ruinen des Hauses seines Pächters waren nichts anderes als geschwärzte Schlacke und schwelende Balken. Es war ein seltsamer Kontrast zu den leuchtenden Blumen auf dem Feld in der Nähe und dem zufriedenen Blöken der Schafe, die wie weiße Flecken am Rand der Straße aussahen. Ein wachsamer Schäferhund saß bei ihnen und wedelte mit dem Schwanz im Staub. Mehrere Dorfkinder spähten über einen hüfthohen Steinzaun auf einer Straßenseite und starrten düster auf den Ort, der einmal jemandem ein Zuhause gewesen war.

Ashton krempelte die Ärmel seines Hemdes hoch und lockerte seine Krawatte, während er die Ruinen betrachtete.

»Wie ist das Feuer ausgebrochen, Mr. Higgins?«

Der Bauer starrte düster auf die zerstörten Überreste seines Hauses.

»Ich weiß es nicht wirklich, Mylord.« Der Mann rieb sich die Augen, als wollte er jeden Hinweis auf frische Tränen verbergen. Die Familie Higgins lebte seit fünfundsiebzig

Jahren auf diesem Land und in diesem Haus. Und jetzt war alles weg. Mr. Maple und seine Familie auf der Nachbarfarm hatten ein ähnliches Schicksal erlitten. Ashton wusste, was der Mann fühlen musste. Ein Gefühl von Verlust und Scham, nicht in der Lage zu sein, seinen Kindern und seiner Frau ein Dach zu geben. Es gab nur eines zu tun.

Ashton legte Higgins eine Hand auf die Schulter. »Sie und Ihre Familie werden im Lennox House untergebracht, bis wir neue Häuser für Sie und die Familie Maple gebaut haben.«

Der Bauer wurde blass. »Nein, Mylord. Das können wir nicht ...«

»Unsinn. Ich werde kein Wort dagegen hören.« Die Fürsorge für seine Pächter war ihm ein ernstes Anliegen, und seine eigene gute finanzielle Situation würde einen guten Zweck beim Wiederaufbau der Häuser finden. Er würde nicht zulassen, dass sie ohne Obdach zurechtkommen mussten. Es war die Pflicht eines Gentlemans, für das Wohlergehen seines Landes und seiner Pächter zu sorgen.

»Danke, Mylord«, sagte Higgins und sah dabei nach unten.

»Lassen Sie uns zum Herrenhaus zurückkehren, und ich werde dafür sorgen, dass Ihre Familie gut untergebracht wird.«

Er und Higgins bestiegen ihre Pferde und folgten dem Feldweg nach Hause. Hinter ihnen ratterte der Wagen mit den Kindern, gezogen von zwei Pflugpferden. Eine junge Frau stand auf der Vordertreppe des großen alten Lennox-Hauses. Eine Brise zerrte an den Röcken ihres hellblauen Tageskleides. Langes blondes Haar, die Farbe ähnlich seinem eigenen, war in der aktuellen Mode hochgesteckt. Natürlich kein Häubchen. Seine kleine Schwester Joanna verabscheute die Dinger.

»Ashton!« Sie rannte die Stufen herunter, als er von seinem Wallach rutschte und einem wartenden Stallknecht die Zügel übergab.

»Joanna.« Er lächelte und öffnete seine Arme. Sie beeilte sich, ihn zu umarmen. Es verwunderte ihn immer wieder, dass seit ihrem Debüt kein einziger Mann in England versucht hatte, ihr den Hof zu machen. Sie war reizend, wenn auch etwas schüchtern, aber überaus intelligent und beeindruckend im Gespräch. Er hatte sie mit einer großzügigen Mitgift ausgestattet, in der Hoffnung, einige der mutigeren Kerle dazu zu bringen, vorbeizukommen, aber keiner hatte es getan. Vielleicht hielten andere Männer das, was er als Tugenden an ihr sah, nicht für wünschenswert. Sie waren dumm, wenn das der Fall war.

»Danke, dass du so schnell nach Hause gekommen bist. Mutter und ich haben uns wegen der Pächter solche Sorgen gemacht. Wir sind davon ausgegangen, dass du sie vielleicht hierher bringen willst, bis die neuen Häuser gebaut werden konnten.« Joanna sah Higgins und seine Kinderschar zögernd ein paar Meter entfernt stehen. »Mr. Higgins, bitte kommen Sie doch rein. Ihre Frau und Ihre Kinder werden auch untergebracht, und wir haben neue Zimmer für alle vorbereitet.«

Ashton sah seiner Schwester voller Stolz zu, wie sie den müden und gestressten Bauern zusammen mit seiner aufgeregten Brut in ihr Haus eskortierte. Er folgte ihnen in einiger Entfernung und blieb an der großen Treppe stehen. Joanna würde eines Tages eine gute Hausfrau werden, wenn er nur einen Mann finden könnte, der sie heiraten wollte. Wenn Jonathan St. Laurent sich noch nicht für Audrey interessiert hätte, wäre Ashton versucht gewesen, die Aufmerksamkeit des jüngeren Mannes auf seine Schwester zu lenken. Er wollte einen Mann für sie, dem er vertrauen konnte, der Joanna liebte und sich um sie kümmerte, nicht irgendeinen Halunken, der bloß in London für Aufsehen sorgen wollte.

Eine kühle Stimme unterbrach seine Gedanken. »Du bist also zurückgekehrt.«

Seine Mutter, Regina Lennox, stand oben an der Treppe.

Immer noch hübsch für eine Frau ihres Alters, sah sie in ihrem preiselbeerroten Kleid wirklich beeindruckend aus.

»Ich wurde gerufen. Deshalb bin ich zurückgekehrt.« Er klatschte mit den Händen gegen seine Oberschenkel und schickte eine Staubwolke in die Luft, bevor er die Treppe hinaufging.

»Zumindest kümmerst du dich genug um die Bauern, um zurückzukehren.« Verurteilung wog schwer in Reginas Ton. Es prickelte in seinem Herzen, aber er unterdrückte alle Emotionen, bevor sie sich in seinem Gesicht zeigen konnten.

»Fang nicht an, Mutter. Ich bin nicht in der Stimmung.«

»Wie du wünschst.«

Als Junge hatte er seine Mutter verehrt, und sie hatte ihn und seine Geschwister vergöttert. Doch nachdem er nach Eton geschickt worden war, hatte ihr Vater ihr Vermögen an den Spieltischen verbrannt. Seine Mutter hatte unter ihrem Fall aus den Gnaden der Gesellschaft gelitten, als ihre Freunde ihr den Rücken kehrten und sie zu immer weniger Abendessen und Bällen eingeladen wurde. Für eine Frau wie seine Mutter, die in menschlicher Gesellschaft aufblühte, fühlte sie sich zunehmend gefangen und allein. Und das alles hatte sich noch verschlimmert, als ihr Vater beim Verlassen einer Spielhölle von einer Kutsche überfahren worden war. Er war gestorben und hatte ihr ein Leben in Trümmern hinterlassen.

Ashton war nach Hause gekommen und hatte alles in seiner Macht Stehende getan, um die Familie wieder in eine gute Lage zu bringen. Aber seine Mutter hatte auf seine Taten nicht mit Freude reagiert. Vielmehr hatte sie ihm erzählt, dass sein Bedürfnis nach Geld und Macht ihn zu seinem Vater gemacht hatte.

Die Worte hatten ihn tief getroffen, und die Kälte, die er seit diesem Tag von ihr empfunden hatte, hatte ihn verletzt und wütend gemacht. Sogar die Erinnerung hinterließ einen bitteren Geschmack in seinem Mund. Unnötig zu erwähnen, dass Familienessen in Lennox House verdammt unangenehm waren – wenn er sich überhaupt die Mühe machte, für sie nach Hause zu kommen.

Regina fuhr fort, als ob ihr kurzer Dialog gar nicht stattgefunden hätte. »Wir haben heute Abend Gäste zum Abendessen. Die Mertons werden um sieben hier sein. Es wäre gut, wenn du ebenfalls kommen würdest.«

Ashton blieb oben an der Treppe stehen und begegnete dem Blick seiner Mutter. Für einen langen Moment bewegte sich keiner von ihnen, die stille Herausforderung hing in der Luft.

»Merton hat immer noch eine unverheiratete Tochter, nicht wahr?«

Reginas Augen wurden schmal. »Das tut er.«

»Ah, dort liegt das Problem. Ich habe nicht die Absicht, mit einer Familie zu essen, mit der du dich durch Heirat verbünden möchtest.« Ashton zog sich seine Krawatte vom Hals, während er auf den unvermeidlichen Ausbruch seiner Mutter wartete.

»Nicht alles dreht sich um Allianzen, Kind. Manchmal geht es um Liebe und Zuneigung. Himmel, ich wusste, dass du zu viel von Edmund in dir hast, aber ich hatte gehofft, dass irgendwo auch ein bisschen von mir in dir steckt.« Schmerz und Wut blitzten in ihren Augen auf und überraschten Ashton. Aber er hatte zu viele Jahre damit verbracht, ihre gefühllosen Bemerkungen über sein kaltes Herz und seine rücksichtslose Seele zu ertragen, um jetzt von ihr berührt zu werden.

»Ich bin ein kaltherziger Bastard, Mutter. Hast du mich nicht so genannt? Das wird sich nicht ändern«, antwortete er mit frostigem Ton. »Entschuldige mich jetzt, ich muss diese Asche abwaschen und mich um einige Dinge in meinem Arbeitszimmer kümmern. Charles und Jonathan werden heute Abend ankommen, also lass bitte die Haushälterin zwei Zimmer im Südflügel vorbereiten.«

Seine Mutter sagte nichts, aber er wusste, dass sie tun würde, was er verlangte. Sie mochte ihren ältesten Sohn vielleicht nicht, aber sie war immer eine herzliche und liebenswürdige Gastgeberin, sogar der Liga gegenüber.

Ashton ging in seine Kammer und begann, sich auszuziehen. Seine Schulter, die letztes Weihnachten eine Kugel abbekommen hatte, schmerzte noch immer von gelegentlichen Phantomschmerzen. Die Muskeln protestierten, als er den Arm ein paar Mal streckte. Er starrte in den Spiegel, erschrocken von seinem Gesicht, das noch immer mit Asche vom Feuer bestäubt war. Falten umgaben seinen Mund, und Müdigkeit überschattete seine Augen. Er sah ... wie sein Vater aus, mit einem bleichen, gespenstischen Ausdruck auf seinen Wangen und einem gehetzten Ausdruck in seinen Augen. Bei dem düsteren Gedanken spritzte er sich kaltes Wasser ins Gesicht und wischte die Überreste seines persönlichen Albtraums weg. Das Letzte, was er sich jemals wünschte, war, wie der Mann zu sein, der die Welt seiner Familie zerstört hatte.

Er wandte sich nicht ab, als sein Kammerdiener ins Zimmer schlüpfte.

»In Ihrem Ankleidezimmer steht ein heißes Bad für Sie bereit, Mylord.«

»Danke, Lowell. Wie haben sich die Familien Higgins und Maple eingelebt?«

Lowell, ein junger Mann Mitte zwanzig, grinste. »Nun, Mylord. Die Kinder rennen in der Küche herum, und Mrs. Gibbs kann Pflaumenkuchen nicht schnell genug zubereiten, um sie zu ernähren.«

Ein Lächeln umspielte Ashtons Lippen, als er zum Ankleidezimmer ging, um zu baden. »Freut mich zu hören.«

Mrs. Gibbs liebte Kinder, und die beiden Pächterfamilien

würden sie für einige Zeit glücklich beschäftigen. Lennox House bewirtete selten Gäste. Ihre nächsten Nachbarn, die Mertons, waren die einzigen Gäste, die an den seltenen Hauspartys zum Abendessen teilnahmen. Ashton verbrachte seine ganze Zeit in London oder auf den Gütern seiner Freunde und zog es vor, seiner Mutter aus dem Weg zu gehen, es sei denn, die Geschäfte machten seine Rückkehr erforderlich.

Manchmal wohnte er in der Junggesellenresidenz seines jüngeren Bruders Rafe oder auf dem Anwesen seiner älteren Schwester Thomasina, die mit Lord Reddington verheiratet war. Reddington war ein guter Mann, und Thomasina war total in ihn verliebt. Sie hatten bereits drei Kinder, die bei jedem Besuch sehr entzückend waren.

Ashton hatte nie viel darüber nachgedacht, ein eigenes Kind in die Welt zu setzen, aber wenn es so wie Thomasinas Brut wäre, würde er eines Tages ein stolzer Vater sein.

Ashton stieg in das heiße Wasser und sank seufzend bis zur Brust hinein. Sein Kopf sank zurück, um auf dem Rand der Wanne zu ruhen, und er versuchte, nicht an die Zukunft zu denken, an Heirat oder Babys. Wenn er nie heiratete, würde das Anwesen an Rafe übergehen, aber Rafe hatte keinen Geschäftssinn. Er zog es vor, das Leben zu leben, und war nicht besonders begabt darin zu lernen, wie man sich das verdient, was er in den Spielhöllen verlor. Ihre Mutter machte sich nichts vor über Rafe oder sein Verhalten, was Ashton umso mehr unter Druck setzte, sich niederzulassen und den erforderlichen Erben und Ersatz zu zeugen.

Lord ... Godric, Lucien und Cedric war es doch auch leicht genug gefallen, Frauen zu finden. Aber Ashton konnte sich nicht vorstellen, an eine Frau gefesselt zu sein, der er niemals ganz trauen konnte. Es war nicht so, dass er eine Frau wollte, die er kontrollieren konnte, sondern eher, dass er jemanden brauchte, der ihm in schwierigen Zeiten zweifelsfrei vertraute.

Und er wollte jede Nacht mit etwas Süßen ins Bett gehen, mit einer Frau, die schnurrte und seufzte, wenn er sie liebte, auch wenn sie manchmal ein bisschen grob war. Er wollte eine starke, aber sanfte Frau, die Leidenschaft genoss. Er hatte mit vielen Frauen geschlafen, manchmal im Fahrwasser seiner geschäftlichen Angelegenheiten, aber keine hatte ihn zufrieden gestellt. Es hatte immer etwas gefehlt.

Er hob eine Hand aus dem heißen Wasser und sah zu, wie die herabfallenden Tropfen in kleinen Ringen nach außen liefen, während er darüber nachdachte, was er wirklich begehrte. Er wollte ein gewisses Feuer in einem Kuss, das ihn wie eine alles verzehrende Flamme verbrannte. Ashton wollte mit einer Frau zusammen sein und sich ganz in ihr verlieren. Um ehrlich zu sein, es hatte nur eine Frau gegeben, die ihn auf diese Weise beeinflusst hatte, und sie war die letzte Frau auf Erden, der er jemals vertrauen konnte.

Der schottische Wildfang, von dem er sich anscheinend nicht fernhalten konnte, nicht seit dem Moment, als er erkannt hatte, dass sie Rivalen waren.

Rosalind Melbourne war zu schlau, zu unzuverlässig, viel zu ebenbürtig in rücksichtslosen Geschäftstaktiken, als dass er ihr jemals trauen könnte, ob im Bett oder draußen. Doch als er sie geküsst hatte, hatte er beinahe den Verstand und die Selbstbeherrschung verloren. Etwas an ihr, das gegenseitige Ringen um Macht und Verlangen, machte ihn wahnsinnig vor Lust. Wenn er sie jemals ins Bett legte, würde keiner von ihnen hinterher laufen können, und zwar mehrere Tage lang. Höchstwahrscheinlich würden sie dabei ein Bett zerbrechen, ein Gedanke, den er sehr genoss.

Ein langsames Lächeln umspielte seine Lippen, als er daran dachte, wie es wäre, dieses wilde Mädchen sein zu nennen.

Sie würde mich wahrscheinlich erdrosseln, nachdem ich eingeschlafen bin, und im Morgengrauen nach Schottland fliehen.

Aber nicht bevor er Rosalind richtig ins Bett gelegt hatte ... viele Male und auf viele Arten.

Ja, das wäre eine verdammt gute Nacht.

❧

SIR HUGO WAVERLY LEHNTE SICH IN EINEM SITZ IM hinteren Teil des Kartenraums in Boodle's Club zurück und beobachtete den Abend mit wenig Interesse. Seine Gedanken waren bei wichtigeren Dingen. Eine Wolke aus Zigarrenrauch hing wie dunkler Nebel am Fuß der Kronleuchter und warf wechselnde Schatten zwischen den Lichtern der Kerzen. Männer warfen Karten auf die Tische, sammelten und verloren durch hastiges Glücksspiel Vermögen. Aber Hugo war kein Wettmann.

Wenn ich meine Quoten nicht sichern kann, werde ich nicht spielen.

Die Tür zum Kartenraum ging auf, und ein Mann, den Hugo kannte, trat ein. Es war einer seiner vertrauenswürdigsten Männer, Daniel Sheffield. Mit Daniels Hilfe leitete Hugo den effizientesten und effektivsten Spionagering des Landes, was nur leider nicht viel aussagte. Spionage als Ganzes in England war erbärmlich dilettantisch und machte sein Land verwundbar. Es machte auch diejenigen, die das Spiel ernst nahmen, wie Sheffield und er selbst, unentbehrlich. Sie hatten die Krone vor mehr als einem Krieg im Ausland gerettet, und doch würde man ihnen für ihre Taten nie Anerkennung zollen.

Aber es gab mehr im Leben als Auszeichnungen. Er wurde sowohl finanziell als auch durch die Macht und den Einfluss seiner Position gut entschädigt. Er konnte fast jeden erpressen, alles zu tun, was er wollte. Wenn ein Mann nicht gekauft werden konnte, konnte er bedroht werden, und das reichte Hugo.

Eine Stufe unterhalb der Krone. Es war das nächstbeste, was ein Nicht-Königlicher wie er hinter der Herrschaft Englands jemals erreichen konnte.

Hugo gab keinen Hinweis darauf, dass er Daniels Eintreten bemerkt hatte. Daniel spielte mit seiner Taschenuhr, blieb an einem Tisch stehen, an dem Männer Faro spielten, und wartete mit einem diskreten Blick darauf, dass Hugo leicht nickte, bevor er näher kam.

Daniel brauchte eine volle Minute, um durch den Raum zu gehen. Er blieb stehen, um sich von einem vorbeigehenden Kellner einen Drink zu holen, dann schlenderte er zu Hugos Tisch und wählte einen Stuhl nicht nahe, aber auch nicht zu weit. Unter einem Arm steckte die *Quizzing Glass Gazette*, und er hob sie langsam hoch, um die Artikel zu lesen.

Die Klatschkolumne der Lady Society war von Hugos Sitz aus deutlich zu sehen, und er runzelte die Stirn bei dem Namen. Was für ein Gelaber! Wenn er sich die Mühe machen wollte, herauszufinden, wer die Frau war, würde sie einen Unfall haben, der sie anschließend des Schreibens unfähig machte. Er hatte ihre endlose Parade von Artikeln satt, die die Liga der Schurken als Helden darstellten. Sie waren keine Männer, die man bewundern oder fürchten musste; sie waren dumm. Gefährliche Narren. Narren, die er rechtzeitig vernichten würde.

Das Knarren des Holzes sagte ihm, dass Sheffield seinen Stuhl einen Zentimeter näher gerückt hatte. Als Hugo ganz unauffällig seine eigene Zeitung senkte, sah er Sheffields Hand, die sanft ein Glas Brandy rollte.

»Heute schönes Wetter, aber ich habe die Möglichkeit von Wolken gesehen«, bemerkte Sheffield.

Hugo versteifte sich. Das bedeutete, dass eine Situation, die er überwachen ließ, nicht nach Plan verlief.

»Was für Wolken?«, fragte er.

Sheffield stellte sein Glas auf den Tisch, und darunter lag

ein sorgfältig gefalteter Zettel. »Schwarze.« Hugo legte seine Zeitung hin, sodass sie die Oberfläche von Sheffields Glas bedeckte. Dann schob er Sheffields Drink vorsichtig beiseite und deckte den Zettel zu.

»Die Dame, für die ich mich seit kurzem interessiere«, fügte Sheffield leise hinzu, »hat beschlossen, Freunde auf dem Land zu besuchen.«

Das wäre Rosalind Melbourne. Der schottische Rabe war also aufs Land geflattert? Das war besorgniserregend. Sie zog es vor, in der Stadt zu bleiben, und das war ihm auch lieber. Es machte es für ihn leichter, ihre Angelegenheiten im Auge zu behalten. Bisher hatte er das Glück gehabt, sie dazu zu manipulieren, ihn als Geschäftspartner zu akzeptieren, und sie dann dazu zu bringen, Ashton Lennoxs Reedereien zu stören.

»Welche Freunde besucht die Dame?«

»Die des Barons.« Sheffield nahm sein halbleeres Glas vom Tisch und trank.

Lennox? Das war nicht gut. Hugo wollte, dass sie und Lennox uneins blieben. Sollten sie jemals eine Allianz eingehen, könnte die Hälfte seiner derzeitigen Pläne leicht scheitern. Die Logistik, diese Pläne durch zuverlässige Substitutionen zu ändern, wäre gelinde gesagt lästig.

Er würde einen Weg finden müssen, Lady Melbourne zurück nach London zu locken, wo er sie genau im Auge behalten konnte.

»Hmm ... Nun, damit können wir uns bald beschäftigen. Hat der Baron heute Verluste erlitten?«

»Das hat er. Gestern Abend brannten zwei Häuser von Pächtern ab. Es wird ihn beschäftigen und von London fernhalten.«

»Ausgezeichnet.« Das war so, wie er es beabsichtigt hatte. Er und Sheffield organisierten den Transport einiger Agenten nach Frankreich, aber Lennox hatte Waverlys

Aktionen in letzter Zeit genau im Auge behalten. Zu genau. Und Lennox und seine Männer neigten dazu, in seine Missionen zu stolpern und sie zu zerstören. Es wäre ihnen ähnlich, für einen Krieg verantwortlich zu sein, weil sie sich weigerten, sich um ihre eigenen Angelegenheiten zu kümmern. Sheffield hatte also für eine anständige Ablenkung gesorgt, um Lennox eine Zeitlang von London wegzuziehen.

Sheffield räusperte sich. »Eine Sache wäre da noch zu erledigen«, flüsterte er mit einem leichten Nicken auf das Papier, das er unter das Glas gesteckt hatte. »Dringend.«

Hugo hob sein Glas wieder an seine Lippe und griff geschickt nach dem Zettel, den Sheffield ihm reichte. Er bemerkte das rote Wachssiegel – schottisches Design. Das Siegel war eines, das er erkannte. Kinkade. Das rief einige alte Erinnerungen wach.

Vor zehn Jahren war er als junger Mann gerade in den Dienst Seiner Majestät getreten. England hatte kurz zuvor ein Gesetz unterzeichnet, das Schottland und England vereinte, aber schon gab es separatistisches Grollen. Hugos Aufgabe war es gewesen, die Führer der Bewegung aufzuspüren, bevor sie an Popularität gewinnen konnte. Und er hatte genau das getan, eine lose Allianz schottischer Landbesitzer auffliegen lassen, die sich Anti-Unionisten nannten.

Im Laufe eines Jahres waren alle bis auf einen der neun Anführer in eine Reihe von Unfällen geraten. Nur ein Mann blieb übrig, Montgomery Kincade - Rosalind Melbournes Vater.

Der listige Bastard hatte seine Landsleute für eine stattliche Summe verraten und sein eigenes Leben verschont. Es wäre klug gewesen, sich auch um Kincade zu kümmern, aber der Mann war gerissen und hatte seine Interessen gut verteidigt. Er hatte Hugo gewarnt, dass, falls er durch einen Unfall oder verdächtige Umstände sterben sollte, eine Sammlung von Briefen, die Hugo törichterweise an ihn geschrieben hatte, aufgedeckt werden würde.

So etwas würde Hugo ruinieren. Abgesehen von der Schädigung seines Rufs würden die Schotten ihn tot sehen wollen, und die Krone würde ihn beseitigen, um die schwachen Beziehungen zwischen England und Schottland zu schützen. Sie könnten so weit gehen, dass er selbst einen Unfall hatte.

Einen solchen Fehler würde er heute nicht mehr machen, aber damals war er noch jung gewesen.

Es gab nur wenige Dinge, die Hugo vergessen hatte, aber dies ... dies war eine Sache, von der er sich wünschte, dass er sie vergessen könnte. Ironischerweise war es genau diese Mission gewesen, die ihm seinen Platz unter seinesgleichen gesichert und ihm zu seiner heutigen Position verholfen hatte.

Mit einem beruhigenden Atemzug brach er das Siegel und las den Brief. Es war nach dem Muster der alten Chiffre kodiert, die er vor zehn Jahren verwendet hatte. Der Code erforderte ein spezielles Gerät, das Hugo selbst entwickelt hatte, um ihn zu entschlüsseln. Er trug das Gerät immer noch bei sich und benutzte es gelegentlich für weniger wichtige Mitteilungen. Er zog es aus seiner Tasche und setzte die entsprechenden Symbole in die obere linke Ecke des Briefes, was ihm dann den Schlüssel zum Entziffern des Rests der Nachricht gab.

Sir Hugo,

Es ist viele Jahre her, seit wir das letzte Mal gesprochen haben, aber mein Gedächtnis ist immer noch scharf. Ich schreibe Ihnen vom Sterbebett aus. Sie können mich nicht länger bestrafen. Das ist jetzt Sache des Herrn.

Aber denken Sie nicht, dass Sie gewonnen haben. Ich habe Geld für Schweigen genommen, als Sie meine Landsleute ermordet haben, und diese meine Landsleute wollen nun gerächt werden. Ich kann sie nicht länger ignorieren.

Ich habe immer noch jeden Brief, den Sie geschrieben haben, mit dem Code. Bald wird die einzige Person, der ich vertraue, das Gerät erhalten, das Sie mir einst gegeben haben, zusammen mit Anweisungen, um herauszufinden, wo ich die Briefe versteckt habe. Sie werden Sie endlich als das entlarven, was Sie sind.

Bald werden König und Land wissen, wie viele Sie um Ihres geliebten Volkes willen ermordet haben. Eine Nation, die auf Lügen aufgebaut ist. Eine Nation, die ihr eigenes Volk tötet, wenn es auch nur vorzieht, für sich selbst einzustehen.

Ich lache Sie aus, Waverly. Ein Lachen aus dem Jenseits. Ich vermute, ich werde Sie bald in der Hölle sehen.

KINKADE.

HUGO KONNTE NICHT ATMEN. DAS CHIFFRIERGERÄT UND die Briefe ... die Briefe, die ihn verdammen und sein Leben ruinieren könnten. Und sie wurden an ... wen geschickt?

Hugo überflog den Brief noch einmal und suchte nach einem Hinweis. *Die einzige Person, der ich vertraue.* Er vertraute niemandem, weil er bereit gewesen war, jeden zu verraten.

Außer vielleicht seiner Familie. Wenn es jemanden gab, dem er vertraute, dann musste es jemand in der Familie sein. Er dachte an das zurück, was er über den Mann wusste. Vier Kinder. Drei Söhne und eine Tochter.

Das ergab keinen Sinn. Das Aufdecken dieser Briefe würde den Namen Kincade sowie seinen eigenen zerstören. Er würde seinen Erben nicht zutrauen, ihre eigene Zukunft zu zerstören.

Rosalind jedoch ...

Ihr Reichtum und Status waren unabhängig vom Namen

Kincade. Und nach allem, was er von ihren Treffen wusste, hatte es zwischen ihr und ihrem Vater keine Liebe gegeben. Ganz im Gegenteil. Genau aus diesem Grund konnte der alte Bastard annehmen, dass sie mehr als bereit wäre, die Sünden ihres Vaters aufzudecken.

Und sie war auf dem Weg zu einem seiner größten Feinde, vermutlich mit dem Decodierungsgerät in ihrem Besitz. Aber nicht im Besitz der Briefe. Er hatte noch Zeit, diese zu finden, bevor sie es tat.

»Verdammte Hölle«, flüsterte er.

»Gibt es etwas, worüber man sich Sorgen machen muss?«, fragte Sheffield.

Hugo faltete den Brief zusammen und steckte ihn ein. Sobald er zu Hause war, würde er das Papier verbrennen.

»Ein Geist versucht, mich zu verfolgen. Wenden Sie sich an unseren Mann in Lennox' Anwesen. Lassen Sie ihn Berichte an unseren Agenten in Lonsdales Dienst schicken. Ich möchte, dass sie einen Weg finden, ein Chiffriergerät zu stehlen, das sich möglicherweise im Besitz von Lady Melbourne befindet. Es sieht aus wie dieses.« Er hob sein eigenes kurz an, damit Sheffield es sehen konnte, bevor er es wieder in seine Tasche steckte. »Ich möchte, dass Lady Melbournes Wohnung durchsucht wird, falls sie es zurückgelassen hat. Wenn es nicht gefunden wird, finden Sie einen Grund für Lady Melbourne, nach London zurückzukehren. Ich werde in der Lage sein, mich selbst um sie zu kümmern.«

»Ich werde dafür sorgen.« Sheffield erhob sich, und mit einem beiläufigen Blick durch den Raum stellte er sein leeres Brandyglas auf den Tisch und verließ Boodles Kartenraum.

Hugo spürte das Gewicht von Kincades Brief in seiner Westentasche. Rosalind besaß eine Waffe, die ihn vernichten konnte, und war damit direkt auf dem Weg zu einem seiner Feinde. Aber für sich genommen war es nichts weiter als ein Schmuckstück. Eine Kuriosität. Er würde einen Weg finden, sie davon abzuhalten, die Briefe zu finden, bevor er es tat.

Seine Nerven begannen sich zu beruhigen. Einen Aktionsplan zu haben, beruhigte ihn immer. Aber wie um ihn zu verraten und an seine Bedenken zu erinnern, zitterten seine Hände, als er sein Glas abstellte.

Verdammt noch mal sei die Liga der Schurken, verdammt seien sie alle.

BROCK KINCADE WAR IN SEINEM KLEINEN ARBEITSZIMMER auf Castle Kincade über seinem Schreibpult zusammengesunken. Die letzte Kerze, die er entbehren konnte, brannte bis zum Ende des Dochtes herunter, das Wachs sammelte sich am Fuß des Kerzenhalters. Draußen pfiff der Wind durch die Wandteppiche und Risse in Stein und Glas und erfüllte jeden Raum mit einem unausweichlich beißenden Wind, selbst im Frühjahr.

Die Papiere vor ihm verschwammen, während ihn die Erschöpfung plagte. Aber er musste wach bleiben, falls er gebraucht wurde. Es schien, als ob das Gewicht der Welt auf ihm lastete. Oben lag sein Vater im Sterben, und der Gedanke daran ließ Brocks Leben in einen Umbruch geraten.

Die Tür des Arbeitszimmers knallte auf, und sein jüngerer Bruder Brodie stand da, seine Brust hob und senkte sich, als wäre er den ganzen Weg gerannt.

»Du musst kommen. Es ist Zeit.«

Brock leckte sich Daumen und Zeigefinger und löschte die Kerze. Er erhob sich von seinem Stuhl und folgte Brodie die gewundenen, schmalen Stufen hinauf zum Turm, in dem sich die Gemächer ihres Vaters befanden.

Vor dem Zimmer blieben sie stehen, und Brock öffnete

die Tür. Ihr jüngerer Bruder Aiden saß mit aschfahlem Gesicht am Fußende des Bettes.

Aiden starrte den alten Mann an, der im Bett lag. »Er wird nicht mehr lange hier sein, Brock.«

Montgomery Kincade, einst ein großer und harter Mann mit breiter Brust, war gebrechlich, klein, verschrumpelt. Es war seltsam, das alptraumhafte Tier von einem Mann, der ihm schon so oft wehgetan hatte, anzustarren und ihn völlig hilflos zu sehen.

Ihr Vater konnte sie jetzt weder schlagen noch anschreien. Er war zu schwach, um mehr zu tun als zu murmeln. Aber Brock konnte die glitzernde Bosheit hinter den Augen des alten Mannes sehen, als er ihn anstarrte.

»Aiden, du musst nicht bleiben. Du kannst dich jetzt verabschieden und gehen«, sagte Brock leise.

Aiden starrte den schwachen alten Mann weiterhin an. »Nein. Ich will bleiben und ...« Er räusperte sich. »Sicher sein, dass er tot ist.«

Brock warf Brodie einen überraschten Blick zu. Aiden war der süßeste von ihnen, vorausgesetzt, man könnte ihn süß nennen. Er hatte sich auch am meisten um ihren kranken Vater gekümmert, während sich sein Gesundheitszustand in den letzten vier Monaten verschlechterte.

»Bleib, wenn du willst.« Brock seufzte und ging hinüber, um sich neben das Bett zu stellen. Der Blick seines Vaters wanderte von Aiden zu ihm, nicht weniger kalt, nicht weniger grausam.

»Du musst uns endlich einmal zuhören«, sagte Brock. »Nach Jahren des Leidens unter deinen Händen kannst du dich nicht bewegen, kannst nicht sprechen. Es passt.«

Dann verschränkte er die Arme vor der Brust. »Etwas sollst du wissen, Vater. Wir lieben dich, wie Gott es erwartet, aber wir haben dich nie gemocht. Du hast Rosalind durch deine Grausamkeit vertrieben, aber jetzt wirst du ihr nie wieder weh tun.« Sein Ton war sanft, wie eine Klinge, die in einen Tartanstoff gewickelt ist.

Die Augen seines Vaters glitzerten rot, doch als er den Mund öffnete, entkam ihm nur ein leises Zischen. Der Schlaganfall, den er zwei Tage zuvor erlitten hatte, hatte ihn seiner Bewegungsfähigkeit beraubt, bis auf eine Hand, die er zu heben versuchte.

»Briefe.« Das Wort entkam den Lippen des alten Mannes. »Muss ... Rosalind geben.«

»Briefe? Welche Briefe?« Brodie rückte seinem Vater einen Schritt näher, als wäre er zwischen Neugier und Zögern hin- und hergerissen.

»Unter ... mir.« Montgomerys Blick rutschte an seinem schwachen Körper hinunter. Brodie hob die Federmatratze hoch und wühlte eine Minute lang herum, bevor seine Hand innehielt. Brock sah seinem jüngeren Bruder zu, wie er einen Stapel Briefe herauszog, die vom Alter vergilbt und mit Bindfäden zusammengebunden waren. Brodie reichte sie Brock und sah wieder zu seinem Vater.

»Muss saufheben ... für Rosalind. Gib sie ihr ... mit deiner ... eigenen Hand.«

Brock hatte seine Wut so viele Jahre zurückgehalten, und doch machte es ihn wütend, seinen Vater gebrochen, aber immer noch so voller Bosheit zu sehen.

»Was für welche sind das?«, fragte er.

Montgomery schüttelte den Kopf, die Bewegung so schwach, dass Brock sie im Dämmerlicht beinahe übersah.

»Für ... sie allein. Sie hat den Schlüssel.«

Brock schlug die Briefe vor Wut gegen eine seiner Hände. Er würde nicht den ganzen Weg nach London reiten, um seiner kleinen Schwester eine Reihe von Briefen zu überbringen, die wahrscheinlich voller Hass und Beleidigungen von einem verbitterten, sterbenden alten Mann waren.

Die Lippen seines Vaters verzogen sich zu einem kalten

Lächeln, als wolle er seinen ältesten Sohn auslachen. »Wenn du dich an mir rächen willst ... so ist das der Weg ...« Sein Blick fixierte sich auf die Briefe in den Händen seines Sohnes, und er hustete.

»Ich werde kein verdammtes Spiel mit dir spielen, Vater. Wenn du gestorben bist, werde ich Herr dieses Schlosses sein, und die Dinge werden anders gehandhabt.«

»Brock, nicht«, warnte Brodie. Keiner von ihnen wollte mehr Zeit mit seinem Vater haben, aber es war nicht ratsam, ihn zu einem frühen Tod zu provozieren. Es wäre nicht freundlich, obwohl ihr Vater keine Freundlichkeit verdiente.

Aber Brock hatte kein Mitleid mehr. Keine Gnade. Drei Jahrzehnte hatten ihn müde gemacht und seine Selbstbeherrschung ausgefranst.

Die nächste halbe Stunde lang starrten er und seine Brüder im schwindenden Kerzenlicht auf das faltige Gesicht ihres Vaters. Es war kurz vor Mitternacht, als der alte Mann plötzlich zuckte und sich alle seine Muskeln zusammenzogen. Dann wanderte sein Blick gen Himmel, und er atmete aus, ein schwacher, flacher Atemzug.

Sein letzter. Montgomery war tot. Das Gewicht der Buchstaben in Brocks Händen fühlte sich an wie ein Steinberg. Er ging zum Bett seines Vaters und schob die Briefe wieder unter die Matratze. Er könnte sie morgen verbrennen, wenn er wollte, aber er würde sie Rosalind nicht geben, nicht, bevor er sicher war, dass nichts von dem, was darin stand, ihr Schaden zufügen würde.

Brodie beugte sich über das Bett, strich mit den Fingerspitzen über die Augen ihres Vaters und schloss sie, während Brock und Aiden zusahen.

»Was machen wir denn jetzt?«, fragte Aiden.

Brock hob die spuckende Kerze auf und blies sie mit einem Blick auf seine Brüder aus.

»Vater ist tot. Wir nehmen uns unser Leben zurück.«

»Was ist mit Rosalind?«, fragte Aiden. »Wird sie jetzt nach Hause kommen?«

Das letzte, was sie von ihrer Schwester gehört hatten, war, dass sie einen Engländer geheiratet hatte, verwitwet war und jetzt in London lebte. So viel hatten sie durch gelegentliche Berichte von Freunden erfahren, die alle paar Monate nach London fuhren. Aber sie hatten es nicht gewagt, sie zu kontaktieren, seit sie weg war. Es war nicht sicher gewesen. Sie hatten befürchtet, ihr Vater würde ihr nachgehen, sie nach Hause schleifen und bestrafen, obwohl er sich nie um sie gekümmert hatte.

»Ich will sie zu Hause haben«, sagte Aiden. »Sie fehlt mir.«

Brock nickte. »Ich weiß.« Brodie war dreißig, aber Aiden war nur zwei Jahre älter als Rosalind, und sie waren eng zusammen aufgewachsen. Alle drei hatten ihren Weggang betrauert, obwohl sie wussten, dass sie zu ihrer Sicherheit gehen musste, aber für Aiden war es gewesen, als wäre ihm ein Teil seines Herzens herausgerissen worden. Er hatte so viel von ihrer Mutter in sich. Wie Rosalind war er ganz Herz.

»Wir holen sie nach Hause. Sie ist jetzt sicher. Das sind wir alle.«

❧

Es war die schlimmste Kutschfahrt, die Rosalind je erlebt hatte. Als sie die Abreise an diesem Nachmittag arrangiert hatte, war der Himmel klar und der Tag schön und sonnig gewesen. Doch als sie an diesem Abend in die Kutsche gestiegen waren, um abzureisen, hatte sie geglaubt, Regen in der Luft gerochen zu haben. Etwa eine Stunde außerhalb von London waren am Horizont Gewitterwolken aufgezogen, und kurz darauf öffnete sich der Himmel.

Regen peitschte gegen die Fenster, und der Fahrer fluchte,

als die Pferde sich weigerten. Es fühlte sich an, als ob ihr Fahrer auf jedes Loch und jeden Graben in der Straße zielte.

»Himmel, das ist ein schrecklicher Sturm«, rief Claire aus und wickelte ihren Umhang um sich.

»Es musste natürlich regnen«, murmelte Rosalind finster. Ein erbärmlicher Tag konnte immer noch schlimmer werden.

»Wie lange dauert es, bis wir Lord Lennox' Anwesen erreichen?«

»Mindestens eine Stunde oder länger.«

Plötzlich geriet die Kutsche in Schieflage. Rosalind und Claire krachten zu Boden. Rosalinds Arm schmerzte heftig, als sie unbeholfen darauf landete.

»Geht es Ihnen gut, Eure Ladyschaft?«, fragte Claire.

»Ja. Was ist los? Wir haben angehalten.« Die Kutsche bewegte sich nicht mehr. Die feinen Härchen in ihrem Nacken prickelten. Wenn ihr Fahrer bei diesem Sturm anhielt, hatte das keinen guten Grund. Sie öffnete die Tür und blinzelte gegen den Regen, als sie den Fahrer suchte. Er stand neben dem Hinterrad der Kutsche.

»Mr. Matthews! Warum haben wir angehalten?«

»Das Rad ist gebrochen, Mylady. Es knackte beim letzten Schlagloch. Bei diesem Wetter werden wir es nicht weit schaffen, bevor es komplett kaputt geht.«

»Oh, um Himmels willen.« Rosalind stöhnte und sah sich auf der regennassen Straße um, bevor ihr Herz stehenblieb. Ein Schatten tauchte am Straßenrand auf und kam näher. Aus dem Wald kam ihnen jemand entgegen. Sie duckte sich zurück in die Kutsche.

»Claire, geben Sie mir mein Täschchen. Ich habe eine kleine Pistole drin.« Sie hoffte bei Gott, dass sie das Ding nicht brauchen würde. Sie hatte gehört, dass diese kleineren Landstraßen anfällig für Wegelagerer und andere Diebe waren, die Reisende ausbeuten würden.

Ihre Zofe fand das Täschchen und reichte es ihr. Rosalind

wühlte herum, bis sich ihre Finger um den perlenbesetzten Griff schlossen.

»Bleiben Sie zurück, während ich nachsehe, wer es ist.«

Sie öffnete die Wagentür und erstarrte. Der Fahrer hatte begonnen, wieder auf seinen Sitz hinaufzusteigen, die Hände in der Luft. Eine verhüllte Gestalt, die Züge hinter einer Maske verborgen, hatte eine Pistole auf den Fahrer gerichtet. Ein Wegelagerer. Sie sollten ausgeraubt werden.

KAPITEL 5

Von all den Schwierigkeiten, die Rosalind sich zu erleben vorgestellt hatte, wenn sie versuchte, ihr Leben aus Ashtons stählernem Griff zurückzubekommen, hatte sie nicht erwartet, von einem Wegelagerer ausgeraubt zu werden.

»Wer ist drinnen?«, verlangte der Mann vom Fahrer zu wissen.

»Lady Melbourne und ihre Zofe.«

»Treten Sie von den Pferden weg und gehen Sie auf die andere Straßenseite.« Der Mann schnippte mit dem Ende seiner Pistole, um anzuzeigen, wohin der Fahrer gehen sollte.

»Was ist los?«, flüsterte Claire.

Das ist nicht schlimm. Nicht im Vergleich zu dem, was du früher schon durchgemacht hast. Sie betete, dass sie sich selbst davon überzeugen konnte.

Ohne den bewaffneten Mann aus den Augen zu lassen, flüsterte Rosalind zurück: »Ich glaube, wir werden ausgeraubt.« Ihr Herz hämmerte so stark, dass sie sich kaum denken hören konnte.

»Was?«, keuchte Claire.

»Lassen Sie mich das machen. Bleiben Sie um jeden Preis hinter mir.«

»Aber ...«

Rosalind hob die Hand mit der Pistole, als der maskierte Mann zielstrebig auf die Kutsche zuschritt. Gerade als er die Tür erreichte, zielte Rosalind mit ihrer Pistole auf seine Brust. Sie hatte noch nie zuvor auf einen Mann geschossen und betete, dass sie es jetzt nicht tun musste.

Der Mann blieb stehen, als sei er von ihrer schieren Kühnheit überrascht, eine Pistole auf ihn zu richten. Dann lächelte er über ihr Zögern.

»Denken Sie nicht einmal daran, mich zu erschießen. Ich habe Männer im Wald, die bereit sind, meinen Platz einzunehmen, sollte ich fallen. Das Endergebnis wird das gleiche sein, obwohl sie wahrscheinlich weniger freundlich sind als ich.« Der Akzent des Wegelagerers war raffiniert und seltsam vertraut. Sie konnte nicht genau den Finger darauf legen, wo sie seine Stimme gehört hatte. Trotz des Sturms war es hell genug, um diese elektrisch blauen Augen zu sehen, als der Mann sie anstarrte. Augen, die sie erkannte. Die Augen des Mannes, den sie unbedingt finden und erdrosseln wollte.

»Lord Lennox?« Sie schnappte nach Luft.

Die Augen des Mannes weiteten sich eine Sekunde, bevor sie sich verengten. Der Blitz beleuchtete seine eigene Pistole, die auf ihre Brust zielte.

»Seien Sie weise, Madam, und legen Sie Ihre Waffe weg. Ich will alles Geld, das Sie bei sich tragen, und Ihren Schmuck.«

Regen strömte über Rosalinds Gesicht, als sie sich ein wenig aus der Kutsche lehnte, aber sie blinzelte nicht, wich nicht zurück. Trotzdem zögerte sie, die Waffe zu benutzen.

»Wir haben weder Schmuck noch Geld.«

Der Mann lachte. »Und trotzdem tragen Sie so ein teures Kleid? Ich glaube nicht.« Er drückte die Mündung seiner

Pistole direkt über ihr Herz, das Metall kalt auf ihrer Haut. »Ihr Geld. *Jetzt.*«

Rosalind machte keine Anstalten, zu tun, was der Wegelagerer verlangte, aber plötzlich wurde ihr von Claire ihre Handtasche über die Schulter gereicht.

»Was machen Sie?«, fauchte sie ihre Zofe an.

»Unser Leben retten«, flüsterte Claire zurück.

Der maskierte Mann lächelte kühl, als er die Handtasche aus Claires zitternden behandschuhten Fingern zog.

»Mindestens eine von Ihnen hat den gesunden Menschenverstand, zu tun, was Ihnen gesagt wird.« Er trat zurück, die Pistole noch immer erhoben, und schwenkte die Tasche mit dem ganzen Geld, das sie bei sich hatte. »Eine gute Nacht, meine Damen.« Er rannte zu seinem Pferd, stieg auf und trat dem Pferd mit den Stiefeln in die Flanken.

Es war zu viel für sie, um es zu ertragen. Abgesehen von der Tatsache, dass Rosalind sich nicht vorstellen konnte, in einer schlimmeren Lage zu sein, mitten im Nirgendwo mit einer kaputten Kutsche und ohne Geld gestrandet zu sein, war diese monströse Verletzung ihrer Privatsphäre unerträglich. Sie würde das so nicht stehen lassen.

Rosalind sprang mit erhobenem Arm aus der Kutsche und feuerte. Der Mann zuckte zusammen und umklammerte seinen Arm, ritt aber weiter, bis er unter dem starken Regen und der Dunkelheit verschwand.

»Gott sei Dank haben Sie ihn verfehlt!«, rief Claire aus.

»Ich habe auf sein schwarzes Herz gezielt.« Sie wischte sich den Regen aus den Augen und suchte nach dem Fahrer. Ihre Hand mit der Pistole begann zu zittern. Sie hatte noch nie zuvor auf einen Mann geschossen, und erst jetzt setzten die Auswirkungen ein.

Der Fahrer kam mit grimmiger Miene wieder herunter.

»Ich gehe davon aus, dass wir mit diesem Rad den Rest des Weges nicht schaffen?«, fragte Rosalind.

Mr. Matthews schüttelte den Kopf. »Wir werden nicht mehr als eine Meile schaffen. Ich kenne ein Gasthaus nicht weit von hier. Die Frau, die es leitet, könnte uns erlauben, über Nacht zu bleiben, und ich hätte Gelegenheit zu entscheiden, ob ich den Radersatz verhandeln oder bei Tagesanbruch nach London zurückfahren könnte, wenn der Sturm nachlässt.«

Rosalind seufzte, Frustration prickelte unter ihrer Haut.

»Ich nehme an, das muss reichen.« Sie stieg wieder in die Kutsche. Ihr graues Bombazin-Kleid war schwer vom Wasser, und sie fühlte sich müde, die Röcke wieder die Stufen hinaufzuschleifen. Als die Kutsche wieder anfing zu rollen, beugte sich ihr Dienstmädchen zu ihr.

»Sie haben den Maskierten Lord Lennox genannt«, sagte Claire leise. »Er kann es nicht gewesen sein, oder, Eure Ladyschaft?«

Rosalind zögerte. »Ich dachte, er wäre es. Die Augen waren wie seine, aber die Art, wie er redete ... ich weiß es nicht.« Sie schüttelte den Kopf. »Es ist dumm. Lennox hat keinen Grund, jemanden mit vorgehaltener Waffe auszurauben, wenn er es doch bei Anwälten und Banken so gut macht. Ich nehme an, dass der Kerl einfach in letzter Zeit das einzige ist, an was ich denken kann.«

Claire sagte nichts, als sie weiterfuhren.

»Na, ist ja auch egal. Nicht heute Abend. Im Moment müssen wir uns auf Nahrung und Unterkunft konzentrieren. Ich kann Lord Lennox nicht dazu verführen, mir das zurückzugeben, was mir gehört, es sei denn, ich kann mich ausruhen und etwas zu essen bekommen.« Claire reichte Rosalind ihr Tuch als Handtuch, mit dem sie sich trocken wischen konnte, als die Kutsche erneut einen Ruck machte.

Als sie das kleine Gasthaus erreichten, war Rosalinds Kleid noch immer schwer und feucht und ihre Haut war kalt. Mr. Matthews lud ihre Taschen aus und brachte sie in den

Schankraum, bevor er ging, um jemanden zu finden, der das Rad reparieren oder ersetzen könnte. Ihr Magen knurrte beim Duft von Suppe und Brot.

Als sie sich in dem dunklen Raum umsah, erblickte Rosalind zu viele Menschen, zu viele Gesichter. Die meisten waren Männer, die sie mit mildem Interesse anstarrten, die es nicht gewohnt waren, eine Dame von hoher Qualität in einem so kleinen Gasthaus einkehren zu sehen. Sie befanden sich mit vielen Reisenden auf einer einzigen Straße. Was, wenn das Gasthaus voll war? Sie schüttelte den Kopf. Was machte das schon? Sie und Claire hatten kein Geld, um ein Zimmer zu bezahlen.

»Wie kann ich Ihnen helfen, meine Damen?« Eine stämmige Frau mit fröhlichem Gesicht schlenderte zu ihnen herüber.

Rosalind atmete tief ein und dann langsam aus bei der Bitte, die sie machen wollte.

»Wir hoffen, Sie haben vielleicht ein Zimmer für die Nacht?«

Das Lächeln der sympathischen Frau verblasste. »Ich fürchte nicht. Habe gerade das letzte verkauft.«

Mit einem sinkenden Gefühl in ihrer Brust senkte sich Rosalinds Kopf niedergeschlagen. »Das habe ich angesichts des Sturms befürchtet. Was ist mit etwas Essen?«

»Viel davon, Gott sei Dank.« Die Wirtin lächelte sie an. »Was wollen Sie denn haben?«

Für einen kurzen Moment war Rosalind erleichtert, aber dann fiel ihr ein, dass sie immer noch pleite waren. Sie war nicht die Art von Person, die etwas nahm, ohne etwas zurückzugeben.

»Danke, Ma'am, aber wir haben kein Geld zum Bezahlen«, unterbrach Claire. »Ihre Ladyschaft und ich wurden von einem Wegelagerer überfallen, der alles außer den Kleidern in unseren Koffern an sich nahm. Können wir uns unser Abendessen irgendwie verdienen? Ich kann kochen und Geschirr spülen.«

Rosalind starrte ihre Zofe an. Eine so einfache Lösung war ihr nicht eingefallen. Als sie ihre eigene Sprache wiedergefunden hatte, fügte sie hastig hinzu: »Ich kann auch helfen.«

Die Wirtin lächelte. »Wir sind heute Abend wegen des Sturms unterbesetzt.« Sie nickte Claire zu. »Du kannst in der Küche helfen. Und Sie ...« Sie sah Rosalind an. »... können an den Tischen bedienen. Ich lasse Sie anfangen, und in ein paar Stunden können wir drei essen.«

Rosalind zog ihre Handschuhe und ihren Schal aus und reichte sie Claire, bevor sie der Wirtin zu dem Schankburschen folgte. Dann machte sie sich an die Arbeit, eilte von den Dutzend Tischen im Raum zur Bar und in die Küche hin und her.

Ihre Arme waren ständig mit Tabletts mit Essen oder Bier beladen, und sie musste sich darauf konzentrieren, nichts zu verschütten. Die meisten Männer behandelten sie mit einem angemessenen Maß an Respekt. Nur ein oder zwei versuchten, sie unangemessen zu kneifen. Es war nicht das erste Mal, dass Männer sich auf diese Weise an ihr vergreifen wollten, und ein stählerner Blick in ihre Richtung ließ ihre wandernden Hände sinken.

Als sich das Gasthaus für den Abend beruhigt hatte, brach sie auf einem Stuhl in der Nähe eines der jetzt freien Tische zusammen. Ihre Füße schmerzten, und sie wusste, dass sie Blasen bekommen würde, wo ihre Knöchel an ihren Stiefeln gerieben hatten.

»Hier, für Sie, Liebes. Das haben Sie sich verdient!« Die Wirtin stellte ihr eine dampfende Schüssel Rindereintopf hin und winkte dann Claire zu, die gerade die Küche verließ, ihr Kleid mit Mehl bedeckt und fettfleckig.

»Nun, esst beide auf.« Ihre Gastgeberin ging, um sich eine eigene Schüssel zu holen. Als sie zurückkam, leckte

Rosalind ihren Löffel sauber und fühlte sich ein wenig schläfrig.

»Wohin waren Sie unterwegs, meine Damen, bevor Sie ausgeraubt wurden?«

»Wir waren auf dem Weg nach Lennox House. Wie weit ist das von hier?«

Die Frau dachte einen Moment nach. »Lennox House? Das ist noch ein gutes Stück Wegs. Ungefähr eine Stunde mit der Kutsche. Drei zu Fuß.«

So weit? »Ich nehme an, niemand würde uns erlauben, hinten auf einem Karren mitzufahren, wenn er zufällig an dem Haus vorbeikommt?«

Die Wirtin sah enttäuscht aus. »Wenn ich meinen Sohn nicht ins Dorf geschickt hätte, hätte ich ihn Sie mitnehmen lassen. Aber er wird erst in zwei Tagen zurück sein.«

»Danke. Wir wissen alles zu schätzen, was Sie für uns getan haben.« Rosalind meinte es ernst. Diese Frau hatte weit mehr für sie getan, als sie hätte tun müssen.

»Wir Frauen müssen uns gegenseitig helfen.« Die Frau kicherte, aber Rosalind spürte, dass sie aus einem bestimmten Grund im Leben hart arbeitete und ihr kleines Gasthaus ohne fremde Hilfe verdient hatte. Und weil sie ebenfalls eine Frau mit Geschäftssinn war, bewunderte sie die Wirtin für das Erreichte.

»Ich habe ein paar Getreidesäcke im Lagerraum, Sie können sich daraus Betten für die Nacht machen. Wenn es sein muss, können Sie bleiben, bis mein Sohn zurückkommt.«

Rosalind warf ihrem Dienstmädchen einen Blick zu und nickte dann. »Das wäre gut so.« Gott wusste, dass sie in ihrer Jugend schlechter geschlafen hatte. Sie folgten ihrer Gastgeberin in den Lagerraum und halfen ihr, die Getreidesäcke flach auszulegen, bevor sie und Claire darüber krochen. Claire schlug ihren Sack einmal auf und schlief dann prompt ein.

Rosalind hatte es bei weitem nicht so leicht. Die Geräusche des sich bewegenden Getreides in den Säcken, das Zischen im Dunkeln kratzten an ihren Nerven. Die Holzwände des Gasthauses knarrten, und das Kratzen von Nagerpfoten hielt sie unruhig. Ein kalter Luftzug drang durch die Ritzen unter der Lagerraumtür herein. Sie schlug auf das Getreide unter ihr ein, aber sie konnte es sich nicht bequem machen.

Bin ich so weich geworden, seit ich Henry geheiratet habe? Zuvor hatte sie mehr als eine Nacht auf dem steinigen Boden des Stalls geschlafen, mit nichts als etwas Heu zum Warmhalten. Das hier war viel besser als in jenen Tagen.

Jedes Mal, wenn sie die Augen schloss, waren die Gedanken an den Wegelagerer, sein kaltes Grinsen und seine arroganten blauen Augen alles, was sie sehen konnte. Es ließ ihr Herz noch einmal hart gegen ihre Brust schlagen. Aber seine Stimme – es war nicht die von Ashton. Ein Echo vielleicht, aber nicht dasselbe. Jeder Sprung in ihrem Puls war nicht wegen des Räubers selbst, sondern wegen dessen, an den er sie erinnert hatte.

Bin ich eine alberne Henne? Sich Lord Lennox als maskierten Räuber vorstellen? Es war völliger Unsinn. Der Mann brauchte keine Damen auf den Straßen auszurauben, und es schien nicht die Art von Aktivität zu sein, die er zum Vergnügen ausüben würde. Und so, wie sie ihn kannte, hätte er, wenn er sie ausgeraubt hätte, seine Maske abgenommen und über sie gelacht.

Trotzdem ... irgendetwas an ihm erinnerte sie an Ashton. Vielleicht lag es einfach daran, dass sie sich bereits von ihm ausgeraubt gefühlt hatte und eindeutig entschlossen war, alle Schurken mit diesem verdammten Baron in Verbindung zu bringen. Sie hielt inne, ihre Gedanken kreisten um etwas, das sie erschreckte. Ashtons Plan, ihre Geschäfte zu übernehmen, war schlau und brillant gewesen, und sie musste seine Taktik bewundern.

Irgendwann gegen Mitternacht wurde Rosalind an der Schulter gestoßen. Sie rollte sich im Halbschlaf herum und starrte ins Gesicht der Wirtin.

»Der Sturm hat nachgelassen, Liebes. Einer meiner Burschen ist bereit, Sie die halbe Strecke auf seinem Pferd mitzunehmen, aber da ist nur für eine von euch Platz.«

Rosalind blinzelte, sah ihr schlafendes Dienstmädchen an und seufzte. *Ich sollte Claire schlafen lassen, bis die Kutsche sie abholen kann.* Sie konnte es sich nicht leisten, zwei Tage zu warten, um Ashton zur Rede zu stellen.

»Ich werde gehen. Würde es Ihnen etwas ausmachen, mein Dienstmädchen hierbleiben zu lassen, bis ich sie holen kann? Unsere Kutsche sollte repariert sein, bevor Ihr Sohn zurückkehrt. Sie wird in der Zwischenzeit für Unterkunft und Verpflegung arbeiten, und ich sollte in der Lage sein, alles Ausstehende zu bezahlen, sobald ich Lennox House erreiche. Bitte lassen Sie sie wissen, dass sie auf unseren Fahrer warten soll.«

Die Wirtin nickte. »Das wäre in Ordnung. Ich würde mich über Hilfe in der Küche freuen. Ich werde es ihr sagen, wenn sie aufwacht. Jetzt kommen Sie schon, der Junge wartet auf Sie.«

Rosalind wischte sich die Haare aus dem Gesicht, rieb den Schmutz von ihrem Reisekleid und folgte der Wirtin durch den ruhigen Schankraum.

Ein unruhiger junger Mann wartete an der Tür, und er verbeugte sich verlegen, als er sah, wie sie in seine Richtung kamen.

»Hallo, Eure Ladyschaft.«

»Danke, dass ich mit dir kommen darf.« Rosalind meinte es ernst. Als der Junge die Wirtshaustür öffnete, regnete es noch immer, aber es war ein Nieselregen geworden. Der junge Mann half ihr in den Sattel, und sie hielt das Pferd ruhig, als er hinter ihr aufstieg.

»Wie heißen Sie?«, fragte sie, als er um sie herum griff, um die Zügel zu nehmen.

»Rolfe, Eure Ladyschaft.«

»Danke. Das werde ich nicht vergessen, Rolfe.« Sie würde einen Weg finden, es ihm und der Wirtin zurückzuzahlen. Gegen jemanden wie Ashton mochte sie rücksichtslos sein, aber nicht gegen diese Leute. Sie erinnerten sie zu sehr an ihre Heimat und die wunderbaren Menschen in den Dörfern in der Nähe des Schlosses ihrer Familie.

Während sie die nächste halbe Stunde ritten, löste sich ihr Haar, und ihr kaum trockenes Kleid war bald wieder durchnässt. Wenn sie Ashtons Anwesen erreichte, würde sie wie eine ertrunkene Katze aussehen, nicht wie eine Frau, die bereit war, einen Mann aus Rache zu verführen.

Sie war immer noch nicht davon überzeugt, dass Emilys Plan funktionieren würde. War Ashton überhaupt der Typ Mann, der *verführt werden konnte*? Er war so kühl und leidenschaftslos ... doch an jenem Abend in der Oper hatte sie eine andere Seite von ihm gesehen, eine, die ihr in diesem Moment blinder Leidenschaft Macht über ihn gegeben hatte. Vielleicht ließe er sich doch verführen ...

»Da wären wir.« Rolfe zog an den Zügeln, um das Pferd an einem Paar alter Steinsäulen anzuhalten, die den Eingang zu Ashtons Land markierten. »Sie haben Glück. Der Sturm scheint die Gegend hier kaum berührt zu haben.«

»Wie weit ist es bis zum Haus?« Rosalinds Füße taten weh, wenn sie nur an die Wanderung bei diesem Wetter in ihren schwarzen Stiefeln dachte.

»Etwa drei Meilen.« Rolfe glitt vom Pferd und hob sie mit der Anmut eines Gentlemans zu Boden. »Es tut mir leid, dass ich Sie nicht weiter bringen kann. Werden Sie es schaffen?« Mit großen Augen wartete er darauf, dass sie antwortete.

»Ja, danke. Ich habe längere Spaziergänge geschafft.«

»Bleiben Sie auf dieser Straße, dann können Sie das Haus

nicht verfehlen«, rief Rolfe. Er stieg wieder auf sein Pferd und ritt so schnell davon, wie er gekommen war. »Sichere Reise!«

Rosalind straffte die Schultern und begann den langen, qualvollen Marsch den Feldweg hinunter, in der Hoffnung, das Haus bald zu sehen. Der Regen nahm zu, und die Straße wurde zu dickem Schlamm. Die einst schönen Röcke ihres Reisekleides waren bald zerrissen, durchnässt und mit Schlamm verkrustet. Der Stoff schleifte hinter ihr her, schwerer und schwerer, drückte sie nach unten, bis sie das Gefühl hatte, kniehoch durch einen Fluss zu waten.

Ihre Füße brannten, als das Leder an ihren dünnen Strümpfen scheuerte. Bäume säumten den Straßenrand vor ihr, eine endlose Linie, die auf ihr Ziel hinwies. Ein Niesen überraschte sie, und sie stolperte, wäre fast hingefallen, konnte sich aber wieder fangen.

Ich muss weitergehen. Egal wie sehr sie sich wünschte, sie wäre mit einem guten Buch und einer Schüssel heißer Suppe vor einem Feuer zusammengerollt.

Ashtons Gesicht füllte ihre Gedanken. Eine Kraft, um sie voranzutreiben, auch wenn es sie umbrachte.

KAPITEL 6

Jonathan beugte sich über einen Billardtisch und bereitete sich auf seinen nächsten Stoß vor. »Es ist verdammt gut, dass Cedric nicht zu Hause war, als ich Audrey von Fives Court zurückbrachte.«

Ashton rieb müßig mit der Spitze seines Queues an seinem Stiefel entlang und übersah nicht, wie intensiv Jonathans Gesicht aussah, als er sprach.

»Du planst, diese Frau zu heiraten, nicht wahr?«, fragte Ashton, während er darauf wartete, dass er an der Reihe war.

Er war erleichtert gewesen, als seine Freunde heute Abend nach dem Abendessen eingetroffen waren. Er hatte die ganze Mahlzeit damit verbracht, der armen Miss Merton nicht den Eindruck zu erwecken, sie bekäme einen Heiratsantrag. Zwischen den Frauen seiner Freunde und den Plänen seiner Mutter wurde es heutzutage verdammt schwer, Junggeselle zu bleiben.

»Ich habe vor, ihr einen Antrag zu machen, sobald ich Zeit gehabt habe, mich in dem neuen Stadthaus einzuleben und alles vorzubereiten. Es hat keinen Sinn, es zu überstürzen.« Jonathan schmetterte einen roten Ball in eine Ecktasche.

»Gut gemacht«, sagte Charles. »Aber seien wir ehrlich, Jon. Dieser kleine Wildfang ist zu viel. Kein Mann kann mit ihr fertig werden und trotzdem seinen Verstand im Griff behalten. Ich bezweifle, dass du mit ihr mithalten könntest. Sie hatte sogar mich einmal in die Flucht geschlagen, wenn du dich erinnerst.«

Ashton sah, wie Jonathans Gesicht rot wurde. Er hatte anscheinend das eifersüchtige Temperament seines älteren Bruders, aber er hielt es weit besser verborgen als Godric.

»Ich schwöre«, fuhr Charles fort, »ich wurde noch nie von einer Frau gejagt, und doch war sie da und attackierte mich auf einem Sofa. Was soll ein Mann in diesem Fall tun, frage ich euch?«

»Ich kann immer noch nicht glauben, dass du dich von ihr so hast küssen lassen«, sagte Ashton. »Sie ist eine Lady, kein leichtes Mädchen. Ich bin überhaupt nicht überrascht, dass Cedric dir dafür das Matschauge verpasst hat.«

Charles schnaubte empört. »Du bist ja noch nie von ihr attackiert worden. Ihr habt alle keine Ahnung, wie stark ihre zarten kleinen Hände sind oder wie sie einen erwachsenen Mann zu Boden ringen kann. Sie ist eine Bedrohung für jeden anständigen Junggesellen. Ich halte Abstand, bis du sie heiratest.« Charles hob sein Queue und machte einen Stoß, der so weit danebenging, dass er fluchte.

»Distanz? Warum in aller Welt hast du sie dann zu deinem Match im Fives Court gehen lassen? Das war gefährlich, und das weißt du auch. Was wäre, wenn sie erkannt worden wäre? Oder noch schlimmer, was wäre, wenn ein Mann sie entführt hätte, während du im Ring warst? Linley hätte sie nicht beschützen können – dafür ist der Junge zu dürr.« Jonathans Ärger war spürbar.

»Tom ist nur jung. Er wird noch kräftiger werden. Ich war kleiner als viele andere Männer, bis ich dreiundzwanzig wurde, nicht wahr, Ash?«

»Das warst du«, stimmte Ashton zu. Charles war als junger Mann tatsächlich schlank gewesen; das war einer der Gründe, warum er in jener Nacht im Fluss Hilfe benötigt hatte. Waverly hatte keine Hilfe benötigt, um Charles zu überwältigen. Die dunklen Gedanken und Erinnerungen wirbelten dicht an der Oberfläche, und Ash begrub sie.

»Ich bin sicher, Tom ist ein fähiger Junge, aber Jonathan hat Recht mit Audrey. Es war nicht ratsam, sie nach Fives Court kommen zu lassen.«

Charles seufzte dramatisch. »Sie unterstützt Luciens Bruder Avery bei seiner ... Beschäftigung, das wisst ihr. Eine kluge Dame ist ihr Gewicht in Gold wert, aber eine, die sich auch verkleiden kann, ist noch viel wertvoller. Audrey versuchte nur zu sehen, ob sie eine Menge täuschen konnte. Sie hat es geschafft.«

»Nein, hat sie nicht. Ich habe sie erkannt«, beharrte Jonathan.

Charles kicherte. »Weil du viel zu sehr auf ihren kleinen Hintern starrst, um sie *nicht* zu erkennen.«

»Pass auf dich auf, Mann«, warnte Jonathan.

Ashton sah, wie sich die Wut des jüngeren Mannes steigerte, und beschloss, einzugreifen. »Sobald Jonathan Audrey heiratet, müssen wir uns sicher keine Sorgen mehr machen, dass sie wegläuft und in Schwierigkeiten gerät. Problem gelöst.«

»Ha!« Charles war offensichtlich nicht überzeugt.

»Egal, wer ist dran?«

»Nicht die geringste Ahnung«, murmelte Charles und stolzierte zum Fenster hinüber, das den Vorplatz des Hauses überblickte.

»Ich glaube, du bist dran, Ashton.« Jonathan lehnte sich gegen sein Queue und starrte Charles immer noch finster an.

Charles lehnte sich gegen das Erkerfenster und spähte in

die Dunkelheit. »Sag mal, hast du viele Bettler auf dieser Straße, Ash?«

Ashton stützte eine Hüfte auf die Kante des Billardtisches. »Hier draußen? Nicht so wirklich. Wieso?«

Charles zeigte auf die Fenster. »Da scheint aber einer zu kommen, und er geht direkt zu deiner Haustür. Ein schlammiges kleines Ding, wie es scheint.«

Ashton legte sein Queue ab und trat zu Charles ans Fenster. Es war fast eine Stunde nach Mitternacht, und nur das Licht aus den Fenstern erhellte die arme Gestalt, die zu seinem Haus marschierte.

»Ich glaube, es ist eine Frau«, sagte Jonathan.

»Ich glaube, du hast recht«, sagte Charles. »Aber bei all dem Schlamm schwer zu sagen.«

»Vielleicht solltest du nach der armen Kreatur sehen?«, schlug Jonathan vor.

Ashton nickte. »Ja. Ich werde nur einen Moment brauchen.« Er verließ seine beiden Freunde und ging zur Haustür. Als er sie erreichte, hörte er ein schwaches Kratzen und dann ein schweres Klopfen, als ob etwas Schweres gegen die Tür geschlagen wäre. Oder ein Körper.

Ashton zog die Tür auf und trat einen Schritt zurück, als die Lampen der Eingangshalle die erbärmliche, zerknitterte Gestalt einer Frau vor seiner Tür erleuchteten. Er kniete sich hin, griff nach ihrer Schulter und rollte sie herum. Sein Verstand wurde für eine Sekunde leer, als er auf die Person zu seinen Füßen hinunterstarrte.

Lady Melbourne lag bewusstlos zu seinen Füßen, durchnässt und durchgefroren bis auf die Knochen.

»Gütiger Gott!« Er fing sich und wühlte herum, bis er einen Arm unter die Knie der Frau und den anderen unter ihren Rücken legen konnte. Was machte sie hier bloß? Nein, das wusste er gut genug, aber warum kam sie hier auf diese

Weise an? Wieso war sie bei diesem Wetter zu Fuß gekommen?

Charles erschien auf der einen Seite und Jonathan auf der anderen. »Was ist denn los?«

Ashton grunzte, als er sich erhob und die schwere, durchnässte, schlammige Frau hinein trug.

Charles versuchte, über Ashtons Schulter zu spähen. »Moment mal. Dieses Gesicht kenne ich doch.«

»Ich kann nicht glauben, dass sie hier ist«, murmelte Ashton vor sich hin. Er drückte die Frau eng an sich und beschützte sie seltsamerweise. Aber natürlich tat er das, da war nichts Seltsames dran. Dies war seine Schuld. Was auch immer sie dazu getrieben hatte, er war letztendlich dafür verantwortlich.

»Wer ist sie?«, fragte Jonathan.

»Lady Rosalind Melbourne«, sagte Charles.

Ashton ignorierte die Männer, die ihm auf den Fersen folgten. Er ging direkt in sein Schlafzimmer. Jonathan eilte voraus, um die Tür zu öffnen.

»Jon, hol meine Schwester und ihre Zofe. Ich weiß, es ist spät, aber wir haben einen Notfall.« Ashton forderte Charles auf, eine Decke auf dem Bett auszulegen, bevor er die nasse, schlammige Frau darauf legte. Ihr dunkles, schweres Haar klebte ihr im Gesicht. Ashton strich die Locken zurück. Rosalind sah aus wie ein halb ertrunkenes Kätzchen, und verdammt wollte er sein, wenn der Anblick nicht verstörend war.

Er hatte durchaus mit ihrer Ankunft gerechnet, allerdings in einer Kutsche, begleitet von Anwälten. Sie sollte sich bei einem solchen Sturm nicht in Gefahr bringen. Es weckte in ihm zwei Gefühle, die er zu vermeiden versuchte: Mitleid und Zärtlichkeit. Und er wusste, dass diese Kreatur im Allgemeinen stark genug war, um keines von beiden zu brauchen.

»Was in aller Welt hast du dir dabei gedacht?«, sagte er zu

sich selbst und betrachtete ihre Züge. Die cremige blasse Haut, die wie Alabaster glühte, und die langen Wimpern, die sich über ihre Wangen fächerten. Ihr herzförmiges Gesicht und ihre weichen rosafarbenen Lippen schienen wie gemacht für ein Lächeln und für Küsse.

»Ash?« Joannas müde Stimme kam von der Tür. Sie hielt ihren Morgenmantel umklammert, ihr blondes Haar hing ihr zerzaust ins Gesicht. Hastig trat er vom Bett weg.

»Es tut mir leid, dich zu wecken, Joanna, aber wir brauchen deine Hilfe.« Er deutete auf Rosalinds bewusstlose Gestalt auf dem Bett.

Seine Schwester eilte zum Bett, ihr Dienstmädchen Julia hinter ihr. Beide Frauen starrten Rosalind an.

»Wer ist sie? Was ist passiert?« Joanna legte Rosalind einen Handrücken auf die Stirn.

»Das ist Rosalind Melbourne. Was passiert ist, da bin ich mir nicht ganz sicher. Es scheint, dass sie durch die Stürme hierher gelaufen ist.«

Joanna legte eine Hand auf seine Brust und schubste ihn zurück. »Julia und ich werden uns von hier aus um alles kümmern. Du musst hier sofort raus. Ihr alle.«

Ashton erkannte, dass Charles und Jonathan ihn die ganze Zeit wie stumme Wächter flankiert hatten.

Mit einem Nicken ermutigte er sie zu gehen, aber er selbst blieb im Raum und schloss die Tür hinter seinen Freunden. Joanna und Julia schienen es zunächst nicht zu bemerken.

»Ah, die Ärmste ist ja halb erfroren«, sagte Julia mit ihrem irischen Tonfall. »Auch durchnässt bis auf die Knochen. Ich bereite ein Bad vor. Sie ziehen ihr diese schmutzigen Kleider aus.«

Das Reisekleid war ein zerknitterter Haufen auf dem Boden, als die Damen bemerkten, dass Ashton immer noch anwesend war.

»Ashton, *geh*. Du darfst nicht hier sein.« Joanna schirmte Rosalinds Körper mit ihrem eigenen ab, indem sie mit verschränkten Armen vor dem Bett stand.

»Du wirst Hilfe brauchen, um sie in die Wanne zu bringen.« Er schob seine Schwester sanft beiseite, ihr Mund stand offen, als er Rosalind hochhob und sie zu seiner großen Messingbadewanne trug. Einen Augenblick lang starrte Julia ihn einfach an.

»Brauchst du Hilfe dabei, sie zu baden?«, fragte er die Magd.

»Nein, mein Herr. Sie können sie hineinsetzen. Das Wasser ist warm.«

»Danke, Julia.« Er wandte sich an seine Schwester. »Bitte bring ein Ersatznachthemd herunter.«

Seine Schwester sah empört aus. »Und euch zwei allein lassen?«

»Sie ist eine Witwe, Joanna, keine Debütantin. Ihr Ruf steht nicht so auf dem Spiel, wie deiner es tun würde. Jetzt geh und hol das Hemd.«

Joanna nickte und packte ihre Zofe am Arm, als sie gingen. Als er allein war, wandte er seinen Fokus wieder Rosalind zu.

Obwohl sie immer noch ihr Hemd trug, wusste Ashton, dass seine Schwester und ihr Dienstmädchen protestieren würden, dass er zu weit gegangen war, indem er noch länger blieb. Er beugte sich über die Wanne und setzte Rosalind behutsam hinein. Ihre kalte, blasse Haut begann sich zu färben, als er sich neben sie kniete. Ihr Kopf rollte zur Seite, und ihre Wimpern flatterten. Ashton umfasste ihre Wange und strich mit der Daumenkuppe über ihren linken Wangenknochen.

»Claire«, murmelte sie schläfrig. »Bin ich in der Badewanne eingeschlafen?«

Ashton musste sein Kichern schlucken. »So etwas in der Art, mein kleiner Wildfang. Wach auf für mich.«

Rosalinds Augen flogen auf. Lennox? »Du verdammter Bastard!«

Klatsch! Ihre Handfläche traf auf seine Wange und überraschte ihn, aber er rächte sich nicht. Er hielt ganz still, starrte sie an und beobachtete das Spiel der Gefühle, die ihr Gesicht durchzogen. Schock, Wut, Verlegenheit und dann sah er zu seinem Missfallen, wie die Angst all dies überwand.

Sein kleiner schottischer Wildfang war endlich wach.

KAPITEL 7

»Wie bin ich ...« Rosalind blickte an sich herunter, und Ashton sah, wie sich jeder ihrer Muskeln anspannte.

Er konnte fast hören, wie ihre Gedanken versuchten, ihre Panik einzuholen. Sie war fast nackt und saß in einer Wanne mit warmem Badewasser, Ashton war nur wenige Zentimeter entfernt. Eine heiße Röte flammte in ihrem Gesicht auf.

»Ich habe dich vor meiner Haustür gefunden. Bewusstlos.« Er konnte nicht verhindern, dass sein Ton schroff klang. Es war schwer, sich an das Bild von ihr zu erinnern, wie sie zu seinen Füßen ohnmächtig wurde.

»Oh.« Sie senkte den Kopf, aber er konnte immer noch sehen, wie sich die Räder hinter ihrer Stirn drehten, während sie versuchte, die Ereignisse zusammenzufassen, die sie in diese Wanne geführt hatten.

»Bist du den ganzen Weg von London zu Fuß gegangen?«, fragte er und lenkte ihre Aufmerksamkeit wieder auf ihn.

Rosalinds Schultern senkten sich, und sie bedeckte ihre Brüste mit ihren Armen, nur allzu bewusst, wohin seine

Aufmerksamkeit wanderte. »Was? Nein, natürlich nicht. Mach dich nicht lächerlich.«

»Wie zum Teufel bist du dann bei mir zu Hause in so einem schlammigen Durcheinander gelandet?« Ashton saß auf seinem Hintern neben der Wanne und betrachtete sie weiterhin, jetzt allerdings eher amüsiert.

Als sie nicht antwortete, griff er mit seinen langen Fingern in die Wanne und schnippte ihr beiläufig Wassertröpfchen zu. Er biss sich auf die Lippe, als er bemerkte, dass ihre Augen die Bewegung seiner Hand verfolgten. *Scheu wie ein Fohlen ...*

Sie zwang sich, ihre Augen von seiner Hand zu lösen, begegnete seinem neugierigen Blick und hob ihr Kinn, forderte ihn stumm heraus, sie erneut zu bespritzen.

»Ich habe meine Kutsche genommen, obwohl du es mir verboten hattest. Meine Zofe und ich waren auf halbem Weg hierher, als ...« Ihre Augen verengten sich, und sie stürzte sich plötzlich auf ihn und schlug ihn hart mit einer geballten Faust.

Trotz der überraschenden Stärke des Schlags zuckte Ashton nicht zusammen.

Sie starrte ihn an, als suche sie nach einer Reaktion, und sie schien enttäuscht, dass sie sie nicht fand. »Verdammt.«

»Der erste Schlag, den kann ich nachvollziehen. Darf ich fragen, wofür *das jetzt* war?« Ashton zog eine Braue hoch. Er würde sie nicht ohne Erklärung davonkommen lassen.

Frische Röte färbte ihre Wangen.

»Komm, Rosalind, du hast mich jetzt zweimal in meinem eigenen Haus geschlagen. Du hast etwas erwartet. Eine Reaktion. Wofür?«

Ihre grauen Augen blitzten auf. »Meine Zofe und ich wurden am Abend von einem Wegelagerer ausgeraubt, nachdem an meiner Kutsche ein Rad gebrochen war. Der Mann war blond ... und er hatte deine Augen.«

»*Meine* Augen? Sag mir nicht, dass du mich nachts als Phantom siehst.«

»Mach dich doch nicht lächerlich.«

»Dann hast du mich geschlagen, weil ...?« Er beobachtete sie aufmerksam, halb amüsiert und halb besorgt.

Sie hob das Kinn. »Als dieser elende Mann mit meiner Handtasche davonritt, feuerte ich einen Schuss ab und traf seine rechte Schulter. Wenn du es gewesen wärst, dann wage ich zu behaupten, du hättest deinen Schmerz nicht zurückhalten können.«

Ein Wegelagerer? In diesen Teilen von Hampshire gab es keine, zumindest keine, von denen er gehört hatte.

»Du wurdest also ausgeraubt und dachtest, dieser Dummkopf wäre ich?«

»Ich habe die Möglichkeit in Betracht gezogen, ja.« Sie schloss die Augen, als wäre sie völlig gedemütigt.

Er war wütend bei dem Gedanken, dass jemand mit einer Pistole auf Rosalind zielte. Und er war noch wütender darüber, dass sie gedacht hatte, er sei es gewesen.

Könnte er es ihr denn überhaupt verdenken, nachdem er ihr Elend inszeniert hatte, auch wenn es nur vorübergehend war? Plötzlich war sein Plan nicht der wunderbare Sieg, auf den er gehofft hatte. Abgesehen von dem Wohl für die Allgemeinheit, fühlte er sich hohl und kleinlich, und in seiner Brust regte sich Nervosität.

»Und dann?«, forderte er sie auf.

Sie sprach nicht sofort. Sie hielt die Augen geschlossen, ihr Kopf ruhte auf der Rückseite der Wanne.

»Unser Fahrer wollte versuchen, die Kutsche zu reparieren. Er hat uns in einem Gasthaus abgesetzt.«

Ashton spürte, dass sie ihm immer noch nicht alles erzählte. »Aber du konntest nicht über Nacht bleiben, weil du kein Geld hattest?«

»Wir konnten einen Schlafplatz und eine Mahlzeit bekommen.«

Er schnaubte. »Zweifellos hast du ihr versichert, dass du mich für alles bezahlen lassen würdest, sobald du mich besucht und dein Vermögen zurückverlangt hättest.« Es war genau das, was sie tun würde.

Rosalinds Augen verengten sich zu wütenden Schlitzen. »Ich habe nichts dergleichen getan. Mein Dienstmädchen und ich haben uns unser Essen und unseren Schlafplatz verdient.«

»Verdient?« Er konnte sich nicht vorstellen, dass Rosalind sich eine Mahlzeit verdiente. »Wie zum Teufel hast du das gemacht?«

Der Blick, den sie ihm zuwarf, hätte einen See zufrieren können. »Die Wirtin ließ mein Dienstmädchen in der Küche helfen, während ich an den Tischen bedient habe. Die Zimmer waren voll, aber sie erlaubte uns, auf Getreidesäcken im Lager zu schlafen.«

Sie hatte in einem Lagerraum auf Getreidesäcken geschlafen? Anstatt ihn zum Lachen zu bringen, schnitt die Vorstellung tief in ihn hinein – das Schlafen auf klobigen Getreidesäcken, wie es ihre Muskeln verknotete und sie bis zum Morgen an vielen Stellen wund sein würde. Feindin oder nicht, eine Frau wie sie verdiente es, auf einem Daunenbett mit einem Berg Decken zu liegen, um sie warm zu halten.

»Wenn du aber dort geschlafen hast, wie bist du denn dann hier gelandet?«

»Ein Junge hat mich den halben Weg zu deinem Haus mitgenommen, bevor der Sturm wieder losging. Den Rest des Weges bin ich *zu Fuß* gelaufen.« Sie hob einen zarten Fuß aus dem Wasser. Wütend rote Blasen übersäten ihre Knöchel. Sie seufzte und senkte ihren Fuß wieder unter die Oberfläche.

Dies hätte sein Moment des Triumphes sein sollen, der Sturz seines größten Rivalen. Doch sie halbtot vor seiner Tür zu finden, die Angst in ihren Augen beim Aufwachen und jetzt ihre Blasen an den Füßen zu sehen ... es zerriss ihm das Herz. Sein kleiner schottischer Wildfang war ein tapferer und würdiger Gegner. Es war kein Vergnügen, ihr Leiden mitzuerleben, und er wollte, dass sie wieder auf den Beinen war.

Ashton stand abrupt auf; der plötzliche Druck des Selbsthasses für das, was seine Taten verursacht hatten, setzte ihm so sehr zu, dass er ihr nicht länger in die Augen sehen konnte. Er brauchte eine Minute zum Atmen, um sich daran zu erinnern, dass er die Kontrolle hatte, und er würde sich nicht von seinen Emotionen in die Quere kommen lassen.

»Ich schicke morgen einen Boten ins Gasthaus, um den Aufenthalt deiner Magd zu bezahlen und deine Kutsche reparieren und herbringen zu lassen, sobald sie fertig ist. Bitte nimm dir Zeit im Bad. Ich werde Essen hochschicken lassen. Meine Schwester Joanna hat Ersatzkleider, die sie dir leihen kann. Wenn du etwas brauchst, frag einfach.«

Sie schnaubte. »Weil du *mich besitzt*, richtig?«

Es schmerzte, wie sie ihm seine eigenen Worte entgegenschleuderte. Sein erster Impuls war, sie herauszufordern, zu erklären, dass sie in der Tat ihm gehörte. Dann erinnerte er sich an eine andere junge Frau, die ihm letztes Jahr beigebracht hatte, dass eine Lady in Not das Recht hatte, zuzuschlagen. Und wenn sie es tat, brauchte sie einen Gentleman, der antwortete, kein besitzergreifendes Tier. Emily hatte ihm in den letzten Monaten viel beigebracht.

»Du wirst mir das vielleicht nicht glauben, aber ich war einmal ein Gentleman. Du brauchst etwas zu essen, Unterkunft und Kleidung. Es ist meine Pflicht, dies zu gewährleisten, da meine Handlungen deine Situation verursacht haben.« Er ließ sie baden und ging zurück in sein Zimmer.

Die Geräusche ihres Bades hallten durch die teilweise geschlossene Tür. Er seufzte, lehnte einen Arm auf eine Stuhllehne und sah zu, wie das Feuer Schatten über den Boden warf.

*Bin ich zu weit gegangen? Ich habe Rosalind genauso ausge-
raubt wie dieser verdammte Narr von einem Wegelagerer. Es tut
nichts, außer mich als Bösewicht zu markieren. Nicht besser als
Waverly.*

Dieser ernüchternde Gedanke überraschte ihn. Er musste
einen Weg finden, seine Ziele doch noch zu erreichen, ohne
ihr noch mehr Schaden zuzufügen.

Die Geräusche von plätschernden Wasser wurden lauter,
und er spürte, dass Rosalind bereit zu sein schien, aus der
Wanne zu steigen. Er betrat wieder das Ankleidezimmer, um
ein Handtuch zu holen. Sie saß zusammengekauert in der
Badewanne, die Arme bedeckten ihre Brüste, und hielt die
Beine angezogen. Der Anblick, wie sie so klein und verletzlich aussah, ließ etwas in seiner Brust schmerzen. Er breitete
das Handtuch aus und hielt es ihr hin.

»Du kommst am besten raus, bevor das Wasser abkühlt.
Zieh das Hemd aus. Es muss gründlich gewaschen werden.«

Ihre Augen funkelten gefährlich, und einen Moment lang
machte er sich Sorgen, dass sie aus Trotz im Wasser bleiben
würde.

»Halte es etwas höher«, befahl sie.

Er hob das Handtuch so weit, dass es ihn daran hinderte,
ihren Körper zu sehen, als sie aus der Wanne kletterte. Er
hörte das Spritzen von Wasser und das glitschige Geräusch
von nassem Tuch auf der Haut, dann das Klatschen des
Hemdes auf dem Boden. Er senkte das Handtuch gerade so
weit, dass er ihre Schultern sehen konnte, bevor sie es hastig
nahm und um ihren Körper wickelte. Sie hatte Kurven. Das
gefiel ihm, aber ihre Figur war schlanker und kleiner, als er
gedacht hatte. Wenn sie zu ihrer vollen Größe aufstand,
reichte sie ihm nur bis zur Schulter.

»Sie haben Essen erwähnt, *Mylord?*« Sie betonte die Worte
mit einem spöttischen Tonfall, der ihn wünschen ließ, er
hätte seinem Freund Lucien ein paar rote Seidenbänder

gestohlen. Diese Frau an sein Bett zu fesseln klang wie eine perfekte Bestrafung für ihr Temperament.

Dann schüttelte er sich. Er sollte nicht so an sie denken. Und ganz sicher nicht in diesem Augenblick. Er konnte ihr nie verraten, wie kreativ sein Geschmack im Bett war. Er sah sich als Lucien nicht unähnlich, liebte ein oder zwei gute Fesseltechniken und Spiegel, vielleicht um seine sinnliche Dominanz aus jedem Blickwinkel zu beobachten, aber er vertraute nur wenigen Frauen mit diesen geheimen Wünschen. Das Letzte, was er brauchte, war, dass im *Ton* über seinen Appetit geklatscht würde und jemand Geschmack daran bekam, es gegen ihn zu verwenden.

»Ich habe Nahrung versprochen. Ich esse natürlich mit dir.«

Sie zuckte zusammen. »Wie bitte?«

»Es wäre nachlässig von mir, Sie allein das Abendessen einnehmen zu lassen.«

Sie rümpfte die kleine Nase, ein Ausdruck, den er seltsam liebenswert fand.

»Warum würden Sie uns beide quälen, indem Sie mit mir essen? Keiner von uns kann den anderen ausstehen.«

Er erlaubte einem Lächeln, seine Lippen zu streicheln. »In der Tat, warum? Vielleicht liegt es daran, dass dies mein Schlafzimmer ist und ich heute Nacht irgendwann schlafen muss.«

Rosalind, die sich mit einer Hand durch ihr nasses Haar gekämmt hatte, erstarrte. »*Dein* Zimmer?«

»Ja sicher. Was habe ich gesagt? Oh ja, richtig, ich *besitze* dich, Rosalind.« Er streichelte ihren Namen, ließ jede dekadente Silbe von seiner Zunge rollen und freute sich über das Feuer in ihren Augen. Jetzt war sie bereit, wieder zu kämpfen.

»Ich verlange ein anderes Zimmer. Bring mich sofort zu einem.« Sie ging auf die Tür zu und wollte hinausstürmen.

»Verlangen?«

»Ja, ich verlange.« Das trotzige Schwingen ihrer Hüften unter diesem Handtuch zu beobachten, war mehr als alles, dem ein Schurke widerstehen konnte.

»Na dann, sehr gut.« Bevor sie ihn aufhalten konnte, hatte er sie in seine Arme gehoben und über seine Schulter geworfen.

»Lass mich runter, du elender Dummkopf!« Sie schrie und trat, wobei sie beinahe das Handtuch von ihrem Körper riss. Er griff nach oben und hielt das Handtuch fest gegen ihren Hintern, den unanständigen Halt viel zu sehr genießend.

»Ich sagte, setz mich *runter*, du ...«

Seine Zimmertür schwang auf, und sie blieben beide beim Klang einer Stimme stehen.

»Ashton Malcolm Lennox, was in Gottes Namen machst du da?«

Regina, in Nachthemd und Morgenmantel, das Haar seitlich geflochten, starrte ihn an. Hinter ihr standen Joanna und Julia, die Kleider für Rosalind hielten. Noch weiter dahinter lehnten Charles und Jonathan grinsend an der gegenüberliegenden Wand. Die verdammten Bastarde.

Ashton seufzte. »Ich war gerade dabei, die Bitte unseres Gastes bezüglich einer Unterkunft zu erfüllen.«

Regina starrte ihn an. Es war fast zwanzig Jahre her, seit sie ihn bei seinem vollen Namen genannt hatte. Das verhieß nichts Gutes.

»Hat sie darum gebeten, nur mit einem Handtuch bekleidet über der Schulter getragen zu werden?«

»Nein, Mutter.«

»Mutter?« Rosalind keuchte. »Himmel, lass mich runter Lennox, *bitte*!«

Ashton ging ein paar Schritte zurück, drehte sich um und trat an sein Bett. Er ließ Rosalind darauf fallen.

»Joanna hat mir mitgeteilt, dass wir einen wichtigen Gast

im Haus haben. Lady Melbourne, glaube ich?« Sie starrte Rosalind demonstrativ um Ashtons Schulter herum an.

Als Ashton in ihre Richtung sah, erkannte er, dass sie jetzt die Bettdecke umklammerte.

»Ich entschuldige mich, Lady Lennox, Sie auf diese Weise kennenzulernen.« Ihre Worte waren unbeholfen und seltsam schüchtern, etwas, das er unerwartet charmant fand.

»Ein einfaches Missverständnis, da bin ich mir sicher. Es ist schön, Sie kennenzulernen, meine Liebe. Ich hoffe, mein Sohn benimmt sich ...« Regina funkelte Ashton an. »Er hätte Sie selbst aus London mitbringen sollen, damit Sie mit der Familie und unseren Nachbarn zu Abend essen könnten.« Jetzt lächelte sie wieder, und Ashton konnte nicht anders, als sie anzustarren.

Was um alles in der Welt tat seine Mutter? Wollte sie Rosalind zu einem Nachmittagstee einladen? Herr ... allein dieser Gedanke verursachte bei ihm eine Magenverstimmung. Er wollte seine Mutter nicht in der Nähe dieser Frau haben. Die beiden könnten einen Putsch planen und ihn stürzen.

»Mutter, warum gehst du nicht ins Bett? Ich bin sicher, Rosalind wäre viel glücklicher, dich morgen früh richtig kennenzulernen.«

Seine Mutter zog eine Braue hoch. »Am Morgen? Nachdem sie heute Nacht in deinem Schlafzimmer verbringt? Wie interessant.« An ihrem kühlen Ton erkannte er, dass sie scherzte.

»Im Gegenteil, ich ...« Ashton hielt inne, weil er spürte, dass sich eine Gelegenheit bot. Vielleicht würde es nicht schaden, wenn seine Mutter ein paar Dinge annahm. »Es tut mir leid. Was sagtest du gleich?«

Lady Lennox fuhr fort. »Du hast mir heute Nachmittag gegenüber nicht erwähnt, dass du dich endlich entschlossen hast, sesshaft zu werden. Ich bin natürlich begeistert. Sie ist zauberhaft. Das bedeutet schöne Enkelkinder.«

Ashton war sich nicht sicher, was ihn mehr schockierte, dass seine Mutter aufrichtig erfreut zu sein schien, Rosalind kennenzulernen, oder dass sie bereits über Enkelkinder sprach. Er wollte nicht, dass seine Mutter *seine* Zukunft plante.

Eine Idee rastete plötzlich ein. Wenn seine Mutter glaubte, er umwerbe Rosalind mit der Absicht, zu heiraten, würde sie ihre endlose Parade geeigneter Damen, die in seinem Haus ein- und ausgingen, endlich aufgeben. Er würde in Ruhe gelassen werden, um die Angelegenheiten des Anwesens zu regeln, zumindest bis er herausgefunden hatte, was er mit Rosalind anfangen sollte.

Was wäre, wenn er sie dazu bringen könnte, mit ihm mitzuspielen? Sie würde einer echten Beziehung nicht zustimmen, so viel wusste er, aber wenn er ihr die Kontrolle über ihre Unternehmen zurückgeben würde, sobald seine Mutter erfolgreich glaubte, dass er sie umwarb ... Ja, das könnte funktionieren. Und am Ende, wenn die Dinge vorankamen, könnte er sogar eine Frau abbekommen.

Rosalind zu heiraten würde eine Reihe seiner Probleme lösen. Er hätte die volle Kontrolle über ihre Unternehmen und könnte Waverlys Involvierung und Bewegungen viel leichter überwachen.

»Oh, wir sind nicht ...«, begann Rosalind.

Ashton unterbrach sie. »Wir haben noch kein Datum festgelegt, Mutter. Rosalind überlegt noch, ob sie mich heiraten will.« Er konnte fühlen, wie unsichtbare Dolche in seinen Rücken geworfen wurden. Doch zu spät – er hatte sich entschieden. Er würde seine Mutter davon überzeugen, dass er seinen schottischen Wildfang heiraten wollte. Sie brauchte nie zu wissen, dass seine wahre Absicht darin bestand, sie davon abzuhalten, ihn mit der Nachbarstochter zu verheiraten.

»Überlegt noch? Es ist ein bisschen schwer zu überlegen,

wenn du mich nicht einmal gefragt hast!« Rosalinds Akzent verdichtete sich in ihrer Wut.

Regina räusperte sich und brachte sie damit beide zum Schweigen. »Nun, das habe ich sicherlich nicht von dir erwartet, Ashton. Eine Frau ohne Heiratsantrag ins Bett bringen. Ich werde den Namen dieser Familie nicht durch einen Skandal schwärzen lassen, nicht noch einmal.«

Seine Mutter funkelte ihn an. Der Ausdruck von Wut, Verletzung und Entschlossenheit traf ihn hart, als sie diese Worte sagte. Schon einmal hatte sie ihm heute die Vergangenheit ins Gesicht geworfen, und nun ein zweites Mal. Seine Hände ballten sich zu Fäusten, und er unterdrückte seine Wut, wie er es immer getan hatte.

»Nicht noch einmal, Ashton. Ich kann es nicht ertragen.« Die Stimme seiner Mutter zitterte. »Kein Skandal mehr.« Das Wort wurde leise ausgesprochen, aber es warf ihn kopfüber in Erinnerungen, die tiefe Furchen in seine Seele gegraben hatten.

Sein Vater, wie er aus einem Bordell stolpert, und Ashton, ein fünfzehnjähriger Junge, der ihm nachjagt und ihn anschreit, er solle anhalten und nach Hause kommen. Das Geräusch von Hufschlägen und schreienden Männern.

Skandal. Der Tod seines Vaters, benebelt vom Alkohol, und die darauf folgenden Schuldenberge. Ashton war sehr schnell erwachsen geworden und rettete seine Familie mit knappen Mitteln.

Jahre später hatte er Skandale als Teil der Liga angenommen, aber es war nicht die Art, der sein Vater gefrönt hatte. Er und seine Freunde hatten jahrelang die Grenzen des akzeptablen Verhaltens überschritten. Aber ihre Skandale waren Verführungen und gestohlene Herzen, und sie hatten ihr Vermögen eher verdient als verloren. Es war eine andere Art von Skandal, einer, der die Gemüter der Gesellschaft deshalb ärgerte, weil sie sich insgeheim wünschten, genauso zu sein, auch wenn sie es nicht zugeben wollten.

Die Augen seiner Mutter verengten sich, als würde sie seine Gedanken lesen.

»Hast du dich jemals gefragt, warum kein Mann jemals deiner Schwester die Ehe angetragen hat?« Hinter seiner Mutter biss sich Joanna auf die Lippe und wandte den Blick ab. »Du und Rafe, ihr geht *völlig* unverantwortlich mit eurem Leben um. Es hat ihre Chancen zerstört, weil niemand eine Frau nehmen wird, deren Brüder nicht einmal ein grundlegendes Verantwortungsbewusstsein haben.«

Joannas Gesicht wurde rot. »Mama, es hat nichts mit Ashton oder Rafe zu tun. Gentlemen sind einfach nicht ...«

»Unsinn, Joanna«, blaffte Regina. »Ich habe im letzten Jahr eine Reihe weniger hübscher Damen heiraten gesehen, deren Mitgift viel kleiner war als deine. Dies ist Ashtons Schuld, und er wird dafür sorgen, dass er ein respektabler Mann wird, damit du endlich eine passende Verbindung eingehen kannst.« Mit entschlossenen Lippen forderte sie ihn heraus, anderer Meinung zu sein.

»Das habe ich vor, Mutter. Aber es scheint, dass meine zukünftige Braut diejenige ist, die Überzeugungsarbeit braucht.«

Eine Hand legte sich um seinen Arm, und er sah wieder auf Rosalind hinab. Sie biss sich so fest auf die Lippe, dass er befürchtete, dass gleich Blut fließen würde.

Noch vor einer Stunde hätte er nicht gesagt, dass er sie heiraten wollte, aber in dem Moment, als der Verdacht seiner Mutter offensichtlich wurde, hatte er beschlossen, dass er *vorgeben wollte*, genau das vorzuhaben. Umso besser, wenn es Joannas Heiratschancen half. Zwei Jahre waren seit ihrem Debüt vergangen, ohne dass sich ein Mann für sie interessierte.

Cedric hatte mit seinen Schwestern die gleichen Probleme

gehabt. Ligamitglieder neigten dazu, potenzielle Verehrer abzuschrecken. In Horatias Fall hatte sie nicht viele Freier gesucht, aber Cedric hatte absichtlich eine Reihe von Anwärtern für Audrey vertrieben.

»Mutter, ich werde morgen früh weiter mit dir darüber sprechen. Rosalind und ich brauchen etwas Zeit *allein*.« Er streckte Joanna die Hände entgegen, die ihm mit rotem Gesicht das Nachthemd reichte, und er schlug die Tür vor dem Gesicht seiner Mutter zu, bevor er sich seinem kleinen schottischen Wildfang zuwandte. Es hielt ihn nicht davon ab, Jonathan und Charles außerhalb des Zimmers kichern zu hören. Er ignorierte das.

»Rosalind?« Er sprach ihren Namen als sanfte Frage aus.

Sie blinzelte, schüttelte den Kopf und sagte ein einziges Wort. *»Nein.«*

Ein seltsamer Schmerz in seiner Brust überraschte ihn, und er holte tief Luft.

»Warte einen Augenblick. Lass uns kurz darüber nachdenken, ja? Ich weiß, dass du mich um nichts in der Welt würdest heiraten wollen, aber du solltest Folgendes bedenken: Ich möchte, dass meine Mutter aufhört, mich verkuppeln zu wollen, und der beste Weg, dies zu tun, besteht darin, sie davon zu überzeugen, dass ich vorhabe, dich zu heiraten. Sie muss nie erfahren, dass wir nicht die Absicht haben, es durchzuziehen.«

Sie zog eine Braue hoch. »Ich spüre, dass du mir etwas anbietest, um mich zum Mitspielen zu verleiten? Es sollte sich besser lohnen.«

»Sagen wir, für den Anfang die Reederei von Southern Star Ich würde dir das Eigentum an dieser Firma zurückgeben und einen Teil deiner Schulden erlassen, damit du sie weiter finanzieren kannst, ohne befürchten zu müssen, dass ich sie zurückfordern könnte. Ich würde es für angebracht halten, dir dann nach und nach die verbleibenden Unternehmen und

Vermögenswerte zurückzugeben. Unsere Anwälte könnten morgen gleich die notwendigen Papiere erstellen.«

Es entstand eine schwere Pause, aber sie nickte bald. »Ich nehme an, das wäre akzeptabel. Aber lass mich ganz klar sagen, dass ich dich nicht heiraten werde, niemals, egal welche Spiele wir um deiner Mutter willen in der Öffentlichkeit spielen.«

Es war die Antwort, die er erwartet hatte, aber die Intensität ihres Widerstands weckte seine Neugier. Er legte die Hände hinter den Rücken und begann wie ein Militäroffizier auf und ab zu gehen. »Was sind denn deine Einwände dagegen, mich zu heiraten?«

Rosalind erschauerte und sah weg. »Macht es dir etwas aus, wenn ich das Nachthemd nehme? Mir ist kalt.«

Wortlos übergab er es. Sie ging näher an das Feuer heran und drehte ihm den Rücken zu, als sie das Handtuch fallen ließ. Er erhaschte einen vollen Blick auf ihren nackten Rücken, die Vertiefungen ihrer Taille und die sanft gerundeten Hüften. Eine schöne, süchtig machende Silhouette gegen das Feuer, bevor sie das Nachthemd über den Kopf fallen ließ und sich bedeckte. Es war seinem Körper unmöglich, auf einen so herrlichen Anblick nicht zu reagieren, und er schluckte schwer, während er darum kämpfte, seine steigende Erregung zu unterdrücken.

»Also, was sind deine Einwände?« Er wartete und starrte sie an.

Sie ging zu seinem Bett und hob den Morgenmantel auf, zog ihn über ihren Körper und verknotete das Schnürband.

»Ganz einfach. Wir können einander nicht ausstehen.«

Ashton fuhr sich mit der Hand über den Kiefer. »Das stimmt nicht, zumindest nicht für mich. Ich finde dich ziemlich faszinierend, wenn du nicht gerade damit beschäftigt bist, mir meine Unternehmen zu stehlen. Magst du mich wirklich nicht?«

Er machte zwei langsame, gemessene Schritte auf sie zu. Vielleicht war eine kleine Erinnerung daran angebracht, wie heiß es zwischen ihnen brennen konnte. Wenn er fertig war, würde sie seinen Namen stöhnen und ihn bitten, all die unartigen Dinge zu tun, von denen er seit Monaten phantasiert hatte.

KAPITEL 8

Rosalind konnte nicht fassen, in was für einen Schlamassel sie steckte. Ashton heiraten? War das sein Ernst? Sie war nicht abgeneigt bei dem Gedanken, so zu tun, als ob – um die Wahrheit zu sagen, ein Teil von ihr genoss es heimlich –, aber jetzt fragte er sie, warum sie ihn nicht *tatsächlich* heiraten würde.

Sie zitterte, obwohl der Morgenmantel, den sie trug, sich warm auf ihrer Haut anfühlte. Ihr nasses Haar lag noch immer dick und schwer auf ihren Schultern. Sie fühlte sich verletzlich, körperlich und emotional zur Schau gestellt. Angesichts des intensiven Leuchtens in Ashtons Augen wusste sie, dass er sich dieser Verletzlichkeit bewusst war und zweifellos vorhatte, sie zu seinem Vorteil zu nutzen.

Dennoch spürte sie in ihm eine geübte Zurückhaltung, die sie immer wieder erstaunte. Sie hatte noch nie einen Mann getroffen, der so viel Selbstbeherrschung hatte. Jeder andere Mann würde seinen Vorteil nutzen, um seine Lust zu stillen, aber nicht Ashton. Wenn dieser Moment im Theater nicht gewesen wäre, würde sie sich fragen, ob er sie überhaupt begehrte. War für ihn alles ein Spiel, sogar seine Leidenschaften?

»Ist der Gedanke, mich zu heiraten, so schrecklich, dass es dir den Magen umdreht? Was an mir findest du so widerlich?«

Rosalinds Augen verengten sich.

»Geschäftspraktiken natürlich ausgenommen.« Ashton trat näher. Sie waren jetzt nur noch wenige Zentimeter voneinander entfernt, aber sie blieb standhaft. Sie hob den Kopf und begegnete ihm Blick für Blick.

»Lass mich nachdenken ...« Sie tippte sich mit dem Finger ans Kinn, während sie ihre Liste zusammenstellte. »Zum einen bist du zu groß. Du bist arrogant, mehr als die meisten Männer. Du denkst, du kannst alles und jeden besitzen, und deine Handlungen sind immer gerechtfertigt, wenn es dir das bringt, was du willst. Und ehrlich gesagt gefällt mir auch nicht, wie du küsst.«

Sie hätte schwören können, einen Anflug eines Lächelns gesehen zu haben. Er hob eine dunkelgoldene Braue und hob langsam eine Hand an ihre Wange, wobei er mit seinen Knöcheln über ihre Haut strich. Seine Berührung fühlte sich wunderbar an, und sie *hasste* das.

»Was das erste betrifft, es ist nicht zu ändern. Das zweite würde ich Selbstvertrauen nennen, nicht Arroganz. Das dritte gebe ich gerne zu, und ich glaube, bei deinem letzten Grund lügst du das Blaue vom Himmel herunter. Trotzdem sehe ich keinen Grund, warum wir nicht mit diesem Plan fortfahren sollten, um meine Mutter zu täuschen. Nicht, wenn auch du der Meinung bist, dass dies zu unserem beiderseitigen Vorteil ist. Sollen wir die Angelegenheit mit unseren Anwälten klären?«

Sie reagierte gereizt. »Das ist vielleicht das, was ich am meisten verachte. Für dich ist alles nur ein Geschäft. Details, Zahlen und Fakten Alles so kalt und emotionslos«, knurrte sie frustriert.

»Das ist *normalerweise* so, aber das muss es sicherlich nicht. Ich bin ein meisterhafter Liebhaber.«

»Da ist wieder diese Arroganz.«

»Selbstvertrauen«, korrigierte Ashton. Sein warmer Atem strich über ihr Gesicht. Sie versuchte, nicht daran zu denken, wie gut es sich anfühlte, einem großen, warmen, maskulinen Körper so nahe zu sein. Sie bat nie jemanden um Hilfe, wenn sie es vermeiden konnte, aber manchmal konnte sie dennoch von der Stärke eines Mannes wie Ashton versucht werden. Jemand, von dem sie sich vorstellen konnte, dass er sie beschützen, sich um sie kümmern würde.

Es macht mich nicht schwach; es ist einfach zu schwer, ihm zu widerstehen.

»Ich bin nicht daran interessiert, deine Geliebte zu sein«, sagte sie. Doch sie konnte nicht aufhören, auf seine Lippen zu starren. Voll, sinnlich, *küssbar...*

»Das musst du ja auch nicht. Aber ein paar Küsse zur richtigen Zeit würden meine Mutter zumindest überzeugen, dass wir es ernst meinen. Und es sollte ihr so vorkommen, als hätten wir uns schon einmal geküsst.«

»Wir *haben* uns schon einmal geküsst.«

»Übung macht den Meister ...« Sein Kopf senkte sich ein paar Zentimeter in ihre Richtung, aber seine Lippen berührten ihre nicht. Ihr Körper explodierte fast vor Anspannung, weil sie ihm so nahe war. Sie war wütend, aber voller Begierde und völlig verwirrt, aber sie wusste, dass sie ihn küssen wollte ... weil er recht damit hatte, dass sie vorher gelogen hatte. Sie mochte es viel zu sehr, wie er küsste.

Sie war sich nicht sicher, wer zuerst seinen Zug machte. Als sich ihre Münder trafen, war es, als würde man eine Fackel an ein Fass Schießpulver halten. Alles, was sie in den letzten zwei Tagen ertragen hatte, explodierte durch ihren Kuss, zu gleichen Teilen Wut und Leidenschaft.

Sie packte Ashtons Hemd am Hals, klammerte sich an

ihn und presste ihre Lippen auf seine. Plötzlich wurde sie in die Luft gehoben, und sie schlang ihre Beine um seine Taille.

Ihr Rücken krachte in hartes Holz, als er sie gegen die Wand drückte und sie rücksichtslos küsste.

Auch hier konkurrieren wir. Der Gedanke ließ sie lächeln, und dann entkam ein Lachen zwischen ihren atemlosen Küssen. Als er innehielt, um sie anzusehen, konnte sie sich ihr albernes Grinsen nicht verkneifen.

»Was?«, fragte er mit verspielter Stimme. »Was ist so amüsant?« Er streichelte ihre Wange.

Fast hätte sie es ihm nicht gesagt, aber das Feuer im Raum und sein heißer Körper, der sich an ihren schmiegte, fühlten sich göttlich an. Sie konnte nicht über den herrlichen Dunst hinweg denken, der durch sie fegte.

»Wir konkurrieren, sogar beim Küssen.«

Sein Lachen darüber war dunkel und entzückend.

»Wir sind Rivalen, Liebling. Vielleicht sollten wir uns auch im Bett miteinander messen?«

Sein Vorschlag überflutete sie mit Bildern ihrer ineinander verschlungenen Körper, die darum kämpften, wer den anderen am besten zu befriedigen vermochte, und wie sie einander in diesem Kampf so sehr erschöpften, dass keiner sich danach rühren konnte, tagelang.

»Willst du mich darin nicht besiegen, zukünftige Ehefrau?«, fragte er heiser. »Mir zeigen, wer besser ist?«

Zukünftige Ehefrau. Das brachte ihr ihre schlimme Situation wieder ins Bewusstsein.

»Das ist nur ein Spiel.« Es war genauso wichtig, sich selbst daran zu erinnern, nicht nur ihn.

Er zog sich zurück, aber nur ein paar Zentimeter. »Ich weiß, aber warum hast du solche Angst vor dem Gedanken?«

Sie rümpfte die Nase. »Weil ich einem Mann nicht geben kann, was er will.« Sie konnte ihn nie wissen lassen, wie sehr sie Angst hatte, das Identitätsgefühl zu verlieren, das sie sich aufgebaut hatte.

Er küsste ihren Mundwinkel und ballte sanft eine Hand in ihr Haar. Der sanfte, aber besitzergreifende Griff ließ ihren Körper vor Hitze brennen.

»Warum nicht?«, fragte Ashton noch einmal und leckte jetzt über ihre Ohrmuschel.

»Weil ich nicht ...« Ihr Verstand war zu verschwommen, ihr Körper zu heiß, um klar zu denken.

Eine seiner Hände strich außen über ihren Oberschenkel, sein Griff fest, aber nicht schmerzhaft. Genau richtig ...

»Komm schon, Schatz, was hat dich so erschreckt?«

Verdammt, der Mann wusste sie zu halten, sie zu berühren ... »Ich kann nicht zulassen, dass *irgendein* Mann mich jemals wieder kontrolliert.« Erinnerungen an lange, kalte, beängstigende Nächte in Schottland, in denen die Wut ihres Vaters hochkochte, hatten Narben in ihrem Herzen hinterlassen.

Er zog sich von ihr zurück, um sie anzustarren. »Also war dein Mann grausam zu dir?«, riet Ashton.

Mit einem Kopfschütteln drückte sie gegen seine Schulter, aber er ließ sie nicht los.

»Nein, nicht mein Mann. Er hat mich aus der Hölle gerettet, aber er hat mir auch Kraft beigebracht und wie ich ich selbst sein kann. Er war mein weißer Ritter.«

»Er klingt nach viel mehr. Jeder Ritter, der einem Mädchen beibringt, ein Schwert zu führen und sich zu verteidigen, ist ein Mann, den ich respektieren kann. Aber wenn er nicht derjenige war, der dich kontrolliert hat, wer war es dann?« Ashtons Augen wurden schmal. »Deine Brüder?«

»Das würden sie nie! Sie haben oft die Schläge einstecken müssen, um mich zu schonen.«

Klarheit schärfte Ashtons Augen. »Ah. Dein Vater.«

Sie antwortete nicht. Er konnte ihr Gesicht lesen und den Schmerz, den sie jahrelang versucht hatte zu verbergen.

»Das ist eine Geschichte, die ich viel zu oft gehört habe«, fuhr Ashton fort. »Die Schwachen verletzen diejenigen, die schwächer sind, damit sie sich stark fühlen können. Das sollte kein Mann einer Frau antun, geschweige denn seinem eigenen Kind.«

Er langte nach oben und strich ihr eine feuchte Haarsträhne aus dem Gesicht. Sie duckte sich bei der Berührung, zog sich aber nicht zurück. Sie fühlte sich weniger bedroht als zuvor. Er hatte diese Worte wiederholt, die Lord Melbourne in der Nacht gesagt hatte, als er sie kennengelernt hatte, und sie glaubte nicht, dass Ashton diesbezüglich lügen würde. In seiner Stimme lag ein Ernst, der sie ihm glauben ließ.

Ashton fuhr ihr mit einer Hand durchs Haar und steckte ein paar Strähnen hinter ihr Ohr. Es gab unzählige Fragen, die sie in seinen Augen aufblitzen sah, bevor er endlich sprach. »Was wäre, wenn wir diese Farce eine Woche lang spielen würden? Wenn es dir dann nicht allzu unangenehm ist, könnten wir noch eine Weile weitermachen, damit ich mehr Zeit habe, das unaufhörliche Bedürfnis meiner Mutter zu stillen, dafür zu sorgen, dass ich sesshaft werde.«

»Eine Woche? Ich nehme an, ich könnte so lange leiden, aber ich bin mir nicht sicher, ob ich das darüber hinaus fortsetzen möchte.«

Er ließ seine Hände aus ihrem Haar fallen. Der Verlust dieses beruhigenden Streichelns überraschte sie, ebenso wie der Moment, als er sie von der Wand herunterließ. Sie hatte nicht bemerkt, wie entspannt sie sich durch seine Berührung gefühlt hatte, bis er sich von ihr entfernte.

»Dann ist es abgemacht. Ich werde meinen Anwalt bitten, sich mit deinem in Verbindung zu setzen, um damit zu beginnen, dir die Southern Star-Firma zurückzugeben. Ich sehe jetzt nach deinem Abendessen. Bitte bleib hier. Ich kann dich nicht halbnackt in meinem Haus herumlaufen lassen. Es ist wahrscheinlich, dass meine Mutter einen Anfall bekommt, wenn ich ihr heute Nacht noch weitere Schocks gebe.« Er war wieder der coole, gefasste Baron.

Er ließ sie allein in seinem Schlafzimmer. Die Kälte, die seine Küsse vor Minuten geschmolzen hatten, kehrte bald zurück. Sie blieb stehen, lehnte sich an die Wand, ihre Gedanken rasten, ihr Herz schlug wild. Was wollte sie tun?

Ein paar Minuten nachdem Ashton verschwunden war, öffnete sich die Tür, und Lady Lennox schlüpfte herein.

»Lady Lennox, es tut mir so leid, Sie so kennengelernt zu haben«, entschuldigte sie sich.

Regina winkte ab. »Ich habe keinen Zweifel, dass das, was Sie so in unser Haus geführt hat, die Schuld meines Sohnes ist und ich diejenige bin, die sich entschuldigen sollte. Meine Tochter hat mir erklärt, dass Sie halbtot vor unserer Haustür entdeckt wurden, bedeckt mit Schlamm und Wasser.«

Rosalind errötete und nickte. »Ich war gezwungen, ein paar Meilen durch den Sturm zu laufen.«

»Himmel, Kind! Ich habe fast Angst zu fragen, welche Rolle mein Sohn dabei gespielt hat, aber ich muss es wissen.« Sie führte Rosalind zu einem der beiden Stühle am Feuer und bedeutete ihr, sich auf einen davon zu setzen, bevor sie den anderen nahm.

Rosalind fummelte an der Spitze ihres geliehenen Nacht-hemds herum. »Ich möchte Sie nicht verärgern.«

Regina spitzte die Lippen, bevor sie sprach. »Bitte sagen Sie es mir. Es kann nicht so schlimm sein wie das, was meine fruchtbare Fantasie geliefert hat.«

Wo sollte sie anfangen? Rosalind versuchte, das plötzliche Pochen von Kopfschmerzen zu ignorieren, das sich hinter ihren Augen aufbaute. Sie spürte, dass Lady Lennox viel aufmerksamer war, als ihr Sohn glaubte. Sie würde nicht einfach auf eine List seiner Absicht hereinfallen, aus heiterem

Himmel zu heiraten. Es wäre am besten, wenn sie näher an der Wahrheit festhielt.

»Lord Lennox hat in einem machiavellistischen Versuch, mich dafür zu bestrafen, dass unsere Unternehmen miteinander konkurrieren, meine Konten eingefroren, meine Kredite blockiert und meine Schulden gekauft. Er hat mein Stadthaus in London in Besitz genommen. Ich benutzte mein letztes Geld, um hierher zu kommen, nur um von einem Wegelagerer ausgeraubt zu werden, nachdem an meiner Kutsche ein Rad gebrochen war. Ich musste dann in einem Gasthaus für mein Abendessen arbeiten, bevor ich durch den Sturm hierher zu Fuß ging.« Da, sie hatte alles gesagt, aber die Kopfschmerzen verschwanden nicht.

Reginas Gesicht war aschfahl. »Dann ... aber ... Sie heiraten nicht wirklich meinen Sohn, oder?«, fragte sie ein wenig besorgt. »Wenn ich das alles gerade ertragen hätte, würde ich ihn *töten* wollen, nicht heiraten.«

Trotz ihrer düsteren Stimmung kicherte Rosalind. »Ja, das ist *genau* meine Einstellung zu Lennox, aber der verdammte Narr glaubt, dass er mich heiraten wird. Er ist es gewohnt, seinen Willen zu bekommen, wie Sie vermutlich wissen.«

»Natürlich«, murmelte Regina zustimmend, ihre Augen waren immer noch besorgt. »Oh, meine Liebe, was ist das für ein Durcheinander. Ich nehme an, es ist meine Pflicht, Sie vor ihm zu retten, da es meine Schuld ist, dass er so ist, wie er ist.«

»Auf welche Weise, Lady Lennox?« Rosalind hatte keine Ahnung, wovon Ashtons Mutter sprach.

Die ältere Frau seufzte und lehnte sich in ihrem Stuhl zurück, starrte ins Feuer, oder besser gesagt, starrte durch das Feuer und sah etwas dahinter, das sonst niemand sehen konnte.

»Meine beiden Söhne haben die beiden schlimmsten Angewohnheiten ihres Vaters an sich. Rafe hat die ganze

Liebe zu Lastern, Frauen, Glücksspielen, Rennen, und Ashton all die kalte, machthungrige Entschlossenheit, die Welt zu kontrollieren. Trotz meiner Bemühungen konnte ich ihnen diese Eigenschaften nicht nehmen. Ihre Fehler sind meine eigenen, fürchte ich.« Ashtons Mutter wischte sich über ein Auge und blinzelte.

»Ich glaube nicht, dass Lennox der Typ ist, der seine Zukunft von anderen gestalten lassen würde, außer sich selbst. Sie sollten sich seine Sturheit nicht selbst vorwerfen.« Es war seltsam, sich mit der Mutter ihres eingeschworenen Feindes verbunden zu fühlen.

Regina kicherte tränenvoll. »Sturheit? Das ist ein schrecklich höflicher Begriff dafür. Lassen Sie mich raten, Sie haben Brüder?«

Rosalind grinste. »Drei an der Zahl. Alle so stur wie Ihr Sohn, vielleicht noch mehr wegen ihres schottischen Blutes, das, und glauben Sie mir, die Sache noch schlimmer macht.«

Ashtons Mutter lachte. »Wir haben Schotten in der Familie, auf meiner Seite. Ich weiß *genau*, was Sie meinen.«

Sie verbrachten einen ruhigen Moment miteinander und lächelten sich an. Regina strich ihren Morgenmantel glatt. »Also müssen wir entscheiden, was wir mit diesem Heiratsgeschäft tun sollen.«

Ernüchternd antwortete Rosalind: »Ich habe ihm gesagt, dass ich Angst habe, wieder zu heiraten.« Sie zögerte, aber in Reginas Gesichtsausdruck lag etwas Aufrichtiges und Ehrliches, dem Rosalind vertraute. »Ich habe unter der eisernen Faust eines brutalen Vaters gelebt. Mein verstorbener Mann war viele Jahre älter als ich, aber er ließ mich wohlhabend zurück. Wenn ich heiraten würde, würde der größte Teil des Vermögens, das ich seit seinem Tod aufgebaut habe, sofort auf meinen nächsten Ehemann übergehen. Ich werde diese Kontrolle über mein Leben nicht einem anderen Mann opfern.«

Verstehen leuchtete in Reginas blauen Augen, Augen, die Ashtons so ähnlich waren, dass es fast unheimlich war. »Ashtons Vater war ein verschwenderischer Geldbeutel. Ich kam mit einer großen Mitgift in unsere Ehe, die er an den Kartentischen verlor. Er hatte keine Kontrolle über seine Laster. Und ich war dumm genug, ihn dennoch zu lieben, auch wenn er diesem Haus Schande und Verderben brachte. Ich verstehe besser als jeder andere, wie Sie sich fühlen müssen.«

Rosalind musste zugeben, dass Regina anscheinend ein gewisses Verständnis dafür hatte, machtlos zu sein, aber Ashton zu heiraten würde ihre Situation nur verschlimmern.

Regina spielte mit ihren geflochtenen Haarspitzen. »Darf ich eine Frage stellen, meine Liebe?«

»Selbstverständlich.«

»Mein Sohn hat noch nie Interesse an einer Heirat gezeigt, und ich habe versucht, ihn mit unzähligen geeigneten jungen Damen zu verkuppeln. Doch kaum kommen Sie hier an, scheint er die Absicht zu haben, Sie zu heiraten. Ich kenne meinen Sohn. Ich weiß, dass er sich nicht von Skandalen in die Ehe zwingen lassen würde, es sei denn, er wäre wirklich an einer Frau interessiert.« Regina hielt inne und ließ ihre stumme Frage zwischen ihnen schweben.

Was macht mich anders? Rosalind schüttelte den Kopf und versuchte, die verrückte Vermutung, die folgen musste, auszulöschen. Ashtons Interesse war logisch und beseitigte den Druck, den seine Mutter in Bezug auf die Ehe immer noch auf ihn ausübte.

»Haben Sie daran gedacht, dass Sie vielleicht mehr Macht haben, als Ihnen bewusst ist?«, fragte Regina.

Sprach Ashtons Mutter gerade das aus, was Rosalind vorgehabt hatte, seit sie London verlassen hatte? Ashton zu verführen, um ihr Eigentum und ihr Vermögen zurückzubekommen? »Was meinen Sie damit, Lady Lennox?«

Regina beugte sich vor, um zu flüstern, obwohl niemand

da war, der sie belauschte. »Was ich meine ist folgendes – eine Frau, die einen Mann verführen kann, setzt sich oft durch, wann immer sie will. Wenn Sie ihn nach Belieben heiraten würden, könnten Sie diejenige sein, die die Kontrolle über Ihr Vermögen hat. Wenn er Sie verzweifelt liebt, können Sie von ihm alles verlangen, was Sie wollen, *einschließlich* der Kontrolle über Ihr Land und Eigentum.«

Das war nicht unähnlich dem, was Emily vorgeschlagen hatte – Ashton dazu zu verführen, ihren eigenen Willen durchzusetzen. Aber musste es immer so weit kommen? Sie hatte ihr Geschäft mit List und Intelligenz aufgebaut, nicht mit ihrem Körper. Doch da nun einmal das männliche Geschlecht in so vielen Teilen der Gesellschaft die Oberhand hatte, kämpfte man mit den Waffen, die einem zur Verfügung gestellt wurden. In diesem Moment war Ashton überzeugt, dass sie im Austausch für das, was ihr rechtmäßig gehörte, bereitwillig bei seiner Heirat mitspielen würde, und seine Mutter schlug Rosalind vor, Ashton zu demselben Zweck zu verführen.

Aber warum sich auf die Spiele anderer beschränken? Sie hätte über ihre eigene List lächeln können.

Ich werde mich von Ashton umwerben lassen, um seiner Mutter zu gefallen, und dann werde ich ihn im Gegenzug verführen, um seine Mutter davon zu überzeugen, dass ich ihr Spiel spiele. Am Ende bekomme ich meine Firmen und Vermögenswerte zu meinen eigenen Bedingungen zurück.

Regina erhob sich von ihrem Stuhl. »Ich weiß, dass er nicht der Typ ist, der sich verliebt. Vor zwei Stunden hätte ich ihm das noch nicht zugetraut, aber ich habe gesehen, wie er Sie anblickte, meine Liebe. Ja, ich denke, die Liebe ist vielleicht doch nicht außerhalb seiner Reichweite.«

»Aber ich bin nicht die Art von Frau, die einen Mann betrügt«, sagte Rosalind und hoffte zu verbergen, dass sie genau das vorhatte. »Ehre ist alles, was mir bleibt, und ich werde meinen Körper nicht als Werkzeug benutzen, um ihn zu täuschen.«

Es war gelogen, denn genau das hatte sie jetzt vor, aber aus irgendeinem Grund wollte sie Reginas Respekt bewahren. Es ergab wenig Sinn, dass sie Lady Lennox so sehr mochte, während sie Ashton verachtete, aber Regina hatte sich als intelligente Frau erwiesen und schien ihrem wütenden Sohn nicht zu ähneln.

»Deshalb wären Sie eine so wundervolle Frau für ihn. In was für einem Rätsel stecken wir.« Ihr Lachen war ein wenig bittersüß. »Nun, ruhen Sie sich jetzt erst einmal aus, meine Liebe, und machen Sie sich keine Sorgen. In diesem Haus sind Sie ganz sicher. Wir werden dafür sorgen, dass Sie gut aufgehoben sind. Ashton ist ein Gentleman, und ich werde ihn so oft wie nötig daran erinnern. Wenn Sie möchten, lasse ich die Diener ein separates Zimmer für Sie suchen.«

»Das könnten Sie tun, aber es wäre besser, hier zu bleiben und ihn zu verführen, nicht wahr?« Es wäre, als würde sie neben einem hungrigen Wolf schlafen, aber sie hatte sich diese Vorgehensweise vorgenommen und musste daran festhalten.

Regina lächelte. »Vielleicht haben Sie recht. Aber wenn Sie Ihre Meinung ändern, klingeln Sie nach mir.«

Rosalind hatte nicht die Absicht, Lady Lennox zu wecken, sollte Ashton sich dazu entschließen, die Dinge zu weit zu treiben. Sie war keine, die davor zurückschreckte, einen Mann ins Gemächt zu treten, um ihm zu entkommen, wenn sie glaubte, er wollte etwas gegen ihren Willen tun.

Gähnend stand Rosalind auf und folgte Regina zur Tür, hielt sie offen, als Ashtons Mutter in den Flur schlüpfte.

»Danke, Lady Lennox.«

Regina tätschelte ihre Wange. Es war zu lange her, dass Rosalind die Berührung einer Mutter gespürt hatte.

Als Ashton mit einem Tablett mit Essen zurückkam, war sie auf einem Stuhl am Feuer schon beinahe eingeschlafen.

»Ich dachte, vielleicht wäre eine leichte Mahlzeit besser, falls der Magen Ärger macht.« Er stellte das Tablett zwischen ihnen auf den Tisch. Eine Schüssel mit heißer Suppe und etwas Brot und dazu zwei Gläser Wein warteten auf sie.

Er setzte sich auf den Stuhl neben ihr und faltete die Hände im Schoß. Es war nervenaufreibend, so aufmerksam beobachtet zu werden, während sie ihr Abendessen aß, aber er wollte nicht wegschauen.

»Dein Dienstmädchen, sie ist noch im Gasthaus? Soll ich nach ihr schicken?«

Rosalind schluckte ein in Suppe getränktes Stück Brot und schüttelte den Kopf. »Sie ist im Gasthaus, aber sie schläft. Bitte schicke heute Abend nicht nach ihr. Ich würde es hassen, wenn sie geweckt würde. Wenn meine Kutsche bis morgen Nachmittag repariert ist, kann sie damit hierher kommen.«

Ashton legte seine Finger aneinander, während er die Dinge zu überdenken schien. »Ich werde dafür sorgen, dass morgen früh das alles erledigt wird.«

Sie aßen einige Minuten schweigend, was angesichts der Wärme des Feuers und des leisen Knallens und Knackens der Holzscheite überraschend angenehm war. Nach dem Tod ihrer Mutter hatte sie Angst vor der Stille gehabt. Stille bedeutete, dass ihr Vater hinter jeder Ecke lauern konnte und darauf wartete, sie in die Finger zu kriegen. Als sie Schottland endlich verlassen hatte, hatte sie diese Stille zuerst nicht ertragen können und hatte Probleme gehabt, in einem ruhigen Raum zu schlafen. Aber jetzt beruhigte sie diese wirklich angenehme, sichere Stille auf eine Weise, wie sie sich seit Jahren nicht mehr gefühlt hatte. Sie fühlte sich sogar sicher genug, um die Frage zu stellen, von der sie wusste, dass er sie nicht hören wollte.

»Können wir nach London zurückkehren?« Sie wollte nicht direkt fragen, ob er vorhatte, zuzulassen, dass sie nach Hause zurückkehrte und dort blieb. Die Frage ihrer Schulden war immer noch ein Problem.

»Rosalind, ich lasse dich nicht gehen. Erst wenn wir diese Situation zwischen uns geregelt haben, auch wenn das länger als eine Woche dauert.« Er beugte sich vor, stützte seine Ellbogen auf seine Knie und starrte ihr tief in die Augen. Sie zitterte, aber es hatte wenig mit der Kälte zu tun. Von dem Moment an, als sie Ashton zum ersten Mal begegnet war, wusste sie, dass er gefährlich war. Er war ein Mann von stiller Intensität, dessen aufmerksamen Blicken nichts entging.

Was sie noch mehr erschreckte, war der Gedanke, dass er sie durchschaute, der englische Titel und die schicke Kleidung, dass er das verwundete Mädchen erblickte, das Angst hatte, jemals wieder jemanden an sich heranzulassen.

»Wie ist es eigentlich dazu gekommen, dass du deinen ersten Mann geheiratet hast?«

Der Feuerschein zeigte den Hauch von goldenen Stoppeln auf seinem Kinn, die ihn noch attraktiver machen würden, wenn sie zu einem Bart wachsen würden. Sie blinzelte, nahm hastig einen Schluck von ihrem Wein und versuchte zu lächeln.

»Ich habe nie zugestimmt, die Geheimnisse meiner Vergangenheit mit dir zu teilen.«

»Auch wieder wahr. Was wäre, wenn ich im Gegenzug meine Geheimnisse mit dir teilen würde? Frag mich, was du willst. Nur persönliche Dinge. Heute Abend ist hier kein Platz für Geschäftliches.«

Persönliche Geheimnisse? Das Angebot war zu verlockend, um ihm zu widerstehen. »Also gut, aber du fängst an.«

Er zeigte ein schiefes Grinsen. »Ich werde dich daran erinnern. Frage einfach drauf los.«

Dies war ein wichtiger Moment. Sie konnte ihn alles

fragen, und sie wollte ihre Frage nicht verschwenden. Es gab ein brennendes Thema, das sie seit Monaten wissen wollte.

»Deine Freunde, die die Zeitungen die Liga der Schurken nennen. Wie ist das entstanden? Ich habe Gerüchte gehört, aber ich bezweifle, dass sie wahr sind.«

»Gerüchte?« Seine Augen waren jetzt eisig vor Missfallen.

»Ja, dass ihr alle Spione für die Krone seid oder einen Club habt, in dem ihr die Jungfräulichkeit williger Jungfrauen auf einem Bettaltar opfert, während die anderen zusehen, oder so ...«

»Großer Gott, hat das *Quizzing Glass* geschrieben, dass wir das tun?« Er brach in schallendes Gelächter aus. Es waren eindeutig nicht die Gerüchte, die er von ihr erwartet hatte.

»Oh, das war ein anderes Papier, ein weniger schmeichelhaftes als das *Glass*. Ich schwöre, dass dessen Autor Lobeshymnen auf euch singt und uns gleichzeitig mit euren Skandalen aufzieht. Es scheint, dass jeder ein Stück von eurer Geschichte haben möchte.«

»Du meinst, jedermann wünscht, Spannendes zu erfinden. Ich kann nicht sagen, dass mir die Aufmerksamkeit, die uns diese Lumpen schenken, gefällt.«

»Dann ist es nicht wahr?«

Er wedelte wegwerfend mit der Hand. »Wir meiden Jungfrauen, wenn möglich, zumindest ich.« Er lehnte sich in seinem Stuhl zurück und schlug die Füße an den Knöcheln übereinander.

»Wie seid ihr dann zusammengekommen?« Sie war mit ihrem Abendessen fast fertig, und wenn sie nicht so neugierig gewesen wäre, seine Antwort zu hören, wäre sie eingeschlafen. Ihr Kopf schien zu schwer für ihre Schultern.

»Die Geschichte ist lang und kompliziert, aber ich werde sie so kurz wie möglich erklären. Charles Lonsdale hatte eine Geschichte mit einem Mann an unserer Schule. Dieser Mann zerrte ihn mitten in der Nacht aus seiner Kammer. Sie stritten und kämpften. Am Ende wollte er Charles im Fluss ertränken.«

Rosalind hielt sich schockiert den Mund zu.

»Lucien und ich überquerten gerade das Schulgelände, als wir von einer Nacht in der Stadt zurückkamen, als wir den Kampf sahen. Godric und Cedric kamen gleichzeitig vom Fluss herauf. Wir vier arbeiteten zusammen, um Charles sicher aus dem Fluss zu holen. Nach dieser Nacht wurden wir fünf unzertrennlich.«

Jetzt lagen Schatten in seinen Augen, und Rosalind, obwohl ermüdet, entging das nicht. Es war mehr an der Geschichte, viel mehr, aber sie hatte das Gefühl, dass er diese letzten paar Details um nichts in der Welt preisgeben würde.

»Jetzt bist du dran. Wie kam es dazu, dass du deinen Mann geheiratet hast?«

»Ich bin aus dem Haus meines Vaters geflohen. Ich kam erschöpft in eine Taverne. Henry sah, in welchem Zustand ich mich befand, und brachte mich zum nächsten Schmied, und wir heirateten über den Amboss. Dann brachte er mich nach London, damit ich nie wieder nach Schottland zurückkehren musste.«

Sie erzählte ihm nicht alles, weder über das Zuhause, das sie verlassen hatte, noch über die Misshandlungen, die sie erlitten hatte, bevor sie ihrem Vater entkam. Das waren keine Geschichten, die sie mit jemandem teilen würde, es sei denn, sie vertraute der Person vollständig.

»Vermisst du es? Dein Zuhause, meine ich?«

Sie zuckte mit den Schultern. Das Schloss war nie ein einladender Ort gewesen, aber die Wahrheit war, dass sie ihre Brüder vermisste. Aber solange ihr Vater noch lebte, würde sie nicht zurückkehren, um sie zu sehen.

»Und deine Brüder? Was ist mit ihnen?«

»Ich liebe sie alle, aber solange sie in Schottland bleiben, kann ich sie nicht sehen.« Sie zog den Morgenmantel fest und seufzte. »Mylord, könnte ich Sie um ein Glas Wasser bitten?«

»Selbstverständlich.« Er erhob sich von seinem Stuhl und ging ins Ankleidezimmer.

Rosalind lehnte ihren Kopf gegen die Stuhllehne.

Wenn ich nur kurz die Augen schließe, schlafe ich nicht ein ...

KAPITEL 9

rmes Wesen.

Ashton blieb in der Tür zwischen seinem Schlafzimmer und dem Ankleidezimmer stehen, einen vollen Krug Wasser in der Hand. Von seinem Platz aus konnte er Rosalind im Sessel am Feuer fest schlafen sehen.

Nach den Ereignissen des heutigen Abends war sie erschöpft. Es war ein Wunder, dass sie so lange durchgehalten hatte. Er stellte den Wasserkrug auf die Kommode und ging zu ihrem Stuhl. Sie rührte sich nicht, als er sie in seine Arme nahm und sie zu seinem Bett trug. Er setzte sie lange genug ab, um die Decken an einer Seite zurückzuziehen, dann hob er sie wieder hoch und legte sie darunter.

Als er versuchte, ihre Hände warm zu halten, packte sie seine Finger und ließ sie nicht los. Die Verbindung schickte ihm sanfte Wärme durch die Brust. Er wollte ihre Hand nicht loslassen. Er zog seine Stiefel aus und schob Rosalind im Bett ein wenig rüber, damit er sich neben sie legen konnte, während er ihre Hand immer noch in seiner hielt. Er lag da und beobachtete, wie der Feuerschein über ihr Gesicht spielte und die Schatten unter ihren Augen betonte.

Er hatte heute Abend viel über seine geliebte Rivalin erfahren, Dinge, die ihn dazu brachten, sie noch mehr zu respektieren. Der Gedanke, dass sie unter der schweren Hand eines misshandelnden Vaters gelebt hatte, ärgerte ihn jedoch. Auch Godric hatte ein solches Leben gelebt. Er hatte gelernt, dass die Menschen, die er liebte, ihm wehtun konnten, eine Lektion, die er viel zu lange mit sich geschleppt hatte. Es brauchte die Worte und die Weisheit von Emily Parr, um die Abwehr des Herzogs zu durchbrechen und ihm zu beweisen, dass Liebe sanft und gütig sein konnte, nicht voller Schmerz.

Ashton strich Rosalind eine dunkle, seidige Haarsträhne aus dem Gesicht und steckte sie hinter eines ihrer Ohren. Sie hatte so zierliche kleine Ohren, von denen er phantasiert hatte, daran zu knabbern, während er immer und immer wieder in sie glitt.

Er unterdrückte ein Stöhnen. Es war Monate her, dass er sich eine Geliebte genommen hatte. Er war so in den stillen Krieg der Liga mit Hugo Waverly verstrickt gewesen, dass er seit Ewigkeiten nicht mehr mit einer Frau geschlafen hatte. Er hatte zu viele Menschen, die ihm wichtig waren und die seinen Schutz brauchten, und die Befriedigung seiner eigenen Wünsche war seiner Pflicht nachrangig geworden. Bis zu diesem Moment war es seine Hauptsorge gewesen, Maßnahmen zu finden, um Waverly davon abzuhalten, alles zu zerstören, was ihm lieb und teuer war.

Wenn ich nur wüsste, was Waverly als nächstes plant ...

Rosalind kuschelte sich tiefer in die Kissen und ließ seine Hand los, damit sie sie wie ein Kind an seine Brust schmiegen konnte. Sie hatte so viel Härte überlebt. Ashton konnte ihr diese süße Schwäche hier im Bett überlassen, sie tief und ohne Angst schlafen lassen.

»Ich werde auf dich aufpassen.«

Ein leises Klopfen an seine Schlafzimmertür lenkte seine

Aufmerksamkeit ab. Jonathan und Charles erschienen beide in der Tür.

Ashton presste einen Finger auf seine Lippen. Sie warteten darauf, dass er vorsichtig das Bett verließ, ohne das schlafende Highland-Mädchen zu stören.

Sobald er vom Bett weg war, gesellte er sich zu seinen Freunden bei der Tür.

»Wie geht es ihr?«, fragte Jonathan.

»Erschöpft. Sie hatte ein ziemliches Abenteuer, als sie versuchte, mein Haus zu erreichen.«

»Das kann ich mir vorstellen, wenn man bedenkt, wie sie aussah, als du sie gefunden hast.« Charles fing an zu lachen, aber Ashton warf ihm einen missbilligenden Blick zu.

»Was? Ich dachte, das wäre dein großartiger Plan. Um sie zur Räson zu bringen.«

Ashton biss die Zähne zusammen. »Mein Plan war es, sie daran zu erinnern, wer der bessere Geschäftsmann ist. Ich hatte nicht die Absicht, dass sie ausgeraubt wird oder die Nacht damit verbringen muss, wie eine gewöhnliche Barfrau an Tischen zu bedienen oder auf Getreidesäcken zu schlafen, bevor sie durch einen Sturm hierher geht.«

Charles und Jonathan sahen die Frau geschockt an.

Jonathan schüttelte den Kopf. »Großer Gott. Das wäre eine harte Nacht für jeden von uns gewesen.«

»Erinnere mich daran, alle meine Wetten auf diese Frau in *jedem* Kampf zu platzieren«, sagte Charles.

»Ich denke, angesichts der späten Stunde werde ich mich zurückziehen und auf sie aufpassen. Ihr beide sollten euch auch ausruhen. Wir haben morgen alle Hände voll zu tun, die verbrannten Bauernhäuser wegzuräumen.«

»Richtig.« Jonathan hielt inne, dann drehte er sich zu Ashton um. »Ash, ich wollte dir sagen, dein Bruder ist aus London angekommen, nachdem du nach oben gegangen bist. Es scheint, dass er einen bösen Sturz erlitten und sich während der Stürme verletzt hat. Deine Mutter hat nach dem Arzt geschickt, aber er wird erst morgen früh hier sein. Wenn Lady Melbourne sich morgen krank fühlt, könnte der Arzt auch bei ihr vorbeischauen.«

Wie immer überraschte Jonathan Ashton damit, wie gedankenvoll er sein konnte. Er hatte viele der unartigen Angewohnheiten seines älteren Bruders, aber auch die gleiche Zärtlichkeit. Er war eine gute Bereicherung für die Liga.

»Herzlichen Dank, Jon. Ich weiß dies zu schätzen. Wir sehen uns in ein paar Stunden.« Er wünschte ihnen eine gute Nacht, hielt sie aber noch einmal auf, als sie sich zum Gehen wandten. »Jonathan? Welche Verletzungen hat er erlitten? Ist es ernst?«

»Nur sein Arm, glaube ich. Er sagte, er sei auf seiner Schulter gelandet.«

Ashton nickte und schloss leise die Tür. Er war halb auf dem Weg zurück in seinem Bett neben Rosalind, als ihm ein Gedanke kam.

Rafe im Sturm unterwegs ... mit einem verletzten Arm.

Sein Blick schoss zu Rosalind, und er erinnerte sich daran, was sie über einen Wegelagerer gesagt hatte, der ihm ähnlich sah. Der, den sie in den Arm geschossen hatte.

Höllenfeuer und Verdammnis!

Wenn Rafe etwas so Dummes und Verrücktes getan hatte, um seine Taschen für die Spielhöllen zu stopfen ...

Ich werde ihn verdammt noch mal töten!

Ashton war vorübergehend in Gedanken versunken, seinen eigensinnigen Bruder in die Finger zu bekommen, als ein leises Geräusch von ihr seine Aufmerksamkeit erregte. Das Erwürgen von Rafe würde bis zum Morgen warten müssen. Er hatte wichtigere Dinge zu erledigen.

Er legte sich auf sein Bett zurück, dicht neben Rosalind, konnte es aber nicht rechtfertigen, ihre Hand noch einmal zu nehmen, nicht während sie so tief unter der Wärme der Decken eingegraben war.

»Schlaf gut, meine teuflische Rivalin, damit wir morgen vielleicht wieder miteinander kämpfen können.«

ROSALIND HATTE DEN EIGENTÜMLICHSTEN TRAUM.

Sie lag mit einem Mann im Bett, dicht an seinen langen, schlanken, muskulösen Körper gedrückt, sein warmer Atem bewegte ihr Haar, während er tief und langsam atmete. Es war ein seltsames und wundersames Gefühl, einem Mann, mit dem sie seit Monaten in geschäftlichen Dingen kämpfte, so nahe zu liegen und sich so beschützt zu fühlen.

Ihr Mann hatte immer ein separates Schlafzimmer gehabt und nur einmal in der Woche ihr Bett besucht. Und hinterher ließ er sie nach einem süßen Gutenachtkuss allein schlafen. Es war ein älterer Brauch, der eher für Adelsschichten geeignet war, aber sie verstand, dass Henry ihr ihre Privatsphäre lassen wollte, wenn sie nicht zusammen waren. Es war süß gewesen, aber andererseits war Henry ein wunderbarer Mann gewesen. Ein sicherer Hafen vor den Stürmen ihrer Vergangenheit.

Aber das ... das hier war ein schöner Traum. Sie hatte gehört, wie Emily und ihre Freunde über die Freude gesprochen hatten, die ganze Nacht so nahe bei einem Mann zu schlafen.

Ich darf nicht zulassen, dass mir solche Geschichten vor dem Einschlafen in den Sinn kommen.

Als sie die Augen öffnete, lag tatsächlich kein Mann neben ihr. Morgenlicht drang durch die halbgeschlossenen Vorhänge. Gleich hinter den Fensterscheiben erhaschte sie einen Blick auf blühende Bäume mit weißen Blüten. Sie lächelte. Der Frühling war immer voller Magie mit der warmen Sonne, dem berauschenden Duft von Blumen und überall Grün. Es war, als könnte die Welt ewig weitergehen, mit Tagen, die nie enden, und Träumen, die greifbar genug zum Anfassen schienen.

Vögel schnatterten in den belaubten Zweigen, wild und aufgeregt, wie es Vögel normalerweise nach einem heftigen Sturm taten. Sturm ... Die Erinnerung an die vergangene Nacht rüttelte sie wach, ihr Herz klopfte.

»Du lieber Himmel!«

Das war nicht ihr Bett. Dies war nicht ihr Zimmer.

Sie ließ sich in die Kissen zurückfallen, als sie sich an die wilden Ereignisse erinnerte, die sie in einem geliehenen Nachthemd in Ashtons Bett zurückgelassen hatten.

Einen Moment später öffnete sich die Tür zum Ankleidezimmer, und Ashton trat ein, vollständig angezogen und viel zu zufrieden mit sich selbst. Sein Kammerdiener folgte ihm mit einer frisch gebügelten Krawatte.

»Heben Sie sich das für heute Abend auf, Lowell. Ich werde heute auf den Feldern sein.« Er warf ihr einen Blick zu. »Gut, du bist wach. Ich werde daran arbeiten, ein paar verbrannte Bauernhäuser wegzuräumen, falls du mitkommen willst.«

»Du willst, dass ich mitkomme?« Das überraschte sie. Sie hatte angenommen, dass er nicht in ihrer Nähe sein wollte. Nicht nach letzter Nacht. Eine nasse, heruntergekommene Kreatur, die ihre Schwächen geteilt hatte? Es war nicht ihr bester Moment gewesen, und sicherlich nicht ihr attraktivster.

Das Lächeln, das seine Lippen umspielte, stachelte ihren Stolz. »Was solltest du sonst den ganzen Tag machen? Mit einer Jammermiene herumlaufen? Rosalind, du bist keine Frau, die tagsüber untätig bleibt. Was soll's also sein?«

Die Idee, einen Tag drinnen zu verbringen, ohne etwas zu tun zu haben, war überhaupt nicht reizvoll. Aber wollte sie

Zeit mit Ashton verbringen? Sie nahm an, dass sie es tun sollte, angesichts der List, die mitzuspielen sie zugestimmt hatte. Und sie nahm an, es wäre interessant zu sehen, was er den größten Teil des Tages tat.

Rosalind blinzelte. Seit wann interessierte sie sich für Ashtons Alltag? Und doch war sie es – und weit mehr als nur einfach neugierig. Es würde nicht schaden, dieser Neugierde nachzugeben, während sie die Rolle einer umworbenen Dame spielte.

»Ich nehme an, ich könnte dich begleiten ... um des Scheins willen.«

Der verdammte Mann lächelte immer noch. »Ausgezeichnet. Deine Zofe Claire ist gerade mit deiner Kutsche angekommen. Sie hat gegessen und ist bereit, dir zu helfen. Du kannst noch schnell frühstücken, dann reiten wir los.« Er nahm den Mantel, den Lowell ihm hinhielt, und ging zur Tür.

Sie rief ihm nach: »Ich stimme noch immer nichts anderem zu als unserer Absprache!«

Ashton blieb in der Tür stehen. »Und ich gebe dir immer noch eine Woche Zeit, um deine Meinung zu ändern.« Bevor sie antworten konnte, war er weg.

Lowell räusperte sich. »Möchten Sie, dass ich gehe, Eure Ladyschaft? Normalerweise würde ich jetzt aufräumen, aber für den Fall, dass Sie ...« Sein Gesicht wurde rötlich.

»Oh, tut mir leid ... Mr. Lowell, nicht wahr? Wenn Sie Claire zu mir bringen könnten, werde ich Ihnen in Kürze nicht mehr im Weg stehen.«

»Ja, Eure Ladyschaft.« Lowell ging hastig, und Rosalind kletterte aus dem Bett und zuckte zusammen, als einige Muskeln protestierend zuckten. Ihre Füße waren immer noch voller Blasen und ihr Rücken war immer noch wund von den Getreidesäcken. Ihre Arme schmerzten vom abendlichen Geschirrtragen. Sie verbiss sich die Schmerzen und eilte ins

Ankleidezimmer, um sich um ihre Bedürfnisse zu kümmern, bevor Lowell mit ihrer Zofe zurückkehrte.

Als sie ins Schlafzimmer zurückkehrte, hatte Claire bereits Rosalinds Koffer auf das Bett gelegt und murmelte vor sich hin, während sie die Kleider durchwühlte.

»Eure Ladyschaft!« Sie eilte herüber, um Rosalind zu umarmen. Die intime Geste war überhaupt nicht angemessen, aber nach dem, was sie durchgemacht hatten, war es eine Erleichterung.

»Geht es Ihnen gut? Was ist passiert? Warum haben Sie mich im Gasthaus zurückgelassen?« Die vielen Fragen pochten in Rosalinds Kopf.

»Mir geht es wirklich gut, Claire. Ich werde alles erklären.«

Während ihr Dienstmädchen ein Bad einließ und anfing, ihren Reisekoffer zu sortieren, erzählte Rosalind die Gesamtheit der Ereignisse der Nacht, ließ jedoch die intimeren Momente mit Ashton aus. Claire sollte gar nicht erst glauben, dass sie *tatsächlich* den Mann heiraten würde.

»Also werden Sie hier bleiben? In den Gemächern Seiner Lordschaft?« Claires scharfe Augen nahmen die schlichte Eleganz des Raumes auf. Als sie etwas bemerkte, zeigte sie plötzlich darauf. »Wofür sind die denn?«

»Was?« Rosalind sah über das Bett hinweg dorthin, wohin ihr Dienstmädchen gestikulierte. Gemeinsam traten sie näher. Über dem Kopfteil hing ein ziemlich merkwürdiger Vorhang. Rosalind kletterte auf das Bett und zog leicht am Vorhang. Der Stoff fiel herunter und legte einen großen, reich verzierten, vergoldeten Spiegel frei. Das Ding hing in einem seltsamen Winkel von der Wand.

»Das ist aber merkwürdig. Was meinen Sie ...?«

Sie deckte den Spiegel wieder zu, wollte nicht neugierig erscheinen, obwohl sie eigentlich zu gern wissen wollte, wofür ein solcher Spiegel verwendet werden könnte. Andererseits war Ashton voller Geheimnisse. Sie musste dies einer ständig wachsenden Liste von Dingen hinzufügen, die sie über ihn wissen wollte. Aber das musste vorerst warten. Sie nahm ein hastiges Bad in dem Bewusstsein, dass Ashton jeden Moment zurückkehren konnte.

Ihre Zofe winkte zu einem Stuhl. »Kommen Sie herüber und setzen Sie sich. Ich werde sehen, was ich mit Ihren Haaren hinbekomme.«

Claire legte gerade den letzten Schliff an, als Ashton zurückkehrte. Er blieb mitten im Schritt stehen, und sie beobachtete ihn in der Reflexion des hohen Spiegels. Einen Moment lang hätte sie schwören können, Wärme in diesen Augen gesehen zu haben.

Vielleicht bilde ich mir nur ein, was ich sehen möchte.

»Rose ist eine hinreißende Farbe für dich.« Er kam herüber, ging einen Halbkreis um sie herum, seine Augen schweiften von Kopf bis Fuß über sie. »Ja, diese Farbe ist großartig.«

Rosalind runzelte die Stirn. Es gefiel ihr nicht, wie er sich benahm, als bedürfe ihr Aussehen seiner Zustimmung. Als würde er sie *besitzen*.

»Claire, finde mein grünes Kleid«, sagte Rosalind. »Ich werde mich umziehen ...«

»Nein!«, unterbrach Ashton sie, nicht scharf, aber fest. »Sei nicht albern, Rosalind. Claire hat Besseres zu tun, als dir ein anderes Kleid herauszusuchen, nur weil du mir widersprechen willst.«

Sie zog eine Braue hoch. »Es ist nicht mein Ziel, dir zu gefallen. Wenn ich mich umziehen möchte, werde ich genau das tun.«

Seine Augen funkelten. »Ja, stimmt. Du hast jedes Recht, dich umzuziehen. Eine Frau mit deinem Intellekt kann ihre Zeit jedoch weitaus besser nutzen, als herauszufinden, wie man mit kleinlichen Garderobenänderungen gegen mich rebelliert. Ich würde mich an deiner Stelle viel lieber einer besseren Aufgabe widmen. Ich habe ein paar Pläne für meine neuen Pachtbauernhöfe und möchte deine Meinung dazu wissen.«

»Du willst dich mit mir beraten?«

Ashton zupfte an seiner Weste. »Der Schiffbau ist ein bisschen wie der Hausbau, und wir haben beide damit ziemlich viel Erfahrung. Ich würde gerne deine Meinung dazu haben, ob die vorgeschlagenen Pläne geeignet sind. Außerdem würde sich Mutter freuen, wenn wir bei so etwas miteinander interagieren würden. Es würde helfen, sie davon zu überzeugen, dass ich es ernst mit dir meine.«

»Was ist mit den Häusern los?«, fragte sie, begierig darauf, ihre Aufmerksamkeit auf etwas anderes zu lenken.

»Sie wurden vor zwei Tagen bis auf die Grundmauern niedergebrannt. Ich bin begierig, sie wieder aufzubauen, weil die Familien, die dort lebten, momentan kein Obdach haben.«

»Oh nein. Wo sind sie denn jetzt?«

»Sie sind derzeit in meinem freien Dienstbotenquartier, bis ich für die neuen Häuser sorgen kann.«

»Die Familien sind hier?« Sie konnte sich nicht vorstellen, dass Ashton sein Haus für einfache Bauern öffnete. Es war zu ... *nett* von ihm, und sie wusste, dass Ashton kein freundlicher Mann war. Gerissen, berechnend, respektvoll gegenüber seinen Verpflichtungen vielleicht, aber nicht freundlich.

»Natürlich. Sie liegen in meiner Verantwortung.«

Sie biss sich auf die Lippe. »Beide Häuser sind in derselben Nacht niedergebrannt? Standen sie nebeneinander?«

»Verschiedene Anwesen, nicht zu weit voneinander entfernt.«

»Das klingt, als wäre es kein Zufall gewesen.«

Sein Blick verengte sich und wurde distanziert. »Ja, ich vermute, dass jemand die Brände gelegt hat.«

»Hat das etwas damit zu tun, was dazu geführt hat, dass letztes Weihnachten auf dich geschossen wurde?«

Das war etwas, das sie nicht so schnell vergessen würde. Als sie ihm zum ersten Mal begegnet war, hatte er einen seiner Arme in einer Schlinge getragen. Sie hatte ihn dazu gebracht, zuzugeben, dass er in einem Bordell angeschossen worden war. Zu ihrer Überraschung war er aber nicht dort gewesen, um die Freuden der Damen auszuprobieren, sondern eher um Gerüchten über ein Attentat auf das Leben seines Freundes nachzugehen.

»Ich bin mir nicht sicher, aber ich werde weiter auf der Hut sein. Also, wirst du dir die Pläne für die Häuser ansehen?«

Sie biss sich auf die Unterlippe, während sie darüber nachdachte. »Ja, das könnte ich tun.«

»Ausgezeichnet. Bist du bereit für das Frühstück? Ich bin ausgehungert nach letzter Nacht.« Er zwinkerte ihr schelmisch zu. Bevor sie sich zurückhalten konnte, lächelte sie, aber sie zwang ihre Lippen hastig zu einem finsteren Ausdruck.

»Du versuchst, mich vor Claire in Verlegenheit zu bringen«, zischte sie vorwurfsvoll, als sie sich an der Tür zu ihm gesellte.

Er grinste immer noch, als er ihr seinen Arm anbot. »Ich gebe zu, dass ich ein Gefühl der Begeisterung empfinde für die Kunst, dich zu provozieren.«

Diese Seite von ihm überraschte sie. Nie hätte sie sich in ihren kühnsten Träumen vorgestellt, dass der kühle, gefasste Mann so ... verspielt sein könnte.

Sie ließ sich von ihm nach unten ins Esszimmer geleiten. Nur weil er sich nicht immer wie ein Gentleman aufführte, bedeutete das nicht, dass sie aufhören würde, sich wie eine Dame zu benehmen.

Der Speisesaal war ein schöner Raum mit walnussgetäfelten Wänden und einer Vielzahl von Familienporträts. Zwei lange Fensterfronten überblickten einen Garten voller Rosen, Forsythien und einem Dutzend anderer bunter Pflanzen. Das Sonnenlicht tauchte den Raum in einen fröhlichen Dunst aus weichem Licht, das Rosalind das Gefühl gab, zu Hause zu sein. Das Schloss, in dem sie aufgewachsen war, hatte keinen solchen Luxus. Im Vergleich dazu war es feucht und trostlos, ein Überbleibsel längst vergessener Herrlichkeiten.

»Gefällt es dir?«, fragte Ashton.

»Ja, sehr sogar. Ich dachte gerade darüber nach, wie unterschiedlich das von meinem Elternhaus ist. Das Stadthaus meines verstorbenen Mannes ist schön, aber ich habe immer das Land vorgezogen. Es erinnert mich an Schottland.«

Ashton eskortierte sie zu einem Stuhl, den er für sie zurückzog, dann begann er, ihr einen Teller zusammenzustellen, ohne sie zu fragen. Anstatt sich aufzuregen, genoss sie den Gedanken, dass er etwas so Höfliches tat. Angesichts ihrer Erfahrungen mit ihm hätte es für ihn untypisch erscheinen sollen, aber das war nicht der Fall.

Er hatte gerade erst seinen Teller abgestellt, als zwei andere Männer lachend und redend ins Zimmer stürmten. Sie erkannte sofort den goldhaarigen, verwegenen und gutaussehenden Earl of Lonsdale. Die *Quizzing Glass Gazette* hatte einmal behauptet, er habe während einer rauschenden Party in Covent Garden in einer Nacht dreißig Frauen ins Bett gebracht. Es musste ein Gerücht sein, denn sie hatte gehört, dass Männer dazu neigten, nach nur einer Begegnung einzuschlafen. Dreißig Frauen in einer Nacht hätte nicht einmal er überleben können.

Sie musterte Charles, als er ein gewinnendes Lächeln aufblitzen ließ. Er hatte einen muskulösen Körperbau, der dem von Ashton sehr ähnlich war. Vielleicht könnten einige Männer ja doch die ganze Nacht durchhalten ...

»Guten Morgen, Lady Melbourne. Ich glaube nicht, dass

wir einander richtig vorgestellt wurden. Ash, komm rüber und kümmere dich um eine richtige Vorstellung.« Charles stupste den zweiten Mann an, während er Rosalind anstrahlte.

Ashton stellte sich neben sie. »Rosalind, das ist Charles Humphrey, der Earl of Lonsdale, und das«, sagte er und nickte dem zweiten Mann zu, »ist Jonathan St. Laurent, Bruder des Herzogs von Essex.«

»Es ist ein Vergnügen, Sie kennenzulernen.« Jonathan beugte sich höflich über ihre Hand und küsste sie. Charles tat dasselbe, aber mit einem Funkeln in den Augen, das Rosalind nervös machte.

»Ich habe von Ihnen beiden gehört«, sagte sie und forderte Charles mit einem eigenen Grinsen heraus.

»Nur ungezogene Dinge, hoffe ich«, sagte Charles kichernd. »Leider sind nur die Hälfte der Geschichten, die ich in letzter Zeit über mich höre, wahr. Außer der Sache mit den Schwänen – das stimmt auf jeden Fall.«

Rosalind hatte keine Ahnung, wovon er sprach. »Schwäne?«

Ashton unterbrach Charles mit einem Husten.

»Richtig«, bemerkte Jonathan glatt. »Wie fühlen Sie sich, Lady Melbourne? Sie haben vergangene Nacht eine große Tortur erlitten. Ich vertraue darauf, dass Sie sich etwas ausgeruht haben?«

»Ja, danke, Mr. St. Laurent.«

»Bitte, nennen Sie mich Jonathan oder Jon.« Sein Lächeln war warmer und freundlicher, als Rosalind von jemandem erwartet hatte, der mit Ashton befreundet war. Er war so ruhig und kühl, und sie erwartete, dass seine Freunde es genauso waren.

»Mir geht es gut, danke, Jonathan. Ich glaube, ich habe mich von meinem Abenteuer weitestgehend erholt.« Sie würde nicht zugeben, dass ihre Füße immer noch wehtaten oder dass ihr Körper schmerzte.

»Das hoffe ich doch, nachdem sie in dem durchnässten Kleid so weit gelaufen sind. Sie müssen Ihr eigenes Gewicht in Regen und Schlamm getragen haben.« Charles nahm Platz.

»Sie ist eine starke Dame«, informierte Ashton Charles. Ein mürrischer Ausdruck verzog seine Lippen.

»Äh ... in der Tat«, stimmte Charles zu und starrte dann auf Jonathans Teller. »Um Gottes willen, Mann, iss etwas Obst. Mit Eiern und Keksen allein kann man nicht überleben.«

Rosalind hätte es fast verpasst, aber sie sah, wie Ashtons Lippen zuckten, als er beobachtete, wie Charles den jüngeren Mann herumkommandierte. Dieser Moment hatte etwas Bedeutsames. Sie erhaschte einen Blick in Ashtons Privatleben, eine Zeit, in der seine Wachsamkeit am Boden lag und sein Herz offen war.

Er hatte letzte Nacht angedeutet, wie sehr er mit seinen Freunden verbunden war, aber es mit eigenen Augen zu sehen, war eine ganz andere Sache. Etwas an diesen Männern machte ihr Heimweh nach Schottland und ihren Brüdern. Brock, Brodie und Aiden hatten sich um sie und einander gekümmert, genau wie diese Männer. Es war der Zweck einer Familie, einander zu lieben und füreinander zu sorgen. Die Liga war Ashtons Familie.

Als sie sich mit Emily, Horatia und Anne zum Tee hingesetzt hatte, hatte sie eine ähnliche Verbindung gespürt. Diese Frauen waren miteinander befreundet, genau wie ihre Ehemänner. Treu, wahr, ehrlich. Der Gedanke an sie erinnerte sie daran, wie sehr sie sich wünschte, etwas von dieser Nähe teilen zu können. Sie fühlte sich hier gerade noch einsamer, während sie Ashton mit seinen Freunden beobachtete.

Würde es so sein, wenn sie jemals wieder heiraten würde? Würde sie sich in einem solchen Freundeskreis wiederfinden, oder war die Liga der Schurken und ihre Frauen eine Anomalie in der City von London?

»Hier.« Ashton füllte Rosalinds Teller wieder auf und schenkte ihr Tee ein.

»Danke«, sagte sie und fühlte sich seltsam schüchtern. Es schockierte sie immer noch, dass dies alles geschah. Vor zwei Tagen waren sie bereit gewesen, sich gegenseitig umzubringen, und jetzt war es vorgetäuschte Werbung und echte Küsse?

»Werden Sie uns begleiten, um die Pächterhöfe zu begutachten?«, fragte Jonathan.

Sie sah in Ashtons Richtung und erwartete, dass er für sie antwortete, aber als er es nicht tat, seufzte sie fast erleichtert.

»Ich glaube, das werde ich.«

»Ausgezeichnet.« Jonathan lächelte, und sie genossen den Rest ihres Frühstücks. Jonathan und Charles bestanden darauf, eine Reihe von Geschichten über Ashton zu erzählen, und an der zunehmenden roten Farbe seines Gesichts konnte sie erkennen, dass es sich um Geschichten handelte, die sie lieber nicht hören wollte.

»Wussten Sie, dass er der einzige in der Liga ist, der an der Universität Bestnoten bekam?«, erzählte Jonathan.

»Der einzige, der das geschafft hat, ohne eine der Töchter der Professoren zu bezaubern«, korrigierte Ashton.

»Oh?« Sie lachte über den verärgerten Gesichtsausdruck von Charles.

»Was ist daran falsch, eine Dame ins Bett zu legen, nur weil ihr Vater Professor ist? Das heißt nicht, dass ein Mann betrügt, weißt du.«

»Ist es doch, wenn man dabei vergisst, das Pergament mit den Prüfungsantworten zu verstecken.« Ashton gluckste.

Charles warf den Kopf in den Nacken, als suche er den Himmel nach einer Intervention ab. »Da geht man ein einziges Mal mit Pepper Plumsby ins Bett ...«

»Pepper?« Rosalind kicherte. »Oh je, war das wirklich ihr Name? Hatte sie eine Schwester namens Salt?«

Ashtons volltönendes Lachen erschreckte sie, aber dann fingen auch die anderen beiden Männer an zu lachen.

Jonathan schlug sich auf den Oberschenkel. »Sie hat Recht, Charles. Du solltest dir Bettgefährtinnen mit besseren Namen aussuchen.«

»Gerade du solltest wissen, dass der Schein trügen kann«, warf Charles ein. »Pepper war ein schönes kleines Häppchen und ziemlich zwischen den Laken. Sie hatte diese Art, ihre ...«

»Charles«, warnte Ashton und nickte Rosalind zu.

»Oh, richtig. Also dann, wollen wir los? Die Pächter werden bestrebt sein, mit der Beseitigung der Trümmer zu beginnen, um zu sehen, ob es etwas zu retten gibt. Ich weiß, es macht dir nichts aus, sie hier zu beherbergen, aber Stolz ist eine ernste Sache, und sie werden bald in ihren neuen Häusern wohnen wollen.«

Ashton und die anderen erhoben sich vom Tisch, und Rosalind folgte. Sie sahen Lady Lennox im Flur, wo sie gerade mit Joanna eine Gruppe von Kindern zusammentrieb.

»Mutter, da bist du ja. Willst du mit Rosalind und mir die Entwürfe für die neuen Häuser durchgehen?«

Regina schüttelte den Kopf. »Nein, danke, Ashton. Ich bin ziemlich beschäftigt mit den Kindern. Wir nehmen sie in einem der Wagen mit, um in den Feldern zu spielen. Rosalind hat sicher viele schöne Ideen für dich. Nicht wahr, Rosalind?« Regina warf ihr einen wissenden Blick zu, und Rosalind lächelte verstehend zurück. Es war sowohl ein Stichwort als auch die Erlaubnis, mit ihrer Verführung zu beginnen.

Dieses lustige Spiel, das sie mit Mutter und Sohn spielte, war amüsanter, als sie gedacht hatte. Keiner hatte eine Ahnung, was der andere wusste oder auch nicht.

Ashton nickte Charles und Jonathan zu. »Warum reitet ihr beide nicht voraus? Rosalind wird sich in meinem Arbeitszimmer die neuen Designs ansehen, und dann kommen wir hinterher.«

Rosalind zitterte, als sie gingen, aber nicht vor Angst. Vorzugeben, sich von jemandem angezogen zu fühlen, war etwas ganz anderes, wenn man *tatsächlich* von der Person angezogen wurde, auch wenn sie sich wünschte, dass es anders wäre. Immer wenn sie und Ashton allein waren, wurden die Dinge zwischen ihnen intensiver, und sie machte sich Sorgen, wohin die Dinge führen würden, wenn er sie weiterhin so anstarrte, wie er es jetzt tat. Als ob er einen Bissen von ihr nehmen und sie dann küssen wollte.

KAPITEL 10

*H*err, ich kann nicht zulassen, dass er mich wieder küsst. Ich scheine jeden gesunden Menschenverstand zu verlieren, wenn er es tut.

Rosalind trat von Ashton zurück und versuchte, ein Gespräch zu beginnen.

»Es ist nett von dir, deine Pächter hier wohnen zu lassen.« Das hatte sie ihm noch nicht gesagt, aber sie hatte es gewollt.

Er starrte sie eindringlich an. »Ich bin kein Tier, Rosalind.« Sie hatte den Eindruck, dass er versuchte, etwas darüber zu vermitteln, wie er mit ihr umgehen wollte.

»Bist du auch ein Gedankenleser?« Sie achtete darauf, leichtherzig zu klingen, und hoffte, dass sie ihn auch ein wenig necken könnte. Abgesehen von ihren Brüdern hatten Männer immer negativ reagiert, wenn sie versucht hatte, mit ihnen zu scherzen.

Seine Lippen zuckten wieder. »Ein Gedankenleser?«

Rosalind hatte das plötzliche Verlangen, ihn noch voller lächeln zu sehen. »Ashton, du bist immer viel zu ernst. Warum lächelst du nicht öfter?«

Er legte einen Arm um ihre Taille und führte sie in einen

Raum rechts vom Flur. Neugierig spähte sie im Raum umher und betrachtete die Bücherregale aus Walnussholz, die mit allem Möglichen gefüllt waren, von Büchern mit gefalteten Weltkarten bis hin zu grellen Gothic-Romanen.

»Vielleicht lächele ich ja in ein paar Minuten. Komm und schau dir jetzt die Pläne an.« Seine Hand fiel von ihrer Taille, als er die Papierstapel durchwühlte, die seinen Schreibtisch bedeckten. Sie blickte zurück zu den gefüllten Bücherregalen. Sie liebte es, zu lesen. Ihre Mutter pflegte zu sagen, dass die Bibliothek eines Menschen viel von seiner Identität verriet.

Sie las die Buchrücken, hielt inne und unterdrückte ein Kichern. *»Lady Mabel and the Brooding Baron?«*

Ashton beugte sich über seinen Schreibtisch und sah auf. Die Sonne beleuchtete sein hellblondes Haar, in dem goldene Strähnen glitzerten. Er sah engelhaft aus, aber er benahm sich ganz sicher nicht wie ein Engel. Und ganz sicher küsste er auch nicht wie einer. Wie bei allen Dingen war der Mann eher ein Sünder als ein Heiliger, da war sie sich ganz sicher.

»Ich gebe Lucien die Schuld. Er hat diese Geschichten von dieser schrecklichen L. R. Gloucester einmal zu oft gelesen. Ich hätte die normalerweise mit keiner Kneifzange angefasst, aber Lucien wettete, dass ich keines der Bücher auslesen könnte. Und dann gebe ich zu, dass ich ziemlich hineingezogen wurde. Ich schäme mich, zuzugeben, dass ich jedes Buch verschlungen habe, das sie geschrieben hat.«

»Sie?« Rosalind starrte die Initialen des Buches an. »Woher weißt du, dass es eine Frau ist?«

Ashton kam um den Tisch herum, trat zu ihr ans Regal und zog den Band heraus.

»Zwei Dinge führen mich zu diesem Schluss. Die Verwendung von Initialen ist eine bekannte Möglichkeit, das Geschlecht zu verbergen, aber was noch wichtiger ist, die Phrasierung und die Charaktere sind aussagekräftig. Sie scheinen viel zu genau in der Darstellung des weiblichen

Geistes zu sein. Kein Mensch könnte jemals so viel Einsicht besitzen. Es würde mich sehr überraschen, wenn der Autor keine Frau wäre. Hier, versuch auch mal einen.«

Er reichte ihr das Buch, und sie lehnte es nicht ab. Wenn sie eine Woche hier bleiben sollte, würde sie gerne etwas lesen.

»Nun, komm und sieh dir diese Pläne an.« Er legte einen Arm um ihre Taille und zog sie näher an den Schreibtisch. »Diese habe ich vor einigen Monaten für weitere Häuser auf anderen Grundstücksteilen erstellen lassen. Es war ein Glück, denn dieselben Entwürfe können auch für den Wiederaufbau der Häuser von Maple und Higgins funktionieren.«

Er breitete eine Reihe von Zeichnungen aus und beschwerte sie mit gläsernen Briefbeschwerern, die in der Sonne glitzerten. Rosalind starrte auf die Zeichnungen, schätzte die Anzahl der Zimmer, deren Anordnung und die Bauweise des Hauses ein.

»Sollten die Küchen etwas größer sein? Dies sind Familien, und sie benötigen mehr Platz. Eine Frau braucht viele Arbeitsflächen und Schränke in ihrer Küche. Ich bin mir nicht sicher, was du mit den anderen Häusern beabsichtigt hattest, aber ein Haus sollte sich zur Gründung einer Familie entwickeln, die deinem Land mehr Hände zur Verfügung stellt, wenn die Kinder älter sind.«

Er beäugte die Pläne kritisch und räumte zu ihrer Überraschung ein: »Da hast du vollkommen recht. Was noch?«

In der nächsten halben Stunde diskutierten sie ausführlich über die Häuser, wobei Rosalind den Räumen mehr Platz hinzufügte und erklärte, dass die Kinder genug Platz brauchen würden, um die Jungen von den Mädchen zu trennen, um Privatsphäre zu haben. Sie führte auch die Wichtigkeit abgetrennter Ställe und Scheunen für die Tiere an. Als Ashton mit den Änderungen zufrieden war, schrieb er einige Notizen und rief einen Lakaien herbei, der die alten Pläne zu seinem Architekten nach London zurückbringen lassen sollte, damit dieser ein neues Set mit den Änderungen erstellen konnte.

Als er sie aus dem Arbeitszimmer hinausführte, grinste er wie ein Junge. »Siehst du? Ich lächle.«

»Darf ich fragen, warum?« Nerven flatterten in ihrem Bauch, aber sie war auch aufgeregt.

Er legte sanft ihren Arm in seinen und senkte seinen Kopf, um ihr etwas ins Ohr zu flüstern. »Weil das eines der beiden Gespräche der vergangenen vierundzwanzig Stunden ist, bei denen wir uns nicht gestritten haben. Stell dir vor, wie es wäre, wenn wir *tatsächlich* verheiratet wären.«

Sie blieb kurz stehen. »Warum bist du so daran interessiert, mich zu heiraten? Du hast bereits die Kontrolle über alles, was ich besitze.«

Ashton schüttelte den Kopf. »Ich gebe zu, dass mein ursprüngliches Interesse darin bestand, die Kontrolle über dein Eigentum zu übernehmen. Aber ich habe mir viele Gedanken gemacht. Du hast einen scharfen Verstand. Mit unseren vereinten Kräften könnten wir ganz London besitzen. Man denke!«

Das hatte sie sich schon einmal vorgestellt, aber sie traute ihm nicht. Sobald er ihr Eigentum und ihr Geld hatte, konnte sie nichts mehr tun, um es sich zurückzuerobern. Mit einem Federstrich auf einer Heiratsurkunde würde er sie ihrer Sicherheit und Identität berauben.

Es wäre, als würde sie wieder bei ihrem Vater leben, nur dieser Mann hätte noch mehr Macht über sie. Er würde ihr Ehemann sein. Sie konnte nicht mitten in der Nacht fliehen; er würde ihr Leben in eiserner Faust gefangen halten. Ehefrauen waren nicht besser als das Vieh eines Mannes, und es lag in seinem Recht, seine Frau zu schlagen, sie verhungern zu lassen oder sie zu zwingen, alles zu tun, was er wollte. Welche Art von Folter würde Ashton ihr antun, wenn sie jemals etwas tat, was ihm missfiel? Henry hatte ihr immer so viel Kontrolle gelassen, dass sie sich nie hilflos gefühlt hatte, aber sie wusste, dass Ashton eine andere Art von Mann war. Sie würde den Tod einem solchen Schicksal vorziehen.

»Was ist los? Du zitterst.« Ashton starrte auf sie herab. Rosalind war beschämt, als sie bemerkte, dass sie tatsächlich zitterte.

»Das tut mir leid.« Sie war sich nicht sicher, warum sie sich entschuldigte, aber sie tat es.

Ashton schlang seinen Arm um ihren Rücken und hüllte sie ein. Sie zitterte zu stark, um gegen die warme Umarmung anzukämpfen, und vergrub ihren Kopf an seiner Brust. Er roch nach Pinienwäldern und einem Hauch von Sandelholz. Es war ein süchtig machender Geruch, an den sie sich gewöhnen und sich sogar danach sehnen könnte, wenn sie ohne ihn war.

»Sprich mit mir, Rosalind. Ich habe keine Lust, dich zu erschrecken.«

Es dauerte lange, bis sie wieder zu Atem kam. Sie wischte sich über die Augen. »Bitte, ich möchte das nicht diskutieren. Können wir gehen?«

Ashton umfasste ihr Kinn und zwang sie, ihm in die Augen zu sehen. »Du kannst nicht jedes Mal weglaufen. Eines Tages wirst du mit mir reden müssen.«

Nicht wenn ich diesem Wahnsinn endlich entfliehe. Der Gedanke schmeckte bitter, aber es war die Wahrheit. Sie war eine Woche lang hier gefangen und veranstaltete eine Show zum Wohle seiner Mutter. Aber sobald die Woche um war, würde sie nach London zurückkehren, ob er es wollte oder nicht.

Er seufzte, und sein enttäuschter Blick traf sie auf unerwartete Weise.

»Also gut. Ich vertraue darauf, dass du in diesem Kleid reiten kannst?«

»Ja, wenn ich rittlings aufsteige.«

Sein halbes Lächeln kehrte zurück. »Und mir damit erlaubst, einen Blick auf Ihre Beine zu werfen? Dann habe ich noch einen Grund mehr zu lächeln.«

Sie gingen zu den Ställen, und drinnen fand sie den beruhigenden Duft von Pferden, Heu und Leder – genau das Richtige, um all ihre Sorgen verfliegen zu lassen. Es würde ein schöner Tag werden, den die sich nicht von emotionalen Gewitterwolken trüben lassen würde.

»Mal sehen, vielleicht solltest du meine Lieblingsstute nehmen? Sie ist ein schönes Geschöpf.« Ashton führte sie zu einem Verschlag, wo ein kräftiges, aber wunderschönes weißgrau geschecktes Pferd einen Hafereimer anstieß und schnaubte.

»Sie ist zauberhaft.« Rosalind meinte es ernst. Sie liebte Pferde. »Wie heißt sie?«

Ashton strich mit seiner Handfläche über die Nase des Pferdes und lächelte nachsichtig, während er ihr ein paar Kastanien aus der Tasche fütterte.

»Milady. Nichts anderes schien zu ihr zu passen. Schon als Fohlen tänzelte sie wie eine richtige Dame über die Koppel.« Er lehnte seine Stirn an Mylady und tätschelte ihr Gesicht.

»Und wen wirst du reiten?«

Ashton zeigte auf einen neugierig aussehenden Wallach, der bis auf seine weißen Socken ganz schwarz war. »Prince.«

Ashton ließ einen Stallknecht die beiden Pferde vorbereiten. Während sie warteten, hatte sie Gelegenheit, die schönen Ställe zu bewundern. Der Duft von frischem Heu, das Wiehern und Schnauben der anderen Pferde, die neugierig aus ihren Boxen auf sie und Ashton starrten, wiegte sie in ein Gefühl des Friedens.

»Diese Ställe sind wunderschön«, sagte sie und strich mit der Fingerspitze über eine glänzend blau gestrichene Stalltür.

»Danke. Ich bin sehr stolz auf meine Pferde und möchte, dass sie nur das Beste haben.«

»Die Pferde sind bereit, Mylord«, verkündete der Stallknecht, als er die beiden Tiere auf den Stallhof führte.

»Danke. Rosalind?« Ashton nahm ihren Arm und führte sie zu den Pferden.

Dann hob er Rosalind in den Sattel. Sie hob ihre Röcke und ließ sich auf Miladys Rücken nieder. Ashton bestieg Prince und drehte dann sein Pferd zu ihrem.

»Möchtest du ein Rennen über das Feld?«, fragte er.

»Vielleicht. Ich nehme an, du hast schon Bedingungen für den Gewinner im Kopf?«

»Aber sicher doch.«

Sie trat mit den Fersen, um Mylady näher zu Prince zu drängen.

»Was für welche sind das?« Sie hatte fast Angst, ihn zu fragen. Er würde wahrscheinlich alles nehmen, was sie noch besaß und das er ihr noch nicht entrissen hatte. Trotzdem ... sie konnte einer Herausforderung nicht widerstehen, wenn sie von ihm kam.

Mit einem arroganten Grinsen warf er sich die Haare aus den Augen. »Ein Kuss, wenn ich gewinne.«

»Und wenn ich gewinne?« Sie zog eine Braue hoch.

»Du willst mich nicht küssen?«, neckte er und zuckte mit den Augenbrauen.

Rosalinds Augen verengten sich bei diesem durchsichtigen Trick. »Ich glaube nicht. Wenn ich gewinne, musst du dich bei mir entschuldigen für alles, was in den vergangenen Tagen vorgefallen ist.«

Er wurde wieder ernst. »Ich bin bereit, das jetzt zu tun.«

Seine Aufrichtigkeit schockierte sie, aber sie würde es ihm kaum leicht machen. »Dann werde ich dich vielleicht nur bitten, dich auf den Knien zu entschuldigen, wenn du verlierst, anstatt auf dem Bauch liegend.« Sie streichelte Myladys Nacken.

Ashton musterte sie, und dann trat er mit einem ungezogenen Funkeln in den Augen sein Pferd und schoss über das Feld davon.

»Oh, du betrügerischer Hund!«, brüllte sie und schlug mit den losen Enden der Zügel gegen die Flanken ihres Pferdes, was Mylady in einen Galopp versetzte. Das goldene Gras des Feldes rauschte nur so an ihr vorbei, als sie und Milady dem rasenden Wallach hinterher jagten.

Sie lachte, als sie anfing, Ashton einzuholen. Er blickte sich erst zu ihr um, als sie schon beinahe Kopf an Kopf galoppierten. Er beugte sich über den Hals seines Pferdes und trieb Prince zu längeren Sätzen, um seine Führung zurückzugewinnen.

»Nein!« Sie trat heftiger auf ihr Pferd ein, aber es nützte nichts. Der Wallach war einfach schneller.

Ashton galoppierte über die kleine Schotterstraße, neben der eine bröckelnde, verbrannte Ruine eines Hauses stand. Mit einer mühelosen Bewegung glitt er von seinem Pferd und packte ihre Zügel, als sie daran zog, um Mylady aufzuhalten.

»Du ...«, keuchte sie. »Hast mich reingelegt.«

»Stimmt nicht. Ich habe dir doch erlaubt, aufzuholen. Aber ich hatte ein schnelleres Pferd. Das gebe ich gerne zu.«

»Oh!« Sie sprang vom Pferd, um ihn anzugreifen. Er fing sie auf, und sie schlug ihre geballten Fäuste gegen seine Brust.

»Ganz ruhig, mein kleiner Wildfang, lass mich meinen Kuss haben ...«

»Wenn du glaubst, dass ich eine Wette einlöse, die du ...«

Jeder einzelne der Flüche, die sie sich zurechtgelegt hatte, wurde von Ashtons Lippen zum Schweigen gebracht. Er packte ihre Handgelenke und hielt sie mit einer seiner Hände hinter ihrem Rücken. Sie kämpfte einen Moment, aber nur einen

Moment. In seinen Armen gefangen gehalten zu werden, versetzte sie in einen wilden Nervenkitzel. Ihre Haut brannte, als seine Lippen ihre plünderten. Es war leicht, sich in dem Kuss dieses Mannes zu verlieren. Er knabberte an ihrer Unterlippe, und sie keuchte auf, fühlte eine seltsame Hitze bei seinem Biss. Sie kämpfte wieder in seinem Griff, aber er lachte nur heiser.

»Nur die Ruhe, Liebling. Dies ist nicht etwas, worüber du die Kontrolle hast. Diesmal nicht.«

Sie gab nach und ließ ihn übernehmen. In seinen Worten war das Versprechen auf ein nächstes Mal verborgen, in dem *sie* die Kontrolle haben würde.

Ashton küsste wie ein Traum. Sie hatte sich nach Henrys Tod keine Liebhaber mehr genommen, und doch wusste sie, dass dieser Baron trotzdem die Nase vorn haben würde, wenn sie die Möglichkeit des Vergleichens gehabt hätte. Es war die Art und Weise, wie er küsste, als hätte er den ganzen Tag Zeit, sie zu erkunden. Kein Hauch von Hast. Nur langsame, bewusste Leidenschaft, potent und berauschend. Sie fiel härter gegen seine Brust. Plötzlich waren ihre Hände frei, und sie schlang ihre Arme um seinen Hals, zog ihn näher an sich heran.

»Soll ich aufhören?«, flüsterte er ihr ins Ohr, bevor er sich einen Weg von ihrem Ohr zu ihrer Kehle küsste.

Das Gefühl seiner Lippen, heiß und weich auf ihrer empfindlichen Haut, ließ Schauer über sie laufen.

»Aufhören?«, wiederholte sie durch den aufsteigenden Dunst des Hungers.

»Ja«, antwortete er mit einem kehligen Kichern. »Soll ich dich weiter küssen oder nicht?«

»Weiter ...« Sie vergrub ihre Hände in seinen langen Haarsträhnen. »Küssen.«

Rosalind keuchte, als sie zu Boden fielen. Sie fiel auf ein Meer aus goldenem Gras, Ashton über ihr. Instinktiv versuchte sie, ihre Schenkel zu öffnen, aber ihre Röcke waren im Weg.

»Meine Röcke.« Sie stöhnte, als er ihr Schlüsselbein küsste und ihre Brüste liebkoste.

»Richtig.« Er grub an ihren festen Röcken und Unterröcken und schob sie bis zu ihren Schenkeln hoch. Sie warf ihren Kopf zurück, als seine Handflächen an ihren Beinen und zwischen ihrer Unterwäsche heraufglitten. Er streichelte sie mit einer Fingerspitze, bevor er den Finger in sie gleiten ließ. Sie zuckte zusammen und umklammerte seine Schultern.

Der blaue Himmel über ihr schien sich ewig auszudehnen, während sie auf die wolkenlose Weite starrte. Ashton erhob sich über ihr und blendete die Sonne aus, während er seinen Finger weiter in sie hinein und wieder heraus gleiten ließ. Die Invasion war sanft, aber beharrlich, und sie zitterte angesichts der sich aufbauenden Spannung. Nur er hatte sie jemals so wild und rücksichtslos gemacht, als ob all ihre Sorgen und Ängste verblassten, wann immer er sie berührte.

»Du gehörst mir, Rosalind. Verstanden?« Er bewegte seine Hand schneller, und sein Daumen fand die empfindliche Knospe, die sie laut aufschreien ließ, als er daran rieb.

»Nein«, keuchte sie. Sie gehörte keinem Mann – ihr Leben war ihr eigenes.

Ashtons blaue Augen waren dem Himmel über ihnen so ähnlich, aber verstärkt durch ein inneres Feuer.

»Du *gehörst* mir. Und ich kümmere mich um das, was mir gehört. Ich *genieße,* was mir gehört.« Er gab in seiner zärtlichen Verführung nur einen Moment lang nach, und sie wand sich frustriert, wollte, dass er sie weiterhin berührte, kämpfte jedoch dagegen an, was es bedeuten würde, es zu akzeptieren.

»Gehöre dir nicht.« Sie wehrte sich immer noch, aber seine Lippen verzogen sich zu einem unwiderstehlichen Grinsen.

»Verleugne es, wenn es dir gefällt, aber ich besitze dich,

Lady Melbourne.« Er betonte ihren Titel, und sie krallte sich an seinen Rücken.

»Bitte ...« Sie brauchte ihn, um zu beenden, was er begonnen hatte, aber nicht so. Nicht zu diesen Bedingungen.

»Sag es, oder ich gehe weg.« Sein Haar fiel ihm in die Augen, und der Schatten eines schwachen Bartes machte ihn eher zu einem verwegenen Piraten als zu dem geschäftstüchtigen Gentleman, der er für den *Ton* in London war. Es war, als könnte sie einige hundert Jahre in die Vergangenheit zurückblicken und sehen, wie Ashtons Vorfahren die englische Küste überfielen. Große, blondhaarige Krieger, die sich um jeden Preis nahmen, was sie wollten. Es war beängstigend und aufregend zugleich. Ihre Haut erwärmte sich, und ihre Brustwarzen wurden unter ihrem Kleid hart, als sie daran dachte, dass er sie gleich hier im Gras nehmen würde. Es würde niemanden geben, der sie davon abhalten würde, mitgerissen zu werden.

Gebe ich nach oder wehre ich mich?

Er spitzte die Lippen und setzte sich auf seine Absätze zurück, zog ihre Röcke wieder herunter.

»Aber ...« Sie brauchte es, dass er sie weiterhin berührte. Er konnte nicht einfach aufhören ...

»Solange du nicht ohne Zögern mit *Ja* antworten kannst, werde ich dich nicht belohnen.« Er stand auf und wischte das Gras von seinen Kleidern, dann packte er ihre Taille und hob sie auf die Füße. Seine Augen waren grimmig und entschlossen, ihr in diesem Moment zu verweigern, was sie am meisten wollte. Nämlich, wieder mit ihm im Gras zu liegen. Aber nein, er zahlte es ihr zurück, was sie ihm im Opernhaus angetan hatte, ihn unerfüllt nach ihrer eigenen Verführung zurückzulassen. Er hatte sie in eine Falle gelockt, in die sie nur zu bereitwillig hineingetreten war. Verdammter *Sassenach*!

»Sie sind kein Gentleman!« Sie schnaubte, ihr Körper summte immer noch vor Verlangen und Frustration.

Sein dröhnendes Lachen machte sie noch wütender. »Meine Liebe, ich habe mich gerade noch davon abgehalten, dich hier auf einem Feld zu vernaschen. Ich glaube, das beweist tatsächlich, dass ich ein Gentleman bin. Wenn ich keine Selbstbeherrschung hätte, wäre dein Kleid von Grasflecken ruiniert, weil ich dich so hart und wild genommen hätte, wie wir beide wollten. Aber *du* hast mich aufgehalten. Vergiss das nicht! Du wolltest nicht sagen, was ich hören wollte.«

»Was Sie hören wollen, kann ich nicht geben. Für Sie ist es nur ein Spiel, aber nicht für mich.«

Er zupfte an den Enden seiner Hemdsärmel, um sein Äußeres zu richten, und Rosalind zischte wie eine wütende Katze vor sich hin.

»Ich muss arbeiten. Würdest du die Pferde irgendwo in die Nähe bringen und sie anbinden?« Er drehte ihr den Rücken zu, und sie hatte das Gefühl, ihn enttäuscht zu haben, was sie wütend machte, weil sie ihm nicht gefallen musste. Sie gehörte *nicht* ihm.

Trotzdem stellte eine kleine Stelle tief in ihr immer wieder diese einfache, gefährliche Frage.

Was wäre wenn?

KAPITEL 11

»**M**einst du es ernst mit dieser Heiratssache?«, fragte Charles, während Jonathan und Ashton einen weiteren verkohlten Balken von den Fundamenten hoben, wo einst das Higgins-Bauernhaus gestanden hatte. Sie hoben den Balken hinten in einen großen Karren. Mehrere andere Männer aus dem Dorf und von den umliegenden Ländereien waren damit beschäftigt, beim Aufräumen der zerstörten Häuser zu helfen.

»Ja, das tue ich.« Ashton hielt inne, um sich mit dem Ärmel über die Stirn zu wischen. Es war zu heiß für diese Art von Arbeit. Wenn überhaupt, sollte er die anderen beaufsichtigen. Es war unangemessen für einen Mann seines Standes, schwere Arbeit zu verrichten, aber er konnte nicht tatenlos zusehen, nicht wenn er von frustrierter sexueller Energie überflutet war. Wenn er Rosalind nicht ins Bett legen konnte, musste er diese aufgestaute Leidenschaft für etwas Produktives nutzen.

»Aber *warum*?«, wiederholte Charles. »Ich dachte, du hättest der Ehe abgeschworen.«

»Es ist kompliziert, Charles. Mutter drängt mich, Joanna

zuliebe zu heiraten, und ich habe es satt, gegen sie zu kämpfen. Wenn sie glaubt, dass Rosalind und ich verlobt sind, wird mir das etwas Zeit verschaffen.«

»Aber so zu tun, als würde man um jemanden werben, ist etwas anderes, als ihr tatsächlich den Hof zu machen. Ich dachte, du hättest gesagt, das wäre eine List und mehr nicht.« Charles runzelte inzwischen die Stirn.

»Nun, das war mein ursprünglicher Wunsch, aber je länger ich darüber nachdenke, wenn ich sie heiraten könnte, wäre es in vielerlei Hinsicht gewinnbringend.«

»Für den Profit zu heiraten? Aber ist das nicht ...« Jonathan ließ den Satz unvollendet, während auch er die Stirn runzelte.

»*Söldnern* ist das gesuchte Wort«, fügte Charles hinzu.

Ashton bestritt es nicht. Es war tatsächlich von Natur aus wie ein Einkauf von Diensten, aber angesichts des letzten Tages hatte er das Gefühl, dass die Dinge besser werden könnten, vielleicht sogar angenehm, wenn sie heiraten würden. Natürlich durfte sie nicht erfahren, dass seine wahre Absicht darin bestand, diese List zu nehmen und in die Realität umzusetzen.

»Ich muss die Kontrolle über Rosalinds Unternehmen behalten, bis ich erfahren kann, wofür Hugo sie benutzt hat. Außerdem kann ohne mein Wissen nichts passieren, wenn ich ihr Vermögen kontrolliere.«

»Ja, aber das hast du ja alles schon vorher getan, ohne diesen Ehe-Unsinn hineinzuwerfen«, sagte Charles.

»Seit einigen Tagen überlege ich, sie zu heiraten, und nach der letzten Nacht fühle ich mich dazu verpflichtet, und das nicht nur, weil ich ihr Eigentum kontrollieren möchte. Das arme Geschöpf braucht jemanden, der sich um sie kümmert.«

Egal wie stark eine Frau wie Rosalind war, sie musste beschützt und umsorgt werden. Und angesichts ihrer tragischen Vergangenheit hatte sie es auch verdient, etwas verwöhnt zu werden. Sobald sie aufgehört hatte, seinen romantischen Annäherungsversuchen so verdammt negativ gegenüberzustehen, konnte er ihr die Welt und alles andere geben, was sie sich wünschte.

Jonathan lachte. »Braucht jemanden, der sich um sie kümmert? Du lässt es wie Mitleid klingen. Die Frau, die ich kennengelernt habe, scheint das nicht zu brauchen.«

Charles schien zuzustimmen. »Sie ist alleine sehr gut zurechtgekommen und hat dich sogar in deinem eigenen Spiel besiegt, bis du beschlossen hast, überzureagieren und zu versuchen, sie zu ruinieren.«

Leise knurrend warf Ashton seinen Freunden einen finsteren Blick zu. »Du hast dich noch nie über meine Methoden beschwert, wenn es um einen Mann geht.«

»Aber sie ist kein Mann«, betonte Jonathan. »Und so extreme Maßnahmen hast du bei deinen anderen Konkurrenten meines Wissens noch nie ergriffen.«

Ashton erkannte die Wahrheit in Jonathans Worten. »Ja, nun, es ist meine verdammte Schuld, dass ich zu weit gegangen bin. Ich tue mein Bestes, um die Situation zu verbessern und so gut wie möglich Wiedergutmachung zu leisten.«

Charles runzelte die Stirn. »Du schickst einer Frau Blumen und Juwelen, wenn du mit ihr aneinandergeraten bist – du heiratest sie nicht. Ich mag das nicht.«

»Musst du ja auch nicht. *Ich bin* derjenige, der sie heiratet, nicht du.«

»Aber ...«

Jonathan mischte sich ein. »Hat sie der Heirat überhaupt zugestimmt?« Er wischte sich die rußigen Hände an einem Stofflappen ab, der hinten am Wagen hing.

»Noch nicht, aber sie wird es tun.«

Bei entferntem Geräusch von Kinderlachen drehten sie sich alle gleichzeitig um.

Rosalind und Joanna jagten ungefähr ein Dutzend Kinder über die Wiese, die den Familien Maple und Higgins gehörten. Joannas Handlungen überraschten Ashton nicht; sie hatte ein offenes Herz für alle, und Kinder schienen sie anzuziehen. Aber Rosalind? Er konnte nicht glauben, dass sie dabei mitmachte.

Ihr Haar löste sich aus den Nadeln, und ihr rosa Kleid war zerknittert und schmutzig, doch sie schien es nicht zu bemerken. Sie fing einen Jungen auf, der nicht älter als zwei Jahre alt sein konnte, und wirbelte ihn herum, was den Jungen zum Kreischen brachte. Die älteren Kinder klatschten und lachten.

Der rosige Farbton auf Rosalinds Wangen erfüllte ihn mit Wärme. Es schien ihr besser zu gehen, und das machte ihn wiederum glücklich. Es war offensichtlich, dass sie die Abenteuer des Geschäfts genoss, aber sie war auch eine frei denkende Frau mit eigenen Ideen, was seine Gespräche mit ihr eher faszinierend als langweilig machte. Er hatte schon so manches Abendessen oder einen Ball damit verbracht, sich mit jungen Damen zu unterhalten, die nur zu schnell mit allem einverstanden waren, was er sagte, oder über jeden Kommentar lachten, den sie für einen Scherz hielten.

Es wäre eine sehr anregende Erfahrung, mit Rosalind verheiratet zu sein und sein Leben mit ihr zu teilen. Sie konnten zusammen ausreiten, geschäftliche Entscheidungen planen, sogar in angenehmer Stille lange Spaziergänge unternehmen. Und so, wie es aussah, mochte sie Kinder. Das gab ihm ein seltsam leichtes Gefühl tief in seiner Brust. Nach allem, was sie durchgemacht hatte, verdiente Rosalind endlich ein bisschen Glück. Geld allein würde das nie erreichen, das wusste er nur zu gut.

Ich könnte sie glücklich machen. Wenn Godric, Lucien und Cedric ihm eines beigebracht hatten, dann, dass das Glück, das man findet, wenn man den passenden Partner findet, keine Frage von etwas Hinzugefügtem war - es war eine Frage von etwas Geteiltem.

Joanna rief etwas und winkte ihm und seinen Freunden zu. »Ash, kommt her und holt euch Limonade.«

»Sollen wir, meine Herren?« Ashton nickte dem Bereich an der Straße zu, wo zwei Decken ausgebreitet waren und Erfrischungen auf sie warteten.

Seine Mutter war in ihrem Element, sie führte die Kinder und Joanna an, während die Männer arbeiteten. Sie hatten beschlossen, ein Picknick daraus zu machen, während die Einheimischen bei der Beseitigung der Trümmer halfen. Es war nicht unbemerkt geblieben, dass seine Mutter Rosalind mit einer Intensität beobachtete, die ihn langsam beunruhigte.

Regina wusste es besser, als sich in seine geschäftlichen Angelegenheiten einzumischen, aber er bezweifelte keinen Moment, dass sie sich in seine romantischen Angelegenheiten einmischen würde. Ein Grund mehr für sein und Rosalinds Spiel des Werbens. Er musste sich daran erinnern, heute etwas vor den Augen seiner Mutter zu tun, um sein Interesse an Rosalind zu zeigen.

»Ashton, bitte, auf ein Wort.« Regina saß auf einer Ecke einer der Decken, ein Glas Limonade in der einen Hand und einen Spitzenfächer in der anderen.

»Worüber, Mutter?« Er kauerte sich neben ihr auf die Decke. Sie faltete ihren Fächer zusammen und klopfte damit auf eine Stelle neben sich, dann hielt sie ihm ein Glas hin. Er nahm das Glas und setzte sich auf den Boden.

»Ich dachte, du machst einen Scherz, als du sagtest, du willst diese Frau heiraten, aber ich fange an, etwas an ihr zu sehen, das ich ziemlich mag. Ich wollte dich nur wissen lassen, dass du meine Zustimmung und meinen Segen hast.«

»Ich brauche beides nicht«, antwortete er kalt, bereute es aber sofort. »Es tut mir leid, Mutter.«

»Und das sollte es auch. Ausnahmsweise sind wir uns über etwas einig, und du benimmst dich wie ein Tier.«

Einen Moment lang sprach keiner von ihnen, jeder von ihnen blickte demonstrativ in eine andere Richtung. Die leichte Brise, die über die Decke wehte und das Gras zerzauste, kühlte seinen Körper und sein Temperament so weit ab, dass er der Neugier nachgab, was seine Mutter gerade zugegeben hatte.

Sie waren sich selten einig, besonders, wenn es um Damen ging. Sie warf ihm ständig Frauen zu Füßen, und er rümpfte die Nase und ging davon, ohne Interesse an der jungen Frau, von der sie gerade mal wieder überzeugt war, dass er sie diese Woche heiraten sollte.

»Magst du sie wirklich?«, fragte er.

Seine Mutter fing wieder an, sich Luft zuzufächeln. »Da tue ich. Sie hat etwas an sich, eine Stärke, die ich in ihr sehe, die mich an mich selbst erinnert.«

»Sie ist stark.« Da stimmte er ihr auf jeden Fall zu.

»Aber sie ist vorsichtig, und das aus einem bestimmten Grund. Also musst auch du vorsichtig sein, mein Junge. Sie wurde schon einmal verletzt, so viel ist klar. Es würde keinem von euch nützen, sie zu schnell zu weit zu treiben. Verstanden?«

»Ich werde vorsichtig mit ihr sein«, versicherte er seiner Mutter.

Regina lächelte. »Das ist gut, denn sie verdient es, richtig umworben zu werden. Du kannst damit heute Abend beim Mertons' Ball beginnen. Ich musste unsere Einladungen zuerst ablehnen, aber als Mrs. Merton erfuhr, dass es daran lag, dass wir Gäste haben, hat sie heute Morgen zusätzlich Einladungen für Charles, Jonathan und Lady Melbourne verschickt.«

»Ein Ball?« Er unterdrückte ein Stöhnen. Um Rosalind zu werben, sollte verhindern, dass seine Mutter ihn zu diesen verdammten Bällen schickte. Aber es schien keine Möglichkeit zu geben, diesen zu umgehen.

»Ja, und du wirst daran teilnehmen. Ich möchte, dass Joanna einen netten jungen Mann kennenlernt. Wenn du hingehst und deine neue Verlobte präsentierst, würde es gut für Joanna aussehen. Und ein anständiger, respektabler Ball auf dem Land wird deine Freunde vor Ärger bewahren.«

Wie verdammt gedankenvoll von Mrs. Merton, daran zu denken, noch ein paar Gäste zu ihrer Liste hinzuzufügen.

»Ich sollte Rosalind zuerst fragen. Sie möchte vielleicht nicht ...«

Regina lachte. »Mach dich doch nicht lächerlich. Jede Frau liebt Bälle. Tanzen ist der beste Weg zum Herzen einer Frau.«

Ashton schnaubte. »Tanzen? Das bezweifle ich.« Obwohl es eines seiner vielen Talente war, war Tanzen nichts, was er besonders mochte.

Der Fächer seiner Mutter schlug ihm auf die Brust.

»Natürlich ist es das. Wie, denkst du, habe ich mich in deinen Vater verliebt?« Reginas Gesicht wurde weicher, als halb vergessene Erinnerungen wieder auftauchten. Sie seufzte und betupfte sich die Augen, die plötzlich feucht glänzten. »Er war ein wunderbarer Tänzer.« Es war schon so lange her, dass seine Mutter in positivem Licht von seinem Vater gesprochen hatte.

Ashton hielt den Atem an und fragte sich, ob seine Mutter weiter über seinen Vater sprechen würde oder ob die Vergangenheit zu schmerzhaft wäre. Die Augen seiner Mutter glitzerten, als sie ihn ansah. Er wollte nie daran denken, wie schwer es sein musste, jemanden zu lieben, der einen verletzte. Regina hatte seinen Vater geliebt, trotz seiner Frauengeschichten und des Glücksspiels. Sie *liebte ihn immer noch.*

Sie sah zum Himmel hinauf. Sonnenschein lag auf ihrem Gesicht, und einen Moment lang konnte er sich vorstellen, wie sie als junge Frau in Rosalinds Alter ausgesehen hatte. *Schön.*

»Wenn eine Frau mit einem Mann tanzt, fühlt sie sich sicher. Es ist eine besondere Art von Intimität, die Liebe verspricht. Also, mein lieber Junge, führst du sie heute Nacht auf die Tanzfläche und starrst ihr beim Walzer tief in die Augen. Bei der Verführung geht es nicht immer darum, was zwischen den Laken passiert. Verstehst du? Verführe ihr *Herz.*«

Liebe. So hatte er noch nie an Rosalind gedacht. Schutz, Vorteil, gegenseitiges Vergnügen, sicherlich. Aber Liebe? Wenn er ehrlich zu sich selbst war, erschreckte ihn der Gedanke an Liebe zu Tode. Seit er gesehen hatte, wie sich Godric und Emily ineinander verliebt hatten, hatte sich ein geheimer Teil von ihm danach gesehnt, aber er war ein Mann, der sich mit realistischen Vorstellungen und praktischem Verhalten beschäftigte. Das Bedürfnis, sein Leben zu kontrollieren, alles energisch zu beschützen – es verhieß nichts Gutes für eine Frau, die es wagte, ihn zu lieben.

»Ashton.« Die Stimme seiner Mutter schnitt durch seine Gedanken.

»Ja?«

»Versprich mir, dass du es in Betracht ziehen wirst.« Sie sah ihn direkt an.

»Was genau soll ich in Betracht ziehen?«

»*Liebe*, du dummer Junge. Ihr Herz zu gewinnen.«

Ashton konnte nicht glauben, dass er eine so offene Diskussion mit seiner Mutter führte, besonders über ein solches Thema. Er rutschte auf der Decke herum und versuchte, sich nichts anmerken zu lassen, aber wie konnte man das, wenn ein Mann mit seiner Mutter über die Liebe sprach? Hatte sich Lucien so gefühlt, als seine Mutter ihn letztes Weihnachten dazu gebracht hatte, Horatia zu verführen?

Herr, rette uns alle vor der Einmischung der Mütter.

»Ich denk drüber nach.« Ashton wandte seinen Blick wieder Rosalind zu. Sie trug jetzt eine provisorische Augenbinde und suchte nach den kichernden Kindern um sie herum. Ihre kleinen Körper tanzten außer Reichweite, während sie um Hilfe rief, um sie zu finden. Joanna lachte und schrie Anweisungen, um nicht erwischt zu werden.

Mit einem Grinsen ließ Ashton seine Mutter mit ihrer Limonade allein und schlich sich an Rosalind heran. Bevor Joanna sprechen konnte, hob Ashton einen Finger an seine Lippen. Sie lächelte zurück und schwieg.

»Oh! Wo seid ihr denn alle?«, murmelte Rosalind, halb kichernd, als sie sich drehte und direkt in Ashton rannte.

Er fing sie an der Taille ein und drückte ihren Körper flach gegen seinen. Ihr Körper passte zu seinem mit einer erstaunlichen Perfektion. Ihre Gesichtszüge waren begeistert und lebendig unter der Frühlingssonne, und es erfüllte ihn mit einer stillen Freude, die sein Herz rasen ließ.

Sie könnte mir gehören ... wenn ich es schaffe, sie für mich zu gewinnen.

»Nun, es scheint, als hätte ich einen hübschen Preis gewonnen«, sagte er. »Was ist meine Belohnung?«

Ihre Lippen bildeten überrascht ein kleines O, und sie riss sich die Augenbinde von den Augen. Es gab keinen besseren Zeitpunkt als jetzt, um sie zu küssen, in voller Sicht seiner Mutter.

Er umfasste ihr Gesicht und legte seinen Mund über ihren. Der Geschmack auf seiner Zunge erinnerte ihn daran, wie sehr er sich zuvor zurückgehalten hatte. Ihr Mund öffnete sich unter seinem, und er ermutigte sie mit seiner Zunge, einfach hier zu sein und sich nicht auf die Tatsache zu konzentrieren, dass sie gesehen werden konnten. Er wollte ihre volle Aufmerksamkeit auf sich und diesen einen dekadenten Kuss.

Als sich ihre Münder schließlich voneinander trennten, lehnte er seine Stirn gegen ihre, ihre Blicke begegneten sich. Röte befleckte ihre Wangen, als sie versuchte, wieder zu Atem zu kommen, und er wünschte sich einfach, dass sie ganz allein wären, damit er sie weiter küssen konnte.

»Wir müssen nicht aufhören«, sagte er leise gegen ihre Lippen.

»Aber die Kinder ...«

»... sind müde und sollten sich niederlassen, um ein bisschen zu Mittag zu essen. Das solltest du auch.« Mit einem Seufzer trat er von seinem verlockenden Hochlandmädel zurück und nickte zu einer der leeren Decken. Er war erleichtert, dass sie seinen Versuch, sie dorthin zu eskortieren, nicht bekämpfte. Er wollte ihr zeigen, dass er sie genau so behandeln konnte, wie eine Frau behandelt werden sollte, als ob sie wertvoll wäre. Selbst als seine Geschäftsrivalin war sie immer noch eine Dame, und er hatte nicht vor, sie nicht als solche zu behandeln.

»Es fühlt sich gut an, sich auszuruhen. Ich nehme an, ich fühle mich immer noch nicht so stark, wie ich sollte.«

Er musste zustimmen. Sie wirkte viel zu erschöpft nach dem Spiel. Er reichte ihr einen kleinen Teller mit Sandwiches und ein Glas Limonade.

»Danke.« Sie akzeptierte das Essen und Trinken. Sie genossen einen Moment kameradschaftlicher Stille.

»Ich sehe, dass du zusammen mit Joanna diesen schönen Tag ausgenutzt hast.« Er kicherte, als er die Kinder auf einer entfernten Picknickdecke beobachtete, die sich wie unruhige Welpen um Joanna wanden, während sie Sandwiches verteilte.

Rosalind lachte. »Ja, es war wundervoll. Die Kinder sind süß. Ich vermute, ihre Mütter werden dankbar sein, dass wir sie auf den Feldern so erschöpft haben, damit sie heute Nacht gut schlafen werden. Danke, dass du mich gebeten hast, mit dir hierher zu kommen. Ich glaubte nicht, dass ich es so sehr genießen würde, wie ich es getan habe.« Sie nippte an ihrer Limonade und knabberte an ihrem Sandwich.

War dies seine Gelegenheit? Sie nach dem Ball zu fragen, während sie glücklich und ihr Magen voll war? Sicherlich würde sie zustimmen - es war schließlich Teil ihres Arrangements. Ein Tanz wäre öffentlich, und seine Mutter hätte kaum eine Chance, seine Motive zu hinterfragen, wenn er Rosalind dorthin mitbringen würde.

»Rosalind, heute Abend gibt es einen Ball. Eine unserer Nachbarfamilien veranstaltet den. Als sie herausfanden, dass wir aufgrund der Anwesenheit von Gästen in unserem Haus nicht teilnehmen konnten, luden sie sie heute Morgen alle ein. Möchtest du mich dorthin begleiten? Joanna kommt ebenso wie meine Mutter.«

»Ein Ball?« Sie drehte sich um und starrte alles mögliche an, nur nicht ihn. »Fragst du mich das nur wegen unserer Vereinbarung?«

Er starrte auf seinen Teller mit Essen und überlegte, wie er am besten reagieren sollte. »Ich werde nicht leugnen, dass das mein primäres Ziel ist.« Er nippte an seiner Limonade und stellte das Glas dann beiseite, bevor er ihr Kinn fing und sie zwang, sich ihm zu stellen. Funken erhellten ihren Blick, dunkle Blitze des Trotzes vermischten sich mit Lichtblicken der Aufregung, als sie mit ihm kämpfte.

Sie sah ihn listig an. »Und indem du dies in einer so öffentlichen Umgebung tust, versuchst du nicht, mich zu einer Art tatsächlicher Vereinbarung der Ehe zu drängen?«

Ashton schnaubte. »Natürlich nicht.«

»Gut.« Ihr unverblümter Ton enthielt eine Herausforderung, eine, die Ashton schnell annahm.

»Aber wäre es so schrecklich? Als meine Frau wärst du mächtig, doppelt so reich und sicher. Ich würde dich mit meinem Leben beschützen, und meine Freunde würden es auch tun.«

Wie konnte sie ein solches Angebot ablehnen? Die Welt in ihren Händen. Welche Frau würde das nicht wollen? Es wäre verrückt.

Und es war nicht nur das, was er ihr geben konnte, sondern auch das, was er wollte. Er *wollte,* dass sie ihm gehörte, wollte diesen temperamentvollen kleinen Wildfang sein Eigen zu nennen, damit kein anderer Mann ein Recht auf sie haben würde.

Das Lächeln auf ihren Lippen begann zu verblassen, und ein Aufblitzen von Schmerz in ihren Augen überraschte ihn. »Doch du versäumst es, mir die beiden Dinge anzubieten, die ich über alles andere schätze.«

»Was wäre das?«, fragte er und lehnte sich näher. Er wollte nicht, dass sie sich von ihm zurückzog. Wenn sie es ihm sagte, konnte er ihr diese Dinge geben, ohne Fragen zu stellen.

»Liebe und Freiheit.«

Liebe und Freiheit? Zu ersterem konnte er nichts mit wirklicher Sicherheit sagen, aber ihre zweite Bedingung verstand er noch viel weniger. Wie könnte sie nicht frei sein? Zum ersten Mal in seinem Leben verblüffte ihn eine Frau vollkommen.

»Du wärest frei, alles zu tun, was du willst«, argumentierte er.

Ihr Lachen war so hart wie eine Ohrfeige. »Wirklich? Wenn ich mich entscheide, Investitionen zu verschieben, ein Unternehmen zu verkaufen oder zu erwerben oder etwas mit meiner Immobilie zu tun, würdest du mich lassen?«

Sein Zögern bei der Beantwortung ihrer Frage kam ihm teuer zu stehen. Er konnte nicht ja sagen, aber nicht aus dem Grund, den sie erwartet hatte. Wenn Hugo sie benutzte, konnte er sie nichts tun lassen, was dem größten Feind der Liga helfen würde. Es war nicht, weil er wollte, dass sie aufhörte, die Frau zu sein, die er respektierte.

Sie stellte ihren Teller mit Essen ab und griff über den Rand der Decke hinaus, um einen langen Grashalm zu pflücken. Rosalind hob den Halm an ihre Wange und ließ das Grün über ihre Haut gleiten, bevor sie seufzte und zuließ, dass die Brise den Halm von ihrer offenen Handfläche davontrug.

»Genau das dachte ich mir. Als Witwe habe ich die volle Kontrolle über mein Schicksal. Ich bin nicht bloß das Kapital eines Mannes. Ich *existiere* in der Gesellschaft, wenn auch widerwillig. Die Ehe zerstört all das. Ich würde mich verlieren und ein Teil von dir werden. Alles, was ich bin, würde in einem Augenblick verschwinden. Das kannst du natürlich nicht verstehen. Es ist die Torheit der Männer. Ihr glaubt, dass ihr unseren weiblichen Verstand und unsere Herzen versteht, dass wir einfache Kreaturen sind, die sich nach neuen Kleidern sehnen und Bälle besuchen, und dass wir keine Gedanken oder Meinungen oder Wünsche haben, die nicht euren eigenen entsprechen oder mehr bedeuten könnten.« Da lag jetzt eine Härte auf ihrem Gesicht, eine Frustration, die er nur selten bei einer anderen Frau gesehen hatte.

Luciens jüngere Schwester war eine Frau von unglaublicher Intelligenz, konnte aber keine Universität besuchen. Audrey Sheridan war eine der politisch gesinntesten Frauen, die er je getroffen hatte, aber sie verbarg ihre Interessen hinter inhaltslosen Gesprächen über Mode, um Spott zu vermeiden. Sie würde nie eine Stimme im House of Lords haben. Und dann war da noch Rosalind. Sie war die gerissenste und intelligenteste Geschäftsrivalin, der er je gegenübergestanden hatte, und er war mehr als einmal von ihren cleveren Strategien überrumpelt worden. Er erkannte plötzlich, dass Emilys Society of Rebellious Ladies durchaus einen anderen Zweck haben könnte, als nur ihre Ehemänner abzulenken.

Sie blickte in die Ferne, ihre Augen waren voll von jener Traurigkeit, die an seiner Entschlossenheit nagte, sie zu überreden, ihn zu heiraten.

»Ich würde nichts davon aufgeben. Es sei denn, ich wüsste, dass ich geliebt werde und dass ich frei sein würde. Das erste kannst du nicht versprechen, und das zweite kannst du nicht geben.«

Er streckte die Hand aus und nahm eine ihrer Hände, schloss seine Finger um ihre und hob sie für seinen langsamen Kuss an seine Lippen.

»Bedenke aber Folgendes. Ich habe meine Gründe, warum ich dein Geschäft kontrollieren möchte, aber das sind andere Gründe, als du glaubst. Ich würde dir zu gegebener Zeit die Kontrolle zurückgeben.« Es war das Beste, was er enthüllen konnte, ohne ihr von Hugo Waverly zu erzählen. Keiner der Liga hatte jemals die Tiefe ihrer Sorgen preisgegeben, wenn es um Waverly ging. Er war viel zu gefährlich, und je weniger ihre Familien und Freunde involviert waren, desto sicherer waren sie. Zumindest glaubte Ashton das.

»Angenommen, du könntest sogar einen Weg finden, mein Eigentum nach der Heirat rechtlich als mein eigenes zu schützen, wann würdest du mir die Kontrolle zurückgeben?« Bei dem Hauch von Hoffnung in ihren Augen fühlte er sich elend, da er nicht sicher sagen konnte, wann das sein konnte.

»Ich kann keinen genauen Zeitpunkt sagen ...«

Sie riss ihre Hand von seiner los und wandte ihr Gesicht ab. »Weil es keine solche Zeit gibt. Meine Antwort wird immer nein sein. Ich werde dich nicht heiraten. Wir werden unsere Scharade um deiner Mutter willen spielen, und das ist alles.«

Er versuchte, den Stachel dieser Weigerung zu ignorieren, aber er scheiterte.

»Das löst dein Problem nicht, Rosalind. Ich besitze trotzdem dein ganzes Leben – vergiss das nicht«, warnte er sie.

Ihre Augen glitzerten wie scharfe silberne Scherben eines zerbrochenen Spiegels. »Oh, ich habe es nicht vergessen. Ich nehme an, es war töricht von mir, dir zu vertrauen, dass du dich an unsere Vereinbarung halten wirst. Du wirst mir eine Firma zurückgeben, aber jetzt klingt es so, als würdest du den Rest als Geisel halten, wenn ich dich nicht heirate? Verzeih mir, dass ich mit der Situation nicht zufrieden bin.« Sie hielt inne und fügte mit scharfem Blick hinzu: »Wenn nötig, werde ich einen anderen Mann heiraten, und dann kannst du ihn *besitzen*, während ich frei von dir sein werde.«

»Verdammt nochmal, Frau!« Er stürzte sich auf sie, aber sie bewegte sich schnell für eine Frau, die sich eigentlich in ihren Röcken hätte verheddern müssen. Sie war aufgestanden und eilte zurück zu den Kindern auf dem Feld.

»Ashton!« Joannas Stimme unterbrach den Strom wilder Gedanken, die er gerade zu ordnen versuchte.

»Was ist denn?«, rief er verärgert.

»Sei kein Narr.« Joanna stand vor ihm, die Arme verschränkt und mit gerunzelter Stirn.

»Entschuldige.« Er meinte es nur zur Hälfte. Rosalinds Sturheit versetzte ihn in eine schlechte Stimmung.

»Mama hat Recht. Du bist ein erbärmlicher Verführer. Ich beginne mich zu fragen, ob die Gerüchte über dich aus London tatsächlich nur Gerüchte sind.«

Ashton stand auf und blickte seine Schwester mit all dem Ärger an, den er empfand.

»Du solltest so etwas gar nicht hören.« Sie durfte nicht ohne Anstandsdame zu irgendwelchen Ereignissen gehen, und selbst dann nur zu Ereignissen, die er und seine Mutter für angemessen hielten. Gerüchte über seine Verführungen hätten sich an solchen Orten nicht ausbreiten dürfen.

Joanna runzelte die Stirn. »Rosalind hat Recht – du verstehst Frauen nicht und unterschätzt sie eindeutig. Hör auf, ein pompöser Idiot zu sein, und hofiere sie richtig. Ich werde sehen, ob ich sie überzeugen kann, heute Abend zum Ball der Mertons zu gehen.«

Joanna wirbelte ihr Häubchen um einen Finger und ging weg.

Wütend pirschte sich Ashton auf Charles und Jonathan zu, die beide über ihn lachten und nicht einmal versuchten, es zu verbergen.

»Ärger mit deiner lieben Lady?«, fragte Charles.

»Lach doch einfach nochmal, wenn du eine blutige Nase haben möchtest.«

Charles warf seine Hände in Scheinkapitulation hoch. »Empfindlich, was? Jonathan, du schuldest mir ein Pfund. Ich glaube, dass eine gewisse Dame heute Abend nicht am Ball teilnehmen wird.«

Jonathan wühlte in seinen Taschen herum, aber Ashton fing seinen Arm.

»Bezahle noch nicht, Jon. Verdoppele lieber deinen Einsatz. Ich werde dafür sorgen, dass sie heute Abend anwesend ist.« Und dann machte er sich auf die Suche nach seinem Pferd. Er musste einen langen Ausritt machen, um sich abzukühlen. Wenn er heute Abend den höflichen Gentleman spielen sollte, würde es all seinen Fokus und seine Kontrolle erfordern. Oder er würde tun, was er angedroht hatte, und Rosalind ins Bett bringen, weil sie genauso eine Befreiung brauchte wie er.

Sie zu umwerben wird mein Untergang sein.

KAPITEL 12

Mr. Pevensly war stolz darauf, Lady Melbournes Butler zu sein und sich um die Pflichten zu kümmern, die in der Residenz Ihrer Ladyschaft auch während ihrer Abwesenheit anfielen. Mit erhobenem Kopf stieg er die Treppe hinab, weiße Handschuhe rannen über das Geländer. Als er die unterste Stufe erreichte, hob er seine behandschuhten Finger und untersuchte das Geländer auf Staub. Kein Körnchen blieb am Stoff haften. Mit einem zufriedenen Lächeln ging er durch den Rest des Hauses und überprüfte jedes Zimmer. Die letzte Tür, zu der er kam, bevor er sich im Personaltrakt dem Abendessen der Bediensteten anschließen würde, war das Arbeitszimmer Ihrer Ladyschaft.

Pevensly öffnete die Tür und warf einen Blick hinein, in der Annahme, dass alles in Ordnung wäre. Aber bevor er die Tür schloss, wehte eine Brise durch das Zimmer von einem offenen Fenster mit Blick auf den Stall unten. Papiere auf dem Schreibtisch raschelten, und die Vorhänge hoben sich langsam und fielen wieder herab.

Stirnrunzelnd ging Pevensly zum Fenster und schob es zu.

Ein Dienstmädchen musste es offen gelassen haben, zu welchem Zweck auch immer. Er würde mit den Dienstmädchen sprechen und sie daran erinnern, in einem leeren Zimmer keine Fenster offen zu lassen. Dann räumte er die Papiere auf dem Schreibtisch auf und ging.

Inzwischen knurrte sein Magen, und er interessierte sich dafür, was die Köchin zubereitet haben mochte. Es konnte eine Weile dauern, bis Ihre Ladyschaft zurückkehrte, und sie bestand immer darauf, dass das Personal während ihrer Abwesenheit das beste Essen zu sich nahm, damit nichts weggeworfen werden musste. Das war einer von vielen Gründen, warum Pevensly seine Herrin schätzte. Mit einem Klaps auf seinen Bauch ging er zur Tür, die ihn hinunter in die Personalküche führen würde.

❧

ROSALIND FUNKELTE JOANNA AN. »WIE UM ALLES IN DER Welt habe ich mich von Ihnen dazu überreden lassen?«

Ashtons Schwester war fast eine weibliche Version ihres älteren Bruders, mit strahlend blauen Augen, hellblondem Haar und atemberaubenden Gesichtszügen. Im Gegensatz zu Ashton war Joanna jedoch ein Wesen reinster Süße. Sie war immer voller Lächeln, auch wenn sie einen schelmischen Glanz in den Augen hatte.

»Wenn ich mich richtig erinnere, liegt es daran, dass ich Ihnen gesagt habe, wie viele wundervolle Herren heute Abend anwesend sein werden, was Ihnen viele Chancen gibt, Ashton *sehr* eifersüchtig zu machen. Er wird nichts tun können, weil er gezwungen sein wird, sich zu benehmen.« Joanna stupste Rosalind vor einem hohen Spiegel an und grinste.

Rosalind konnte sich ein Lächeln nicht verkneifen. Sie hatte ein hübsches Kleid aus weiß gemusterter Spitze über einem weißen Satinstoff mitgebracht. Ihr Dienstmädchen hatte es eingepackt, weil es sich als Abendkleid genauso gut eignete wie für Bälle, nicht dass sie bei der Vorbereitung auf diese Reise geplant hätte, tanzen zu gehen. Nein, sie hatte über Verführung nachgedacht, und dieses Kleid brachte ihr dunkles Haar zur Geltung und betonte ihre Figur. Die Ärmel waren abwechselnd mit rosa *gros de Naples* und weißer Spitze gepufft.

Sie hatte sich nicht wirklich von Joanna zum Ball überreden lassen – es war Teil ihrer Abmachung mit Ashton, den Schein zu wahren, und sie hatte vor, ihren Teil dazu beizutragen. Sie hatte sich einige Gedanken über ihre Auseinandersetzung auf den Feldern gemacht und hatte das Gefühl, ihm vertrauen zu müssen, dass er ihr ihre Gesellschaften zurückgeben würde, wenn sie ihren Teil dazu beitrug. Aber sein Spiel mitzuspielen, würde bedeuten, das er sein Wort halten musste, und ein Ball könnte dabei helfen.

»Das ist wunderschön«, sagte Joanna seufzend. »Ich liebe es, wenn Kleider Kränze aus Feldblumen am Saum haben. Sie haben einen exquisiten Geschmack.«

Rosalind betrachtete Joannas Kleid. Es war ein ähnliches Kleid aus weißer Spitze mit einem mit Rosenknospenstickerei besetzten Mieder, und die Ärmel waren mit Perlen und mit Glockenblumen und Rosen abgesetzt. Ein schönes Kleid, aber es tat Joannas hellen Haaren und ihrer cremigen Haut nichts Gutes.

»Gut, dass Weiß gerade modern ist. Ich habe viele weiße Kleider.« Joanna zupfte an ihren Röcken und seufzte.

»Aber bei Ihrem hellen Teint sollten Sie andere Farben ausprobieren. Rosa oder dunkelblau«, schlug Rosalind vor.

»Meinen Sie?« Joanna betrachtete sich selbst im Spiegel, als stelle sie sich ein solches Kleid vor.

»Oh, ja. Männer nehmen Farbe viel mehr wahr, als Sie denken. Versuchen Sie etwas Auffälliges – lassen Sie sich nicht vom Klatsch der Matronen belästigen. Ich weiß, dass viele glauben, dass Pastellfarben die einzig geeigneten Farben für eine unverheiratete Lady sind, aber wenn eine Farbe Sie noch blasser macht, erfüllt sie nicht ihren wahren Zweck, nämlich Ihnen bei der Jagd nach einem Ehemann zu helfen.«

Ashtons Schwester lachte. »Es ist albern, aber ich habe noch keinen Mann gefunden, der interessant genug ist, um mich zur Ehe zu verleiten. Aber es gibt immer so viel Druck, eine Verbindung einzugehen.« Joanna wurde wieder ernst. »Jedes Mal, wenn ich während der Saison an Abendessen und Bällen in London teilnehme, beobachte ich, wie meine Freundinnen Ehemänner finden, und jedes Jahr fragen mich die verheirateten Damen, wann ich eine Verbindung eingehen werde. Als gäbe es nichts Wichtigeres. Es macht mich ganz verrückt, zu denken, dass ich nur Atem schöpfe, um als Gefäß für die Geburt von Kindern zu dienen. Ich möchte einen Mann finden, der mich um meiner selbst willen liebt, einen Mann, der ein Partner in meinem Leben ist, jemand, der wild und abenteuerlustig ist und sich nicht um den Schnitt seines Mantels oder den Stil seiner Krawatte kümmert.« Joanna wurde rot, als sie Rosalind ansah. »Es tut mir leid. Das hätte ich nicht sagen sollen.«

Mitleid und Verständnis erfüllten Rosalind, und sie umschloss Joannas Hände mit ihren. »Wir sind einer Meinung, Sie und ich. Glauben Sie bitte nie, dass Sie mir Ihr Herz nicht ausschütten dürfen.« Sie lächelte. »Was Sie brauchen, ist ein Ehemann, der Himmel und Erde für Sie bewegt und Sie dennoch als gleichwertig ansieht.«

Joanna runzelte die Stirn. »Angenommen, ein solcher Mann existiert. Wie soll ich wissen, ob mich ein Mann so sieht?«

Das war eine gute Frage. Männer schienen in der Öffentlichkeit so oft von Frauen als wertvollen Besitztümern zu sprechen. Es war manchmal schwer zu sagen, ob sie sie überhaupt als Menschen betrachteten.

»Wenn ein Mann Ihnen seine Liebe bekennt, sollten Sie sich genau ansehen, wie er über Sie spricht. Und Sie sollten sich fragen - liebt er *mich* oder liebt er das, was ich ihm *bieten kann*? Lassen Sie sich von der Antwort leiten. Nachdem ich gesehen habe, wie die Ehemänner von Lady Essex, Lady Rochester und Lady Sheridan sich gegenüber ihren Frauen verhalten, sehe ich jetzt, dass es möglich ist. Wenn Sie es schaffen, eine solche Verbindung einzugehen, werden Sie dem Gefühl entkommen, gefangen zu sein. Das verspreche ich Ihnen.« Sie drückte Joannas Hände sanft, bevor sie losließ.

»Danke. Ich habe zu viel Angst, mit Mama über solche Dinge zu reden. Nicht, dass sie böse auf mich wäre, aber ich glaube, sie hat das Gefühl, dass sie dazu beiträgt, dass ich keinen Ehemann gefunden habe. Es ist eine Belastung für sie.«

Rosalind nickte. »Das kann ich mir vorstellen, aber Sie dürfen sich davon nicht beirren lassen. Sie müssen glücklich und entspannt aussehen, damit ein Mann interessiert ist.«

Ashtons Schwester strahlte, Hoffnung ließ ihre Augen leuchten und Aufregung errötete ihre Wangen.

Es war schön, Joanna zu helfen und ihr Ratschläge zu geben. Ihre eigene Mutter war gestorben, bevor sie solche Gespräche führen konnten, und es hatte eine endlose Leere in ihr hinterlassen. In jedem in ihrer Familie. Es hatte keine Bälle gegeben, keine Freier, kein Kichern über Kleider oder Diskussionen darüber, wie man am besten einen Ehemann fangen könnte. All die Dinge, die Mütter und Töchter teilten, hatte sie nicht tun können. Statt eines Debüts war sie in einem alternden Schloss gefangen gewesen, hatte jeden bösartigen Schlag ihres Vaters ertragen und sich jede Minute versteckt, wenn ihr das gelang.

»Nun, jetzt ist es zu spät, mein Kleid zu wechseln.« Joanna betrachtete wieder ihr Spiegelbild, ein wenig wehmütig.

»Dann das nächste Mal«, versicherte ihr Rosalind. »Sind Sie bereit?«

Joanna nickte. »Wir nehmen eine Kutsche. Die Männer werden reiten.«

»Gott sei Dank dafür«, murmelte Rosalind. Wenn sie sich eine Kutsche mit Ashton teilen müsste, würde sie ihm wahrscheinlich absichtlich auf den Fuß treten … mehr als einmal. Nicht, dass es viel ausmachen würde. Er würde feste Lederschuhe und sie weiße Satinpantoffeln tragen.

»Hier.« Joanna reichte ihr ein Paar ellbogenlange Abendhandschuhe, bevor sie ihre eigenen anzog. Es war eine Erleichterung gewesen, sich heute Abend nicht in Ashtons Schlafzimmer umziehen zu müssen. Sie war immer noch wütend auf ihn nach dem, was auf dem Feld passiert war, und wenn sie so bald wieder mit ihm allein hätte sein müssen, hätte sie vielleicht etwas gegen seinen sturen, pragmatischen Kopf geworfen.

Als sie die Haupttreppe heruntergingen, wartete Regina auf sie.

»Die Männer sind gerade weg, auch Rafe, obwohl er eigentlich wegen seiner Armverletzung in der Kutsche mitkommen wollte. Ashton bestand darauf, dass er reitet.«

Die Worte der älteren Frau erschreckten Rosalind.

»Mr. Lennox hat sich am Arm verletzt?« Sie hatte Ashtons jüngeren Bruder noch nicht kennengelernt.

»Ja, er ist gestürzt und hat sich schwer an der Schulter verletzt. Wir mussten Dr. Finchley holen, um nach ihm zu sehen. Es hat geblutet, viel mehr, als ich nach einem Sturz erwartet hätte. Ich wäre ohnmächtig geworden, hätte ich es sehen dürfen, aber Rafe ließ niemanden außer dem Arzt herein. Hartnäckiger Junge.«

Rosalind dachte darüber nach, wie sich ein Mann bei

einem Sturz verletzen könnte. Es war möglich, vermutete sie, wenn er auf einem abgebrochenen Ast oder einem spitzen Stein gelandet war. Aber dennoch dachte sie an diese Augen aus jener Nacht zurück, in der sie ausgeraubt worden war. Sein Zögern, als sie ihn Lord Lennox genannt hatte. Was wäre, wenn er eine ganz andere Wunde erlitten hätte ... wie zum Beispiel eine Schussverletzung?

Könnte Rafe der Wegelagerer sein, der sie ausgeraubt hatte?

»Ich fürchte, ich hatte noch nicht das Vergnügen, Ihren Bruder kennenzulernen«, sagte Rosalind. »Wie ist er so?«

Joanna beugte sich dicht zu Rosalind, als Ashtons Mutter vorausging, um zu sehen, ob die Kutsche bereit war. »Rafe ist ... nun, er ist das genaue Gegenteil von Ashton. Rafe schaut nie hin, bevor er springt. Ich wage zu behaupten, dass er nie ohne eine Geliebte ist, und er liebt Glücksspiele. Er sagt immer, im Leben gehe es darum, Risiken einzugehen.«

»Das klingt wie das Gegenteil von Ashton, außer vielleicht für den Teil mit der Geliebten.«

»So ist das eben mit Brüdern. Haben Sie Brüder, Rosalind?«

Rosalind konnte sich ein Lächeln nicht verkneifen, als sie und Joanna in die Kutsche stiegen. »Ich habe drei.«

»Drei? Oh Gott, ich kann es kaum ertragen, zwei zu haben. Wie sind Ihre denn so? Sie benehmen sich sicher besser als meine.«

»Brüder?« Regina musste sich wieder auf das Gespräch konzentrieren.

Normalerweise hätte Rosalind Fremden nicht so viel von ihrer Vergangenheit preisgegeben, aber sie mochte und vertraute Ashtons Mutter und Schwester.

»Brock ist mein ältester Bruder. Dann sind da noch Brodie und Aiden. Sie sind alle älter als ich. Und liebenswert, wenn auch mehr als ein bisschen stur. Ich bin mir nicht ganz sicher, ob auch nur einer von ihnen als Gentleman durchgehen würde.«

Regina kicherte. »Schotten sind eben doch etwas ganz anderes. Sie werden einen in den Wahnsinn treiben, aber sie haben viele unwiderstehlich charmante Eigenschaften.« Regina lachte laut auf, als sie Rosalind ansah. »Ich meine das als Kompliment. Wir haben ein paar Schotten in unserer Familie.«

»Ashton hat das erwähnt. Er kann sogar ein bisschen Gälisch.«

»Ja, dieser Junge liebt Sprachen. Er ear ein ganz ausgezeichneter Schüler, und er und seine Freunde sprechen alle ein halbes Dutzend Sprachen fließend.«

Joanna kicherte. »Eines Abends redeten sie über etwas und wollten nicht, dass ich mithöre, also sprachen sie die nächste halbe Stunde deutsch. Am Ende ihrer Diskussion war ich mehr beeindruckt als verärgert.«

Neid erfüllte Rosalind. Sie wollte mehr Sprachen lernen, hatte aber keine Zeit. Nachdem ihr Mann gestorben war, hatte sie sich in die Führung ihrer Geschäfte verstrickt und hatte wenig Zeit zum Lernen.

»Kennen Sie viele Sprachen, Joanna?«

»Nein. Ich fürchte, ich habe nicht den Kopf dafür. Ich bin viel besser in Mathematik, wie Ashton.«

»Haben Sie viel studiert?«

Joanna nickte. »Ashton hat dafür gesorgt, dass sowohl Thomasina als auch ich so gut ausgebildet sind wie jeder andere.«

»Thomasina?« Den Namen hatte sie noch nie gehört.

Regina strotzte vor Stolz. »Meine Älteste. Sie ist verheiratet und lebt mit ihrem Mann und zwei Kindern in London.«

Der Rest der Kutschfahrt verging mit Geschichten von Rosalind und Joanna über Ashtons Kindheit. Anscheinend war er nicht immer ein kühler, berechnender Mann gewesen. Er war einst ein richtiger Halunke gewesen.

Rosalind nahm an, dass beide Damen ihr Bestes taten, um Ashton in einem günstigen Licht zu zeigen, da sie glaubten, sie und Ashton würden einander umwerben, aber die Geschichten wurden mit einem Lächeln und echter Wärme erzählt. Einst war er ein süßer, unruhiger Junge mit Fröschen in der Tasche und einem Talent für Streiche gewesen. Sie konnte nicht anders, als sich zu fragen, was seither passiert war, um ihn zu verändern.

»Ah, da sind wir ja«, verkündete Regina, als die Kutsche vor einem vom Mondlicht beschienenen Prachthaus zum Stehen kam. Lampen erhellten die Fenster, und die große Eingangstür aus Eichenholz stand offen, als die Stallknechte die Wagen übernahmen und ein Butler herauskam, um ihre Schals abzuholen. Der Klang von Musik und Gelächter, das aus dem Haus herausdrang, hob Rosalinds Stimmung. Sie war in den letzten Jahren auf so wenigen Bällen gewesen.

Ein Diener hielt ihr die Hand hin, und sie hob ihre Röcke, bevor sie ihre Hand in seine legte. Dies war ihr erster Ball auf dem Land, ein privater, aber da sie eine formelle Einladung von den Mertons erhalten hatte, fühlte sie sich wohl damit, daran teilzunehmen. Selbst sie wusste, dass man ohne Einladung nicht an einem privaten Landball teilnehmen konnte.

»Willkommen!« Ein Mann mittleren Alters mit ergrauten Schläfen in einem feinen blauen Mantel stand gleich hinter der Tür und begrüßte die Gäste.

Regina kümmerte sich um die Vorstellung. »Mr. Merton! Vielen Dank für die Einladung meiner Familie und meiner Gäste. Ich möchte Ihnen Lady Melbourne vorstellen.«

Merton verbeugte sich. »Bezaubert, einfach bezaubert, Sie hier zu haben, Lady Melbourne. Bitte treten Sie ein. Wir lassen soeben Herren die Tanzkarten der Damen unterschreiben.« Er reichte ihr eine kleine Karte an einer Schnur, die sie um ihr Handgelenk schlang. Die Verwendung von Tanzkarten bedeutete, dass eine Reihe von Personen anwesend sein musste.

»Was für ein Schwarm das sein wird! Kommen Sie mit mir.« Joanna schob ihren Arm in Rosalinds Ellbogen, und sie gingen hinein in den Salon, in dem all die Fröhlichkeit stattfand.

Der Ballsaal war voller Leute, die lachten und sich entzückt unterhielten. Es war ungezwungener als die Bälle, die sie in London besucht hatte. Es war klar, dass dies ein Anlass war, der unter Freunden gefeiert wurde, kein Ort für politische oder geschäftliche Allianzen und klatschende Matronen mit gesellschaftlichen Zielen.

Gegen ihren eigenen Willen versuchte Rosalind, Ashton in der Menschenmenge zu finden.

Mr. Merton folgte ihnen in den Ballsaal. »Ich werde heute Abend der Zeremonienmeister sein. Lassen Sie sich von mir durch den Raum führen und die notwendigen Vorstellungen machen. Dann können Sie Tanzeinladungen annehmen.«

Rosalind lernte eine Reihe höflicher und charmanter Jung-gesellen kennen, die ihr bis auf einen fremd waren. Und seine Anwesenheit war eine ziemliche Überraschung.

»Lady Melbourne! Das ist großartig! Wie froh ich doch bin, Sie wiederzusehen.« Der Earl of Pembroke küsste ihre Hand. »Wie geht es Ihnen?« Er nickte diskret in Richtung Ashton, der dicht an der gegenüberliegenden Wand stand und mit verschränkten Armen finster dreinblickte. Jonathan und Charles unterhielten sich neben ihm, aber Ashton starrte sie an und ignorierte seine Freunde.

Also hatte er sich an der Wand versteckt. Der Baron war ein Mauerblümchen? Bei dem Gedanken hätte sie fast gelacht.

»Es war nicht einfach«, gab Rosalind zu. »In diesem

Moment kontrolliert er alles, Mylord. Ich bin mir nicht sicher, wie ich ihm entkommen kann.«

Lord Pembroke warf Ashton einen wütenden Blick zu. »Was verlangt er? Vielleicht könnte ich Ihre Schulden aufkaufen und ...«

»Nein, danke, Mylord. Ich muss alleine mit ihm fertig werden. Er beabsichtigt, mich zu heiraten, und nichts wird ihn davon abbringen.«

»Lennox möchte Sie *heiraten*?« Pembrokes Schock war ein wenig beunruhigend. Sicherlich konnte sie keine so schlechte Partie sein, den Mann zu schockieren.

»Also, ich weiß, dass ich als Witwe nicht gerade die ideale Verbindung biete, aber ...«

Pembroke hob eine Hand. »Sie missverstehen meine Überraschung, Lady Melbourne. Lennox war schon immer so söldnerisch in seinem Interesse am schöneren Geschlecht. Ich kann mir einfach keine romantische Seite an ihm vorstellen. Andererseits sind Sie eine verlockende Partie.« Pembrokes Lächeln war warm und aufrichtig.

Rosalind stupste ihn mit ihrem Fächer an. »Sie dürfen mich nicht necken, Mylord.« Es war so leicht zu verstehen, warum Emily Parr diesen Mann mochte und ihm vertraute. Er war ein wahrer Gentleman.

»Ich würde Sie heiraten, Lady Melbourne, wenn Sie es wünschen. Ich bin ein loyaler Mann, und mir wurde gesagt, dass ich ein guter Liebhaber bin.« Er zwinkerte schelmisch. »Ich muss gestehen, ich bin ziemlich fasziniert von Ihnen.«

Zwei Heiratsangebote in weniger als zwei Tagen? Sie musste ihre Überraschung über Pembrokes unerwartetes Angebot verbergen. Es war unglaublich ritterlich von ihm.

»Nein, das ist nicht nötig, Mylord, obwohl ich mich durch Ihr Angebot geehrt fühle.«

»Ich meine es ernst, Lady Melbourne. Ich würde mich *glücklich* schätzen, Sie zu heiraten.«

»Ich verstehe, warum Lady Essex Ihre Freundschaft schätzt, Mylord.«

Pembroke seufzte und nahm die subtile Zurückweisung hin, so gut er konnte. »Ich gebe zu, dass ich enttäuscht bin, aber ich sehe, dass Sie entschlossen sind, diesen Kampf allein zu führen. Sehr gut. Darf ich jedoch einen Plan vorschlagen, der Lennox eifersüchtig machen würde?«

Rosalind strahlte ihn an. »Was für eine wunderbare Idee. Er ist viel zu besitzergreifend, und ich möchte ihn gerne daran erinnern, dass ich eine freie Frau bin.«

»Dann erlauben Sie mir, Ihre Tanzkarte zu unterschreiben.« Er betrachtete ihren Arm und schrieb dann seinen Namen neben die ersten beiden Tänze auf ihrer Karte. »Ich würde nicht zu viel Skandal verursachen wollen, indem ich mehr als zwei nehme, aber mehr als einer wird Lord Lennox mit Sicherheit auffallen.«

»Danke, Mylord.«

Mit einem Lächeln küsste Pembroke ihre Hand noch einmal. Dann sah Rosalind zu, wie er zu einer anderen jungen Dame überging.

Ein groß gewachsener, blondhaariger, blauäugiger Mann kam auf sie zu. Er war Ashton so ähnlich, dass er sie zuerst erschreckte.

»Sie sind also die neueste Geliebte meines Bruders.« Seine Lippen zuckten, als er ihre Hand nahm und ihre behandschuhten Fingerspitzen küsste. Sie bemerkte, dass er seine linke Hand benutzte, nicht seine rechte.

»Und Sie dürften Mr. Lennox sein, Ashtons eigensinniger Bruder.«

Er kicherte. »Eigensinnig? Fahren Sie fort, Lady Melbourne, ich möchte mich auf Ihre scharfe Zunge vorbereiten. Ich wurde von Lonsdale gewarnt, sehen Sie.«

Rosalind schnaubte. »Meine Zunge ist nicht so scharf. Der Earl übertreibt, weil er Ärger genießt.«

»Und *machen Sie* Ärger, Lady Melbourne?«

Rosalind starrte ihm tief in die Augen. »Nicht so viel wie Sie, vermute ich.« Und dann ließ sie ihn ihre Tanzkarte unterschreiben. So würde sie am sichersten feststellen können, ob Rafe tatsächlich der Wegelagerer war, den sie im Sturm angeschossen hatte. Wenn ja, würde sie ihr Geld zurückverlangen, und sie wollte sicherstellen, dass er nie wieder eine solche Kutsche anhielt.

Ihre Karte war fast voll, als die Feierlichkeiten begannen. Sie spähte von hinter einer Reihe von Paaren, die tanzen wollten, zu Ashton hinüber und sah, dass er sich nicht von seinem Platz an der Wand wegbewegt hatte. Oh, er starrte sie immer noch an.

»Bereit?« Pembroke kehrte zu ihr zurück und forderte sie zum ersten Tanz auf, und sie schlossen sich den anderen an. »Ich verspreche Ihnen, dass Sie einen ausgezeichneten Partner haben werden.« Dann beugte er sich vor, um zu flüstern: »Ich trete *selten* auf Zehen.«

Rosalind nahm ihre Position ihm gegenüber ein, als der Tanz begann. Er war sicherlich ein wunderbarer Gentleman, aber jedes Mal, wenn der Tanz sie zu der Wand drehte, an der Ashton stand, war sie für einen Moment in der Intensität seines Blicks verloren. Dieser Blick zog sie an, versprach dunkle, köstliche Dinge. Wenn sie nur den Mann ins Bett bringen und hinterher weggehen könnte, wie es viele andere Witwen zu tun schienen, aber er war heiratsgesinnt und darauf bedacht, ihr Leben zu kontrollieren.

»Er sieht sehr aufgebracht aus, Ihr unartiger Unterdrücker.« Pembroke kicherte, als der Tanz zu Ende war, und sie klatschten für die Musiker, die die lebhafte Melodie beendeten.

»Ja, das tut er«, antwortete Rosalind, erfreut über Ashtons offensichtliches Missfallen.

»Der nächste ist ein Walzer.« Pembroke strich sein

dunkles Haar aus seinen braunen Augen, bevor er sie näher zu sich zog. »Sollen wir ihn wütend machen?«

Rosalind legte ihre Hand in seine und lächelte, als er einen Arm um ihre Taille schlang und sie zu nah an sich hielt, um noch angemessen zu sein. Aber angesichts von Pembrokes Motiven ließ sie es zu. Sie grinste frech.

»Machen wir ihn *sehr* wütend.«

KAPITEL 13

L ord Pembroke stand zu seinem Wort. Als der Walzer zu Ende war und Pembroke sich bei jeder Drehung so nah wie möglich an Rosalind drückte, hatte Ashton sich von seiner Wand abgedrängt und stapfte mit leuchtenden Augen auf sie zu. Aber bevor er mit ihr sprechen konnte, schlüpfte Rafe zwischen sie.

»Entschuldigung, Bruder, aber ich bin der Nächste.« Rafe warf seinem Bruder ein wölfisches Lächeln zu.

Ashton versuchte, Rosalinds andere Hand zu nehmen, um sie wegzuziehen. »Du solltest nach deinem Sturz doch sicher nicht tanzen.«

»Unsinn«, antwortete Rafe. »Ich habe mich zu lange ausgeruht. Etwas Aktivität wird mir gut tun.«

Rosalind biss sich auf die Lippe, um ein selbstgefälliges Lächeln zu verbergen, als sie an Ashton vorbeiging und Rafe auf die Tanzfläche folgte. »Es tut mir leid, dass Sie nicht das bekommen, was Sie sich wünschen, Lord Lennox.«

Ashton ballte sichtlich die Fäuste.

Rafe warf seinem Bruder kichernd einen Blick zu. »Also, Lady Melbourne, sagen Sie mir, werden Sie meinen Bruder heiraten? Im Haus wird geschwatzt, dass Sie es tun werden, was für mich wenig Sinn macht. Ich habe eine Spannung zwischen euch beiden bemerkt, die ganz und gar nicht mit Blumensträußen oder Küssen im Dunkeln zu tun hat.«

Es hatte wenig Sinn, die Wahrheit zu verbergen. Tatsächlich könnte Rafe angesichts seiner und Ashtons gegensätzlichen Naturen die Art von Mann sein, der es genoss, seinem Bruder zu trotzen und ihr Ratschläge zu geben, wie man ihm entkommen könnte. Sie hatte die Hoffnung noch nicht aufgegeben, dass es einen Weg geben könnte, ihr Leben zurückzugewinnen, ohne auf Teufelshandel und Verführung zurückzugreifen.

»Er hat mich in den finanziellen Ruin gebracht, um mich zur Heirat zu zwingen.«

Rafes Augen weiteten sich. »Verdammt noch mal – das ist selbst für meinen Bruder ziemlich heftig.«

»Ja, gut, Sie wissen genauso gut wie ich, was für ein Mann er ist. Ich habe zugestimmt, ihn zu heiraten, aber in Wahrheit würde ich gerne einen Weg finden, mein Eigentum zu sichern und ich selbst zu bleiben.«

Sie wirbelten im Tanz um ein weiteres Paar herum und mussten sich kurz trennen, bevor sie wieder zusammenkommen konnten.

»Lady Melbourne, würden Sie meinen Rat annehmen, wenn ich ihn anbiete?«

»Ich würde darüber nachdenken, wenn Ihre Absichten ehrenhaft sind.«

»Lady Melbourne, Sie treffen mit einer solchen Bemerkung mitten in mein Herz. Natürlich sind meine Absichten ehrenhaft. Ich mag es nicht, wenn mein Bruder jemanden dazu drängt, etwas zu tun, dem derjenige nicht freiwillig zustimmt, und ich gebe frei zu, dass ich es lieben würde, ihn für seine Intrigen bestraft zu sehen.«

Er schien ehrlich genug mit dieser Antwort zu sein. »Nun

denn. Wie lautet Ihr Ratschlag?« Sie musste noch einmal einen Moment warten, als sie zurücktraten, um zwei Paare zwischen sich hindurchtanzen zu lassen.

Rafe grinste verschwörerisch, als sie wieder zusammenkamen. »Sind Sie gut in Geschicklichkeitsspielen wie Karten oder vielleicht Schach?«

»Ich bin schrecklich im Kartenspiel, aber ziemlich gut im Schach.« Allein mit ihren Brüdern in einem Schloss zu leben hatte bedeutet, dass sie dieses Spiel sehr gut gelernt hatte.

Der Tanz endete, und Rafe hakte sie unter, um sie von der Tanzfläche zu einer Nische zu führen, in die er sich vorbeugte, um mit ihr zu sprechen.

»Dann schlage ich folgendes vor: Wetten Sie mit ihm um Ihre eheliche und finanzielle Freiheit. Mein Bruder ist hat keine Ahnung von Schach. Er versteht nur die Grundlagen und keine Finessen. Sie könnten ihn schlagen, wenn Sie es zur Ehrensache machen.«

Sicherlich würde Ashton ihr einen so einfachen Ausweg nicht erlauben. Er hatte versprochen, ihr Eigentum zum gegebenen Zeitpunkt zurückzugeben, aber andererseits hatte er auch damit gedroht, es zu behalten, wenn sie nicht gewillt wäre, ihn zu heiraten. Und sie befürchtete, dass die Drohung stärker werden würde, je länger sie sich weigerte. Vielleicht würde es so etwas zu einer Ehrensache machen, die er nicht ignorieren konnte.

»Ich glaube nicht, dass er ...«

»Spielen Sie mit seiner Eitelkeit. Fordern Sie ihn zu einem Geschicklichkeitsspiel heraus, bei dem Sie auf Augenhöhe starten.« Rafe sah sich um. »Verdammt, er kommt hierher und sieht aus, als würde er mich erdrosseln wollen.«

Tatsächlich kam Ashton auf sie zu. Oberflächlich betrachtet wirkte er so ruhig wie immer, aber die Art, wie er sich an denen vorbeidrängte, die ihm im Weg standen, ließ Rosalind verstehen, warum sein Bruder besorgt klang.

»Rafe, warum holst du Lady Melbourne nicht ein Glas Arrackpunsch?«, schlug Ashton vor, mit einer Schärfe, die Knochen durchtrennen konnte.

»Selbstverständlich.« Rafe zwinkerte Rosalind zu und ging zu den Erfrischungstischen.

Ashton packte Rosalinds Handgelenk und zog die kleine Karte in sein Blickfeld, damit er sie inspizieren konnte. »Ich nehme an, du hast keine Tänze mehr frei?«

»Der letzte Tanz«, sagte sie, beobachtete ihn und versuchte, nicht zu lächeln, während er weiterhin die Namen anstarrte. Vielleicht glaubte er, dass er seine Selbstbeherrschung beibehielt, aber wenn dem so wäre, würde er sich selbst belügen. Er benutzte einen schmalen Bleistift, um seinen Namen zu schreiben, und ließ sie dann los.

»Gut. Dann gehörst du mir für den letzten Tanz.« Er klang viel zu selbstgefällig.

»Ihr solltet vor mir mit jemand anderem tanzen, Mylord. Es ist unangemessen, nur mit einer Dame zu tanzen. Die Leute werden reden.«

Seine blauen Augen funkelten, als er sich zu ihr beugte. »Sieht es so aus, als ob es mich interessiert?«

Rosalind versuchte, sich zurückzuziehen, aber nicht, weil sie sich von ihm überwältigt fühlte. Mehrere Paare schauten jetzt zu ihnen herüber, und sie wünschte nicht, dass Mr. Mertons Ball zu einem Schauplatz von Skandalen und Klatsch degradiert wurde.

»Mylord, bitte treten Sie zurück. Die Leute starren.«

Er langte nach oben und strich eine widerspenstige Locke ihres Haares aus ihrem Nacken. »Lass sie.« Die Berührung schickte ein heißes Kribbeln durch sie. Es war quälend süß und sinnlich, als seine Finger einen Moment zu lange an ihrem Hals verweilten.

Fühlte es sich so an? Als Frau geliebt und geschätzt zu werden? Sie wusste, dass Ashton sie nicht liebte, dass seine

Annäherungsversuche immer auf das Praktische und Vorteilhafte ausgerichtet waren, aber in dieser Berührung lag Zuneigung. Ein Teil dieses skrupellosen Barons sorgte sich um sie. Es hätte ihr egal sein sollen, aber so war es nicht. Sie wollte, dass sie jemandem nicht egal sein würde, selbst wenn es ihr geschäftlicher Rivale sein musste.

»Ich freue mich auf unseren Tanz.« Er ließ seine Hand von ihrem Hals sinken und ging weg.

»Oh Himmel«, murmelte sie und fächelte sich Luft zu.

Der letzte Tanz sollte ein Walzer sein. Etwas so Intimes war keine gute Idee. Nicht, dass sie die Kontrolle darüber gehabt hätte, was das Orchester spielte. Vielleicht war das Schicksal ausnahmsweise einmal auf ihrer Seite.

⁂

DIESE NACHT WAR DIE HÖLLE FÜR ASHTONS Selbstbeherrschung.

Rosalind zu beobachten, *seine* Rosalind, wie sie auf der Tanzfläche von einem Mann zum nächsten weitergereicht wurde ... Es brachte ihn um. Jedes Mal, wenn jemand ihre Hand berührte oder sie zum Lächeln brachte, zuckte er zusammen.

»Zwei weitere Tänze. Das ist alles, was ich ertragen muss.« Er zwang seine Aufmerksamkeit auf den Rest des Raumes. Seine Mutter lachte, mit den anderen verheirateten Damen in einer Ecke sitzend. Ein Dutzend oder mehr Straußenfedern hüpften, während die Damen ihre Köpfe senkten, um zu klatschen. Es war das Element seiner Mutter: die gesellschaftliche Szene.

Sie war die Tochter eines Earls, einer mit einem riesigen Vermögen, und hatte seinen Vater aus törichten Vorstellungen von Liebe geheiratet, obwohl sie eine Auswahl geeigneter Junggesellen zur Verfügung gehabt hatte. Der Niedergang seines Vaters hatte seine Mutter verletzt, weil sie mit dringehangen hatte. Erst in den letzten Jahren war sie wieder in die Gesellschaft eingetreten.

Natürlich hatte er dazu beigetragen, das zu arrangieren, indem er das Vermögen, das er für ihre Familie aufgebaut hatte, verwendet hatte, um sich mit Reichtum und Einfluss wieder Zugang zu den richtigen Stellen zu erkaufen. Nicht, dass seine Mutter eine Ahnung davon hatte, was er unternommen hatte, um ihr Glück und Joannas Zukunft zu sichern. Nein, sie hielt ihn für einen herzlosen Bastard, nicht besser als sein Vater.

Aber er hatte sich immer um seine Familie gekümmert, sowohl für Rafes als auch für Joannas Ausbildung gesorgt und dafür gesorgt, dass seine Familie jeden Komfort hatte, den sie brauchten.

Als sich die Liga an der Universität gebildet hatte, war sie nach einer Tragödie geschmiedet worden. Aber sie hatten dadurch auch unzerbrechliche Freundschaftsbänder geknüpft. Diese Verbindungen hatten ihn vor sich selbst gerettet. Er war nicht in der Lage gewesen, diesen Teil von ihm loszulassen, der von Geld und Macht besessen war und versuchte, den Reichtum und den Status seiner Familie nach dem Ruin seines Vaters wieder aufzubauen. Aber die Liga hatte ihn daran erinnert, dass es im Leben um mehr ging als um diese Dinge. Es ging um Freundschaft und Loyalität.

Liebe war kein Teil seiner Gleichung, aber es änderte nichts an den Sehnsüchten, die ihm im Herzen schmerzten, wann immer er seine drei verheirateten Freunde mit ihren Frauen beobachtete.

»Du stehst in meiner Schuld, lieber Bruder«, verkündete Rafe und stellte sich neben ihn. Er zog einen schmalen Flachmann aus seinem Mantel und nahm einen schnellen Schluck.

»Und welche Schuld wäre das?«, fragte Ashton und nickte dem Drink zu.

Rafe klopfte auf die Flasche. »Mut in einer Flasche. Du solltest mal kosten.« Er drückte den Flachmann Ashton in die Hände.

Aus dem Augenwinkel beobachtete er, wie Rosalind mit einem anderen Mann tanzte und über etwas lachte, was ihr Partner sagte. Das Blut brannte unter seiner Haut, und er hob die Flasche an die Lippen, würgte aber dann. Es schmeckte wie saurer Brandy.

»Was zum Teufel ist da drin?« Er wischte sich mit der behandschuhten Hand den Mund ab.

»Das ist nicht wichtig. Du wirst es mir danken, wenn ich dir erzähle, wie ich dir gerade deine zukünftige Frau gesichert habe.«

Ashton trank einen großen Schluck von dem schrecklichen Gesöff, bevor er es Rafe zurückgab. »Wovon redest du denn jetzt schon wieder?«

»Als ich mit dieser reizenden schottischen Lady tanzte, habe ich sie davon überzeugt, dass sie sich aus Ihren berüchtigten Fängen befreien kann.«

Er packte Rafe und zwang ihn gegen die Wand. »Was?«

Rafe murmelte einen Fluch, und die Farbe verschwand aus seinem Gesicht.

»Was ist los? Ich habe dich nicht so hart geschubst.«

»Pass doch auf, Bruder. Es ist meine Schulter.«

Ashton drückte seinem Bruder eine Hand gegen die Schulter. »Ah ja, deine Verletzung. Eine Wunde von deinem Sturz oder eine *Kugel* vielleicht?«

»Was?«

»Rosalind wurde auf dem Weg nach Lennox House von einem Wegelagerer ausgeraubt. Sie dachte zuerst, dieser Mann sei ich. Gesteh mir jetzt die Wahrheit, und ich werde ein anderes Mal entscheiden, wie ich mit deiner Dummheit umgehe.«

»Ich ...« Ash drückte fester auf die Schulter, als sein

Bruder zu lange zögerte. Rafe warf Rosalind einen giftigen Blick zu. »Es war auch eine verdammt guter Schuss, durch die Dunkelheit und den Regen. Ich weiß nicht, wie sie es geschafft hat, mich zu treffen.«

Ashton stöhnte. Sein blöder Bruder spielte wirklich die Rolle eines Wegelagerers? Was kam als nächstes? Würde die besonnene Joanna mit einem Fremden nach Gretna Green fliehen?

»Willst du am *Galgen* landen, du Narr?«

Bei der plötzlichen Stille um sie herum schaute Rafe sich um. Zu Ashtons Bestürzung hatten einige Leute mit ihren Gesprächen aufgehört und sich umgedreht, um sie anzustarren. Er hatte das Gefühl verloren, wenn er sich inmitten dieses Streits befand.

»Wir werden das morgen besprechen. Was hast du gerade über Rosalind gesagt?«

Rafes Lächeln war kalt. »Wenn sie dich heute Abend auffordert, Schach zu spielen, würde ich an deiner Stelle darauf eingehen. Lüg darüber, wie kompetent du bist.«

»Ich kann dir nicht folgen.«

»Muss ich alles erklären? Du wirst es rausfinden.« Rafe stieß sich von der Wand ab und stolzierte in die Menge.

»Was sollte das denn gerade?« Jonathan kam zu ihm herüber, das Gesicht gerötet.

»Nichts. Rafe ist wie immer irritierend. Du hast getanzt?«

Ein Hauch von Schuldbewusstsein ging über die Gesichtszüge des jungen Mannes hinweg. »Es ist mein erster richtiger Ball als Gast und nicht als Begleitperson. Ich stelle fest, dass mir das gut gefällt.«

Ashton fühlte sich wie ein egoistischer Narr. Die letzten Monate waren dank Hugo ein scheinbar endloser Wirbelwind gefährlicher Bedrohungen gewesen, und mittendrin hatte Jonathan als neu anerkanntes Mitglied des *Ton* erst jetzt im Alter von fünfundzwanzig Jahren seinen ersten Ball besucht.

Er hätte dem jungen Mann mit Ratschlägen zur Seite stehen sollen – der Herr helfe ihm, wenn er stattdessen Charles gefragt hätte –, aber er schien auch allein gut zurechtzukommen.

»Ist es das Tanzen oder die Damen, die dir eher gefallen?«, fragte Ashton.

»Das Tanzen«, antwortete Jonathan, ohne zu zögern. Sein Blick verengte sich. »Wieso?«

Ashton winkte mit der Hand ab, um Jonathans misstrauischen Blick abzutun. »Du musst Audrey nicht heiraten, weißt du. Nur weil sie sich für dich interessiert, bedeutet das nicht, dass du es zurückgeben musst. Sie interessiert sich für viele Dinge und geht dann genauso schnell zu etwas anderem über. Ich wollte sicherstellen, dass es dir jemand sagt. Keines der anderen Ligamitglieder würde auf die Idee kommen, es dir zu sagen, weil sie davon ausgehen müssten, dass dir das ohnehin klar ist. Aber du hast das Recht, deine Frau zu wählen.«

Jonathan schwieg lange, sein Fokus lag auf den Paaren, die über die Tanzfläche wirbelten. In seinen Gesichtszügen lag ein Hauch von Verärgerung.

»Ich bin kein grüner Junge. Ich hatte meinen Anteil an Liebhaberinnen. Aber in den letzten Monaten, wann immer ich die Gelegenheit hatte, eine Frau ins Bett zu bringen, habe ich den Moment verstreichen lassen, weil keine von ihnen *sie* ist. Ich weiß nicht, ob es nur Lust und Faszination oder ein seltsamer unausweichlicher Sog ist, aber im Moment kann ich mir keine andere als Audrey an meiner Seite vorstellen. Sie ist jung, und sie ist so ...«

Ashton kicherte. »Ich bin mir sicher, dass es in der englischen Sprache nicht genug Adjektive gibt, um das Mädchen zu beschreiben.«

»Nein, die gibt es nicht.«

»Pass nur auf dich auf. Wenn es ein Herz gibt, das am

Ende gebrochen wird, ist es in diesem Fall nämlich vielleicht nicht ihres.«

Jonathan fuhr mit einer Hand durch sein sandfarbenes Haar, als die Musik leiser wurde und die Musiker sich schon darauf einstellen, das nächste Stück anzuspielen. Er drehte sich zu Ashton um. »Letzter Tanz. Wirst du endlich die Frau, die du haben willst, im Walzer drehen?« Er nickte Rosalind zu, die sich Luft zufächerte.

Sie sah einfach nur strahlend aus. Tanzen passte zu ihr. Wenn es eine Sache gab, die Ashton genau wusste, dann war es, dass Frauen, die gern tanzten, auch der Liebe zugetan waren. Rosalind knickste vor ihrem Partner und hob dann ihre Tanzkarte, immer noch lächelnd.

Er wartete und beobachtete ihr Gesicht, als sie erkannte, dass nur noch ein Tanz übrig war. Ein Name übrig. Ihr Gesicht rötete sich und sie sah sich um, dann fand sie ihn und erstarrte. Ihre Brüste hoben und senkten sich leicht unter ihren Atemzügen, aber alles andere an ihr war still. Er näherte sich ihr.

»Rosalind.«

Er streckte seine Hand aus und verlor sich im Blick ihrer silberfarbenen Augen. So schöne Augen, so voller Emotionen. Nicht die leeren, süßen Augen einer jungen Frau, die nie gelebt hatte, sondern die Augen einer, die für alles gekämpft hatte, was sie besaß.

Eine Mitstreiterin.

Als sie ihre Hand in seine legte, geschah es mit Vorfreude. Er führte sie zurück auf die Tanzfläche, als die Musiker zum Walzer aufspielten. Wenn er tanzen sollte, bevorzugte er einen langsamen, gemessenen, einen, der dazu geschaffen war, eine Frau zu verführen. Er war nicht in der Stimmung, wie ein dummer Narr herumzuhüpfen.

Ashton legte eine Hand um ihre Taille. »Ich habe dich beobachtet. Du bist eine ausgezeichnete Tänzerin.«

»Aber du hast noch nicht mit mir getanzt.« Rosalinds Lippen formten sich zu einem Lächeln. »Was ist, wenn ich auf deine Zehen trete?«

»Das wirst du nicht«, versicherte er ihr. »Weil ich noch besser tanze.«

»Sind wir ein bisschen überheblich?«

»Keineswegs. Es ist nur eine Tatsache.« Er zog sie ein wenig näher an sich heran, und sie begannen.

Zum ersten Mal in seinem Leben war er fasziniert von einem einfachen Walzer mit einer schönen Partnerin. Er hatte nicht mit seinen Tanzkünsten geprahlt. Tanz war Mathematik und Bewegung miteinander kombiniert. Es war etwas, das studiert und perfektioniert werden konnte. Es war eine Kunst, aber eine, die er mit der Präzision eines Akademikers ausführen konnte.

Aber dies war anders. Rosalind bewegte sich mit ihm, als hätten sie jahrelang zusammen getanzt. Sie machte die Schritte mühelos und folgte seiner Führung ohne Drängen. Das Licht des Kronleuchters beschien ihre Alabasterhaut und brachte sie zum Leuchten.

Zu verdammt schön.

»Haben Sie den Ball genossen, Mylord?«, fragte sie. Der Klang ihrer Stimme war leicht, aber ihre Lippen waren ein dünner Grat, während sie auf seine Antwort wartete.

»Es war einigermaßen gut auszuhalten.« *Abgesehen davon, dass du mit jedem Mann außer mir getanzt hast.*

»Mylord, ich ...« Sie hielt kurz inne, und er sah, wie sie ihr Kinn hob und ihre Schultern zurücknahm.

»Was ist los? Sag es einfach. Ich kann den Gedanken nicht ausstehen, dass ich dich so erschrecke, dass du aus Angst schweigst.«

Ein Feuer entzündete sich in ihren Augen. »Ich habe keine Angst vor dir.«

»Was ist denn los?«

»Wir müssen diese ... Angelegenheit zwischen uns beiden klären. Bloße Diskussionen haben nirgendwohin geführt, und ich werde ungeduldig. Was wäre, wenn wir stattdessen eine Wette abschließen würden? Ein Sieg wäre definitiv. Wir könnten natürlich einen verbindlichen Vertrag abschließen, um es fair zu halten.«

»Eine Wette, ob du mich heiraten wirst?« Aus irgendeinem Grund schlug sein Herz so stark gegen seine Rippen, dass ihm der Atem stockte. War das Rafes Idee gewesen? Konnte er Rosalinds Einlenken so leicht gewinnen?

»Ja. Wir beide würden durch unser gegenseitiges Ehrgefühl an unser Wort gebunden sein. Wenn ich verliere, heirate ich dich. Wenn ich gewinne, gibst du mir mein Eigentum wie versprochen bis Ende der Woche zurück, verkaufst meine Schulden an Parteien meiner Wahl und erlaubst mir, nach London zurückzukehren.«

Es hätte nicht klarer sein können, es sei denn, sie hätte gesagt: *Und dann bin ich frei von dir.*«

»Es würde nicht meinen Absichten entsprechen, wenn ich dem ohne weiteres zustimmen würde.« Er hielt den Atem an, als der Walzer zu Ende war, aber er ließ sie nicht los.

»Bitte«, bettelte Rosalind. »Wir können einen Zeugen für unsere Vereinbarung dazunehmen.«

Er täuschte Resignation vor und blickte zur Decke hinauf. »Sehr gut, aber wir brauchen jemanden, der nicht parteiisch ist, um das Spiel zu wählen.«

Sie biss sich auf die Lippe und schüttelte den Kopf. »Ich hatte denselben Gedanken. Was ist mit deinem Bruder?« Sie nickte Rafe zu, der gelangweilt die Menge überschaute. Als er bemerkte, dass sie ihn beobachteten, winkte Ashton ihm zu.

»Was ist los?«, wollte Rafe wissen.

»Rosalind und ich beabsichtigen, eine freundschaftliche Wette abzuschließen, und wir brauchen jemanden, der nicht parteiisch ist und das Spiel auswählt, das wir spielen. Wähle etwas Faires, ein Geschicklichkeitsspiel.«

»Was ist mit Schach?«, schlug Rafe vor. »Du bist nicht besonders gut darin, noch bist du allzu schlecht.«

Rosalinds Herz machte einen Sprung. Rafe half ihr noch mehr, als sie hatte hoffen dürfen. Sie musste daran denken, so zu tun, als wäre sie beim Schachspiel nur passabel.

»Ich denke, das könnten wir spielen. Ich halte mich für eine recht gute Spielerin.« Sie konzentrierte sich darauf, nicht herumzuzappeln.

Ashton starrte sie fest an. »Nun denn. Schach soll es sein. Aber wir werden besprechen, wie wir die Chancen ausgleichen können, wenn wir beide nach Hause zurückkehren.«

»Aber ...«

Ashton presste einen Finger auf ihre Lippen. »Du willst ganz sicher nicht, dass ich hier nähere Einzelheiten erkläre. Wir laufen Gefahr, belauscht zu werden.« Er nickte diskret einem Trio junger Damen zu, die sie eifrig beobachteten, aber versuchten, so auszusehen, als würden sie hinter ihren Fächern ein Gespräch führen.

»Ja, natürlich«, murmelte Rosalind und versuchte, sich von ihm zu lösen.

Er ließ es nicht zu. Stattdessen nahm er ihre Hand und legte sie in seinen Arm, um sie wegzuführen.

»Wohin gehen wir?«, fragte sie, und ihr Blick huschte zu den anderen Gästen.

»Nach Hause. Ich muss eine sehr wichtige Schachpartie gewinnen.«

KAPITEL 14

Rosalind drückte ihren Schal fest um ihre Schultern, als Ashton anbot, sie aus der Kutsche zu heben.

»Komm schon, Liebling«, neckte er sie. »Keine Angst.«

»*Ich habe keine Angst.*« Sie streckte ihre Hand aus, aber er trat näher, packte ihre Taille und hob sie herunter. Hinter ihm tauchten die Lichter des Hauses den Vorgarten in einen sanften goldenen Farbton, ein schöner Kontrast zu der schweren Dunkelheit der Mitternachtsstunde.

»Ich lasse uns von einem Diener eine Flasche Wein bringen. Wie es aussieht, werden wir den brauchen.« Er kicherte, als er ihr die Treppe hinauf half. Der Butler öffnete ihnen die Tür, und Ashton nahm ihn beiseite, um mit ihm zu sprechen, während ein Lakai ihr den Schal abnahm.

»Bereit?«, fragte Ashton, als er zu ihr zurückkehrte.

»Bei dir bezweifle ich, dass ich jemals wirklich bereit sein werde«, sagte sie, als Ashton sie die große Treppe hinaufführte. Ihre Zukunft bei einer Schachpartie riskieren? Es war Wahnsinn, aber es war das Risiko wert, wenn es bedeutete, dass sie sich von Lennox' manipulativen Plänen befreien konnte, und es war auch kein großes Risiko, wenn man Rafe glauben wollte.

»Moment mal. Warum spielen wir in deinem Schlafzimmer? Sicherlich gibt es einen geeigneteren Platz.« Rosalind blieb ruckartig stehen und sträubte sich, als er versuchte, sie hineinzuziehen.

»Da Schach nicht meine Stärke ist, brauche ich einen Vorteil zu meinen Gunsten. Bitte kommen herein, und ich erkläre dir, wie ich die Chancen ausgleichen will.« Ashton schob die Tür weiter auf und trat einen Schritt zurück, damit sie entscheiden konnte, ob sie eintreten sollte.

In seinen Augen lag diese feurige Intensität, von der sie sich nicht abwenden konnte, auch wenn es sie erschreckte. Er würde ihr keinen Schaden zufügen, nicht körperlich, aber Ashton Lennox hatte etwas an sich, das sie warnte, dass sie sich trotzdem verbrennen würde, wenn sie ihm zu nahe kam.

Ihre Füße bewegten sich, bevor sie sie aufhalten konnte, als sie an Ashton vorbei in sein Schlafzimmer ging.

Bitte lass das kein Fehler sein.

Sie drehte sich zu ihm um und warf ihm ihren herrischsten Blick zu. »Ich bin hier. Jetzt sprich, Lennox.« Ein dummer Teil von ihr glaubte, sie könnte die Dinge zwischen ihnen sachlich halten, wenn sie seinen Nachnamen benutzte. Das Letzte, was sie jetzt wollte, war, seinen Vornamen in einer so intimen Umgebung auszusprechen.

»Ich habe mir gedacht dass ...«

Ein Klopfen mit den Fingerknöcheln an der offenen Tür kündigte einen Diener mit einer Flasche Wein an.

»My lord.« Der Diener hielt Ashton die Flasche hin, die sie am Hals packte.

»Danke, William. Hol mir ein Schachbrett aus dem Salon, ja?«

Er schloss die Tür und bedeutete Rosalind, sich auf einen

Stuhl am Feuer zu setzen. Er gesellte sich zu ihr und stellte die Flasche Wein auf den Tisch zwischen ihnen.

»Die Bedingungen, wie ich sie verstehe, sind so. Wenn ich gewinne, heiratest du mich sofort. In London besorge ich mir eine Sonderlizenz. Solltest du gewinnen, überweise ich deine Schulden an die Partei deiner Wahl und befehle den Banken, deine Kreditlinien bis Ende der Woche wieder zu öffnen.«

Rosalinds Hände ballten sich zu Fäusten. »*Wenn wir* heiraten, wirst du mich aber dort leben lassen, wo ich will, und wir brauchen uns nicht gegenseitig zu stören, außer ein paar Mal im Jahr für gemeinsames Erscheinen bei gewissen Anlässen?«

Ashton lehnte sich in seinem Stuhl zurück und schlug ein Bein über. »Auf gar keinen Fall. Wenn wir heiraten, leben wir zusammen, teilen ein Bett, teilen ein *Leben*. Wenn es eine Sache gibt, über die ich nicht skandalös sein möchte, dann ist es meine Ehe. Wenn meine Frau getrennt von mir lebt, wäre das ein Skandal. Ich habe meiner armen Schwester mit meinem bisherigen Lebensstil genug Schaden zugefügt. Um meiner Familie willen wünsche ich mir, dass diese eine Sache nicht verdorben wird.«

Ein Leben mit Ashton teilen? Seltsamerweise machte ihr dieser Gedanke keine Angst, nicht so sehr, wie sie geglaubt hätte. Das einzige, was sie nicht wollte, war ein Mann, der sie kontrollierte. Sie wollte einen Partner, keinen Wärter. Aber wie konnte sie darauf vertrauen, dass er nicht das war, wovor sie sich am meisten fürchtete – ein Mann wie ihr Vater?

»Ashton, du musst mir versprechen, dass du nicht ... du wirst nicht ...« Sie hielt ihre Worte in ihrer Kehle fest, bis sie drohten, sie zu ersticken.

»Ich werde nicht was?« Er beugte sich vor. »Sag es mir, Rosalind. Es sollte keine Geheimnisse zwischen uns geben. Ich möchte, dass du immer alles sagst, was du denkst.«

Sie konnte die Aufrichtigkeit in seinen Augen sehen.

»Ich könnte in einer Ehe nicht überleben, in der ich nur

ein Bauer bin, der gedankenlos herumgeschoben wird. Du musst mir versprechen, dass wir *wahre* Partner in unserem gemeinsamen Leben sein werden.« Sie betete, dass er es verstehen würde. Er musste.

Ashton löste seine Beine voreinander und griff dann sehr langsam über den kleinen Tisch und umfasste ihr Kinn.

»Der einzige Ort, an dem ich dich dominieren würde, wäre im Bett ... zu unserem beiderseitigen Vergnügen. In allem anderen wirst du mir gleichgestellt sein. Sie haben mein Wort.« Sein Daumen streichelte ihre Unterlippe, die sinnliche Berührung war so zart, als wolle er sie beruhigen.

Sie im Bett dominieren? Anstatt sich von dem Gedanken erschrecken zu lassen, war sie verzaubert. Es war keine Drohung, sondern ein Versprechen der Ekstase, von Dingen, die sie mit ihrem ersten Ehemann nie erlebt hatte.

Mit einem zittrigen Atemzug nickte sie. »Ich akzeptiere deine Bedingungen.«

Ashton ließ ihr Kinn nicht los, selbst als der Diener mit dem Schachbrett und den Figuren zurückkehrte.

»Bring es her, William.« Ashton ließ sie endlich los und klopfte mit den Fingern auf den Tisch. Der junge Lakai stellte das Brett ab, und Ashton begann, die Figuren zu arrangieren, hielt dann inne, als er einen Fehler bei der Platzierung von König und Dame machte, und korrigierte es. Der Fehler ließ Rosalind sich entspannen.

»Warum stellst du die Figuren nicht fertig auf? Ich schenke uns Wein ein.« Er stand auf und ging zu seiner Kommode, wo zwei Gläser neben der Weinflasche standen. Er nahm die Gläser und stellte sie auf den Tisch neben dem Brett. Rosalind beendete das Setzen der letzten Bauern auf dem Brett. Als Ashton den Wein einschenkte, spritzte die purpurrote Flüssigkeit gegen die Gläser. Das Weinbouquet war süß mit einem Hauch von Kirsche und Eiche.

»Dann trink. Wir haben noch eine Sache zu besprechen.«

Er nippte an seinem Wein, ging zu seiner Schlafzimmertür und schob das Schloss zu.

»Ich habe deinen Bedingungen bereits zugestimmt.«

Er hob eine Hand. »Hier geht es nicht um Bedingungen – es geht um Regeln. Es ist sehr einfach. Um die Chancen auszugleichen, werden wir das Spiel wie folgt spielen. Nachdem jeder von uns einen Zug gemacht hat, muss derjenige, der eine Figur an den anderen verliert, auch ein Kleidungsstück opfern.«

Ihr Puls summte, und ihr Gesicht wurde heiß. »Was?«

»Jeder von uns muss etwas ausziehen, wenn er eine Spielfigur verliert. Es wird uns beide ablenken.«

»Inwiefern ist das ein Vorteil für dich?«, verlangte sie zu wissen. »Ich könnte dich in einem Dutzend Zügen nackt vor mir sitzen haben.«

Sein freches kleines Grinsen ließ sie erschauern. »Das würde *dich* viel mehr ablenken, das versichere ich dir. Ich fühle mich wohler in meiner Haut, als du weißt. Ich bezweifle, dass du dich in nichts außer deiner Haut auch nur annähernd so wohl fühlst.« Er hob das Glas zum Gruß und nahm einen weiteren Schluck.

»Ich lehne das ab. Das ist mehr als unangemessen.«

»Ich fürchte, ich muss darauf bestehen. Komm jetzt, Rosalind. Wir sind hinter verschlossenen Türen, und alle, die wir kennen, sind noch auf dem Ball. Sag mir nicht, dass du keine Befriedigung darin finden würdest, mich in Verlegenheit zu bringen, indem du mich zwingst, mich nackt ausziehen? Vorausgesetzt, dass du das schaffst, selbstverständlich.«

Rosalinds Blick verengte sich. Sie sagte kein Wort, aber mit ihrem Blick nahm sie seine Herausforderung an.

Er drehte das Brett so, dass die schwarzen Steine ihr zugewandt waren. »Bereit zum Spielen?«

»Ich bevorzuge Weiß«, unterbrach sie ihn.

»Und ich auch.«

Mit zusammengebissenen Zähnen starrte sie ihn finster an. »Natürlich tust du das. Nun denn. Du machst den ersten Zug.«

Ashton schob beiläufig einen Bauern nach vorne. Rosalind bewegte sofort ihren Bauern zum Kontern auf dem gegenüberliegenden Feld. Als sie sich ansahen, verzogen sich seine Lippen, und er versteckte den Rest seines Lächelns hinter seinem Weinglas. Dann bewegte er seinen Läufer, und sie bewegte einen von ihren. Die nächsten beiden Züge brachten ihre Türme von Angesicht zu Angesicht. Jeder Zug wurde gespiegelt, während Rosalind darauf wartete, dass Ashton eine Öffnung des Spiels erlaubte. Ashton schubste einen Bauern nach vorne, und Rosalind nutzte ihre Chance und nutzte ihren Turm, um den Bauern zu schlagen.

»Ich glaube, das bedeutet, dass du ein Kleidungsstück ausziehen musst.« Sie lächelte trotzig, als sie an ihrem Weinglas nippte. Die subtilen Aromen perlten süß auf ihrer Zunge. Er hatte einen ausgezeichneten Weingeschmack. Nicht zu bitter, sondern ein weiches, samtiges, vollmundiges Rot.

»Richtig. Nun, Rosalind. Du entscheidest, was ich ausziehen soll.« Er erhob sich von seinem Stuhl und kam auf sie zu.

Sie stand ebenfalls auf, weil sie sich ein wenig größer fühlen musste, wenn sie ihm gegenüberstand. Ihre Augen glitten über seine Kleidung. Er hatte seinen Mantel ausgezogen, bevor sie überhaupt mit dem Spiel begonnen hatten, und sie wollte ihm seine Hose nicht ausziehen. Er hatte Recht gehabt, dass es sie ablenken würde, was auch immer sie wählte. Seine Weste wäre jedoch in Ordnung. Sie fuhr mit der Fingerspitze über die Vorderseite der bestickten goldenen Seide.

»Das sollte reichen.«

»Dann auf jeden Fall.« Er wedelte mit den Händen über die Reihe der Perlmuttknöpfe.

Er wollte, dass sie ihm das auszog? Mit unsicheren Fingern zupfte sie die Reihe von Knöpfen aus den Knopflöchern und schob dann ihre Hände unter die Seide, um sie von seinem Körper zu schälen. Er war warm, und sein verlockender Duft reizte sie, als sie den Stoff von seinen Schultern zog und auf den Boden fallen ließ. Er räusperte sich, und sie traten beide zurück, aber die Spannung zwischen ihnen war so groß, dass es ihr Denken bereits durcheinander brachte.

Er nahm seinen Platz ein und bewegte einen Bauern, und dann zog sie einen Turm von seinem weg. Ein weiterer weißer Bauer zog, und Rosalind schlug ihn mit ihrem eigenen schwarzen Bauern.

»Ich habe Glück«, murmelte Ashton und stand wieder auf. »Nenne deinen Preis, Rosalind. Und die Krawatte zählt zu meinem Hemd, fürchte ich.« Er hatte ihr das Wort abgeschnitten, bevor sie die Möglichkeit hatte, an so etwas Schlaues zu denken.

»Was ist mit Schuhen und Strümpfen?«, fragte sie.

»Schuhe und Strümpfe zusammen als Paar.«

»Dann entferne diese.« Sie zeigte auf seine Schuhe. Er schlüpfte aus seinen Lederschuhen und Strümpfen, dann stand er barfuß vor ihr. Nach einem Moment der Stille setzten sie sich und setzten das Spiel fort.

Er vertauschte seinen Turm mit seiner Dame. Dann rückte Rosalind einen ihrer Läufer vor. In der nächsten Runde zogen beide ihre Läufer und dann jeweils einen Bauern. Mit einem zufriedenen Lächeln benutzte Ashton seinen Bauern, um ihren zu schlagen.

»Gott sei Dank. Jetzt ...« Er krümmte einen Finger zu ihr.

Rosalind stand auf und näherte sich ihm mit klopfendem Herzen, während er sie musterte.

»Das Kleid, glaube ich. Dreh dich um.« Der sanfte, aber feste Befehl in seinem Tonfall ließ sie erschauern, aber nicht vor Angst. Sie wandte sich von ihm ab und schloss die Augen, als sie dem Knarren des Stuhls lauschte, mit dem er sich hinter ihr erhob. Seine Hände legten sich auf ihre Schultern, und sie spannte sich an.

»Entspann dich, meine Liebe«, murmelte er. »Es ist *nur* dein Kleid.«

KAPITEL 15

Ihr Kleid …

Rosalind unterdrückte ein Schaudern, als Ashton hinter ihr stand und sein warmer Atem über ihren Nacken strich. Sobald sie ihr Kleid ausgezogen hatte, würden sie beide völlig unanständig sein.

Entblößt.

Ashtons Hände wanderten zu den Bändern ihres Kleides, und er begann, sie herauszuziehen. Bei seiner Berührung zuckte sie zusammen.

»Was ist mit meinen Tanzschuhen?«

Seine Lippen zuckten, und ein teuflischer Glanz setzte sich in seine Augen. »Ich will deine Tanzsschuhe nicht.«

»Das ist völlig unfair.«

»Nur die Ruhe, Liebling.« Sein Kichern war schlafzimmerweich und herrlich dunkel.

»Zieh es einfach aus«, murmelte sie, während Ärger sie durchströmte.

Seine Fingerspitzen strichen über ihre nackten Schultern, zeichneten Muster über ihre allzu empfindliche Haut.

»Und die Freude des Augenblicks ruinieren? Keine Chance.« Die Hitze seines Körpers hüllte sie von hinten ein, und sie kämpfte gegen den Teil von ihr, der diesen wütend machenden, verführerischen Mann *wollte.*

Die Bewegungen seiner Hände waren langsam und methodisch. Der Stoff klaffte ein wenig auf, als er alle Bänder geöffnet hatte. Sie ballte die Hände an ihren Seiten, als er begann, das Kleid über ihren Körper nach unten zu ziehen, bis es in einer Lache aus Stoff zu Boden sank.

So wenig war jetzt zwischen ihnen. Es wäre so einfach, Vorsicht und gesunden Menschenverstand in den Wind zu schlagen und mit diesem Mann ins Bett zu gehen. Als Witwe genoss sie gewisse Freiheiten, die andere Frauen nicht hatten. Die Gesellschaft erlaubte Witwen, diskrete Affären zu unterhalten, aber bis jetzt war sie nie in Versuchung geraten. Wenn nur die Vergangenheit zwischen ihnen nicht von ihren Machtkämpfen befleckt gewesen wäre. Wenn nur ihre Zukunft nicht auf dem Spiel stünde. *Wenn nur ...*

Er hob sie an der Taille hoch und setzte sie vom Kleid weg und näher an ihm heran wieder zu Boden. Ihr Hintern rieb an seinen Oberschenkeln, und er drückte sich kurz gegen sie. Eine Hitzewelle durchflutete sie, während sie nach Luft rang.

Sie trug jetzt nur noch ihr Hemd, Unterröcke und das Korsett. Es war aufregend, aber allzu beängstigend. Sie war mit ihm schon einmal fast nackt gewesen, aber das hier war anders. Es stand nicht nur ihre Zukunft auf dem Spiel, sie hatte auch bereitwillig zugestimmt. Trotzdem erinnerte sie sich daran, dass sie die bessere Spielerin war und gewinnen musste.

»Ich glaube, ich bin an der Reihe.« Er schob sie ein paar Zentimeter weg, und sie stolperte auf wackeligen Beinen zurück zu ihrem Platz, schaffte es aber, ihren Verstand zu behalten. Ashton bewegte seinen Turm, und sie bewegte hastig einen Läufer.

Ashton starrte auf das Brett. Als er ihrem Blick begegnete, schob er seinen weißen Bauern nach vorne und schlug ihren schwarzen Läufer. Er war darauf reingefallen. Auf der Suche nach einem einfachen Zug hatte er sich bloßgestellt. Sie benutzte ihren Springer, um seine Dame zu schlagen.

»Ein Sieg für jeden von uns. Ich zuerst!« Ashton strich sich nachdenklich über das Kinn. »Die Unterröcke. Zieh die aus.« Rosalind schlüpfte aus den Unterröcken und ließ sie auf den Haufen ihres Kleides fallen.

»Dein Hemd, bitte«, entgegnete sie.

Ashton zog das weiße Leinenhemd aus seiner Hose und lockerte dann mit einem Finger seine Krawatte. Er nahm das Halstuch ab, zog sich dann sein Hemd über den Kopf und warf es auf den Boden.

Ashtons nackte Brust war ... herrlich. Golden, wie von Stunden in der Sonne geküsst. Wie konnte ein Gentleman nur so braungebrannt sein? Es erforderte, dass er für längere Zeit ohne Hemd herumlief. Aber vielleicht war es für ihn nicht so ungewöhnlich. Er hatte Zeit damit verbracht, zusammen mit den Dorfbewohnern beim Bauernhaus zu arbeiten. Das war ein Tag, den sie nie vergessen würde. Der Anblick, wie er sich abmühte, seine Muskeln anspannte, sein kräftiger Körper Holzbalken hochhob ...

»Siehst du etwas, das dich interessiert?«

Verdammt, seine Augen blitzten, als er sie das fragte. Sie wollte den verdammten arroganten Narren erwürgen. Rosalind schüttelte den Kopf, aber so, wie ihre Wangen heiß wurden, wusste sie, dass er die Lüge durchschauen musste.

»Dann bin ich dran.« Ashton zog geschickt einen weißen Bauern und schlug einen schwarzen Bauern. »Mach deinen nächsten Zug, und dann nehme ich ein anderes Kleidungsstück von dir.«

Rosalind versuchte, ihren Kopf frei zu bekommen. Nachdem sie das Brett analysiert hatte, zog sie ihren König nach vorne. Sie konnte keinen Spielstein schlagen, aber sie musste auf das lange Spiel achten.

»Ich denke, ich sollte dein Korsett verlangen.« Er wartete darauf, dass sie sich ihm präsentierte, löste dann die Bänder und ließ das Korsett auf den Boden fallen. Er trat das Kleidungsstück weg und ergriff ihre Schultern. Die Bewegung war besitzergreifend, wenn auch nicht rau, und sie sandte Hitzewellen durch ihren Körper und tief in ihren Schoß.

Er drehte sie herum, sodass sie ihm gegenüberstand. Es hätte sie entsetzen sollen, dass der Gedanke, dass er die Kontrolle über ihren Körper übernehmen würde, so verlockend war, aber das tat es nicht. Stattdessen schien es eine sündige, wunderbare Vorstellung zu sein, eine, die sie verbannen musste, um nicht den Fokus auf das Spiel zu verlieren.

»So eine schöne Figur.« Seine heiseren Worte ließen sie erschaudern. »Weich und doch stark an den richtigen Stellen.«

Bei dem Versuch, etwas Kontrolle zurückzugewinnen, hob sie ihr Kinn. »Ich würde das Kompliment gern erwidern, aber ich bezweifle, dass ein Mann *weich* genannt werden möchte.«

Ashtons Lippen verzogen sich, als er eine ihrer Hände einfing und sie in seine Leistengegend legte.

»Ganz sicher *nicht* weich, meine Liebe.«

Schluckend riss sie ihre Hand aus seiner. »Genug. Lass uns das Spiel beenden.«

Seufzend nahm Ashton seinen Platz wieder ein und stellte seinen Turm direkt neben den schwarzen Springer. Rosalind beeilte sich, ihren König vorwärts zu bewegen. Ashton antwortete, indem er seinen Springer nach vorne schob, und Rosalind tat es ihm nach.

Ich werde gewinnen. Sie war so nah dran. Wenn er falsch spielte, würde sie ihn bald haben.

Der weiße Springer zog sich zurück, und sie rückte ihren König wieder vor.

»Deshalb ist Schach ein Geschicklichkeitsspiel.« Er setzte seinen Turm diagonal zu ihrem König, aber sie konnte ihn nicht schlagen, weil er an zwei Fronten bewacht wurde.

»In der Tat.« Sie starrte fest auf das Brett. Irgendwas stimmte nicht. Die möglichen Züge waren wenige, und keiner von ihnen gut. Wie war das passiert? War ihm klar, dass er in eine so günstige Position gestolpert war, oder war es die ganze Zeit sein Plan gewesen? War sie ausgetrickst worden?

Ashtons Augen, normalerweise so ein helles Blau, hatten sich nun zu einem satten Königsblau verdunkelt und drohten, sie zu umgarnen. Für einen Moment konnte sie nicht denken, konnte nichts außerhalb dieser Augen sehen.

»Na los, mach deinen nächsten Zug.« Sein Blick brannte direkt durch sie hindurch, als sie erkannte, was ihr letzter Zug sein musste.

Sie streckte die Hand aus und stellte ihren König neben seinen weißen Turm. Sie konnte ihn nicht schlagen, aber sie konnte ihn aus dieser Position defensiv nutzen. Blut begann in ihren Ohren zu pochen, und ihr Herz schlug hart und schnell gegen ihre Rippen.

Er beugte sich nach vorne und stützte seine Ellbogen auf seine Knie, als er ihren panischen Blick direkt traf.

»Ich möchte, dass du dich an diesen Moment erinnerst, Rosalind. Der Moment, in dem ich dich gewonnen habe.« Sein Bauer schlug ihren Springer, ein Zug, der den Turm dahinter öffnete und sie von allen Seiten bedrohte.

»Schachmatt!«

Die Figuren auf dem Brett verschwammen. Tausend Proteste balancierten auf ihrer Zungenspitze und wollten herausbrechen. Er hatte gewonnen. Fair. Es gab keine Möglichkeit, dass sie protestieren konnte. Sie hatten die Bedingungen festgelegt, und sie hatte zugestimmt. Es war Ehrensache.

»Du hast gewonnen«, wiederholte sie. »Wie? Ich dachte, Schach sei nicht dein Spiel!«

»Ich bin mir sicher, dass ich im Vergleich zu den wahren Meistern blass bin, aber ich spiele ziemlich gut, besonders wenn ich motiviert bin.« Er lehnte sich in seinem Stuhl zurück, ein Grinsen auf den vollen Lippen.

Sie kam auf die Füße, ihre Wut kehrte zurück und begrub für einen Moment den Schock des Verlierens. »Du hast mich betrogen!«

Sein Blick verengte sich. »Auf welche Weise habe ich betrogen? Wir haben ein gut aufeinander abgestimmtes, faires Spiel gespielt. Angesichts der Einsätze war es nur fair. Hör jetzt auf, die Jungfer in Nöten zu spielen, Rosalind. Wir wissen beide, dass du über solchem Unsinn stehst.«

Jungfer in Nöten? Oh, sie wollte ihn erwürgen, ganz sicher.

»Und du schuldest mir auch noch ein letztes Kleidungsstück.«

»Aber ...«

»Die Regeln müssen eingehalten werden. Siehst du das nicht auch so?« Ashtons selbstgefälliges Grinsen sorgte dafür, dass sie auf ihn einschlagen wollte. Und zwar fest.

»Verdammt sollst du sein«, knurrte sie. Neue Wut erwachte in ihr. Er mochte gewonnen haben, aber das bedeutete nicht, dass sie es einfach so hinnehmen musste.

»Ich bin nicht darüber erhaben, dich zu fesseln, um das zu bekommen, was mir geschuldet wird.«

»Mich fesseln?«, zischte sie. »Das möchte ich sehen, wenn du das versuchst, du ...«

Ashton stürzte sich auf sie, fing ihre Handgelenke und zog sie zu sich. Er machte ein leises, missbilligendes Geräusch, als er sie zum Bett zog und sie auf die weiche Decke warf.

»Lasst mich gehen!« Rosalind krallte sich an der Bettwäsche fest, um sich zu befreien, aber er hielt sie fest, während er sich über sie zum Tisch neben dem Bett beugte.

Sie trat nach ihm, als sie hörte, wie er eine Schublade öffnete.

»Diese sollten funktionieren.« Er schlang etwas Seidiges um ihre Handgelenke, zog es fest und nahm ihre Hände über ihrem Kopf zusammen. Sie versuchte, sich auf den Rücken zu drehen und ihre Arme wieder nach unten zu ziehen, aber bevor sie das schaffte, fand sie ihre Handgelenke mit einem weißen Seidenhalstuch gefesselt. Ashton stand an der Seite des Bettes, die Arme verschränkt, als er sie beobachtete.

»Du kannst da sitzen und dich benehmen, während wir eine rationale Diskussion führen, oder ich kann dich komplett fesseln.«

Die Seide war nicht eng geknotet, aber sie nahm ihr jede Möglichkeit, ihre Hände zu befreien. Sie schoss mit ihren Blicken Dolche auf ihn und antwortete: »Ich werde hier sitzen, aber wenn du denkst, dass ich irgendetwas anderem zustimmen werde ...«

»Trotz allem, was du von mir denken magst, bin ich kein Bastard.«

»Oh ja, deine Handlungen hier sind die eines vollkommenen Heiligen!«

»Nun, das habe ich auch nie behauptet.« Er kicherte, kniete sich auf das Bett und hob einen ihrer Füße auf.

»Was glaubst du eigentlich, was du da machst!?«

»Ich ziehe deine Pantoffeln aus, was mir geschuldet ist. Sicherlich hast du nicht vor, in ihnen einzuschlafen.« Er zog ihr sanft die Schuhe aus. Die Hitze seiner Handflächen versengte ihre Haut durch ihre dünnen Strümpfe. Es fühlte sich ... angenehm an. Sie wollte nicht, dass es sich gut anfühlte. Sie wollte ihn hassen und hassen, wie sie ihn begehrte, auch wenn er sie wütend machte. Er legte ihre Pantoffeln auf den Boden und erhob sich dann über sie, seine Finger spielten mit den losen Enden der weißen Seide um ihre Handgelenke.

»Normalerweise beschäftige ich mich nicht mit solchen Dingen, aber bei dir finde ich gebundene Handgelenke ziemlich berauschend. Zu wissen, dass ich endlich dein Meister bin, zumindest im Bett.« Seine Lippen kräuselten sich in einem langsamen, entzückten Lächeln.

»Wir sind *im Bett* nur im wahrsten Sinne des Wortes. Wenn ich frei bin, werde ich dir deinen verdammten englischen Hals umdrehen.« Sie wollte wütend klingen, aber ihr Blut erwärmte sich auf eine andere Weise bei dem Gedanken, dass er alles tat, was er wollte, mit ihr, während sie gefesselt war. Es klang so ungezogen ... und göttlich.

Blonde Haare fielen ihm in die Augen, als er sich nah zu ihr lehnte. »Ich verehre dein Feuer, meine Liebe. Ich möchte, dass es niemals erlischt.« Ashton atmete langsam, während er mit einer ihrer Haarlocken spielte.

Ihre Augen schlossen sich, während sie die sinnliche kleine Liebkosung genoss. Wenn er nur die Wette nicht gewonnen hätte, dann könnte sie frei sein, ja zu ihm zu sagen, ohne diese Angst vor der Zukunft.

»Bist du nicht auch nur im Geringsten neugierig?«, fragte er.

»Neugierig?«

»Darüber, wie es zwischen uns sein könnte.« Er griff nach oben und zog eine seiner Fingerspitzen ihre Wange hinunter und dann zu ihrem Hals. Die Berührung setzte ihr Blut in Flammen. »Nur einmal. Vertrau mir ein bisschen, und ich kann dir zeigen, wie gut es sein könnte. Vergiss die Wette und denke nur über das hier nach.« Er neigte ihren Kopf nach hinten und beugte sich herunter, um sie zu küssen. Der einfache Druck seiner Lippen schickte ihren Magen in wilde Spiralen. Als er sich von ihr zurückzog, versuchte sie, ihn weiter zu küssen, aber er sprach gegen ihre suchenden Lippen.

»Lass mich dich ins Bett bringen, Rosalind. Lass mich

Liebe mit dir machen. Ich kenne Dinge, die dich vor Vergnügen weinen lassen werden. Ich möchte dir zeigen, worauf du dich als meine Frau freuen kannst.«

Wäre es so schlimm, ja zu sagen? Sie wollte die Erfüllung dessen spüren, was seine Hände und sein Mund ihr so oft versprochen hatten.

»Sag ja«, forderte er, seine Stimme jetzt rauer.

Sie schaute ihn durch ihre Wimpern an. Seine Finger berührten immer noch ihren Nacken, der Griff fest, aber sanft. Seine Augen waren dunkel und heiß, und Kraft ging von seinem Körper aus, während er wartete.

Das Schweigen zwischen ihnen war aufgeladen mit unausgesprochenen Herausforderungen und verführerischen Versprechungen. Schließlich sprach sie das Wort aus, das ihr Leben für immer verändern würde.

»Ja.«

Das Feuer in seinen Augen verstärkte sich. Er befreite ihre Hände von der Seide und glitt mit seinen Händen über ihre Waden und Oberschenkel, während er ihre Strümpfe nacheinander hinabrollte und sie auf den Boden fallen ließ. Ihre Brüste fühlten sich voll an und schmerzten, die Brustwarzen rieben gegen den weißen Stoff ihrer Chemise. Sie wartete darauf, dass er sie auf den Rücken drehte und sie bestieg, aber er tat es nicht.

»Rutsch ein Stück höher, Liebling.« Während sie tat, was er befahl, trat er zurück und löste den Verschluss seiner Hose, entfernte sie aber nicht.

»Jetzt lehne dich zurück und teile diese hübschen Oberschenkel für mich.«

Ihr Herz raste. Langsam lehnte sie sich zurück und öffnete ihre Beine. Er kroch auf das Bett hoch und kniete sich zwischen ihre Schenkel. Die Muskeln seiner Brust bewegten sich in seinem Rhythmus, und sie starrte auf den Hauch von blassgoldenem Haar entlang seiner Brustmuskeln. Sie fuhr mit einer Handfläche über seine Brust und fühlte die Geschmeidigkeit der Haare, bevor sie ihre Hand über seinen Bauch zog. Seine Muskeln zuckten bei ihrer erforschenden Berührung. Sie kratzte leicht über seine Haut, entlockte ihm ein Stöhnen und freute sich über die Tatsache, dass sie ihn als ihr Eigentum markieren würde.

Und hier war sie, versucht, jeden Zentimeter dieses Körpers zu erforschen. Er war schön, männlich. Seine Haut weich, aber sein ganzer Körper hart. Eine kleine knotige Narbe an seiner Schulter erregte ihre Aufmerksamkeit, die alte Schusswunde. Sie hatte ihn einmal deswegen gehänselt. Als sie sich vorbeugte, drückte sie einen Kuss auf die Stelle und wünschte, sie könnte den Schmerz, den sie ihm immer noch verursachte, verschwinden lassen.

Ashton küsste ihre Stirn, dann ihre Wangen, dann ihren Mund. Das süße Gleiten seiner Zunge gegen ihre Lippen bat sie, sich zu öffnen. Der Mann wusste genau, wie man küsste, süß und verführerisch in einem Moment und dominant den nächsten. Sie konnte ihn nie vorhersehen, sie ritt auf einer sich immer höher aufbauenden Welle des Nervenkitzels.

Als er sich wieder auf seine Fersen hockte, sehnte sie sich geradezu schmerzvoll danach, dass sein warmer, harte Körper ihren erneut zudecken würde. Er schob ihre Chemise bis zu ihrer Taille und dann weiter nach oben, bis sie sich hochstemmen musste, damit er den Stoff ganz abstreifen konnte. Sie verschränkte ihre Arme, um ihre nackten Brüste zu verbergen.

»Verlier jetzt nicht das Feuer und die Tapferkeit«, sagte er.

Verängstigt und doch aufgeregt senkte sie ihre Hände und lehnte sich gegen die Kissen.

»Du bist eine Göttin.« Sein ehrfürchtiges Flüstern weckte Emotionen in ihr, die ihr Angst machten, weil sie auf etwas hofften, von dem sie glaubte, dass sie es nicht haben könnte.

»Macht dich das auch zu einem Gott?«, neckte sie ihn und lächelte ein wenig.

»In der Gegenwart einer solchen Schönheit bin ich ein bloßer Sterblicher.«

»Und du willst mich dominieren? Die Dinge laufen nie gut für Sterbliche, die mit Göttern und Göttinnen konkurrieren.«

»Dennoch versuchen sie es weiterhin, weil die Belohnungen so verlockend sind.«

Er beugte sich wieder über sie und küsste sich einen sinnlichen Weg hinunter zu ihrem Schlüsselbein, bevor er die Rundungen ihrer Brüste streichelte. Er stützte sich auf einen Unterarm und umfasste eine Brust mit seiner freien Hand, während er ihre empfindlichen Spitzen erkundete.

Er saugte eine Brustwarze zwischen seine Lippen, und ihre Hüften zuckten. Es war so intim, zu viel zu ertragen. Ein beängstigendes, aufregendes, unauslöschliches Feuer wütete durch ihren ganzen Körper.

Sie stöhnte seinen Namen, und er knurrte als Antwort, die Vibrationen liefen über ihre Haut und steigerten jede Empfindung noch mehr.

»Bitte«, keuchte sie. »Ich halte das nicht länger aus.«

Er ließ ihre Brustwarze lange genug los, um zu kichern, bevor er ihre andere Brust mit dem Schlagen seiner Zunge neckte. Sie grub ihre Hände durch sein Haar und zerrte an den weichen, seidigen Strähnen.

»Fester«, drängte er. »Zieh fester.« Und sie tat es. Der Biss des Schmerzes hallte wider, als er an ihrer Brust knabberte. Funken schossen durch sie hindurch, direkt in ihren Schoß.

Ashton bewegte sich weiter entlang ihres Körpers, drückte Küsse auf ihren Bauch und ihre Hüften, knabberte an ihrer Haut und brachte sie dazu, über die kitzelnden Empfindungen zu lachen. Es fühlte sich so gut an, zu lachen, sich so zu amüsieren. Aber er hörte nicht auf. Er legte seine Handflächen auf die Innenseiten ihrer Oberschenkel und schob sie weiter auseinander.

Sie zappelte, um sich zu befreien, erschrocken über diese Wendung der Ereignisse. »Was machst du?«

»Ah nein, mein liebster schottischer Wildfang ich fürchte, dieses eine Vergnügen musst du ertragen.« Er hob seinen Blick zu ihrem, und dann beugte er seinen Kopf und leckte sie ... *da unten.*

Wenn er ihre Oberschenkel nicht nach unten gehalten hätte, hätte sie bei diesem völlig neuartigen Vergnügen losgetrampelt. Er leckte, küsste und folterte ihr schmerzendes Fleisch. Es war mehr, als sie ertragen konnte. Gerade als sie dachte, es würde sie umbringen, hob er seinen Kopf, und mit einem bösen Grinsen setzte er sich auf und zog seine Hose so weit herunter, dass er sich befreien konnte. Dann führte er sich mit einer Hand in sie hinein. Er war groß und dick, als er hineinstieß. Rosalind zischte, weil es so eng war.

»Atme, Liebling.«

Sie biss die Zähne zusammen. »Das tue ich.«

Er lachte, beugte sich dann über sie und presste sie ins Laken, während er mit den Lippen ihren Mund eroberte. Der Kuss, der zum Gewicht seines Körpers auf ihrem hinzukam, ließ sie sich entspannen. Sie fühlte sich sicher. Er kontrollierte den Kuss, ihre Körper − er wollte sie nicht verletzen, und er würde ihr die Befriedigung geben, nach der sie sich sehnte. Es war ein Versprechen, das er mit jedem Druck seiner Lippen machte.

Ashton ergriff ihre Handgelenke und drückte sie an beiden Seiten ihres Kopfes ins Kissen, seine Finger bogen sich um ihre Arme und hielten sie fest. Sie war jetzt wirklich sein Besitz, und doch wusste sie, wenn sie ihn bat, aufzuhören, würde er es tun.

»Wie fühlst du dich?« Er schob die Hüften vor und drückte tiefer hinein.

Rosalind hob ihre Hüften und küsste ihn dann zurück, bevor sie antwortete.

»Wunderbar.« Sie errötete bei dem Geständnis. »Und du?«

»Du umklammerst mich wie eine Faust.«

Sie war im Begriff, Einspruch zu erheben, da er derjenige war, der ihre Handgelenke umklammerte, bis sein nächster Stoß seine Bedeutung erklärte.

Er kreiste mit den Hüften. »Bist du bereit?«

Bereit? Wie meinte er das?

Ashton zog sich zurück und begann, mit seinen Hüften hart zu pumpen, wobei er ihre Handgelenke festhielt, als er sie nahm. Sie hatte nicht gewusst, dass sich ein Mann so bewegen konnte, so schnell, so hart.

Aber Ashton schien in der Lage zu sein, dieses wilde Tempo die ganze Nacht über aufrechtzuerhalten. Sie wusste, dass sie das nicht überleben würde – es fühlte sich zu gut an, um ihre Selbstbeherrschung zu behalten. Nicht, wenn ihr Körper die Befreiung verlangte, die sich wie ein Sommersturm in ihr aufbaute. Der Druck in ihrem Unterleib vermischte sich mit der köstlichen Hitze ihrer Erregung ... sie war so nah dran ...

»Einen Moment noch ...«, knurrte er.

Sie kämpfte gegen ihn und musste den richtigen Rhythmus der Reibung finden, härter, schneller. Er lernte irgendwie, wonach sie sich sehnte, durch jedes Stöhnen und die Hinweise, die sie ihm gab, und begann, noch härter in sie hineinzustoßen. Ihre Körper waren glatt vor Schweiß. Die Klänge ihres Liebesspiels waren ursprünglich, animalisch. Allein der Gedanke daran erwies sich für Rosalind als zu viel.

Sie kippte über die Kante der Vernunft und fiel in ein Reich purer Glückseligkeit. Jeder Muskel in ihrem Körper wurde schlaff. Einen Augenblick später schrie Ashton auf und brach über ihr zusammen. Er vergrub sein Gesicht in dem Kissen neben ihr, und seine Lippen strichen einen zarten

Kuss auf ihr Ohr. Das schickte plätscherndes Nachbeben durch sie hindurch. Ihre inneren Muskeln ballten sich um seinen Schaft, und er stöhnte.

»Verdammte Hölle, Frau. Du bist ...« Er beendete den Satz nicht, aber sein Gesicht wandte sich ihrem zu, und sie erhaschte einen Blick auf sein schurkisches Lächeln.

»Ich bin was?«, keuchte sie.

»Perfekt.« Das Lächeln wurde jungenhaft charmant. Es schmolz sie an Orten, von denen sie gerade noch geglaubt hatte, dass sie sie nie wieder fühlen würde. Es war beängstigend für sie zu erkennen, dass sie dasselbe für ihn empfand.

»Wie bin ich im Vergleich mit den anderen?«, fragte er.

»Die anderen?« Sie starrte ihn verwirrt an.

Er verlagerte seinen Körper, rollte nicht vollständig von ihr herunter, aber rutschte mit dem größten Teil seines Gewichts zur Seite, um sie nicht zu zerquetschen.

»Ja, deine anderen Liebhaber.«

Andere Liebhaber? Hatte er nicht vermutet, dass sie außer ihrem ersten Ehemann keine anderen Liebhaber gehabt hatte?

Das amüsierte sie aus irgendeinem Grund. Er glaubte, sie hätte Paramours gehabt? Es war eine gängige Annahme, vermutete sie, da eine Reihe bemerkenswerter junger Witwen Dutzende von Liebhabern gesammelt hatten, aber sie hatte es nicht getan.

»Es gibt keine. Ich war immer nur mit Henry zusammen.« Trotz seiner Vermutung fühlte sie sich seltsam schüchtern, als sie ihm gestand, dass sie nicht mehr Erfahrung hatte. Ashtons Augenbrauen hoben sich.

»Nun, ich muss zugeben, ich mag die Vorstellung, dich ganz für mich alleine zu haben. Ich bin ein recht egoistisches Geschöpf, musst du wissen.«

»Wirklich? Ich hatte keine Ahnung.« Sie stupste seine Brust mit einem Finger an und brachte ihn wieder zum

Lachen. Es war ein voller, tiefer Klang, der sie an geschmolzenen Honig denken ließ.

Ashton entfernte sich von ihr und zog sich von ihrem Körper zurück. Das Gefühl der Leere, das folgte, verärgerte sie nur ein wenig. Sie wollte seine Wärme nicht vermissen, das Gefühl von ihm tief in ihrem Inneren. Das Gefühl der Verbundenheit.

Er schlüpfte völlig nackt aus dem Bett und tappte zum Kamin hinüber, legte noch ein paar Scheite auf das Feuer, löschte dann die Kerzen neben dem Bett und kroch dann wieder zu ihr unter die Decken. Als er sich eingerichtet hatte, kuschelte sich Rosalind an ihn und legte eine Hand auf seine Brust. Er bedeckte ihre Hand mit seiner und drückte ihre Finger zusammen.

»Ich werde morgen früh nach London aufbrechen. Wie fändest du eine Hochzeit in der kleinen Pfarrkirche ein paar Kilometer entfernt?«

Rosalind spannte sich an. Die Hochzeit.

Er versteifte sich neben ihr. »Du hast versprochen, erinnerst du dich? Die Bedingungen ...«

»Ja. Was auch immer du willst – es ist mir egal.« Sie zog sich von ihm weg und rollte sich auf die Seite, mit Blick auf die gegenüberliegende Wand. »Warum konntest du dich nicht damit zufrieden geben, nur miteinander zu schlafen?«

Die Matratze sackte ein wenig durch, als er sich bewegte, aber er versuchte nicht, sie wieder zu berühren. »Ich genieße es, kompliziert zu sein. Jetzt nehme ich an, du wirst verärgert wegen mir sein.«

»Ich bin nicht verärgert wegen dir«, schnappte sie.

Sein Lachen sorgte aber dafür, dass sie es doch war. »Gute Nacht, Rosalind.«

Sie reagierte nicht, außer hinter sich zu greifen und ihn mit einer geballten Faust in die Hüfte zu treffen.

Es würde eine lange Nacht werden.

KAPITEL 16

Ashton stand auf den Stufen des Sheridan-Stadthauses in der Curzon Street und versuchte, die plötzliche Nervosität in seinem Magen zu unterdrücken. Er war auf seinem Anwesen lange vor Tagesanbruch aufgestanden und aus dem Bett geschlüpft, hatte Rosalind einen leichten Kuss auf die Lippen gedrückt, bevor er gegangen war. Er hatte zwei Stunden auf einem schnellen Pferd gebraucht, um London zu erreichen, dem Pferd troff der Schaum vom Maul. Aber es war wichtig, dass er rechtzeitig eintraf, um Cedric abzufangen, bevor der sein Haus für den Tag verließ. Er und Anne würden heute Nachmittag wahrscheinlich bei Tattersall's, um neue Stuten auszuwählen.

Die Mission, die er heute Morgen hatte, konnte er nur Cedric anvertrauen. Heute würde er eine Sonderlizenz erwerben, um Rosalind zu heiraten. In der Vergangenheit war er immer derjenige gewesen, der die anderen zum Doctors' Commons begleitete, und es war seltsam, zu denken, dass heute *er* an der Reihe war, einen Begleiter zu benötigen.

Er konnte weder Godric noch Lucien fragen. Sie hatten aus Liebe geheiratet und würden ihm vorwerfen, Rosalind aus finanziellen Gründen heiraten zu wollen. Er konnte vielleicht zugeben, dass er sie heiratete, weil er es wollte, weil er sie faszinierend und verlockend fand. Aber das würde nur zu weiteren Verhören durch seine Freunde führen, und er wollte sich nicht damit befassen, bis er Zeit hatte, seine eigenen Gefühle für sie vollständig zu verstehen.

Cedric würde es jedoch verstehen. Er und Anne hatten geheiratet, um sie nach dem Tod ihres Vaters vor Glücksrittern zu retten. Sie hatten als Fremde geheiratet, aber durch ihre Ehe hatten sie zur Liebe gefunden. Ashton hoffte, dass Cedric verstehen würde, wie Ashton zu seiner Entscheidung gekommen war. Nicht jeder hatte das Glück, sich zu verlieben.

Sein Herz machte einen seltsamen kleinen Hüpfer in seiner Brust.

Ich möchte nur ein kleines Maß an Glück. Trotz des Vergnügens, das er ihr bereitet hatte, machte er sich keine Illusionen darüber, was Rosalind wirklich von ihm hielt. Nach dem, wie er sie in der Vergangenheit behandelt hatte, hatte er keinen Grund anzunehmen, dass sich dies nur aufgrund einer leidenschaftlichen Nacht ändern würde. Er würde wahrscheinlich nie eine große Liebe wie seine Freunde finden, aber er hoffte, dass Rosalind eines Tages lernen würde, ihn wenigstens ein bisschen zu lieben.

Er nahm seinen Hut ab und befreite ihn vom Straßenstaub, bevor er ihn sich unter den Arm klemmte. Dann hob er den schweren Messingklopfer und ließ ihn zweimal gegen die Tür fallen. Er bewegte sich unruhig und wartete darauf, dass der Butler öffnete.

»Mylord«, sagte der Butler mit einem Lächeln. »Der Master und seine Lady sind im Salon. Ich bringe Sie zu ihnen.«

»Danke.« Ashton folgte ihm, amüsiert darüber, dass in der Liga nach so vielen Jahren der Freundschaft alles immer noch sehr unzeremoniell ablief. In den meisten Haushalten hätte er auf den Stufen warten müssen, während der Butler sich vergewisserte, ob ihn jemand empfangen wolle.

Der Butler blieb vor einer geschlossenen Tür stehen, öffnete sie und schlüpfte hinein. Ashton hörte, wie der Mann seine Ankunft ankündigte.

»Bringen Sie ihn herein«, sagte Cedric von der anderen Seite.

Der Butler tauchte wieder auf und erlaubte Ashton, den Salon zu betreten. Beim Anblick von vier Menschen, die er nicht erwartet hatte, blieb er stehen. Godric, Emily, Lucien und Horatia waren alle anwesend.

Guter Gott, er konnte das nicht tun, nicht wenn sie alle hier waren. Sie würden ihn auslachen.

»Ash!« Cedric stand auf und kam, um ihm die Hand zu schütteln. »Ich dachte, du bist in Hampshire und kümmerst dich um die Pachtfarmen.«

»Da war ich.« Ashton warf jedem seiner Freunde einen Blick zu und spürte, dass er hier mitten in etwas hineingestolpert war. Es könnte sich für ihn als gute Ausrede erweisen, das Haus wieder zu verlassen, ohne seine Gründe für sein Kommen zuzugeben. »Wenn ich unterbreche, könnte ich ...«

»Tust du nicht«, versicherte Anne ihm, als sie mit einem warmen Lächeln auf den Lippen aufstand. »Magst du einen Tee?« Sie deutete auf das Tablett auf einem Tisch in der Nähe und einen Lakaien, der neben der Tür stand. »Nelson hat uns gerade frischen Pekoe mitgebracht, und der duftet göttlich.« Die häusliche Szene, drei seiner Freunde und alle ihre Frauen, die sich zum Tee trafen – Ashton wusste nicht, ob er lachen oder weglaufen sollte.

»Tee?« Er verschluckte sich an dem Wort.

»Ja, *Tee*«, antwortete Emily. »Das machen Freunde, wenn sie sich gegenseitig besuchen, eine Tasse Tee miteinander trinken.« Das Funkeln in ihren Augen warnte ihn, dass sie sein zunehmendes Unbehagen gespürt hatte. Die kleine Herzogin war viel zu aufmerksam. Es war eines der Dinge, die er an ihr bewunderte, außer wenn dieser scharfe Blick auf ihn gerichtet war.

Dies hier war ein schrecklicher Fehler. Er konnte Cedric nicht um einen Gefallen bitten, solange ihn alle anstarrten. Er konnte ihnen nicht sagen, was er vorhatte, bis er seine Lizenz in der Hand hatte und mit Rosalind auf dem Weg zum Altar war. Alles andere könnte seine Pläne durchkreuzen. Emily könnte sogar versuchen, seine Pläne zu sabotieren, wenn sie das Gefühl hatte, dass er die Frau ausnutzte.

»Ich entschuldige mich, aber ich sollte gehen. Ich habe vergessen, dass ich heute Morgen einen Termin habe.«

Lucien war umgehend auf den Beinen und hinderte Ashton daran, sich durch die Tür zurückzuziehen.

»Hoppla, Ash, wieso hast du es so eilig? Eine Tasse Tee mit Freunden ist doch sicher kein Grund, vor dem man davonlaufen muss?« Luciens Grinsen erfüllte Ashton mit einem Gefühl der Wut. Sollte der Mann nicht in wenigen Monaten Vater werden, hätte er ihm eins auf den Hintern gegeben.

Emily erhob sich von dem Sofa, das sie mit Godric geteilt hatte, und kam auf ihn zu. »Ashton, du *errötest* doch nicht etwa?«

Godric lachte. »Em, Liebling, Männer werden nicht rot.«

»Da bin ich mir gar nicht so sicher«, mischte Horatia sich ein und legte eine Hand auf ihren leicht geschwollenen Bauch. Sie war nicht aufgestanden, als er eingetreten war, und er hätte es auch nicht gewollt. Sie hatte Geburtstermin im Oktober und musste sich ausruhen. »Er wird immerhin gerade ein bisschen rotbackig.«

Der Fokus aller Augen auf ihn machte die Röte in seinem Gesicht nur noch viel stärker.

»Ich werde *nicht* rot«, knurrte er. »Ich bin gerade hergeritten und bin fast so erschöpft wie mein Pferd. Cedric, ich möchte gern mit dir sprechen – draußen, bitte.« Er wusste, dass er seine Frage früher oder später stellen musste, also konnte er das gleich jetzt erledigen.

Cedrics Grinsen verblasste, als er Lucien, der immer noch die Tür blockierte, einen Blick zuwarf, und dann auch Godric, der automatisch aufstand und zu ihnen kam.

»Ich sagte *Cedric*, nicht ihr anderen.«

Die Männer lachten. »Wenn du denkst, dass er uns nicht gleich in dem Moment, in dem du weg bist, informiert, irrst du dich«, sagte Godric.

Ashton seufzte dramatisch. Natürlich hatte er recht.

Die drei folgten ihm in den Korridor, und Ashton schloss die Salontür, um zu verhindern, dass die Damen ihn belauschten.

»Was ist los, Ash?«, fragte Cedric. »Ist es schon wieder Waverly?«

»Nein, nichts dergleichen.« Er holte tief Luft und bereitete sich auf die Demütigung vor, die unweigerlich folgen würde. »Ich hatte gehofft, du könntest mich zum Doctors' Commons begleiten, um eine Sondergenehmigung zu erhalten.«

»Der Doctor's Commons? Wer will denn heiraten?«, fragte Cedric.

Ashton seufzte langsam. »Ich.«

Godric keuchte auf, und Lucien bekreuzigte sich und murmelte ein halbes Gebet. Angesichts ihrer Überreaktionen musste Ashton finster dreinblicken.

»Es ist ja nicht so, als würden die vier Reiter der Apokalypse die Curzon Street entlangreiten«, blaffte er.

»Sag mir, dass du Witze machst. Wen zum Teufel solltest du heiraten? Du hast vor Monaten mit deiner letzten Geliebten Schluss gemacht.« Lucien verschränkte die Arme und musterte Ashton kritisch.

Godric schnippte mit dem Finger. »Moment mal. Ich hab's! Du hast mit Charles gewettet und verloren. Ich würde allerdings sagen, du hast mit deinem Einsatz übertrieben. Wen heiratest du? Freddy Poncenbys kleine Schwester? Sie ist ein süßes Mädchen, aber diese Familie ... stell dir das Weihnachtsessen vor. Herr, das willst du nicht, oder?«

»Miss Poncenby? Du weißt, ich würde nie ...«

»Wer dann?«, fragte Cedric. »Ich kann nicht glauben, dass du heiraten sollst, Ash – die Ehe ist immerhin ist nicht gerade dein Ding.« Bei der Erwähnung von Tee kicherten seine Freunde.

»Das ist kein Scherz, und ich will keinen verdammten Tee. Herrgott nochmal, eure Mienen reichen aus, um einen Mann zur Flasche zu treiben. Ich brauche jemanden, der mich zum Doctors' Commons begleitet. Das ist alles. Ich hatte gehofft, Cedric, dass du es mir *am wenigsten* wahrscheinlich schwierig machen würdest.«

Godric wurde ein wenig ernster. »Ich glaube, er sagt die Wahrheit. Die Frage ist nun, *warum* solltest du heiraten? Hast du dich etwa verliebt?«

Cedric schüttelte den Kopf. »Es ist eine Allianz, wette ich.«

Luciens Augen leuchteten plötzlich auf. »Es handelt sich aber nicht zufällig um eine bestimmte schottische Dame, oder?«

»Hier geht es nicht um Liebe, aber ja, ich heirate Rosalind, auch wenn es uns beide umbringt.«

Ohne Vorwarnung stürmte Emily durch die Wohnzimmertür heraus und umarmte ihn. »Oh, Ashton! Ihr beide habt eure Differenzen beigelegt. Wie wunderbar!« Sie strahlte ihn an, und in diesem Moment sank sein Herz. Er war im Begriff, sie zu enttäuschen. Emily, die Frau, die glaubte, dass jeder es verdient hatte, geliebt zu werden.

Godric schälte seine Frau sanft von Ashton ab. »Lass den Mann atmen, Liebling.«

»Wie ist es geschehen?«, fragte Horatia. Sie und Anne hatten sich ihnen angeschlossen, und nun bildeten sie eine große Gruppe im Flur. »Als wir Lady Melbourne das letzte Mal sahen, war sie wütend auf dich und entschlossen, sich vor dem finanziellen Ruin zu retten, in den du sie gebracht hast.«

Emily kniff plötzlich die Augen zusammen. »Ashton, warst du ihr gegenüber rücksichtslos? Sie ist eine Freundin, und ich möchte nicht herausfinden müssen, dass du sie zu etwas gedrängt hast. Ich werde es nicht zulassen.«

Sie glaubte, sie könnte ihn kontrollieren? Wie süß! Wie völlig fehlgeleitet. »Ich habe sie zu nichts gezwungen.« *Nicht ganz,* änderte er stillschweigend. »Sie hat eine Partie Schach verloren, und es ging um die Ehe, wenn ich gewinnen sollte.«

Lucien runzelte die Stirn. »Das klingt aber gar nicht nach dir, das Ergebnis dem Zufall zu überlassen.«

»Auf keinen Fall. Es gibt einen Grund, warum keiner von uns mehr gegen ihn spielt«, sagte Godric. »Aber wie zum Teufel hat sie den Fehler gemacht, mit dir Schach zu spielen?«

Ashton grinste. »Rafe hatte sie davon überzeugt, dass meine Fähigkeiten ... Unterdurchschnittlich sind.«

Lucien schnaubte. »Das ist der Ash, den ich kenne.«

»Warum sollte Rafe das sagen? Normalerweise hilft er dir nicht«, fügte Cedric hinzu.

»In der Tat«, stimmte Ashton zu. »Aber er war so dumm, Rosalinds Kutsche auszurauben, und ...«

Godric unterbrach ihn mit einer Handbewegung. »Was?«

»Ausgeraubt?«, wiederholte Lucien.

Emily hielt sich schockiert die Hand vor den Mund, bevor Godric fortfuhr. »Was zum Teufel hat Rafe dazu bewogen, eine Kutsche zu überfallen?«

»Es scheint, dass er *Straßenräuber* zu seiner ständig wachsenden Liste fragwürdiger Talente hinzugefügt hat«, sagte Ashton.

»Guter Gott«, murmelte Lucien. »Dieser Mann wird eines Tages hängen.«

»Ja, ich muss mich später um ihn kümmern, wenn ich Rosalind geheiratet habe.«

»Oh, nein, das wirst du nicht!« Emily rammte ihm einen Finger so fest in die Brust, dass er einen Schritt zurückstolperte.

»Emily ...« Ashton war verärgert. Er war nicht im Geringsten daran interessiert, einen weiteren Vortrag darüber zu erhalten, dass er Rosalind mit Samthandschuhen behandeln sollte.

»Hör auf, *Emily* zu mir zu sagen, Ashton. Du wirst Rosalind nicht missbrauchen. Sie ist eine wundervolle Kreatur, und ich werde nicht zulassen, dass du aus einer fehlgeleiteten Vorstellung von Stolz ihren Geist brichst. Was, es war nicht genug, einfach ihre Finanzen zu ruinieren, du musst sie jetzt auch *besitzen*?«

Sie dachte ernsthaft, er hätte es in sich, eine Frau zu brechen? Gottes Zähne, das würde er nie tun. Er liebte das schöne Geschlecht viel zu sehr, um dermaßen skrupellos ihnen gegenüber zu sein.

»Sie *ist* wunderbar, und ich habe nicht die Absicht, sie zu brechen«, konterte er. »Das ist zu unserem beiderseitigen Vorteil.«

Emily stoppte ihren militärartigen Angriff. Ihre violetten Augen wurden groß und suchten in seinem Gesicht.

»Findest du sie auch wunderbar?«

Er nickte. »Selbstverständlich.« Wie könnte er auch nicht? Sie war intelligent, schön und stur.

»Dennoch liebst du sie nicht?«, fragte Emily, ihre violetten Augen voller Neugier.

»Ich mag sie gern und wünsche ihr nichts Böses, aber du hast recht.«

Emily sah Anne und Horatia kurz an, bevor sie wieder sprach. »Dann ab mit dir ins Doctors' Commons. Wir Damen haben einige Kleider zu kaufen, wenn wir für die Hochzeit bereit sein sollen.«

Es dauerte einen Moment, bis Ashton das Gesagte verinnerlicht hatte. »Wie bitte?«

»Ja«, stimmte Anne zu. »Es ist wichtig, dass wir alle da sind. Hochzeiten sind Familienangelegenheiten. Und du bist in jeder Hinsicht unsere Familie, außer in Blut.«

»Sie hat recht, weißt du«, sagte Cedric. »Wir sollten alle dabei sein. Wann ist der große Tag?«

»Ich dachte an morgen.«

Alle drei Frauen keuchten erschrocken auf, als hätte er damit gedroht, etwas so Skandalöses zu tun, dass nicht einmal sein eigener Ruf zu retten war.

»Morgen? Oh nein, Ashton, das ist viel zu bald«, protestierte Horatia. »Wir brauchen ein paar Tage, um zu packen und die Reise nach Hampshire zu organisieren.«

Ashton kannte diese drei Damen gut genug, um zu wissen, dass er in dieser Sache nicht gegen sie ankommen würde. Er konnte nicht in diesen Krieg ziehen und auf einen Sieg auch nur hoffen.

»Ihr habt zwei Tage«, informierte er sie. »Ich riskiere keinen Tag mehr, falls meine Verlobte versuchen sollte, von unserer Abmachung zurückzutreten.«

»Will sie das denn?«, fragte Lucien halb lächelnd.

Ashton zuckte mit den Schultern. »Ich weiß es ehrlich gesagt nicht, und ich möchte ihr auf keinen Fall die Gelegenheit geben.«

Seine Freunde lachten. Godric warf Ashton einen Blick zu. »Nun, sollen wir dann los?«

»Du musst nicht mitkommen.«

»Unsinn.« Godric drückte Emily einen Kuss auf die Lippen, bevor er die anderen ansah. »Das würden wir nicht um die Welt verpassen wollen. Em, Liebling, am besten lässt du umgehend die Diener für das Packen sorgen und teilst unseren Anwälten mit, wo wir zu erreichen sind, sollten geschäftliche Angelegenheiten unsere Aufmerksamkeit erfordern, während wir nicht in der Stadt sind.«

»Viel Spaß dabei, Ashton zum Rotwerden zu bringen. Er ist immer noch rot.« Horatia kicherte und küsste Lucien.

Es waren all die öffentlichen Zuneigungsbekundungen, die ihn erröten ließen, nicht der Gedanke, eine Heiratslizenz zu erhalten. Es war ein Geschäft und nichts weiter. Auch wenn Rosalind zu gleichen Teilen wunderbar, ärgerlich und faszinierend war.

Ashton wartete auf der Vordertreppe, während seine Freunde ihre Hüte und Mäntel holten.

»Wir sollten die Kutsche nehmen. Ich lasse sie herbringen.« Cedric verschwand nach drinnen und ließ Ashton mit Lucien und Godric zurück.

»Bist du dir sicher?«, fragte Godric mit echter Ernsthaftigkeit.

»Das bin ich«, antwortete Ashton. Er verstand jetzt noch besser, welche Verärgerung Cedric empfunden haben musste, als er zum ersten Mal seine Verlobung mit Anne bekannt gab. Die Liga hatte die Idee zunächst nicht angenommen. Die Unterstützung seiner Freunde nicht zu haben, füllte den Kopf mit Zweifeln. Nach einem Jahrzehnt, in dem sie in fast allem immer völlig einer Meinung gewesen waren, fühlte es sich seltsam an, mit ihnen nicht einverstanden zu sein, ob er heiraten sollte, und dies, ohne zu zögern, ob sie ihm zustimmen würden oder nicht.

»Ich habe mehr Gründe als meinen männlichen Stolz, wie Emily es ausdrückt«, fügte er leise hinzu. »Seit drei Wochen beobachte ich jetzt die Aktivitäten der Reederei von Lady

Melbourne. Hugo Waverly benutzt ihre Schiffe, um Männer und Vorräte von und nach England für Zwecke zu transportieren, die ich noch nicht erklären kann. Ich weiß nicht, was er vorhat, aber ich würde nachts sicherlich besser schlafen, wenn ich Zugang zu den Manifesten und Passagierlisten hätte.«

»Aber du besitzt bereits ihre Schulden, und die Unternehmen sind so gut wie dein«, sagte Lucien. »Ich dachte, du hättest deine Buchhalter und Anwälte bereits darangesetzt, ihre Konten durchzugehen.«

»Habe ich. Aber ich möchte, dass die Eigentumsverhältnisse nicht in Frage gestellt werden. Wenn ich sie heirate, fällt es mir leichter, alle Unternehmen zu leiten und tiefer in ihre Akten zu schauen.« Er drehte sich beim Rattern der Räder auf dem Kopfsteinpflaster um und sah die Sheridan-Kutsche vor den Fuß der Treppe fahren.

»Auf geht's, Jungs.« Cedric stürmte die Stufen hinunter, um ihnen zu begegnen, während sie sich alle darauf vorbereiteten, einzusteigen.

»Ich habe das Gefühl, wir sollten Ashton heute Nacht betrunken machen, um ihn auf die Ehe vorzubereiten«, sagte Godric lachend.

»Oder ein letzter Ausflug in den Midnight Garden«, schlug Lucien vor.

»Ganz sicher nicht.« Ashton lachte. »Als ich das letzte Mal dort einen Fuß hineingesetzt habe, wurde ich angeschossen. Ich habe kein Verlangen, die Erfahrung zu wiederholen.«

»Touché.« Cedric schloss die Tür der Kutsche und schlug mit einer Hand von unten gegen die Decke, um dem Fahrer zu signalisieren, dass er losfahren solle.

Als die Kutsche anruckte, lehnte sich Ashton im Sitz zurück und lächelte, während seine Freunde ihn neckten, aber es machte ihm nichts aus. Rosalind würde ihm gehören, und das war alles, was zählte.

KAPITEL 17

Nelson Lewis, ein Lakai im Haushalt der Sheridans, blieb in der Tür zu den Dienstbotenquartieren stehen und bemühte sich, die Unterhaltungen der drei Damen, die noch in der Halle standen, mitzubekommen.

»Emily, warum hast du aufgehört zu nerven, als er zugab, dass Rosalind wunderbar ist?«, fragte Lady Sheridan.

Die Herzogin von Essex spielte mit den Perlen um ihren Hals. »Ich glaube nicht, dass Ashton das jemals über eine Frau gesagt hat. Ich glaube, er hat stärkere Gefühle für sie, als er selbst zugibt.«

Nelson stieß die Tür einen Zentimeter weiter auf und betrachtete die wohlerzogenen Damen, wie sie in den Salon zurückkehrten. Aber bevor sie drinnen verschwanden, hörte er Lady Rochester sprechen.

»Eine Hochzeit in Hampshire. Es wird schön werden.«

Lennox sollte heiraten? Er schloss die Tür und ging die Treppe hinunter, um den Butler zu finden, der darauf bedacht war, so zu wirken, als ob er seinen normalen Pflichten nachginge. Der ältere Mann stand im Dienstbotenflur und sprach mit der Haushälterin.

»Ah, Nelson, da bist du ja. Wir haben ein paar Besorgungen, die du erledigen musst.« Der Butler hielt ihm einen Pergamentstreifen hin.

Nelson warf einen Blick auf das Pergament und steckte es in seine Westentasche. »Selbstverständlich.« Er hatte sich so an die Muster des Haushalts gewöhnt, dass ihm klar gewesen war, dass er jetzt wahrscheinlich weggeschickt werden würde. Er verabschiedete sich hastig vom Butler und verließ das Haus der Sheridans.

Er ging eine Weile, bevor er sich für ausreichend außer Sicht hielt und sich erlaubte, eine Mietkutsche heranzuwinken.

»Wohin?«, fragte der Fahrer.

»The Strand.« Er reichte dem Mann ein paar Münzen und sprang in den Wagen.

Die Kutsche ratterte an Covent Garden vorbei, und Nelson beobachtete die Straßen. Tagsüber war die Gegend um den Strand ziemlich seriös, mit geöffneten Geschäften und anständigen Leuten, die die Stände erkundeten und in die Schaufenster spähten. Nachts jedoch nahm die Straße einen unheilvolleren Charakter an. Nicht, dass Nelson sich dann davor fürchten würde, dort entlangzukommen. Er war in unehrenhaftem Kampf gut trainiert worden. Es waren diejenigen, die ihm in die Quere kommen könnten, die Angst haben sollten.

Der Wagen hielt am Rand des Strandes, und Nelson sprang hinaus. Er wich den feinen Damen in ihren Tageskleidern und den Männern aus, die sie von Geschäft zu Geschäft begleiteten. Nelson wagte sich weiter, bis er das Schild der Coal Hole Tavern in der leichten Brise schaukeln sah.

Die Tür sprang auf, und mehrere Männer und zwei Frauen stolperten lachend heraus. Ihre Gesichter kamen ihm bekannt vor, Schauspieler, die er in den letzten Theaterstücken gesehen hatte. Das war jedoch keine Überraschung. Das

Coal Hole war ein Treffpunkt für viele Schauspieler und war früher sogar ein privates Theater gewesen. Nelson ließ die Männer und Frauen vorbei, bevor er die offene Tür auffing und hineinschlüpfte.

Der Schankraum war laut, aber nicht so unanständig wie so manche Taverne in anderen Teilen Londons. Aber bei Einbruch der Dunkelheit würden die Huren und Taschendiebe draußen bleiben, sehr zur Freude und zum Missfallen der Männer, die mutig genug waren, hier so spät noch herumzulungern.

Ein Barkeeper stand in der Nähe der Hintertreppe, die zu den oberen Zimmern führte. Nelson machte sich auf den Weg dorthin.

»Was brauchst du?«, grunzte der Barmann.

»Haben Sie schon einmal einen Weißen Löwen gesehen?«, fragte er.

»Ich glaube, wir haben ein Gemälde von einem. Letzte Tür links.« Der Barmann schob seine beträchtliche Masse beiseite und ließ Nelson passieren.

Die Geräusche aus den Räumen, an denen er vorbeikam, zeigten, dass mehr als eine Seele heute schon früh zum erfreulichen Teil des Tages übergegangen war.

Als er die letzte Tür auf der linken Seite erreichte, klopfte er in einem bestimmten Rhythmus mit den Fingerknöcheln.

»Komm rein.«

Lewis drehte den Griff und öffnete die Tür. Die beiden Männer im Inneren starrten ihn an, einer saß an einem Schreibtisch und der andere lehnte am Fenster an der Wand. Der Mann am Fenster war Ende zwanzig, der andere Ende dreißig. Es war der zweite, den zu sehen Lewis gekommen war.

Hugo Waverly winkte Nelson zu. »Ah, Lewis. Berichte.« Er senkte seinen Blick wieder auf seine Papiere, sein dunkles Haar fiel ihm in die Augen, während er nach etwas suchte.

Der Mann am Fenster, Daniel Sheffield, Hugos rechte Hand, ermutigte Lewis mit einem Nicken.

»Ich habe die Wohnung der Melbourne nach dem gesuchten Gegenstand durchsucht. Ich fürchte, ich konnte es nicht finden.«

Hugo runzelte die Stirn. »Verdammt. Sie muss es mitgenommen haben, als sie London verließ. Noch etwas?«

Nelson nickte. »Lennox ist wegen einer Sonderlizenz ins Doctors' Commons unterwegs. In zwei Tagen will er in Hampshire heiraten.«

Hugos Feder hörte auf, auf dem Pergament zu kratzen. Langsam hob er den Kopf.

»Wen will er heiraten?« Er gab jedem Wort ein solches Gewicht, dass sogar Lewis, der in einer Diebeshöhle aufgewachsen war, Gänsehaut bekam.

»Lady Melbourne.«

Die Federspitze brach ab und spritzte Tinte über die Seite. Sheffield kam um Hugos Schreibtisch herum.

»Hast du sonst noch Einzelheiten?«, fragte Sheffield.

Lewis richtete sich gerader auf und erkannte, mit welcher Ernsthaftigkeit sie diese Nachricht aufnahmen. »Essex, Rochester, Sheridan und ihre Frauen werden nach Hampshire reisen, werden bei Lennox wohnen und bei der Zeremonie anwesend sein.«

Mit einem bösartigen Knurren zerknüllte Hugo den fleckigen Bericht und warf ihn in den Kamin.

»Sheffield, wir müssen sofort nach Schottland reiten. Wir können die Hochzeit vielleicht nicht hinauszögern, aber wir *können* die Liga lange genug stören, um unsere Operation hinsichtlich des westindischen Inseln abzuschließen, wenn wir uns mehr Zeit verschaffen können. Die Notwendigkeit, die von uns besprochenen Gegenstände zu beschaffen, ist jetzt noch wichtiger geworden.« Nachdenklich faltete er die Hände. »Verdammt. Ich war ein blinder Narr. Als Lady

Melbourne London verließ, deutete ihr Brief darauf hin, dass sie darum kämpfen wollte, ihr Eigentum zurückzubekommen. Aber wenn er sie irgendwie umworben und gewonnen hat, dann liegen die Eigentumsverhältnisse plötzlich ganz anders.«

Hugo fuhr sich mit den Händen durch die Haare, seine Augen ein wenig blutunterlaufen und sein Gesicht eine Maske der Wildheit, was Nelson dazu brachte, einen kleinen Schritt zurückzutreten. »Wir können nicht zögern. Wenn sie die Chiffre hat, sollten sich unsere Bemühungen darauf konzentrieren, an die ihr vorliegenden Briefe zu kommen. Kincade hätte diese Briefe nicht nach London geschickt, denn dann hätten sie unterwegs verloren gehen können. Nein, dafür ist er zu vorsichtig. Ich würde mein Leben darauf wetten, dass er sie irgendwo in seinem Schloss hat, versteckt unter einem Dielenbrett oder hinter einem losen Stein. Ich werde sie finden und an mich nehmen und dann die Chiffre von Lady Melbourne holen, wenn es die Zeit erlaubt.«

Sheffield nickte. »Ich nehme also an, wir werden die Brüder der Dame ansprechen? Sie haben einen Streit mit ihr und ihrem Vater erwähnt. Sie könnten bereit sein, unsere Arbeit für uns zu erledigen, Lady Melbourne aus Lennoxs Fängen zu holen und sie nach Schottland zu bringen, besonders wenn sie glauben, sie sei in irgendeiner Weise in Gefahr.«

»Großartige Idee. Es ist besser, sie mit der Liga zu verwickeln als mit uns. Entführungen können ein chaotisches Unterfangen sein.« Hugo fing an, die Papiere auf seinem Schreibtisch zu durchsuchen. Er und Sheffield waren sich anscheinend nicht bewusst, dass Lewis sie immer noch beobachtete, während sie Pläne machten.

Ohne den Kopf zu heben, sagte Hugo: »Du kannst gehen, Lewis. Lass uns sofort wissen, wenn sich etwas ändert. Sheffield wird einen Mann abstellen, der auf dich wartet. Du wirst ihn als den Schwarzen Eber kennen.«

»Verstanden, Sir.« Lewis drehte sich um und floh aus dem

Zimmer. Waverly zahlte gut, aber in diesem Raum war etwas Dunkles, das Lewis beunruhigte. Es war besser, zurück im Sheridan-Haus zu sein, wo er außer Sicht und aus den Gedanken war, bis er seine nächsten Befehle erhielt.

❧

LIPPEN BRANNTEN VOR VERLANGEN, GEFLÜSTERTE WORTE, DIE Fesseln an ihren Händen, diese strahlend blauen Augen ...

Rosalind erwachte aus dem verschwommenen Traum, der die Ereignisse der vergangenen Nacht wiederholte. Die andere Seite des Bettes war kalt. Ashton war schon lange weg. Sie setzte sich auf und wickelte sich ins Laken ein. Letzte Nacht hatten sie und Ashton sich geliebt, leidenschaftlich, wild und dann zärtlich. Es war unerwartet und wunderbar gewesen, doch nun lastete das Bedauern schwer auf ihr.

Worauf habe ich mich eingelassen?

Es gab keine Möglichkeit, dieser Sache zu entkommen. Sie würde Ashton heiraten, und er würde sie besitzen. Sie würde wieder aufhören zu existieren.

Atme, atme einfach.

Sie bedeckte ihr Gesicht mit ihren Händen und atmete langsam ein und aus, um ihr Herz zu beruhigen. Es wäre einfacher gewesen, den Mann zu hassen, wenn er in der Nacht zuvor nicht so ein wundervoller, großzügiger Liebhaber gewesen wäre. Er schien immer einen Weg zu finden, sie anzuziehen, sie dazu zu verführen, ihm zu vertrauen.

Aber man konnte ihm nicht trauen. Seine Motive, sie zu heiraten, hatten nichts mit Liebe zu tun, sondern nur damit, ihm die Kontrolle über ihr Eigentum zu geben. Es spielte keine Rolle, dass er behauptete, er würde ihr später alles zurückgeben. Sobald er sie hatte, wäre er nicht mehr verpflichtet, diese Worte zu ehren. Sie hatte in den letzten Jahren nicht so hart gearbeitet, um ihr Geschäft aufzubauen, nur um es an ihren größten Rivalen zu verlieren. Wie könnte sie sich da herauswinden?

Jemand klopfte an die Tür.

Sie ließ sich wieder aufs Bett fallen und zog sich die Bettdecke über den Kopf, um sich zu verstecken. »Herein.«

»Eure Ladyschaft, Sie sollten aufstehen. Ich habe ein heißes Bad eingelassen und ein Kleid für Sie herausgelegt.« Claires Stimme kam von irgendwo über ihr.

Rosalind zog die Decke wieder herunter. »Prima.«

Claire stand neben dem Bett und hielt ihr einen blauen Morgenmantel hoch. Die Augen ihrer Zofe musterten sie kritisch, als ob sie nach Schäden suchen wollte.

»Ich muss sagen, Sie sehen gut aus, Euer Ladyschaft. Kein Schaden angerichtet?« Claires Frage war sorgfältig formuliert.

»Nein. Kein Schaden angerichtet.« Was letzte Nacht passiert war, war völlig einvernehmlich gewesen, und sie würde nicht so tun, als ob sie Ashton nicht gewollt oder seiner Verführung nicht zugestimmt hätte. Rosalind schlüpfte aus dem Bett und zog den Morgenmantel an. Nach einer langen Nacht war sie nicht auf einen Tag vorbereitet, von dem sie wusste, dass er ebenfalls lang werden würde.

»Seine Lordschaft wird heute Nachmittag zurück sein, um mit Ihnen die Kirche zu besichtigen. Lady Lennox fährt mit Ihnen und mit Miss Lennox in die Stadt, um eine Hochzeitsaussteuer auszuwählen.« Claire lächelte glücklich und verdammt nochmal hocherfreut.

»Claire, ich habe geschworen, Lennox zu verachten, und du grinst wie eine Katze, die zu viel Sahne geschluckt hat. Du bist *meine* Bedienstete, nicht seine.«

»Oh, aber das bin ich, Eure Ladyschaft. Ich weiß, wie schlau Sie sind, und es ist nur eine Frage der Zeit, bis er Ihnen aus der Hand frisst. Das ist es, was Sie erreichen wollen, nicht wahr? Um von ihm die Kontrolle zurückzubekommen?«

Rosalind antwortete nicht, als sie sich Ashtons Kupferwanne näherte. Dampf stieg aus dem heißen Wasser auf und wärmte ihre Haut, als sie aus dem Morgenmantel schlüpfte und ihn über Claires ausgestreckten Arm legte.

»Sind alle anderen schon auf?« Sie blinzelte in das blasse Licht, das durch das Fenster hereindrang.

»Aye. Sie haben bis kurz vor Mittag geschlafen. Die letzten paar Male, als ich nach Ihnen sah, haben Sie fest geschlafen.« Claire eilte um den Tisch neben der Badewanne herum und legte eine Haarbürste und ein paar Stecknadeln bereit.

Rosalind stöhnte. »Mittagszeit?« Wie hatte sie so lange schlafen können? Sie hatte schon immer einen leichten Schlaf gehabt und war im Morgengrauen aufgewacht – wenn nicht schon früher –, um ihren Tag zu beginnen. Sie schlief selten die ganze Nacht durch. In den Nächten, wenn sie es doch tat, tauchten Dämonen aus ihrer Vergangenheit in Albträumen auf, die sie bis zum Morgen verfolgten. Doch sie hatte letzte Nacht wie ein Baby in Ashtons Bett geschlafen.

»Wenn ich nicht zu direkt von mir ist, möchte ich gern erwähnen, dass es manchmal einer Dame beim Einschlafen helfen kann, einen Mann in ihrem Bett zu haben.« Claire drehte ihr den Rücken zu, während sie ein Handtuch faltete, aber Rosalind wusste, dass ihre Zofe lächelte. Sie konnte es in ihrer Stimme hören.

Ich wüsste nicht, inwiefern. Der verdammte Dummkopf nahm den größten Teil des Bettes ein und ließ nur wenig Platz für mich. Und sie war gezwungen gewesen, sich an seinen Körper zu schmiegen, was bedeutete, dass er die ganze Nacht einen Arm um sie gelegt hatte. *Verdammt ärgerlicher ... wunderbarer Mann ...* Mit einem wütenden kleinen Knurren rieb sie sich mit einem Stück Seife über ihre Haut.

»Ich nehme an, es geht auf die alten Tage zurück«, grübelte Claire, während sie den Morgenmantel an einen Haken neben der Tür hängte.

Rosalind rieb sich mit dem Seifenschaum über ihren Körper. »Was meinst du?« Der Duft traf sie, das männliche Aroma. Ashtons. Frische Erinnerungen an die letzte Nacht durchströmten sie, und sie ließ die Seife fallen und spritzte Wasser aus der Wanne. Sie strich ihr Haar zurück und tastete dann am Boden der Wanne herum, um das glitschige Ding zu finden.

»Eine Frau möchte glauben dürfen, dass sie in Sicherheit ist, dass jemand sie beschützt. Hassen Sie ihn oder lieben Sie ihn, Lord Lennox ist ein Mann, der sein Eigentum beschützt. Letzte Nacht wurden Sie sein Eigentum, und tief in Ihrem Inneren wissen Sie, dass er sich um Sie kümmern wird, Eure Ladyschaft. Deshalb haben Sie so gut geschlafen.«

»Woher willst du überhaupt wissen, was letzte Nacht passiert ist? Wegen der Ehe, meine ich.«

Claire zuckte mit den Schultern. »Diener erfahren diese Dinge immer zuerst. Flüstern ist wie ein Lauffeuer in den Fluren jedes großen Hauses.«

»Das gesamte *Haus* weiß also, dass wir heiraten werden.« Der Gedanke daran, dass jeder ihre beschämende Situation kannte, ließ es dumpf hinter ihren Augen pochen.

»Ja, aber ...« Claire machte eine Pause. »Die Mitarbeiter scheinen fasziniert von dem Gedanken an die Heirat ihres Herrn. Sie sagen, er habe noch nie ein dauerhaftes Interesse an einer Dame gezeigt, zumindest nicht mit Heiratsinteresse, und laut den Dienstmädchen von oben hat ihn noch nie eine Frau im Lennox House besucht.«

»Ich war nicht gerade eingeladen«, erinnerte Rosalind sie. Sie wusch sich die Haare und sah sich nach einem Handtuch um. Ihre Zofe hielt ihr eines hin.

»Nun?«, fragte Claire.

»Nun, was?« Ihre Antwort war ein bisschen härter, als sie beabsichtigt hatte, aber die Vorstellung, dass jeder die intimen Details ihres Privatlebens kannte, hatte sich als verstörend erwiesen.

»Stimmt es, dass er Ihnen seine Gunst erweist?«

Ein spöttisches Schnauben entfuhr Rosalind. »Wenn du mit *Gunst* meinst, ob er mich erpresst, meine Zukunft bei einer Schachpartie verwettet, mich über seine Fähigkeiten im Spiel täuscht und mich mit verdammt guten Küssen ins Bett zu verführen versucht, dann ja, dann erweist er mir eine Menge *Gunst*.«

Claire biss sich auf die Lippe, um nicht zu lachen.

»Was?«, schnappte Rosalind.

»Verdammt gute Küsse? Oh je, Eure Ladyschaft, wir dürfen nicht zulassen, dass *das* noch einmal passiert.« Belustigung klang in Claires sarkastischem Ton.

»Das ist nicht komisch!«

»Natürlich ist es das, Eure Ladyschaft. Er klingt wie ein richtiger Mann, und Sie kämpfen gegen die Tatsache an, dass Sie ihn mögen.« Claire kicherte.

»Das tue ich nicht.« Rosalind fing an zu lachen, trotz ihrer besten Versuche, es nicht zu tun. Sie kämpfte damit, dass Claire Recht hatte.

Claire lächelte. »Sie werden ihn für sich gewinnen. Ich schätze, er frisst in vierzehn Tagen aus Ihrer Handfläche.«

Rosalind beruhigte sich, trocknete ihr Haar mit einem Tuch und ging zurück in Ashtons Schlafzimmer. Sie fand das hellrosa Jaconet-Musselin-Kleid, das ihre Zofe ausgewählt hatte, über einem der Stühle drapiert, zusammen mit weißen Strümpfen, die an den Knöcheln mit Frühlingsblüten bestickt waren. Ein himmelblaues Tuch, weiße Handschuhe und Stiefeletten in der gleichen Farbe rundeten ihr Outfit ab. Es würde elegant sein, aber ihre Figur zur Geltung bringen. Claire hatte gut gewählt. Wenn sie schon unter dieser Heiratsgeschichte leiden musste, konnte sie genauso gut hübsch aussehen.

»Keine Häubchen?« Rosalind setzte sich auf einen Stuhl, um die Strümpfe anzuziehen.

»Nein, überhaupt nicht! Es wäre schade, an einem Tag wie heute sein Gesicht zu verbergen.«

Rosalind zog sich schnell an und ließ sich von Claire ihr Haar zu losen Locken drehen und dann mit einem blauen Seidenfaden nach griechischer Art um ihren Kopf drapieren.

»Sie treffen sich gerade zu einem späten Mittagessen, wenn Sie bereit sind«, fügte Claire hinzu, als Rosalind zur Tür ging.

Der Speisesaal war bis auf zwei Personen, Charles und Rafe, leer. Als Rosalind sie sah, blieb sie in der Tür stehen.

»Ich habe gehört, Glückwünsche sind angebracht.« Rafe hob ein Glas Saft in ihre Richtung, zuckte dann zusammen und berührte seinen Arm. Der Arm, von dem sie wusste, dass sie ihn getroffen hatte, als er ihre Kutsche ausgeraubt hatte.

Sie unterdrückte ihre Wut, ging zu ihm, nahm einen Stuhl neben ihm und schlug dann ohne Vorwarnung auf seine verborgene Wunde.

Rafe heulte auf und lehnte sich von ihr weg, seine blauen Augen funkelten vor Eis. »Christus verdammt!«

»Sie haben mir versichert, er sei ein unterdurchschnittlicher Schachspieler. Sie haben *gelogen*.«

Charles machte eine große Show daraus, sich niederzulassen, um die Szene ihm gegenüber genüsslich zu beobachten und seinen Tee zu schlürfen.

»Natürlich habe ich gelogen. Sie haben auf mich geschossen!«, knurrte Rafe.

»Sie haben mich *überfallen*, Sie Raufbold. Haben Sie wirklich geglaubt, ich würde nicht herausfinden, dass Sie das in jener Nacht auf der Straße gewesen sind? Ich verlange, dass Sie mir sofort mein Geld zurückgeben!«

»Das werde ich ganz sicher nicht! Betrachten Sie es als Landzoll, Sie verdammter Wildfang!«

»Nennen Sie mich nicht so!«, schoss sie zurück.

»Ash nennt Sie so«, bemerkte Charles. Sowohl Rosalind als auch Rafe schossen ihm giftige Blicke zu.

»Nun, er wird mein Ehemann werden, und ich lasse mich von ihm so nennen, weil er es süß meint. Im Gegensatz zu Ihnen, Sie diebischer Köter!«

Rafe versuchte, sich von seinem Stuhl zu erheben, aber Rosalind schlug erneut auf seinen verwundeten Arm. Rafe schrie auf, als sein Stuhl umkippte und er rückwärts zu Boden flog.

Charles klatschte Beifall, selbst als Rosalind ihn mit einem eisigen Blick ansah. »Ich bin Faustkämpfer. Ich kann nicht anders, als einen guten Schlag zu bewundern. Bitte, fahren Sie fort.«

Rafe stand auf, hielt seinen verletzten Arm fest und warf mit den Augen Dolche nach ihr. »Ich hoffe, Sie treiben Ashton in den Wahnsinn. Er verdient eine Harpyie wie Sie.« Und er stolzierte davon und ließ sie und Charles allein.

»Lassen Sie sich nicht von ihm ärgern. Rafe war schon immer ein bisschen ein Arsch. Er und Ashton sind sehr verschieden und befinden sich selten auf Augenhöhe miteinander.«

Rosalind beruhigte sich und strich sich ein paar Haarsträhnen aus dem Gesicht.

»Haben Sie nicht gehört, was ich eben gesagt habe? Dieser Mann *hat mich ausgeraubt*. Er war der Grund, warum ich bei Regen und Schlamm hierher laufen musste.«

Charles runzelte die Stirn, obwohl er immer noch etwas amüsiert schien. »Ja, Ash hatte schon angedeutet, dass dies der Fall sein könnte. Ich bin gespannt, wie er mit dem Mann umgeht, wenn er zurückkommt. Ich vermute, er sah das Ereignis als eine Art Scherz an. Sie haben noch Glück, dass er nicht die Absicht hatte, Ihnen wirklich zu schaden.«

»Er hat Glück, dass der Sturm mich geblendet hat, sonst hätte mein Schuss seine Brust getroffen, nicht seinen Arm.«

»Das ist aber ziemlich blutrünstig von Ihnen. Kein Wunder für eine Dame aus Schottland. Ihr Leute da oben seid im Herzen immer noch Krieger. Besonders Ihre Brüder.«

»Meine Brüder? Sie kennen sie?« Rosalind verstummte, ein wenig ängstlich. Der Gedanke, dass ihre Vergangenheit an einem solchen Punkt in ihrem Leben mit ihrer Gegenwart kollidierte, ließ sie schaudern.

Charles leckte sich einen Klecks Honig von den Fingern, bevor er ein Stück Toast auf seinen Teller legte.

»Oh, ja. Godric und ich hatten vor ungefähr einem Jahr einen Streit mit ihnen. Ich habe noch nie in meinem Leben ein Trio wie sie gesehen. Köpfe wie Felsbrocken und Fäuste wie Ambosse. Es spielte keine Rolle, wie oft ich einen Schlag landete, es schien ihnen nichts zu tun.«

Rosalinds Herz schlug ihr bis zum Hals. »Sie haben gegeneinander gekämpft? Wozu denn das?«

Charles wurde rot. »Godric und ich haben vielleicht ein paar der süßen kleinen Barmädchen einer Taverne in Edinburgh in eine Ecke gelockt. Ich glaube, die Küken hatten ursprünglich versprochen, mit Ihren Brüdern nach Hause zu gehen. Das war natürlich, bevor sie uns trafen. Sie entschieden, dass wir stattdessen vielleicht mehr Spaß machen könnten. Ihre Brüder nahmen daran Anstoß.« Er grinste. »Es war einer der wenigen Kämpfe, vor denen ich je davongelaufen bin. Gruselige Kerle, Ihre Brüder.«

»In der Tat gruselig«, murmelte sie, aber sie waren nicht die wahren Schrecken der Familie. Charles hatte keine Ahnung, was für ein Monster ihr Vater war. Ihre Brüder waren gute Männer, und solange sie sie kannte, hatten sie Unschuldigen nie etwas getan. Aber sie genossen das schönere Geschlecht, und sie waren genauso launisch wie sie. Sie war nicht allzu überrascht zu erfahren, dass sie sich mit Ashtons Freunden um ein paar Frauen geprügelt haben sollten.

»Ich muss zugeben, ich kann nicht glauben, dass Sie wirklich geglaubt haben, Ash wäre ein schlechter Schachspieler. Was hat Sie auf diese Idee gebracht, außer Rafe so dumm zu vertrauen? Es ist ein Logikspiel. Es scheint nur natürlich, dass er sich darin auszeichnen muss.« Charles lehnte sich in seinem Stuhl zurück, legte die Finger zusammen und beobachtete sie.

Rosalind begegnete seinem Blick und zuckte mit den Schultern. »Wenn jemand verzweifelt ist, wird er wahrscheinlich oft genug Dinge glauben, die er sonst nicht für bare Münze nehmen würde. Ich habe Rafes Abneigung gegen seinen eigenen Bruder überschätzt und ich habe seine Abneigung gegen *mich* unterschätzt.«

»Nun, Sie haben auf den Mann *geschossen*. Es würde jeden anständigen Kerl ein bisschen rachsüchtig machen.« Charles knabberte an seiner Toastscheibe.

»Wie oft muss ich das sagen? Er *hat mich ausgeraubt*!« Sie knallte ihre Teetasse auf den Tisch, dass es klapperte.

»Hmm, ja, das haben Sie gesagt.« Charles summte nachdenklich. »Und jetzt müssen Sie Ashton heiraten.«

»Ja.« Rosalind aß endlich einen Bissen und nahm sich etwas Marmelade.

Joanna stürmte ins Zimmer, eine Vision aus Lieblichkeit in einem hellblauen Musselinkleid mit strahlendem Gesicht. »Rosalind! Was meinen Sie?« Sie drehte sich ein wenig und blieb stehen, als sie Charles sah und ihre Wangen sich kirschrot färbten.

»Es ist perfekt«, sagte Rosalind.

»Du siehst hübsch aus, Joanna«, fügte Charles hinzu.

»Danke, Charles.« Sie senkte ein wenig den Kopf, als sie sich neben Rosalind setzte. »Ist es wahr? Sie und Ashton sind offiziell verlobt? Mutter machte sich Sorgen, dass es nicht passieren würde, aber Ashton sagte ihr heute Morgen, bevor er ging, dass er ein Datum festlegen würde!« Die Hoffnung in ihrer Stimme überraschte Rosalind. Sie kannte Joanna erst seit ein paar Tagen, aber diese tat so, als ob dies eine Neuigkeit wäre, von der sie verzweifelt hoffte, dass sie wahr war.

»Ja, es ist wahr.«

»Das ist wunderbar! Oh, Rosalind ... Oh, Moment, darf ich Sie so nennen?«

»Ich bitte darum.«

»Ich freue mich so für Sie. Für uns!« Joannas Grinsen war nichts als ansteckend. »Ich wollte schon immer eine Schwester haben.«

»Joanna, du hast eine Schwester. Oder vergisst du Thomasina?«, fragte Charles.

»Sie hat geheiratet, als ich noch ein Kind war. Es wird wunderbar sein, Sie hier zu haben. Mit Rafe und Ashton bin ich immer in der Unterzahl.«

Rosalind tätschelte ihre Hand. »Aber werden Sie nicht bald heiraten und Ihre eigenen Kinder haben?«

Joanna wurde blass. »Meine Saisons sind nicht gut gelaufen. Nicht eine Karte, kein Besuch hier zuhause. Ich weiß nicht, was mit mir los ist, dass kein Mann ...«

»Jetzt sieh mal, Joanna«, knurrte Charles. »Gib dir nicht selbst die Schuld. Es ist dein Bruder, der Männer abschreckt, obwohl er es nicht will. Bei meiner Schwester Ella ist es genauso. Sie findet keinen Menschen, der ihr den Hof macht, weil alle vernünftigen Männer glauben, dass ich jeden von ihnen im Ring von Fives Court testen würde.«

»Würden Sie das denn?«, fragte Rosalind.

»Natürlich. Keiner, der mich nicht besiegen kann, würde in meinen Salon gelassen werden.«

»Das erscheint Ihrer Schwester gegenüber kaum fair.«

Charles zuckte die Achseln. »Es ist wie es ist.«

Diese Erklärung machte die Sache noch schlimmer, weil

die Farbe aus Joannas Gesicht verschwand. »Dann habe ich keine Chance.«

»Nein, sagen Sie das nicht. Ich kann Ihnen helfen. Ashton und ich werden es beide tun.« Wenn sie Teil dieser Familie sein sollte und Joanna heiraten wollte, konnte Rosalind ihr zumindest dabei helfen.

»Danke.« Joannas Augen hellten sich wieder auf. »Ich habe gehört, wir gehen heute Ihre Aussteuer einkaufen?«

»Es scheint so.« Rosalind kicherte. »Ich freue mich darauf.«

»Einkaufen? Himmel, diese ganze Langeweile.« Charles schob seinen Stuhl zurück und stand vom Tisch auf. »Ich bin weg, um ein bisschen zu reiten.«

Rosalind und Joanna beendeten ihre Mahlzeit, bevor sie den Speisesaal verließen.

Ein Diener trat vor. »Die Kutsche steht bereit. Lady Lennox wartet schon.«

»Danke.« Joanna nahm Rosalinds Arm, als sie auf die Kutsche zugingen. »Kann man es glauben? Wir sorgen tatsächlich dafür, dass mein Bruder endlich heiratet.«

Rosalind seufzte. Ja, und damit besiegelte sie ihr Schicksal.

KAPITEL 18

»Wenn ich mir jemals wieder ein Häubchen ansehen muss, sterbe ich.« Rosalind lachte, als sie die Hutmacherei verließ.

Joanna gähnte. »Dem muss ich zustimmen. Ich wusste nicht, dass es so viele zum Anprobieren geben würde.«

Nachdem sie zwei Stunden in verschiedenen Bekleidungsgeschäften verbracht hatten, um nach Kleidern und anderen Zusammenstellungen von Gegenständen zu suchen, die für eine Aussteuer benötigt wurden, war der Diener des Lennox-Hauses mit Kisten beladen, die so hoch gestapelt waren, dass er kaum etwas sehen konnte. Rosalind und Joanna konnten nicht aufhören zu kichern, wann immer der arme Kerl auf der Straße gegen etwas stieß.

Regina gesellte sich zu ihnen und zog ihre Handschuhe an. »Ich glaube, wir müssen die Hälfte der Geschäfte aufgekauft haben.« Sie nickte dem Diener zu. »Danke, Jacob. Wir sind fertig für heute. Ich glaube, es ist Zeit, nach Hause zurückzukehren.«

»Oh ja, ich bin am Verhungern.« Joanna legte eine Hand auf ihren Bauch. »Ich habe das Mittagessen verpasst, weil ...

nun, Charles war da, und dieser Mann macht mich immer so nervös. Außerdem wird Ashton bald zu Hause sein.«

Rosalinds Herz gab ein heftiges Klopfen von sich. *Ich sollte nicht so aufgeregt sein, ihn zu sehen.* Sie erinnerte sich daran, dass er sie zu diesem Schachspiel überlistet hatte. Für diese Täuschung war sie ihm einen Racheakt schuldig.

Aber dann hatte er sie ins Bett gebracht und alles geändert, was sie über das Liebesspiel gewusst zu haben glaubte. Sie hatte noch nie geahnt, dass ein Mann und eine Frau mit einer solchen Leidenschaft zusammen kommen könnten. Und danach hatte sie tief und fest geschlafen und sich so sicher gefühlt, wie sie sich noch nie in ihrem Leben gefühlt hatte.

Jetzt war sie zum ersten Mal mit zwei anderen Damen einkaufen gegangen und hatte sich amüsiert – auch wenn sie viel zu viele Hauben anprobiert hatte. Es war ein Tag frivoler Nettigkeiten statt harter Geschäfte und dem Umgang mit Männern gewesen, die ihre Talente konsequent ablehnten. Rosalind hatte Angst, darauf zu vertrauen, dass das Leben ihr für lange Zeit einen solchen Luxus gewähren würde. Aber dieses verräterische kleine Gefühl der Hoffnung ließ sie das mehr wollen, als sie sollte.

Sie stiegen in die wartende Kutsche, während der Diener die Kisten verlud.

Regina und Joanna lächelten, als sie zusahen, wie Rosalind ihre Handschuhe auszog und in ihr Täschchen steckte.

Rosalind bemerkte es und erwiderte den Blick besorgt. »Was?« Stimmte etwas an ihrer Kleidung nicht? Löste ihre Frisur sich auf?

»Sie sehen *glücklich aus*, meine Liebe«, bemerkte Regina. »Zum ersten Mal, seit ich Sie kennengelernt habe, scheinen Sie sich wohl zu fühlen.«

»Ist das so?« Rosalind hatte nicht viel darüber nachgedacht, aber sie fühlte sich entspannt.

»Ich weiß, dass Ashton manchmal furchtbar überheblich

sein kann«, fügte Joanna hinzu, »aber ich denke, er freut sich darauf, Sie zu heiraten. So viel hat er seit Jahren nicht mehr gelächelt.«

Das hätte keine Rolle spielen sollen, aber in dem Moment, als Joanna es sagte, konnte Rosalind das nervöse Flattern bei dem Gedanken an Ashton und sein Lächeln nicht unterdrücken. Er konnte so schön sein, wenn er sich nicht so distanziert verhielt.

Rosalind warf einen Blick aus dem Kutschenfenster, als das Gefährt vom Straßenrand wegfuhr, in Tagträume versunken, und versuchte, die kleine Angst vor dem zu verbergen, was passieren würde, wenn ihre Träume zerstört würden. Bald fuhren sie am Kingsley Stream vorbei, der nach den vergangenen Stürmen Hochwasser führte.

Plötzlich rannte eine Frau am Ufer entlang und winkte der Kutsche zu. Rosalind fuhr hoch, als die Kutsche hielt. Die Damen wurden durch das ruckartige Anhalten fast von den Sitzen gefegt.

»Was ist los?«, fragte Regina mit hoher Stimme.

»Da ist eine Frau. Sie sieht aufgeregt aus«, sagte Rosalind, öffnete die Wagentür und sprang hinaus.

Das Gesicht der Frau war vor Angst angespannt, als sie sie herausklettern sah. Ihre Kleidung war nass und ihre weiße Leinenhaube hing schief.

»Eure Ladyschaft, bitte verzeihen Sie mir.« Sie blieb stehen und knickste vor Regina.

»Mrs. Stadley, was ist los?«

Die Frau wischte sich die Tränen aus den Augen. »Es ist mein Mann. Er versuchte, das Rad an der Mühle zu reparieren. Er hielt sich an einer Seite des Rades fest, als sich das Ding löste, das sich darin verkeilt hatte, und ich fürchte, das Rad hat ihn unter sich gezogen! Ich fürchte, er wird ...« Die Frau zitterte jetzt stark und sagte kein Wort, aber jeder wusste, was sie dachte. *Ertrinken.*

»Wie lange ist er schon unter Wasser?«, fragte Regina.

»Er hat gekämpft, um sich über Wasser zu halten, aber er ist untergegangen, als ich gerade Ihre Kutsche die Straße herauffahren sah.«

Die Frauen stürzten aus der Kutsche und zum Flussufer.

Das riesige Holzrad drehte sich, Wasser tropfte von den Platten.

Rosalind trat vor. »Ich brauche jemanden, der mir aus meinem Kleid hilft.«

Ashtons Mutter starrte sie an. »Aber Sie können ihm nicht nachgehen. Das ist zu gefährlich!«

»Ich versichere Ihnen, ich kann ganz gut schwimmen, und es scheint, als ob niemand sonst in der Nähe wäre, der dem Mann rechtzeitig helfen kann. Joanna, bitte helfen Sie mir.« Rosalind wandte ihr den Rücken zu, sodass Joanna hastig die Bänder des Kleides öffnen konnte, dann schlüpfte Rosalind aus ihren Strümpfen und eilte zum Fluss.

»Bitte, Miss, Sie dürfen doch nicht ...«, begann Mrs. Stadley, aber Rosalind tauchte bereits ins Wasser und hörte nichts mehr von dem, was sie sonst sagte.

Das kalte Wasser verschluckte sie ganz. Sie hielt sich an den Wurzeln in Ufernähe fest, während sie versuchte, etwas im schlammigen Wasser zu erkennen. Sie konnte gerade noch die dunkle, aufragende Form des Rades ausmachen, das sich langsam drehte, und da sah sie es, eine Gestalt am Grund des Flusses. Ein Mann versuchte, sich von einem Ast unter Wasser zu befreien, der sich hinten in seiner Hose verfangen hatte. Er musste heruntergezogen worden sein, als sich die Blockade löste, und hatte sich dann im Wurzelwerk verfangen.

Es war Jahre her, dass sie so hatte schwimmen müssen. Sie trat hart mit den Füßen und schaffte es, ihn zu erreichen. Er zuckte überrascht zusammen, als sie einen seiner Arme packte. Seine Wangen waren aufgeblasen, als ob er darum kämpfte, sein letztes bisschen Luft zurückzuhalten. Rosalind packte den Saum seiner Hose am unteren Rücken und grub ihre Nägel in die Naht. Der Mann hielt still, während sie darum kämpfte, den Stoff vom Ast abzureißen. Dann zuckte er plötzlich heftig und wurde schlaff, Luft entwich seinem Mund, gerade als sie ihn vom Ast befreit hatte.

Mit brennenden Lungen schlang Rosalind einen Arm um den Mann und arbeitete sich durch das aufgewühlte Wasser an die Oberfläche.

Das Licht schien so weit weg, und Mr. Stadleys Körper zog sie wieder nach unten.

Muss ... weiter ... weitermachen ...

⚜

Ashton eilte die Straße entlang, die ihn nach Hause zum Lennox House führen würde – und zu Rosalind. Sein Herz schlug ein wenig zu schnell bei dem Gedanken, sie wiederzusehen. Schwere Hufe schlugen einen Stakkato-Rhythmus in den Feldweg, aber er spürte das kaum. Die Landschaft verschwamm vor seinen Augen, da er in Gedanken an Rosalind und ihre Gefühle zu ihm versunken war.

Nein. Ich kann nicht zulassen, dass sie mich so beeinflusst. Es ist Lust. Nichts weiter.

Nach dem, was sie in der vergangenen Nacht miteinander geteilt hatten, musste es seine Lust sein, die ihn so dringend dazu brachte, wieder in ihrer Nähe sein zu wollen. Es war Monate her, seit er eine solche Freude an einer Frau gefunden hatte, und letzte Nacht hatte ihn daran erinnert, wie sehr er körperliche Intimität vermisste.

Bald würde er diese Intimität wieder zur Hand haben, auf die er jederzeit zurückgreifen konnte. Die gefalteten Papiere der Sonderlizenz, die in seinem Mantel steckten, waren eine Bestätigung dafür.

Die Brise duftete berauschend nach Frühlingsblumen. Kingsley Stream, ein kleiner Fluss, lag gleich hinter der Biegung, wo die Bäume lichter wurden. Er hoffte, Rosalind würde das Lennox-Land genauso lieben wie er und würde hier bei ihm bleiben wollen, wenn sie nicht in London arbeiteten. Da seine Mutter in Hochstimmung war, seit er ihr von seinen Plänen erzählt hatte, war er überzeugt, dass sie aufhören würden, so viel zu streiten. Wenn das der Fall wäre, könnte er öfter nach Hause kommen. Er war in Träume und Pläne versunken, als er sein Pferd zu einem langsameren Trab zügelte, weil er sich dem Fluss näherte.

Eine Kutsche stand direkt neben der Straße, und am Ufer hatten sich mehrere Damen versammelt, deren Röcke im Wind an ihren Beinen flatterten. Sie starrten auf den Fluss, gleich neben Stadley Mill. Eine vierte Frau sprang ins Wasser und verschwand. Ein seltsames Spektakel, um es gelinde auszudrücken.

Als er näher kam, schlug ihm das Herz bis zum Hals, denn er erkannte, dass seine Mutter und seine Schwester zwei der drei Frauen am Rande des Ufers waren. Die dritte war die Frau des Müllers.

Ashton überblickte hastig die Szenerie und bemerkte, dass die Kleidung der Müllersfrau durchnässt war und ein wunderschönes Wanderkleid verlassen am Flussufer lag. Alle am Ufer starrten auf das Wasser bei der Mühle. Der Diener und der Kutscher waren durchnässt, als wären sie auch im Wasser gewesen. Plötzlich konnte er nicht atmen. Wo war Rosalind? War sie nicht mit den anderen losgefahren, um ... Die vierte Frau, die ins Wasser gesprungen war ...

Er trat auf sein Pferd ein und ließ es den Rest des Weges zum Ufer galoppieren. Als er neben den Frauen anhielt, sprang er von seinem Reittier.

»Mutter?«

»Oh, Ashton! Schnell, spring ihr nach!« Regina zeigte mit bleichem Gesicht auf den Fluss.

»Wo ist Rosalind?« Noch während er die Worte aussprach, bildete sich in seinem Magen ein schrecklicher Klumpen. »Was ist passiert?«

»Sie versucht, Mr. Stadley zu retten, aber sie ist schon viel zu lange unter Wasser.« Regina rang die Hände, die Augen vor Entsetzen weit aufgerissen. Er wusste, dass seine Mutter nicht gut schwimmen konnte, und auch seine Schwester nicht, sonst hätte eine von ihnen versucht, Rosalind zu finden.

Ashton riss sich Mantel und seine Stiefel vom Leib und reichte alles, einschließlich der Sonderlizenz, dem Fahrer seiner Mutter zu.

»Halten Sie die trocken!«, rief er, bevor er eintauchte.

Er konnte Rosalind nicht verlieren, nicht jetzt, da sie endlich seine sein sollte.

Ashton tauchte gleich neben dem Mühlrad ins Wasser, und die eisigen Tiefen versetzten ihn einen Moment lang in einen Schockzustand. Er konnte in der Dunkelheit nicht viel erkennen. Zu viel von der Erde am Grund war durch das rauschende Wasser und die darin befindlichen Menschen aufgewühlt worden.

Wo war sie? Die Angst, die in ihm aufwallte, war so erstickend wie das Wasser selbst. Was, wenn er sie nicht rechtzeitig finden konnte? Was, wenn er sie verlor?

Ein weißes Aufblitzen im Dunkeln, nur der Hauch einer Bewegung, erregte seine Aufmerksamkeit, als seine Lungen zu brennen begannen. Er konnte nicht unten bleiben, er musste atmen.

Mit einem inneren Fluch schwamm er zurück an die Oberfläche und sog eine Lunge voll Luft ein.

»Hast du sie gesehen?« Joannas hektische Stimme klang

über das rauschende Wasser zu ihm herunter und unterbrach das Klingeln in seinen Ohren.

Er schüttelte den Kopf und atmete tief ein, obwohl seine Brust brannte und sein Körper zitterte.

Gerade als er sich darauf vorbereitete, wieder zu tauchen, tauchte Rosalind in der Nähe auf und keuchte, als sie nach Luft schnappte. Einer ihrer Arme war um Mr. Stadleys Brust geschlungen. Der Müller schien bewusstlos zu sein.

»Gott sei Dank!«, brüllte er und packte die Frau, fast zerquetschte er sie.

»Lennox, lass los! Ich kann nicht über Wasser bleiben, er ist zu schwer für mich! Nimm ihn!« Pflichtbewusst packte er Stadleys Körper und zerrte den Mann an Land.

»Wir müssen ihn wiederbeleben.« Rosalind keuchte, als sie neben dem bewusstlosen Mann auf die Knie sank. »Er hat Wasser in der Lunge.«

Ashton rollte Stadley auf den Rücken und drückte seine Hände auf die Brust des Mannes, mit denen er mehrmals pumpte.

Der Müller hustete plötzlich, als das Flusswasser in seiner Lunge nach oben drückte. Ashton half ihm, sich auf die Seite zu drehen, und er hustete weiter heftig. Mrs. Stadley stürzte weinend auf sie zu und umarmte ihren Mann.

Ashton sah über die Köpfe des wiedervereinten Paares hinweg und sah Rosalind mit blassem Gesicht, die selbst ein wenig hustete. Er stand auf, ging zu ihr hinüber und hob sie sanft auf die Füße.

»Bist du verletzt?«, fragte er und untersuchte ihr Gesicht auf Anzeichen von Verzweiflung. Er konnte kaum denken, kaum atmen nach der Angst und Panik, die er in den letzten Sekunden ertragen hatte, als er geglaubt hatte, er würde sie nicht rechtzeitig finden.

Sie schüttelte den Kopf. »Nein.«

Wut durchfuhr ihn. Sie hätte sterben können. Was zum

Teufel hatte sie sich dabei gedacht, einem Mann nachzuspringen, wobei sie selbst hätte ertrinken können?

»Gut. Denn wenn wir nach Hause kommen, könnte ich durchaus Lust darauf bekommen, dir den Hintern zu versohlen. Wie konntest du meine Mutter und meine Schwester so erschrecken?« Fast hätte er zugegeben, dass er selbst am meisten Angst gehabt hatte. Der Gedanke, sie an den Fluss zu verlieren – es war zu nah an den Dingen, die in der Vergangenheit geschehen waren. Er schloss die Augen und versuchte, die Erinnerungen in Schach zu halten.

Eisiges Wasser, die Schreie junger Männer, ein in Seilen gefesselter Körper, der sich sträubt, Wutschreie, die mit den Rufen der Vernunft kämpfen. Drei Männer waren in jener Nacht untergegangen, und einer war nie wieder hochgekommen. Charles und Hugo waren wieder aufgetaucht, und alle hatten nach einem jungen Mann gesucht, den man nie wieder sehen würde. Hugo war auf Händen und Knien auf das gegenüberliegende Ufer hinaufgekrochen, seine Stimme zuerst qualvoll und dann wütend, als er Charles und all jene verfluchte, die ihm zu Hilfe gekommen waren.

Ashton öffnete die Augen. »Es war sehr mutig von dir, Stadley zu retten. Aber schwöre mir, dass du nie wieder so etwas Dummes tun wirst. Ich kann dich nicht verlieren, verstehst du?«

Eine seltsame Emotion erfüllte ihre Augen, aber sie sprach nicht sofort. Sie musste etwas von seinem Schmerz und seiner Angst gesehen haben, denn sie nickte langsam.

»Es tut mir leid«, flüsterte Rosalind.

»Komm, wir müssen dich zurück zur Kutsche bringen.«

Erleichterung begann seine Wut zu überwältigen, und Ashton fühlte sich seinem gewohnten Ich näher. Rosalind war schon auf halber Höhe des Flussufers, als er bemerkte, dass sie nur ihre Unterwäsche trug. Ihr Kleid und ihr Unterrock lagen zusammengeknüllt neben der Kutsche. Das hatte er in seiner Panik vergessen, und sie anscheinend auch, denn sie hätte nach ihrem Kleid gesucht, wenn sie sich erinnert hätte.

»Rosalind, warte.« Er holte sie ein und legte ihr eine Hand auf den Rücken. »Du malst ein viel zu verlockendes Bild für die Männer, Liebling. Bleibe hier.« Er winkte ihr, hinter dem abfallenden Ufer geduckt zu bleiben, während er nach dem Fahrer rief.

»Hol meinen Mantel, aber nimm die Papiere aus der Innentasche.« Er wartete, bis der Mann ihm das Gewünschte brachte, und trug es dann das Ufer hinunter.

»Zieh das an. Es wird dich genug bedecken, um dich warm zu halten.«

Schaudernd ließ sie sich von ihm den Mantel über den Körper streifen. Eine plötzliche Erinnerung aus dem letzten Jahr ließ ihn fast lächeln. Er hatte Godric geholfen, Emily zu beschützen, als Godric vom Pferd in einen See gefallen und sie ihm nachgejagt war. *Jetzt ist es meine Frau, die ich beschütze.*

»Ashton, geht es dir gut, mein Junge?« Seine Mutter und Joanna starrten ihn an.

»Mir geht es gut. Uns allen geht es gut. Nur ein kleiner Schreck.« Sie hatten keine Ahnung, wie wahr das war.

»Lass den Fahrer Ashtons Pferd hinten an der Kutsche anbinden«, sagte seine Mutter zu Joanna. Dann schob sie ihn und Rosalind in den Wagen.

Seine Mutter tätschelte seine Schulter und berührte Rosalinds Wange. »Ihr werdet beide heiße Bäder und Suppe brauchen. Ich möchte, dass ihr bis zum Abendessen in eurem Zimmer am Feuer bleibt. Wir brauchen niemanden, der wegen der Kälte erkrankt.«

Ashton setzte sich neben Rosalind, und bevor sie protestieren konnte, hob er sie auf seinen Schoß und drückte ihren Körper eng an seinen, egal ob seine Mutter das für skandalös hielt.

Seine Verlobte wehrte sich, aber er hielt sie fest und legte seine Lippen an ihr Ohr. »Ruhe dich aus und nimm meine Körperwärme. Kämpfe später gegen mich, wenn du warm und trocken bist.«

Nach einem Moment entspannte sich ihr Körper, und alle Anspannung schien endlich aus ihr herauszufließen. Ashton ignorierte die besorgten Blicke seiner Mutter und seiner Schwester.

»Das war sehr mutig von dir, meine Liebe.« Seine Mutter beugte sich vor und tätschelte Rosalinds Hand. »Sehr mutig.« Während sie das sagte, zitterte ihre Stimme leicht.

Ashton unterdrückte ein Knurren. »Sie hat ihren verdammten Hals riskiert!«

»Und rettete Mr. Stadleys Leben«, unterbrach Joanna.

Er wartete darauf, dass Rosalind etwas zu ihrer eigenen Verteidigung hervorbrachte, aber sie sagte nichts. Stattdessen blieb sie still in seinen Armen, und ab und zu überrollte sie ein kleines Schaudern. Er hielt sie dadurch nur noch fester.

Sie saß auf seinem Schoß, das Kinn entschlossen gereckt.

»Ich werde nicht zulassen, dass du Hand an mich legst«, warnte sie leise.

»Was?« Er konnte ihr gerade nicht folgen.

Feuer blitzte in ihren Augen auf. »Du sagtest vorhin, du würdest mir den Hintern versohlen. Das lasse ich nicht zu. Aus keinem einzigen Grund würde ich dich das machen lassen. Und ganz sicher nicht dafür, das Richtige getan zu haben.«

Ashton musterte sie, die großen Augen, die feste Linie ihrer Lippen und die geballten Fäuste an ihren Seiten. Und dann erkannte er es. Sie war schon einmal von ihrem Vater geschlagen worden. Sie verstand nichts von sinnlichen Bettspielen und neckenden Drohungen im Vergleich zu tatsächlichem Schaden.

»Ich war wütend und hätte das nicht sagen sollen. Ich hatte mehr Angst als alles andere.« Er hoffte, dass dieses

Eingeständnis ihr Vertrauen gewinnen würde. Er musste ihr klar machen, wie viel Angst er gehabt hatte, als er glauben musste, sie verloren zu haben.

»Weil du dein Eigentum verlieren würdest?« Sie spuckte ihm nicht ins Gesicht, aber die Art, wie sie diese Worte in einem sanften, boshaften Ton gesagt hatte, hätte genausogut eine Ohrfeige sein können.

»Nein, weil ich ...« Er rieb sich mit den Handflächen die Schläfen und schluckte die Worte herunter, die ihn bloßstellen würden. Sie durfte nie wissen, wieviel sie ihm inzwischen bedeutete. Sie würde nicht zögern, das gegen ihn zu verwenden.

»Weil du was?«

Ashton brauchte einen langen Moment, ehe er antworten konnte, wägte seine Worte sorgfältig ab und erinnerte sich daran, dass auch seine Mutter und seine Schwester anwesend waren. »Als mir klar wurde, dass du unter Wasser warst, hat es mich erschreckt. Ich habe dir einmal erzählt, dass Charles beinahe in einem Fluss ertrunken wäre. Was ich dir nicht erzählt habe, war, dass einer meiner anderen Freunde in jener Nacht ertrunken ist. Es war eine der schlimmsten Nächte meines Lebens. So konnte ich dich nicht verlieren.«

Wenn er sie verlor, würde es ihn töten. Er würde alles in seiner Macht Stehende tun, um sie zu beschützen.

KAPITEL 19

Das Gewicht von drei weiblichen Blicken ließ Ashtons Magen sich verkrampfen. Seine Mutter und seine Schwester wussten nichts von dem, was vor all den Jahren passiert war. Abgesehen davon, dass er auf der Universität gewesen war, wussten sie nur, dass er eine tiefe Bindung zu seinen Freunden aufgebaut hatte, und das war alles. Und er hatte nicht vorgehabt, Rosalind mehr zu erzählen, es sei denn, es musste sein. Sie löste sich aus seinem Griff und starrte ihn an, diese grauen Augen so weich wie Taubenfedern.

Als er nach Cambridge gegangen war, hatte er zuerst keine Freunde gehabt. Der Tod seines Vaters und die von ihm hinterlassenen Schulden hatten ihre gesellschaftlichen Verbindungen zerstört. Ein Jahr später hatte er wahre Freunde gefunden, die er mit nach Hause gebracht hatte, um seine Familie kennenzulernen. Aber er hatte nie erzählt, wie sich der Rest der Liga kennengelernt hatte.

»Ashton, das habe ich gar nicht gewusst«, sagte seine Mutter mit Augen, die größer waren als die Untertassen aus dem Porzellan der Lennox-Familie.

»Es ist eine schlechte Erinnerung. Ich wollte diese Last nie mit anderen teilen.«

»Es tut mir so leid«, flüsterte Rosalind wieder.

Er lehnte seine Stirn an Rosalinds und streichelte ihren Rücken. Sie konnte so wütend auf ihn sein, wie sie wollte, aber er würde niemals zurücknehmen, wie wütend und sorgenvoll er gewesen war bei dem Gedanken, dass sie verletzt werden könnte.

Als die Kutsche vor Lennox House hielt, ließ er seine Mutter und seine Schwester zuerst aussteigen, gefolgt von Rosalind. Ihre nassen Kleider platschten, als sie zur Haustür marschierten. Der Butler öffnete ihnen mit hochgezogenen Brauen die Tür, als er ihr Aussehen betrachtete.

»Wir waren schnell im Fluss schwimmen«, sagte Ashton knapp.

»Ich verstehe.« Die Lippen des Butlers zuckten, aber er verkniff sich das Lachen.

»Schicken Sie einen Lakaien, ein heißes Bad einzulassen, und lassen Sie Lady Melbournes Dienstmädchen holen«, fügte er hinzu.

Rosalind eilte die Treppe hinauf, begierig, ihre nassen Kleider auszuziehen. Er schaffte es, sie einzuholen, und packte sie an der Hand, als sie die oberste Stufe erreichte.

»Rosalind, warte.« Ihr Gesicht war blass und ihr Körper zitterte. Sie hob den Kopf und forderte ihn lautlos heraus. Um was zu tun, war er sich nicht sicher.

Frustriert von ihrem anhaltenden Widerstand nahm er sie in seine Arme und trug sie den Rest des Weges.

»Ich habe Beine«, erinnerte sie ihn.

»Ja, das hast du. Schöne. Aber ich trage dich den Rest des Weges, weil ich verdammt noch mal will.«

Sie biss sich zuerst auf die Lippe, dann nickte sie herrisch und erlaubte ihm, den Weg fortzusetzen.

Lowell, der Kammerdiener, war gerade dabei, Hemden zu

falten, und erstarrte, als Ashton mit seiner wilden kleinen Frau im Arm den Raum betrat.

»Das ist genug. Lass mich *runter*! Du bringst mich vor Lowell in Verlegenheit!«, zischte Rosalind, ihre Wangen röteten sich.

»Entschuldige uns.« Ashton trug Rosalind zum Bett und ließ sie darauf fallen. Sein Kammerdiener errötete und floh aus dem Zimmer.

Die Stille im Raum füllte sich bald mit Anspannung. Ashton starrte auf seine feurige zukünftige Braut hinab und fragte sich, ob sie all den endlosen Ärger wert sein würde. Dann, bevor er darüber nachdenken konnte, umfasste er ihr Gesicht und legte seinen Mund auf ihren. Er musste sie küssen, sie in den Armen halten und sich vergewissern, dass es ihr gut ging. Ihr süßer Geschmack verdrängte alle Zweifel, die er gehabt haben könnte. Die Frau, sobald sie aufhörte, überrascht zu sein, erwiderte den Kuss wie ein Traum. Sie stieg auf die Knie, um seinem Gesicht näher zu sein, und schlang ihre Arme um seinen Hals.

Stolpernd fiel er auf das Bett, ihr Körper unter seinem, während er sie weiter küsste. Er sehnte sich danach, wie sie sich unter ihm bewegte, ihre Hände fassten seine Haare so, wie er es mochte. Die Bestie in ihm, die bei dem Gedanken, sie zu verlieren, tobte und in Panik geraten war, hörte auf, rastlos auf und ab zu gehen. Er entspannte sich, verlangsamte seine Küsse, und ihre Reaktionen passten sich seinem Rhythmus an. Dann starrten sie einander einfach nur an.

»Bitte erschrecke mich nie wieder so.« Seine Stimme war rau von Emotionen, die er nicht in Einklang bringen konnte.

Ihre grauen Augen hatten einen verträumten Ausdruck, der die normalerweise harten silbernen Pfützen weicher machte. Sie streichelte mit ihren Fingern über seinen Kiefer vom Kinn bis zum Ohr. »Es tut mir leid, Mylord.«

»Bitte, nenn mich Ashton. Du scheinst das nur manchmal zu tun.«

»Ashton«, hauchte sie und beugte sich vor, um erneut einen Kuss auf seine Lippen zu drücken. Ihr Körper schauderte.

»Wir sollten dich ins Bad stecken. Ich kann nicht zulassen, dass du so nass und kalt bleibst.«

Ihre Lippen zuckten, als verstünde sie den kleinen Witz, den er gemacht hatte.

»Du hast mich reichlich nass gemacht«, sagte sie mit einem Schmunzeln. Sein Körper reagierte mit einer Welle der Erregung, die ihn erschreckte. Da war etwas an Rosalind, das ihn halb verrückt vor Verlangen machte, wie es bei keiner anderen Frau je gewesen war, und er konnte sich nicht vorstellen, warum das so war. Er war mit genug Frauen zusammen gewesen, um den Unterschied zu kennen, aber er konnte es einfach nicht verstehen. Doch es war eine unbestreitbare Tatsache – Rosalind war etwas Besonderes.

»Jetzt verführst du mich.« Er beugte sich wieder hinunter, bereit, sie zu küssen, aber ein Lakai betrat den Raum und störte sie.

»Verzeihung, Mylord. Ich bin gekommen, um ein Bad einzulassen und ein Feuer zu entfachen.« Der Diener wandte seinen Blick ab, aber die Störung hatte Ashton wieder in eine klarere Stimmung gebracht.

»Richtig, nun, tu das.« Er weigerte sich, seine Augen von Rosalind abzuwenden. Eines Tages würde er seine Tür abschließen und diese Frau ohne Unterbrechungen ganz für sich alleine haben.

Er rollte sich von Rosalind herunter, stand auf und ging in seine Garderobe. Er grub die Hände durch sein Haar und versuchte, seine Selbstbeherrschung wieder zu erlangen. Seine Kleider waren feucht und klebten an seiner Haut. Wenn er nicht so heiß vor Gier auf seinen kleinen Wildfang gewesen wäre, wäre er bis auf die Knochen ausgekühlt gewesen. Er griff nach oben, um seine Weste aufzuknöpfen.

»Brauchst du damit Hilfe?«

Er drehte sich um, um Rosalind dort zu finden, barfuß in ihrer Chemise, sein Mantel immer noch um sie gewickelt. Sie war so klein, so zart aussehend, wie eine Fee aus einem Steinkreis. Ihr dunkles Haar hing offen und immer noch nass um ihre Schultern, ein paar verirrte Locken berührten die Wölbungen ihrer Brüste über dem Korsett.

Zur Hölle mit seiner Selbstbeherrschung. »Wenn du mir gerade anbietest, mir zu helfen, dann auf jeden Fall.«

Sie überbrückte die Distanz zwischen ihnen und griff nach oben, um seine Weste aufzuknöpfen. Dann zog sie die Krawatte ab und ließ sie auf den Boden fallen. Als sie zu seinem Hemd kam, half er, es über seinen Kopf zu heben. Sie fuhr mit ihren Handflächen über seine nackte Brust, und ein leiser Seufzer entwich ihr.

Er kicherte, fing ihre Hände und brachte ihre Handflächen zu seinen Lippen.

»Du bist so warm«, sagte sie und lehnte sich in ihn hinein.

»Und du frierst. Schon wieder. Ich schwöre, als dein Mann werde ich einen Weg finden, dich warm zu halten.« Ihr glückliches Grinsen verblasste, und sie versteifte sich in seinen Armen.

Ashton hob ihr Kinn. »Du kannst nicht jedes Mal zusammenzucken, wenn ich unsere Ehe erwähne.«

Ihre Augen waren weich und traurig und zerrten an seinem Herzen. »Es bist nicht *du*, gegen den ich Einspruch erhebe. Merkst du das nicht?«

Konnte er nicht. Es war nicht so, dass sie verschwinden würde, sobald sie verheiratet waren. Sie wäre immer noch die Frau, die ihm wichtig war, das feurige, kampfbereite schottische Mädel. Sie wäre neben allem anderen einfach seine Frau.

»Sicherlich wirst du dich einleben. Emily, Anne und

Horatia haben alle das Eheleben gut angenommen«, argumentierte er.

»Ach!« Sie schnaufte und stieß ihn weg. »Du bist wirklich blind, nicht wahr? Ich bin nicht wie diese Damen und war es auch nie. Sie trinken ihren Tee, diskutieren über Mode und den neuesten Klatsch.«

Ashton lachte heftig. »Ist es das, was du von ihnen hältst? Dass sie dumme Damen ohne Substanz sind?«

Rosalind schaute weg. Er bezweifelte, dass sie wirklich so fühlte, aber etwas in seinen Worten hatte das Ziel getroffen.

»Rosalind, vielleicht bist du es, die blind ist. Emily kümmerte sich um die Geschäftsbücher ihres Onkels und war diejenige, die Godrics Investitionen in den letzten Monaten geraderückte - zu einem gesunden Gewinn, könnte ich hinzufügen.«

Er zog sich weiter aus, während er sprach. »Anne ist kaum untätig. Sie ist eine Champion-Pferdezüchterin, eine Fähigkeit, die lange vor ihrer Heirat mit Cedric entwickelt wurde, und sie arbeiten jetzt daran, einige der besten Rennpferde zu züchten, die England jemals sehen wird. Und Horatia? Sie ist eine unersättliche Gelehrte und Mitglied der Lady's Astronomy Society in London. Keiner von ihnen hat verloren, wer sie ist, nur weil sie geheiratet haben.« Er zog seine Hose und sein Hemd aus und kletterte in das heiße Bad. »Und wenn du denkst, ich würde jemals *wollen, dass* du verschwindest, dann bist du eine Närrin, und ich werde keine Närrin heiraten.«

Das heiße Wasser fühlte sich gut auf seiner Haut an, und er neigte seinen Kopf nach hinten, um ihn gegen die Rückseite der Kupferwanne zu legen.

»Kannst du mir das schwören?«, fragte Rosalind und kniete neben der Wanne. Er hob den Kopf und begegnete ihrem Blick.

»Rosalind, du hast einen brillanten Verstand für das

Geschäft. Wenn ich nicht zulassen würde, dass dieser Verstand weiter gedeiht, würde ich mich mehr zum Narren machen als dich. Ich schwöre dir das. Ich mag die Art und Weise, wie du bist, und würde es hassen, wenn sich etwas ändern würde.« Er tätschelte das Wasser neckisch. »Jetzt, möchtest du dich mir anschließen? Die Wanne ist groß genug für zwei, und das Wasser ist heiß.«

Eine ihrer Hände spielte müßig im Wasser in der Nähe seiner Hüfte, und dann schnippte sie mit ihren Fingern und spritzte ihn.

»Würdest du meinen Rücken schrubben?«, neckte sie, ihre Lippen verzogen sich zu einem trägen Lächeln.

»Gott ja, und ich würde sicherlich viel mehr als das tun.«

»Gut.« Sie stand auf und zog seinen Mantel aus, kniete sich dann neben die Wanne und wandte ihm den Rücken zu. »Mein Korsett«, sagte sie.

Er versuchte, seine unbeholfenen nassen Finger durch die Bänder zu bekommen. Sobald er fertig war, ließ sie ihre lockere Chemise auf den Boden fallen, bevor sie in die Wanne kletterte. Ihr Körper war eine allgegenwärtige Versuchung mit seinen sanften Kurven und der verlockende Weichheit, als er nach oben griff, um ihre Hüften zu umfassen.

»Lehn dich gegen mich«, sagte er und zog ihre Schultern gegen seine Brust. Der Wasserstand stieg an, da er nun zwei Körper umhüllte, und schwappte nahe m Rand der Wanne, aber Ashton kümmerte sich nicht darum. Es fühlte sich gut an, wie sie auf ihm lag. Er massierte ihre Schultern und widerstand dem Drang, seine Hände nach unten zu führen und ihre Brüste zu bedecken. Hier ging es um Vertrauen, nicht darum, seine Triebe zu befriedigen.

Sie wand sich gegen ihn, und er biss ein Stöhnen zurück, als sein Unterkörper zum Leben erwachte.

»Das fühlt sich schön an.«

»Ich dachte, morgen könnten wir die örtliche Kapelle besichtigen, wenn du willst.« Er hielt den Atem an und wartete ab, ob sie wieder schlecht auf die Erwähnung der gefürchteten Hochzeit reagieren würde.

»Ja, ich denke schon. Wenn es mir nicht gefällt, könnten wir dann woanders heiraten?«, fragte sie. Er spürte in ihrer erneuten Spannung, dass sie ihn auf die Probe stellte.

»Natürlich. Wenn du es dort nicht magst, werden wir einen anderen Ort finden. Einen, den du aussuchst.«

Rosalind setzte sich auf, und bevor er reagieren konnte, drehte sie sich um und hockte sich in der Badewanne auf ihn. Er hatte den herrlichsten Blick auf ihren glitzernden nackten Körper. Ihre vollen Brüste waren zu verlockend, um zu widerstehen. Er zog seine Finger von ihrem Hals hinunter zu ihren Brüsten, umfasste das weiche Fleisch, knetete es. Rosalind rieb sich an ihm, ihre Lippen federnde Küsse gegen seine Kehle.

»Vielleicht sollten wir etwas anderes tun, um uns warm zu halten?«, schlug sie vor und biss sich dann auf die Lippe, um ihr charmantes Lächeln zu verbergen.

»Hmm?« Er spielte mit einer erregten Brustwarze, und Rosalind zischte, als er ein bisschen zukniff.

Rosalind hob ihre Hüften, nahm ihn in die Hand und brachte ihn an ihren Eingang.

»Ah, das ... meinst du.« Sein Lachen verwandelte sich in ein Stöhnen der Gier, als ihr Körper seinen Schaft umhüllte. Sie war heißer als das Wasser und fühlte sich zu gut an, um echt zu sein.

»Träume ich?«, fragte er, sein Kopf fühlte sich ein wenig verschwommen an angesichts der Wellen des Vergnügens, die sich durch ihn bewegten.

»Vielleicht.« Sie grinste und beugte sich nach vorne, um an seiner Unterlippe zu knabbern, während ihre Brüste an seiner

Brust rieben. Er hatte noch nie zuvor mit einer Frau in einer Wanne Liebe gemacht. Es war ihm immer zu intim vorgekommen, und er hatte diese Art von Intimität noch nie zuvor gewollt. Jetzt sehnte er sich danach mit einer Frau, die zwischen Lust und Hass auf ihn hin- und hergerissen war, nur weil er sie zu einem Eheversprechen verleitet hatte.

»Hör auf zu denken, *Mylord*. Ich kann fast deine Gedanken hören.« Rosalind küsste sich hinauf bis zu seinem Ohr und leckte die Muschel. Sein Schwanz zuckte, als ein scharfer Blitz der Erregung durch ihn schoss.

»Wildfang«, knurrte er.

»*Sassenach*«, antwortete sie frech. »Ich vermute, du magst das an mir.« Sie schnurrte, als sie ihre Hüften hob und wieder nach unten senkte, wobei sie ihn vollständig in sich aufnahm.

»Ich vermute, da hast du Recht.« Er packte ihre Hüften und grub seine Finger in ihr Fleisch, während er sie auf seinem Schaft zurückzog, *hart*. Das sanfte Plätschern ihrer Körper im Wasser begleitete ihre kleinen Seufzer und Stöhnen, als sie sich in der großen Wanne liebten. Es fühlte sich an, als wären sie schwerelos, als sie sich gemeinsam im Bad bewegten und ihre Münder sich hungrig gegenseitig verschlangen.

Keiner von ihnen konnte danach sprechen. Ashton nahm sie hart und brachte sie dazu, vor Vergnügen auf eine Weise zu schreien, die sie später nicht würde leugnen können, wenn sie wütend auf ihn war.

Das Badewasser schwappte über die Seiten der Wanne, während Rosalind sich an seine Schultern klammerte, und er beobachtete den Sturm in ihren grauen Augen, als sie ihren Höhepunkt erreichte. Ihre süßen, köstlichen Lippen teilten sich, als sie versuchte zu atmen. Alles an diesem Moment brannte sich in sein Gedächtnis ein. Sie war das Schönste, was er je gesehen hatte. Sein Körper wurde starr, als er sein letztes bisschen Beherrschung entfesselte, und er kam mit einem Schrei in sie hinein, der Rosalind erschütterte.

Sie ließ sich auf ihn sinken, erschöpft, ihre Körper noch verbunden. Er schlang seine Arme um sie und hielt sie nahe an sich, während er ihren Rücken streichelte.

»Ich fürchte, da liegt jetzt mehr Wasser auf den Bodendielen als in der Wanne«, murmelte er mit schläfrigem Kichern, und sie lächelte.

»Darf ich dich etwas fragen?« Er zeichnete Muster zwischen ihre Schulterblätter, und ihre Muskeln zuckten bei seiner Berührung.

Sie drückte ihre Wange gegen seine Brust. »Du darfst.«

»Wie ist es dazu gekommen, dass du dich den Geschäften zugewandt hast? Ich verstehe, dass dein Mann dir seine Firmen hinterlassen hat, aber die meisten Frauen mischen sich nicht in geschäftliche Angelegenheiten ein.«

Rosalind zog sich nicht zurück; vielmehr drückte sie sich noch näher an ihn.

»Von dem Moment an, als ich Henry heiratete, bestand er darauf, dass ich lerne, wie man seine Geschäfte führt. Er sagte oft, er habe meinen scharfen Verstand in unseren morgendlichen Diskussionen beim Frühstück gesehen und wollte ihn fördern. Ich glaube, er befürchtete, dass er relativ jung sterben würde, und er wollte sicherstellen, dass ich die Dinge selbst erledigen könnte, nachdem er weg war.«

Ihre Wangen erröteten. »Er liebte mich, so viel mehr, als ich erwartet hatte, da er an diesem Tag, an dem er mich fand, keine Braut gesucht hatte. Ich werde seine Freundlichkeit und sein Mitgefühl immer schätzen.«

Eifersucht und Verständnis für das, was sie gesagt hatte, vermischten sich in Ashton. Er hatte einmal geglaubt, er sei in Emily Parr verliebt, für ein paar kurze Momente, bevor Godric ihr Herz vollständig gestohlen hatte. Aber in Wahrheit hatte er ihre Liebe und Zuneigung so geschätzt, wie sie ihn lehrte, sich nach Liebe zu sehnen und nicht allein zu bleiben. Er liebte sie dafür, aber vielleicht auf eine andere Weise, vielleicht auf die Art und Weise, wie Rosalind ihren verstorbenen Ehemann liebte, weil er ihr gezeigt hatte, wie sie sich selbst vertrauen konnte, nachdem er weg war.

»Wenn mehr Männer wie er wären, wäre England ein besserer Ort«, antwortete er leise.

»Du hast Recht.« Ihre Worte wärmten ihn. Endlich gab es etwas, worin sie sich einig waren. Er beschloss, zu sehen, ob er sie weiterhin zum Reden bringen konnte. Es gab so viel über sie, was noch wissen wollte. »Warum Reedereien? All deine primären Geschäftsinteressen drehen sich um den Seehandel. Ich bin neugierig, was dich daran gereizt hat. Dein Mann hat nie in so etwas investiert.«

»Henry hatte Beteiligungen an mehreren Unternehmen. Ich verkaufte alle bis auf die Landbank, die er besaß. Ich habe mich auf Schiffe konzentriert, weil ...« Sie hielt inne. »Weil ich die Vorstellung mochte, auf eines dieser Schiffe steigen und wegsegeln zu können.« Ihre Stimme war so leise, fast ein Flüstern, als ob es ihr peinlich wäre, es zuzugeben.

»Wieso?« Er hob eine ihrer Hände, brachte sie an seine Lippen und küsste sich entlang ihres Handgelenks und ihrer Handfläche. Es war so einfach, diese Frau zu genießen. Er hatte es in der Vergangenheit geliebt, im Bett zu spielen, aber das hier ... das war unendlich viel mehr. Diese kleinen Berührungen und zärtlichen Küsse wurden auf mehr als gegenseitigem Verlangen aufgebaut; es gab eine wachsende Zuneigung und ein wachsendes Verständnis, das das, was er für sie empfand, immer weiter vertiefte.

»Bitte, sprich mit mir.«

»Ich bin nicht gut darin, Dinge zu teilen, besonders die Dinge, die weh tun.«

Ihr Schmerz verwundete ihn, aber er wusste, dass das

Teilen dieser kleinen Geheimnisse in ihr selbst nur helfen würde, sie aneinander zu binden.

Ich möchte mich mit ihr verbinden, um jeden Preis. Er fragte sich, wie es für seine Freunde gewesen war, als sie sich in ihre Frauen verliebt hatten. War es so beängstigend gewesen? So aufregend? Ihre Seelen so zu entblößen, ohne zu wissen, ob ihre Träume dadurch zunichte gemacht werden könnten?

»Ich kann nicht sagen, dass ich besonders begabt darin bin, meine eigenen Geheimnisse zu teilen, aber wir können es gemeinsam versuchen. Du sprichst, und dann werde ich es tun. Frag mich, was immer du willst.« Er streichelte sie mit den Fingerspitzen zwischen ihren Schulterblättern und wartete geduldig darauf, dass sie ihm antwortete. Es war ihre Entscheidung, und er würde nicht darauf bestehen, wenn sie nicht bereit wäre.

»Nachdem ich mit einem brutalen Vater aufgewachsen bin, war Flucht mein einziger Traum. Ich stellte mir vor, an unbekannte Küsten zu segeln, wo ich die Jahre der Grausamkeit vergessen konnte, die ich unter ihm erlitten hatte. Und ich versprach mir, dass ich es eines Tages tun würde. Jedes meiner Schiffe ist ein Versprechen, das ich für mein jüngeres Ich halte.«

Ashtons Atem stockte, und er kämpfte darum, die richtigen Worte zu finden, um etwas zu sagen, das den Schmerz lindern würde, den sie eindeutig erlitt, aber ihm fehlten die Worte.

Sie hob den Kopf und begegnete ihm mit einem kühnen Blick. »Erzähl mir von Charles und dem Fluss. Alles darüber.«

Er hatte gewusst, dass sie das fragen würde. Es war einer der dunkelsten Momente in seinem Leben. Aber sie hatte ihre dunkelsten Momente mit ihm geteilt, und er schuldete ihr die gleiche Offenheit.

»Jemand hat versucht, ihn zu töten. Sie fesselten ihn und warfen ihn in den Fluss neben unserem College. Lucien und ich waren spät auf dem Weg zurück in unseren Kammern, und wir hörten das Geschrei und das Plätschern. Wir sprangen ihm nach und ...« Seine Kehle schloss sich kurz, und er schluckte hart, bevor er weiterreden konnte. »Wir mussten zu viert arbeiten, um ihn zu retten, aber wir konnten Peter nicht retten.«

»Peter?«

Er legte seine Arme um sie. »Er war der erste, der versuchte, Charles zu retten, aber er war zu lange unter Wasser, und die Strömung war zu schnell. Peter war ein Freund.« Mehr konnte er nicht sagen. Die Worte machten frische Schnitte in den alten Wunden seiner Erinnerungen.

Sie blieben zusammen in der Wanne liegen und beobachteten, wie die späte Nachmittagssonne durch das Fenster brach und immer längere Schatten über den Boden warf. Sie blieben zusammen, bis das Wasser abzukühlen begann und die Geräusche der Diener in den Korridoren zu ihnen durchhallten.

»Ich glaube, wir sollten raus. Bis zum Abendessen wird es jetzt nicht mehr lange dauern, und ich möchte nicht dafür faltig sein.« Er spielte mit einer feuchten Haarlocke, und sie zeichnete die Narbe auf seiner Schulter nach. Es war ein fast perfekter Moment, und Ashton konnte nicht anders, als den zu genießen, trotz allem, was er gerade gesagt hatte. Er würde dies oder sie niemals für irgendetwas auf der Welt aufgeben wollen.

Sie schenkte ihm ein enttäuschtes, aber eindeutig neckendes Stirnrunzeln. »Also gut, wenn es denn sein muss.« Dann beugte sie sich vor und küsste ihn, bevor sie in all ihrer nackten Pracht aus dem Bad kletterte. Mit einem verschmitzten Grinsen streckte sie ihm ihre Hand entgegen, und er stand auf, Wasser strömte seinen Körper hinunter, als er aus der Wanne auf den nassen Boden trat und sie sich ein paar Handtücher holten. Er wickelte eines um seine Hüften, wickelte dann ein zweites um Rosalind und hielt sie fest, während er seinen Körper benutzte, um ihren zu wärmen.

»Das war reizend«, sagte Rosalind, als sie ihn streichelte.

»Das war es, nicht wahr?«, antwortete er, ein wenig überrascht, wie wunderbar es gewesen war, mit ihr zu baden.

Zum ersten Mal, solange er zurückdenken konnte, war Ashton voller Hoffnung.

KAPITEL 20

Tom Linley verweilte im Schatten der Dienstbotentreppe, sein Herz hämmerte wild. Ein Lakai kam die Stufen herunter und erstarrte bei seinem Anblick.

»Du wirst meine Diener an der silbernen Sternnadel an ihren Halstüchern erkennen.«

Die Anweisungen seines Meisters waren etwas, das er nicht so schnell vergessen würde. Er starrte den Lakaien fest an und sah einen silbernen Stern in der Nähe seiner Kehle glitzern.

»Schöner Nachmittag für einen Spaziergang«, sagte er.

Der Bedienstete blickte Tom an. »In der Tat, aber Regen kann auch aus einem wolkenlosem Himmel kommen.«

»Und ein schwarzer Himmel regnet manchmal überhaupt nicht«, stimmte Linley zu.

»Warum helfen Sie mir nicht beim Polieren des Silbers?« Der Lakai zeigte, einen Satz Schlüssel in der Hand, auf den Besteckschrank.

Linley folgte dem Mann und wartete darauf, dass er die Schranktür öffnete. Der Lakai schaute sich um, überblickte die Halle nach anderen Dienern und lehnte sich dann in die Nähe von Linley.

»Ich habe über die Hochzeit zwischen Lennox und Lady Melbourne informiert.«

»Gut. Ich hatte noch keine Gelegenheit dazu.« Linley schob dem anderen Mann ein Stück Papier in die Hand. »Könntest du dafür sorgen, dass das für mich abgeschickt wird?«

Der Lakai steckte den Brief weg. »Ich kümmere mich darum.«

»Danke.« Linley täuschte Interesse an den silbernen Löffeln einen Moment länger vor, bevor er sprach. »Ich sollte zu Lord Lonsdale zurückkehren.«

Er verließ den Lakaien und ging die Treppe wieder hinauf in die Haupthalle. Jetzt, da er seinen Bericht abgegeben hatte, konnte er sein nächstes Ziel verfolgen.

Linley erreichte das Zimmer, in dem Lady Melbourne mit Lennox wohnte. Die Kammer würde leer sein, hoffte er. Kurz bevor er die Klinke berührte, öffnete sich die Tür, und ein kleines Mädchen trat heraus, ihr Gesicht rot und ihr kleines Kichern unbestreitbar süß.

»Weg mit dir. Du solltest nicht da drin sein!«, tadelte Linley sie, aber er konnte nicht anders, als zu lachen, als er beobachtete, wie das kichernde Kind den Flur entlang rannte. Als Linley sich versichert hatte, dass niemand sonst in der Halle war, drehte er den Riegel und schlüpfte hinein. Lennox' Schlafzimmer war groß und maskulin eingerichtet, aber von edlem Geschmack, genau wie bei Lonsdale.

Eine kleine Kommode zog Linleys Aufmerksamkeit auf sich. Er wühlte sich durch die Schubladen und fand Kleider, Unterwäsche und andere Gegenstände, die Lady Melbourne gehörten, aber keine Beweise für das, was er finden sollte - ein Objekt, das Nachrichten entschlüsseln konnte. Es war so wichtig gewesen, dass Daniel Sheffield den Schweigekodex gebrochen hatte, um sie zu kontaktieren, wenn auch indirekt.

Tom war gesagt worden, dass sie Lady Melbournes Residenz durchsucht, aber nichts gefunden hatten. Daher lag es nahe, dass sie es mitgenommen hatte, und Tom war in der besten Position, um das herauszufinden.

Als er die letzte Schublade eines kleinen Tisches neben dem Bett durchsuchte, streiften seine Finger etwas Kühles und Kreisförmiges. Er umklammerte es und hob es im Licht auf. Eine Taschenuhr. Sheffield hatte gesagt, dass die Chiffre einer Uhr ähneln würde, aber im Inneren würde sie eher Symbole und Buchstaben als ein Zifferblatt haben. Er öffnete den Deckel.

Linleys Herz sank. Kein Dechiffrier-Apparat, nur eine gewöhnliche Taschenuhr. Er ließ das Ding zurück in die Schublade fallen, blickte sich im Raum um und versuchte zu entscheiden, wo er sonst noch suchen sollte.

Linley wühlte sich durch die Bettwäsche und durch Lennox' Kleidung und schnaubte vor Enttäuschung. Er überprüfte jeden Platz, den er sich vorstellen konnte, fand aber nichts. *Mist!* Waverly würde vor Wut rasen. Bei dem Gedanken wurde ihm übel. Ein Geräusch vor der Tür ließ ihn zusammenzucken.

Er stürmte hinter die Tür, die sich zu öffnen begonnen hatte, und hielt den Atem an. Ein Zimmermädchen trat ein und trug einen Eimer und eine Stoffschlinge mit Brennholzscheiten. Während ihr Rücken ihm zugekehrt war, duckte sich Linley um die offene Tür herum und wieder hinaus in den Korridor. Er müsste es morgen noch einmal versuchen.

Er trottete die Haupttreppe hinauf und ging zu den Gemächern seines Herrn. Lonsdale war drinnen, mit Blick auf das Feuer in seinem Zimmer, die Ellbogen ruhten auf seinen Knien, während er in die Flammen starrte. Er rollte ein Glas Brandy zwischen seinen Handflächen und drehte sich nicht um, als Linley sich näherte.

»Da bist du ja, Junge. Ich habe den schlimmsten Anfall der blauen Teufel. Ich nehme nicht an, dass du Lust hast, mit mir auf eine oder zwei Runden in Ashtons Freizeitzimmer zu gehen?«

»Boxen?«, hakte Linley nach.

»Ja, was dachtest du denn? Ich war zu lange untätig und muss beschäftigt sein.« Charles drehte sich in seinem Stuhl herum, Hoffnung leuchtete in seinen Augen.

Linley nickte. Er zog es immer vor, Charles glücklich und lächelnd zu haben, wenn er es schaffen konnte. Es hielt ihn davon ab, Fragen zu stellen.

»Ausgezeichnet. Lass mich dir den Weg zeigen.« Charles trank seinen Brandy aus und stellte das Glas auf den Kaminsims, bevor er zur Tür ging. Er schien sich in Lennox' Stadthaus genauso wohl zu fühlen wie in seinem eigenen.

»Wissen Sie, wo es ist, Mylord?«, fragte Linley.

»Oh, ich komme hierher, seit ich achtzehn bin. Oft versammelten wir uns in der Liga im Urlaub im Haus eines Mitglieds. Rettete uns vor schauderhaften Verwandten, die immer und immer wieder alles versuchten, um uns zu verheiraten. Aber diese Zeiten scheinen zu Ende zu gehen.«

Charles führte Linley auf eine Tour durch die eleganten, sonnigen Hallen. Linley war so selten in der Lage, Schönheit zu bewundern. Selbst wenn er entspannt zu sein schien, war sein Geist auf seiner Mission, immer achtsam vor potenziellen Bedrohungen. Aber jetzt konnte er Einblicke in das Leben der Reichen und Betitelten werfen.

Ein Schmerz bildete sich tief in seiner Brust, als er an sein Leben vor seinem Herrn zurückdachte, als er ein Kind in einem glücklichen Haushalt gewesen war, seine Mutter das Dienstmädchen einer geliebten Gräfin. Das Leben war damals voller Freude gewesen. Jeder Raum war mit Licht und Lachen gefüllt. Dann war alles weg.

Lennox House erinnerte ihn an diese glücklicheren Zeiten. Die Diener waren gastfreundlich, und mit den Pächterkindern, die herumliefen, war es voll von den Klängen von Liebe und Familie. Es war schön, die kleinen Rabauken unter den Füßen zu haben.

Der Schmerz in seiner Brust wuchs für Katherine, seine kleine Schwester, die er in London bei Charles zu Hause gelassen hatte. Es war schwer, sie so lange zu verlassen, auch wenn sie gut versorgt war. In gewisser Weise war Katherine alles, was ihm von seinem früheren Leben geblieben war.

Charles blieb vor einem offenen Raum stehen. Es gab genug Platz zum Fechten, und Ausrüstungsgegenstände hingen an den Wänden. Es gab auch einen Boxring auf dem Boden, dessen Rand in weißer Farbe auf den Boden gemalt worden war. Charles hielt am Ring an, zog seine Weste aus und hängte sie an einen Pflock bei den Fechtdegen. Er krempelte die Ärmel hoch und entblößte seine gebräunten, muskulösen Unterarme.

»Nun, komm schon, Junge. Nimm die Mütze ab und lass uns loslegen.«

Linley hielt die Mütze fest auf seinem Kopf. »Ich würde die gern aufbehalten, wenn es Ihnen nichts ausmacht, Mylord.« Dann krempelte er die Ärmel hoch und stieg in den Ring.

»Ich werde sie dir letztlich sowieso runterschlagen.«

»Ich hoffe, Sie werden nicht zu heftig mit mir umgehen, Mylord.«

Charles hob seine unbehandschuhten Fäuste. »Streck mal deine Pfoten hoch und lass mich sehen, ob du in Form bist.«

Linley ballte seine Finger zu Fäusten und hob sie unbeholfen hoch.

Charles ließ die Hände sinken und ging mit einem kritischen Blick auf Linley zu. Linley hielt den Atem an, als der andere Mann seine Hände höher hob.

»Etwa so.« Charles schien zufrieden zu sein, und dann ging er rückwärts, um Abstand zwischen ihnen zu schaffen, bevor er seine eigenen Hände hob.

»Soll ich zuschlagen?«, bot Linley an.

Charles wartete mit einem Nicken darauf, dass er sich bewegte.

Linley betrachtete den Körper seines Herrn und suchte nach Schwachstellen. Er hatte mehr als ein Jahr damit verbracht, von einem Meister zu lernen, wie man kämpft. Er konnte sehen, dass der Brandy die Haltung von Charles geschwächt hatte und ein Ellbogen tiefer hing als der andere. Mit nur einem leichten Tänzeln nach rechts konnte er Charles' Deckung durchbrechen, ohne dass sein Meister es bemerkte, bevor Linley ihn auf dem Boden hatte und festnagelte.

Es war natürlich nicht die Art, wie ein Gentleman kämpfen würde, aber er war nicht darauf trainiert, wie ein Gentleman zu kämpfen. Er war darauf trainiert worden, zu überleben.

»Trödel nicht, Junge. Zeig mir, was du kannst.« Charles tanzte einen Schritt näher und täuschte mit einer Hand sanft einen Hieb an.

Linley analysierte seine Bewegungen, anmutig wie ein Walzer. Linley würde Charles' Verteidigung nicht überwinden, indem er fair kämpfte. Da Linley dies wusste, wich er aus, und in dem Moment, in dem sein Gegner ihn spiegelte, schoss er nach vorne und landete einen Schlag auf Charles' Schulter. Es war ein flüchtiger Schlag, der nicht wehtun sollte.

Charles' graue Augen leuchteten vor Freude auf. »Gut gemacht. Gleich nochmal.«

Es war ein Ritual. Charles verbannte die Dämonen, die so oft versuchten, ihn zu ertränken. Die Albträume, die er erlitt, begannen auch Linley zu verfolgen. Mehr als einmal war er von halb erstickten Schreien aufgewacht und hatte seinen Herrn zwischen zerwühlten Laken vorgefunden, unfähig, aufzuwachen.

Die Erinnerungen an diese langen Nächte spornten Linley an, schneller zu werden und härter zuzuschlagen. Was auch immer Charles Kummer verursachte, erzeugte eine Wut in Linley, die er nicht verstehen konnte.

Er sollte diesen guten Mann eines Tages verraten und ihn wie ein Lamm zum Schlachter führen, an dem Tag, wenn sein wahrer Meister es ihm befehlen würde. Mit dieser Tatsache hatte er Frieden geschlossen. Und doch hasste er es, dass dieser Mann so still und einsam litt. Er verdiente Besseres als das Schicksal, das eines Tages auf ihn zukommen würde.

Ein leichter Schlag auf Linleys Brust ließ ihn zurückstolpern.

Der Schlag hatte ihn überrascht, und obwohl es nur ein wenig schmerzte, reagierte er instinktiv. Er fegte Charles' Beine unter ihm weg und warf den Mann von den Füßen. Mit einem dumpfen Aufprall und einem Stöhnen landete Charles auf dem Boden.

Ha! Linley grinste, dann zuckte er zusammen. Das war dumm gewesen. Er hätte einen solchen Zug niemals verwenden dürfen. Die Kampfkunst konnte so unverwechselbar sein wie eine Unterschrift, so war es ihm gesagt worden, und wenn Charles annehmen würde, dass das gerade mehr als nur ein Glückstreffer gewesen war ...

»Was zum Teufel?«, knurrte Charles, als er aufstand und sich auf Linley stürzte. Er hatte keine andere Wahl, als den Schlag auszuhalten, um jeden Verdacht zu vermeiden. Plötzlich drehte sich die Welt, und er landete krachend auf dem Rücken. Charles rollte sich über ihn und hielt ihn fest.

Der Schock des Aufpralls schickte hundert verschüttete Erinnerungen durch Linley.

Schmerz. So viel Schmerz. Hände an seiner Kehle. Sein wahrer Meister, der ihm alles nahm. Seine Welt war zerstört, aber eine neue bot sich an. Zu einem Preis. Ein gutturaler Schrei entrang sich seiner Kehle, und Sterne blinkten in seinem Sichtfeld.

»Tom! Schüttle es ab, Junge, dir geht es gut!« Charles' Stimme konnte Linleys Entsetzen kaum durchdringen, aber wenigstens konnte er jetzt atmen.

Süße, gesegnete Luft.

Gierig saugte er die Luft in seine Lunge, und seine Sicht klärte sich. Er war wieder mit Charles im Freizeitraum.

»Alles in Ordnung? Du hast mich zu Tode erschreckt, Tom.« Charles' Gesicht war voller Sorgenfalten, und er kauerte sich neben Linley.

»Es tut mir leid ... Mylord«, flüsterte er. Für alles andere war seine Stimme zu heiser.

Charles legte eine Hand auf Linleys Schulter. »Ich dachte, du wärst bereit für noch mehr der groben Taktiken, als du mein Bein so unter mir weggeschlagen hast.«

»Nur etwas, das ich einmal irgendwo gesehen habe. Habe es noch nie probiert.«

»Es tut mir leid. Es war meine Schuld, dass ich davon ausgegangen bin. Ich vergesse immer wieder, dass dein letzter Meister ein raues Händchen hatte. Es tut mir leid, Tom.«

»Ich verspreche, es besser zu machen, Mylord.«

Charles starrte ihn für einen langen Moment einfach nur an. »Sei nicht so ernst mit mir, Junge. Es ist nur ein bisschen Sport. Entschuldige dich nie wieder oder leg gar ein solches Gelübde ab. Was auch immer dieser Mann dir angetan hat, war falsch. Du hast es nicht verdient, und das darfst du nie wieder glauben. Verstanden?«

Linleys Kehle schnürte sich zusammen, und in seinen Augen brannten tückische Tränen.

»Ah, jetzt heul doch nicht, Junge.«

Linley rappelte sich auf und rannte aus dem Freizeitraum. Er war erleichtert, als Charles ihm nicht folgte. Er duckte sich in einen abgedunkelten Raum am Ende des Flurs, schloss die Tür und lehnte sich dagegen, während er wieder zu Atem und Verstand kam.

Er vermisste Charles' Stadthaus, und er vermisste Katherine. Katherine war in guten Händen, aber Linley vermisste sie deswegen nicht weniger.

Sie war der Grund, warum er das alles tat. Sein Meister würde sie ihm wegnehmen, wenn Linley nicht tat, was ihm gesagt wurde. Vorerst waren es Informationen. Aber eines Tages, wenn die Zeit reif war, würde er ihm Charles ausliefern müssen. An Hugo.

Gott verschone mich trotz meines Verrats ...

❧

CLAIRE BEMÜHTE SICH VOR DEM ABENDESSEN UM Rosalinds Haar und legte ein dunkelviolettes Seidenkleid mit tiefem Ausschnitt für sie aus, das Ashtons Aufmerksamkeit zweifellos auf sich ziehen würde. Rosalind zog das Mieder hoch und sah Claire stirnrunzelnd an.

»Sie haben mir gesagt, ich solle leicht packen, Eure Ladyschaft.«

»Das habe ich tatsächlich gesagt, aber ich meinte damit nicht, dass du die Kleider mit der geringsten Menge an Stoff einpacken sollst. Es wird die Augen jedes Mannes im Raum auf sich ziehen.«

Ihre Zofe kicherte. »Es ist nichts Falsches daran, den Busen einer Dame in einem feinen Kleid zu zeigen.«

»Ich bin ganz deiner Meinung.« Beim Klang von Ashtons Stimme zuckten sowohl Rosalind als auch Claire zusammen.

Er stand in der Tür, diese blauen Augen lebendiger, als sie sie je zuvor gesehen hatte. Rosalind wandte den Blick ab, immer noch verlegen darüber, wie viel von sich sie heute Nachmittag im Bad preisgegeben hatte. Er hatte Intimität genutzt, um ihre Mauern niederzureißen und sie dazu zu bringen, die dunkleren Geheimnisse ihres Herzens zu teilen. Sie fühlte sich ... vielleicht nicht betrogen, aber zumindest *entlarvt*.

»Claire, würde es dir etwas ausmachen, uns eine Minute allein zu lassen?« Ihre Zofe verbeugte sich und wich zurück, als Ashton zu Rosalind am Frisiertisch ging. Er griff nach einer Locke ihres Haares und wickelte sie sich um den Finger. Rosalinds Atem stockte, als sie in sein Gesicht sah.

»Ich dachte, angesichts der letzten Tage, dass die Dinge zwischen uns verdienen ...« Er spielte weiter mit ihrer Haarlocke, aber sein Gesichtsausdruck war seltsam schüchtern geworden.

»Verdienen was?«

Eine leichte Röte überzog Ashtons Wangen. Rosalinds Lippen verzogen sich zu einem Lächeln. Was um alles in der Welt könnte den Baron verlegen machen?

»Ich schwöre, wenn du lachst, werde ich es nicht mehr erwähnen.«

Sie biss sich auf die Lippe und nickte.

Er ließ ihr Haar los und ließ seine Hand in die Tasche seiner Weste gleiten. Was er herausholte, überraschte sie. Von seinen Fingern baumelte an einer feinen Goldkette ein Trio von Amethysten, die einige Zentimeter voneinander entfernt und in Gold gefasst waren.

»Ich dachte, obwohl es sich seltsam anfühlt, dass ich eine Art romantische Geste machen sollte. Um dir mein engagiertes Interesse an unserer Verbindung zu zeigen.« Er hielt ihr die Halskette hin, damit sie sie genauer ansehen konnte.

Es war das Schönste, was sie je gesehen hatte. Die Halskette erinnerte sie an eine, die ihre Mutter vor langer Zeit auf Bällen getragen hatte. Die Geste war unglaublich süß, und als

Zeichen der Verpflichtung ließ sie ihr Herz höher schlagen. Der freudige Wirbel ihrer Gedanken kam jedoch krachend zum Stillstand. Wollte er ihre Zuneigung erkaufen?

Rosalind starrte das Geschenk an, dann ihn. Die Ernsthaftigkeit in seinem Gesicht nährte die Hoffnung, die in ihr zu wachsen begonnen hatte. Sie hätte ihn nie zu einer solchen romantischen Geste fähig gehalten. Doch hier stand er und hielt ihr einen Teil seines Lebens hin, mit Hoffnung in seinen bezaubernden Augen. Es war eine so schöne Halskette, und sie würde an jeder Frau exquisit aussehen.

Er räusperte sich. »Die Steine stehen für Vergangenheit, Gegenwart und Zukunft. Nur sehr wenige Wertsachen überlebten das Jahr, in dem mein Vater unser Familienvermögen vernichtete. Diese Kette hier gehörte dazu. Wir haben sie versteckt und für Joanna aufgehoben, aber heute Abend hat sie mir gesagt, dass sie die Kette am liebsten dir geben würde. Ich wollte dir etwas geben, das zu *mir* gehört, nicht zu unseren Geschäftsbeziehungen.«

Sie war sich nicht sicher, was sie sagen sollte. Sie wollte unbedingt glauben, dass sie und ihr gemeinsames Leben ihm wichtig waren, aber sie war sich nicht sicher, ob es klug war zu glauben, dass er dazu fähig war.

»Nun, nimmst du sie an? Ich ... habe noch nie zuvor einer Frau Schmuck geschenkt. Ich gestehe, ich bin ziemlich nervös.« Er kicherte, aber sie sah die Verletzlichkeit in seinen Augen.

»Nicht einmal deinen Geliebten?« Sie konnte nicht widerstehen, ihn zu necken.

Ein schiefes Lächeln umspielte seine Lippen. »Nein. Sie waren glücklich genug mit Belohnungen in Form von Blumen. Etwas, das einer vorübergehenden Beziehung angemessen ist.«

Rosalind lachte. »Ah ja, die berüchtigte Lennox-Technik — hinterlasse nur angenehme Erinnerungen. Auch ich habe davon gehört.« Aber dies hier zeigte, dass er eine andere Seite hatte, eine, die er vor der ganzen Welt versteckte. Ein Mann voller Leidenschaften und Sehnsüchte, die unter diesem kühlen Äußeren lagen. Als er sie in die Arme nahm, konnte sie den Lebenshunger auf seinen Lippen schmecken und in der Hitze seiner Hände spüren, die durch Disziplin und vielleicht sogar Angst in Schach gehalten wurden.

»Ich nehme an, Emily hat bei einem eurer Nachmittagstees alle meine Geheimnisse verraten?«

»Natürlich nicht. Sie hat nur Loblieder auf dich gesungen. Aber andere Frauen *reden*. Und du bist für einige von ihnen ein ziemliches Diskussionsthema.«

Seine Lippen wurden schmal. »Ich gebe gerne zu, dass ich von Natur aus keiner bin, der Frauen umschmeichelt. Ich weiß natürlich, was von mir erwartet wird, aber das sind reine Formalitäten. Echtes Werben sollte von einem echteren Ort kommen, und in dieser Hinsicht fehlt es mir sehr an Instinkt. Aber ich habe jede Absicht, dich so zu umwerben, wie du es verdient hast.«

»Nun, in diesem Fall lasse ich es dich vielleicht sogar tun.« Sie starrte wieder auf die Halskette und griff dann danach. Er hob das Schmuckstück aus ihrer unmittelbaren Reichweite.

»Erlaube mir.«

Lächelnd drehte Rosalind ihm den Rücken zu und setzte sich geduldig hin, obwohl ihr Herz gegen ihre Rippen hämmerte.

Ashton legte ihr die Halskette um die Kehle und hakte den Verschluss ein. Sie berührte die Steine, und seine Hand bedeckte ihre.

»Danke. Sie ist wunderschön.«

Seine Lippen verzogen sich. »Ich bin sicher, du besitzt Unmengen von Schmuck.«

»Stimmt. Aber nichts von so großer Wichtigkeit«, versicherte sie ihm. »Als meine Mutter starb, durfte ich nichts von ihr behalten. Mein Vater hat alles verkauft, sogar ihre Kleider.« Sie gab dies schmerzlich zu, jedes Wort tat weh, als sie sich an die Vergangenheit erinnerte. »Henry hat mir ein paar Juwelen gekauft, aber ich wollte nie, dass er Geld dafür ausgibt, und bat ihn, damit aufzuhören. Ich hatte mich selbst davon überzeugt, dass ich sie nicht verdient hatte.«

Ashton runzelte die Stirn. »Du verdienst alle Freuden, die dir die Welt schenken möchte, und die, die du dir selbst machst.«

»Sein größtes Geschenk an mich war, mir zu helfen, das zu erkennen.«

Ashton setzte sich neben sie auf die Bank vor dem Frisiertisch und nahm ihr Gesicht in seine Hände.

»Dies wird ein Neuanfang für uns sein, eine Chance, als Partner und nicht als Rivalen neu anzufangen.«

Er senkte seinen Kopf und legte seinen Mund schräg ihren, der Kuss voller Zärtlichkeit und Leidenschaft, der sie ganz und gar verwirrte. Sie hätte ihn für immer so küssen können, langsam, sinnlich und doch unendlich süß, während sie sich gegenseitig erkundeten.

Als sie sich endlich voneinander trennten, atmeten beide ein wenig schwer, und Rosalinds Körper sehnte sich nach mehr von dem, was dieser Kuss versprochen hatte. Ashton starrte weiterhin fast verträumt auf ihren Mund. Es fühlte sich so wunderbar an, im Mittelpunkt seiner Konzentration und seines Hungers zu stehen.

»Jedes Mal, wenn ich dich küsse, denke ich, es kann nicht besser sein als das letzte Mal, aber jedes Mal überraschst du mich.« Seine sanften Worte weckten in ihr heiße Sehnsüchte, nicht nur nach dem Liebesspiel, sondern auch nach anderen verborgenen Wünschen.

Sie starrte ihm in die Augen und öffnete tapfer ihr Herz. »Als junges Mädchen habe ich davon geträumt, ein Mann, der sagte, was du gerade gesagt hast.« Sie konnte die Tränen in ihren Augen brennen fühlen, aber es waren Freudentränen. »Vielleicht ist der Traum nicht so verloren, wie ich befürchtet hatte.«

Ashton umfasste ihr Kinn und nickte. »Meiner auch nicht.«

Sie fragte sich, was Ashtons Traum war, aber sie hatte Angst, dass er es ihr nicht sagen würde. *Vielleicht erzählt er mir eines Tages alles, was in seinem Herzen liegt.*

Vielleicht würde ihre Ehe doch keine Katastrophe werden.

»Ashton?«, fragte sie.

»Hmm?« Seine Hand glitt zu ihrem Hals und streichelte sanft ihre Kehle in einer federleichten Liebkosung.

»Ich nehme nicht an, dass du mir erlauben würdest, meine Brüder zu unserer Hochzeit einzuladen?« Sie wollte nur necken, aber Ashton schien ernsthaft darüber nachzudenken.

»Wenn du das willst. Hast du Kontakt mit ihnen?«

Sie schüttelte den Kopf. »Nicht, seit ich Schottland verlassen habe. Brock wusste, dass ich, sobald ich weg war, aus den Augen und Gedanken meines Vaters wegbleiben musste. Selbst wenn ich heiratete, könnte mein Vater mir vielleicht immer noch wehtun oder mich nach Hause schleppen. Er ist ein elender Mann. Er wollte mich nie bei sich haben, aber er wollte auch nie, dass ich von ihm frei bin. Für ihn war ich sein Eigentum.«

Ashton schloss die Augen und lehnte seine Stirn an ihre. »Jetzt, wo du mir gehörst, werde ich dich vor der Welt beschützen, wenn es sein muss. Lass dir von ihm nicht noch einen Moment der Angst einjagen.«

Sie schlang ihre Finger um seine Handgelenke. *Ihm zu gehören*, das klang diesmal nicht nach Besitz, sondern nach dem Versprechen von etwas Besserem. Sie fühlte sich sicher, geborgen und sogar aufgeregt über die Zuneigung, die er ihr entgegenbrachte. Es war das, was sie von ihrem ersten

Ehemann bekommen hatte, und doch hatte sie das Gefühl, dass Ashtons Zuneigung noch tiefer ging. Dabei musste sie an eine alte schottische Ballade denken, die ihre Mutter immer gesungen hatte. *Die Liebe meines Mannes ist dunkel und tief, und hier wacht er über mich, dieser Gutsherr der Burg.*«

»Danke«, flüsterte sie.

Er kicherte. »Dafür brauchst du mir nicht zu danken. Es ist meine Ehre und mein Privileg.«

»Wenn das deine Art von romantischen Gesten ist, dann freue ich mich auf zukünftige. Überschütte mich mit mehr Juwelen, Mylord, denn diese Dame ist es wert.« Rosalind grinste schelmisch.

»Luder«, neckte er sie.

»Ja. Und ich glaube, es gefällt dir sehr.«

»Ja, das tut es.« Er lächelte und stand auf. »Abendessen?« Er streckte seine Hand aus. Als sie ihre Hand in seine legte, flammte ein heißer Funke zwischen ihnen auf, und sie wusste, dass sie tief in ihrem Inneren gespannt war, wie es sein würde, mit diesem Mann verheiratet zu sein. Er änderte ständig ihre Meinung über ihn und über die Ehe.

Sie waren auf halbem Weg zum Esszimmer, als sie Charles im Flur sahen, wie er sich die Taschen klopfte und sich umschaute.

»Etwas verloren?«, fragte Ashton.

Charles vergrub die Finger in der schmalen Westentasche. »Meine Uhr. Die ist schon den ganzen Tag weg.« Er wirbelte herum und ging murmelnd zurück nach oben.

Ein winziges Kichern ertönte von hinter einer Topfpflanze ein paar Meter vom Esszimmer entfernt. Rosalind erhaschte einen flüchtigen Blick auf ein dunkelblaues Kleid und winzige Füße in schwarzen Stiefelchen, die aus dem Blickfeld verschwanden. Sie drückte Ashtons Arm und nickte in Richtung des Topfes. Es war eines der Bauernkinder.

»Oh je«, sagte sie mit erhobener Stimme. »Charles verliert

immer diese Uhr. Wäre es nicht sehr amüsant, wenn die plötzlich in seinem Bett auftaucht, während wir alle beim Abendessen sind?« Sie hoffte, dass Ashton mitspielen würde.

Er grinste, und sie gingen an der Topfpflanze vorbei und taten ihr Bestes, um nicht zu lachen. »In der Tat höchst amüsant.«

Bevor sie das Esszimmer erreichten, brachte Rosalind Ashton zum Stehen und betrachtete sein hübsches Gesicht im Licht der Wandleuchten. Seine Züge waren stolz, aristokratisch, sogar kalt, aber sie sah ihn jetzt anders. Ein einsamer Mann mit einer Familie, die nicht verstand, welche Opfer er all die Jahre für ihre Sicherheit gebracht hatte.

Wir sind beide Überlebende.

Er sah auf sie herab, eine kleine Furche zwischen seinen Brauen. »Was ist los?«

»Würdest du ... ich meine ...« Sie rang nach Worten. Als sie jünger gewesen war, hatte sie so viele Träume aufgegeben, aber vielleicht jetzt ...

»Kinder«, flüsterte sie schließlich. »Das heißt, glaubst du, dass du jemals welche wollen würdest?«

Ashton warf einen Blick zu Boden und nickte dann. »Ich gestehe, Kinder waren mir nie wichtig, zumindest der Gedanke, sie zu bekommen. Natürlich ist es meine Pflicht, einen Erben zu haben. Rafe hat immer wieder gezeigt, dass er das Gut nicht übernehmen darf, sollte mir jemals etwas zustoßen.«

Rosalind bemerkte etwas in Ashtons Worten und nickte. »Ja, das sehe ich auch so. Du kannst nicht zulassen, dass ein *Wegelagerer* den Titel und das Land erbt. Gott weiß, er würde es in eine Diebeshöhle verwandeln.«

Er starrte sie an. »Weißt du also, dass es Rafe war, der deine Kutsche angehalten hat?«

Sie nickte. »Ich war hin und her gerissen, ob ich dir die Sache gestehen sollte, aber ich habe aus deinem Tonfall soeben geschlossen, dass du es schon gewusst hast. Und dass du einfach noch nicht wusstest, wie du es mir sagen sollst.«

»Es ist eine heikle Angelegenheit«, stimmte Ashton zu.

»Ich nehme an, du wirst dafür sorgen, dass er mir meine Geldbörse zurückgibt?«

»Ich beabsichtige, die Angelegenheiten zu regeln, ja.« Er schwieg noch einen Moment, und dann war diese Verletzlichkeit wieder in seinen Augen. »Und was ist mit dir?«, fragte er und wandte das Thema von Rafe ab. »Willst du Kinder, meine ich.«

»Henry und ich hatten nie welche. Ich fürchte, ich könnte unfruchtbar sein. Ändert das etwas?«

Ashton starrte sie lange an. »Nein. Wenn wir nie mit Kindern gesegnet sind, heißt das nicht, dass wir nicht trotzdem gesegnet sind, selbst wenn Rafe am Ende erbt.« Ashtons trockenes Lachen überraschte sie.

Aus irgendeinem seltsamen Grund kamen ihr seine Worte, dass er trotzdem gesegnet wäre, süß vor. *Zu* süß. Ihre Augen wurden feucht. Wenn er so weitermachte, würde sie sich an ihn verlieren und jede Fähigkeit aufgeben, die sie hatte, um zu verhindern, dass er ihr wehtat.

»Ich würde mich gerne um Kinder bemühen«, flüsterte sie.

Ashton verneigte sich höfisch und warf ihr ein unartiges, neckendes Grinsen zu. »Dann werden wir versuchen, diesen Wunsch wahr werden zu lassen, *mehrmals am Tag* wenn nötig, auf allen Oberflächen, auf denen ich es mir vorstellen kann, meine Liebe.«

Der Gedanke an sie beide, die sich an allen erdenklichen Orten dem Liebesspiel hingaben, ließ sie rot werden, selbst nach allem, was sie bereits getan hatten. Ihr Blut brannte mit einer neuen Woge der Lust.

»Vielleicht sollten wir gleich anfangen?« Seine Stimme war köstlich rau, als er sie von der Esszimmertür wegzog.

Sie keuchte, als er sie hinter einen Vorhang schob, weg

von einer Fenstersitznische neben der Haupthalle. »Was? Jetzt?«

»Ja. Hier. Gleich jetzt.« Ashton zog den schweren Vorhang zu und schloss sie in der kleinen Nische fest ein. »Vergiss das Abendessen. Niemand wird uns vermissen.«

Ihr Herz hämmerte, während sie sich bemühte, nachzudenken. Was wäre, wenn jemand sie hier fand? Dieser Gedanke ließ ihren Körper nur noch mehr zum Leben erwachen.

»Aber ...«

Ashton presste einen Finger auf ihre Lippen, als er sie gegen die Wand neben dem Fensterplatz drückte.

»Heb deine Röcke hoch«, befahl er, seine Augen brannten heiß.

Grinsend strich sie mit ihren Fingern über seine Brust. »Zwing mich dazu.« Sie strich mit ihren Lippen über seinen Kiefer, und er knurrte wie ein hungriger Wolf.

»Oh, ich werde dich zwingen.« Er packte ihre Handgelenke und hielt sie mit einer Hand über ihrem Kopf, während er mit der anderen ihre Röcke hochzog. Es war wie an jenem Abend in der Oper vor so langer Zeit, aber dieses Mal wollte sie, dass er sie nahm und die Kontrolle hatte. Er musste diesen Kampf gewinnen, und sie würde ihn lassen, wenn auch nach einem kleinen Widersetzen. Ein Kampf, der ihr gefallen würde. Das war es, was alles zwischen ihnen so aufregend machte, weil es sich so ungezogen anfühlte.

Ashtons Küsse verführten sie in einen Zustand der Glückseligkeit. Sie schlang ein Bein um seine Hüfte und drückte sich näher, als er seine Hose öffnete.

»Mach kein Geräusch«, murmelte er gegen ihre Haut.

Sie ballte ihre gefangenen Fäuste und hielt den Atem an, als er ihren Nacken küsste und in sie stieß. Ihr Körper hieß ihn willkommen und drückte sich um seinen Schaft. Sie umklammerte die rauen Vorhänge, als er ihre Hände losließ, und hielt sich fest, während Ashton sie in der versteckten Nische in Besitz nahm. Sie konnte nicht über das hinausdenken, was zwischen ihnen geschah.

Die rhythmischen Klänge gegen die Holzwand, so nah an der Stelle, an der sich bald alle anderen zum Abendessen versammeln würden, machten es noch spannender. In diesem Moment besaß Ashton sie vollständig, und sie wollte, dass er es tat. Der Höhepunkt traf sie hart, und er brachte ihren Schrei mit einem Kuss zum Schweigen. Sekunden später kam er und drückte sie gegen die Wand. Keuchend erholten sie sich langsam, die Körper zusammengepresst, und genossen die Nachbeben der Lust, die durch sie rollten. Sie liebkoste seine Wange, ihre Augen waren geschlossen, und sie lächelte schwach.

»Wildfang«, sagte er lächelnd.

»Bastard«, sie küsste seine Lippen.

»Ich bin *dein* Bastard.« Er legte seine Stirn an ihre, bis ihre Nasen sich berührten. Er schien mehr als zufrieden zu sein, vielleicht sogar glücklich. Ihn so zu sehen, erfüllte sie mit einer seltsamen Freude. So sehr sie es auch liebte, ihn herauszufordern, so intensiv waren die Momente, in denen sie perfekt aufeinander abgestimmt schienen.

Er stieß seine Hüften gegen ihre. »Hungrig?«

Rosalind strich mit ihren Fingernägeln leicht über seinen Rücken. »Abendessen reicht fürs Erste.«

Ashton umfasste ihr Gesicht und starrte sie an, als ob sie Teile ihrer Seelen entblößt hätten. Es war ein geheimer Zauberspruch zwischen ihnen, zwei widerstrebende Herzen, die nach Liebe hungerten und dennoch Angst hatten, danach zu greifen. Sie sah diese Wahrheit in seinen Augen und fühlte sie in seinen Händen, als er sie hielt.

Stimmen aus dem Flur zerstörten die friedliche Szene. Mit einem errötenden Lächeln trennten sie sich voneinander. Sie richtete ihr Kleid, während er sich um seine Hose kümmerte. Sie hielten den Atem an, als Charles und Jonathan an ihrem Versteck vorbeikamen.

»Ich weiß nicht, was Ash sich dabei denkt, sie zu heiraten«, grummelte Charles. »Sicher ist sie ein schönes Geschöpf, aber alles andere als vertrauenswürdig.«

Jonathan versuchte, ihn zu unterbrechen. »Charles, ich glaube nicht ...«

»Wirklich, Jon, denk drüber nach. Er mag sie nicht einmal. Sicher, eine Frau aus Lust ins Bett zu kriegen ist eine Sache, aber sie *zu heiraten?* Er hat seinen verdammten Verstand verloren.«

Rosalind versteifte sich und versuchte, den Schmerz auszublenden, den diese Worte verursachten. Ashton packte sie an den Schultern, während er darauf wartete, dass seine Freunde das Esszimmer betraten und außer Hörweite waren.

»Er hat Unrecht. Ich schwöre bei meinem Leben, dass er *Unrecht* hat«, knurrte Ashton, leise genug für nur ihre Ohren. »Verstehst du mich?«

Tränen brannten in ihren Augen, als sie sich bemühte, sich von ihm zu befreien. »Lass mich gehen!«

Ashton schob sie wieder gegen die Wand. »Nicht, bis du mich anhörst. Wie auch immer die Dinge zwischen uns angefangen haben mögen, ich will *dich*, Rosalind. Als Partnerin, als Ehefrau, als Liebhaberin. Charles ist ein Narr. Er will nicht, dass der Rest der Liga heiratet, weil er Angst hat, allein zurückgelassen zu werden.«

Sie hörte auf zu kämpfen, aber ihr Herz brannte immer noch. Er zog sie in seine Arme und hielt sie fest. Er rieb mit seinen Händen über ihren Rücken, beruhigte sie, aber sie verachtete die Tatsache, dass es sie beruhigte.

»Warum sollte ich dir glauben?«, fragte sie und atmete seinen Geruch ein, liebte ihn und hasste ihn zugleich.

Ashton fuhr mit einer Hand zu ihrem Nacken hoch und massierte sanft die angespannten Muskeln dort. Es fühlte sich zu gut an, musste Rosalind zugeben. Aber wie Ashton einmal zugegeben hatte, waren solche Gesten technische Finessen und nicht das, was in der Seele vorging.

»Glaub mir, Rosalind. Wir sind aus dem gleichen Holz geschnitzt. Von dem Moment an, als ich dich traf, konnte ich dich nicht mehr aus meinem Kopf bekommen. Selbst wenn du mich verrückt machst, will ich dich immer noch.«

Sie sah in seine blauen Augen. Da waren keine Schatten, keine Andeutungen von Täuschung.

Schließlich nickte Rosalind und wischte sich die Augen. »Wir sollten zum Abendessen gehen, bevor wir vermisst werden.«

Ashton wartete noch einen Moment, bevor er den Vorhang der Nische zurückzog. »Ich möchte dich niemals weinen sehen, niemals. Nicht wegen etwas, das ich getan habe.«

Sie hielt den Kopf hoch erhoben. »Dann gib mir keinen Grund dazu.«

Ashton umfasste ihr Kinn und fuhr ihr mit dem Daumen über die Unterlippe. »Das werde ich nicht.«

Sie wollte ihm so verzweifelt glauben. Er nahm ihre Hand, und sie ließ sich von ihm in die Halle führen, ihr Herz entblößt und ihre Seele zitternd.

Kann ich mich davon abhalten, mich in ihn zu verlieben?

Die Tatsache, dass sie die Antwort nicht sofort wusste, machte ihr am meisten Angst.

KAPITEL 21

Ashton funkelte Charles über sein Weinglas hinweg an. Sein Freund zog stumm eine Braue hoch, was Ashton nur mit einem finsteren Blick beantwortete.

Regina räusperte sich und versuchte, die wachsende Spannung im Speisesaal zu zerstreuen. »Ich habe gehört, dass ihr in ein paar Tagen anfangen werdet, die Häuser der Pächter zu ersetzen.«

Ashton stellte seinen Wein ab. »Ja, Higgins und Maple werden erleichtert sein. Ich habe fast jeden arbeitsfähigen Mann in den umliegenden Dörfern angewiesen, beim Bau zu helfen.«

Joanna führte eine angeregte Diskussion mit Jonathan. Rosalind stocherte in ihrem Essen herum, während Rafe ruhig und etwas blass in die Ferne starrte. Ashton machte sich Sorgen, dass die Schusswunde Rafe Schwierigkeiten bereiten könnte. Später am Abend würde er da nachhaken müssen, nachdem er Charles geohrfeigt hatte, weil der seine Meinungen so freizügig verkündete.

»Nun, das sind wirklich wunderbare Neuigkeiten«, sagte Regina.

Rafe schob plötzlich seinen Stuhl vom Tisch zurück und stand auf.

»Rafe?«, fragte ihre Mutter.

»Es tut mir leid, Mutter. Ich fühle mich nicht wohl und werde mich für den Abend zurückziehen. Entschuldige mich bitte.« Er ließ seine Serviette auf den Tisch fallen und verließ das Zimmer.

Angesichts der ohnehin schon unwiederbringlichen Peinlichkeit des Abendessens entschied Ashton, dass jetzt die beste Zeit war, sich mit Rafe zu befassen. Er stand vom Tisch auf.

»Tausendmal Entschuldigung. Ich muss mit Rafe sprechen.« Er verließ das Esszimmer, jagte seinem Bruder hinterher und erwischte ihn an der Treppe. Rafe stieg langsam nach oben, als er plötzlich stehenblieb und zu Boden sackte.

»Rafe?« Er erreichte seinen Bruder, Sekunden bevor der Sturz ihm Schaden zugefügt hätte. »Was ist los? Hast du schon wieder zu viel getrunken?« Ashton schlang einen von Rafes Armen über seine Schulter.

»Ash, es tut mir leid, ich kann nicht …«, begann Rafe mit seltsam atemloser Stimme. Es war überhaupt nicht so, wie Rafe klang, wenn er zu tief ins Glas geschaut hatte.

»Unsinn. Lass mich dir nach oben helfen.« Er half Rafe bis zu seinen Gemächern und legte ihn in sein Bett.

»Ich habe nicht getrunken. Ich schwöre es.« Rafe stöhnte und rollte sich mit zitterndem Körper auf die Seite. Schweißperlen glitzerten auf seiner Stirn.

Ashton setzte sich auf das Bett und legte seinen Handrücken auf Rafes Stirn. Er fühlte sich heiß an. Ein Fieber? Rafes Körper zuckte, und er biss die Kiefer zusammen, als seine Zähne zu klappern begannen.

»Ich schicke nach dem Arzt.« Er zog die Decken bis zu Rafes Kinn hoch und legte weitere Holzscheite ins Feuer am anderen Ende des Raumes.

Als er zum Bett zurückschaute, stieg Ashtons Angst ihm in die Kehle. Er hatte Rafe noch nie richtig krank erlebt. Keines seiner Geschwister hatte je mehr als eine Erkältung gehabt. Was auch immer jetzt nicht stimmte, war mehr als das.

Als er die Treppe hinabstieg, wartete Charles auf ihn. »Alles in Ordnung?«

»Nein, ich muss nach einem Arzt schicken. Rafe ist unwohl. Wo sind die anderen?«

»Beende den letzten Gang«, sagte Charles. »Ich dachte mir schon, Rafe sieht ein bisschen daneben aus. Soll ich den Arzt holen? Du solltest hier bleiben und ein Auge auf ihn haben.«

Ash ergriff das Angebot. Er würde sich viel besser fühlen, wenn er auf seinen Bruder aufpassen könnte.

»Wen rufst du normalerweise?« Charles befahl einem Diener, ihm Mantel und Pferd zu holen. Der Lakai nickte und verschwand.

»Dr. Finchley. Er ist ungefähr fünf Meilen südlich auf der Hauptstraße am Fluss vorbei. Er hat ein kleines Landhaus, das von der Straße aus sichtbar ist.«

»In Ordnung.« Charles winkte Ashton mit der Hand zu. »Geh und sieh nach Rafe.«

»Danke«, rief Ashton, als er die Treppe hinauflief. Er würde seinen Freund darüber ermahnen, wie er über Rosalind gesprochen hatte, wenn er sich weniger Sorgen um seinen Bruder machen musste.

Er kehrte wieder in Rafes Zimmer zurück und zog an der Klingelschnur, um Rafes Kammerdiener herbeizurufen. Während er wartete, zog er einen Stuhl neben das Bett seines Bruders und berührte erneut seine Stirn. Eine halbe Stunde verging in stillem Schweigen, während Ashton sich um seinen Bruder kümmerte. Rafe lag reglos da, seine Atmung war ein wenig mühsam.

»Rafe«, sagte er sanft. »Charles ist zum Arzt gegangen.«

Rafes Lider hoben sich, und er starrte Ash an, aber seine Augen waren trübe blaue Pfützen.

»Entschuldige, Ash.« Er hustete, seine Nase war jetzt etwas röter. »Ich wollte das Abendessen nicht ruinieren. Morgen wird es mir schon besser gehen.« Noch während er das sagte, klapperten seine Zähne.

»Darauf setze ich. Ich kann nicht zulassen, dass du Joanna oder Mutter Sorgen machst. Erst wirst du zum Wegelagerer, und jetzt bist du krank.« Ash erhob sich vom Stuhl, ging zum Waschbecken hinüber und befeuchtete ein Tuch im Wasser. Als er zurückkam, sah er, wie Rafe ihn beobachtete.

»Das war mein erstes Mal. Ich schwöre es dir.«

Ashton beugte sich vor und legte das kühle nasse Tuch über Rafes Stirn. Sein jüngerer Bruder zitterte.

»Zu kalt«, murmelte Rafe. »Nimm es weg.«

»Rafe, du verbrennst.« Er ließ das Tuch liegen. »Und was meinst du damit, dein erstes Mal?«

»Die Kutsche, es war mein erster ... Raub.«

Ashton war hin- und hergerissen zwischen Erleichterung und Frustration. Er war erleichtert, dass Rafe nur einmal eine solche Tat begangen hatte, aber er war frustriert, dass Rafe es für klug gehalten hatte, überhaupt jemanden auszurauben.

»Warum hast du das getan, du dummer Narr?« Er ließ das Tuch auf Rafes Kopf, auch wenn sein Bruder zitterte und versuchte, es wegzuwischen.

Rafe atmete aus, das Geräusch ein wenig mühsam. »Weil du mich daran erinnerst, wie sehr ich eine Last bin. Du bezahlst meine Schulden, vertuschst meine Fehler und schaffst es trotzdem, auch noch auf Mutter und Joanna aufzupassen. Ich dachte, wenn ich alleine leben könnte ...«

Ashton knurrte. »Lieber bezahle ich deine Schulden, als dass du Kutschen ausraubst.«

»Ich nehme an, ich werde nicht mehr oft dazu kommen, wenn man bedenkt, dass deine zukünftige Frau auf mich geschossen hat. Verdirbt einem Mann die ganze Sache, wenn er befürchten muss, dass er mit Kugeln konfrontiert wird, besonders von Damen.« Rafes Lächeln war eher ein Zusammenzucken.

»Du hattest Glück, dass der Sturm sie beim Zielen behindert hat. Sie hatte die Absicht, dich zu töten«, kicherte Ashton, aber er konnte seine Angst um Rafe nicht abschütteln. Der Körper seines Bruders hörte nicht auf zu zittern.

»Verdammt gute Wahl, was Ehefrauen betrifft. Du musstest ein blutrünstiges Weib finden.« Rafe leckte sich die Lippen. »Könntest du mir etwas Wasser holen?«

»Selbstverständlich.« Ashton stand auf und verließ den Raum, wobei er beinahe in den Kammerdiener seines Bruders hineinrannte, der von Charles und dem Arzt begleitet wurde.

Ashton schüttelte dem älteren Mann die Hand. »Danke, Dr. Finchley. Ich entschuldige mich für die späte Stunde.«

Dr. Finchley schob seine Brille hoch. »Anscheinend hat Ihr Bruder eine schwierige Woche.«

Ashton grunzte. »Es sieht so aus. Ich hole ihm frisches Wasser.«

Der Arzt nickte. »Kein Problem. Ich werde ihn mir einfach ansehen.« Er ging hinein und ließ Charles und Ashton draußen.

»Wie geht es ihm?«, fragte Charles.

Ashton fuhr sich mit den Händen durch die Haare. »Nicht gut. So habe ich ihn noch nie gesehen.«

Charles streckte die Hand aus und legte sie ihm auf die Schulter. »Was kann ich tun, um zu helfen?«

Ashton lehnte sich an die Wand. Sein Körper fühlte sich an, als wäre er mit Steinen beschwert. »Danke. Ich bin mir noch nicht sicher, was zu tun ist. Du könntest genauso gut schlafen gehen. Wir können morgen früh reden, wenn wir mehr wissen.«

»Weck mich auf, wenn du etwas brauchst.«

Ashton klopfte Charles auf den Rücken und ging mit rasenden Gedanken in die Küche. Jetzt war nicht die Zeit für ihn, sich Sorgen um seinen Bruder zu machen, aber er tat es dennoch. Seit sie Jungen gewesen waren, hatte Ashton immer auf ihn aufgepasst und ihn vor allem beschützt, soweit er konnte. Doch das jetzt …

»Ashton.« Seine Mutter stand mit großen Augen am Fuß der Treppe. »Ich habe Charles mit Dr. Finchley gesehen. Ist Rafe krank?«

»Ich glaube, er hat Fieber. Finchley untersucht ihn gerade. Ich hole Rafe Wasser.«

»Ein Fieber?« Seine Mutter wurde blass. »Lass mich ein Glas holen. Du solltest bei ihm bleiben und mit dem Arzt sprechen.« Seine Mutter ging in die Küche.

Seufzend drehte er sich um und kehrte in Rafes Zimmer zurück. Als er eintrat, starrte Dr. Finchley gerade grimmig auf seine Taschenuhr, während er mit zwei Fingern eines von Rafes Handgelenken hielt.

»Wie geht es ihm?«

Finchley ließ Rafes Handgelenk los und steckte die Uhr wieder in seine Tasche.

»Ich glaube, es ist eine Grippe. Er ist bewusstlos geworden, kurz nachdem Sie gegangen sind. Ich werde Sie nicht anlügen, Lord Lennox – das gefällt mir nicht. Er ist wahrscheinlich ansteckend, und Sie sollten seine Exposition gegenüber dem Rest des Hauses in Grenzen halten. Halten Sie ihn warm und versuchen Sie, ihn dazu zu bringen, viel Wasser zu trinken. Leichte Brühen zu den Mahlzeiten, bis sein Fieber und seine Übelkeit vorüber sind. Wenn sich sein Zustand verschlechtert, könnte ich vorschlagen, ihn zur Ader zu lassen.«

»Eine Grippe?«, murmelte Ashton, und sein Herz schlug heftig gegen seine Rippen.

»Ja, ein schlimmer Fall, wie es scheint. Ich habe schon

mehrere Leute im Dorf besucht. Ein Mann und ein Kind sind bereits gestorben. Wenn er in letzter Zeit im Dorf war, könnte er sich dort angesteckt haben. Am meisten beunruhigt mich, dass ihn seine Schusswunde bereits geschwächt hat.«

Die Welt um Ashton schrumpfte und drohte, ihn zu ersticken. Zwei Tote? Und Rafe hatte dieselbe Krankheit? Normalerweise könnte ein erwachsener Mann eine Grippe überstehen, aber in seinem verletzten Zustand könnte er ihr nicht standhalten.

Da war ein seltsames Klingeln in seinen Ohren. »Kann man gar nichts tun?«, fragte er.

»Leider nein. Du musst das Fieber aussitzen und hoffen, dass er stark genug ist, um es zu überstehen.« Finchley tätschelte Ashtons Schulter. »Ich komme morgen wieder und schau nach ihm.«

Ashton folgte dem Arzt hinaus. »Ich bringe Sie noch zur Tür.«

Nachdem der Arzt gegangen war, ging Ashton zur Treppe und sank zu Boden, vergrub sein Gesicht in den Händen, als ein Dutzend Emotionen ihn zu ertränken drohten.

»Ashton? Was hat der Arzt gesagt?« Die Stimme seiner Mutter zitterte. Er sah auf und blinzelte die Tränen zurück, die er versucht hatte zu verbergen. Sie hielt einen Krug Wasser in der Hand, und als sie seinem Blick begegnete, lockerte sich ihr Griff um den Krug. Der Krug fiel ihr aus den Händen und zerschellte auf dem Steinboden, das Geräusch scharf und heftig in der stillen Nacht. Die weißen Porzellanscherben glitzerten unter den Fackeln im Korridor.

»Sag es mir einfach«, flüsterte seine Mutter, und ihre Hände zitterten so stark, dass sie sie in ihre Röcke grub, als wollte sie sie verstecken.

Ashton wischte sich über die Augen. »Er hat die Influenza. Finchley sagte, er habe Fälle im Dorf gesehen. In seinem geschwächten Zustand könnte das schlimm sein, Mutter. Wir müssen mit dem schlimmsten rechnen. Der Arzt hält ihn für ansteckend. Wir können nicht riskieren, dass die anderen sich bei ihm infizieren.«

»Influenza.« Regina hielt sich am Geländer fest. »Ashton, du darfst ihn nicht ...« Sie schluckte die Worte, aber er wusste, was sie meinte.

»Du wirst ihn nicht verlieren«, schwor Ashton.

»*Wir* werden ihn nicht verlieren.« Regina kam zu ihm. Bevor er protestieren konnte, beugte sie sich vor und küsste seine Stirn. Es war Jahre her, dass seine Mutter so etwas getan hatte.

Er griff nach oben und nahm eine ihrer Hände, drückte sie. »Versuche, dich auszuruhen.«

»Ich versuche es. Aber es ist die Pflicht einer Mutter, sich um ihre Kinder zu sorgen. *Um alle* ihre Kinder.« Sie sah ihn bedeutungsvoll an, bevor sie ihn in Ruhe ließ.

Er würde sie nicht im Stich lassen. Er würde Rafe nicht sterben lassen.

✦

CHARLES ÖFFNETE DIE TÜR ZU SEINEM ZIMMER UND wischte sich den Straßenstaub von seiner Kleidung. Jeder Muskel fühlte sich an wie eine Schlange, die bereit war, zu springen. Normalerweise war eine Grippe kein Grund zur Sorge, aber als er an der Tür des Arztes angekommen war, war das Gesicht des Mannes blass geworden, als er Rafes Symptome gemeldet hatte.

»Ist alles in Ordnung, Mylord?« Linley saß auf einem Stuhl in den Schatten und polierte seine Schuhe mit einem Tuch.

»Mr. Lennox ist krank geworden, und Ashton macht sich darüber Sorgen. Und ich tue das auch.« Er rieb sich mit der Hand übers Gesicht und versuchte, die Sorgenfalten zu glätten, die sich dort bildeten. »Linley, Junge, ist meine Uhr jemals aufgetaucht? Die kleinen Rabauken von den Pachthöfen haben sie aus meinem Zimmer geklaut, da bin ich mir sicher.«

»Ich habe nicht nachgesehen, Mylord.« Linley betrachtete die Stiefel aufmerksam und rieb sie viel stärker als nötig. Charles kam herüber und packte die Hände des jungen Mannes, um ihn aufzuhalten.

»Ruhig, Junge, du wirst Löcher ins Leder reiben. Warum rennst du nicht runter und holst dir etwas zu essen? Ich weiß, dass du es die meiste Zeit vergisst. Also ab mit dir. Ich bin mir sicher, dass die Köchin noch Kuchenreste vom heutigen Abendessen haben wird.« Er tätschelte Linleys Schulter, und mit einem widerstrebenden Lächeln stand der Junge auf, stellte die Stiefel beiseite und verließ den Raum.

Charles überblickte den Raum und durchsuchte dann seine Schubladen. Immer noch keine Uhr. Es wäre schön, wenn ihm heute wenigstens eine einzige gute Sache passieren würde, aber das schien nicht sein Schicksal zu sein. Mit einem frustrierten Seufzer warf er sich auf das Bett. Etwas Hartes bohrte sich in seine Schulterblätter, als er landete. Er drehte sich um und schob das Kissen ein paar Zentimeter zurück, um eine goldglänzende Taschenuhr zu finden.

Zuerst fühlte er sich erleichtert, aber das änderte sich bald. »Das ist nicht meine. Und funktionieren tut sie auch nicht ...« Er wollte sie gerade auf den kleinen Tisch neben seinem Bett legen, als er erstarrte. Etwas daran kam ihm bekannt vor.

Eine Erinnerung an die Nacht, als er und Avery Audrey Sheridan in die Stadt mitgenommen hatten, um ihr etwas von Averys Spionagehandwerk beizubringen, blitzte durch ihn wie Quecksilber. *Avery an dem ruhigen kleinen Tisch in einer Ecke der Kneipe, wo sie nicht gestört werden würden, in der Hand ein seltsames Gerät, das wie eine Taschenuhr aussah ... aber keine war.*

Audreys Augen glitzerten vor Interesse, als sie danach griff und es öffnete. Ein einfaches Zifferblatt wurde angezeigt, bis Avery ein zweites Mal auf den Riegel drückte und sich ein falscher Boden öffnete. Audrey drehte das Stück um und bemerkte, dass die gegenüberliegende Seite ein kreisförmiges Muster aus seltsamen Symbolen und Buchstaben hatte.

»Was ist das?«, fragte sie.

»Ein Chiffre-Decoder. Einige wenige von uns verwenden sie, um Buchstaben zu entschlüsseln. Sie sind ziemlich selten. Der Symbolring kann an neue Buchstaben angepasst werden. Oben in jeder Korrespondenz werden wir einen Buchstaben und ein Symbol in der oberen Ecke abgleichen, und sobald man das heraus hat, kann man das passende Muster nachahmen und den gesamten Brief entschlüsseln.«

Charles drückte auf den Riegel, und der falsche Boden ging auf. »Was zum Teufel ...« Wie war ein Chiffrierdekoder in seinem Schlafzimmer gelandet? Und noch wichtiger, wer hatte das Ding hier reingebracht? Er verstaute die Uhr hastig in der Schublade seiner Kommode unter ein paar ordentlich gefalteten Hemden. Das war ein Rätsel, das er lösen musste, sobald es Rafe besser ging. Ashton würde sich zu viele Sorgen um seinen Bruder machen, um sich auf dieses neue Geheimnis zu konzentrieren.

Und trotzdem ...

Charles starrte auf die Schublade, und ein Gefühl der Angst breitete sich in ihm aus. Irgendetwas fühlte sich bei all dem nicht richtig an.

Rosalind stand in der Mitte von Ashtons leerem Schlafzimmer. Es überraschte sie, dass seine Abwesenheit sie störte. Sie hätte die Ruhe genießen sollen, und doch sehnte sie sich nach seinem intensiven Blick und wie sie sich fühlte, wann immer er ihr das Gefühl gab, die einzige Person auf der Welt zu sein.

Das war eine Sache, von der sie nicht gewusst hatte, dass sie es genießen würde - im Mittelpunkt der Aufmerksamkeit eines Mannes zu stehen. Vielleicht lag es daran, dass er aufrichtig an ihr interessiert war und sie nicht verletzen oder benutzen wollte − er wollte sie einfach. Mit Ashton schien die Welt um sie beide herum einfach stillzustehen, selbst wenn sie sich stritten.

Nachdem er mitten im Abendessen aufgestanden und gegangen war, war sie davon ausgegangen, dass er mit seinem Bruder reden wollte, aber wahrscheinlich zurückkehren würde. Dann hatte Charles sich entschuldigt, ebenso wie Lady Lennox kurz nach dem Abendessen. Angesichts ihrer besorgten Blicke, bevor sie gegangen waren, hatte Rosalind gespürt, dass etwas nicht stimmte, aber es war nicht an ihr, herumzuschnüffeln. Sie hatte sich geweigert, sich auszuziehen, und hatte Claire ins Bett geschickt, damit sie auf ihn warten konnte. Sie zuckte zusammen, als sich die Kammertür öffnete, aber es war nur Ashtons Kammerdiener.

»Ich entschuldige mich, Eure Ladyschaft.«

»Schon gut, Lowell. Wo ist Lord Lennox?«

Der Ausdruck des jungen Kammerdieners war düster. »Er kümmert sich um seinen Bruder. Er ist krank mit der Grippe. Der Arzt sagte Seiner Lordschaft, dass wir Mr. Rafes Zimmer nicht betreten dürfen, wegen Bedenken, dass sich die Krankheit ausbreiten könnte. Seine Lordschaft kümmert sich selbst um seinen Bruder. Mir wurde gesagt, ich soll ihm ein paar Kleider bringen, aber ich darf die Tür nicht öffnen.«

Lowells Hände zitterten, als er ein paar Sachen einsammelte. Es war offensichtlich, dass der junge Mann erschrocken war. Sie straffte die Schultern und beschloss mit einem kleinen Nicken, ihm zu helfen.

Rosalind trat auf ihn zu und streckte die Hände aus. »Erlauben Sie mir, sie zu nehmen, Mr. Lowell.«

»Aber ...«

»Es wird alles gut werden. Lord Lennox wird nicht wissen, dass nicht Sie es waren, der die Sachen dort hingelegt hat. Ich bin sehr leise auf meinen Füßen, wenn es sein muss.« Sie hob ihre Röcke und zeigte ihm einen Pantoffel. »Jetzt lassen Sie mich die haben. Wo ist Rafes Zimmer?« Sie sammelte die Kleider ein und erhielt ihre Anweisungen, bevor sie Lowell verließ, mit der Anweisung, die Kammer aufzuräumen.

Den Anweisungen des Kammerdieners folgend, fand sie Rafes Zimmer und legte die Kleider vor der Tür auf den Boden. Dann klopfte sie und rannte zur nächsten Nische, versteckte sich hinter einer Marmorstatue einer halbnackten Nymphe, die vor den Armen des Gottes Zeus floh.

Die Tür öffnete sich, und Ashton erschien, sein Gesicht war blass, als er die Kleidung einsammelte und wieder nach drinnen verschwand. Sie wollte es ungern zugeben, aber sie machte sich Sorgen um ihn und um seinen Bruder, selbst wenn letzterer ein verdammter Wegelagerer war. Sie kannte sich gut genug aus mit dummen Brüdern, um zu wissen, dass man, wenn man einen Bruder liebgewonnen hatte, ihn nicht verlieren konnte, ohne sich das Herz zu brechen. Und in gewisser Weise hatte sie sogar drei Brüder verloren. Diesen Schmerz wünschte sie Ashton nicht.

Vielleicht wäre am Morgen alles gut. Sie kroch zurück den Flur entlang, ihr Herz sank. Obwohl sie Rafes Tat verachtete, wünschte sie ihm nicht wirklich etwas Böses. Immerhin hatte sie auf ihn geschossen. Manche mochten die Sache als erledigt bezeichnen. Und sie wollte ganz sicher nicht, dass Ashton leiden musste, indem er zusehen musste, wie sein Bruder eine so schwere Krankheit erduldete.

Ich wünschte, ich könnte mehr tun.

»Was tun Sie hier, Lady Melbourne?« Beim Klang von

Lord Lonsdales Stimme zuckte sie zusammen. Er trat aus einer Tür und hielt ein Glas Brandy in der Hand. Sein Haar war zerzaust und seine Weste war weg.

»Ich habe Ashton ein paar Kleider gebracht. Er passt auf seinen Bruder auf. Haben Sie davon gehört?«, fragte sie.

Charles nickte. »Influenza. Kann ein böses Geschäft sein. Rafe ist zu stur, um zuzulassen, dass es noch schlimmer wird. Ich habe Vertrauen, dass er durchkommen wird.«

Die Worte klangen hohl und gezwungen, was die Stille zwischen ihnen noch unangenehmer machte.

»Darf ich einen Moment im Privaten mit Ihnen reden? Nur wir beide?« Er nickte in Richtung der Tür, in der er stand.

»Aber hier ist es privat. Wir sind allein.« Sie kannte Männer genug, um mit einem Betrunkenen, der sie nicht mochte, nirgendwohin zu gehen, wo sie allein mit ihm war.

Charles schüttelte den Kopf. »In so einem Haus? Kein Korridor ist jemals leer. Bitte.« Er trat zurück und erlaubte ihr, an ihm vorbeizugehen. Zum Glück war es kein Schlafzimmer, sondern ein Salon.

Rosalind nahm an einem lackierten Kartentisch Platz, und Charles gesellte sich zu ihr. Er stellte sein Glas ab und nickte dem Brandy zu. »Möchten Sie auch einen?«

»Nein, danke.«

Sie wartete, unsicher, was Charles sagen wollte. Angesichts dessen, was sie vor dem Abendessen unabsichtlich mitgehört hatte, war es ihr unwahrscheinlich, dass sie es zu schätzen wusste, was folgen würde.

»Ich werde nicht um den heißen Brei herumreden, Lady Melbourne. Ich habe heute Abend viel zu viel getrunken, und es hat mir meine gewohnte Redegewandtheit genommen. Also bitte ich um Verzeihung.« Noch während er dies sagte, entging ihr das scharfsinnige Leuchten in seinen Augen nicht, etwas, das ihr sagte, dass er nicht so betrunken war, wie sie glauben sollte. Schließlich war er einer von Ashtons Freunden. Ashton war ein kluger Mann, also würden seine Freunde das ebenfalls sein.

»Bitte, sagen Sie, was Ihnen durch den Kopf geht, Lord Lonsdale.«

»Sie und Ashton sind ...« Er wedelte mit der Hand. »Nun, Sie sind sich nicht einig, nicht wahr?« Es war weniger eine Frage als eine Beobachtung.

Rosalind legte den Kopf schief. »Wenn ja, was geht Sie das an?« Sie fragte das nicht mit Galle, sondern neugierig, da sie wusste, was seine Antwort wahrscheinlich sein würde.

»Der Mann ist für mich mehr ein Bruder als mein eigener Bruder. Ich würde ihn mit meinem Leben beschützen, vor allen Bedrohungen. Und *Sie* stellen eine Bedrohung dar, Lady M. Eine ziemliche Bedrohung.« Seine Augen huschten an ihrem Körper auf und ab.

Sie reagierte gereizt. »Ich bin keine Bedrohung. Er ist eine Bedrohung für mich.«

Charles kicherte. »Weil er die Zügel in der Hand hält, oder? Aber wir wissen beide, was für ein wildes Geschöpf Sie sind. Mir wäre es lieber, er gäbe Ihnen die Freiheit zurück, als dass ich meinen Freund riskiere, weil er Sie weiter gefangen hält. Ein Iltis beißt, wenn er in die Enge getrieben wird.«

Er verglich sie mit einem Iltis?

Rosalind begegnete ihm mit ruhigem Blick. »Ein Glück für Sie, Mylord, dass ich mein Temperament und meine Klauen unter Kontrolle habe. Was also wollten Sie sagen?«

»Sie brauchen Geld, um Ihre Freiheit zurückzukaufen, nicht wahr?« Er faltete die Hände auf dem Tisch, und trotz der halbleeren Brandyflasche, die sie auf dem Kaminsims hinter ihm bemerkte, hatte sie das Gefühl, dass er bei vollem Verstand war.

»Ja.«

»Was wäre, wenn Sie diese Gelder erhalten könnten?

Würden Sie Ashton und seinen Heiratsvertrag zurückweisen?«

Wäre Rosalind nicht auf diese Frage vorbereitet gewesen, hätte sie sich von der plötzlichen Überraschung durchfluten lassen. Aber zum Glück konnte sie ihre Reaktion unterdrücken.

»Bieten Sie mir das aus reiner Nächstenliebe an? Oder haben Sie eigene Ziele im Hinterkopf?«, fragte sie.

»Der einzige Preis dafür, dass ich Ihre Schulden kaufe und für Ihre Freiheit sorge, wäre, dass Sie ihm nie wieder in die Quere kommen. Gehen Sie von konkurrierenden Interessen weg und steigen Sie aus, wenn er in einen Bieterkrieg mit Ihnen verwickelt wird. Ich möchte, dass er das Interesse an der Freude verliert, die er findet, wenn er Sie herausfordert.«

Ihr erster Instinkt war es, Charles zu sagen, er solle zur Hölle gehen, weil sie nie etwas von jemandem nahm, was sie nicht verdiente. Doch das Geschenk ihrer Freiheit war verlockend ... zu verlockend. So sehr sie auch akzeptieren wollte, sie wusste, dass sie es nicht konnte. Es wäre immer noch eine andere Form der Knechtschaft, nach seiner Pfeife zu tanzen, wenn er bestimmte, dass sie sich zurückziehen und Lennox in Ruhe lassen sollte. Trotzdem wollte sie gern sehen, wie entschlossen Charles war, dieses Spiel zu spielen.

»Ich nehme an, Sie möchten, dass dies vor ihm geheim gehalten wird, wenn ich zustimme?«

»Wenn Ash mich jemals fragen würde, würde ich es bis zu meinem letzten Atemzug leugnen.«

»Wieso?« Das war etwas, das sie nicht verstehen konnte. »Sie wissen, er will mich und mein Eigentum kontrollieren. Warum würden Sie als einer seiner besten Freunde so handeln, dass Sie ihn daran hindern, sich zu nehmen, was er begehrt?«

Charles griff nach seinem Glas und nippte daran, während er sie kühl anstarrte. In seinen grauen Augen lag ein Hauch von Wut und Angst. Er wusste nicht, dass er das enthüllte, aber es war da.

»Weil er sich wie ein Dummkopf benimmt. Er leidet unter der dummen Vorstellung, dass er genauso glücklich sein wird wie Godric, Lucien und Cedric, wenn er Sie kauft und damit auch Ihre Liebe kauft. Ich weiß besser als jeder andere, dass Liebe keine Ware ist, die man kaufen oder verkaufen sollte.«

Rosalind bewegte sich ruhelos, als sie spürte, wie sich seine intensive Betrachtung erneut auf sie richtete.

»*Kann* Ihre Liebe gekauft werden?«

Sie starrte ihn an. »Das kann sie nicht. Liebe ist etwas, das geschenkt wird. Manchmal wird sie verdient, aber sie kann nie gekauft werden. Zuneigung vielleicht. Treue, sicherlich. Aber niemals die Liebe.«

»Ich möchte nicht, dass Ash durch diese Heiratspläne verletzt wird.« Er stellte das Glas ab und wartete.

»So sehr mich der Mann auch wütend macht, ich möchte ihn auch nicht verletzen. Vor allem nicht auf Kosten meines eigenen Glücks.«

»Dann nehmen Sie mein Angebot an?«

Rosalind wog sein Angebot gegen alles andere ab, was in den letzten Tagen passiert war. Die Überlebende in ihr wollte die Chance ergreifen, sich von Ashtons Kontrolle zu befreien. Aber sie würde ihn auch nicht mehr in ihrem Leben haben.

Sie war eine Frau mit Ehre. Sie hatte versprochen, sich an die Bedingungen ihrer Wette zu halten. Wenn sie wegging und später versuchte, die Leidenschaft, die zwischen ihnen zu brennen begann, wiederzubeleben, würde es nicht passieren. Stolz und Misstrauen würden Ashton davon abhalten, sich ihr zu öffnen, und sie würde sich wie eine schlechte Betrügerin vorkommen.

Und wenn sie ganz ehrlich zu sich selbst war, wollte sie *nicht* weggehen. Ashton erwies sich als ein viel besserer Mann, als sie in ihm vermutet hatte. Er konnte süß und verspielt sein, nicht nur dominierend und verführerisch. Abgesehen von ihrem Besitz hatte er keine Lust, sie zu vernichten, oder zu zerstören, wer sie war.

Dies könnte meine letzte Chance auf Liebe sein.

Ja, er würde sie besitzen, aber wenn ihr wiederum sein Herz gehörte, warum sollte alles andere noch Bedeutung haben? Schließlich konnte sie ihn abweisen, wenn sie nicht mit ihm zusammen sein wollte. Er hatte ihr klar gemacht, dass er ihr nie etwas nehmen würde, was sie nicht zu geben bereit war. Das war es, was ihn so gefährlich verführerisch machte. Er versprach ihr, ihr alles zu geben, was sie wollte, und es stellte sich heraus, dass das, was sie am meisten wollte, er war.

»Nun, was soll es sein, Lady Melbourne?«, fragte Charles. Ein selbstgefälliges Lächeln umspielte seine Lippen.

Sie stand auf, ging auf ihn zu und nahm sein Glas Brandy, und mit einem selbstbewussten Lächeln kippte sie sich den Inhalt des Glases in die Kehle, bevor sie es zurück in seine erschrockenen Hände legte. »Ich fürchte, ich kann nicht akzeptieren. Ich bin ehrenhaft an mein Versprechen gebunden. Solange er selbst die Verlobung nicht beenden will, heirate ich ihn an einem Termin unserer Wahl.«

Charles' Hände ballten sich zu Fäusten, seine Knöchel waren weiß, als er aufstand. »Sind Sie sicher? Ich könnte Ihnen noch mehr als Ihre Schulden bezahlen. Was auch immer Sie wünschen. Sagen Sie es, und es soll Ihnen gehören.«

»Es tut mir leid, aber Sie können mir nichts geben.« Was sie einst gewollt hatte – Liebe, ein glückliches Leben, Kinder – das waren immer Phantome der Vergangenheit, Wolkenschlösser. Aber wenn sie bei Ashton blieb, hätte sie vielleicht noch eine Chance, diesen Träumen nachzujagen – und sie vielleicht sogar zu fangen.

»Sie würden sich selbst zu einer lieblosen Ehe verurteilen?«, fragte Charles leise.

Sie nickte. »Sie scheinen sich sehr sicher zu sein, dass Liebe zwischen uns unmöglich ist. Ich glaube, dass wir vielleicht lernen könnten, einander zu lieben, wenn wir Glück haben.« *Und vielleicht habe ich das schon getan.*

Charles runzelte die Stirn. »Ich werde Sie das nicht durchziehen lassen. Ashton verdient jemand Besseren. Eine Frau, die ihn liebt.«

»Jeder verdient Liebe«, stimmte sie zu. »Aber er hat diese Wahl getroffen, und wir sind an seine Entscheidung gebunden. Gute Nacht, Mylord.« Sie schob sich an ihm vorbei und verließ den Raum, dankbar, als er nicht versuchte, sie aufzuhalten.

Draußen umklammerte sie ihren Bauch und versuchte, zu Atem zu kommen. Sie hatte nicht gemerkt, dass sich ihr Körper während der ganzen Diskussion so verkrampft hatte, dass es inzwischen an Erschöpfung grenzte.

Charles hatte etwas Beängstigendes an sich. Nicht, dass sie Angst hatte, er könnte ihr wehtun, aber es war, als würde ihn seine Vergangenheit verfolgen. Dieser Schmerz lauerte in seinen Augen, Geheimnisse, die einen Mann zu einem verzweifelten Ende trieben. Ein Mann wie dieser würde alles tun, um die Menschen zu beschützen, die er liebte. Wie ein hungriger Wolf unter Schafen musste er ständig beobachtet werden.

Ich muss vorsichtig vorgehen.

KAPITEL 22

Brock Kincade stand am Rand des Friedhofs und starrte auf die frisch aufgeworfene Erde auf dem Grab seines Vaters. Mondlicht tauchte den Friedhof in blasses Creme und schillerndes Weiß. Die behauenen Grabsteine bildeten Schatten, die fast so schwarz waren wie die Nacht selbst. Aber Brock hatte keine Angst mehr. Die Kreatur, die ihn seit seiner Kindheit erschreckt hatte, war gegangen. Für immer.

Sein Pferd schnaubte ungeduldig und stampfte mit den Hufen, zweifellos darauf bedacht, mit einer Decke auf dem Rücken und frischem Hafer im Eimer wieder im Stall zu sein.

»In Ordnung, du faules Biest«, murmelte Brock und strich mit der Handfläche über den Hals des Tieres, als er aufstieg.

Er verließ den stillen Kirchhof und trabte den gewundenen Hügel hinauf nach Castle Kincade, dessen flacher Graben mit Regenwasser gefüllt und die alte Holzbrücke abgesenkt war, um den Durchgang in den Bergfried zu ermöglichen.

Es war mehr als hundert Jahre her, dass die Burg die Wehranlagen gebraucht hatte, aber wie ein alter Wolf war sie in die Hocke gegangen und jederzeit bereit, die Stacheln wieder auszufahren. Bald würde es wieder ein glücklicher Ort sein, ein Ort der Freude und des Lebens. Die zerbröckelnden Türme würden wiederhergestellt werden, und Rosalind könnte nach Hause kommen.

Als Brock über die Brücke trabte, eilte Aiden ihm entgegen.

»Gott sei Dank! Wir haben auf dich gewartet! Du musst kommen!« Aiden winkte einen Pferdeknecht heran, um das Pferd zu übernehmen.

»Was ist denn los?« Er stieg ab und folgte Aiden ins Schloss. Sein jüngerer Bruder war bleicher als in der Nacht, in der ihr Vater gestorben war.

»Wir haben einen Besucher! Rosalind steckt in Schwierigkeiten ...«

»Schwierigkeiten?«, knurrte Brock. Sie hatten so schon genug Ärger gehabt und brauchten nicht noch mehr, aber er würde alles tun, was nötig war, um seiner Schwester zu helfen.

»Ja, komm rein.« Aiden führte ihn zu einem der wenigen Räume im Schloss, die noch für Gäste geeignet waren. Es war ein Salon mit veralteten Möbeln, aber es gab einen funktionierenden Kamin und Fenster, die nicht kaputt waren. Ihr Vater hatte nicht viel Sinn darin gesehen, mehr als die minimalsten und notwendigsten Reparaturen vorzunehmen. Er hatte das kleine Vermögen behalten, das sie noch besaßen, fest unter Verschluss gehalten, und es war teuer, ein Schloss in Ordnung zu halten.

Brodie wartete mit zwei Männern drinnen auf sie. Einer war groß, hatte rostbraunes Haar und braune Augen, Augen, die zu hart waren, als dass man sich von der Wärme darin täuschen lassen konnte. Er sah gut aus, vermutete Brock, aber hielt es durchaus für möglich, in dem Moment, in dem der Mann diesen Raum verließ, vergessen zu haben, wie er ausgesehen hatte.

Der andere war dunkelhaarig, und seine Augen waren fast schwarz. Irgendetwas an ihm verursachte bei Brock ein prickelndes Gefühl des Unbehagens. Beide Männer strahlten eine starke Präsenz aus, aber der dunkeläugige Mann hatte eindeutig das Sagen. Seiner Kleidung nach zu urteilen, war er Engländer, was ausreichte, um Brock unbehaglich zu machen. Vielleicht war es das, ein ungutes Gefühl, das ihn nervös machte.

»Lord Kinkade.« Der dunkeläugige Mann verneigte sich vor Brock. »Ich fürchte, ich überbringe schlechte Nachrichten.«

»Mein Bruder hat unsere Schwester erwähnt«, sagte Brock.

»Ja. Ich bin Sir Hugo Waverly, und das ist Mr. Outis. Ich bin seit einiger Zeit Geschäftspartner von Lady Melbourne. Sie hatte in den letzten Monaten geschäftliche Beziehungen mit unserem gemeinsamen Rivalen, und es scheint, dass der Mann zu extremen und unfeinen Maßnahmen gegriffen hat.«

Brock betrachtete den Mann weiter. Seine feine, aber nicht extravagante Kleidung. Seine kultivierte Stimme, die sanft war. Vielleicht hatte er den Mann falsch eingeschätzt. Das Misstrauen gegenüber den *Sassenach* war jedem Schotten angeboren.

»Was für Maßnahmen?« Brodie stand hinter einem der Stühle und lehnte sich mit zusammengekniffenen Augen dagegen.

»Dieser andere Gentleman hat die feste Absicht, die Kontrolle über ihr Geld, ihren Besitz *und* ihr Leben zu erlangen. Er ist ein abscheulicher Rohling und wird sie höchstwahrscheinlich töten, nachdem er sie geheiratet und sich ihr Vermögen gesichert hat. Sie ist in diesem Moment auf seinem Anwesen gefangen und wartet darauf, dass er ihre Hochzeit arrangiert. Er hat sich bereits eine Sonderlizenz besorgt. Ich fürchte, das Gesetz ist machtlos, ihn aufzuhalten, und als

Freund Ihrer Schwester wusste ich, dass ich kommen und es Ihnen sofort sagen musste.«

»Ein Mann hält Rosalind gegen ihren Willen fest?« Aiden blickte in Brocks Richtung.

Der Mann namens Hugo nickte. »Er ist ein Baron namens Lennox. Ich kann Ihnen alles sagen, was ich über ihn weiß, aber es ist äußerst wichtig, dass Sie sie retten, bevor er ihr etwas zuleide tut.«

»Auch wenn wir zu spät sind und sie bereits geheiratet haben?«, fragte Brodie.

Hugo begegnete dem Blick von jedem der drei Brüder. »Machen Sie sich nichts vor. Er *wird* sowohl ihren Geist als auch ihren Körper brechen. Sie müssen alles Notwendige tun, um sie zu retten. Sie sollten sie hierher zurückbringen, wo Sie sie beschützen können. Aber ich muss Sie warnen, er wird sie verfolgen. Und er wird nicht allein sein. Er wird seine Freunde mitbringen.«

Brock und seine Brüder wussten, dass das Gesetz ihrer Schwester keinen Schutz bieten konnte, nicht vor einem Ehemann und schon gar nicht vor einem verdammten Adligen. Wenn sie Schutz brauchte, mussten sie diejenigen sein, die dafür sorgten.

»Danke, dass Sie gekommen sind, um uns zu warnen.« Brock streckte dem Mann eine Hand entgegen.

Waverly akzeptierte den Handschlag. »Ihre Schwester ist eine reizende Frau. Mein einziger Wunsch ist, zu helfen, sie zu retten. Ich will nicht, dass dieser Bastard Lennox ihr etwas zuleide tut.« Er tauschte Blicke mit dem Mann neben ihm. »Ich würde Ihnen raten, weitere Männer in den umliegenden Dörfern zu engagieren, um Ihre Schwester zu beschützen, bis kühlere Köpfe siegen können oder bis er angemessen entmutigt ist. Lennox und seine Männer werden Ihnen dicht auf den Fersen sein.«

Brodie stieß Brock mit dem Ellbogen an. »Ich schätze, wir könnten die Hilfe gebrauchen.«

Brock dachte darüber nach. »Dieser Lennox-Typ ... Er ist wirklich eine Kraft, mit der man rechnen muss?«

Waverly senkte sichtlich aufgebracht den Kopf. »Das können Sie sich nicht vorstellen. Er hat in den letzten Jahren mehrere Männer getötet. Männer, die seinen Plänen im Wege standen.«

»Brock, wir müssen Rosalind retten«, sagte Aiden.

Brock wedelte mit der Hand. »Aye, das werden wir.« Er wandte sich an Waverly. »Sagen Sie mir, wo ich diesen Baron und meine Schwester finde.«

Waverly nickte grimmig. »Ich habe einen Mann auf seinem Anwesen stationiert und werde ihn benachrichtigen, dass er Sie erwartet.«

Brock war verwirrt. »Sie haben einen Mann dort reingeschmuggelt, der jetzt für *ihn* arbeitet?«

»Das Schlimmste befürchtend, habe ich Lennox im Auge behalten, seit Ihre Schwester und ich angefangen haben, mit ihm zu konkurrieren. Mein Mann wird Ihnen helfen können, Zugang zum Haus und zu Ihrer Schwester zu bekommen. Ich schlage vor, Sie holen sie im Schutz der Dunkelheit dort heraus und bringen sie zurück nach Schottland.«

»Danke«, sagte Brodie.

Waverly nickte. »Lennox muss für das bezahlen, was er getan hat, und ich bin bereit, meine Dienste anzubieten, um ihn zu Fall zu bringen.«

❧

ROSALIND SCHLIEF IN DIESER NACHT KAUM, GANZ ALLEIN IN Ashtons Bett. Sie vermisste den Mann, seine Wärme, sein Lachen, seine Berührung. Sein Duft hing an den Laken wie der Geist eines Liebhabers. Ein leeres Bett hatte sie noch nie gestört, aber jetzt schon, weil sie wusste, wonach sie sich sehnte. Nach ihrem süßen und verführerischen Baron.

Als die Morgendämmerung durch die Fenster lugte, kroch Rosalind aus dem Bett und zog für Claire an der Schnur. Es würde ein langer Tag werden, wenn sie sich weiterhin so fühlte. Sie zuckte zusammen, als sich die Tür öffnete, viel zu früh, als dass es Claire gewesen sein könnte.

Ashton stand da und sah genauso schlecht aus, wie sie sich fühlte.

»Rosalind?« Er blinzelte und hielt Abstand, indem er in der Tür blieb. Er war blass, seine blauen Augen voller Schatten. »Was tust du hier?«

»Du hast gesagt, ich soll in deinen Gemächern bleiben ...« Hatte sie etwas falsch gemacht?

Er ging einen Schritt weiter in den Raum und fuhr sich mit der Hand durchs Haar. »Ich dachte, du würdest es vielleicht ausnutzen und gehen, während ich mich um Rafe kümmere.«

Sie reagierte gereizt. »Ich habe es Euch versprochen, Mylord. Ich würde nicht gehen, es sei denn, du hättest zuerst unsere Vereinbarung gebrochen. Außerdem muss sich jemand um dich kümmern, während du dich um Rafe kümmerst.«

Ashton lächelte halb. »Ich würde dich dafür küssen, aber ich fürchte, du darfst nicht näher kommen. Ich möchte dich nicht gefährden ...« Seine Stimme versagte, und er stützte sich mit einer Hand an der Wand ab.

»Ashton...«

»Mir geht es gut. Nur Schlafmangel. Bitte, einen Augenblick.« Er holte tief Luft. »Vielleicht ein ... Stuhl.« Er machte noch ein paar Schritte nach vorn, und Rosalind sah, wie sein Körper sich zur Seite neigte.

Ohne nachzudenken, sprang sie auf ihn zu und packte ihn gerade noch an der Hüfte, als er zusammenbrach. Beide stürzten zu Boden. In Panik rollte sie ihn herum und schnappte nach Luft. Er war bewusstlos.

»Mylady!«, keuchte Claire in der Tür.

»Claire, bitte hol sofort Lady Lennox! Er ist krank!«

»Was ist mit Ihnen? Sie dürfen ihm nicht so nahe kommen.«

»Jemand muss sich um ihn kümmern. Kannst du mir helfen, ihn aufs Bett zu heben?«

»Natürlich kann ich das.« Aber Rosalind entging nicht die Besorgnis in ihrer Stimme, als sie Rosalind dabei half, Ashton auf das Bett zu heben. Diese Krankheit schlug schnell genug zu, dass jeder davor zurückschreckte, ihm zu nahe zu kommen.

»Bring mir eine Schüssel Wasser, saubere Tücher und etwas zum Anziehen. Und lass sofort diesen Arzt noch einmal herbringen.«

Rosalind war sich kaum bewusst, dass ihre Zofe davonlief; sie konzentrierte sich ganz auf Ashton. Sie setzte sich auf die Bettkante und strich ihm die Haare aus den Augen. Seine dunkelgoldenen Wimpern flatterten, und er bewegte sich ruhelos auf den Laken.

»Rosalind ...« Er hauchte ihren Namen in einem so verzweifelten Ton, dass ihr Herz schmerzte.

Sie streichelte sein Gesicht mit einer sanften Hand. »Ich bin hier.«

Ashtons Augen öffneten sich. Er starrte sie durch schmerzvernebelte Pupillen an. »Rafe. Ich muss ...« Er versuchte, sich aufzusetzen, aber sie drückte ihn sanft wieder auf das Bett.

»Du musst dich ausruhen, Mylord. Ich werde mich um Rafe kümmern.«

Ashton kicherte, aber es wurde zu einem Husten. »Warum macht mir der Gedanke daran Sorgen?«

Rosalind lachte, obwohl sie die Anspannung in ihrer

Stimme nicht verbergen konnte. »Weil ich versucht sein werde, seinen verletzten Arm zu brechen, um es ihm heimzuzahlen, dass er meine Kutsche ausgeraubt hat?«, fragte sie nach.

»Ja genau so ist es.« Ashtons Lippen formten ein müdes Lächeln, bevor sich seine Augen wieder schlossen.

Claire kehrte zurück, stellte ein Waschbecken auf den Tisch neben dem Bett und reichte ihr einen Satz Tücher.

»Danke, Claire. Bitte sag Mr. Lowell, ich kann mich um seinen Herrn kümmern, wenn er Angst hat, sich die Grippe einzufangen.«

Ashton rührte sich erneut bei dem Namen. »Sei nicht zu hart zu Lowell. Seine Mutter starb an Grippe, als er noch ein Junge war. Er hat Angst davor. Die solltest du auch haben, Rosalind. Ich möchte nicht, dass noch jemand krank wird.«

Sie befeuchtete ein Tuch und legte es ihm auf die Stirn. »Es ist zu spät, mit mir zu streiten, Mylord. Du solltest inzwischen wissen, dass ich tue, was ich will.«

Er seufzte, seine Augenlider fielen wieder herunter und bald vertiefte der Schlaf seine Atemzüge.

Rosalind veränderte ihre Position, damit sie sich gegen das Kopfbrett des Bettes lehnen und ihn beobachten konnte. Es wäre so einfach, nach London davonzulaufen. Aber sie konnte ihn nicht im Stich lassen, nicht wenn er sie am meisten brauchte. Aber da war mehr. Sie wollte bleiben, weil sie wider besseres Wissen gelernt hatte, diesen verdammten Engländer zu mögen. All seine Arroganz, sein Stolz, seine Sturheit und sein Pragmatismus, die sie verachtet hatte, waren auch Eigenschaften, die sie besaß. Sie wurden aus demselben Holz geschnitzt.

Sie legte ihre Finger um seine und drückte seine Hand.

»Sei stark, Ashton«, sagte sie leise. »Ich möchte, dass du unsere Wette erfüllst. So albern es auch ist, ich glaube, wir könnten zusammen ein gewisses Maß an Glück finden. Das heißt, wenn wir uns nicht streiten.« Rosalind lächelte und streichelte seine Wange. Er drehte sein Gesicht in ihre Berührung. Seine Lippen bewegten sich, aber es kamen keine Worte heraus. Seine Haut brannte bei der Berührung. Solch ein Fieber …

»Bitte, Ashton. Du musst das durchstehen.« *Du musst.*

⸎

DIE AUS EINEM FIEBER GEBORENEN TRÄUME WAREN IMMER Albträume. Ashton bemühte sich, der kratzenden Dunkelheit zu entkommen, aber die Krankheit war zu stark. Das Fieber riss ihn weg, in Erinnerungen, die ihn verfolgten, selbst wenn er wach war.

Der Dunst des Zigarrenrauchs in der Spielhölle war dick genug, dass er mit der Hand durch die Luft fahren und die Wolken stören konnte, die um die Köpfe der Männer zogen. Der widerlich süße Duft war überwältigend und ließ Ashtons Augen brennen. Sie würden bis zum Morgen rot umrandet sein, wenn er gezwungen wäre, noch länger hier zu bleiben. Aber er musste seinen Vater finden.

»Entschuldigung.« Er hustete, als er den nächsten Mann antippte, der Faro spielte. »Haben Sie Lord Lennox gesehen? Großer Mann, helles Haar, schmaler Schnurrbart.«

Der Mann schüttelte seine Hand ab, deutete aber auf eine entfernte Tür. »Ja, ich kenne ihn. Dort drüben habe ich ihn zuletzt gesehen. Aber er ist nicht allein.«

Ashton hatte das erwartet. Die Mahnungen und Rechnungen seines Vaters stapelten sich seit Monaten auf seinem Schreibtisch im Stadthaus.

»Danke«, sagte er, aber der Mann war bereits wieder auf sein Spiel konzentriert.

Eine Frau mit Haar, das zu rot war, um natürlich zu sein, schlenderte auf ihn zu. »Solltest du hier drin sein, Junge?« Ihr Kleid, ein knalliges Kastanienbraun, war so tief geschnitten, dass sehr wenig von ihrer Figur der Fantasie überlassen blieb.

»Wie bitte?« Ashton versuchte, von der Frau wegzukommen. Er war erst fünfzehn, noch ein junger Mann, aber alt genug, um zu wissen, dass ein heller Rock Ärger und Kosten verursachte.

»Immer noch ein Baby«, gurrte die Frau und strich mit dem Rand eines Spitzenfächers über seine Wange.

Er schob den Fächer weg. »Fassen Sie mich nicht noch einmal so an, Madam«, warnte er. »Ich bin kein Kind.«

Einen Moment lang sah die Frau erschrocken aus, dann lachte sie. »Ein schüchterner. Wie charmant. Du bist gerne der Meister, Liebling? Das ist ein Spiel, das ich spielen kann, für den richtigen Preis.« Ihre Hand glitt nach unten zu seiner Hüfte und versuchte dann, sich zu seiner Leiste zu bewegen.

Ashton packte sie am Handgelenk. »Mein Vater, Lord Lennox, ist bei einer Ihrer Frauen. Ich möchte sofort wissen, wo er ist.«

Die Prostituierte räusperte sich und riss ihr Handgelenk zurück.

»Oh, gut. Er ist im hintersten Raum auf der linken Seite.« Sie deutete mit dem Kopf auf eine entfernte Tür.

Ashton straffte seine Schultern und durchquerte den überfüllten Spielbereich zu den Privatgemächern. Als er das dunkle Hinterzimmer auf der linken Seite erreichte, zitterte seine Hand, als er sie zum Klopfen hob.

Von innen kam keine Antwort.

»Vater? Es ist Ashton!« Er schlug erneut gegen die Tür. Er hörte ein Stöhnen, als er den Türgriff versuchte. Die Tür öffnete sich, und Ashton starrte gequält auf die Szene. Es war keine Frau im Raum. Nur sein Vater, der auf dem Bett lag und vor Schmerz seinen Kopf umklammerte.

»Vater!« Er eilte zum Bett hinüber, aber als er versuchte, seinem Vater beim Aufstehen zu helfen, wurde Ashton hart ins Gesicht geschlagen.

»Lass mich, Junge!«, schnappte der Mann.

Ashton legte eine Hand an sein Gesicht; die Haut brannte dort, *wo ihn der Handrücken seines Vaters getroffen hatte. Sein Vater hatte ihn noch nie zuvor geschlagen.*

»Vater, bitte«, bat er. »Komm nach Hause. Mutter braucht dich. Wir alle brauchen dich.«

Lord Lennox kam stolpernd auf die Füße. »Verdammte Hure hat meine Geldbörse genommen.« Er klopfte auf seine Taschen. »Taschenuhr auch.«

»Vater ...« Ashton berührte immer noch sein Gesicht, wo er geschlagen worden war, aber sein Vater hörte nicht zu. Er verließ das Zimmer und stolperte über seine Füße in den Flur. Ashton eilte ihm nach und wich den Spieltischen aus. Sein Vater bewegte sich, obwohl deutlich betrunken, immer noch schneller als Ashton.

Mehrere andere Männer schrien und fluchten, als Ashtons Vater in sie hineinstolperte.

»Vorsicht, Mann!« Jemand schubste Lord Lennox zur Vordertür.

Ashton stolperte und stürzte, als ein Stock gehoben wurde und im Herabsausen seine Stiefelspitze erfasste. Ein junger Mann mit dunklem Haar und schwarzen Augen lachte kalt. »Pass auf, Junge!«

»Ich entschuldige mich«, murmelte Ashton und rappelte sich auf, um wieder auf die Beine zu kommen. Sein Vater verschwand aus der Tür.

»Vater!« Er erreichte die Tür rechtzeitig, um zu sehen, wie sein Vater auf dem Bürgersteig den Halt verlor und auf die Straße stürzte.

Die Zeit schien sich zu verlangsamen. Eine Kutsche raste durch die dunkle Straße und überrollte Lord Lennox. Das Pferd wieherte, und es übertönte die Schreie des Mannes, den es zertrampelte. Ashtons Beine waren am Boden verwurzelt. Der Atem schoss aus seinen Lungen. Er konnte sich weder bewegen noch sprechen, als um ihn herum Chaos ausbrach. Männer eilten heran, um dem verzweifelten Fahrer der Kutsche zu helfen.

»Tot! Der Mann ist tot!« Jemandes Schrei durchschnitt den Nebel aus Schock und Entsetzen, der Ashton gefangen hielt. Er raste die Stufen hinunter und kam schlitternd ein paar Meter vor dem zerfetzten Körper seines Vaters zum Stehen.

»Wer ist es?«, wollte der Fahrer wissen.

Betäubt trat Ashton vor. »Er ist mein Vater.«

»Er war *dein Vater«, sagte der dunkelhaarige junge Mann mit dem Stock. »Betrunkener Narr.« Der Mann ging zurück in den Club und ließ Ashton verloren dort stehen und zusehen seine Welt um ihn herum zusammenbrach.*

»Ashton, bitte sei stark.« Eine süße Stimme tanzte um die Kanten des Schmerzes, der seinen Kopf und sein Herz überflutete.

Tränen befleckten seine Wangen, aber er fühlte sich zu schwach, um seine Glieder zu bewegen. Die Dunkelheit eroberte ihn erneut und zog ihn hinunter, wo selbst fiebrige Albträume ihn nicht erreichen konnten.

KAPITEL 23

Schweiß stand auf Ashtons Stirn, und sein fiebriges Gemurmel brach Rosalind das Herz. Sie hielt jedes Mal den Atem an, wenn sich Ashtons Brust hob und senkte, weil sie befürchtete, dass es das letzte Mal sein könnte.

Die Krankheit hatte im Dorf drei weitere Todesopfer gefordert, seit Ashton und Rafe vor drei Tagen erkrankt waren. Schrecken war durch Lennox House gefegt, aber Rosalind hatte sich geweigert, Ashtons Seite zu verlassen. Ihr Herz stieg ihr jedes Mal in die Kehle, wann immer er zu still in seinen Laken lag.

Er hatte sich die letzte Stunde ruhelos herumgewälzt, bevor er in eine weitere beängstigende Stille versunken war. Seine Atmung war flach geworden und seine Haut fühlte sich klamm an. Jeder Muskel in Rosalinds Körper spannte sich an, als sie ihn musterte und nach Anzeichen dafür suchte, dass er ihr entglitt.

Du wirst mich nicht verlassen, Lennox. Nicht auf diese Weise. Ich fordere einen fairen Kampf mit dir, du Feigling. Ich möchte ... Sie betete, dass er ihre Gedanken hören konnte. Sie hatte zu viel Angst, sie laut auszusprechen. *Ich will dich heiraten.*

»Wie geht es ihm?« Regina stand mit roten Augen an der Tür.

Die beiden waren die Betreuerinnen von Rafe und Ashton geworden. Regina hatte nicht gewollt, dass jemand anderes das Risiko einging, und Rosalind hatte zugestimmt. Sie hatten die jüngeren Bediensteten weggeschickt, und nur die stursten hatten darauf bestanden, zu bleiben. Rosalind nahm kaum wahr, dass außerhalb von Ashtons Schlafzimmer etwas passierte.

Ein Teil von ihr befürchtete, dass sie ihn verlieren würde, wenn sie ihn auch nur für eine Minute aus den Augen verlieren würde. Sie hatte das Gefühl, als würde ihre Kraft ihm helfen, bei ihr zu bleiben. Es war töricht, aber sie wollte so verzweifelt glauben, dass sie etwas tun konnte, um ihm zu helfen.

»Er schläft wieder. Ich kann nicht sagen, ob es ihm besser geht, wenn er still oder unruhig ist.« Ihre Stimme war ein wenig zittrig, die leiseste Andeutung des Sturms, der in ihrem Herzen tobte. Rosalinds Hände zitterten, als sie das Tuch von seiner Stirn entfernte und durch ein frisches ersetzte.

Regina kam herein und setzte sich neben Rosalind.

Rosalind lehnte sich an Ashtons Mutter. Sie brauchte nur eine Minute, um sich auszuruhen und zu erholen. Sie und Regina waren sich in den letzten zwei Tagen nah gekommen, wie Soldaten, die ganz allein eine Festung verteidigen. Sie hatten gelernt, die Tränen in den Augen der anderen zu lesen, die Sprache der Trauer und des Kummers, das Aufflackern der Hoffnung und das Funkeln der rohen Entschlossenheit, diese dunklen Tage zu überstehen.

Sie hatte sich immer so allein gefühlt, nachdem ihre Mutter gestorben war, aber jetzt, angesichts des drohenden Verlustes von Ashton, hatte sie sich danach gesehnt, dass sich jemand in diesen seltenen Momenten der Schwäche um sie kümmerte. Regina hatte genau das getan, indem sie sich um sie gekümmert hatte, ohne an sich selbst zu denken. Es war etwas, das sie ansatzweise auch in Ashton gesehen hatte. Dieses Gefühl der Selbstlosigkeit gegenüber denen, die er liebte.

Ashtons Mutter berührte mit dem Handrücken Rosalinds Stirn und testete auf Fieber. »Wie geht es Ihnen?«

Rosalind seufzte müde. »Ich habe in meinem Leben viele Schwierigkeiten überstanden, aber ich habe mich noch nie so hilflos gefühlt wie jetzt.«

Wenn ihr Vater schlechte Laune gehabt hatte, sperrte er sie manchmal tagelang ohne Essen und mit nur einem Krug Wasser in ihr Zimmer ein. Aber diese Tage verblassten im Vergleich zu diesem Kampf, den sie nicht selbst ausfechten konnte. Es lag an Ashton, dies alleine zu überleben. Sie konnte nur zusehen und warten und tun, was sie konnte, um es ihm bequem zu machen.

»Ihr früherer Ehemann, war er ...« Regina verstummte.

»Nein«, sagte Rosalind. »Henry war ein guter Mann. Mein Vater war ein Rohling. Als ich endlich weglief, hat Henry mich aus diesem Leben gerettet.« Sie streckte die Hand aus und strich Ashton eine Haarsträhne aus dem Gesicht. »Aber dieses – dieses schreckliche Warten – ist viel schlimmer.«

»Ich weiß, mein Kind. Ich weiß. Wir möchten die Schlachten derer führen, die wir am meisten lieben, aber oft können wir es nicht.« Regina legte einen Arm um ihre Schultern und umarmte sie süß. Sie erinnerte sich, dass ihre Mutter das früher getan hatte, vor vielen Jahren, als das Leben noch nicht so voller Schmerz und Schatten gewesen war.

Ashtons Lippen bewegten sich, Rosalind und Regina spannten sich an, aber die Worte waren nicht verständlich.

»Er hat vorhin etwas über seinen Vater gesagt«, sagte Rosalind.

Regina schluckte und nickte. »Er war kaum ein junger Mann, als sein Vater starb. Er spricht nicht darüber, aber ich weiß, dass er immer noch leidet. Er war dabei, wissen Sie, als es passierte. Es muss ihn über alle Maßen quälen, in so jungen Jahren etwas so Schreckliches miterlebt zu haben.« Ihre Augen verdunkelten sich unter dem Gewicht der Tränen. »Ich sehe so viel von meinem Malcolm in ihm, und es erinnert mich an das, was ich verloren habe. Ich war immer hart zu ihm, und das ist eine Sünde, die ich für den Rest meiner Tage werde tragen müssen. Ich wünschte nur, ich hätte ihm gesagt, wie sehr ich ihn liebe.« Ashtons Mutter fing plötzlich an zu weinen, und Rosalind umarmte sie mit dem letzten Rest ihrer eigenen Kraft.

Rosalind streichelte Ashtons Arm. »Er hat ein großes Herz. Eines, das er versteckt. Er ist nicht kalt. Er kann unerträglich und stur sein, aber er ist auch liebevoll und warmherzig. Ich habe ihn falsch eingeschätzt.«

Regina schniefte. »Es scheint, ich war eine schlechtere Mutter, als ich dachte.«

Rosalind schüttelte den Kopf. »Nein, ich bin sicher, Sie sind eine wunderbare Mutter.«

»Ich habe Jahre damit verbracht, meine Wut an ihm auszulassen.« Sie senkte ihren Kopf. »Ich wünschte, er wüsste, wie leid mir alles tut.« Sie stand auf und ging zu ihrem Sohn, um ihm einen Kuss auf die Stirn zu drücken.

Rosalind strich mit ihren Fingerspitzen über sein Kinn. »Wenn es eine Sache gibt, die ich über diesen Mann weiß, dann, dass er zu starrköpfig ist, um sich einer Krankheit zu ergeben.«

Ashtons Mutter nickte, sagte aber nichts.

Emotionen wirbelten durch Rosalind, während sie Ashton beim Schlafen zusah. Sie hatte seine Entschlossenheit, sie zu besitzen und zuvor jeden Kampf zu gewinnen, gehasst, aber jetzt hatte sie das Gefühl, dass sie anfing, ihn zu verstehen. Er war ein Mann, der versuchte, sein Leben in den Griff zu bekommen, weil er so jung gewesen war, als alles außer Kontrolle geraten war. Er hatte mit ansehen müssen, wie sein Vater starb, und seine familiären Verpflichtungen danach hatten ihn schwer belastet. Kein Wunder, dass er so entschlossen war, seinen Willen durchzusetzen. Nur so fühlte er sich sicher.

Genau wie ich ...

Als Ashtons Hand plötzlich zuckte, legte Rosalind ihre Finger um seine.

»Ich bin so glücklich, dass er Sie kennengelernt hat. Sie sind die richtige Frau für ihn.«

Rosalind war bewegt von ihren Worten und dem Gefühl dahinter. Sie wollte Ashton würdig sein und wollte, dass seine Familie sie als würdige Partnerin für ihn willkommen hieß.

»Danke, Lady Lennox.«

»Mutter?« Ashton sprach mit heiserer Stimme.

Rosalind und Regina drehten sich beide zu ihm um. Seine Augen waren offen, aber sein Blick war immer noch trüb.

»Ich bin hier, mein Junge, oh mein Liebling.« Regina wischte sich frische Tränen aus den Augen, als sie seine Stirn berührte und mit zitternden Händen lächelte.

Rosalind hatte Probleme beim Atmen. Er hatte nach seiner Mutter gefragt, und sie hätte nicht eifersüchtig sein sollen, aber sie hatte gehofft, er würde *ihren* Namen aussprechen.

Ich sollte gehen. Er will mich nicht hier haben. Sie wollte vom Bett aufstehen, aber Ashton packte sie am Handgelenk.

»Bleib, *bitte*«, flüsterte er. »Ich brauche dich hier.« Seine blauen Augen waren erfüllt vom Echo seiner eindringlichen Träume, aber sie sah auch, dass er sie brauchte.

Er will, dass ich bleibe. Aber was sie sich eigentlich eingestehen wollte, war: *Ich werde gebraucht.*

»Sehen Sie?«, sagte Rosalind zu Regina, ein Lächeln

umspielte trotz ihrer Besorgnis ihre Lippen. »Sturer Mann. Ich wusste, dass ihn keine Krankheit lange im Bett halten würde.«

Regina gluckste, und Ashton hätte beinahe gelächelt.

»Wie ich sehe, habt ihr beide euch im Angesicht meiner vielen Fehler miteinander verbündet.« Es war nur eine gekrächzte Antwort, aber sie konnte ein fröhliches Funkeln in seinen müden Augen sehen. Er drückte ihr Handgelenk.

»Oh mein süßer Junge.« Regina beugte sich vor, um ihn erneut auf die Stirn zu küssen. »Ich hatte Angst, dass ich dich verlieren könnte.« Reginas Stimme brach ein wenig, und Ashton blinzelte langsam, eine Träne tropfte auf das Kissen.

»Mutter, bitte. Ich möchte lieber, dass du wütend auf mich bist, als dass du weinst.«

Sie schniefte, richtete sich aber auf. »Ich muss dir etwas sagen, Ashton. Es hat mich all die Jahre belastet, und du hast es verdient, mich das sagen zu hören. Ich war ein elendes Geschöpf, einfach elend zu dir, mein liebes Kind. Ich ...« Sie hielt inne, winkte aber ab, als Ashton versuchte, sie zu unterbrechen. »Du erinnerst mich so sehr an deinen Vater. Du hast sein Aussehen, seine Intelligenz, sein warmes Herz, aber ... aber was ich all die Jahre für Kälte gehalten habe, war Stärke. Du bist ein guter Mann, Ashton, und ein guter Sohn.« Regina hatte sich beim Sprechen ganz tapfer gehalten, aber schließlich würgte ein leises Schluchzen ihre Kehle. »Du bist *mein* Sohn, und ich liebe dich. Bitte vergib mir, dass ich all die Jahre so hart zu dir war.«

Rosalind lehnte sich gegen den Bettpfosten neben Ashtons Kopf, und sie sah, wie er nach Worten rang. Er umklammerte immer noch ihre Hand und drückte sie fest, als wäre das, was er hörte, zu schön, um wahr zu sein. Hätte ihr Vater jemals solche Worte geäußert, es hätte sie vollkommen verblüfft.

»Es gibt nichts zu vergeben, Mutter«, versprach Ashton,

und nach einem ruhigen Moment, in dem er seine Mutter einfach mit einer müden Zufriedenheit ansah, von der Rosalind vermutete, dass er sie seit seiner Kindheit nicht mehr empfunden hatte, seufzte er und lächelte. Seine Augen wurden heller, und er versuchte, sich aufzusetzen. »Rafe ... wie geht es ihm?«

»Ein bisschen besser als dir. Er sitzt im Bett und isst etwas. Ich sollte mich jetzt, da du wach bist, wieder um ihn kümmern.«

»Mutter, wenn du krank wirst, wird mich das ziemlich mitnehmen. Ich habe darum gebeten, dass sich niemand sonst um Rafe kümmert.«

»Ja, nun, jemand musste es tun.« Regina schniefte. »Rosalind hat ziemlich darauf bestanden, dass sie sich um dich kümmern möchte, und da wir die einzigen beiden waren, die mutig genug waren, es zu riskieren, sich um euch beide zu kümmern, habe ich mich um Rafe gekümmert. Im Haus ist sonst niemand erkrankt. Ich glaube, wir sind sicher.«

Ashton schüttelte den Kopf. »Ich werde mich nicht sicher fühlen, ehe eine Woche vergangen ist, in der niemand sonst krank geworden ist.«

»Du kannst dich ärgern, so viel du willst, aber jetzt wirst du es von deinem Bett aus tun.« Sie beugte sich wieder vor und küsste ihn auf die Wange. »Ich muss nach deinem Bruder sehen. Gute Besserung, mein Junge.« Sie klopfte Rosalind auf die Schulter und verließ die Kammer.

Rosalind bewegte ihre Füße, die vom langen Stehen schmerzten. Jetzt, da Ashton zu sich gekommen war, fühlte sie sich erschöpft und seltsam niedergeschlagen.

»Ich ...« Ihre Stimme verlor sich, aber als er sie anlächelte, war es ein weicher, verträumter Ausdruck, die Art, die ein Mann nach einer langen Nacht der Glückseligkeit zwischen den Laken haben könnte. Nicht viel anders als der Ausdruck, den sie selbst immer trug, wenn sie sich daran erinnerte, in seinen Armen gewesen zu sein.

»Komm her, Schatz. Du siehst aus, als würdest du gleich in Ohnmacht fallen.« Er klopfte auf die andere Seite des Bettes, wo es einen Platz für sie zum Hinsetzen gab.

Sie ging um das Bett herum und kletterte hinauf, um sich neben ihn zu setzen.

»Würde es dir viel ausmachen, mir dabei zu helfen, mich aufzusetzen? Mein Rücken tut schrecklich weh, nachdem ich so lange gelegen habe«, sagte Ashton.

Sie betrachtete ihn, seine blasse Haut und seine glasigen Augen. »Bist du stark genug?«

Er nickte. »Ich kann mich auf die Kissen zurücklehnen. Ich muss mich aufsetzen. Sich so schwach wie ein Kätzchen zu fühlen, passt nicht zu mir«, knurrte er.

Sie kicherte. »Wenn man bedenkt, dass du bis vor ein paar Minuten unter Fieberträumen gelitten hast, denke ich, dass dies eine enorme Verbesserung ist. Du solltest deine eigene Heilung nicht überstürzen.«

»Fiebrige Träume?« Er seufzte schwer, und das Geräusch verdrehte Rosalinds Herz.

Sie ergriff seinen Arm und half ihm, sich hinzusetzen. »Ja, über deinen Vater.«

»Meinen Vater?« Sein Gesichtsausdruck verfinsterte sich, aber Rosalind wollte ihn nicht aufregen, nicht nach allem, was er durchgemacht hatte. Sie lehnte sich an ihn und küsste seine Wange.

»Ich bin so erleichtert, dass es dir besser geht. Du hast mich ziemlich erschreckt.« Sie legte ihren Kopf an seine Schulter und achtete darauf, nicht zu schwer an seiner Seite zu liegen.

»Mich auch. Die Grippe ist eine verdammte Plage.« Er sah sich im Zimmer um und fand die Uhr auf dem Kaminsims. »Guter Gott, ist es schon so spät?«

»Ja«, sagte Rosalind. »Du bist seit drei Tagen krank.«

»Wir müssen noch eine Hochzeit arrangieren, und der Rest der Liga wird jeden Moment in dieses Haus einfallen.«

»Oh? Wofür?« Rosalinds Herz pochte gegen ihre Rippen. Die Vorstellung, dass sie alle gleichzeitig hierher kamen, machte sie seltsam nervös. Was, wenn sie wie Charles wären und sich überhaupt nicht darüber freuten, dass sie und Ashton heiraten würden? Was, wenn sie nie so in ihre Gesellschaft passen würde wie die anderen Frauen? Alle schienen sich so wohl miteinander zu fühlen, und diese Freundschaften gingen tief. Sie war eine Fremde für sie und konnte sich nicht vorstellen, dazuzugehören, solange Ashton sie nicht aus Liebe heiratete.

Reicht meine Liebe zu ihm für uns beide aus?

»Sie möchten an unserer Hochzeit teilnehmen. Es ist Tradition. Ich hoffe, du hast nichts dagegen.«

Sie lachte, obwohl ihr Herz immer noch schmerzte. »Ich nehme an, es ist unmöglich, sie alle aus unserem Geschäft herauszuhalten.«

»Das ist es«, stimmte Ashton zu. »Du hast Emily kennengelernt, also weißt du, dass diese kleine Frau immer ihren Willen durchsetzt.«

Rosalind kicherte, als sie sich daran erinnerte, wie gut sie und Emily sich verstanden hatten. »Ja, ich glaube, das tut sie.« *Wenigstens werde ich eine Verbündete in der Liga der Schurken haben.*

Jemand klopfte an die Tür des Zimmers.

»Wer ist da?«, fragte Rosalind.

»Charles.«

»Lass ihn nicht rein«, warnte Ashton. »Mir geht es noch nicht gut genug. Ich will ihn nicht krank machen.«

Rosalind ging zur Tür und öffnete sie einen Spaltbreit. Charles starrte sie durch den Türspalt an.

»Er will Sie nicht sehen, Mylord. Er hat Angst, dass Sie sich ebenfalls anstecken würden.«

Sie wollte die Tür schließen, aber Charles schob seinen Arm durch den Spalt und setzte seine beachtliche Kraft ein, um das Türblatt aufzuschieben.

»Charles, nein!« Ashton hustete und versuchte, das Bett zu verlassen.

»Verdammter Dummkopf.« Charles knurrte und rannte los, um ihn aufzufangen. Er funkelte Rosalind an, als sie versuchte, Ashton wieder ins Bett zu bringen. Charles' feine Kleidung war zerknittert, und er wirkte genauso erschöpft wie sie, mit dunklen Ringen unter den Augen. Während sie sich um Ashton gekümmert hatte, hatte er geholfen, den Lennox-Haushalt am Laufen zu halten, und den Bau der Pächterhäuser beaufsichtigt. Sowohl er als auch Jonathan waren unglaublich hilfreich gewesen.

»Machen Sie sich nützlich, Lady Melbourne. Holen Sie etwas Brühe und Brot aus der Küche. Ich muss mit Ashton sprechen. *Allein.*«

»Aber ...«

»Das ist Sache der Liga und geht Sie nichts an«, sagte Charles.

Anstatt sich Charles' unerträglicher Haltung zu beugen, sah Rosalind Ashton an. Er begegnete ihrem Blick, sein Gesichtsausdruck war sanft und verständnisvoll.

»Es tut mir leid, Schatz, aber ich sollte mit ihm sprechen. Ich verspreche, ich werde dich nicht für immer aus meinen Geheimnissen heraushalten.« Er zuckte zusammen und fügte dann hinzu: »Brühe klingt ziemlich gut. Wenn es dir nichts ausmacht?« Ashtons verärgerter Gesichtsausdruck war der einzige Grund, warum sie schließlich einwilligte. Liga-Angelegenheit hin oder her, sie hätte Charles gegenüber nicht nachgegeben, wenn Ashton sie nicht darum gebeten hätte.

Rosalind verließ das Schlafzimmer, erstarrte aber, als sie Ashton sprechen hörte.

»Warum hast du sie weggeschickt, Charles?«

»Weil sie unser Feind ist. Ich habe gerade einen Brief aus London von den Männern erhalten, die in Rosalinds Konten eingesehen haben. Sie und Waverly sind tiefer verbunden, als wir vermutet haben. Sie haben mehr als ein Unternehmen zusammen, und in ihren Büros lagen Briefe an ihn bezüglich Berichten über ihre Beteiligungen an verschiedenen Investitionen und ihren Unternehmen. Sie haben zusammengearbeitet, um dich auszuspionieren, und durch *dich* haben sie auch den Rest von uns ausspioniert. Ich habe dich gewarnt, dass du nicht klar denkst, wenn es um sie geht, und ich hatte recht.«

Waverly? Sie wussten von ihm? Er hatte sich kurz vor dem Tod ihres Mannes mit ihr angefreundet. Sie war von seinen Geschäftskenntnissen und seinem scharfen Auge für Übernahmen beeindruckt gewesen. Er war es gewesen, der sie auf den Weg gebracht hatte, Firmen vor Ashtons Nase wegzukaufen. Sie hatten häufig über verschiedene Interessen kommuniziert, aber auch über Ashtons Geschäftsstrategien. Sie hatten darüber gelacht, ihn im Kreis herumzuschicken und ihm Firmen vorzuenthalten, die er kaufen wollte.

Ein Übelkeitsgefühl drehte Rosalind den Magen um. Waverly hatte nie einen Hinweis darauf gegeben, dass er eine *persönliche* Vergangenheit mit Ashton hatte. Es war nur ein Geschäft ... nicht wahr? Aber jetzt, als sie zurückblickte, konnte sie sehen, dass das Thema Ashton früher oder später immer in ihren Gesprächen aufgekommen war. Aus eigener Absicht, hatte sie angenommen, aber jetzt wurde ihr klar, dass Hugo Dinge gesagt hatte, die sie an Ashton denken ließen, und das hatte fast jedes Mal, wenn sie sich in ihrem Büro trafen, zu Diskussionen geführt.

Ich wurde ausgenutzt - von beiden Seiten. Die Übelkeit wuchs nur noch in ihr.

»Was meinst du damit, dass sie zusammenarbeiten?«, forderte Ashton zu wissen.

»Deine zukünftige Braut hat Dinge vor dir versteckt. Dies und mehr«, sagte Charles.

Rosalind wusste, dass sie nicht lauschen sollte, aber sie sprachen über sie. Sie drückte sich flach an die Wand neben der Tür und spitzte die Ohren, um das Gespräch zu verstehen.

»Ich will Details.«

»Das geht über ihre Unternehmen hinaus«, sagte Charles. »Ihr Vater und Waverly kannten sich vor zehn Jahren in Schottland.«

»Was um alles in der Welt würde Waverly da oben machen?« Ashtons Stimme war sanft, aber besorgt.

»Keine Ahnung, aber es kann nichts Gutes gewesen sein. Und seine Krallen haben diese Familie nie verlassen. Deine *süße* Rosalind ...« Charles sprach ihren Namen mit beißendem Spott aus. »... schreibt Waverly seit fast sechs Monaten direkt Briefe. Hast du davon gewusst? Soweit wir wissen, könnte sie sein Bett teilen oder ihm alle unsere Geheimnisse verraten. Ash, diese Sache ist ernst. Du musst sie zurück nach London schicken. Trenn jede Verbindung zu ihr und zerreiß diese verfluchte Lizenz. Wir müssen die Reihen schließen, bevor sie in irgendetwas eingeweiht wird, das Hugo gegen uns verwenden kann.«

»Verdammt noch mal«, stöhnte Ashton. »Verstehst du nicht? Genau deshalb *muss* ich sie heiraten. Ich kann den Puppenspieler genauso gut spielen wie er. Sie ist im Begriff, sich in mich zu verlieben, vorausgesetzt, sie hat es nicht schon getan. Es wird nicht schwer sein, sie gegen ihn aufzubringen. Wir können sie genauso leicht gegen Hugo verwenden, wie er sie gegen uns verwendet.«

Ein eisiger Schauer durchfuhr Rosalind, und sie war unfähig, über die schneidenden Worte hinauszudenken. *Eine*

Puppe? Das ist alles, was ich für ihn bin? Und Sir Hugo kannte meinen Vater, hat es mir aber nie gesagt? Dieser Zufall erfüllte sie mit Unbehagen. Sie hatte Waverly vertraut, und doch schien er sie manipuliert zu haben, damit sie gegen Ashton vorging. Aber warum?

»Glaubst du, sie ist so verliebt in dich?«

Rosalind hielt den Atem an. Ihr Blut hämmerte so stark in ihren Ohren, dass es ihre Stimmen beinahe übertönte.

»Ich *weiß*, dass sie es ist. Sie kann mir nicht widerstehen. Du vergisst, ich habe Jahre vor dir Frauen verführt, Welpe. Ich kenne noch ein oder zwei Tricks.«

Eine unsichtbare Klinge durchbohrte ihr Herz. Ashton spielte mit ihr wie mit einer Geige, und was noch mehr schmerzte, war, dass er recht hatte. Sie *war* dabei, sich in ihn zu verlieben. Sie konnte nicht hier bleiben, nicht, solange sie nur eine Figur in diesem geheimen Spiel war, das sie spielten. Sie hatte ihn gewarnt, dass dies das Einzige sei, was sie nicht hinnehmen würde.

Er hatte ihr Herz gestohlen und sein Versprechen gebrochen.

Rosalind blinzelte Tränen weg und verhärtete ihr Herz. Sie würde kein Opfer sein. Nicht schon wieder. *Ich werde nicht hier bleiben, nicht, solange ich weder gewollt noch geliebt werde.*

Sie würde Claire brauchen, um ihr beim Packen ihrer Sachen zu helfen, und dann würde sie gehen.

BROCK BEDEUTETE SEINEN BRÜDERN, DICHT HINTER IHM ZU bleiben, als sie sich auf die Terrasse hinter Lennox House schlichen. Nach drei Tagen harten Reitens und kaum Schlaf hatten sie es geschafft, das Haus des Mannes zu finden, der ihre Schwester gefangen hielt.

Brock überprüfte die Pistole, die er hielt, und hoffte, dass er sie nicht benutzen musste, aber wenn Lennox oder seine Freunde versuchten, sie aufzuhalten, würde er es tun. Er warf einen Blick auf seine beiden jüngeren Brüder, die jeder ihre eigenen Pistolen in der Hand hielten und mit grimmigen Gesichtern das weitläufige Landhaus betrachteten. Zum Glück gab es ein paar Lichter in den Fenstern, die halfen, sie in der Dunkelheit zu verbergen, während sie nach einem Weg hinein suchten. Hugos Mann sollte ihnen eine Terrassentür unverschlossen lassen.

»Wir sollten uns aufteilen, sobald wir drinnen sind. Und jeden Raum durchsuchen, bis wir sie finden. Dann treffen wir uns dort, wo wir die Pferde angebunden haben. Wenn ihr auf Bedienstete oder Haushaltsmitglieder stoßt, haltet sie fest, damit sie keinen Alarm schlagen können.« Sie würden niemanden töten, es sei denn, es wäre absolut notwendig.

Wie dunkle Gespenster schlüpften sie durch die Terrassentüren ins Haus, gehüllt in dunkle Stoffe und schwarze Dominomasken. Wenn sie jemand sah, mussten sie ihre Identität so gut wie möglich verbergen. Brock war nicht dumm genug, zu glauben, dass Lennox nicht herausfinden würde, wer Rosalind entführt hatte, aber die Täuschung würde ihnen etwas Zeit verschaffen.

Lennox House war so ganz anders als das kahle und kalte Castle Kincade. Die Säle waren mit Kunst, Orientteppichen und Statuen ausgestattet. Es war opulent im Vergleich zu Brocks muffigen Räumen und tristen grauen Steinwänden. Er konnte nicht anders, als Lennox dafür umso mehr zu verachten. Ein Rohling wie er, der Frauen wehtat und sie ausnutzte, verdiente es nicht, in einem solchen Luxuszustand zu leben.

Brock und seine Brüder blieben stehen, als sie die Mitte des Hauses erreichten, und lauschten angestrengt auf Geräusche, die nahe Bedienstete verraten mochten. Es war schon spät, und wahrscheinlich waren die Diener unten, um sich um ihre eigenen Mahlzeiten zu kümmern.

Brodie schlüpfte an Brock und Aiden vorbei. »Ich gehe nach oben.«

Aiden nickte den Korridor hinunter, in dem sie sich befanden. »Ich überprüfe diese Räume.« Brock ließ ihn zurück, als er lautlos in die Halle am anderen Ende des Hauses ging.

Ich hoffe, der Bastard hat sie nicht weggesperrt. Er war sich nicht sicher, ob er eine Tür aufbrechen konnte, ohne dass man es würde hören können. Er ging von Zimmer zu Zimmer und prüfte die Klinken, und jedes Mal knarrten die Türen auf. Viele waren leer, und Laken bedeckten die unbenutzten Möbel. Aber je näher er der Haupthalle kam, veränderten sich die Räume von Schlafzimmern zu Salons und schließlich sogar zu einem Musikzimmer.

Die letzte Tür vor der Halle empfing ihn mit dem unverwechselbaren und nicht unangenehmen Geruch muffiger Bücher. Eine Bibliothek? Brock stieß die Tür weit genug auf, um hineinzugleiten. Ein Blick in die Bücher würde nicht schaden. Er bezweifelte, dass Rosalind hier sein würde, aber er liebte Bücher.

Die Bibliothek eines Mannes offenbart seine Seele. Das hatte seine Mutter immer gesagt. Nach ihrem Tod hatte Vater alle ihre Bücher verkauft, und die Bibliothek des Schlosses war verfallen, abgesehen von ein paar alten Romanen, die er und seine Brüder unter ihren Matratzen versteckt hatten.

Die Lennox-Bibliothek war beeindruckend. Die hohen Regale waren vollgestopft mit Hunderten von Bänden, was einen kleinen Teil von Brock tief im Innern schmerzte. Was hätte er in diesem Moment nicht dafür gegeben, sich auf einen Stuhl zu setzen und einen zu lesen. Vor Hugos Ankunft hatte er die Restaurierung ihres Schlosses geplant, und eine neue Bibliothek stand ganz oben auf seiner Prioritätenliste.

Am anderen Ende der Bibliothek, abseits der Bücher, befand sich ein Kamin. Zwei Stühle standen vor dem Feuer, und die Flammen spielten mit Schatten auf dem warmen Stoff der Stühle. Es war klar, dass dieser Teil der Bibliothek häufig benutzt wurde. Aber wenn das Feuer brannte, dann könnte das bedeuten …

Eine Bewegung auf einem der Stühle erregte Brocks Blick, und er erstarrte. Eine weibliche Hand erschien um die Stuhlkante und blätterte die Seite eines Buches um, von dem er jetzt bemerkte, dass es auf ihrem Schoß ruhte.

Die Frau seufzte, ihr leiser Ton voller Sehnsucht. Es rief nach ihm, und bevor er sich aufhalten konnte, durchquerte er den Raum auf den Stuhl und die Frau zu, die darauf saß, hielt sich im Schatten und hoffte, vielleicht einen Blick auf sie zu erhaschen. Der Boden knarrte unter seinen Stiefeln, und die Frau beugte sich vor und spähte um die Stuhllehne herum. Hastig nahm er die Dominomaske ab und steckte sie in seinen Mantel, wissend, dass es schwierig sein würde, eine solche Verkleidung zu erklären, wenn er tatsächlich mit der Frau sprechen musste.

Blaue Augen, wie das Wasser eines Sees unter einem Hochsommerhimmel. Sie machten ihn sprachlos, und für einen Moment war er in Erinnerungen an Sonnenlicht und Lachen versunken. Sie erinnerten ihn an die Augen seiner Mutter, nur ein tieferes Blau.

»Wer sind Sie?«, fragte die Frau.

»Es spielt keine Rolle, wer ich bin. Wer sind *Sie*?«, fragte er.

»Ich bin Joanna Lennox.« Sie schloss das Buch auf ihrem Schoß und stand langsam auf, legte das Buch und ihren blauen Tartan-Schal beiseite.

Brock warf einen Blick auf den Schal und erkannte sofort die Tartanfarben.

»Ich kenne diesen Clan – MacCloud. Sind Sie Schottin?«, fragte er.

»Was? Oh nein, meine Familie hat Verwandte dort, aber

ich bin keine Schottin.« Sie lachte süß, und der Klang erfüllte sein Herz mit einer seltsamen, entzückten Wärme.

Joanna trat näher an ihn heran, ihre lieblichen Gesichtszüge eine Maske der Verwunderung. »Sie haben mir nicht geantwortet. Wer sind Sie?«

Brock suchte nach einer Ausrede.

»Ich ...« Sein Verstand wurde leer, und so sprach er eine Wahrheit aus, die ihm zumindest bei seiner Suche helfen könnte. »Ist Lady Melbourne hier?«

»Aber ja, sie ist − Moment mal. Sind Sie einer ihrer Brüder? Sind Sie zur Hochzeit gekommen?«

Hochzeit? Das brachte ihn auf eine Idee.

»Aye. Ich erhielt einen Brief von meiner Schwester und kam herunter, um an der Hochzeit teilzunehmen. Ich bin gerade erst angekommen und wollte den Haushalt nicht stören.« Er stellte sich ein wenig breiter hin, weil er erwartete, dass sie versuchen würde, an ihm vorbeizukommen.

»Oh je, Sie sind sicher müde nach der langen Reise. Haben die Diener Ihr Gepäck in Ihre Gemächer gebracht?«

»Danke, Mylady, es wurde sich bereits um mich gekümmert. Ich habe nur nach einem Zimmer gesucht, in dem ich mich ein bisschen aufwärmen kann, bevor ich ins Bett gehe.« Er beobachtete sie aufmerksam und versuchte, in ihrem Gesicht den Verdacht zu erkennen, dass sie seiner Geschichte nicht glaubte.

»Nun, dann kommen Sie und setzen sich zu mir ans Feuer. Ich habe gerade meinen Roman beendet und wollte mich bald zurückziehen. Ich leihe das Buch Ihnen gerne aus − wenn Sie Romane mögen, versteht sich.« Sie ging zum Stuhl hinüber und reichte ihm ein Buch. »Er ist eines meiner Lieblingsbücher.«

Brock starrte auf den Titel. »*Lady Jade's Wild Lord.*« Der Autor war L. R. Gloucester. Früher hatte er Romane geliebt, aber sein Vater hatte fast alle davon verkauft.

»Danke«, sagte er und hielt das Buch ehrfürchtig in der Hand.

»Ich fürchte, ich weiß immer noch nicht, wie Sie heißen. Welcher von Rosalinds Brüdern sind Sie?« Joanna kam einen weiteren Schritt näher, fast in Reichweite.

»Woher wissen Sie von uns?«, fragte er, während seine Augen den Raum nach etwas absuchten, mit dem er ihre Hände zusammenbinden könnte. Das einzige, was er sah, war das dunkelblaue Band in ihrem Haar und die schöne Schärpe um ihre Taille. Aber wie könnte er es anstellen ...

»Oh, sie hat mir alles über Sie drei erzählt. Lassen Sie mich raten ...« Sie tippte sich ans Kinn, ein verspieltes Lächeln auf den Lippen. »Sind Sie Aiden, Brodie oder Brock? Ich schätze ... Aiden.«

»Ganz sicher nicht. Sehe ich aus wie ein junger Welpe?«

»Dann Brock«, sagte Joanna. »Sie sehen aus wie ein Brock. Das ist ein sehr alter Name, Brock. Ich lerne gerne Dinge über Namen und ihre Bedeutung. Wussten Sie, dass Brock Dachs bedeutet?«

Für einen Moment war er abgelenkt von der Art, wie sein Name auf ihren süßen Lippen klang. Es war lange her, dass eine Frau sein Interesse geweckt hatte. Er war in letzter Zeit damit beschäftigt gewesen, sich um seinen kranken Vater und den Schuldenberg zu kümmern, unter dem Castle Kincade stöhnte. Wenn er Felder pflügte und mit Steinmetzen zusammenarbeitete, um Teile seines Hauses zu reparieren, blieb kaum Zeit, ein Mädchen zu vögeln.

Verdammt noch mal, worauf hatte er sich da eingelassen? Es gab keine Möglichkeit, das zu vermeiden, was er jetzt tun musste. Wenn sie den Rest des Hauses darauf aufmerksam machte, dass Rosalinds Brüder hier waren, könnte alles den Bach runtergehen. Er musste das süße Mädchen ausschalten, um seine Schwester zu beschützen.

»Dachs?«, fragte er. »Das wußte ich noch nicht.« Er lächelte sie an, und sie lächelte zurück. Eine kluge Frau.

Die Inspiration kam, als er sah, wie sie sich auf die Unterlippe biss und ihn durch ihre dunklen Wimpern anstarrte. Er legte das Buch wieder auf einen Tisch in der Nähe, und dann überbrückte er mit einem teuflischen Grinsen die Distanz zwischen ihnen und packte sie an der Hüfte.

»Es ist ein Brauch in meinem Dorf, denen einen Kuss anzubieten, deren Familien kurz davor stehen, sich miteinander anzufreunden.« Es war eine komplette Lüge, aber er brauchte eine Ausrede, um sie abzulenken ... und er wollte einen Grund, um es zu rechtfertigen, sie zu küssen.

»Wirklich? Ich habe über Teile Schottlands gelesen, aber ich habe noch nie ...«

»Still, Mädel, und lass mich bei der Tradition bleiben«, flüsterte er, dann neigte er seinen Kopf und legte seinen Mund schräg auf ihren.

Ihr Geschmack explodierte auf seiner Zunge und quälte ihn mit ihrer Süße. Sie quietschte vor Überraschung, als er mit einer Hand ihren Hintern umfasste und seine andere Hand in ihre seidigen Locken krallte.

Sie drückte sich von ihm weg, eine Mischung aus Schock und Aufregung in ihren Augen. »Das ist Tradition, da, wo Sie herkommen?«

»Alt wie die Knochen in den Bergen.«

Sie wollte sich schon ganz von ihm befreien, aber in diesem Moment änderte sich etwas, als sie ihm in die Augen sah. »Und ich nehme an, es wäre unhöflich von mir, mit der Tradition zu brechen.«

Brock grinste. »Unglaublich unhöflich. Sie würden meinen ganzen Clan beleidigen.«

»Nun, Mutter hat mich dazu erzogen, andere Kulturen zu respektieren.« Und damit erwiderte sie den Kuss und umarmte ihn noch fester als er sie.

Sie war ein göttliches kleines Geschöpf mit Kurven, die perfekt für seine Hände waren. Die Art, wie sie sich an ihn klammerte, als sie sich küssten, löschte fast alles um sie herum aus. Aber er weigerte sich, die anstehende Aufgabe zu vergessen. Mit geschickten Fingern löste er die Schärpe an ihrer Taille, löste dann die Nadeln aus ihrem Haar und zog das Band heraus. Brock konnte nicht widerstehen, sich noch ein paar Sekunden lang zu verwöhnen, bevor er sich von ihr löste und sie herumwirbelte. Sie war zunächst zu erschrocken, um sich zu wehren.

»Was machen Sie?«, fragte sie atemlos aus einer Mischung aus Wut, Angst und mehr als nur ein bisschen Erregung. Er packte ihre Handgelenke und fesselte sie mit der Schärpe. »Das kann nicht traditionell sein.«

»Das tut mir leid, Mädel, aber ich kann dich nicht nach Lennox rufen lassen.«

»Nach ...« Er hob das schmale Band und benutzte es, um sie zu knebeln, gerade genug, um alle Geräusche zu dämpfen. Dann setzte er sie wieder auf den Stuhl.

»Geh in den nächsten Minuten von hier weg, und ich fürchte, du würdest das bereuen«, warnte er.

Ihre blauen Augen blitzten vor Feuer, aber er floh aus dem Raum, bevor ihr Körper sein Urteilsvermögen weiter behinderte. Er musste seine Schwester finden und fliehen. Als er aus der Bibliothek verschwand, erblickte er am anderen Ende des Flurs Brodie, der jemanden über der Schulter trug.

Rosalind. Dem Himmel sei Dank, sie hatten sie gefunden.

Er rannte hinter seinem jüngeren Bruder her und versuchte zu vergessen, wie verletzt Joanna ausgesehen hatte, als er sie geknebelt und verlassen hatte. Da war etwas an dieser Frau ... ein wunderschöner kleiner Blaustrumpf, der küsste wie eine Frau aus dem Traum eines jungen Mannes, sich aber in seinen Armen zu real, zu perfekt anfühlte.

Du wirst mein sein, süße Joanna. Es war ein Gelübde, das er in seine Seele geritzt hatte. Sobald er sicher sein konnte, dass Rosalind in Sicherheit war, würde er zurückkommen und einen Weg finden, Joannas Herz zu gewinnen.

Er würde sich ein anderes Mal darauf konzentrieren, wie schwierig das werden würde.

KAPITEL 24

Die Stunde war spät. Die Uhr im Eingangsbereich tickte unheimlich laut in der Stille. Rosalind wiederholte im Kopf noch einmal die verletzenden Worte, die sie Ashton und Charles sagen gehört hatte, während ihre Gedanken immer noch von der Enthüllung von Ashtons Verrat schwirrten. Es war Zeit, aufzubrechen und nach London zurückzukehren. Sie würde einen anderen Weg finden, ihr Leben aus Ashtons eiserner Kontrolle zurückzubekommen. Es gab keine Chance, dass sie ihn jetzt noch heiraten würde, den verdammten schrecklichen Mann.

Rosalind kam die Haupttreppe herunter, in der Absicht, ein Glas Wasser aus der Küche zu holen, ohne Claire zu stören, und erstarrte plötzlich, als sie Stoff rascheln hörte. Die Haare in ihrem Nacken richteten sich auf. Jemand beobachtete sie. Sie tat ihr Bestes, um so zu tun, als würde sie die verborgenen Augen der Bediensteten nicht wahrnehmen, und ging in Richtung der Bedienstetenquartiere, um Claire zu finden. Das Rascheln von Kleidung war ihre einzige Warnung, dass sie nicht allein war.

Jemand packte sie von hinten, bedeckte fest ihren Mund

und hob sie an der Taille vom Boden hoch. Sie wehrte sich und versuchte zu treten, aber als der Mann zu rennen begann, prallte ihr Körper hart gegen ihn und sie konnte ihre Gliedmaßen nicht dazu bringen, richtig zu kooperieren, damit der Mann sie fallen ließ. Sie erhaschte flüchtige Blicke auf die Korridore, und dann stürzten sie hinaus auf die hintere Terrasse. Warme Nachtluft küsste ihre Haut, während der Mann durch den Garten rannte.

»Hab sie!«, zischte der Mann. Rosalind wollte glauben, dass sie die Stimme erkannte, aber es war unmöglich.

Bevor sie sich orientieren konnte, wurde sie in den leeren Sattel eines Pferdes hochgehievt. Rosalind wollte gerade um Hilfe schreien, aber eine Männerstimme hielt sie abrupt davon ab.

»Schön, dich zu sehen, kleine Schwester.«

»Brodie?« Sie schnappte nach Luft. Was tat er hier? Sie blickte nach unten und sah einen zweiten Mann, Aiden. Wie erwachsen er in den Jahren ihrer Abwesenheit geworden war!

»Wo ist Brock?«, flüsterte sie. »Und was macht ihr überhaupt hier?«

»Brock sollte bald hier sein.« Aiden nickte zu dem dunklen Umriss des Hauses hinter ihnen.

Eine Gestalt sprang über das Terrassengeländer, rannte auf sie zu und bestieg sein Pferd.

»Beeilt euch! Sie werden bald feststellen, dass wir hier waren.«

»Was? Wie? Weder Aiden noch ich wurden gesehen«, sagte Brodie.

»Ich bin zufällig auf eine Frau in der Bibliothek gestoßen«, gab Brock zu. »Ich musste sie festbinden, damit sie nicht schreien konnte, aber wer weiß, wie lange es dauert, bis sie sich befreit und Alarm schlägt.« Er trat gegen die Flanken seines Reittiers, und das Pferd stürmte vorwärts.

Die Brüder folgten ihm eilig, ließen Lennox House weit

hinter sich und Rosalind in einem Zustand der Verwirrung, während sie darum kämpfte, mit ihnen Schritt zu halten.

Sie ließ sich nicht aufhalten, darüber nachzudenken, wie ihre Brüder sie gefunden hatten oder warum sie sie wegführten. Ihr Herz war in tausend Stücke zerbrochen, und sie würde jeden Vorwand nehmen, um so weit wie möglich von diesem Mann entfernt zu sein. Er hatte sie verraten, benutzte sie, genau wie sie befürchtet hatte. Der Mann, in den sie sich verliebt hatte, hatte sie im Stich gelassen. Seine Versprechen waren zu Asche geworden.

Dieser verdammte widerliche Baron kann von mir aus verrotten! Selbst als ihr der dunkle Gedanke durch den Kopf schoss, linderte er weder den Schmerz noch die Schuld, die sie empfand, weil sie ihn verlassen hatte, während er krank war. Aber seine Freunde kamen, Menschen, die ihm wichtiger waren als sie. Er brauchte sie nicht – das hatte er nie. Und noch wichtiger, er wollte sie nicht.

Sie ritten zwei Stunden lang, bevor die Pferde Anzeichen von Ermüdung zeigten.

»Wir machen eine Stunde Pause, lassen die Pferde ruhen«, kündigte Brock an. Rosalind folgte ihren Brüdern, als sie ihre Pferde drängten, hinter einem Wäldchen Deckung zu suchen. Sie bearbeitete vorsichtig ihre Hände, bewegte steife Finger und wünschte sich, sie hätte ihre Reithandschuhe dabei gehabt. Die Lederriemen hatten sich in ihre Finger geschnitten und wunde Stellen an ihren Handflächen hinterlassen.

Aiden kam herüber, nahm ihre Hände und massierte sie sanft, bis der Schmerz nachließ. »Besser?«, fragte er.

»Ja. Danke.« Sie fühlte sich in Gegenwart ihrer Brüder seltsam schüchtern. Es war Jahre her, seit sie sie gesehen hatte, und sie waren von den jungen Männern, die beim Anblick ihres Vaters zusammenzuckten, zu großen, beeindruckenden Gestalten geworden, die durch die Dunkelheit rasten.

Habe ich mich auch verändert? Sie wusste, dass sie es getan haben musste. Die junge Frau in einem braunen Wollkleid mit offenem Haar und einem fast gebrochenen Geist gab es längst nicht mehr. Nachdem sie Henry geheiratet hatte, hatte sie sich in eine Frau verwandelt, von der sie glaubte, dass sie ihre Mutter stolz machen würde. Eine Frau in feinen Gewändern, mit frisierten Haaren und Manieren, die allen um sie herum gefielen. Eine Frau, die intelligent und stark war.

»Brock, was macht ihr hier?«, fragte Rosalind. Auf ihre Frage hin stellten sich alle drei Brüder in einen Ring um sie herum und musterten sie grimmig.

»Sie sieht ... in Ordnung aus«, flüsterte Aiden.

»Aye, aber er könnte blaue Flecken an Stellen hinterlassen haben, die wir nicht sehen können.« Brocks Augen wanderten finster über ihren Körper. Sein Akzent war in seiner Sorge schwerer geworden.

»Blaue Flecken?«, schnappte Rosalind. »Wovon redest du denn jetzt schon wieder?«

»Das Scheusal, Lennox«, erklärte Brock. »Wir sind gekommen, damit du ihn nicht heiraten musst.«

»Es ist eine Rettungsaktion«, erklärte Aiden stolz, und seine Brust wölbte sich ein wenig.

»Rettung?« Sie unterdrückte ein Lachen. Aber woher hatten ihre Brüder gewusst, dass sie Lennox heiraten würde?

Brock blickte immer noch finster drein. »Wir hatten Besuch von einem Freund von dir«, sagte Brock. »Sir Hugo Waverly. Er hat deinen Brief bekommen, dass Lennox dich finanziell ruiniert hat, und er wusste, dass es nur noch schlimmer werden würde. Er hörte von der Hochzeit und bat uns um Hilfe.«

»Keine Sorge«, sagte Brodie. »Dieser Mann wird dich nie wieder anfassen.«

»Aber er ...«

»Schon gut, Rosalind.« Brodie umarmte sie. »Du brauchst uns nichts zu sagen. Du bist jetzt in Sicherheit. Wir nehmen dich mit nach Hause.«

Sie wusste, dass sie ihnen irgendwann würde erklären müssen, dass Ashton kein Rohling war. Ein pompöses Arschloch, das ihr Vertrauen missbraucht und ihr das Herz gebrochen hatte, ja, aber kein Rohling. Aber das war im Moment ihre geringste Sorge. Sie brachten sie nach Hause – zu dem Mann, von dem sie sich geschworen hatte, ihn nie wieder anzusehen.

»Nach Hause? Aber das kann ich nicht. Vater ...«

»Ist tot.« Brocks Stimme klang leer. »Er ist vor einer Woche gestorben. Es ist sicher für dich, nach Castle Kincade zurückzukehren.«

»Tot?« Es dauerte einen langen Moment, bis das einsickerte. Der Mann, der ihre Alpträume verfolgt hatte, war *tot*.

Ein Gewicht schien sich von ihrer Brust zu heben. Rosalind holte zitternd, aber tief Luft, als hätte sie seit Jahren nicht mehr atmen können. Die einzige Person, die sie auf dieser Welt fürchtete, war für immer fort. Ihr Herz fühlte sich ganz leer an beim Verlust eines Vaters, der nie für sie da gewesen war. Sie wusste, dass sie ihn nie vermissen würde, nicht nach der Art und Weise, wie er sie verletzt hatte. Wenn es eine Sache gab, die sie seit ihrer Flucht gelernt hatte, war es, stark zu sein und sich vor niemandem rechtfertigen zu müssen, weil sie so war, wie sie war.

Er war ein Rohling, und jetzt ist er tot. Ich werde ihn nicht betrauern.

Sie sah zu ihren Brüdern, um Bestätigung zu erhalten. »Ist das wahr?«

Als die anderen nickten, wagte sie ganz leise zu hoffen.

Ich kann nach Hause gehen ...

Aber Zuhause war nicht mehr Castle Kincade. Das war es seit Jahren nicht mehr.

»Mach dir keine Sorgen, Rosalind«, sagte Brock. »Wir werden jetzt auf dich aufpassen.«

»Aber um mich muss sich niemand kümmern Ich komme ganz gut alleine zurecht.« Sie kreuzte ihre Arme vor der Brust und runzelte die Stirn. Wenn sie nur von dem Imperium wüssten, das sie für sich aufgebaut hatte. Zugegeben, das meiste war derzeit unter Lennox' Kontrolle, aber …

»Da bin ich mir sicher«, sagte Brock mit einem herablassenden Lächeln. »Aber jetzt erledigen wir das trotzdem für dich.«

Sie hatte es immer gehasst, das Baby nach drei Brüdern zu sein, und das war der Grund. Sie würden nie verstehen, dass sie eine Kraft war, mit der man rechnen musste, keine Jungfrau in Not.

»Außerdem«, sagte Aiden, »hat Waverly uns erzählt, was für ein Mann Lennox ist. Es hört sich nicht so an, als würde er ein Nein als Antwort akzeptieren.«

Da war es wieder. Waverly, der sie vor Ashton warnte. Ihr Geschäftspartner hatte ihre eigene Familie gegen die Liga ausgespielt. Irgendetwas war hier faul. Sie sollte Waverly danken, besonders weil er ihre Brüder losgeschickt hatte, um sie zu finden, und noch mehr wegen Ashtons Geständnis gegenüber Charles. Aber jetzt vertraute sie weder Ashton noch Waverly.

War Ashton wirklich der kalte, leidenschaftslose Verführer, für den er sich ausgab? Oder war er der Mann, von dem sie gehofft hatte, dass er es war? Sie wusste es wirklich nicht, aber sie würde nie wieder zulassen, dass ihr Herz sich einen Mann aussuchte. Und sie würde definitiv keinem Mann mehr als Geschäftspartner vertrauen.

Ich kann genauso gut den Puppenspieler spielen wie er.

Ashtons Worte waren vernichtend. Ein guter Mann, der,

in den sie sich verliebt hatte, hätte das nicht gesagt. Er wäre ehrlich zu ihr über ihre Beziehung zu Waverly gewesen und hätte sie danach gefragt. Er hätte sie nicht verführt und zur Heirat manipuliert.

Lieber Gott ...

»Was ist denn los?«, fragte Aiden und trat näher. »Du bist blass geworden, Schwester.«

»Ashton wollte mein Eigentum, weil ich Waverly als Investor hatte.« Sie ballte ihre Hände zu Fäusten. »Wie konnte ich nur so verdammt dumm sein? Es ging immer um die Unternehmen. Es ging nie darum, *mich* zu bestrafen – es ging um Waverly.«

Diese Erkenntnis traf sie wie ein Schlag ins Gesicht. Selbst als sie geglaubt hatte, dass Ashtons Motive aus Rache entstanden waren, hatte er sie zumindest gewollt. Aber sie zu ruinieren und alles zu nehmen, was sie hatte, nur um einen anderen Mann zu verletzen ... es war kalt. Zu kalt.

Ich bedeute ihm so wenig, dass ich nicht einmal das Objekt seiner Rache war, sondern nur eine Spielfigur.

»Brock, ich würde gerne zurück nach London ...«

»Nein, wir müssen nach Kincade. Zumindest vorerst. Waverly erklärte etwas über Lennox und seine Liga. Sie werden hinter dir her sein und versuchen, dich mit Gewalt zurückzuholen. London wäre nicht sicher. In Schottland können wir dich besser schützen. Du wirst wieder unter deinen eigenen Leuten sein.«

»Aber mein Leben ist jetzt hier. Ich kann das nicht zurücklassen.«

Brock schüttelte den Kopf. »Du kannst und du wirst. Für die Sachen, die du mit nach Hause nehmen möchtest, kann einer von uns zurückgeben.«

»Aber mein Dienstmädchen ...« Sie konnte Claire nicht zurücklassen.

»Es wird ihr gut gehen, da bin ich mir sicher. Hör zu,

Rosalind.« Brock hielt ihr Kinn und zwang ihren Blick in seine Richtung. »Wir haben dich ihm nicht einfach weggenommen. Ich habe Lennox' Schwester gefesselt und geknebelt in der Bibliothek zurückgelassen. Dieser Mann wird mich umbringen wollen, nach dem, was ich ihr angetan habe.«

Sie starrte ihn an und erinnerte sich daran, was er gesagt hatte, bevor sie Lennox House verließen. »Was meinst du damit? Geht es Joanna gut?« Als er nicht sofort antwortete, schlug sie ihm hart auf die Schulter. »Was hast du ihr angetan?« Manchmal war es die einzige Möglichkeit, einen viel größeren Mann dazu zu bringen, ihr zu antworten.

»Vielleicht habe ich ...« Er murmelte etwas, also schlug sie ihn noch einmal. »Lieber Gott, Weib, ist ja schon gut! Ich habe sie geküsst, bevor ich sie gefesselt habe. Der kleine Blaustrumpf saß auf einem Stuhl am Feuer und las ein Buch, und ich habe mich vielleicht hinreißen lassen.«

»Du Trottel!«, stöhnte sie. »Arme Joanna. Du hast also eine wunderschöne junge Frau kompromittiert? Du hast recht, Ashton wird dich töten wollen, und ich würde es ihm nicht verübeln!«

»Kompromittiert? Es war nur ein Kuss. Es ist ja nicht so, als hätte ich sie gevögelt.«

Brodie bewegte sich unruhig. »Vielleicht sollten wir die Pferde antreiben, bis wir ein Gasthaus erreichen und sie tauschen können. Ich denke, Brocks Handlungen haben uns mehr in Gefahr gebracht, als wir erwartet hatten.«

Dem musste Rosalind zustimmen. Brock hatte Joanna geküsst und sie in einem verängstigten Zustand gefesselt und geknebelt zurückgelassen. Wenn Rosalind etwas über Ashton gelernt hatte, dann, dass er seine Familie liebte und alles tun würde, um sie zu beschützen. Oder sie zu rächen.

Rosalind seufzte. »Brodie hat recht. Wir sollten in Bewegung bleiben. Ashton wird hinter uns her sein, sobald Joanna ihm erzählt, was passiert ist.«

Sie würde Claire vorerst zurücklassen müssen, aber sie könnte nach ihr schicken, sobald sie Schottland erreicht hatte.

Was für ein furchtbares Chaos.

⬥

»WO IST ROSALIND HINGEGANGEN?«, GRUMMELTE ASHTON, als er aus dem Bett stieg.

»Wen kümmert es? Die Frau macht Ärger.« Charles versuchte Ash zurück aufs Bett zu schubsen, als dieser unsicher schwankte.

In seinem Kopf war eine Benommenheit, die er nicht abschütteln konnte. Er musste Rosalind sehen. Etwas in seinem Magen zog sich zusammen, ein erstes Warnzeichen, dass etwas nicht stimmte.

»Lass mich aufstehen. Ich muss sie finden.« Er kämpfte gegen die Decken und die Hände seines Freundes. Er würde seinem Freund gegenüber nicht zugeben, dass er sich Sorgen machte, dass sie gehen würde. Er hatte begonnen, ihr sein Herz zu öffnen, und wenn sie sich entschied, nach London zurückzukehren, weil er sie immer wieder ausschloss, würde sie ihm nie vertrauen. Er konnte den verletzten Ausdruck in ihren Augen nicht vergessen, als er verlangt hatte, dass sie ihn und Charles allein lassen sollte. Er musste sie finden und einen Moment Zeit haben, um ihr alles zu erklären.

»Aber ...«

»Nein!« Ashton fiel beinahe aus dem Bett, und Charles packte ihn am linken Arm und hielt ihn hoch.

»Hilf mir mit meinen Stiefeln. Ich *muss* sie finden.« Er keuchte und versuchte, zu Atem zu kommen, als sich der Raum zu drehen begann.

»Nein, genau das werde ich eben *nicht* tun«, sagte Charles

mit einem finsteren Blick. »Weil ich dich *nicht* aus dem Haus lassen werde.«

Ashton hatte nicht die Kraft, gegen ihn zu kämpfen. »Also gut. Also meine Hausschuhe. Du musst mir helfen, Rosalind zu finden. Ich habe ein komisches Gefühl im Magen.« Er legte eine Handfläche auf seinen Bauch, während sich die Muskeln dort verkrampften und verknoteten.

»Nicht so seltsam«, sagte Charles lachend. »Du hast seit Tagen kaum etwas gegessen.«

Ashton packte die Schulter seines Freundes. »Das *ist kein* Witz. Das letzte Mal, dass ich mich so gefühlt habe, war in der Nacht, als du im Fluss warst. Verstehst du mich?« Wie könnte er es erklären? Seine Instinkte, die er im Laufe der Jahre verfeinert und nie ignoriert hatte, sagten ihm, dass etwas nicht stimmte.

Alle Farbe wich aus Charles' Gesicht. »Ich helfe dir, sie zu suchen.«

»Danke.«

Sie verließen den Raum, und Ashton sah sich um. Es war mäuschenstill. Das Haus hatte sich längst für die Nacht eingerichtet. Sogar die Diener waren in ihre Quartiere gegangen.

»Sollen wir es in der Küche versuchen?«, schlug Charles vor.

»Ja.« Sie gingen auf unbeholfene Weise nebeneinander her, wobei Charles so lange direkt neben ihm herlief, bis Ashton etwas von seiner Kraft wiedererlangte.

Sie waren schon halb die Treppe hinunter, als sie von irgendwo unten einen gedämpften Schrei hörten.

»Was war das?«, fragte Ashton.

»Ich bin mir nicht sicher. Bleibe hier.« Charles half Ashton, sich am Geländer abzustützen, eilte dann die Treppe ganz hinunter und verschwand in dem Korridor, aus dem das Geräusch gekommen zu sein schien.

Ashton keuchte, sein Atem immer noch schmerzhaft flach, als er die verbleibenden Stufen hinabstieg. Wenn etwas nicht stimmte, würde er nicht dasitzen und warten. Gerade als er unten angekommen war, kehrte Charles mit Joanna im Schlepptau zurück, an deren Handgelen eine Schärpe baumelte.

»Wir haben ein Problem«, sagte Charles.

Ashton sah zwischen seinem Freund und seiner Schwester hin und her. »Was ist los?«

»Es ist Rosalind. Sie wurde entführt«, sagte Charles. »Von Schotten.«

Joanna ließ die Schärpe zu ihren Füßen fallen. »Ihre Brüder. Einer von ihnen hat mich in der Bibliothek erwischt. Ich glaube, er hat nach ihr gesucht und wollte nicht mich finden. Aber sie hat mir gesagt, dass sie *ihre Brüder mag*. Warum sollten sie sie entführen? Sie ist sicher nicht in Gefahr …«

»Sie werden sie zu ihrem Vater zurückbringen.« Der Gedanke gefror Ashton das Blut.

»Ist das schlecht?«, fragte Joanna mit besorgten Augen.

Ashton rieb sich die Schläfen, plötzlich noch müder. »Das ist ganz übel.«

Charles versteifte sich. »Wie schlimm?«

Ashton erwiderte seinen Blick. »Ich würde es ihm sogar zutrauen, sie zu töten. Er ist in jeder Hinsicht ein brutaler Mann. Wir müssen noch heute Abend nach Schottland aufbrechen.«

»Aber du bist krank«, warf Joanna ein. »Charles kann gehen, oder?«

»Nein. Ich muss ihnen selbst nachgehen.« Ashton schnaufte. »Ich habe Rosalind geschworen, dass ich niemals zulassen würde, dass ihr jemand weh tut, einschließlich ihres Vaters. Die Dinge, die er ihr angetan hat …« Er schauderte. »Es spielt keine Rolle, ob sie Waverly geholfen hat. Ich muss sie retten.« Er starrte Charles an. »*Bitte* ... hilf mir.« Er hat noch nie in seinem Leben jemanden um irgendetwas angebettelt, aber jetzt war er dazu bereit.

»Die Tatsache, dass du dachtest, du müsstest *fragen* ...«, knurrte Charles. »Verräterisch oder nicht, sie ist immer noch eine Dame.«

»Wir müssen sofort gehen.« Ashtons Beine zitterten, aber er weigerte sich, Charles und seiner Schwester zu zeigen, wie schwach er wirklich war.

»Setz dich hin, bevor du hinfällst, du verdammter Narr«, fauchte Charles. »Ich übernehme das.«

Ashton brach auf der Treppe zusammen, erleichtert, einmal nicht das Sagen zu haben.

Charles wandte sich an Joanna. »Lass die Kutsche herumbringen und die Küche Essen für die Reise vorbereiten. Ich hole unsere Kleider und wecke Jonathan.«

Joanna eilte zur Hintertür, die zu den Ställen führte, und Charles eilte die Treppe hinauf und ließ Ashton allein zurück, der sich zu schwach und zu verdammt benommen fühlte, um von Nutzen zu sein. Er starrte auf die Haustür, als er das Hämmern des Türklopfers hörte. Als er auf die Standuhr an der Wand blickte, erkannte er, wie spät es am Abend war. Für Besucher zu spät.

Klopf Klopf.

Er stand auf und ging zur Tür, lehnte sich schwer gegen das massive Holz, als er sie öffnete.

»Gütiger Gott, Mann, du siehst furchtbar aus. Haben wir dich geweckt?«, fragte Lucien, sein Gesicht lugte durch die Öffnung. »Ich hoffe, es ist noch nicht zu spät.«

»Überhaupt nicht«, sagte Ashton, mehr als alles andere aus Reflex. Er stolperte zur Seite und ließ Lucien durch. Cedric und Godric folgten ihm.

»Wir haben ihn aufgeweckt«, sagte Cedric. »Ich sagte

doch, wir hätten im Gasthof bleiben und morgen früh kommen sollen.«

»Tut mir leid wegen der Stunde, Ash.« Godric schlug ihm auf die Schulter. Das sanfte Klatschen ließ Ashton gegen die Tür stolpern, als sein Körper nachgab.

Cedric fing ihn auf, bevor er flach auf sein Gesicht fallen konnte. »Ash?«

»Was ist denn los?«, fragte Godric.

»Tut mir leid, ich kann nicht ...« Seine Ohren begannen zu klingeln, und die Welt drehte sich um ihn herum.

»Jemand sollte ihn ...« Die Stimme drang durch einen fernen Nebel, und er wehrte sich heftig, fiel aber kopfüber in die Dunkelheit.

KAPITEL 25

L ucien beugte sich über Ashtons Körper. »Gütiger Gott. Ist er tot?«

»Hilf ihm hoch, du Narr.« Charles war nicht rechtzeitig zurückgekommen, um den Sturz seines Freundes aufzuhalten, und Luciens scherzhafter Tonfall kam so unzeitgemäß wie nur möglich. »Das ist die Grippe. Rafe brachte das Zeug mit nach Hause. Sie waren beide in den letzten Tagen krank.« Lucien ging in die Knie und half Godric, Ashton an Armen und Beinen hochzuziehen.

»Die Grippe?« Godric hielt inne. »Was zum Teufel macht er denn dann außerhalb des Bettes?«

»Es war nicht meine Absicht, aber wir hatten einige Probleme«, erklärte Charles, als sie Ashton wieder nach oben trugen.

»Probleme?«, fragte Lucien, als sie Charles in Ashtons Gemächer folgten.

»Ja.« Charles ging zur Kommode hinüber, wo eine Schüssel mit kühlem Wasser auf ihn wartete. Er machte ein frisches Tuch nass und legte es auf Ashtons Stirn. »Ihr sollt wissen, Rosalind ...«

Jonathan schlitterte ins Zimmer. »Die Kutsche wartet vorne. Wir werden diese schottischen Bastarde fangen!«

Das verwirrte Godric nur noch mehr. »Was zum Teufel redest du da?«

Jonathan blickte zu seinem Bruder und dann zurück zu Charles. »Du hast es ihnen nicht gesagt?«

Charles schüttelte den Kopf. »Ich wollte gerade.«

»Dann mach schon«, sagte Lucien.

»Es sind die verdammten Schotten«, platzte Jonathan heraus, bevor Charles ein Wort sagen konnte. »Sie haben Joanna gefesselt und Rosalind entführt und bringen sie zurück nach Schottland. Wir wollten ihnen gerade nachjagen.«

Charles starrte Jonathan an. »Herzlichen Dank, Jon. Habe ich etwas vergessen?«

»Warte mal ...« Godric wurde blass. »Die Schotten. Rosalinds Brüder?«

Charles überprüfte das Tuch auf Ashtons Stirn. »Wir müssen ihr nachreisen.«

»Heute Nacht?«, fragte Lucien. »Wir sind eben erst angekommen. Die Ehefrauen werden morgen Nachmittag hier sein ...«

Charles lehnte an einem der Bettpfosten, müde wie schon seit Jahren nicht mehr. Es war eine knochentiefe Erschöpfung, die ihn zu Fall zu bringen drohte. Aber er musste auf den Beinen bleiben, wie sein Vater es ihm beigebracht hatte. Das Richtige zu tun, egal, was es kostete. Schade, dass der Mann ein verdammter Heuchler gewesen war.

»Wir müssen los«, sagte Charles. »Rosalind wird zu ihrem Vater zurückgebracht. Das darf nicht passieren. Ich habe Ashton geschworen, dass ich helfen werde, sie sicher nach Hause zu bringen.«

»Wieso?«, fragte Lucien. »Was ist an ihrem Vater so schrecklich?«

Charles öffnete den Mund, um zu sprechen, aber Ashtons erschöpfte Stimme kam aus dem Bett.

»Er ist ein brutaler Mann. Rosalind heiratete den verstorbenen Lord Melbourne, um der Tyrannei des Mannes zu entkommen.«

Ashton setzte sich auf, seine Augen immer noch ein wenig glasig und sein Atem flach.

»Ganz ruhig, alter Junge.« Charles drückte ihn zurück ins Bett. Es erschreckte ihn zu Tode, als er sah, wie Ashton unter dem sanften Druck zusammenbrach. Es schien, als würde die Grippe in ihm ihren zweiten Frühling erleben. Er hatte seinen Freund noch nie so schwach, so hilflos gesehen, mit seinem hageren Gesicht und seiner blassen Haut. Ashton war immer der Stärkste von allen gewesen, der mit der größten Selbstbeherrschung. Aber jetzt schien er schwach wie ein Baby. Bei dem Gedanken, dass es Ashton sich vielleicht nie erholen würde, jagte es ihm Schauer über den Rücken.

»Also müssen wir drei wütende Schotten einholen?«, fragte Cedric. »Ich glaube, ich habe heute morgen das Schicksal herausgefordert, als ich Anne eine ruhige Woche auf dem Land versprochen habe.«

»Die Kutsche?«, wandte Ashton sich an Charles.

»Draußen«, sagte Charles.

»Lass Lowell mir ein paar Klamotten packen.« Ashton richtete seinen Körper wieder auf, und Charles und die anderen behielten ihn im Auge.

»Bist du sicher, dass du dazu bereit bist?«, fragte Godric.

Ashton nickte. »Sie braucht mich.«

Charles tauschte Blicke mit dem Rest der Liga aus. Es würde nicht leicht werden, Ashton das Mitkommen auszureden, nicht wenn es um die Sicherheit einer Frau ging. Besonders um eine Frau, für die Ashton Gefühle hatte.

»Es wäre nicht das erste Mal, dass wir uns ohne angemessene Ruhepausen oder einen anständigen Angriffsplan Hals über Kopf in Gefahr stürzen«, überlegte Cedric.

»Unser Plan«, mischte sich Charles ein, »ist, diese Bastarde auf der Straße einzuholen und sie zu Brei zu prügeln.«

»Kein großer Plan«, sagte Godric.

»Nun, ich bin jederzeit dafür, Bastarde zu verprügeln, aber wir werden sie nicht einholen, wenn wir die Kutsche nehmen«, betonte Lucien. »Und Ashton kann unmöglich im Sattel sitzen.«

Godric verschränkte die Arme. »Da hat er nicht Unrecht.«

Charles wusste, dass es schlimm sein musste, wenn Rosalinds Vater Ashton so sehr Angst einjagte, dass er so verzweifelt zu ihr wollte. *Sehr* schlimm. Wenige Dinge auf der Welt machten Ashton Angst. Wenn er vor etwas Angst hatte, dann sollten die anderen vor Furcht schlottern.

»Einige von uns könnten vorausreiten«, schlug Jonathan vor. »Wenn wir aufholen, könnten wir einen Weg finden, ihren Weiterritt zu verzögern.«

»Ja.« Charles nickte. »Sie müssen ihre Augen schließen und irgendwann schlafen.« Er rieb sich vergnügt die Hände bei dem Gedanken daran, seine Kräfte endlich mal wieder in einem Kampf um Gerechtigkeit zu messen. »Wir wissen auch, in welche Richtung sie unterwegs sind.«

»Reite sofort los«, sagte Ashton mit heiserer Stimme und hustete. »*Bitte*. Wir nehmen die Kutsche und folgen euch. Ich bin sicher, sie werden die Great North Road nehmen. Es ist am schnellsten. Sie führt direkt zu den Kincade-Ländereien, etwa eine Stunde nördlich von Gretna Green.«

»Jon.« Charles grinste. »Bist du bereit für eine wilde Verfolgungsjagd?«

Jonathan grinste zurück. »Sollte ich darauf jemals mit *Nein* antworten, steht es dir frei, mich dafür zusammenzuschlagen.«

»Dann lass uns reiten. Diese alten Jungfern ...« Charles

nickte den anderen zu. »... können uns ja irgendwann einholen.«

»Haha«, schnappte Cedric. »Ich kann es kaum erwarten, dass du eine Frau findest. Dann werde ich das Vergnügen haben, dich zu verspotten, weil du eine alte Jungfer bist.«

»Dann wirst du bis zum Tag des Jüngsten Gerichts warten.« Charles kicherte immer noch, als er mit Jonathan auf den Fersen aus Ashtons Schlafzimmer verließ und im Korridor verschwand. Sie mussten Schotten jagen und eine Dame retten.

SEIT ZWEI TAGEN SCHLIEF ROSALIND MITTLERWEILE AUF dem kalten, harten Boden. Sogar die Getreidesäcke waren besser gewesen. Schauder schüttelten ihren Körper unter den dünnen Decken, die ihre Brüder eingepackt hatten. Meistens lag sie einfach da und sehnte sich nach jemandem, den sie nicht mehr hatte. Oder, wenn sie schonungslos ehrlich zu sich selbst war, hatte sie ihn nie gehabt. Und jeden Moment verachtete sie sich für diese Schwäche.

Ich sollte mich nicht nach einem Mann sehnen, der mich nur als Schachfigur betrachtet.

Als sie ihre Augen schloss und sich neben ihren Brüdern in ihre Decken kuschelte und dem Wind lauschte, der durch die Bäume pfiff, konnte sie den geisterhaften Druck von Ashtons Lippen auf ihren spüren. Die Erinnerungen, zu lebendig, um nicht real zu sein, ließen ihren Körper vor Sehnsucht erzittern und ihr Herz erneut bluten.

Verdammt sei dieser verdammte Lennox dafür, dass er sie dazu gebracht hatte, sich nach ihm zu sehnen, dass ihr Körper und ihre Seele sich danach sehnten, bei ihm zu sein, obwohl sie ihm vollkommen gleichgültig war.

Ich bin eine Marionette für ihn, nichts weiter. Also warum tut es weh, ihn zurückzulassen?

»Schlaf, Rosalind.« Brocks Stimme kam von irgendwo vor ihr. »Wir werden in ein paar Stunden nach Hause kommen, nachdem sich die Pferde ausgeruht haben.«

Es irritierte sie, dass er ihr wahrscheinlich beim Schlafen zusah. Ihre Brüder hatten die Nächte und Tage zu dritt in Wachen aufgeteilt. Sie hatte sich bereit erklärt zu helfen, aber sie alle lachten nur über die Vorstellung, dass ihre Schwester Wache stehen sollte. Aufgrund ihrer Steifheit in jener ersten Nacht wusste sie, dass sie ihren männlichen Stolz verletzt hatte. Solche zerbrechlichen Kreaturen, Männer. Sie schmiegte ihr Gesicht in ihre Armbeuge und versuchte, sich dazu zu zwingen, wieder einzuschlafen.

Als der Morgen dämmerte, war Rosalind verschlafen, und jeder Muskel war steif vom Liegen auf dem Boden. Sie stand auf und streckte sich, versuchte, sich zu lockern. Es war schon lange her, dass sie so eine kalte, lange Nacht wie diese erlebt hatte.

»Hier.« Aiden reichte ihr eine Scheibe Schwarzbrot und etwas Hartkäse, und sie nahm beides dankbar an. Sie sah zu, wie ihre Brüder die Pferde fertig machten, während sie an ihrem Frühstück knabberte.

Wieder überkam sie das unheimliche Gefühl, mit drei vertrauten Fremden unterwegs zu sein. Sie waren größer und breiter, als sie sie in Erinnerung hatte. Ihre Stimmen waren leiser und ihr Lachen härter. Es war eine seltsame Sache, zu sehen, wie Jungen im Handumdrehen zu erwachsenen Männern wurden. Es tat ihr weh, dass sie so viel Zeit mit ihnen verloren hatte, obwohl es zu ihrer eigenen Sicherheit notwendig gewesen war.

»Bist du fertig?«, fragte Brodie, als sie ihre Finger sauber leckte.

»Ja.« Sie nahm die Wasserflasche entgegen, die er ihr

anbot, und nahm ein paar Schlucke, bevor sie sie ihm zurückgab.

»Wir sollten uns auf den Weg machen.« Brock stieg auf, und alle folgten seinem Beispiel.

Der Weg nach Kincade führte nicht über die North Road, sondern über eine Reihe von Nebenstraßen, staubigen Pfaden und offenen Feldern. Brock hatte gesagt, dass die North Road die Route sein würde, die Ashton höchstwahrscheinlich nehmen würde, wenn er sie verfolgte. Es war besser, wenn sie das Schloss ohne Konfrontation erreichen und hinter den Mauern Schutz suchen könnten, bevor Ashton und seine Männer eintrafen.

»Nicht mehr weit«, jubelte Aiden, als ihre Pferde einen Hügel hinauftrabten, von dem aus man einen riesigen See überblicken konnte.

Jenseits des blauen Wassers lag Castle Kincade, eingebettet in ein lebendiges grünes Feld. Rosalinds Herz machte einen Sprung, als Jahre voller glücklicher Erinnerungen an die Zeit vor dem Tod ihrer Mutter zurückkamen. Sie hatte in den Untiefen dieses Sees schwimmen gelernt und im nahe gelegenen Wald reiten gelernt.

Ich bin zu Hause.

Und dieses Mal war Vater nicht da, um das Schloss oder ihr Leben zu schwärzen.

Ihre Brüder ritten an ihr vorbei, und für einen langen Moment hielt Rosalind wie erstarrt auf dem Hügel inne und kämpfte einen inneren Kampf. Sie könnte ihren Brüdern folgen und zu einem Leben in den Highlands zurückkehren, oder sie könnte nach London zurückkehren und sich Ashton stellen. Sie wusste, dass er sie nicht in Ruhe lassen würde, wenn sie nach London zurückkäme. Es würde nichts ausmachen, dass sie ihre Vereinbarung nach seinem Vertrauensbruch als nichtig ansah. Aber würde er sie in Schottland verfolgen?

Und ein kleiner Teil von ihr fragte sich: Wollte sie, dass er es tat?

»Rosalind!« Brock winkte von unten den abfallenden Hügel herauf. Mit einem Seufzen trat sie mit den Hacken in die Flanken ihres Pferdes und folgte ihren Brüdern.

Das Schloss sah fast genauso aus wie damals, als sie es verlassen hatte. Wie war das möglich? Rosalind stieg von ihrem Pferd und ließ es von einem Pferdeknecht wegführen, bevor sie ihren Brüdern durch den Vordereingang folgte. Die schroffen grauen Steine waren wie alte Freunde, aber ein Teil von ihr war auch vorsichtig, weil dunklere Erinnerungen noch immer in den Schatten der Halle verweilten.

»Du solltest dich ausruhen. Du möchtest dein altes Zimmer? Oder ...« Aidens Wangen wurden rot. »Entschuldigung. Du solltest ein anderes Zimmer haben, eines der schöneren hier unten.« Er nickte zu einem Flur, der als Kind für sie tabu gewesen war. Ein ganzer Flügel mit abgeriegelten Gästezimmern.

»Brock hat sie alle wieder öffnen lassen, nachdem Vater gestorben war.« Brodie legte einen Arm um ihre Schultern und drückte sie sanft, als sie den Flur hinuntergingen. Brock blieb an der Treppe stehen und beobachtete die drei mit unlesbarem Blick.

»Wie geht es ihm?«, fragte sie, als sie beide Brock über ihre Schulter beobachteten. Ihr Bruder hatte vor ihrer Flucht die schlimmsten Schläge einstecken müssen, die für sie bestimmt gewesen waren, und hatte immer alle auf seine Kosten vor ihrem Vater beschützt. Die Sorge nagte an Rosalind. Was, wenn der Tod ihres Vaters Brock hart gemacht hätte?

»Er ist ...« Brodie suchte einen Moment nach Worten. »Erleichtert. Ich glaube, er fühlt sich schuldig, dass er nicht um unseren Vater trauert, aber keiner von uns tut das.«

»Ich verstehe«, sagte Rosalind. Sie verstand nur zu gut die

Schuld, so wenig Trauer über den Tod des alten Lord Kincade zu empfinden.

»Warum nimmst du nicht dieses Zimmer und schläfst ein bisschen? Wir haben uns so beeilt, um hierher zu kommen. Du kannst sicher ein Bad und frische Kleider gebrauchen. Ich bin sicher, dass ich Mutters Koffer auf dem Dachboden finden kann.«

»Er wurde nicht zerstört?« Sie erinnerte sich nur zu deutlich daran, wie ihr Vater gebrüllt hatte, dass er den Schmuck verkaufen und die Kleider verbrennen würde, nur wenige Wochen nachdem ihre Mutter gestorben war.

Aiden schüttelte den Kopf, als er sich ihnen vor dem Gästezimmer anschloss. »Brock hat den Koffer auf den Dachboden im Nordturm geschleppt und ihn unter ein paar alten Vorhängen versteckt.«

Rosalind legte ihre Hand auf die Zimmertür. »Ihr habt Recht. Ich glaube, ich könnte ein Bad und etwas Ruhe gebrauchen.« Ihr Körper fühlte sich so schwer an, dass sie sich nicht über Wasser halten würde, wenn sie im See schwimmen gehen sollte.

»Geh dich ausruhen. Wir schicken jemanden, der sich um ein Bad für dich kümmert und dir ein paar Sachen bringt.«

Sie umarmte jeden ihrer Brüder, bevor sie gingen. Aber innerhalb von Augenblicken klopfte es an der Kammertür.

»Rosalind?« Es war Brock.

»Komm herein.« Sie zog ein weißes Laken von einem Sofa, das neben einem großes Federbett mit dunkelblauen Vorhängen und verblichenen goldenen Quasten stand.

Ihr Bruder trat ein, seine Hände umklammerten ein Paket alter Briefe.

Als er nicht sofort sprach, ließ sie sich auf der Couch nieder und hustete leicht, als Staub um sie herum wehte. Brock kam herüber und hielt ihr langsam das Päckchen hin.

Eine dicke Schnur band die Briefe fest zusammen und formte Rillen in dem alten Pergament.

»Was ist das?«, fragte sie und nahm die Briefe von ihm entgegen.

»Ich habe geschworen, dass ich dir die nicht geben würde, aber es war Vaters letzter Wunsch. Es ist deine Entscheidung, ob du sie haben möchtest oder nicht.« Er wich zurück und nickte in Richtung des leeren Kamins. »Wenn sie sich als verstörend erweisen, steht es dir immer noch frei, sie zu verbrennen.«

Sie zupfte an der Schnur und löste sie, um den obersten Brief herauszuholen, einen, der nicht so verblasst war wie die anderen. »Weißt du, was sie enthalten?«

»Das weiß ich nicht. Du kannst es mir später sagen, wenn du willst, aber ich muss mich um das Haus kümmern. Wir haben Vorbereitungen zu treffen, um deine Sicherheit zu gewährleisten. Ich habe Männer aus dem Dorf angeheuert, die uns helfen, falls jemand kommt, um dich zu holen.«

Rosalind nickte. »Danke, Brock.« Als sich ihre Blicke trafen, war sie wieder ein Kind, ein sechzehnjähriges Mädchen, das mit aufgeplatzter Lippe und von den Fäusten ihres Vaters angeschwollenem Gesicht in einem Flur stand, und er war der Bruder, der immer zwischen ihr und ihrem Vater hatte stehen wollen. Ihr Beschützer.

Aber ich brauche keinen Schutz. Nicht mehr. Sie konnte in seinen Augen sehen, dass er dasselbe realisierte.

»Ruh dich aus, kleine Schwester.« Er beugte sich herunter und küsste sie auf die Stirn, bevor er sie allein ließ.

Es schien Ewigkeiten zu dauern, bis Rosalind den Mut aufbrachte, den neuesten Brief im Stapel zu öffnen. Sie brach das Wachssiegel auf der Rückseite und entfaltete die Seiten. Es war ein Brief von ihrem Vater an sie.

. . .

Rosalind,

Ich weiß, dass du diesen Brief verbrennen willst, ohne auch nur diese ersten paar Worte zu lesen, aber ich bitte dich, dies nicht zu tun. In den vergangenen Jahren war ich unfreundlich zu dir, weil ich wusste, dass ich zu den Verdammten gehörte, aber gezwungen war, unter den Lebenden zu wandeln. Und in dem Hass, den ich für mich selbst empfand, wandte ich mich gegen andere, einschließlich dir.

Ich bin zu stolz, um dich um Verzeihung zu bitten, bevor ich weg bin. Aber ich bitte dich jetzt, einem Toten eine letzte Bitte zu gewähren. Vor meinem Tod habe ich dir ein Gerät geschickt, das ich nicht mit diesen Briefen zusammen hinterlassen wollte, damit sie nicht in die falschen Hände geraten. Es ähnelt im geschlossenen Zustand einer Taschenuhr, kann aber verwendet werden, um die Chiffre zu entschlüsseln, in der diese Buchstaben geschrieben sind. Ich habe deinen Brüdern vertraut, diese Briefe aufzubewahren, bis du mit dem Dechiffriergerät nach Schottland zurückgekehrt bist.

Diese Briefe zwischen mir und einem Mann namens Sir Hugo Waverly beschreiben ausführlich, wie ich ihm dabei geholfen habe, vor langer Zeit, kurz nach dem Tod eurer Mutter, eine schottische Rebellion gegen die Krone niederzuschlagen. Er ließ die Anführer heimlich ermorden, und ich sagte nichts. Ich habe mein Volk und meinen Glauben verraten, um die Familienkasse mit Gold zu füllen.

Solange Hugo lebt, bist du nicht sicher. Du musst diese Briefe benutzen, um ihn zu vernichten, selbst auf Kosten unserer Familienehre. Einem Mann wie Waverly kann man nicht trauen. Er muss vernichtet werden. Deine Brüder werden die Konsequenzen fürchten, aber du warst immer die Tapferste unter meinen Kindern. Sei jetzt mutig.

Montgomery

ROSALINDS KNÖCHEL WAREN WEISS, WÄHREND SIE DAS Papier umklammerte. Die seltsame kleine Uhr, die sie bekommen hatte, bevor sie nach Lennox House aufgebrochen war, war überhaupt keine Uhr gewesen. Die Worte ihres Vaters brannten in ihr und erfüllten sie mit Angst, nachdem sie sich jahrelang sicher gefühlt hatte. Aber jetzt war es nicht er, den sie fürchtete.

Hugo. Der Mann, von dem sie geglaubt hatte, ihm vertrauen zu können, der Mann, der ihre Brüder geschickt hatte, um sie zu retten ... hatte geholfen, Schotten zu töten, die die Krone verlassen wollten. Und ihr Vater war einer von ihnen gewesen. Und dann hatte er Waverly geholfen, sie zu ermorden.

Mein Vater war ein Verräter. Diese Erkenntnis traf sie hart, und sie musste um Atem kämpfen. Sie hatte immer das Gefühl gehabt, dass die Wut, die er ihr gegenüber gezeigt hatte, für ihn selbst bestimmt gewesen war, und dies beantwortete viele Fragen darüber, wie sich der Mann so schnell nach dem Tod ihrer Mutter verändert hatte.

Ashton hatte recht. Hugo war eine Bedrohung, und diese Briefe waren der Schlüssel zu seiner Vernichtung. Ihre Wut darüber, dass Ashton sie hatte benutzen wollen, um Hugo an den Pranger zu bringen, verblasste angesichts der Beweise, die sie in ihren Händen hielt. Die Beweise, die ihn zerstören würden.

Mit zitternden Händen faltete sie den Brief ihres Vaters zusammen und steckte ihn unter die anderen Briefe, bevor sie das Bündel wieder sicher mit dem Garn verschnürte. Dann ließ sie die Briefe in die Falten ihres Rocks gleiten.

Morgen ... morgen kann ich besser entscheiden, wie ich diese verwenden kann, um Waverly zu entlarven.

Denn das würde sie tun. Es war keine Frage, was sie tun musste. Sie wünschte nur, Ashton wäre hier, um ihr zu helfen, obwohl sie sich dafür hasste, das zu denken. Er liebte sie nicht, würde sie *niemals* lieben, aber er würde wissen, wie er diese Briefe am besten nutzen konnte, um Hugo zu ruinieren.

Dann kam ihr der Gedanke, dass Ashton alles für diese

Briefe tun würde. Einfach alles. Sie erwog, ihm zu schreiben, was sie herausgefunden hatte. Was war es ihm wert? Natürlich ihr Eigentum zurück, und vielleicht ein oder zwei Kompanien von ihm im Austausch für die Briefe und den Decoder? Eine kleine Gegenleistung dafür, dass er sie so benutzt hatte, wie er es getan hatte.

Aber irgendwie widerstrebte es ihr. Es fühlte sich nicht richtig an. So sehr sie Ashton für die Schmerzen, die er ihr verursacht hatte, schlagen wollte, sie konnte es nicht tun.

Rosalind war nichts als eine bloße Spielfigur in einem gewaltigen Schachspiel zwischen Waverly und Ashton. Ein Spiel, das sie nicht spielen wollte.

⁂

»EINE BURG. NATÜRLICH MUSS ES EINE VERDAMMTE BURG sein«, murmelte Ashton, als er hinter einem großen Felsen beim See mit Blick auf Castle Kincade hockte. Godric, Cedric und Lucien flankierten ihn auf beiden Seiten und betrachteten mit ihm das massive Gebäude in der Ferne.

»So viel zu unseren Plänen, sie auf der Straße zu überholen«, grummelte Lucien.

Godric starrte intensiv auf das Schloss, bevor er Lucien anfunkelte. »Diese Schotten waren Teufel, als sie uns wegen Barmädchen bekämpften. Ich freue mich nicht gerade darauf, zu erleben, was sie tun werden, um ihre Verwandten zu beschützen.«

Ashton blinzelte zum Schloss. »Es sind nicht die Brüder, die mir Sorgen bereiten. Es ist ihr Vater. Er ist der wahre Rohling. Ihre Brüder lieben sie, aber nach dem, was ich mitbekommen habe, ist ihr Vater böse genug, um sie durch Angst zum Gehorsam zu bewegen.«

Godric und Lucien tauschten besorgte Blicke aus.

»Wir haben noch nie eine Burg belagert.« Lucien lächelte

grimmig. »Ich nehme an, es gibt für alles ein erstes Mal. Aber ich fürchte, ich habe den Rammbock der Familie auf meinem Anwesen zurückgelassen.«

Godric konnte nicht anders, als darüber zu kichern.

Ashton leckte sich die Lippen. Er fühlte sich immer noch ein wenig ausgetrocknet. Sie waren zwei Tage lang fast ununterbrochen geritten und hatten nur lange genug Pause gemacht, um in den Gasthöfen die Pferde zu wechseln. In dieser Zeit hatte Ashton die letzten Auswirkungen der Grippe abgeschüttelt, aber sie hatte ihn schwach und durstig gemacht.

»Hier.« Lucien bot ihm eine Flasche Wasser an, die Ashton gierig leerte.

Godric drehte sich in seiner geduckten Position und suchte die Bäume um sie herum ab. »Charles und Jonathan sollten bald zurück sein.«

Ashton nickte zwei Gestalten zu, die auf sie zuschlichen und in der Hocke rannten, um nicht von jemandem gesehen zu werden, der von der entfernten Burg aus zusah. »Da kommen sie.«

Als Charles und Jonathan sie hinter dem Felsen erreichten, drängten sie sich alle eng aneinander.

»Was habt ihr gesehen?«, wollte Ashton wissen.

»Männer auf den Zinnen«, sagte Jonathan.

»Zinnen? Du lieber Himmel. Armbrüste auch?«, murmelte Lucien.

Cedric kicherte, bis Ashton ihn wütend anstarrte. Er räusperte sich und wandte den Blick ab, als würde er sich sehr bemühen, nicht zu lachen. »Lucien, deine Schwester hätte hier sein sollen. Ich kann mir vorstellen, dass Lysandra uns ein Trebuchet hätte bauen können.«

Lucien lachte. »Ich wage zu behaupten, dass sie es könnte. Aber wir brauchen etwas, das in der Lage ist, mehr als nur Schneebälle auf den Feind zu schleudern.«

»Wie auch immer ...«, fuhr Jonathan fort. »Das sind nur Aussichtsposten. Da sind noch mehr drin. Ich glaube, sie erwarten, dass wir mit einer kleinen Armee hinter Rosalind her sind.«

Charles nickte. »Jon hat recht – da stimmt etwas nicht, Ash. Sie haben Männer am Eingangstor postiert und Männer paarweise auf den Dächern. Ich habe keine Ahnung, wie wir reinkommen sollen. Ich will mir auch gar nicht vorstellen, mit welchen Zahlen wir drinnen konfrontiert werden könnten.«

»Nun, Ash, was ist dein Plan? Wir werden natürlich alles tun, was dir vorschwebt«, versicherte Godric ihm.

Ashtons Kehle schnürte sich zusammen. Sie waren den ganzen Weg gekommen, um sich gewissen Gefahren und schlechten Chancen zu stellen.

»Ich ... ich weiß es zu schätzen, dass ihr alle mitgekommen seid. Aber ich sollte allein reingehen. Wir hatten nicht damit gerechnet, dass sie ihre Festung vor uns erreichen würden. Ich kann niemanden von euch bitten, ein Risiko um euer Leben einzugehen, nicht für Rosalind.« Für eine lange Sekunde starrten ihn seine Freunde mit harten Mienen an.

Charles schnaubte, als wäre er beleidigt. »Du bist ein dummer Narr, wenn du denkst, wir lassen dich allein da reingehen. Davon abgesehen habe ich einen Plan.« Ein böses Grinsen breitete sich auf seinem Gesicht aus.

»Verdammt noch mal, das ist immer ein schlechtes Zeichen«, murmelte Cedric.

»Angreifen und sie ordentlich schlagen, nehme ich an?«, sagte Godric.

»Ash«, fuhr Charles fort und ignorierte die anderen, »nimm mein Pferd und reite bis zu den Toren. Fordere eine Audienz bei Rosalind. Ihr Vater und ihre Brüder werden zunächst ablehnen. Sag ihnen, dass du nicht eher verschwindest, bevor du sie gesehen hast, und sag ihnen, dass du nach London zurückkehren wirst, sobald du gesagt hast, was gesagt werden muss. Der Rest von uns verschafft sich mit *allen* erforderlichen Mitteln Zugang zum Schloss.«

»Man bemerke, wie er die Einzelheiten darüber weglässt, was diese erforderlichen Mittel sind«, flüsterte Cedric Godric zu, der nickte.

»Und dann?«, wollte Ashton wissen. Jeder Plan, den Charles ausheckte, musste zwangsläufig in Schwierigkeiten enden.

»Nun ... wir müssen einen Weg finden, ihren Vater und ihre Brüder abzulenken, während du deine Geliebte in Sicherheit bringst.«

»Bravo!«, sagte Cedric.

»Brillanter Plan«, sagte Godric.

»Der beste Plan, den ich seit Ewigkeiten gehört habe.« Ashtons Stimme triefte vor Sarkasmus.

»Obwohl es ein paar Mängel gibt«, bemerkte Jonathan.

»Eigentlich hauptsächlich Mängel«, stimmte Ashton zu.

»Genaugenommen ist es ein schrecklicher Plan«, stöhnte Cedric.

»Totaler Quatsch«, stimmte Godric zu.

»Wir sind verdammt.« Ashton seufzte. Inzwischen machte er sich auch darüber Sorgen, dass ihre Position durch Jonathans Gelächter verraten werden würde. »Das ist auch der einzige Plan, den wir haben«, sagte Ashton. »Charles hat recht. Sie werden ihre Türen nicht für uns alle öffnen.«

Er richtete seine Aufmerksamkeit wieder auf das Schloss. Irgendwo da drinnen war Rosalind. Ganz allein und wahrscheinlich unter Schmerzen, wenn ihr Vater wieder einmal seine Laune an ihr ausgelassen hatte. Es blieb nichts anderes übrig, als alles zu riskieren, um zu ihr zu gelangen.

»Jon, lass mich dein Pferd ausleihen.« Er nickte in Richtung des Waldes, wo sie ihre Kutsche und ihre Pferde versteckt hatten.

»Selbstverständlich.« Jon erlangte seine Fassung wieder

und folgte ihm, gebeugt, um außer Sichtweite zu bleiben. Sobald sie den Schutz der Bäume erreicht hatten, erhoben sie sich aus ihrer geduckten Position.

»Er ist ein gutes Tier. Versuch dafür zu sorgen, dass die Schotten ihn dir nicht abnehmen.« Jonathan tätschelte den Hals des schwarzen Wallachs, bevor er die Zügel löste und sie Ashton anbot.

»Ich werde mein Bestes geben. Sag den anderen, dass ich mich bedankt habe. Für alles.« Ashton konnte nicht in Worte fassen, was ihm die Liga bedeutete oder wie er sich fühlen würde, wenn er einen von ihnen verlieren würde.

»Die wissen Bescheid.«

Ein trauriges Lächeln umspielte Ashtons Lippen. »Pass auf dich auf, Jon.« Wenn die Dinge schlecht liefen, sah er sie vielleicht nie wieder.

»Sei vorsichtig.« Jonathan sah zu, wie Ashton auf das Pferd stieg und aus dem Wald zum Schloss ritt.

Die Sonne brannte auf Ashtons Kopf und ließ seine Schläfen mit unerwünschten Kopfschmerzen pochen. Das Fieber der Grippe war verschwunden, aber seine Haut fühlte sich immer noch heiß an. Wenn Rosalinds Brüder ihn nicht hineinließen, könnte er sehr wohl ohnmächtig werden und direkt vom Pferd fallen.

Castle Kincade war eine robuste, schroffe Steinstruktur, die seit mehr als zwei Jahrhunderten auf diesem Hügel stand und Stürmen, Armeen und den Wind des Wandels trotzte. Die Burg war uneinnehmbar. Nicht einmal Charles' wilde Pläne konnten diese Mauern durchbrechen.

»Anhalten!«, schrie ein Mann irgendwo über den Zinnen in seinem schweren schottischen Akzent.

Ashton zog die Zügel an und stoppte sein Pferd. Es schwang seinen Kopf hin und her und scharrte mit einem Huf ruhelos im Dreck. Ashton ließ den Kopf in den Nacken fallen, damit er zu dem Mann auf den Wällen aufblicken konnte, der ihn beobachtete.

»Was wollen Sie hier?«, bellte der Mann.

»Ich bin gekommen, um eine Audienz bei Lady Melbourne zu erbitten.«

Der Mann verschwand für einige lange Momente aus dem Blickfeld und tauchte schließlich wieder auf.

»Die Dame sagt, du kannst gehen und dich erhängen!« Er endete mit einem Nicken und einem spöttischen Gruß.

»Rosalind!«, bellte Ashton. »Ich weiß, dass du da oben bist! Gib mir nur eine verdammte Minute, und dann brauchst du mich nie wieder zu sehen!«

Der Gedanke, sie nie wiederzusehen, war ... Nein. Daran würde er nicht denken. Er musste sicherstellen, dass sie in Sicherheit war, und wenn dem nicht so war, würde er sie von hier fortbringen. Irgendwie.

Er blinzelte zu den Zinnen hinauf, und plötzlich erschien Rosalinds Gesicht. Ihr dunkles Haar war in ihren Nacken zurückgebunden, und sie sah so müde aus, wie er sich fühlte.

»Bitte, Rosalind. Gib mir nur ein paar Minuten. Das ist alles, worum ich bitte.«

Ihre grauen Augen waren stürmisch, und er konnte selbst von hier unten, so weit entfernt, den Schmerz darin erkennen. Sie starrte ihn lange an, lange genug, dass er befürchtete, sie würde ihn einfach am Tor stehen lassen.

»Also gut«, sagte sie schließlich und verschwand.

Er wartete ein paar Minuten, bis ihn Geräusche hinter den hohen Holztüren des Schlosseingangs darauf aufmerksam machten, dass sie sich öffnen würden. Schließlich klaffte das Tor ein wenig auf und bot einen Blick auf den finsteren Gang dahinter. Es war deutlich, dass die Burg vor langer Zeit umgebaut worden war, und was von einem Hof übrig geblieben war, war eingemauert und mit Bodenbelag versehen und Teil der Residenz geworden. Ashton rutschte von seinem Pferd und landete schwer auf dem Boden. Er konnte kaum zu Atem kommen.

Ein Mann, untersetzt und mit misstrauischem Blick, ging auf Ashton zu und nahm ihm die Zügel ab.

»*Sassenach*«, murmelte der Mann, als er Ashtons Pferd wegführte.

Ashton wischte Staub von seiner Hose, betrat das Schlossinnere und blieb abrupt stehen. Dort standen mehrere Männer, von denen er drei als Rosalinds Brüder erkannte, und jeder Mann war bewaffnet. Sieben Pistolen waren auf seine Brust gerichtet. Zwei der Brüder traten auseinander, damit ihre Schwester zwischen ihnen stehen konnte. Aber keiner von denen, die hier standen, war alt genug, um ihr Vater zu sein. Wo war der älteste Kincade?

»Rosalind«, sagte er sanft, während er sie genauer betrachtete. Sie schien unverletzt zu sein, keine blauen Flecken, aber Ashton wusste aus Godrics Vergangenheit, dass blaue Flecken leicht versteckt werden konnten.

Sie wandte sich an ihre Brüder. »Ich werde mit ihm im Salon sprechen.« Als ihr klar wurde, dass ihre Brüder vorhatten, an ihrer Seite zu bleiben, fügte sie hinzu: »*Alleine.*«

»Aber ...«, protestierte der Älteste.

»Mir geht es gut, Brock. Ich rufe dich, wenn ich dich brauche.« Sie winkte Ashton, ihr zu folgen. Das tat er, blieb aber beinahe stehen, als die Männer, die ihm den Weg versperrten, nicht sofort voneinander Platz machten. Ihre Brüder bildeten eine undurchdringliche Mauer zwischen Ashton und Rosalind.

»Wenn du auch nur *eine* Sache machst, die sie aufregt, verfüttern wir dich an die Hunde. Selbst wenn du ein Adliger bist«, warnte Brock mit einem leisen Knurren, das nur Ashton und die beiden anderen Brüder hören konnten.

»Verstanden.« Ashton hatte nicht die Absicht, Rosalind zu verärgern, und wenn doch, dann würde er sicherlich jedes

Schicksal verdienen, das ihm widerfahren würde. Die drei Schotten trennten sich schließlich, um ihn passieren zu lassen, damit er Rosalind folgen konnte.

Sie betraten den Salon, und Ashton bemerkte, dass die Möbel mit Staub bedeckt und die Stoffe verblasst und veraltet waren. Die Kincades waren eindeutig nicht in der Lage gewesen, ihr Zuhause in gutem Zustand zu halten. Zweifellos sah Lord Kincade in Rosalind und ihrem Vermögen eine Möglichkeit, ihrem Zuhause seinen früheren Glanz zurückzugeben.

Rosalind blieb vor dem leeren Kamin stehen, ihr hellblauer Rock wirbelte Staub auf, als sie sich zu ihm umdrehte. Er hatte einen Moment Zeit, um die Anmut ihres Halses und ihr schönes Profil zu bewundern, bevor sie sich ihm zuwandte. Ein kleiner Schmerz, der in seiner Brust gewachsen war, seit sie gegangen war, war jetzt, wo er ihr wieder nahe war, noch stärker geworden. Es erstaunte ihn immer wieder, dass diese Frau sein Herz erobert und ihn herausgefordert hatte, von einem besseren Morgen zu träumen.

»Rosalind, ich bin hier, um dich zu retten.« Es schien, dass ihm wieder einmal die Worte fehlen. Er ging auf sie zu, die Arme ausgestreckt, verzweifelt darum bemüht, sie festzuhalten und sich zu vergewissern, dass es ihr gut ging. Er kam bis auf einen Fuß an sie heran, aber dann hob sie eine Hand.

»Fass mich nicht an. Wage es nicht, mich anzufassen.«

Er blieb stehen, seine Stiefel rutschten auf dem Teppich, und er starrte sie verwirrt an. Sie sollte ihn sehen wollen, nicht wahr? Als sie ihm gesagt hatte, er solle gehen, war er davon ausgegangen, dass ihr Vater die Befehle erteilt hatte und dass sie sich freuen würde, ihn zu sehen, sobald er drinnen war.

»Rosalind, Schatz ...«

Ihre Augen glitzerten gefährlich. »Schatz? *Schatz?* Ich bin kein Schatz von dir, du kaltherziger, manipulativer Bastard.«

Der Schlag saß. Was war passiert zwischen dem Moment, als er aus seinen fieberhaften Träumen aufgewacht war, bis jetzt? Sie waren so glücklich zusammen gewesen ...

Er ließ die Ereignisse noch einmal Revue passieren, ging jedes Detail in Gedanken durch, vom Aufwachen bis zu ihrer Entführung. Ein Loch tat sich in seinem Magen auf.

Charles. Sie hatte gehört, wie er mit Charles gesprochen hatte, als sie gegangen war, um ihm etwas Brühe zu holen.

Gott, er hatte sich sein eigenes verdammtes Grab geschaufelt, nicht wahr? Er hatte gesagt, was er hatte sagen müssen, um Charles zu besänftigen, aber seine Worte wären für eine Frau, die sich um ihn sorgte, vernichtend gewesen.

Ihre Augen schimmerten verräterisch, als sie sprach. »Sag, was du noch sagen musst, und verschwinde.«

»Geht es dir gut?«, fragte er. »Als ich hörte, dass du entführt wurdest, habe ich das Schlimmste befürchtet. Ist dein Vater hier?« Wenn ja, würde Ashton ihn erwürgen.

»Mein Vater?« Für einen Moment zogen sich ihre Brauen zusammen. Sie schüttelte hastig den Kopf. »Er ist tot. Er ist vor kurzem gestorben. Ich bin nicht in Gefahr.« Ihre Stimme wurde weicher, und er erkannte an ihrem Blick, dass sie verstand, was er befürchtet hatte.

Ich bin wegen dir gekommen. Er bat sie im Stillen, dass sie seine Gedanken lesen und ihm vertrauen könne.

»Ist das der einzige Grund, warum du gekommen bist?«, fragte sie.

Das war es nicht, aber er würde sich wegen seines blutenden Herzens nicht zum Narren machen.

»Oder wolltest du die hier?« Sie zog einen Stapel Briefe aus einer Geheimtasche in ihrem Rock.

Er hob die Augenbrauen. »Was ist das?«

»*Dies* sind Briefe aus einer Korrespondenz zwischen meinem Vater und Sir Hugo Waverly. Briefe, die beweisen werden, dass er ein Spion war, der vor zehn Jahren geholfen hat, einen schottischen Aufstand niederzuschlagen.« Rosalind starrte auf die Briefe und dann zu ihm hoch. »Du hattest keine Ahnung, dass es diese gibt, oder?« Ihr Zögern machte ihn seltsam erleichtert. Sie dachte, er würde wegen ein paar Briefen hinter ihr her sein ... und dann drang der Rest von dem, was sie gesagt hatte, zu ihm durch.

Diese Briefe waren Beweise für Hugos Taten, die die Karriere des Mannes als Spion ruinieren und ihm für den Rest seines Lebens markieren würden. Ashtons Hand zuckte vor Verlangen, danach zu greifen, aber er rührte sich nicht. Er spürte, dass dies eine Falle war, und dass er sich nicht beide Wünsche, die er hegte, erfüllen konnte.

Egal, welchen Weg ich wähle, ich werde so oder so verlieren.

KAPITEL 26

Ashton war hier. Er war wegen ihr gekommen. Und doch konnte sie nur daran denken, wie wütend sie auf ihn war.

Er stand da und sah sie mit diesen durchdringenden blauen Augen an. Augen, die sich vor Überraschung geweitet hatten, als ihm klar wurde, was sie in ihrem Besitz hatte. Er hatte nichts von diesen Briefen gewusst, aber er vermutete zweifellos, dass sie etwas über Waverly hatte, das er verwenden konnte. Das war doch der ganze Sinn seiner Verführung gewesen, oder?

Er konnte nicht nur wegen mir gekommen sein. Ich bin ein Bauer für ihn, eine Figur, die auf einem Schachbrett bewegt werden muss.

Das Briefbündel schien ihre Haut zu verbrennen, und sie konnte es nicht ertragen, das Gewicht noch einen Moment länger zu halten.

Wieder überlegte sie einen Moment lang, dass sie eine Gegenleistung verlangen sollte, wie seine profitabelste Reederei, zusätzlich zur Rückgabe von allem, was ihr rechtmäßig gehörte. Eine Art symbolischer Sieg über ihn. Aber die Wahrheit war, dass sie keine Erinnerung an ihn wollte, sobald er aus ihrem Leben verschwand. Wenn er die Briefe haben wollte, konnte er sie verdammt noch mal haben.

Auch wenn es meine Familie verdammt, ich will nichts mehr mit ihnen zu tun haben – oder ihm.

»Mach mit ihnen, was du willst.« Sie trat vor und drückte die Briefe gegen seine Brust. Sie wollte sie ihm ins Gesicht werfen, ihn spüren lassen, wie sie sich gerade in diesem Moment fühlte, ihr Herz zerbrach. Doch sie konnte nicht leugnen, dass ein Teil ihres Herzens sie immer noch verriet und darum bettelte, ihm noch einen Moment länger nahe zu sein.

Ashton ergriff ihr Handgelenk und erlaubte ihr nicht, sich zurückzuziehen, das Bündel Briefe immer noch in ihrer Hand. Die plötzliche Bewegung ließ sie zittern, nicht aus Angst, sondern aus Verlangen. In den letzten paar Tagen ohne ihn hatte sie begonnen, innerlich zu verblassen, und jetzt setzte seine Berührung ihre Sinne wieder in Brand. Ein Feuer, das ihr Herz in Asche zu verwandeln drohte, wenn sie sich nicht schützte.

Er wird immer so für mich sein. Der Mann, den ich will und niemals haben kann. Der mich zum Leben erweckt und mich ganz allein gelassen hat.

Sie starrte ihm in die Augen, hasste ihn dafür, wie er sie fühlen ließ, *liebte* ihn dafür, wie er sie fühlen ließ.

Seine andere Hand legte sich um ihren unteren Rücken. Es erinnerte sie daran, wie sie auf dem Landhaus-Ball Walzer getanzt hatten, wie sie perfekt zusammengepasst hatten. Bittersüße Erinnerungen flatterten hinter ihren Augen, als sie sie fest schloss und wünschte, sie müsste nicht stark sein. Aber sie musste. Sie zuckte in seinem Griff und versuchte, sich zu befreien. Aber konnte sie dem Mann, der ihr das Herz gebrochen hatte, jemals wirklich entkommen?

»HÖR AUF.« ASHTON VERSUCHTE, SEIN RASENDES HERZ ZU beruhigen, und konzentrierte sich darauf, wie gut es sich anfühlte, sie wieder in seinen Armen zu haben, selbst wenn sie wie ein nasser Iltis spuckte.

»Nein! Lass mich los!« Sie versuchte, sich loszureißen, die Augen voll von diesem schottischen Feuer, das er zu lieben gelernt hatte.

Er hielt sie fest. »Nur, wenn du mir jetzt zuhörst.« Gott, er musste es einfach sagen. So viel dazu, kein verdammter Narr zu sein. Wenn er sagte, was er sagen musste, würde es zumindest eine Last von seinen Schultern nehmen. Und wenn sie mit ihm nach London zurückkehrte, wäre er der glücklichste Narr der Welt.

»Ich bin nicht wegen der Briefe hergekommen. Ich wusste bis jetzt nicht einmal, dass es sie gibt. Ich kam wegen *dir* hierher. Komm mit mir zurück, Rosalind.«

Was auch immer sie von ihm erwartet hatte, das war es eindeutig nicht gewesen. Ihre Brauen zogen sich zusammen, und ihre Lippen öffneten sich. Ihr überraschter und verwirrter Blick war hinreißend. Er wollte die winzigen Linien über ihrer Stirn küssen und die Sorge lindern, die ihre Augen verschattete.

»Was?«

»Ich will dich, Rosalind. Das hat sich nie geändert. Alles, was ich dir gesagt und versprochen habe, war wahr. Ich will nur dich.« Er rieb mit seinen Fingern über ihre Handgelenke, während ihre Hände immer noch die Briefe gegen seine Brust drückten. Er würde die Briefe vergessen, wenn er Rosalind dadurch zurückgewinnen könnte. Sie war wichtiger. *Ich kann einen anderen Weg finden, Hugo zu Fall zu bringen, aber ich kann sie nicht verlieren.*

Ihre langen dunklen Wimpern fächerten sich auf, und sie funkelte ihn aus versteinerten Augen an.

»Alles davon war wahr?« Ihr Ton wurde gefährlich seidig, und ihr Akzent wurde ein bisschen schwerer.

Verdammt noch mal, er betrat gefährliches Terrain. Er kannte diesen Ton. Sein Wildfang war wütend auf ihn. Aber er würde sie nicht anlügen.

»Ja.« Er wartete darauf, dass der Sargdeckel über seinem Schicksal zuschnappte.

Sie begegnete seinem Blick mit pulsierender Wildheit. »Ich werde *niemals* eine Marionette oder ein Werkzeug für irgendeinen Mann sein. Verstehst du mich? Sie müssen keine Fäden mehr ziehen, Lord Lennox.«

Sein Name auf ihren Lippen klang wie ein Fluch, und ihm wurde wieder ganz übel. Eine Marionette? Die Erinnerung an die Nacht, in der er diese Worte gesagt hatte, war düster. Er hatte zwar vorgehabt, Rosalind einzusetzen, um Waverly zu vernichten, aber er hätte sie niemals in Gefahr gebracht oder irgendetwas getan, ohne ihr vorher die Wahrheit zu sagen. Die ganze Wahrheit.

Er seufzte, seine Schultern schwer vom Gewicht seiner Geheimnisse.

»Ich war manipulativ, aber nicht dir gegenüber. Ich wollte dafür sorgen, dass Charles sich entspannte. Es war immer meine Absicht, dir zu sagen, was ich über Waverly weiß, bevor wir handeln. Ich wollte dir alles sagen, aber ich musste auch wissen, was du für mich empfindest, bevor ich das tun konnte.« Wenn er sie jemals zurückgewinnen wollte, musste er ihr über die Teile seines Lebens erzählen, die seine Seele bluten ließen, beginnend mit der Nacht im Fluss Cam.

Sie hob das Kinn. »Ich will keine schönen Worte mehr von Ihnen, Lord Lennox.«

»Frau, wirst du mich für eine verdammte Minute anhören?« Wenn sie sagte, sie würde es nicht tun, war er versucht, sie zu küssen – es war die einzige Möglichkeit, diese temperamentvolle Kreatur zumindest für ein paar Momente zur Unterwerfung zu bringen.

Sie kniff die Augen zusammen, und er seufzte.

»Bitte, Rosalind. Ich muss es dir sagen. Hör mich an, und dann kannst du mich immer noch wegschicken.«

Rosalind blickte weg und dann wieder zu ihm. Die Anspannung ihres Körpers ließ in seinem Griff nach.

»Erinnerst du dich, wie ich dir erzählt habe, dass jemand versucht hat, Charles zu ertränken? Dass er gefesselt und geknebelt und zum Fluss getragen wurde?«

Rosalind nickte.

»Dieser Mann war Waverly, und er schwor Rache für diesen Tag, weil wir seine Pläne vereitelt hatten. Lange Zeit haben wir nicht geglaubt, dass er uns etwas anhaben könnte, dafür sorgten unsere Titel und Privilegien. Wir wurden selbstgefällig, weil wir nicht bemerkten, dass Hugo, jetzt Sir Hugo, nur den richtigen Moment abgewartet hatte. Waverly hat im letzten Jahr versucht, uns und die, die wir lieben, auf die eine oder andere Weise zu töten. Als ich erfuhr, dass er mit dir zusammenarbeitet, dachte ich, ich könnte durch dich etwas über seine Taten erfahren. Die Ressourcen des Mannes gehen weit über die eines einfachen Geschäftsmannes hinaus, doch darüber hinaus wissen wir wenig über seine Fähigkeiten. Als er in deine Unternehmungen investierte, sah ich eine Gelegenheit. Ich wusste, dass ich deine Verbindung zu ihm nutzen könnte, um ihn herauszulocken und mit etwas Glück Dinge zu erfahren, die uns vor ihm schützen könnten. Aber dann hast du mich verzaubert, und ich hatte Angst, dich in Gefahr zu bringen.«

Sie versteifte sich in seinen Armen. »Ich habe dich verhext?«

»Ja, mein kleiner Wildfang. Du warst die perfekte Partnerin, die perfekte Frau, sogar der perfekte Feind, wenn du Lust darauf hattest. Ich wollte dich nicht verlieren, und ich wusste, sobald ich dir alles erzählt habe, würdest du vielleicht gehen. Deshalb habe ich so lange damit gewartet, es dir zu sagen.« Er fügte nicht hinzu, dass er sie bis ans Ende der Welt gejagt hätte, um sie davon zu überzeugen, dass sie für ihn die einzige Frau auf der Welt war.

Er schluckte schwer und sprach. »Ich wollte dir die Wahrheit sagen und dich selbst entscheiden lassen, ob du uns helfen willst. Ich hätte dich *niemals* zu irgendwas gezwungen.«

»Natürlich hättest du das getan, du arroganter *Sassenach*«, murmelte sie und versuchte, sich von ihm abzuwenden, aber er zog sie näher.

»Deine Sicherheit als die Frau, die ich liebe, wird immer an erster Stelle stehen«, sagte er heftig. »Keine Rachepläne oder Geschäftsangelegenheiten werden jemals wichtiger sein.«

Ihre Augen weiteten sich, und er sah einen Zweifel in ihnen, der an seinem Herzen zerrte. »Sag nichts, was du nicht meinst. Ich mache mir keine Illusionen. Ich bin nicht die Art von Frau, für die ein Mann so empfinden würde. Ich bin ...« Ihre Lippe zitterte. Glaubte sie nicht, dass sie geliebt oder begehrt werden könnte?

»Ich meine jedes Wort. Ich würde dich mit meinem letzten Atemzug beschützen, wenn du mich lässt.«

Sie schüttelte den Kopf. »Ich meine, wenn du von Liebe sprichst.«

Alles in Ashton wurde still, wie an einem Sommertag, an dem es keine Brise gab und die Sonne doch nicht zu heiß war. Er hatte die Worte gesagt, nicht wahr? Sie waren so leicht gekommen. Nicht aus Manipulation oder Wortspiel oder um das zu sagen, was man tun muss, um sich einen Vorteil zu verschaffen. Es war eine einfache Feststellung gewesen. Es war die reinste Erkenntnis, die er je gehabt hatte. Er liebte sie. So sehr, dass es ihn irrational gemacht hatte.

»Du sprichst von Liebe, wenn du Pflicht oder Ehre

meinst«, entgegnete Rosalind, die seine Worte nicht für bare Münze nehmen wollte.

Ashton lächelte, und die Erschöpfung der letzten zwei Tage ließ nach. Er ließ ihr Handgelenk los und nahm ihr Gesicht in seine Hände.

»Nein. Ich spreche von Liebe, weil das, was ich fühle, Liebe ist. Ich liebe dich, mein kleiner Wildfang.«

Rosalinds graue Augen, einst voller Hass und dann Zweifel, waren jetzt voller Sorge. »Das kannst du nicht.« Sie biss sich auf die Lippe, und seine Selbstbeherrschung hing an einem seidenen Faden.

»Trotzdem tue ich es. So sehr, dass ich jede Entscheidung, die ich treffe, hinterfrage und mich frage, ob es das Beste für dich ist. Als du gegangen bist ...« Seine Stimme wurde tiefer. »... war ich halb wahnsinnig vor Angst.«

Sie blickte auf die Stelle, wo die Briefe am Boden lagen. »Nur weil ich habe, was du brauchst.«

»Ja, das tust du.«

Rosalind sah ihn geschockt an.

»Du hast mein Herz.«

Sie sah ihn durch ihre Wimpern an. »Niemand ist mir je so unter die Haut gegangen wie du, Lennox.« Sie stellte sich auf die Zehenspitzen und schlang ihre Arme um seinen Hals. Aufregung durchflutete ihn.

»*Bitte*. Sag mir, dass du mich liebst.« Er schloss für einen kurzen Moment die Augen, er musste diese Worte mehr hören als jemals zuvor in seinem Leben.

»Das tue ich. Gott helfe mir, ich liebe dich, du sturer Mann.« Sie legte ihre Lippen auf seine, und in diesem Moment hätte er schwören können, dass er, wenn er Flügel hätte, vom Boden abgehoben wäre.

Ashton erwiderte den Kuss, zog sie an sich und weigerte sich, sein schottisches Mädchen jemals wieder aus seinem Leben gehen zu lassen. Er zwang ihre Lippen auseinander und entzückte zärtlich ihren Mund. Er wollte sie gleich hier nehmen, aber da ihre Brüder draußen warteten, wäre das nicht besonders klug gewesen.

Als er schließlich den Kuss beendete, lehnte sich Rosalind mit verträumten Augen an ihn, als könnte auch sie ihre Triebe kaum im Zaum halten. Das war es, was ihn verzauberte, zu wissen, dass es sie beide zu Dummköpfen machte, wenn sie sich küssten.

Aber zusammen werden wir für immer Narren sein.

Ashton hielt Rosalind fest, und sie schmiegte sich an ihn, keiner von ihnen wollte den anderen loslassen. Er rieb mit seinen Händen über ihren Rücken und versuchte, nicht an all die Sorgen zu denken, die sich in seinem Kopf aufbauten. Er musste sie davon überzeugen, nach Hause nach London zu kommen. Dann musste er vor allem ihr gesamtes Eigentum, ihre Unternehmen und Schulden darauf vorbereiten, dass sie aus seiner Kontrolle gelöst und ihr zurückgegeben werden würden, selbst nachdem sie geheiratet hatten.

»Kommst du mit zurück nach London?« Er machte es zu einer Frage, denn das musste ihre Entscheidung sein.

Sie sah ihn nachdenklich an.

»Ich sollte hinzufügen, dass ich, wenn du es nicht tust, hierher in die Burg ziehen werde. Ich bin mir nicht sicher, ob deine Brüder begeistert sein werden, jemanden wie mich an sich kleben zu haben, aber ich lasse dich nicht gehen. Nicht noch einmal.«

»Du würdest weit weg von deiner Familie und deinen Freunden in ein zugiges altes Schloss ziehen?« Hoffnung erfüllte ihre Stimme, als hätte sie Angst und wäre zu aufgeregt, um ihm zu glauben, was er sagte.

»Für dich würde ich genau das tun.« Er würde seine ganze Welt für sie zurücklassen. Natürlich wusste er, dass es unmöglich sein würde, die Liga aus Schottland herauszuhalten.

Innerhalb von vierzehn Tagen hätten sie alle Sommerhäuser in der Nähe gekauft.

Rosalind strich mit einer Fingerspitze über seine Wange, ihre Lippen verzogen sich zu einem sanften Lächeln. »Mein Leben spielt sich schon lange in England ab. London ist mein Zuhause. Jetzt *bist du* mein Zuhause.«

Sein Herz setzte einen Schlag aus. Es konnte die plötzliche Freudenwelle in seinem Körper einfach nicht aushalten.

»Ich denke, ich sollte es meinen Brüdern sagen«, fügte sie hinzu. »Sie sind bereit, dich auszuweiden.«

»Weil ich dich heiraten will?« Er nahm an, dass er es ihnen nicht verübeln konnte, dass sie überfürsorglich waren.

Sie rümpfte die Nase und versuchte ein Lächeln zu verbergen. »Waverly hat ihnen gesagt, dass du mir weh tust und mich zur Ehe zwingen willst. Deshalb sind sie gekommen, um mich aus deinen heimtückischen Fängen zu befreien.«

Ashton schüttelte den Kopf. »Das ist doch lächerlich.« Aber wenn ihre Brüder so über ihn dachten, war es kein Wunder, dass sie ihn töten wollten. Er würde dasselbe mit jedem Mann machen, von dem er dachte, dass er seiner Schwester weh tun würde.

»Ich weiß das.« Sie lehnte sich an ihn und umarmte ihn noch einmal, bevor sie sich bückte, um die Briefe aufzuheben. »Die solltest du nehmen. Sie sind verschlüsselt geschrieben, aber mein Vater hat mir die Chiffre geschickt, bevor er starb. Das Ding sollte in meinen Gemächern im Lennox House liegen.« Sie drückte ihm das Briefpaket in die freie Hand.

Ashton nahm die Papiere an, sein Lächeln verblasste. »Rosalind, wenn diese Briefe deinen Vater als Verräter an seinem Volk überführen und ich sie verwende, um Waverly zu überlisten, dann werdet ihr, deine Familie und auch du, gesellschaftliche Außenseiter sein. Ihr könntet sogar von der Krone angeklagt werden. Ich will nicht ...«

Sie schüttelte den Kopf und drückte seine Lippen mit

einer Fingerspitze zu. »Es ist wichtiger, einen Mann wie Waverly aufzuhalten. Meine Familie kann den Sturm überstehen. Jetzt hör auf, mit mir zu streiten.« Sie drehte sich um und ging zur Tür des Salons. Ihre Röcke wirbelten um ihre Knöchel, und sie sah ganz wie das feurige schottische Mädchen aus, als das er sie kannte.

Mein *schottisches Mädel*.

Als sie die Tür öffnete, schlug das Holz gegen etwas Hartes an. Jemand grunzte einen gälischen Fluch.

»Brodie!« Rosalind tadelte ihren Bruder, und Ashton hustete, um ein Lachen zu unterdrücken, als er sah, wie alle drei Brüder von Rosalind von der Tür wegkrochen.

Er konnte es ihnen nicht verübeln, sie belauscht zu haben. Er und seine Freunde hatten dasselbe einmal mit Godric und Emily gemacht.

Ashton folgte ihr hinaus in die Halle. Alle Schotten warteten, die Hände an den Waffen, wenn auch locker. Aber es herrschte immer noch eine unbestreitbare Spannung im Raum. Brock war der Erste, der sie bemerkte, und starrte Ashton an.

»Also, hast du ihn abgewiesen?«, fragte er.

»Solltest du es nicht schon wissen?«, entgegnete sie.

»Durch diese Eichentüren können wir nichts hören«, sagte Brodie. »Nur ein Haufen temperamentvolles Gemurmel.«

Rosalind warf Ashton einen Blick zu. »Dann sollte ich diejenige sein, die es euch sagt. Ich werde Lord Lennox heiraten.«

»Aber er ist ein verdammter Frauenschläger!«, rief Aiden und richtete seine Pistole auf Ashton. »Wir sollten ihn im See ertränken!«

»Hör auf«, schnappte Rosalind und trat vor ihn.

»Aus dem Weg, Frau«, sagte Aiden. »Er hat deinen Kopf mit Unsinn gefüllt.«

»Es wurden in der Tat Köpfe mit Unsinn gefüllt, aber

nicht meiner. Lord Lennox hat noch nie die Hand gegen eine Frau erhoben. Mein erster Mann hat mich vielleicht aus Mitleid aufgenommen, aber er hat mir Stärke beigebracht. Ich würde diese Kraft nicht wegwerfen, indem ich in die Arme eines Mannes renne, der nicht besser ist als unser Vater.«

Rosalinds Worte ließen das Trio innehalten, um nachzudenken, während sie einander ansahen, als würden sie fragen, was sie als nächstes tun sollten.

»Bist du sicher, Rosalind?«, fragte Brock. »Hat er dich nicht im Griff? Wenn er dich in irgendeiner Weise dazu zwingt, werden wir ihn aus diesem Haus zerren und in den See tauchen.«

Immer noch geschwächt von seinem Grippeanfall, wusste Ashton, dass er kämpfen konnte, aber er bezweifelte sehr, dass er gegen drei sehr wütende ältere Brüder oder auch nur gegen einen von ihnen bestehen könnte. Er verstand jetzt Godrics Zögern, wann immer er von diesen Männern sprach. Der Älteste, Brock, war so groß wie Ashton und mit Händen, die einen Baumstamm in zwei Hälften reißen konnten.

Rosalind lehnte sich gegen Ashton und legte ihren Arm in seinen. »Ja. Ich bin mir sicher! Zuvor war unser Arrangement Ehrensache, aber...« Ihre Wangen blühten auf. »Aber ich liebe ihn. So sehr, dass es mir Angst macht.«

Aiden starrte sie an. »Aber liebt er dich auch?« Ashton wusste, dass er nur eine einzige Gelegenheit bekommen würde, um Rosalinds Brüder von seinen Absichten zu überzeugen.

»Sie haben keinen Grund, mir zu glauben, wenn man bedenkt, was Waverly Ihnen gesagt hat, aber ich liebe Rosalind mit jedem Atemzug. Ich würde sie niemals zu etwas zwingen, was sie nicht tun wollte.« Er blickte ihr ins Gesicht, erstaunt über die Liebe in ihren Augen. »Sie ist *alles* für mich.«

Brodie steckte seine Pistole in seine Hose. »Das heißt, du wirst nach England zurückkehren, nicht wahr?«

»Ja, das werde ich. Aber sobald Ashton und ich dort einige Geschäfte erledigt haben, werden wir hierher zurückkehren, um euch zu besuchen, wenn ihr nichts dagegen habt.« Sie senkte ein wenig den Kopf, und das Lächeln um ihre Lippen verschwand.

Rosalinds Brüder sahen bei der Nachricht, dass ihre Schwester sie wieder verlassen würde, betroffen aus, aber Ashton hatte eine Idee.

Er räusperte sich. »Wir möchten, dass Sie an der Hochzeit teilnehmen. Wir werden den Termin für in einer Woche auf meinem Landsitz in Hampshire ansetzen. Mein Zuhause steht Ihnen offen, solange Sie dort bleiben möchten.«

Brodie und Aiden wollten protestieren, aber Brock hielt eine Hand hoch und brachte sie zum Schweigen.

»Wir kommen. Wir danken Ihnen für Ihre Gastfreundschaft! Wir würden gerne an der Hochzeit teilnehmen und sicherstellen, dass Sie unsere kleine Schwester glücklich machen.«

Die beiden jüngeren Brüder starrten Brock geschockt an.

Er erwiderte den Blick ebenso starr. »Mund halten. Wir kommen. Ende der Diskussion.« Seine beiden jüngeren Brüder strafften den Rücken und nickten, als ob sie dem stillen Befehl zustimmen würden, den er ihnen gerade gegeben hatte. »Und du kannst jederzeit gerne nach Hause kommen, Rosalind. Wenn du willst, darfst du sogar deinen Engländer mitbringen.« Brock grinste Ashton an, aber es war kein Gift darin.

»Danke, Brock«, sagte Rosalind. »Ich könnte mir nicht vorstellen, dass ihr alle nicht dabei seid. Nicht jetzt, wo wir wieder vereint sind.« Ashton konnte den kleinen Haken in ihrer Stimme nicht überhören. Sie fing sich und schniefte.

»Jetzt müssen Ashton und ich Pläne machen, zu seinem Anwesen und dann nach London zurückzukehren.«

Ashton nickte und umklammerte die Briefe, die Waverly verurteilen würden, und mit der anderen Hand hielt er Rosalind fest.

Die Gruppe der Wachen im Foyer schien gehen zu wollen, aber ein halb im Schatten verborgener Mann trat deutlicher ins Licht.

»Ich würde Ihnen gratulieren, Lady Melbourne, aber ich fürchte, ich habe meine Befehle. Wo sind die Briefe?« Der walisische Akzent des Mannes war ungewohnt und machte Ashton nervös.

Alle spannten sich an, und niemand sonst bewegte sich. Der Mann war dünn und muskulös, mit einem versteinerten Gesicht und dunklen Augen.

»Die Briefe. Geben Sie sie mir.« Die Stimme des Mannes war leidenschaftslos und erinnerte Ashton an einen anderen Mann, einen aus seinen Alpträumen.

Die Briefe lagen immer noch in seiner Hand, halb von seiner Hüfte verdeckt, aber er wusste, wenn er es wagte, sich zu bewegen, würde der Mann es spüren und sie sofort entdecken.

»Briefe? Ich weiß nicht, wovon Sie reden.« Rosalinds Stimme klang vollkommen unschuldig, aber sie trat einen Schritt näher an Ashton heran.

Der Mann hob seine Pistole, sein dunkles Haar drohte ihm in die Augen zu fallen. Gleichzeitig hoben die anderen Männer in der Halle ihre Waffen und richteten sie auf Rosalind, ihre Brüder und Ashton. Diesmal war Ashton an der Reihe, sich vor Rosalind zu stellen.

»Was zum Teufel geht hier vor?«, knurrte Aiden. »Sie arbeiten für *uns*. Wir haben Sie angeheuert, um uns und unsere Schwester zu beschützen.«

Der Anführer der Männer lächelte, aber es war grausam

amüsiert. »Und wir hätten Ihnen treu gedient. Aber anscheinend möchte sie nicht länger beschützt werden, und wir haben höhere Befehle. Nun, Lady Melbourne, bitte die Briefe.«

Ashton dachte über die Chancen nach, und sie standen nicht gut. Er war sich sicher, dass nicht wenige sterben würden, wenn er und Rosalinds Brüder sich zum Kampf entschließen würden. Das waren Chancen, die ihn nicht interessierten.

Er hielt das mit Bindfaden gebundene Päckchen hoch. »Ich habe die Briefe.«

Rosalind versteifte sich neben ihm, ihre Hand drückte seine.

Der Mann grinste. »Gut, übergeben Sie sie, Lord Lennox.«

»Und zulassen, dass Sie uns anschließend einen nach dem anderen erschießen? Ich bin kein Dummkopf.«

Das Lächeln des Mannes verwandelte sich in ein höhnisches Grinsen. »Was hält mich davon ab, euch alle zu erschießen und die Briefe dann eben so an mich zu nehmen?«

Ashton hob sein Kinn, seine Stimme nahm den gebieterischen Geschäftston an, für den er bekannt war. »Weil du ein kluger Mann bist. Hugo hätte eine solche Aufgabe keinem Narren anvertraut. Die Ermordung von Lord Kincade, seiner Schwester und seinen Brüdern in ihrer eigenen Halle sowie mir selbst wird einen solchen Aufschrei nach Gerechtigkeit hervorrufen, dass Hugo euch dem Gesetz überlässt und euch alle *hängen lässt*.« Er beendete dieses letzte Wort mit solcher Kraft, dass kein Mann im Raum einen Moment lang zu atmen wagte.

Hugos Mann dachte darüber nach, sein Blick wanderte von Rosalinds Brüdern zu Ashton und schließlich zu den Briefen. Er nickte.

»Was schlagen Sie also vor?«

Ashton brauchte viel Willenskraft, um nicht vor Erleichterung zusammenzusacken. Jedes Anzeichen von Schwäche könnte immer noch bedeuten, dass sie alle getötet werden würden.

»Ich gehe mit Ihnen nach draußen. Sobald ich dort angekommen bin und mir die Sicherheit der Dame und ihrer Brüder zugesichert ist, können Sie mir die Briefe abnehmen.«

»Ashton, nein!« Rosalind schrie auf, aber er hielt sie hinter sich. Er würde sein Bestes tun, um zwischen ihr und irgendwelchen Pistolen zu bleiben. Er drehte sich zu ihr um und wünschte sich, er könnte einen letzten Kuss stehlen, bevor er nach draußen zu einem unbekannten Schicksal ging.

»Bleib hier. Ich muss wissen, dass du in Sicherheit bist.«

»Wir stecken da zusammen drin, erinnerst du dich?« Ihr süßer Trotz erwärmte sein Herz.

»Ich erinnere mich. Aber du musst lernen, mir zu vertrauen. Jetzt ist ein solcher Zeitpunkt.« Er starrte sie bedeutungsvoll an.

Rosalind verengte ihre Augen, ein Hauch von Tränen glitzerte darin. »Sei vorsichtig. Wenn du verletzt wirst, werde ich dir den verdammten Hals umdrehen.«

Mein Gott, er liebte diese Frau.

»Verstanden, Madam«, neckte er sie, bevor er sich wieder Hugos Mann zuwandte und alle Fröhlichkeit aus ihm verschwand.

Der Mann deutete mit der Mündung seiner Pistole von Ashton auf die Tür. »Hier entlang.«

Die angeheuerten Männer bildeten einen Ring um Ashton, als sie zur Tür gingen. Als sie rückwärts ins Sonnenlicht traten, hob Ashton eine Hand gegen die grelle Sonne. Sie waren allein, abgesehen von einem Wagen mit Heu und zwei Ziegen, die sich an ihnen vorbeischlängelten und auf der Wiese grasten, die an die Straße grenzte. Ein angenehmer Tag ... und hier stand er einer bitteren Niederlage gegenüber. Er würde nicht nur die Briefe verlieren, sondern auch sein Leben stand auf dem Spiel.

Der Anführer deutete auf Ashton. »Gib mir die Briefe.«

Ashton starrte auf die Briefe, seufzte und reichte das Päckchen dann fluchend an den Mann weiter.

Ein Schrei aus dem Wagen ließ Ashton auffahren. Jonathan und Charles sprangen mit erhobenen Pistolen aus dem Wagen.

»Was habt ihr gemacht?«, sagte Ashton gerade laut genug, dass nur sie es hören konnten.

»Die Wachen sind alle verschwunden, als du hineingegangen bist. Wir benutzten den Wagen als Deckung, während wir überlegten, wie wir hineinkommen. Wir hatten vor, uns Zutritt zu verschaffen, aber dann schien es, als ob wir dir auf diese andere Weise nützlicher sein würden.«

Cedric, Lucien und Godric kamen in schnellem Tempo um die Burg herum und flankierten die Söldner von hinten. Die anderen Männer sahen sich um, ihre Finger zuckten an ihren Pistolen.

»Gib die Briefe zurück«, befahl Godric.

Hugos Mann schüttelte den Kopf. »Niemals.«

»Wir werden dich erschießen«, warnte Lucien.

»Und wir sind euch zahlenmäßig überlegen«, entgegnete der Mann.

Ashton sah die Entschlossenheit in den Augen des anderen Mannes. Er wusste, dass der Mann für diese verdammten Briefe sterben würde.

»Was auch immer er Ihnen zahlt, wir werden es verdreifachen«, sagte Ashton.

Der Mann lachte. »Gar nicht so einfach ...«

»Nennen Sie dann Ihren Preis«, bot Ashton an und hob eine Hand, als der Mann einen Schritt zurücktrat.

»Nicht alles dreht sich um den Preis, Mylord. Ich habe meine Befehle.«

Er feuerte seine Pistole ab.

Ashton taumelte zurück. Zuerst fühlte er nichts; dann sah er den roten Fleck an seiner linken Schulter, der schnell größer wurde. Der Schmerz setzte bald ein, als er seinen jetzt schlaffen Arm umklammerte.

Die Welt versank im Chaos. Pistolen wurden abgefeuert, Männer schrien und riefen zum Rückzug, aber seine oder ihre, das konnte er nicht sagen. Ashton konnte sich auf nichts davon konzentrieren, als er zu Boden sackte. Sein Kopf wurde nebelig, und die Qual in seinem Arm war eine Ablenkung, die er nicht ignorieren konnte.

»Ash!« Cedrics Stimme schnitt durch die Schlacht. Die meisten Pistolen lagen auf dem Boden, als die Männer einander jetzt mit Schwertern und Messern angriffen. Aber Ashtons Verstand bemühte sich immer noch, sich zu konzentrieren.

»Cedric?«, flüsterte er atemlos.

Muss wieder rein ... Er kämpfte sich wieder hoch, aber seine Beine knickten ein, bevor er wieder auf die Knie fiel. Die Straße stieg ihm entgegen, traf seine Knie und ließ ihn aufstöhnen. *Muss finden* ...

»Rosalind ...«, sagte er, als der Schmerz ihn übermannte und die Schwärze ihn ganz verschlang.

KAPITEL 27

Beim Klang von Pistolenschüssen zuckte Rosalind zusammen. Sie raffte ihre Röcke und rannte zur Tür, ihre Brüder auf ihren Fersen.

»Rosalind, bleib hinter uns!«, befahl Brock, aber sie hörte nicht zu. Wenn Hugos Männer da draußen schossen, sieben gegen einen ...

»Ashton!«, rief sie, als sie den eisernen Griff der Holztür ergriff, die nach draußen führte. Ihre Brüder hielten jetzt alle ihre schlanken, aber tödlichen Klingen in der einen und Pistolen in der anderen Hand.

Brodie half ihr, die Tür aufzureißen, und beim Anblick der grausigen Szenerie musste sie innehalten. Ashtons Freunde kämpften links und rechts gegen Männer. Das Klirren von Klingen und das Geräusch aufprallender Fäuste machte sie krank. Sie war eine starke Frau, aber niemand ging gut mit Blutvergießen um, wenn es um diejenigen ging, die wichtig geworden waren. Ihre Brüder tauchten in den Kampf ein und stießen uralte Schlachtrufe aus, die von den Burgmauern widerhallten. Brock packte einen Mann und schleuderte ihn hart auf den Graben zu, und der Kerl stieß einen entsetzten Schrei aus, als er mit einem mächtigen Platschen ins Wasser schlug.

»Ashton!«, rief sie und sah sich um. Da sah sie Cedric, der einen Mann am Boden hielt. Blondes Haar war alles, was sie deutlich erkennen konnte.

Nein ... Nein ... Nein ...

Als sie Cedric erreichte, presste er seine Hände auf Ashtons Schulter. Blut sickerte zwischen Cedrics Fingern hindurch, während der sich abmühte, Ashtons Schulter festzuhalten. Ashtons Augen waren weit geöffnet, aber ohne etwas zu sehen, und sein Gesicht war weiß wie Marmor. Der Kampf schien zu Ende zu sein, und die Männer sammelten sich und versicherten einander, dass sie davongekommen waren.

»Wir brauchen einen Arzt!« Cedric schnappte nach Luft, als er versuchte, Ashton hochzuheben.

»Arzt?« Brock kniete plötzlich neben ihr und Cedric. »Ich kann ihn holen. Hast du ein Pferd?«, fragte er Cedric.

Cedric nickte zu dem Waldstück ein Stück weiter die Straße hinunter. »Hinter dem Dickicht.«

Ohne ein weiteres Wort sprintete Brock auf die Bäume zu.

Eine beunruhigende Stille legte sich über die staubige Straße. Godric und Cedric fesselten zwei Verwundete. Godrics Bein war schwer verletzt, und er hinkte beim Gehen. Jonathan beugte sich über Lucien, der an der Burgmauer lehnte, ein Schwerthieb hatte einen Riss über seiner Brust hinterlassen, Blut tropfte über seinen Bauch.

»Wo ist der mit den Briefen hin?«, fragte Charles und sah sich um. Sein Atem ging schwer, während er seinen Arm umklammerte, und zwischen seinen Fingern sickerte Rot durch. »Er ist nicht hier.«

»Ich zähle zwei weitere als vermisst«, sagte Godric.

Rosalind und Cedric tauschten Blicke aus. Sie konnte den

Anblick von Ashtons Blut nicht aus ihrem Gedächtnis streichen.

Reite schnell, Brock, betete sie im Stillen. Jeder dieser Männer brauchte einen Arzt. Auch ihre Brüder waren an einigen Stellen zerkratzt und zerschnitten, der Kampf hatte keinen Mann unverletzt gelassen.

»Heben wir ihn hoch«, sagte Godric, als er und Jonathan Cedric und Rosalind dabei halfen, Ashton zurück ins Haus zu tragen. »Er braucht ein Bett.«

Aiden eilte ihnen voraus. »Hier entlang ist ein leeres Schlafzimmer.« Es war eines der vielen leeren Zimmer, die vor Jahren eingerichtet, aber unbenutzt gelassen worden waren. Aiden riss die weißen Laken herunter, und eine Staubwolke wirbelte auf und brachte alle zum Husten. Sie brachten Ashton zur Ruhe, und Rosalind wies ihren Bruder an, saubere Tücher und heißes Wasser zu holen.

»Wurde noch jemand getroffen?« Rosalind warf einen Blick auf die zerlumpte Gruppe von Männern, die bluteten und hinkten, als sie sich zu ihr ins Schlafzimmer gesellten.

»Nur ein paar Kratzer«, sagte Godric, aber Rosalind bemerkte, dass sein Teint aschfahl war. Schmerz zeichnete sein Gesicht, als er sein Gewicht von seinem verletzten Bein verlagerte. »Ashton war zum Glück der einzige, der sich eine Kugel eingefangen hat.« Die grünen Augen des Herzogs von Essex funkelten vor Wut.

»Wo ist Brodie?«, fragte sie. Sie versuchte, den Rest ihrer Verletzungen einzuschätzen. Ein Schnitt quer über Luciens Brust, Charles' durchbohrter Arm, Jonathans Stirn blutete ... Sie alle mussten versorgt werden.

Lucien räusperte sich. »Er sichert die beiden noch lebenden Männer. Ich fürchte, wir stehen vor einer kleinen Situation.«

»Was meinst du?« Sie blickte zu Ashton zurück und strich ihm die Haare aus den geschlossenen Augen. Er rührte sich nicht. Ihr Herz schlug, als würde jeder Pulsschlag sie eine Sekunde von Ashtons Leben kosten, und sie wünschte, sie könnte das Pendel der Zeit verlangsamen, damit sie ihn nicht verlor.

»Wir müssen mit dem örtlichen Magistrat über die beiden Toten sprechen«, erklärte Lucien.

»Nun, mein Bruder Brock ist der örtliche Magistrat.«

Jonathan atmete sichtlich erleichtert auf. »Nun, das ist ein kleines Wunder. Dies jemand anderem zu erklären, wäre schwierig gewesen.«

Dann kehrte Aidan mit einem Stapel weißer Tücher und einem Eimer heißen Wassers zurück.

»Bring das her.«

Sie tupfte das Tuch ins Wasser und drückte es Ashton auf die Schulter. Ashton stöhnte plötzlich leise. Das Blut auf seinem Hemd begann sich zu verdicken. Sie war noch nie ein zimperliches Geschöpf gewesen, aber das ... Sie schluckte eine Welle der Übelkeit herunter und übte mehr Druck auf die Wunde aus.

»Bleib bei mir«, sagte sie und umfasste Ashtons Wange.

Seine Lippen bewegten sich. »Rosalind...«

»Ich bin hier.« Ihre Stimme brach, als sie sprach. Charles beugte sich neben ihr über das Bett, nahm Ashtons Hand und hielt sie fest. Rosalind erstarrte, als sie den gequälten Ausdruck in seinen Augen sah. Wenn sie jemals an der Liebe zwischen Ashton und seinen Freunden gezweifelt hatte, waren die Zweifel jetzt längst ausgeräumt. Sie bedeckte Charles' Hand, die wiederum Ashtons hielt.

»Er ist zu stur«, murmelte Cedric. »Ash wurde schon einmal angeschossen. Das ist ihm nicht neu.« Cedric sah sich im Raum um, als suchte er nach Zustimmung der anderen.

»Das bedeutet trotzdem nicht, dass er es sich zur Gewohnheit machen sollte«, sagte Rosalind, frustriert darüber, dass sie nicht in der Lage war, mehr zu tun.

»Komm schon, alter Junge«, sagte Lucien. »Du kannst das durchziehen.« Er und die anderen bildeten eine stille Mahnwache um Ashton. Godric warf Rosalind einen mitfühlenden Blick zu, als wüsste er, wie es war, am Bett von jemandem zu sitzen, den man liebte, und fürchten musste, derjenige würde niemals aufwachen.

Ich glaube, ich gehöre jetzt zu ihnen.

Charles legte seine andere Hand auf ihre und drückte sie sanft, während sie sich an Ashton klammerten. Sie betete im Stillen, während sie Ashtons blasses Gesicht anstarrte. Wenn Brock sich nur mit dem Arzt beeilen würde ...

❦

ASHTON KONNTE NICHT SEHEN, KONNTE NICHT ATMEN. Sein Körper brannte.

Blitze ... Teile seines Lebens wurden von einem schwachen Windstoß in seine Gedanken hereingetragen und hinausgefegt, und seine Seele driftete Stück für Stück davon.

Seine Augen flogen auf, und er schnappte nach Luft. Jeder Muskel, jeder Knochen fühlte sich leicht an, fast schwerelos. Er lag auf einem Sofa, Licht strömte durch die Erkerfenster eines Raumes, den er erkannte. Er war in einem der alten Salons in seinem Haus auf dem Land.

Aber die Dinge waren *anders*. Die Teppiche waren alt, verblasst, die Muster mehr als zwanzig Jahre alt und die Vorhänge, die Sonnenlicht hereinließen, waren aus der Mode.

Ich habe diese Vorhänge vor zehn Jahren ersetzen lassen ...

Ashton schüttelte den Kopf und versuchte, seinen verwirrten, verworrenen Gedankenstrom zu verdrängen. Wo war er bloß? Zuhause ... aber es war das Zuhause, das er als Kind gehabt hatte.

Die Tür zum Salon öffnete sich plötzlich, und er sah sich selbst hineingehen - eine jüngere Version von sich selbst. Das war er selbst als Junge von sieben Jahren, und er war nicht allein. Hinter ihm kam sein Vater, ein breites Grinsen auf den Lippen, als er sich einem der Kirschholztische neben dem Kamin näherte, wo die schimmernden Figuren eines Schachspiels darauf warteten, gespielt zu werden.

»Wenn du gewinnst, Ashton, werden wir das Frühstück zu deiner Mutter bringen. Und wenn ich gewinne, werden wir angeln gehen, nur wir beide, *nachdem* wir deiner Mutter ihr Frühstück gebracht haben.« Malcolm zwinkerte dem kleinen Jungen zu.

Ashton starrte fasziniert auf die Szene, sein Herz schmerzte. *Ich erinnere mich an diesen Tag ...*

Es war einer von tausend solchen Tagen, die er als Kind gehabt hatte, voller Wärme, Sonnenlicht und Liebe. Einer, der voller endloser Möglichkeiten und ohne Dringlichkeit war. Die Art von Tag, die ein glückliches Kind in einem liebevollen Haus haben würde.

Wie hatte er das vergessen? So viele Jahre, seit sein Vater gestorben war, hatte er sich nur an den Mann erinnert, der ständig zuviel getrunken und Spielhöllen besucht hatte, um ihr Vermögen zu verschwenden. Aber er war nicht immer so gewesen. Er war einmal nett gewesen. Liebevoll und verspielt. Ein Mann, der stundenlang mit seinen Söhnen gefischt und seiner Tochter das Reiten beigebracht hatte. Ein Mann, der liebte und geliebt wurde.

Ashtons Augen brannten, und er blinzelte schnell.

»Vater.« Er sprach das Wort, aber weder der Mann noch der Junge schauten in seine Richtung. Sie waren nur auf ihr Schachspiel bedacht. Der Junge krähte voller Triumph, als er den ersten Bauern von seinem Vater forderte.

»Du warst in diesem Spiel immer talentiert.« Eine tiefe Stimme kicherte hinter Ashton, und er zuckte zusammen.

Sein Vater, der aussah wie der Mann, den er vor so langer

Zeit hatte sterben sehen, stand hinter ihm. Aber der spukhafte Blick, den er erwartet hatte, war nicht da. Nur Frieden.

Verwirrt blickte Ashton zwischen dieser Vision seines Vaters und dem Mann, der immer noch mit seinem jüngeren Ich Schach spielte, hin und her.

»Vater?«, flüsterte er. Wie kam es, dass er sich wieder wie dieser siebenjährige Junge fühlen konnte?

Malcolm stellte sich hinter ihn und sah ebenfalls zu, wie ihr jüngeres Selbst Schach spielte. Die Quadrate auf dem Brett waren mit Lack überzogen und glänzten im Sonnenlicht.

»Vater, wie... wo...?« Ihm fehlten die Worte, und er blinzelte ein stechendes Gefühl in seinen Augen zurück.

»Es ist ein Ort dazwischen.« Sein Vater beobachtete, wie der junge Ashton eine weitere Schachfigur schlug und den jüngeren Malcolm ihm gegenüber angrinste.

Ashton sah sich um. Das Sonnenlicht erwärmte seine Haut, und der Geruch der Frühlingsrosen seiner Mutter parfümierte die Luft, ihre weißen Blütenblätter schwankten vor den Fenstern. Morgentau klammerte sich an die Blätter, aber es gab kein Vogelgezwitscher oder Brise aus den offenen Fenstern.

»Zwischen was?«

Malcolms Augen waren eine Mischung aus Frieden und Melancholie.

»Zwischen deinem letzten Atemzug und deinem ersten.«

Ashton versuchte zu verstehen, was sein Vater sagte. Splitter von Erinnerungen bildeten sich in seinem Kopf ... Rosalind, die ihm sagte, dass sie ihn liebte, Briefe, die an seine Brust gedrückt werden, das Knallen eines Pistolenschusses, blendender Schmerz. Ashton umklammerte seine Schulter, aber es war ein Phantomschmerz. Auf diesem Hemd war kein Blut.

»Auf mich wurde geschossen.« Er strengte sich an, sich an

diese Erinnerungen zu klammern, aber sie begannen zu verblassen, wie Nebel im Morgengrauen. Alles geriet in Vergessenheit, außer Rosalinds Gesicht.

Sein Vater nickte zu den Abbildern von ihnen selbst in weiter Ferne, zwei Menschen, die immer noch Figuren auf dem Brett herumschoben. »Erinnerst du dich an dieses Spiel?«

Ashton ließ seinen Arm los, als der Phantomschmerz nachließ.

»Ja, das tu ich.« Er konnte sich daran erinnern, wie kühl die Marmorfiguren an seinen Fingerspitzen gewesen waren und daran, dass der Duft des Pfeifenrauchs seines Vaters wie das Parfüm eines Liebhabers in der Luft gelegen hatte. Ein Duft, von dem er merkte, dass er ihn immer noch vermisste. Seltsamerweise hatte er jahrelang nicht an diese Erinnerungen gedacht. Er war immer so auf die Zukunft fokussiert – und hatte solche Angst, zurückzublicken.

»Als ich dir das Spielen beigebracht habe, ging es nicht um Sieg oder Niederlage. Es ging darum, wie ein Mann das Spiel spielt. Die Entscheidungen, die wir auf dieser Erde treffen. Nicht jede Entscheidung muss analysiert und durchdacht werden, aber sie sollte sich immer *richtig anfühlen.*«

Malcolm legte eine Hand auf Ashtons Schulter, und er fühlte sich allzu jung, wie der Junge, der er vor all den Jahren gewesen war, derjenige, der nach dem Abendessen auf den Schoß seines Vaters gekrochen war, um die Karten der Welt zu studieren oder über das Segeln in ferne Länder zu sprechen. Deshalb liebte er seine Reedereien - sie waren das letzte Stück dieser Vergangenheit, das er noch in sein Leben ließ.

Das Lächeln seines Vaters schimmerte durch Linien der Trauer. »Ich habe dich im Stich gelassen, mein Junge.«

»Das hast du nicht«, protestierte Ashton, aber sein Vater schüttelte den Kopf.

»Doch das habe ich. Aber das ist nicht die Last, die du tragen musst. Du musst damit aufhören, das Gewicht meiner

Sünden auf deinen Schultern zu tragen. Du hast noch so viel zu tun.« Er zeigte auf das Schachbrett. Das Zimmer war jetzt leer, da waren nur noch er selbst und sein Vater. Keine Geister der Vergangenheit mehr, die sie mit Erinnerungen an glücklichere Tage verfolgen.

Also konzentrierte Ashton sich auf das Schachspiel und beobachtete, wie die Figuren begannen, sich von selbst zu bewegen; Bauern jagten seine Springer, und die Läufer rutschten über das Brett. »Was muss ich tun?«

»Genauso wie im Spiel. Du musst deine Dame beschützen, sonst ist der König verloren.« Die Stimme seines Vaters klang distanziert, und als Ashton sich zu ihm umdrehte, war er weg.

Ashton erstickte Worte, die er ungesagt gelassen hatte, weil er wusste, dass es keine Rolle mehr spielte. Sein Vater war nicht mehr hier.

Die Sünden meines Vaters sind nicht meine eigenen. Er beobachtete, wie sich die Schlacht auf dem Schachbrett entfaltete, bis ein Ring aus weißen Figuren seine Dame schützte.

Rosalind.

⁂

ROSALIND ROLLTE SICH AUF IHRER SEITE DES BETTES NEBEN Ashton zusammen. Es war zwei lange Tage her, seit der Arzt die Kugel herausgeholt, die Wunde genäht und für die richtige Bandagierung von Ashtons Schulter gesorgt hatte.

Als sie gefragt hatte, wie schnell Ashton heilen würde, hatte er geantwortet: »Der Rest liegt bei Gott.« Die Abschiedsworte des Arztes hatten sie krank gemacht, und sie hatte sich hohl gefühlt. Sie hatte sich nicht von Ashtons Seite bewegt, außer um sich um ihre persönlichen Bedürfnisse zu kümmern.

»Ashton, komm zurück zu mir«, flehte sie zum hundertsten Mal. Ihre Finger umklammerten seine. Sie wartete auf einen Druck, ein Zucken, *irgendein* Zeichen, dass er noch da war und sie ihn nicht verloren hatte.

Sie wischte sich die Tränen weg, die sich immer wieder in ihren Augen sammelten. Sie konnte ihn nicht verlieren, nicht jetzt, wo ihr Herz ihn endlich als den ihren akzeptiert hatte.

»Bitte ...« Sie würde in diesem Moment alles dafür geben, dass er aufwachte und zu ihr zurückkehrte. »Ich werde dich nie wieder verlassen.«

»Ich ... wierde dich daran ... erinnern ...« Ashtons Stimme war rau, kaum über ein Flüstern hinaus.

»Ashton!« Sie fühlte, wie seine Hand ihre ergriff und schwach drückte. Sie fing an zu weinen, als sie seine Hand an ihre Wange hob und in sein Gesicht starrte. Seine dunkelgoldenen Wimpern flatterten, und sie erhaschte einen Blick auf die blauen Tiefen, die sie zu lieben gelernt hatte.

»Na nun aber.« Er nahm seine Hand aus ihrem Griff, um Tränen von ihren Wangen wegzuwischen. Ein schwerer Seufzer entwich ihm, und sein Blick bewegte sich durch den Raum. »Was ist passiert, nachdem ...?« Er beendete den Satz nicht.

»Meine Brüder und deine Freunde haben die angeheuerten Männer bekämpft. Einige starben, andere flohen. Zwei wurden gefasst und werden bestraft.« Über all das wollte sie nicht reden. Nun, da er lebendig und wach war, spielte das alles keine Rolle.

Sie wollte nur, dass er gesund wurde, damit er sie aufziehen könnte, damit sie ihn verrückt machen konnte, damit sie zusammen ins Bett stürzen konnten. Es gab tausend Dinge, die sie mit ihm machen wollte, und keines davon beinhaltete, darüber nachzudenken, wie sie ihn fast verloren hatte.

»Ashton.« Sie rückte etwas näher.

Sein Blick legte sich auf ihr Gesicht, und er lächelte. »Was ist denn? Du hast doch sicher nicht gedacht, dass ich dich verlassen würde? Du hast immer noch ein Versprechen zu halten.«

Er versuchte, sie zu necken, aber sie konnte darüber keine Witze machen. Nicht, nachdem sie ihn fast verloren hätte.

»Ashton, bitte.« Verdammt, sie würde wie eine Närrin herumflennen. »Ich muss mich entschuldigen. Ich hätte dich nie verlassen sollen.«

Ashton schüttelte den Kopf. »*Nein*. Wären unsere Rollen vertauscht gewesen, hätte ich das Gleiche getan. Du hast dich betrogen gefühlt, und ich habe dir keinen Grund gegeben, zu glauben, dass ich nicht die Wahrheit sage.« Er hielt inne und schnappte nach Luft. »Der Mann, von dem du geglaubt hast, dass er zu diesen Dingen fähig ist, ist der Mann, der ich früher war. Der Mann, der alles und jeden benutzte, um seine Ziele zu erreichen. Aber von dem Moment an, als ich dich traf, wollte ich deiner würdig sein. Ich will nicht länger dieser herzlose Mann sein.« Er legte seine Handfläche an ihre Wange, während Rosalind sanft sein Handgelenk ergriff und ihn in einem verzweifelten Bedürfnis streichelte, ihn zu trösten.

»Unsinn. Du bist der freundlichste Mann, den ich je gekannt habe«, betonte sie.

»Das bin ich nicht. Aber wenn du mich lässt, werde ich mich bemühen, dieses Lobes für jeden Tag unseres restlichen gemeinsamen Lebens würdig zu sein. Du bist *alles* für mich, Rosalind.« Das einfache Wort schickte wilde Schauer der Freude und Angst durch sie hindurch.

»Ich war noch nie alles für jemanden.« Sie war eine Last gewesen, eine Kreatur, die herumgetreten und weggestoßen werden musste, eine Sache, die bemitleidet werden musste. Henry hatte sich auf eine Weise um sie gekümmert, die sie nie für möglich gehalten hatte, aber sie war nicht seine Welt gewesen. Sie war nie jemandes *alles* gewesen.

»Du gehörst mir. Ich werde dir zeigen, was das bedeutet,

bis zu meinem letzten Atemzug.« Da war eine tiefe Feierlichkeit, die nur durch die Liebe in seinen Augen aufgehellt wurde, als er ihren Blick gefangen hielt.

Sie schniefte und nickte. »Also wirst du dich nicht einfach davonmachen? Die Hochzeit sausen lassen?« Sie hatte solche Angst gehabt, dass er aus seiner Bewusstlosigkeit aufwachen würde, nur um zu erkennen, dass sie nichts davon wert gewesen war, schon gar nicht die Tatsache, dass er ihretwegen fast gestorben war.

Seine Augen funkelten. »Ich ging allein in ein Schloss mit diesen brutalen Kerlen, die du deine Brüder nennst, um dich zurückzugewinnen. Was glaubst du denn?«

Ein Lachen entwich ihr. »Ich nehme an, du hast recht. Du hast dich einer ziemlich geringen Wahrscheinlichkeit gestellt, das hier überleben zu können.« Sie wusste, dass er nie Risiken einging, es sei denn, er war sich eines Sieges absolut sicher. Aber es hatte keine Garantie gegeben, dass sie mit ihm nach London zurückkehren oder dass ihre Brüder überhaupt zulassen würden, dass er sie mitnahm und dabei noch all seine Zähne behalten hatte.

Die Schlafzimmertür öffnete sich, und Cedric erschien. »Ich hörte Stimmen ... Oh, Gott sei Dank.« Er grinste, als er sie sah. Dann drehte er seinen Kopf zurück in den Korridor. »Wacht auf, ihr Trottel, Ash ist zu sich gekommen.«

Rosalind hob ihre Augenbrauen, als Cedric den Raum betrat. Der Viscount zuckte mit den Schultern. »Wir hatten uns alle in der Halle verstreut.«

»Aber wir haben viele gute Betten ...«

Der Rest der Liga drängte sich hinter Cedric herein, ihre feinen Kleider zerknittert und die Haare zerzaust, jeder von ihnen trug Bandagen. Sie hatten, wie sie, die letzten zwei Tage nicht viel geschlafen, und das zeigte sich in ihren Gesichtern.

»Wir wollten in Rufdistanz sein, falls Sie etwas brauchen«, erklärte Cedric.

Charles trennte sich von der Gruppe aus und kam zu Ashtons Bett. »Schön, dass du wach bist.« Er schaute lächelnd zwischen Rosalind und Ashton hin und her. Es hatte den Anschein, als ob er sie nicht mehr als seine Feindin betrachtete. Das schüchterne, aber einladende Lächeln beruhigte sie diesbezüglich.

»Wie geht es deiner Schulter?«, erkundigte sich Lucien, als er und die anderen Halunken sich um das Bett versammelten.

»Als würde der Teufel selbst ein Loch durch meinen Körper brennen«, sagte Ashton.

»Ich werde den Arzt herbeirufen. Er schläft oben.« Godric ging, sein Hinken sehr deutlich.

»Wo sind meine Brüder?«, fragte Rosalind und erkannte, dass sie sie seit mindestens einem Tag nicht mehr gesehen hatte.

»Lord Kincade hat die Untersuchung bezüglich des Todes der Männer durchgeführt, und er hat sich auch um die Befragung der anderen Männer gekümmert«, sagte Lucien. »Er riet uns, nicht weiter zu fragen, und ich bin mehr als glücklich, dem nachzukommen. Was in Schottland geschieht, sollte hier bleiben. Ich habe kein Interesse daran, dass dieses Problem uns zurück nach London folgt.«

»Was ist mit Brodie und Aiden?«, fragte sie. »Haben sie diejenigen gefunden, die entkommen sind?«

Die anderen tauschten Blicke aus, bevor Lucien weitersprach. »Deine Brüder sind vor zwei Stunden zurückgekommen, die Pferde erschöpft.«

Ein Flackern des Unbehagens kam bei Luciens vorsichtiger Ablenkung in ihr auf. »Geht es ihnen gut?«

Lucien nickte. »Ja, aber sie waren nicht erfolgreich. Die drei Männer entzogen sich ihnen. Die Spur wurde nach ein paar Meilen kalt. Sie haben sich vielleicht getrennt.«

Ashton seufzte müde. »Dann haben wir versagt.«

Rosalind hielt den Atem an und fragte sich, wann der richtige Zeitpunkt wäre, dies zur Sprache zu bringen. Es schien, als würde es keinen besseren Zeitpunkt geben als jetzt. Sie griff in die Geheimtasche in ihrem Rock und zog einen einzigen Brief heraus.

»Hier ...« Sie hielt ihn Ashton hin, und er nahm den Brief entgegen. Dann hob er seinen fassungslosen Blick zu ihr.

»Ist das das, was ich glaube?«, fragte er.

»Ja.« Sie errötete. »Ich habe einen behalten, bevor ich dir das Paket übergeben habe. Wenn wir zu Lennox House zurückkehren, können wir herausfinden, wie wir es mit der Chiffre entschlüsseln können.«

»Gütiger Gott.« Lucien pfiff leise. Die anderen hatten alle etwas über die Briefe erfahren und wussten inzwischen, worum es dabei ging. Sogar ein einziger davon könnte die Macht haben, Hugos Geschäfte aufzudecken. Aber es würde auch den Namen ihrer Familie schwärzen und ihn möglicherweise für immer ruinieren.

Ashton umklammerte den Brief, machte aber keine Anstalten, ihn zu öffnen. »Danke, Rosalind«, sagte er.

Sie nickte nur und begrub ihre Ängste. Sie wusste, was jetzt auf dem Spiel stand. Das Gewicht von Hugos Sünden überwog bei weitem den Namen ihrer Familie. Wenn sie Ashtons Frau sein wollte, musste sie bereit sein, ihm dabei zu helfen, ihre Familien und einander vor Waverly zu schützen. Sie könnten vielleicht mit der Zeit ihren Namen reparieren, wenn sie ein helles Licht darauf werfen würden, wo die Schuld wirklich lag.

Aber was würde das mit England und Schottland machen?, fragte sie sich.

»Wir lassen dich ruhen, Ash«, sagte Cedric. Die Männer verließen das Schlafzimmer, aber Ashton ergriff Rosalinds Hand, als sie zu ihrem Platz zurückkehrte.

»Komm und ruhe dich neben mir aus«, sagte er. »Ich fühle mich besser, wenn du in der Nähe bist.«

Sie lächelte. Ihr ging es genauso. Sie brauchte ihn so sehr, wie er sie brauchte.

Sie rollte sich wieder neben ihm auf dem Bett zusammen und achtete darauf, nicht in der Nähe seiner verwundeten Schulter zu liegen. Ihre Hände blieben miteinander verbunden, und sie schlief zum ersten Mal seit zwei Tagen wirklich tief, wissend, dass es Ashton gut gehen würde.

KAPITEL 28

Hugo stand vor dem großen Kamin im Arbeitszimmer in seinem Stadthaus in der South Audley Street. Wartend. Sein Blut brauste in seinen Ohren, und sein Kopf fühlte sich leicht an.

Er hatte sich selbst versprochen, dass es bald vorbei sein würde. Die Beweise seiner törichten Anfänge, Beweise, die dem Land schaden, geschweige denn sein eigenes Leben bedrohen könnten, wären wieder in seinen Händen und könnten sicher zerstört werden. Die Liga der Schurken würde niemals erfahren, wie tief seine Interessen gingen, und könnte sein sorgfältig konstruiertes Netz aus Lügen und Geheimnissen nicht entwirren.

Die Tür des Arbeitszimmers öffnete sich, und sein Butler nickte ihm zu.

»Sir Hugo, Mr. Sheffield ist da.«

»Lassen Sie ihn eintreten. Ist meine Frau noch zu Hause?«

»Ja, Sir Hugo. Sie bereitete sich darauf vor, heute Abend auszugehen. Soll ich ihr sagen, dass Sie mit ihr zu sprechen wünschen?«

»Nein. Schicken Sie Sheffield rein.«

»Jawohl, Sir.«

Hugo drehte sich zurück zum Kamin und wandte sich erst wieder um, als Daniel eingetreten war. Dessen Mantel war mit Staub von der Straße bedeckt, aber sein Gesicht war hell vor Triumph.

»Hast du sie?«, fragte Hugo, sein Herz hämmerte.

Daniel schob eine Hand unter die Falten seines Mantels und zog ein Päckchen Briefe heraus. Er übergab sie Hugo. Das Pergament war mit zunehmendem Alter gelb geworden und die Tinte war etwas verblasst, aber die Worte waren lesbar ... Worte, die ihn als den englischen Spion entlarvten, der die Niederschlagung einer schottischen Separatistenrebellion durch die Ermordung ihrer monarchistischen Führer orchestriert hatte.

»Irgendwelche Probleme?«, fragte Hugo, während er mit den Fingern an den Rändern der Briefe entlangstrich.

Daniel zögerte, bevor er antwortete. »Es gab einige Verluste an Leben, als ich die Briefe in meinen Besitz brachte, und zwei Männer wurden gefangen genommen.«

»Müssen wir uns Sorgen machen?«

Daniel schüttelte den Kopf. »Nur angeheuerte Einheimische. Sie wissen nichts.«

»Gut.« Hugo lächelte kühl. Die Liga würde nie vom Inhalt dieser Briefe erfahren. Er erwischte Daniel dabei, wie er die Briefe betrachtete.

»Brauchen Sie mich heute Abend noch?«, fragte Daniel.

Hugo machte sich nicht die Mühe, ihn anzusehen. »Nein. Du darfst gehen. Morgen haben wir neue Pläne zu schmieden.«

»Sir?« Daniel wartete und klopfte mit seinen Reithandschuhen vorsichtig gegen seinen Oberschenkel, der einzige Hinweis auf seine Ungeduld.

»Avery Russell hat Sheridans jüngste Schwester in seiner Arbeit hier in London benutzt. Ich denke, es ist an der Zeit, dass wir das eskalieren. Was würdest du davon halten, Miss Sheridan zu verführen und sie in eine Mission nach Frankreich einzubeziehen? Ich würde es sehr begrüßen, wenn sie dort verschwinden würde. Es würde wachsame Augen von unserer wahren Mission ablenken. Du weißt, welche ich meine.«

»Ja, aber ...« Daniels Gesicht rötete sich.

Hugo lachte. »Du bist ein genialer Spion, Daniel – sag mir nicht, dass dich ein wenig Verführung abschreckt.«

»Das ist es nicht. Ich bin in einer Beziehung, und ...«

»Sei nicht naiv. Deine Loyalität gilt der Krone. Und in diesem Raum vertrete ich die Krone und ihre Interessen. Wir werden später mehr reden. Du darfst gehen.«

Daniel verbeugte sich knapp und verließ den Raum. Hugos Schultern sackten herunter, während er den Stapel Briefe in seinen Händen hielt und sie betrachtete.

Sein Instinkt war es, sie zu verbrennen, aber etwas gab ihm zu denken. Nach einem Moment des Zögerns zählte er sie, entfaltete jeden einzelnen und überprüfte die Daten. Ein Brief gegen Ende fehlte.

Er zerknirschte die alten Pergamentblätter in seiner Hand. Die Briefe waren in Lennox' Besitz gewesen. Wenn es einen Mann in der Liga gab, der Hugo zu denken gab, dann war er es.

Er war der einzige würdige Widersacher, der so gut wie Hugo eine Partie Schach mit lebenden Bauern spielte, und nun hatte Lennox bewiesen, wer sich durchsetzen würde.

Er muss einen behalten haben, bevor er sie meinem Agenten übergab. Es war die einzig logische Erklärung. Der verstorbene Lord Kincade hätte keinen einzigen der Briefe zurückgehalten. Er war zu methodisch gewesen, um einen solchen Fehler zu machen.

Ein Gefühl des Untergangs schloss sich um ihn herum und erstickte ihn wie der Fluss, in dem er versucht hatte, Charles aus der Welt zu löschen. Die Liga hatte es geschafft, ihn auszumanövrieren.

Aber die Hoffnung blieb, so gering sie auch sein mochte. Sie mussten noch lernen, wie man die Nachricht entschlüsselte, und keiner seiner Agenten hatte die Chiffre gefunden, die an Rosalind geschickt worden war. Vielleicht war das Ding ja verloren gegangen? Und wenn die Liga in Hörweite seiner Männer darüber diskutiert hatte, was sie gefunden hatten ... Nun, zumindest dann würde er wissen, was sie wussten, und er könnte eine Verteidigung entsprechend vorbereiten. Es war möglich, dass die Fragmente, die sie besaßen, nichts zu Verdammendes enthielten. Und mit etwas Glück könnten seine Männer alles das noch einmal zurückstehlen.

Eine scharfe Kälte grub sich in seinen Rücken. Er hatte Hoffnung, aber keine Illusionen. Die Beweise, die sie hatten, könnten die Welt zerstören, die er sich in den letzten Jahren aufgebaut hatte.

Er lehnte sich näher an das Feuer und ließ das Paket auf die Scheite fallen. Er beobachtete, wie die Flammen die Briefe verbrannten.

Und doch war er nicht sicher. Es war nur eine Frage der Zeit, bis eine Abrechnung kam.

ES REGNETE AN SEINEM HOCHZEITSTAG. ASHTON STAND vor dem Altar in der kleinen Kapelle mit dem Fußboden aus Kopfsteinpflaster, nur zwei Meilen vom Haus seiner Familie entfernt, und lauschte dem Regen, der gegen die Fenster flüsterte, und dem Summen auf dem gewölbten Dach darüber.

»Selbst du kannst das Wetter nicht kontrollieren, alter Junge«, neckte Charles, der neben Ashton stand.

Ein reumütiges Lächeln trat auf seine Lippen. »In der Tat,

ich kann es nicht.« *Verdammt sei der Regen. Ich werde Rosalind heute heiraten, egal was passiert.*

Er wartete, verzweifelt nach einer Möglichkeit suchend, sich von seiner eigenen Nervosität abzulenken. Was wäre, wenn sie nicht auftauchte? Nein, das würde sie. Sie hatte es ihm versprochen, und dieses Versprechen hatte ein größeres Gewicht als die sicherste Bank Englands.

Vor sich sah er Godric, Cedric und Lucien alle anwesend mit ihren Frauen, amüsiertes Grinsen blitzte ihm entgegen.

»Sie wird kommen.« Godric formte die Worte mit den Lippen.

Ashton antwortete seinem Freund mit einem winzigen Nicken.

»Ash, ich muss dir etwas sagen«, flüsterte Charles ihm ins Ohr.

Ashton starrte seinen Freund an. »Jetzt? Es sollte besser etwas sein, das mich in gute Laune versetzt.«

»Oh, das ist es«, versicherte Charles ihm. »Damals in deinem Haus, als du krank warst, versuchte ich, Rosalind von dir wegzulocken, indem ich anbot, ihre Schulden zu kaufen.«

»Du hast *was* getan?« Er zwang sich, Charles nicht noch einmal anzusehen. Wenn er es täte, würde er den Mann niederschlagen.

»Beruhige dich. Sie lehnte das Angebot ab. Sehr entschlossen. Das ist eine Frau, die es wert ist, geheiratet zu werden. Eine Frau, für die es sich lohnt, das Leben eines Mannes auf sie zu verwetten.« Still senkte sich über die Kirche, als alle draußen das Geräusch einer Kutsche hörten.

Ashton war schockiert. Rosalind hatte die Gelegenheit nicht genutzt, um ihrem Heiratsgeschäft zu entkommen? Er wusste jetzt, dass sie ihn liebte, aber vorher? Sie hatte ihr Versprechen schon damals gehalten. Und sie würde es jetzt genauso tun.

Die Türen zur Kirche öffneten sich, und zwei Gestalten

traten ein, beleuchtet von einem blassen Licht von hinten. Eine Regenwolke folgte ihnen, aber der größere der beiden senkte einen Regenschirm, den er gehalten hatte, um die kleinere Frau neben ihm zu enthüllen. Brock und Rosalind waren angekommen.

Dreimal hatte Ashton so an einem Altar gestanden und seinen Freunden beim Heiraten zugesehen. Er konnte kaum glauben, dass er nun an der Reihe war.

Ich bin ein Narr, aber ein glücklicher Narr. Ashton konnte seine Freude beim Anblick von Rosalind nicht zurückhalten, ihre Wangen gerötet. Sogar auf der anderen Seite des Raumes konnte er das Glitzern eines Lachens in ihren Augen sehen, als sie sah, wie er auf sie wartete. Vielleicht hatte sie den gleichen Moment des Zweifels daran gehabt, ob er überhaupt erscheinen würde, und den gleichen Moment der Erleichterung, als sie ihn endlich sah.

Das weiße Kleid auf Rosalinds Körper war exquisit. In das Mieder war ein kompliziertes Perlenmuster eingenäht, und der Saum des Kleides war mit gestickten Schneeglöckchen überzogen. Die Seide des Kleides schimmerte, als sie den Gang herunterkam.

Eine wahre Vision von Schönheit. Ein Traum, der wahr geworden war. Ashtons Kehle verengte sich, als er um das bisschen Selbstbeherrschung kämpfte, die er noch hatte. Er machte sich nun Sorgen, dass er nicht mehr sprechen könnte, wenn sie ihn erreichte, und das würde den Geistlichen, der neben ihm stand, in der Tat sehr verärgern.

Als sie ihn schließlich erreichten, küsste Brock Rosalinds Wange und nickte Ashton dann in stiller Zustimmung zu, bevor er zurücktrat.

Rosalinds Mund deutete ein Lächeln an, als sie sah, wie er sie beobachtete.

»Du hast es regnen lassen?«, neckte sie ihn in einem Flüstern, das nur er hören konnte.

Seine Lippen zuckten, als er versuchte, sein eigenes Lächeln zu verbergen.

»Ich bin nicht perfekt, fürchte ich. Aber seit wann ist Regen eine schlechte Sache?«

Sie kicherte und erntete einen missbilligenden Blick von dem Mann in den Roben, der vor ihnen stand.

Ashton hörte kein einziges Wort von dem Priester. Zweifellos würde ihn jemand anstoßen müssen, wenn es an der Zeit wäre, seine Gelübde abzulegen. Alles, was jetzt zählte, war, dass er hier mit der Frau war, die er mehr liebte als sein eigenes Leben.

Meine kluge Geliebte, meine absolut würdige Rivalin.

Er brauchte eine Frau nicht zu besitzen, um sich mit ihr verbunden zu fühlen. Rosalind gehörte ihm auf eine Weise, die über den Besitz hinausging. Sie waren durch unsichtbare Stränge der Liebe, der Zuneigung und des Vertrauens miteinander verbunden. Sie war die einzige Frau gewesen, die jemals seine Stärke auf die Probe gestellt und ihn dadurch nur noch stärker gemacht hatte. Und das war auch gut so. Er hatte sich so lange danach gesehnt und doch nicht zu hoffen gewagt, dass er es jemals haben könnte.

Ich gehöre zu ihr. Zum ersten Mal in seinem Leben lächelte er, weil ihn jemand besiegt hatte ... auf die wunderbarste Art und Weise, die Menschen möglich war.

***

»GEMAHL ...« ROSALIND SCHMECKTE DAS WORT AUF IHREN Lippen, während sie beobachtete, wie Ashton an seiner Krawatte zupfte. Er machte eine schneidige Figur in seiner blauen Weste und seiner Hose aus Wildleder. Bei dem Wort hob Ashton seine Augen zu ihren, und als er langsam die Lippen verzog, errötete sie.

»Gemahlin.«

Rosalind biss sich auf die Lippe. Hatte sie heute tatsächlich geheiratet? Es war ein Durcheinander aus Lachen, Lächeln und Freundschaft gewesen, das sie in einen Kokon der Liebe gehüllt fühlte. Die Liga und ihre Frauen sowie Ashtons Familie hatten sie offen und herzlich in ihr Leben aufgenommen. Sogar ihre Brüder hatten sich ausnahmsweise einmal wirklich gut benommen, obwohl sie unter zu vielen Engländern ausharren mussten. Brock hatte ihr versprochen, dass sie ein paar Wochen bleiben würden, während Reparaturen am Schloss durchgeführt wurden.

Alles war perfekt. Sie hatte nie geglaubt, dass das Leben so voller Freude sein konnte.

»Komm und lass mich dich ansehen.« Ashton streckte eine Hand aus, und sie kam zu ihm. Sie hatte sich umgezogen und trug nun eines ihrer liebsten Kleider. Ein cremefarbenes Kleid mit belgischer Spitze und roten Rosen, die entlang der Ärmel, des Mieders und des Saums des Kleides aufgestickt waren.

Ashton schlang einen Arm um ihre Taille. »Ein Engel unter den Blumen.«

Sie lachte. »Ich dachte, ich wäre dein Highland-Wildfang?« Sie lehnte sich in ihn hinein, atmete seinen warmen Duft ein, und dann bemerkte sie, dass etwas fehlte. Sie runzelte die Stirn. »Sollst du nicht deine Schlinge tragen? Der Arzt sagte ...«

»Der verdammte Arzt soll hängen. Ich wurde schon einmal angeschossen. Tragetücher sind ein Ärgernis. Es ist zwei Wochen her. Ich komm schon zurecht.« Er senkte seinen Kopf und küsste ihre Stirn. »Ich habe als Hochzeitsgeschenk darüber nachgedacht, was wäre, wenn wir ... etwas anderes als Ringe austauschen würden?«

Ihre Augen weiteten sich vor Neugier. »Oh!«

»Ja. Ich habe eine Firma, eine alte Reederei, die ich gekauft habe, als ich ein junger Mann war, der gerade begann, das Vermögen seiner Familie wiederherzustellen. Ich möchte dir diese Reederei als Zeichen meines Vertrauens in dich schenken. Ich werde sie in einen Fonds einbinden, über den du die alleinige Kontrolle hast. Sie würde ganz dir gehören, ohne jegliche Kontrolle von mir.«

»Du würdest das wirklich für mich tun?«

Er nickte.

Ihre Lippen verzogen sich zu einem Lächeln. »Dann lass mich dir etwas zurückgeben. Die kleine Bank, die Henry mir hinterlassen hat. Sie liegt mir sehr am Herzen, aber ich möchte sie dir schenken. Ein echter Austausch.«

Ashtons Augen wurden weicher, und er hielt sie ein bisschen fester. »Himmel nochmal, du machst einen Mann hungrig nach Küssen, wenn du vom Geschäft sprichst.« Er hob ihr Kinn mit seiner Hand und bedeckte ihren Mund mit seinem in einer zärtlichen Liebkosung, die bald direkt durch sie hindurch brannte.

»Ashton?« Sie musste kämpfen, um nicht zu kichern.

»Ja, Schatz?« Er zog Küsse bis zu ihren Lippen, und sie öffnete ihren Mund und ließ ihn den Kuss vertiefen. Himmel, der Mann war die reine Versuchung.

»Wir müssen nach unten. Das Abendessen wird warten, und ich weiß, dass du dich noch mit deinen Freunden treffen musst.«

Er atmete aus, legte seine Stirn an ihre, und sie konnte nicht leugnen, dass sie auch das Abendessen auslassen wollte.

»Da hast du recht. Freunde, Abendessen und dann ...« Er nickte zu seinem Bett. *Ihr Bett.* Sie spürte, wie eine Hitzewelle durch sie hindurchrollte, und ihre Haut rötete sich.

Mit einem unanständigen Lächeln hob Ashton sie hoch und trug sie zum Bett.

»Lass mich runter!« Sie schnappte nach Luft.

»Das Abendessen kann warten«, knurrte er, der Klang eher sinnlich als gefährlich.

Er ließ sie auf das Bett fallen und kletterte über sie, seine Hände glitten an ihren Röcken hoch, so dass er zwischen ihren Oberschenkeln liegen konnte. Wann immer er entschlossen war, sie ins Bett zu bringen, verschwendete er keine Zeit.

»Du bist unverbesserlich.« Rosalind lachte und schnappte dann nach Luft, als er irgendwas mit ihrer Unterwäsche tat. Plötzlich hatte seine Hand ihren Weg zwischen ihre Oberschenkel gefunden und streichelte ihre Falten. Sie spannte sich an, erschrak zuerst, entspannte sich dann aber bei seiner zärtlichen Berührung. Ein köstliches Feuer breitete sich durch sie aus, wann immer er sie streichelte. Sie stöhnte hilflos.

»Pssst«, rügte er sie, während er sanft mit ihr spielte, mit einem Finger über ihre empfindliche Knospe streichelte und dann seine Fingerspitzen in ihr bewegte. Aber das war noch nicht genug.

»Wenn du nicht ...«

»Pssst jetzt, kleiner Wildfang.« Er grinste sie an.

Er öffnete seine Hose, schmiegte sich in sie hinein und stieß mit einem Hauch von Wildheit in sie, der sie hungrig nach all den anderen Dingen machte, die er ihr antun konnte. Sie kam schnell und hart und schrie ihr Verlangen aus sich heraus. Wann immer sie Liebe machten, war es wahnsinnig aufregend, aber es endete immer mit einem perfekten Moment der Zärtlichkeit. Ashton brach über ihr auseinander, und seine durchdringenden blauen Augen wurden weicher.

So konnte sie für immer bei ihm bleiben, ihre Körper ineinander verschlungen. Seine Hände hielten ihre in den Laken vergraben, ihre Finger ineinander verschlungen. In diesem Moment schaute sie plötzlich auf und erkannte, dass sich über ihnen ein sanfter Glanz ausbreitete. Etwas, das sie vorher nicht bemerkt hatte.

»Was ist das?«, fragte sie ihn und zeigte nach oben. Aber

sie erinnerte sich an die Antwort auf ihre eigene Frage. Es war der Spiegel, der so geneigt war, dass sie sich selbst darin sehen konnte, mit Ashton über ihr. Das Bild ihrer Körper zusammen tat etwas Seltsames mit ihrem Schoß. Etwas ballte sich in ihr zusammen, und sie wollte ihn schon wieder. Sie spannte ihre Beine um ihn und beobachtete, wie sein Körper im Spiegel zuckte, und sie ballte sich als Antwort um seinen Schaft.

Ashton keuchte, als er wieder anfing, sich in ihr zu verhärten. »Die Spiegel. Sie machen die Dinge ... *interessant* ...«, sagte er endlich, bevor er sich nach unten beugte, um an ihrer Unterlippe zu knabbern.

Sie stimmte zu, fasziniert von dem Anblick, der sich ihr bot. *Mein Baron mit seiner dunklen Seite.* Sie konnte nicht leugnen, dass sie den Anblick genoss, so wie sie den Baron genoss. »Wir sollten mehr davon haben«, flüsterte sie ihm ins Ohr. Sie knabberte an seinem Ohrläppchen, und er holte scharf Luft, als er stärker in sie stieß, bis sie wieder über die steile Klippe der Leidenschaft stürzten.

»Du bist perfekt«, flüsterte er, sein Körper zitterte, als sie seine Wange streichelte.

»Du auch«, kicherte sie. Sie waren vielleicht die beiden perfektionsbewusstesten Individuen, und doch hatten sie sich ineinander verliebt.

Ich kann keinen Fehler an ihm finden, zumindest keinen, den ich selbst nicht besitze. Wir sind nur zwei Seiten derselben Medaille.

»Wir sollten das Abendessen auslassen.« Ashton lächelte, bewegte wieder seine Hüften und erinnerte sie an ihre Verbindung.

Rosalind biss sich auf die Lippe, um nicht zu lachen. »Ich nehme an, wir könnten das Abendessen überstürzen und dann alle verscheuchen. Sie würden es verstehen. Es *ist* schließlich unsere Hochzeitsnacht.«

»In der Tat.« Ashton senkte seinen Kopf für einen

weiteren anhaltenden Kuss. »Ich liebe dich, mein schottischer Wildfang. Du warst die Antwort auf meine stillen Gebete.« Seine Worte ließen ihre Kehle enger werden, und sie brauchte eine Minute, um ihre Fassung zurückzuerlangen.

»Und du warst die Antwort auf Träume, die ich vor langer Zeit aufgegeben hatte.« Sie lächelte durch feuchte Augen. »Ich liebe dich, mein Baron.«

Egal, was als nächstes kommen würde, sie und Ashton würden sich der Zukunft gemeinsam stellen, und die Liga würde an ihrer Seite sein.

EPILOG

Ashton stand in einem privaten Salon auf seinem Anwesen, hinter ihm knisterte das Feuer im Kamin. Vor ihm standen seine fünf engsten Freunde. Sie hatten im vergangenen Jahr so viel durchgemacht, und doch fühlte es sich in gewisser Weise wie erst der Anfang an.

Godric stützte sich auf einen Stock, sein Bein war immer noch nicht ganz geheilt, und er hinkte. Lucien spielte mit einem Stück roter Seide. Cedric und Jonathan schenkten den anderen Brandy ein. Charles lehnte mit nachdenklichem Blick an der Wand neben der Tür.

In seiner Hand hielt Charles den kleinen goldenen Decoder, den er in seinem Zimmer gefunden hatte. Rosalind hatte bestätigt, dass es das Ding war, was ihr Vater ihr geschickt hatte. Der Schlüssel zu Hugos Briefen war die ganze Zeit unter ihrer Nase gewesen. Charles spielte mit dem Gerät, als er Ashtons Blick begegnete, ungeduldig, endlich loszulegen.

»Was soll nun diese Nacht-und-Nebel-Versammlung?«, fragte Lucien. »Gibt es eine Entwicklung bezüglich Waverly?«

Ashton zog einen einzelnen Brief aus seiner Weste und

hielt ihn hoch. Die Augen aller Männer waren auf die wenigen kostbaren Stücke Pergament gerichtet. »Das werden wir sehen.«

»Ist das ...?« Godrics Arme fielen an seine Seiten, als er näher kam.

»Das ist es«, bestätigte Ashton. Er hatte seine Freunde über die Art der Briefe in Schottland informiert, aber er hatte die Existenz dieses erhaltenen Briefes bis jetzt geheim gehalten.

»So lange haben wir uns gefragt, wie Hugo die Ressourcen und die Männer aufbringen konnte, uns im vergangenen Jahr so viel Kummer zu bereiten. Und jetzt scheinen wir eine Antwort zu haben. Sir Hugo Waverly ist ein Spion. Das zu wissen hilft uns natürlich wenig. Ihm solche Dinge offen vorzuwerfen, würde nichts lösen. Er steht im Dienst der Krone.«

»Aber wenn er auf eine Weise gehandelt hätte, die die Krone offiziell nicht gutheißen könnte ...«, sagte Godric.

Ashton nickte. »Genau. Charles und ich haben diese Nachricht letzte Nacht entziffert. Dieser Brief zeigt, dass Hugo seinen Spionagehandel in Schottland betrieben hat und dass er die Anführer der Rebellion ermorden ließ.« Ashton hielt inne. »Leider zeigt es auch, dass Waverly mit dem früheren Lord Kincade zusammengearbeitet hat, der sein eigenes Volk verraten hat.«

»Ash, wir wissen, was wir tun müssen«, sagte Charles. »Diesen Bastard an den Pranger zu stellen und alle Spiele zu ruinieren, die er spielt, könnte dazu führen, dass er aus England verbannt wird oder Schlimmeres. Die Krone würde ihn nicht verteidigen. Wenn sie das täten, wäre es ein Eingeständnis, dass sie Mord sanktioniert haben, um Schottland als einen Teil Großbritanniens zu halten.«

Ashton legte den Brief auf den Kaminsims und wandte sich mit zugeschnürter Kehle wieder seinen Freunden zu.

»Dieser Brief hat auch die Macht, das Glück meiner Frau zu zerstören. Dieser Brief würde den Namen ihrer Familie anschwärzen und ihre Brüder als Söhne eines Verräters darstellen. Sie wären Ausgestoßene unter ihrem eigenen Volk in ihrem eigenen Land, einfach wegen der habgierigen Taten zweier Männer.«

»Ganz zu schweigen davon, unsere ganze Nation zu zerrütten«, sagte Lucien. »Ob es sanktioniert wurde oder nicht, es würde den Anschein erwecken, als würde England Schottland seinen Willen aufzwingen. Das kann nicht gut enden.«

»Also, was schlägst du vor?«, fragte Cedric. Die Spannung im Raum hatte sich verdichtet. Ashton wusste, dass es nicht leicht sein würde, sie zu bitten. Niemand sollte diese Entscheidung treffen.

»Ich schlage vor, wir stimmen über das Schicksal des Briefes ab. Entweder enthüllen wir seinen Inhalt für ganz England, oder wir verbrennen ihn hier in genau diesem Feuer.« Er winkte den tanzenden Flammen zu.

Jonathan räusperte sich. »Du brauchst aber eine ungerade Zahl, um eine Mehrheit sicherzustellen. Ich werde mich zurückziehen, da ich im Gegensatz zu euch anderen keine Vergangenheit mit Hugo habe.«

»In Ordnung«, sagte Lucien. »Ich stimme einer Abstimmung zu.«

Die anderen Mitglieder murmelten ihre Zustimmung.

»Ich stimme dafür, den Brief zu verbrennen, um Rosalinds willen«, erklärte Ashton. Die Wahl war ihm nicht leicht gefallen, aber am Ende war ihm klar geworden, dass dies der einzige Weg war. Rosalind hatte ihm ihr Vertrauen angeboten und ihm eine Waffe in die Hand gelegt, von der sie wusste, dass sie ihre Familie ruinieren könnte. Aber sie hatten genug unter ihrem Vater gelitten und verdienten es nicht, für immer von seinem Geist heimgesucht zu werden.

»Ich stimme dafür, den Brief zu enthüllen«, sagte Cedric. »Er hat versucht, Horatia und Anne zu töten. Wenn wir den Brief nicht nutzen, *wird er* noch einmal etwas versuchen.«

Damit hatte Ashton gerechnet. Cedric hatte mehr als jeder andere unter Hugos Rachegelüsten gelitten.

»Ich bin bei Ash. Wir verbrennen ihn.« Lucien streichelte sein Kinn. »Hier geht es nicht um den Sieg. Hier geht es um Moral. Wird der Schaden, den diese Briefe anrichten, das Licht überwiegen, das sie ausstrahlen? Wir können einen anderen Weg finden, Hugo aufzuhalten. Wenn er in der Vergangenheit einen Fehler gemacht hat, muss er einen weiteren gemacht haben.«

Charles runzelte die Stirn, als er auf den Brief auf dem Kaminsims starrte. »Unsinn. Auch wenn seine Pläne vereitelt werden, ist Hugo uns immer einen Schritt voraus. Er war viel länger der Fluch meines Lebens als für jeden von euch anderen. Uns wurde diese Gelegenheit *gegeben*. Wir wären dumm, es nicht zu nutzen, und nicht nur für uns selbst. Das sind wir Peter schuldig.«

Zwei zu zwei.

Alle drehten sich zu Godric um. Er begegnete ihren Blicken, bevor er seufzte und seine Stimme abgab.

»So sehr ich diesen Brief auch enthüllen möchte«, sagte er seufzend, »ich kann mich nicht dazu überwinden, den Ruf und das Glück deiner Frau und ihrer Familie zu zerstören. Aber ich kann auch nicht zulassen, dass dieser Brief England und Schottland noch mehr spaltet, als sie es bereits sind. Ich stimme dafür, den Brief zu verbrennen.«

Ashton atmete erleichtert auf. Seine zu Fäusten geballten Hände begannen sich langsam zu entspannen.

Lange Zeit sagte niemand ein Wort. Ashton wandte sich dem Kaminsims zu und nahm den Brief. Für einen letzten Moment hielt er den Beweis für Hugos Verbrechen in seiner

Hand. Wenn Hugo nur wissen würde, wie nahe er dem Ruin gekommen war.

Er blickte noch einmal zu seinen engsten Freunden. Als niemand etwas sagte, warf er den Brief ins Feuer. Die Flammen züngelten an den Rändern des Briefes. Das Wachssiegel schmolz und sammelte sich wie Blutstropfen. Ashton und die anderen warteten, bis der Brief zu Asche geworden war.

Cedric runzelte bei dem Anblick die Stirn, und Charles' Lippen verzogen sich zu einem stummen halben Knurren. Aber die Abstimmung war erfolgt, und es würde kein Zurück mehr geben.

»Es ist vollbracht«, sagte Ashton.

»Aber der Kampf ist noch lange nicht vorbei.« Charles gesellte sich zu ihm ans Feuer und benutzte den Schürhaken, um die Flammen zu schüren. Feuer schoss um die Asche herum und tanzte wütend. Der Rest der Liga flankierte ihn, und Charles und sah zu, wie der Brief zerfiel.

»Hugo«, sagte Ashton zu sich selbst, »wir kommen dich holen.«

❧

HUGO WAVERLY SASS IN SEINEM ARBEITSZIMMER, DEN KOPF in die eine Hand gestützt, während er mit der anderen eine Flasche Brandy umklammerte. Seit fast zwei Tagen trank er nun schon, seit er von Lennox' Eheschließung mit Rosalind Melbourne gehört hatte.

Jeden Moment erwartete er, dass sein Leben, wie er es kannte, vorbei sein würde. Seine Vergangenheit würde aufgedeckt werden, seine Karriere wäre ruiniert, und er wäre ein Mann mit einer Zielscheibe auf seiner Stirn.

Er rieb sich die Augen und setzte die Flasche an die Lippen, gerade als er ein Klopfen an der Tür hörte.

»Was ist denn?« Er hatte erwartet, seinen Butler zu sehen, aber stattdessen stand Daniel Sheffield mit einem Zettel in der Hand vor ihm.

»Ein dringender Brief von Ihrem Mann in Lonsdales Diensten.« Er kam ohne ein weiteres Wort näher und legte den Brief vor Hugo hin.

Er knurrte und wollte die Flasche hochheben, uninteressiert daran zu hören, was er bereits wusste, aber Sheffield hielt ihn zurück.

»Sie sollten das lesen.« Er tippte auf den Brief, und da bemerkte Hugo, dass er geöffnet worden war. Sheffield hatte ihn bereits selbst gelesen.

Mit finsterem Blick schnappte sich Hugo den Brief und las ihn. Tom Linley erklärte, dass die Liga der Schurken ein privates Treffen im Lennox House abgehalten und nach einer Abstimmung einen einzigen Brief verbrannt hatte. Die Abstimmung war mit drei zu zwei Stimmen abgeschlossen worden und hatte im Ergebnis die Vernichtung des Briefes zum Wohle der Beziehungen Englands zu Schottland und zur Befreiung von Rosalinds Familie aus der Wolke ihrer verräterischen Vergangenheit zur Folge gehabt.

Es dauerte einen Moment, bis sich die Wahrheit vollständig in seinem Kopf festgesetzt hatte.

Er würde nicht entlarvt werden. Er war in Sicherheit.

Über die Gründe machte er sich keine Illusionen. Sie hatten dies aus sentimentalen Gründen getan, nichts anderes. Und das würde ihnen zum Verhängnis werden. Er nahm den Brief von Linley und drehte sich um, um ihn hinter seinem Schreibtisch ins Feuer zu werfen.

»Wir sind so nah dran, Peter. So nah«, sagte er halb abwesend, während er sich in die Vergangenheit treiben ließ, in eine viel dunklere Zeit, als er seinen Freund für immer verloren hatte, und eine Zeit darüber hinaus, als er noch mehr verloren hatte.

»Ich werde Gerechtigkeit finden.« Er ritzte den Schwur in sein Herz und sah zu, wie das Pergament zu Asche verbrannte. »Sowohl für dich ... als auch für meinen Vater.«

DANKE, DASS DU *T*EUFLISCHE *R*IVALEN GELESEN HAST! **Das nächste Buch in der Reihe »Die Liga der Schurken« ist *Ihre teuflische Sehnsucht* mit zwei Novellen, in denen Audrey Sheridan und ihre Magd Gillian die Hauptrollen spielen, die die eigentlichen Bücher vorbereiten, in denen diese beiden Heldinnen ihr Happy End finden werden. Blättere hier um, um das erste Kapitel zu lesen!**

IHRE TEUFLISCHE SEHNSUCHT

KAPITEL 1

Gillian Beaumont wusste, dass es ein Tag voller Probleme werden würde. Während sie daran arbeitete, die Locken im Haar ihrer Herrin zu bändigen, ärgerte sie sich über das böse Leuchten in Audrey Sheridans Augen. Gillian war an dieses schelmische Funkeln gewöhnt, aber heute wirkte es doppelt intensiv, und die Art und Weise, wie sich ihre Lippen an den Enden zu einem kleinen Lächeln kräuselten, verstärkte Gillians Sorge noch mehr. Das letzte Mal, als sie so ausgesehen hatte, hatte Audrey einen Schurken um ein Sofa herumgejagt und von ihm verlangt, geküsst zu werden.

»So, alles fertig, Mylady.« Gillian steckte die letzte Nadel in das Haar ihrer Herrin.

Audreys braune Augen funkelten, als sie Gillians Blick im Spiegel begegnete. »Perfekt. Ich muss heute mein Bestes geben. Die Liga kommt in einer Stunde zum Tee vorbei und ...« Eine zarte Röte trat auf ihre Wangen.

»Und Mr. St. Laurent wird da sein?«

»Äh ... ich denke schon«, antwortete Audrey vage.

Gillian war sich nur allzu bewusst, was ihre Herrin für diesen besonderen Herrn empfand. Er war ein gutaussehender Mann mit grünen Augen und sonnengebleichten blonden Haaren. Gillian nahm an, dass er attraktiv war, aber er gab ihr nie das Gefühl, das sich Frauen in der Nähe eines Mannes empfinden sollten, den sie mochten. Zumindest hatte sie von diesem Gefühl gehört.

Gillian warf einen Blick auf ihr eigenes Gesicht im Spiegel, während sie den Waschtisch aufräumte. Vielleicht war sie anders als andere Damen. Sie legte die Bürsten mit elfenbeinfarbenen Griffen neben ein Set exquisiter Kämme aus Schildpatt. Im Gegensatz zu Audreys dunkel kastanienbraunem Haar war Gillians Haar unauffällig braun und ihre Augen von einem sanften Heidegrau. Sie war noch nie als Schönheit aufgefallen, aber sie war auch nicht unattraktiv. Kurz gesagt, sie war die perfekte Art von einfacher Frau, die am besten als Zofe oder Begleiterin einer Dame arbeitete.

Als uneheliche Tochter eines Grafen war Gillian beigebracht worden, nicht viel von ihren Umständen zu erwarten, obwohl ihr Vater genug für sie und ihre Mutter gesorgt hatte. Sie hatten ein komfortables, wenn auch bescheidenes Leben in einem kleinen Stadthaus in der Nähe von Mayfair geführt. Als sie fünfzehn war, starb ihr Vater, und sie wurde gezwungen, ihre kranke Mutter zu unterstützen. Sie hatte keine wirkliche Erfahrung als Begleiterin, aber sie hatte von einer Freundin ihrer Mutter gehört, dass Viscount Sheridan nach einer Zofe für seine jüngste Schwester suchte, jemand, der ihr vom Alter her ähnlich war.

Es war ungewöhnlich, eine so junge Zofe zu haben, aber Audrey hatte darauf bestanden, dass ihre Zofe im gleichen Alter wie sie selbst sein sollte. Und so war Gillian, damals fast sechzehn, Audreys Dienstmädchen und ihr treuer, schützender Schatten geworden. Ein Jahr später war Gillians Mutter gestorben.

Jetzt ist Mama weg, und ich bin ganz allein.

Sie runzelte die Stirn. Das stimmte nicht so ganz. In

vielerlei Hinsicht war Audreys Zofe zu sein ein bisschen so, als sei sie Audreys Freundin. Sie teilten Geheimnisse und erlebten viel zu viele Abenteuer, als dass Gillian sich damit noch wohlfühlen konnte. Zwischen ihnen herrschte eine Vertrautheit, die für ein Dienstmädchen und eine Lady sicherlich nicht normal war. Audrey hatte ein großes Herz und einen Geist, der nicht eingesperrt werden konnte.

»Gillian, könntest du heute ein paar Besorgungen für mich machen? Ich glaube, wir müssen einige Artikel in der *Quizzing Glass Gazette* veröffentlichen, die in den nächsten Wochen erscheinen sollen. Würde es dir etwas ausmachen, das für mich zu erledigen?« Audrey zupfte an der Taille ihres blauen Cambric-Musselin-Kleides, wo es perfekt auf ihrer schlanken Taille saß. Das Kleid war am Mieder reich verziert. Der Stil ihres Kleides und die hohe Taille ließen Audreys zierlichen Körper länger erscheinen. Der weite Rock war mit lavendelfarbener Gaze besetzt, die ihn am Saum fast federleicht aussehen ließ.

Audrey hatte einen exquisiten Geschmack, etwas, auf das sie auch von ihrem Dienstmädchen bestanden hatte. Gillian trug ein lavendelfarbenes Musselinkleid mit mehr Flair, als es eine gewöhnliche Zofe tragen würde. Es ähnelte im Stil den Kleidern, die sie zu Lebzeiten ihres Vaters getragen hatte.

»Nun? Würde es dir etwas ausmachen?« Audreys Stimme riss Gillian aus ihren Gedanken.

»Natürlich, bitte entschuldigen Sie, Mylady. Ich war in Gedanken. Ja, legen Sie mir die Artikel heraus, und ich werde dafür sorgen, dass sie in die richtigen Hände kommen.«

»Ausgezeichnet.« Audrey ging hinüber zu ihrem Schreibtisch, holte drei sorgfältig in Umschlägen verstaute Artikel heraus und reichte sie Gillian.

»Brauchen Sie noch etwas, Mylady?«, fragte Gillian.

»Im Moment nichts. Oh, und denk dran, heute Abend gehen wir in diesen Gentlemans Club.«

Gillian erstarrte mitten im Schritt, ihr Rückgrat versteifte sich. Der Club, wie hatte sie das vergessen?

»Mylady, ich glaube wirklich nicht, dass wir ...«

Audrey wippte mit einem zierlichen Fuß und verschränkte ihre Arme vor ihrer Brust. »Gillian, du weißt, dass der schreckliche Gerald Langley zu diesem Club gehört. Wie hieß der doch gleich?« Audrey legte ihren Kopf schief und blickte zur Zimmerdecke, während sie in ihren Erinnerungen zu kramen schien. »Sünder und Sadisten, nein ... Moment!« Sie hob einen Finger in die Luft. »Die unheiligen Sünder der Hölle.«

Gillian zuckte zusammen. »Müssen wir heute Abend dorthin gehen? Die Männer könnten gefährlich werden.« Es war nicht so, dass ihr Leben frei von Klatsch und Ärger war, da Audreys älterer Bruder Cedric Mitglied der berüchtigten Liga der Schurken war. Cedric und seine Freunde waren mehr als einmal in lebensbedrohliche Situationen geraten und sorgten mindestens alle zwei Wochen für Skandale. Das Letzte, was Audrey brauchte, war wegzulaufen und noch mehr Ärger zu finden – zumindest war das Gillians Meinung.

»Unsinn. Alles wird vollkommen in Ordnung sein. Sie erlauben Damen, an ihren unheiligen Festlichkeiten teilzunehmen, und wenn wir Charles und seinen Kammerdiener als Eskorte mitbringen, sind wir ziemlich sicher.«

»Lord Lonsdale? Er ist nicht gerade ein Mann von hervorragendem Ruf. Erinnern Sie sich nur an die Schwäne. Alle waren so empört.«

Audrey kicherte. »Natürlich erinnere ich mich. Ich war dabei. Charles ist nicht so schlimm. Es fiel mir verdammt schwer, ihn zu küssen, erinnerst du dich. Er ist viel mehr wie ein Gentleman, als er zugibt.«

Mit einem leisen Summen, das nicht gerade Zustimmung ausdrückte, ging Gillian zur Tür, aber Audrey hielt sie auf.

»Die Kleider! Ich habe das ganz vergessen. Du musst zu

Madame Ella gehen und die Roben holen. Probier sie an, um sicherzustellen, dass sie passen«, sagte Audrey.

Gillian seufzte und nickte. Es war nicht das erste Mal, dass sie gebeten wurde, eines von Audreys Kleidern anzuprobieren. Sie waren von fast identischer Statur, sowohl klein als auch vollschlank. Sie vermutete, dass ihre Herrin versuchte, ihr ein wenig Vergnügen zu bereiten, aber Gillian fürchtete, sich nach Dingen zu sehnen, die sie niemals haben könnte.

Von dem Moment an, als sie alt genug geworden war, um ihren Platz als uneheliches Kind eines Mitglieds des Adels zu verstehen, hatte sie aufgehört, über die schönsten Kleider zu jubeln, und hatte ihre Träume aufgegeben, einen netten Gentleman zum Heiraten zu finden. Die Akzeptanz ihres Schicksals als Hausangestellte war ermüdend gewesen, und obwohl sie es liebte, für Audrey zu arbeiten, selbst wenn sie knietief in Schwierigkeiten steckten, hinderte sie sie nicht daran, sich ein ruhiges Leben in einem kleinen Häuschen irgendwo zu wünschen.

»Danke.« Audrey schob sie sanft in den Flur, und Gillian ging die Treppe hinunter, um ihre Haube und ihre Geldbörse zu finden. Bis sie mit ihren Besorgungen fertig war, würden die Liga der Schurken und ihre Frauen zum Tee eingetroffen sein, und Audrey hätte kaum eine Chance, in Schwierigkeiten zu geraten.

Gillian lächelte Sean Hartley an, den hübschen jungen irischen Diener, als er ihr eine kleine Geldbörse reichte.

»Und welche Besorgungen hat unsere Lady heute für dich zu erledigen?«, fragte Sean, sein irischer Tonfall und sein feines Aussehen waren eine Versuchung für alle Zimmermädchen im Obergeschoss der Sheridan-Residenz.

»Ich soll ein paar Kleider abholen, und ein paar Artikel müssen abgegeben werden. Könntest du die Kutsche für mich nach vorn bringen lassen?«

Sean grinste. »Mehr Kleider. Man könnte meinen, sie hat genug«, neckte er und zwinkerte Gillian zu.

Gillian lächelte zurück. »Ja, das sollte man meinen.« Sie mochte Sean. Er war wie ein älterer Bruder, verspielt und freundlich.

Er ließ sie allein in der Halle, um nach hinten zu gehen und eine Kutsche zu rufen. Sie drückte die Geldbörse und die *Gazette*-Artikel an ihre Brust und achtete darauf, dass sie beides nicht versehentlich fallenlassen würde. Niemand war in der Nähe, um es zu sehen, was gut war, denn Sean kannte die Wahrheit über Audreys Doppelleben. Man konnte ihm vertrauen, aber weder Audrey noch Gillian wollten riskieren, dass es jemand anderes wusste.

Es war das bestgehütete Geheimnis ihrer Lady. Die berüchtigte, manchmal übermäßig kritische Feder von Lady Society, der anonymen Gesellschaftskolumnistin für die *Quizzing Glass Gazette*, war keine andere als Audrey Sheridan. Gillians Herrin schrieb nun schon seit Jahren Artikel, in denen sie Gentlemen dazu aufforderte, sich zu verlieben, und diejenigen in der Gesellschaft öffentlich bloßstellte, die versuchten, anderen Schaden zuzufügen, aber ihre liebste Freizeitbeschäftigung war es, die Schurken, die ihr am Herzen lagen, in die Ehefalle mit passenden Damen zu locken.

Ihr jüngster Sieg war die Enthüllung des Wettbuchs bei White's gewesen, wo ein Mann namens Gerald Langley fünftausend Pfund angeboten hatte, um eine Frau öffentlich ruinieren zu lassen. Aber Audrey war noch nicht fertig mit ihm. Sie hatte die feste Absicht, Langleys Beteiligung am Hellfire Club aufzudecken.

Und ich muss mitmachen, sonst bringt sie sich in echte Schwierigkeiten. Gillian schüttelte den Kopf und war versucht zu lachen. Sollte sie immer die Stimme der Vernunft sein? Es war anstrengend, ihre Herrin immer wieder vor Ärger zu bewahren. Was Audrey wirklich brauchte, war ein Mann, der ihr nachjagte und sie vor Gefahren bewahrte, während sie ihr Leben voller Abenteuer führte. Ein Mann wie Jonathan St. Laurent. Sobald Audrey verheiratet wäre, würde Gillian im Ehemann ihrer Herrin einen Verbündeten haben, und sie konnte sich endlich entspannen.

Sean kehrte zurück und öffnete ihr die Vordertür des Stadthauses.

»Keine Sorge – ich werde sie im Auge behalten«, versprach Sean.

»Danke.« Gillian meinte es ernst. Sie machte sich, wie alle Bediensteten, Sorgen, dass Audrey in eine Klemme geraten würde, aus der sie nicht herauskam, wenn keiner da war, der sie davor bewahrte. Gillian stieg in die Kutsche, lehnte sich zurück und schloss kurz die Augen. Sie würde eine lange Nacht vor sich haben, wenn sie den Hellfire Club nach Mitternacht infiltrieren würden.

Als sie das Geschäft der Modiste, Madame Ella, erreichte, hatte sie sich ausgeruht und die Artikel der Lady Society erfolgreich bei ihrem Verlag abgegeben. Sie fühlte sich erfrischt und bereit, sich um die Kleideranprobe für Audrey zu kümmern. So, wie sie ihre Lady kannte, konnte es eine Weile dauern, wenn die Kleider aufwändig waren, und sie waren immer aufwändig.

Sie ließ den Fahrer auf sie warten, während sie den Laden betrat. Eine matronenhafte Frau mit silbergrauem Haar kniete neben einer jungen Frau, die ein rosaseidenes Kleid trug. Die junge Frau schien ungefähr in Audreys und Gillians Alter von neunzehn Jahren zu sein. Sie hatte hellbraunes Haar, professionell hochgesteckt, und lächelte Gillian freundlich an, die aufgrund ihrer Kleidung annahm, dass sie wahrscheinlich eine junge Frau aus einem ähnlichen gesellschaftlichen Umfeld war.

Madame Ella blickte auf und lächelte. »Miss Beaumont! Wie schön, Sie zu sehen. Ich habe die Kleider, aber Sie müssen beide anprobieren, um sicherzugehen.« Die Schneiderin wusste, dass Gillian Kleider anprobieren würde, wenn Audrey nicht selbst kommen konnte.

»Selbstverständlich.« Gillian durchquerte den Laden und stellte ihre Sachen in einem kleinen, mit Vorhängen versehenen Bereich ab, dann nahm sie die beiden Kleider von Madame Ella entgegen. Sie zog schnell ihr eigenes Tageskleid aus und probierte zuerst ein einfach geschneidertes Abendkleid an. Es hatte Knöpfe auf der Vorderseite und war im schmalen Spiegel des kleinen Anprobebereichs leicht zu betrachten. Aber Audreys Abendkleid benötigte Hilfe, um hinten geschnürt zu werden.

»Madame Ella?«, rief sie. »Ich brauche Hilfe mit den Bändern.«

Der Vorhang bewegte sich, und sie drehte sich halb um, blickte über die Schulter und schnappte nach Luft. Ein gutaussehender Mann mit dunklem Haar und sanften braunen Augen starrte sie mit geöffneten Lippen an. Er hielt ein Paar rehbraune Handschuhe in den Händen, bewegte sich aber nicht. Ihr teilweise nackter Rücken war seinen Blicken ausgesetzt. Seine Augen folgten der Länge ihres entblößten Rückgrats, und sie konnte seinen Blick fast spüren, wie unsichtbare Finger, die über ihre Haut glitten.

Es machte sie schwindelig zu wissen, dass er sie so sah, entblößt und verletzlich auf so sinnliche Weise. Seine Lippen hoben sich und gaben nur den leisesten Hinweis darauf preis, woran er denken musste, als er sie erneut von Kopf bis Fuß betrachtete. Als sie in seine braunen Augen blickte, hatte sie das Gefühl, in einen Abgrund aus dunklen, erotischen Gedanken zu fallen. Eine leise Stimme in ihrem Hinterkopf warnte sie, dass sie sich in gefährlichem Gebiet befand. Wenn sie eine Dame wie Audrey gewesen wäre, hätte sie dadurch kompromittiert werden können.

»Entschuldigen Sie.« Der Mann fing sich und wandte

seinen Blick ab, seine Wangen färbten sich rötlich. Gillians Gesicht wurde ebenfalls rot. Doch sie konnte ihre Stimme immer noch nicht finden, um zu sprechen. Als sie zu dem großen, dunkelhaarigen Fremden hochstarrte, konnte sie einfach nicht *denken*. Ihr Herz flatterte wild, und ihr Korsett war plötzlich zu eng.

»James?«, rief eine weibliche Stimme. »Wo bist du? Ich würde gerne sehen, ob die Handschuhe zu diesem Kleid passen.«

James, ihr hübscher Fremder, lächelte sie halb an und senkte dann langsam die Hand, die den Vorhang hochhielt. Kurz bevor sein Gesicht aus dem Blickfeld verschwand, trafen seine Augen auf ihre, und mit einem übermütigen Grinsen flüsterte er: »Schämen Sie sich nie, so schöne Haut zu zeigen.«

Der Vorhang fiel wieder an seinen Platz, und es war, als könnte Gillian plötzlich wieder atmen. Sie drückte ihre Arme an ihre Brust, ihre Brüste hoben und senkten sich heftig. Sie versuchte, sich zu beruhigen. Wer war er? Warum hatte er den Vorhang nicht sofort fallen lassen? Sicher wusste er, wie skandalös er gewesen war.

»Miss Beaumont? Darf ich Ihnen jetzt beim Schnüren des Kleides helfen?«, rief Madame Ella von außerhalb des Vorhangs.

»Ja, bitte kommen Sie herein«, antwortete sie atemlos. Die Schneiderin kam herein und hatte die Sache mit den Bändern schnell erledigt.

»Nun, wie passt es?«, fragte Madame Ella. Gillian studierte hastig das Kleid und nickte der Schneiderin zu.

»Das wird es tun. Danke, Madame Ella.« Sie versuchte verzweifelt, ihre Gedanken zu sammeln. Würde sie ihn im Laden wiedersehen? Wenn er einer Frau geholfen hatte, Handschuhe zu kaufen, waren sie wahrscheinlich schon weg, wenn sie sich Zeit genommen hatte, Audreys Kleid fertig anzuprobieren. Sie hoffte, dass er weg war, damit sie ihm nicht gegenüberstehen musste, aber sie wollte auch nicht, dass er weg war. Die beiden Gefühle zogen sie in entgegengesetzte Richtungen. Sie zog ihr lavendelfarbenes Kleid wieder an und verließ die Umkleidekabine. Ihr Pantoffel blieb am Teppich hängen, und sie stolperte.

»Oh!« Gillian schnappte nach Luft und bereitete sich auf einen Sturz vor, aber stattdessen fiel sie direkt in eine harte männliche Brust. Sanfte Hände legten sich um ihre Taille und hielten sie fest. Der Mann packte sie fester, und sie wurde in seine Arme gehoben, so dass sie sich ganz an ihn presste. Der verführerische Duft von Sandelholz und Pinie stieg ihr in die Nase, und sie hob den Kopf, um den Mann anzustarren.

Er.

Der gutaussehende mysteriöse Mann namens James. Seine braunen Augen waren warm und strahlend. Ihr Magen drehte sich flatternd um.

»Ich muss mich schon wieder entschuldigen.« James kicherte und zögerte einen Moment, bevor er ihre Taille losließ.

»James? Was tust du da?« Es war die hübsche Brünette, die Gillian gesehen hatte, als sie den Laden vorhin betreten hatte.

»Letty.« James begrüßte sie herzlich und trat von Gillian weg, aber nur so weit, dass die andere Frau näher zu ihnen beiden kommen konnte.

»Hallo.« Letty lächelte Gillian an. »Sagen Sie mir nicht, mein älterer Bruder hat Sie belästigt? Er schwor, sich heute von seiner besten Seite zu zeigen. Nicht, dass ich ihm auch nur eine Minute geglaubt hätte. Er ist ein bisschen ein Schurke, wissen Sie. Ärger verfolgt ihn überallhin.« Lettys Augen hatten das gleiche bezaubernde Braun wie die ihres Bruders. Gillian hasste es, zuzugeben, dass sie erleichtert war, dass sie Geschwister waren und nicht ...

Sollte keine Rolle spielen, tut es aber.

»Nein, er ist in Ordnung. Ich meine, er hat sich benommen ...« Eine neue Welle von Hitze und Verlegenheit durchflutete sie. Normalerweise sprach sie nicht mit Damen, nicht so.

»Ich scheine den Tag von Miss ...« James sah Gillian erwartungsvoll an und hoffte offenbar, dass sie ihm ihren Namen nennen würde. Es war nicht richtig, diese Art von Vorstellung, aber bis zu diesem Zeitpunkt *war nichts* zwischen ihnen richtig gewesen.

»Beaumont. Gillian Beaumont.« Der verstorbene Earl of Morrey war Richard Beaumont gewesen, aber obwohl sie den Nachnamen ihres Vaters trug, würde man keine Verbindung herstellen oder vermuten, dass sie auf der falschen Seite des Bettes geboren worden war. Es gab viele Beaumonts in London, die nichts mit dem Morrey-Titel zu tun hatten.

»Es ist mir eine Freude, Sie kennenzulernen, Miss Beaumont. Ich bin Leticia Fordyce, und das ist mein Bruder James, Lord Pembroke.«

Gillian verschluckte beinahe ihre Zunge. *Der Earl von Pembroke.* Sie hatte das Geflüster von Audreys Freundinnen beim Tee gehört, wenn sie von diesem Mann mit seinem frechen Lächeln und den sanften braunen Augen sprachen. Er war eine Mischung aus schurkischer Fantasie und perfektem Gentleman. Ein Rätsel, das die Damen des *Ton* nicht lösen konnten. Und doch hatte niemand sein Herz gewonnen. Er war genau die Art von Mann, mit der sie gerne auf einem Ball getanzt hätte, ein Mann, mit dem sie vielleicht eine Chance gehabt hätte, wenn ihre Mutter mit dem Earl of Morrey verheiratet und nicht nur seine Mätresse gewesen wäre. Aber dieses Leben würde niemals ihr gehören, und sie musste aufhören, darüber nachzudenken, was hätte sein können.

Gillian kämpfte um kohärente Gedanken. »Schön, Sie beide kennenzulernen«, brachte sie schließlich heraus.

Was würde Audrey Sheridan tun? Gillian wusste genau, was Audrey tun würde, und es war nicht das, was sie tun würde.

»Also stört mein Bruder Ihren Tag?« Letty grinste, ein kleines schelmisches Lächeln kräuselte ihre hübschen Lippen, als sie zwischen ihnen hin und her blickte.

James starrte auf seine Stiefel, bevor er zu Gillian aufblickte, ein verlegenes Grinsen zog ihre Aufmerksamkeit auf seine Lippen. Der Mann hatte so küssbare Lippen. Sie zuckte zusammen. Sie erlaubte sich selten, auf diese Weise an Männer zu denken. Ihr Leben war immer darauf ausgerichtet gewesen, zu arbeiten und beschäftigt zu sein. In London zu überleben bedeutete, den Gedanken an eine Ehe aufzugeben. Kein Mann würde eine mittellose, unehelich geborene Frau zur Frau nehmen, zumindest niemand, der in der Gesellschaft höher stand als sie selbst.

»Ich glaube, Lord Pembroke hat nach Ihnen gesucht, und ich bin über ihn gestolpert«, antwortete Gillian und bemühte sich, ihre Nervosität nicht an den Tag zu legen. Sie war es nicht gewohnt, direkt mit Mitgliedern des Adels zu sprechen.

»Ah ...« Letty kicherte. »Wir sind fertig mit Madame Ella. Sie auch? Ich dachte, wir gehen vielleicht auf Eis zu Gunter's. Möchten Sie sich uns anschließen?«

Lettys Gesichtsausdruck war so voller Hoffnung, dass Gillians Herz vor Schuldgefühlen zuckte. Sie musste nein sagen. Sie konnte nicht zu Gunter's gehen, nicht mit dem Grafen und seiner Schwester. Das schickte sich einfach nicht. Sie hatten sie für eine hochgeborene Dame wie Audrey gehalten.

Sie kämpfte um eine Ausrede. »Ich bedauere, dass ich in einen Buchladen gehen und ein paar Romane besorgen muss.«

»Oh ...« Lettys Gesicht verzog sich, aber James' braune Augen leuchteten, als er Gillian anstarrte.

»Wir brauchen auch Romane, nicht wahr, Letty? Wir begleiten Sie, und wenn wir unseren literarischen Durst gestillt haben, können wir unseren körperlichen Durst bei Gunter mit Tee und Eis stillen.« Der Earl verkündete seinen Plan mit solcher Entschlossenheit, dass Gillian keine neue Ausrede einfiel, wie sie ihn ablehnen konnte.

»Ich nehme an, das wäre in Ordnung ...« Ein paar Stunden lang eine kleine Lüge zu leben, konnte nicht schaden, oder?

»Wunderbar! Sind Sie mit einer Kutsche hier, Miss Beaumont? Wir haben eine dabei und würden uns freuen, Sie nach unserem Besuch bei Gunter's nach Hause zu bringen, wenn Sie Ihrem Fahrer die Zeit ersparen möchten«, bot Letty an.

»Oh nein, das geht schon in Ordnung. Ich werde ihn zu Gunter's fahren lassen, und er kann dort auf mich warten«, sagte Gillian. Wenn sie sie am Sheridan-Stadthaus in der Curzon Street absetzten, würde er nicht lange brauchen, um herauszufinden, wer sie wirklich war. Sie konnte sich nicht dazu bringen, ihnen gegenüberzutreten, sollten sie ihre Täuschung entdecken. Wenn sie den Schein noch eine Weile aufrechterhalten könnte, wäre alles gut.

Ich sollte das nicht tun ... aber Audrey braucht mich heute Nachmittag nicht, und es wird schön sein, ein paar Stunden so zu tun, als sei ich jemand, der wichtig ist. Unter anderen Umständen hätte dies mein Leben sein können. Es war ziemlich egoistisch, zu diesem Wahnsinn ja zu sagen, das wusste sie, aber sie war fasziniert von James und mochte seine Schwester. Ein Besuch in einer Buchhandlung und bei Gunter's würde ihr sicher nicht schaden. Sicher ...